ESCRAVAS DO AMOR

ESCRAVAS DO AMOR

Rio de Janeiro, 2022

Copyright © 2022 por Espólio Nelson Falcão Rodrigues

Todos os direitos desta publicação são reservados à Casa dos Livros Editora LTDA. Nenhuma parte desta obra pode ser apropriada e estocada em sistema de banco de dados ou processo similar, em qualquer forma ou meio, seja eletrônico, de fotocópia, gravação etc., sem a permissão dos detentores do copyright.

Diretora editorial: *Raquel Cozer*
Coordenadora editorial: *Malu Poleti*
Editora: *Diana Szylit*
Assistência Editorial: *Mariana Gomes*
Revisão: *Laila Guilherme e Daniela Georgeto*
Capa: *Giovanna Cianelli*
Foto do autor: *J. Antônio/CPDoc JB*
Projeto gráfico e diagramação: *Abreu's System*

Dados Internacionais de Catalogação na Publicação (CIP)
Angélica Ilacqua CRB-8/7057

```
R614e
     Rodrigues, Nelson, 1912-1980
          Escravas do amor / Nelson Rodrigues. — Rio de Janeiro :
     HarperCollins, 2022.
          528 p.

          ISBN 978-65-5511-254-2

          1. Ficção brasileira I. Título.

21-5328                              CDD B869.3
                                     CDU 82-3(81)
```

Os pontos de vista desta obra são de responsabilidade de seu autor, não refletindo necessariamente a posição da HarperCollins Brasil, da HarperCollins Publishers ou de sua equipe editorial.

Rua da Quitanda, 86, sala 218 — Centro
Rio de Janeiro, RJ — cep 20091-005
Tel.: (21) 3175-1030
www.harpercollins.com.br

Sumário

Nota da editora — 7

Escravas do HUMOR!, por Dadá Coelho — 9

1. Fim do meu sonho de amor — 15
2. O ódio nasceu do amor — 28
3. Escândalo de amor diante da morte — 41
4. Minha filha morreu para mim, eu morri para o mundo — 55
5. Um grito de mulher dentro da noite — 68
6. O homem que eu beijei — 80
7. Uma esposa diante da morte — 93
8. O duplo apelo do amor e da morte — 106
9. Ódio maior que amor — 119
10. Aquele era o meu abismo de mulher — 132
11. A prisioneira do rio — 145
12. Assassina! Assassina! — 158
13. Entrevista com o monstro — 171
14. Com quem se parece este menino — 184
15. Vou ficar um monstro — 197
16. Eu amaria um monstro — 209
17. Eu não queria ser beijada — 222

18. Uma mulher diante do crime	235
19. Meu sangue cairá sobre tua cabeça	247
20. Ergueu o punhal e…	260
21. O monstro da cicatriz	273
22. Tragédias entre mulheres	285
23. Entre a morte e o pecado	297
24. Eu vou ficar um monstro	310
25. Eu vi a face do monstro	323
26. Eu não tenho o direito de ser mãe	335
27. O meu coração enlouqueceu	347
28. Eu mesmo vou matá-lo	359
29. Eis o meu segredo	371
30. Atire, por que não atira?	384
31. Não sei se isso é amor	396
32. Meu divino bem	408
33. Malu	421
34. Tão bom estar apaixonada!	434
35. O grito de Malu	446
36. O amor que não morre	459
37. O segredo de Malu	471
38. Eu não sou criança	484
39. Este é o meu último dia	496
40. O amor e a morte	508
Notas	525

Nota da editora

O estrondoso sucesso de *Meu destino é pecar*, publicado como folhetim entre março e junho de 1944, não deixou que Nelson Rodrigues perdesse tempo. Ainda em junho, novamente sob o pseudônimo de Suzana Flag e mais uma vez nas páginas do periódico *O Jornal*, é veiculado o primeiro capítulo de *Escravas do amor*, uma obra recheada de suspenses, paixões e reviravoltas a perder de vista que somariam oitenta capítulos publicados diariamente, até o fim de setembro.

No pé da seção Sociais, página dedicada às novas noivas e festividades da alta sociedade, leitores e leitoras podiam se deixar envolver por uma narrativa que tanta inspiração traria para as telenovelas. Como em *Meu destino é pecar*, em *Escrava do amor* Suzana Flag não economiza no drama, na intensidade de emoções, nos incidentes mirabolantes, nos personagens que se superam em suas peculiaridades.

Críticas recentes, dos últimos dez anos, apontaram que, nesse folhetim, Nelson pecou pelo excesso. Flag teria pesado a mão no rocambolesco, com acontecimentos pouco convincentes. Mas disso o próprio Nelson já sabia, ou não teria colocado na voz do narrador frases como "Achava aquilo tudo romanesco, inverossímil, fantástico demais" ou "Era tão absurdo isso, tão inverossímil, cheirando a romance policial".

Há de se perguntar se algum evento seria pouco convincente para os leitores e as leitoras de um jornal que trazia sempre em sua primeira página uma atualização a respeito do desenrolar da Segunda Guerra Mundial. "Os aliados penetram firmemente em Cherburgo", estampava a edição de 25 de junho de 1944, data da estreia do folhetim. "Rompida a fronteira alemã em mais dois pontos", informava a de 26 de setembro do mesmo ano, que trazia o capítulo final. Diante de notícias como essas, o que haveria de incomum em um ataque de onça, um suicídio misterioso ou uma família abastada que se sente a mais miserável do mundo? Em mulheres e homens que sofrem tão intensamente na busca por amor que passam do trágico ao cômico em algumas linhas?

Escravas do amor é, sim, uma história de amor escrita para entreter o público. E é também uma história de camadas, por trás das quais se pode vislumbrar a assinatura do próprio Nelson Rodrigues. E são essas camadas que nos levam a encontrar desfechos para tramas aparentemente mal resolvidas e que nos trazem a reflexão sobre diferentes possibilidades de leitura: afinal, estamos diante de um romance dramático ou de uma comédia do absurdo?

Há pontas soltas, é inegável. Nelson não era um autor de uma camada só e, no folhetim, podia acompanhar a repercussão de sua obra enquanto a construía, com liberdade para mudar de rota quando bem entendesse.

Escravas do amor foi editado em livro em 1946, pelas Edições O Cruzeiro, que uniu cada dupla de episódios do folhetim em um capítulo só, de modo que os oitenta originais se transformaram em quarenta. Para esta edição, corrigimos algumas vírgulas, ponto e vírgulas, dois-pontos etc. de acordo com a gramática atual. Ao mesmo tempo, preservamos algumas pontuações que podem causar estranhamento, por entendermos que eram marcas do estilo narrativo de Suzana Flag.

Também corrigimos, com base no folhetim, alguns saltos de texto e pequenos erros introduzidos pela edição de 1946. Lapsos menores que já existiam no folhetim e se mantiveram no livro, como a clara inversão de falas curtas num diálogo, foram resolvidos de acordo com o contexto, mas, em casos mais sensíveis, em que qualquer solução seria uma intervenção razoável no original, optamos por manter o texto tal como publicado quando Nelson ainda era vivo, incluindo uma nota explicativa.

O próprio Nelson costumava fazer uma distinção entre a obra que assinava com seu nome e os folhetins de Suzana Flag. Chegou a dizer que os folhetins eram uma escola de ficcionistas. Mas não o disse com desdém: tinha prazer em trabalhar com eles. E esse prazer se faz notar em cada capítulo deste livro. Impossível ler as páginas que se seguem sem imaginar o quanto seu autor se deleitou com a criação.

Boa leitura!

Escravas do HUMOR!

Dadá Coelho

Começo aqui já pedindo desculpas ao caro leitor por qualquer falta de raciocínio lógico. Ainda escrevo estas maltraçadas linhas em choque. Terminei o capítulo 40 de *Escravas do amor* sentindo como se tivesse tomado três tarjas pretas com uma talagada de Red Bull, ou mastigado dois paralelepípedos com farinha d'água para em seguida enfiá-los goela abaixo.

Suzana Flag!... Rapaz! Ainda bem que tu não existe de verdade, mulher. Tu me dá medo. Pavor, pra ser mais exata. Donde tu tirou "essas ideia", mermã?

Não é à toa que Nelson Rodrigues assinava os folhetins para os jornais de Assis Chateaubriand nos anos 1940 com o nome Suzana Flag. Em uma entrevista a Humberto Werneck para a revista *Playboy* em 1979, ele explica o porquê dessa escolha, dizendo que o folhetim "tem um lado assim frívolo, gracioso", que o pseudônimo feminino "era mais interessante do ponto de vista do leitor".[1] Hããã? Imagino tio Nelson, às gargalhadas, fumando seu cigarro em frente à máquina de escrever e pensando: Chateaubriand quer vender jornal? Pois Suzana vai dar matéria! Vou quebrar as máquinas dele de tanto imprimir jornal!

Escravas do amor começa doce e romântico, numa tarde ensolarada, com Ricardo chegando à mansão de dr. Carlos (que de doutor não tem nada) e d. Lígia Maia para pedir sua filha, Maria Luiza, a Malu, em casamento. Do nada, o rapaz já aparece morto, sabe-se lá se de morte matada ou morrida. No meio da dor de Malu diante do noivo morto, d. Lígia me sai com essa pérola: "Então, eu sou mais feliz. Porque a mim ele beijou e a você não", confessando ter vivido um romance com Ricardo antes de ele conhecer a filha.

Ô derrota, Glória!

---

[1] Trechos dessa entrevista estão disponíveis no episódio "Nelson Rodrigues: sexo, mentiras e folhetim" do podcast 451 MHz.

Então tu já viu, né? Daí pra frente, tudo vai pra trás; é só desgraça ladeira abaixo, igual bicicleta sem freio. Como a vida. Uma história tão absurda, tão cheia de voltas e reviravoltas, que só pode beirar o nosso cotidiano, a nossa realidade. E isso incomoda demais, principalmente em dias de distanciamento social, quando nos isolamos de tal modo que não deixamos que ninguém saiba como é nossa vida verdadeiramente. Não falo desse distanciamento que nos foi absolutamente imperioso diante da pandemia, mas daquele que vem se impondo devagarzinho pelas invenções "markzuckberguianas"; que nos faz cravar o olho na tela, evitar o contato pessoal e criar uma realidade paralela pra nossa vida tão banalizada.

Não sou dona da verdade, sou só inquilina mesmo, mas acho este um bom momento pra parar e pensar se é mesmo preciso fotografar tudo, registrar tudo, publicar tudo, a ponto de não suportarmos apenas viver o momento, como se a experiência vivida na realidade, sentida e observada, não fosse mais suficiente. Resumimos a vida ao que postamos. E só postamos vidas perfeitas. Aí vem Nelson e nos escancara realidades tão intensas, tão cruas.

Dentro da requintada mansão dos Maia, a infelicidade reina, e não são poucas as vezes que seus moradores pensam na morte como um alívio para as dores que a bela fachada tenta esconder.

E assim é no Facebook: a história de felicidade de cada um não bate com a história construída pelas fotos postadas...

A crítica chama Nelson Rodrigues de pornográfico. Alguns dizem que ele voou alto demais na pele de Suzana Flag. Posso discordar? Eu merma acho que ele voou mais baixo do que cu de cobra.

No fundo e no raso, a tragédia tem um olhar mais compassivo. A comédia, um olhar cruel. E tio Nelson, travestido de seu pseudônimo, sem querer fazer muito riso, faz um recorte fiel da crueldade da condição humana. Quer um pouco de Suzana Flag na vida real? Tem minha amiga, que recebeu como nome do meio o nome da amante do pai na época em que ela nasceu. Tem a outra, que a tia-avó se suicidou vestida de noiva quando soube da irmã, grávida, vítima de abuso pelo cunhado. Um amigo meu foi pai aos 15, a filha agora tem 21. Ele casou recentemente com outra mulher que queria engravidar e não conseguia. O cara foi no médico e descobriu que sempre foi estéril. Por que choras, tio Nelson?

E euzinha? Eu sou mulher, nordestina, sobrevivente, piauiense, de uma família de treze irmãos; e quando adoecíamos, mãe já tacava a bordoada: "Essa menina nem morre, nem deixa os zoutro dormir". E posso dizer que morte, enterro, chifre, suicídio, homem que não dá no couro, filho fora do casamento sempre foram assuntos que circulavam com a naturalidade de quem pede um copo d'água ou come uma taiada de cuscuz com ovo. Assuntos que se fofocavam naquelas tardes quentes, quando minha mãe se juntava com as vizinhas na calçada, catando piolho na criançada com a cabeça cheia de Detefon, o inseticida.

Lá em casa, minha mãe, Maria da Penha, que tem a lei no nome, achava que eu era doente porque gostava de ler Nelson Rodrigues: "Essa menina é neurastênica". Levei muita surra de corda molhada quando era adolescente porque gostava de ler NR. Ela queria que eu estivesse barrendo a casa, e não escondida pelos cantos da casa lendo pornografia. Sim, minha mãe achava que aquilo era pornografia. O escritor Alain Robbe-Grillet foi taxativo: "A pornografia é o erotismo dos outros". Em matéria de sexo, numa sociedade repressiva como a nossa, qualquer um pode ser acusado e acusador de pornografia. Estar viva é que é a pornografia. Adorar minha mãe e suas histórias, cheias de reviravoltas nelsonrodriguianas.

Enquanto isso, meu pai, Francisco Clodoaldo Pinto, era um exímio frequentador do cabaré Pau Num Cessa, com a tabela de saliência: "CU 10, BUCETA 5 reais". Todo Natal, uma espécie de grupo da família do WhatsApp anual, onde resolvemos as tretas, aparecia um irmão novo. Devo ter irmãos, primos de quem não sei nem o nome. Teve uma época em que eu morria de medo de pegar acidentalmente algum primo/irmão na balada.

E, no enterro do meu pai, minha mãe passou o velório todo estrebuchando sua dor lancinante:

— Eu quero ir junto. Ô, meu Deus. Ô, dor grande. Ele era tudo!

E minha mãe se rasgava de dor puxando a saia, assoava o catarro na manga da blusa e, chorando pelo amor da própria vida dela, urrava:

— Eu quero ir junto! Ôôôô, por quêêêê? Ô, buracão! Eu quero ir junto!

E os treze filhos desesperados, sem ordem, sem harmonia, assistiam àquela cena inertes.

No cemitério, lá pelas tantas, mamãe escapuliu, caiu na cova e implorava lá de dentro:

— Ô, me tirem daqui. Eu tarra era brincando!

Quando chegamos em casa, depois do velório, fui consolar nossa mãe:

— Tenho que voltar pro Maranhão, terminar minha faculdade. Mãe, sei que vai ser muito difícil pra você sem o pai. E ainda tendo que criar esse tanto de filho sozinha.

No que ela respondeu:

— Hum, hum, hum! HOJE EU VOU É ASSISTIR A MINHA NOVELA EM PAZ!

Depois de tudo que vivi, nada vai me fazer nem muito feliz, nem muito infeliz. Encaro até uma dor de dente.

Mas não, nada disso é cômico. É trágico. Só que vira uma algazarra cômica quando a gente lê num folhetim. Este, que era folhetim, e logo virou livro, levou 57 anos pra ter uma segunda edição. São mais de quinhentas páginas. Quarenta "capítulos" — o último intitulado "O amor e a morte". Desculpa, eu preciso colocar aqui o meu riso escancarado: Hahahaha. Suzana, pra que isso, mermã? Depois de tanta traição, tanta morte, tanto "sufrimento". Tem certeza que tu quer fazer essa analogia?

A comédia é um olhar cruel. E tio Nelson e o riso são irmãos da mesma fé. Siameses. Aí, fico aqui me perguntando se foi bom ou ruim o fato de Suzana Flag ser uma invenção da cabeça de Nelson Rodrigues, e não o contrário, porque o estrago (no sentido ótimo da palavra) que ele proporcionou à dramaturgia brasileira teria sido maior. Ou não? Que essa Suzana não era gente. Literalmente. Amém.

Verdade que essas histórias de folhetim a gente não encontra no *feed*, mas, dando um F5, toda a trama se encaixa nos dias atuais: Malu seria uma influenciadora digital; d. Lígia, a protagonista desses reality shows de família, tipo *Kardashians* ou *Os Szafirs*. O pai, dr. Carlos, o noivo Ricardo, Bob, o jardineiro, Orlando, o garçom, ou Cláudio, o amante... Seriam aqueles caras que aparecem em quinhentos posts e, depois de um tempo, são deletados para todo o sempre. Laura? Certamente a assassina de Odete Roitman! Mas de outra novela, uma novela não tão real quanto aquela esculhambação afetuosa diária da minha família e/ou a família de qualquer brasileiro.

A diferença de ler Nelson Falcão Rodrigues depois de uma certa idade é a compreensão de que ele é um gênio inimitável, um produto do seu tempo. É um assombro infinito a originalidade, os diálogos, o humor, a capacidade argumentativa dele, mesmo quando escreve coisas sobre as quais atualmente muitos não concordam ou compartilham. Hoje ele seria impossível. Sua frase célebre "Nem todas as mulheres gostam de apanhar, só as normais" estaria nos *trending topics* do Twitter, nas timelindas do Instagram e do Facebook com as hashtags #Cancelado #ConteudoImpróprio. É certo que as almas sensíveis da indignação seletiva o botariam pra moer no cancelamento, no modo sem filtro de enxergar do anjo pornográfico. É claro que eu, novamente, discordo do cancelamento — que fique claro que é do cancelamento: a frase é absurda e merece duras críticas, que poderiam render amplos debates, quem sabe mudar alguma coisa. Tenho pra mim que Nelson está sendo muito é necessário pra acabar com essa farsa social. Mostrar a cara. No Face, nas redes, na cama, no Brasil cultuado pelo "homem de bem". A estrada pro inferno tá pavimentada de boas intenções pela tradicional família brasileira. Talvez, se trouxéssemos o machismo de Nelson para o debate, o machismo estrutural que gera o feminicídio, daríamos um passo importante na discussão da igualdade de gêneros.

Aqui se matam muitas mulheres. O Brasil ocupa o quinto lugar entre os países com maior número de feminicídios — são três mulheres assassinadas por dia, uma a cada sete horas. É de uma violência indescritível. Em quase 80% dos casos de feminicídio, os agressores são o atual ou o ex-companheiro, que não se conformam com o fim do relacionamento — e a violência acomete mulheres de todas as classes sociais, indiscriminadamente. Enquanto o machismo não for exterminado, as mulheres pagarão com a vida. E isso só será possível se nos abrirmos pro debate.

Mas, voltando ao *Escravas do amor* — onde não há nenhuma apologia ao feminicídio, apesar do machismo que permeia as relações (machismo, aliás, por vezes criticado na própria obra) —, o que marca é a impressão digital do tio Nelson sublinhando: "Quem nunca se rastejou por amor, atire a primeira joelheira".

Nelson Rodrigues é a melhor definição de rir pra não chorar. Desconfio que, hoje em dia, ele teria grupo fechado de WhatsApp pra contar seus causos. E eu queria ser administradora desse grupo. NR é minha religião sim e não me enche o ovário. Toda manhã rezo dois "Nelson Rodrigues nosso" e acendo vela pra Suzana Flag, Malu, Lígia, Glorinha... E digo mais: quem me dera existisse a bancada de "escravas do humor" no Congresso brasileiro. Ou melhor: como a democracia está fora de moda, quem me dera existisse a ditadura de "escravas do humor". Nessa minha ditadura, todo brasileiro deveria ler pelo menos um livro de Nelson Rodrigues por mês.

Mas não... Eu não sou nada. Nunca serei nada. Não posso querer ser nada e, à parte disso, tenho em mim uma "escrava do humor" no mundo. E quem não tem?

Se nada der certo na minha rede social, escreverei um livro de autoajuda, *Sem anos de solidão*. E na minha lápide, marcado em meu epitáfio, virá meu mantra, que certamente iria agradar Nelson Rodrigues:

"Quem faz rir, faz gozar!"

Obrigadadá, tio Nelson Rodrigues!

Dadá Coelho é atriz e roteirista.

1
Fim do meu sonho de amor

Malu julgava-se a mais feliz das mulheres; a mais feliz e a mais enamorada. Estava na beira da piscina, balançando os pés; os braços e os ombros cheios de gotas, abandonando-se à carícia gostosa do sol. Na outra extremidade da piscina, duas primas de Malu: Tereza e Solange, uma 17, outra 18 anos. Tereza de sarongue, Solange num maiô de borracha, vermelho. Atiravam água uma na outra, riam.

Malu olhava as companheiras, e não dizia nada. Bom estar ali, assim, os cabelos livres, num maiô ultrassintético, quase inexistente. Tinha um pequeno corpo, frágil, leve, elástico e belo. Malu ia ser pedida em casamento naquele dia, dentro de uma ou duas horas, talvez. Já devia estar vestida, pronta para receber Ricardo; mas ia ficando na piscina, experimentando uma espécie de felicidade física, os pés frescos ou frios dentro d'água. Sua pele, nos braços e nas pernas, ia-se enchendo de carocinhos; e já sentia arrepios percorrendo o corpo. "Acabo me resfriando", foi o seu comentário íntimo. Que voluptuosidade havia na preguiça!

— Dona Malu!

Um grito que vinha de cima, lá da varanda. Virou meio corpo; e viu a crioulinha, apontando a estrada, a voz esganiçadíssima:

— E vem seu Ricardo!

Malu teve um susto e levantou-se depressa. "Meu Deus do céu!" A crioulinha sabia, como todo o mundo, que Malu não queria que Ricardo a visse de roupa de banho, sobretudo naquele maiô, que estreara naquele dia, mais ousado e mais perturbador que a própria nudez. Os outros poderiam vê-la, não fazia mal, não se incomodava. Mas seu bem-amado, não. Queria que até lá ele nada conhecesse do seu corpo, a não ser que o pudesse adivinhar através do vestido. Isso era uma maldade inteligente de mulher, uma maneira de não se banalizar aos olhos do namorado. Até aquele momento não fora beijada nem por Ricardo, nem por ninguém. Podia dizer: "Eu nunca fui beijada!". E não adiantavam os comentários das primas: "Que é que tem beijo? Ora, Malu". Solange ia mais longe: "Beijo não quer dizer nada!". Mas a pequena e linda Malu punha uma intransigência feroz na defesa de sua boca: "Pois sim!".

E agora corria, deixando as duas na piscina; entrou em casa, descalça, molhando o encerado; e foi direto ao banheiro, gritando, de passagem:

— A toalha!

Antes de entrar (a casa estava construída numa pequena elevação de terreno) viu o automóvel de Ricardo, fazendo uma curva. A criulinha, Geralda, veio trazer a toalha, grande e felpuda, que a cobria toda; podia-se enrolar nela, ficando, apenas, com os ombros de fora. "Como me atrasei!" Esfregava a cabeça e o sentimento de felicidade se fazia maior. Fez tudo o mais depressa possível, enrolou-se na toalha e subiu as escadas correndo. "Menina louca", pensou de si mesma, aliás gostando de ser assim, de ter aqueles modos, quase de menina. "Sou tão criança, meu Deus!" No quarto, diante do espelho, foi se preparando. D. Lígia veio bater na porta.

— Já vou, mamãe!

— Ricardo chegou.

— Eu sei!

E, já vestida (escolhera até uma roupa de baixo melhor, um jogo lindo), olhou-se uma última vez, sorriu para si mesma e tornou-se subitamente séria. Sua beleza não chamava logo a atenção. Só os que a olhassem mais de uma vez percebiam integralmente o seu encanto, a sua graciosidade e uma série de coisas que valorizavam a sua figura; a maneira de rir, ou sorrir, a ternura dos olhos e do sorriso, o andarzinho miúdo e dinâmico. Ficou pensativa, lembrando-se de sua felicidade próxima. Ia ser noiva. Disse à meia-voz, com uma tristeza doce e sem motivo:

— Noiva!

Amava Ricardo tanto, tanto! Não se apressava agora, sentindo um prazer em pensar em coisas já sabidas, em fatos de sua vida, em circunstâncias. Era filha única: e adoradíssima. Gostava de ter pais ricos, de ser herdeira, milionária, de não fazer nada ou de fazer apenas o que bem entendesse. Os jornais, quando se referiam a ela, no seu aniversário, não se esqueciam de incluir: "pertencente à tradicional família". Era bom ter dinheiro, muito dinheiro, morar naquela casa, ir aos Estados Unidos, de avião, de vez em quando. Murmurou: "Malu, Malu…". Chamava-se Maria Luiza ou, por extenso, Maria Luiza Maia; e desde criança ninguém a chamava Maria Luiza; era Malu, apenas. Ela própria achava que Malu era um nome quase sensual. "Se eu fosse morena..." Não sabia por quê, mas parecia-lhe que se fosse morena o apelido se ajustaria melhor. Tinha os cabelos dum castanho alourado, uma pele levemente queimada (usava óleo antes de sair para a piscina). Finalmente, encaminhou-se para a porta. Então, sucedeu aquilo. Julgou ouvir uma voz (ou seria ilusão?), uma voz que dizia:

— Não vá!

Parou. Nunca lhe tinha acontecido isso. Era a primeira vez. E o mais interessante é que, com a fisionomia fechada, os olhos amortecidos, voltou atrás. Quem a visse, assim, andando lentamente, rígida, iria pensar que era uma sonâmbula. "O que é que está acontecendo, meu Deus?" Ela mesma não sabia. "Preciso descer. Estão esperando lá embaixo. Papai, mamãe e Ricardo. Eu amo Ricardo." Sentia-se absolutamente anormal, sentou-se na cama, com um ar de tormento. Teve uma espécie de tonteira. "Eu desmaio, vou desmaiar..." Mas ainda não tinha medo; via e compreendia as coisas, sabia que tudo aquilo era extraordinário e inquietante, porém as suas reações não eram correspondentes. Estava passiva e fez um esforço, uma última tentativa para se libertar daquele estado. Não soube quanto tempo ficou assim, sentada, os braços pousados no colo, os olhos abertos, como uma mulher sem vontade, sem alma, sem inteligência. Houve um instante em que teve a impressão de que alguém entrava no quarto; de que invisíveis braços a carregavam, de que a beijavam, uma, duas, três, não sei quantas vezes. Mas, ao mesmo tempo, dizia a si mesma, numa luta para recobrar a consciência: "Estou sonhando, estou sonhando... Que coisa horrível, sonhar e perceber que se está sonhando!".

Bateram na porta. Ouviu uma voz que custou a reconhecer.

— Malu! Malu!

"É mamãe", pensou, voltando, pouco a pouco, dolorosamente, à posse de si mesma. Quando, enfim, se sentiu normal, experimentou a sensação de quem se libertou de um sonho maléfico. Correu para a porta, numa necessidade brusca de companhia. "Se eu continuasse sozinha, acabaria enlouquecendo." Abraçou-se à mãe, e com tanto desespero, apertando-a tanto, que d. Lígia se assustou:

— Que é, minha filha?

Hesitou antes de responder. "Contaria ou não contaria?"

— Nada, mamãe, nada...

Percebeu espanto nos olhos maternos. D. Lígia achava qualquer coisa de estranho em Malu, e não sabia o quê. Talvez os olhos, uma certa expressão de cansaço ou de angústia na fisionomia; ou ainda: um ar de envelhecimento. Enfim, uma transformação qualquer, que não podia dizer exatamente qual fosse.

— Vem cá, mamãe.

Fechou a porta; e, ante o espanto de d. Lígia, que começava a sentir um aperto no coração, Malu abriu todos os móveis, viu detrás do guarda-vestidos, mexeu nas cortinas das janelas, espiou por debaixo do leito. Não viu nada, absolutamente nada. D. Lígia já estava realmente assustada; teve, por um momento, até a suspeita de loucura. "Ela não está normal."

— Mas você não diz o que houve?!
— Mamãe...

Respirou forte, antes de concluir, baixando a voz:

— Tem uma pessoa aqui, mamãe. Uma pessoa aqui dentro.

D. Lígia olhou em torno:

— Aqui?
— Aqui. Não sei, mas tem...

As duas olharam-se: d. Lígia, aterrada; e Malu, com um sofrimento que ia crescendo, que já se tornava intolerável. Virou-se para d. Lígia, encarou-a:

— Eu sei o que é que a senhora está pensando, mamãe.
— Vamos descer, Malu? Vamos, minha filha?...
— Não mude de assunto, mamãe. A senhora está pensando que eu estou doida, que eu enlouqueci. Não é? Pode dizer, eu não me incomodo...
— Você está nervosa!

Teve um lamento:

— Estou é louca, louca... — baixou a voz — ... louca...
— Vou chamar seu pai, quer?
— Não! Eu desço...
— Ou prefere descansar?
— Desço, já disse! — gritou.

E pediu, num tom novo de apelo:

— Não me contrarie, pelo amor de Deus! Não me contrarie!...
— Pinte então os lábios, minha filha.
— Mas eu pintei!...
— Pintou?...

Desesperada, Malu correu ao espelho: olhou a boca com espanto. Batom todo falhado. Voltou-se para d. Lígia. Estava cheia de angústia:

— Viu, mamãe?

D. Lígia chegou-se para ela, instintivamente, como se quisesse protegê-la de um perigo, de uma ameaça. Percebia, com essa certeza que dá o instinto, que alguma coisa acontecera à filha, ou ia acontecer.

Era uma convicção desesperada. Percebia também que a ameaça contra Malu não podia ser uma coisa qualquer. Era um perigo sobrenatural. Malu dizia, com os braços caídos ao longo do corpo:

— Eu me pintei, mamãe, acabei de me pintar. E, quando acaba, a senhora está vendo? Quer saber o que é isso, quer?
— Minha filha!
Estavam paradas, espiando-se apenas. D. Lígia com um sentimento de medo cada vez maior. E Malu com uns olhos, um ricto na boca, de insânia:
— Eu fui beijada, mamãe! Por isso que a pintura saiu!...
Repetiu, cobrindo o rosto com a mão:
— Alguém me beijou antes da senhora chegar e eu não sei quem foi!...

Ricardo não acreditava em pressentimento. Mas naquele dia estava inquieto, febril, uma trepidação nos nervos. Era como se estivesse adivinhando que ia acontecer alguma coisa de ruim... Não tinha nenhum motivo para estar assim, nenhum. Até, pelo contrário, ia pedir a mão de Malu (simples formalidade, pois era amado e os futuros sogros já sabiam e aprovavam). Pois bem: num dia desses é que experimentava esse mal-estar, essa angústia! Fez assim a viagem para a casa de Malu — ia no seu carro de molas macias e sem trepidação. Geralmente gostava das grandes velocidades. Mas seu estado de espírito era tal que realizou todo o percurso numa marcha moderadíssima, conservando-se sempre na mão, com uma prudência que teria assombrado quem o conhecesse. Mal chegou à casa dos Maia, d. Lígia, que foi a primeira a aparecer, entrou na sala dizendo:
— Malu saiu agora mesmo da piscina!
Ricardo estremeceu. Imaginou, imediatamente, como ela estaria, de roupa de banho; como seria o seu corpo num maiô; e isso lhe deu um sofrimento agudo. "Malu, Malu..." Enquanto conversava com d. Lígia — ela fazendo sala, passando de um assunto a outro, amável, por vezes meiga —, ele voltava o pensamento para Malu. Ela o atormentava, fugia, muito ágil e esperta, quando ele a queria prender e colher um beijo dos seus lábios. "Não a beijei nunca." A resistência da moça exasperava-o. Às vezes, Ricardo tinha até rancor, uma raiva desesperada e inútil. Chegava a imaginar armadilhas; atraí-la para algum lugar e, então, dominar a menina, tão mais fraca do que ele, beijá-la quantas vezes quisesses. Ao mesmo tempo, pensava: "É melhor mesmo, porque assim o casamento terá mais graça...". Mas no fundo de sua resignação havia uma certa amargura, um certo rancor.
O dr. Carlos acabava de entrar. E d. Lígia aproveitou a ocasião para avisar a filha. Saiu, dizendo:
— Eu volto já.

O dr. Carlos sentou-se. Estava com a fisionomia carregada. Conversava com Ricardo, mas os dois tinham o pensamento longe dali. Apesar da idade, conservava bastante solidez: tinha uma expressão enérgica, um corte másculo de boca e podia-se admitir, perfeitamente, que impressionasse certas mulheres. Ele pensava, justamente, numa de suas conquistas mais recentes, que o vinha ameaçando com escândalo. Estava maldisposto: experimentava uma cólera, uma cólera surda contra as mulheres em geral. Naquele momento, não admitia que nenhuma delas fosse sincera! "Será que a minha é?" Ricardo conhecia as aventuras extramatrimoniais do sogro. Mas naquele momento só pensava em Malu. "Dona Lígia está custando." Agora a sua angústia se definia melhor: era medo, mas um medo sem causa ou sem causa conhecida, medo da própria vida ou da morte. "Malu será uma esposa fiel?" Não sabia se ela seria bonita para os outros. Para ele, não havia outra mulher. "Talvez depois eu me aborreça, fique enjoado..." Essa possibilidade de vir um dia a se cansar de Malu foi para ele outro sofrimento.

— Minha mulher está demorando — estranhou o dr. Carlos. — Vou lá em cima um instante.

Aquela demora, que devia ser uma coisa sem a menor importância, aumentou a angústia de Ricardo. O dr. Carlos encaminhou-se para a porta. "As mulheres são incríveis."

Mas, quando ia passando em direção da escada, o dr. Carlos viu, através da porta de vidro, um automóvel. Reconheceu, logo, a passageira: era a "recente conquista". "Glorinha aqui!", pensou, aterrado. Calculou que desta vez não se livraria do escândalo. Glorinha viu-o de fora e veio ao encontro, adiantando-se, resolutamente, ao criado que a atendera:

— Vamos para a varanda — disse o dr. Carlos, contendo-se.

Falava baixo, quase sem mexer os lábios. Ela foi direto ao assunto:

— Eu tenho a vida e a honra de sua filha nas minhas mãos!

— O quê?

— Isso mesmo!

Fez um supremo esforço de controle; pôde dizer:

— Vá para o jardim. Falaremos depois...

Dentro do quarto, d. Lígia tentava convencer Malu, embora ela mesma precisasse de alguém que a convencesse:

— Você não vê logo que não é possível?

— É, sim, é.

Malu estendia o lábio inferior.

— E isso, como é que a senhora explica?
— Foi você mesma, minha filha, que passou a língua. Só pode ter sido.
Mas ela teimava, numa tenacidade de obsessão:
— Não fui eu, mamãe, não fui eu. Alguém me beijou, tenho certeza.
— Que bobagem, Malu!
Ouviram os passos no corredor. D. Lígia sobressaltou-se:
— Olhe seu pai! Eu vou e você vem logo!
Era o dr. Carlos. Deixara Glorinha na varanda. Desceram, então, marido e mulher. O dr. Carlos fazendo força para não ser grosseiro, dizendo, entre dentes:
— Você não queria descer!
E ela respondeu, baixo:
— Malu está meio indisposta!
Ricardo esperava-os no meio da sala. Era geralmente muito senhor de si, seguro, sereno, com uma experiência absoluta de situações sociais. Mas naquele momento estava pálido; e mais: não conseguia esconder o seu sofrimento. Cerrava os lábios, com uma expressão tão grande de dor que dr. Carlos e d. Lígia se entreolharam. D. Lígia, quase, quase, ia perguntando: "Está sentindo alguma coisa?". Mas não disse nada. Havia no ar qualquer coisa de anormal, de estranho, de inquietante. D. Lígia sentou-se; o dr. Carlos ficou de pé, acendendo um cigarro (sua mão tremeu). Ricardo adiantou-se:
— Doutor Carlos — falava com esforço —, o senhor deve calcular, naturalmente, o que é que me trouxe aqui...
Fez uma pausa. D. Lígia esboçou um sorriso. O dr. Carlos confirmou com a cabeça. Ricardo continuou:
— Mas antes eu queria dar uma palavra, em particular, com Malu. É possível?
Pai e mãe se olharam. D. Lígia levantou-se:
— Pois não. Vou chamar Malu.
Subiu, achando tudo aquilo muito esquisito. "Ora essa", ia dizendo a si mesma. Abriu a porta do quarto e quase esbarrou com a filha. Malu vinha saindo, as duas quase que tinham segurado o trinco ao mesmo tempo. D. Lígia teve uma verdadeira surpresa: Malu sorria; nada nos seus olhos, no seu sorriso, na sua fisionomia traía a inquietação anterior. "Mas será possível!" — admirou-se d. Lígia, achando melhor, de momento, não tocar no assunto.
— Ricardo quer falar com você, minha filha!
— Já pediu?
— Ainda não.

Desceu na frente de d. Lígia. Viu Ricardo. Este sorriu diante de Malu, diante daquela imagem miúda e linda.

— Vocês conversem — disse o dr. Carlos. — Nós estamos na varanda.

Saiu com d. Lígia. Glorinha estava na piscina, conversando com Solange e Tereza. Foi coisa talvez de dois minutos. Marido e mulher olhavam para o jardim — as amendoeiras estavam bem grandes, já — quando se ouviu um tiro. Foi um estampido que alarmou a casa toda, fez gente aparecer na janela da casa vizinha. Empregados apareceram, assombrados. D. Lígia e o dr. Carlos correram; a porta da sala estava fechada. O dr. Carlos e mais um empregado meteram os ombros: uma, duas, três vezes. A porta cedeu e os dois entraram, de roldão; e estacaram, petrificados.

Malu aparecia num canto da sala, com os braços cruzados; no chão, de rosto voltado para o tapete, um fio de sangue correndo da fronte, Ricardo. Estava morto.

Todo o mundo correu. Solange e Tereza, aquela de sarongue e esta de maiô, acompanhadas de Glorinha, foram as últimas a entrar na sala. Dois empregados da casa, um dos quais o novo garçom, carregavam Ricardo e o colocavam no divã. Mas era evidente que o rapaz estava morto; o revólver ficou no chão, e houve quem tivesse a iniciativa de gritar:

— Não toquem na arma!

Não se soube nunca quem disso isso. O dr. Carlos veio correndo para Malu; e d. Lígia, depois de ter olhado para o corpo de Ricardo, tapava o rosto com as duas mãos. Solange desmaiara; e Tereza entregara-se a uma espécie de pranto. Havia tumulto na sala: gritos, encontrões e choro.

— Chamem a assistência!

— Está morto!

— A polícia!

No telefone, o novo garçom discava para a polícia. Chamava-se Orlando e, em meio a tantas explosões quase histéricas, era o mais seguro, o mais lúcido, e mais prático. Vira, ao primeiro golpe de vista, que Ricardo estava morto. "Portanto, telefonar para a assistência é bobagem", foi o seu raciocínio imediato. Ligava para a polícia e dizia, com a boca encostada ao fone:

— Um suicídio. Agora mesmo.

Dava as informações, sóbrio, lacônico, preciso. No outro lado da linha, o comissário, ou quem fosse, devia estar tomando nota. Orlando desligou, afinal; e observava a atitude dos presentes diante do morto. Malu não chorava (fato que chamou logo a atenção de Orlando e o impressionou). O dr. Carlos segurava a filha pelos braços, sacudia-a violentamente, aterrado com a sua expressão de alheamento. Ela estava rígida, parecia vazia de tudo, oca.

— Que foi? Como foi isso? — gritava o dr. Carlos.

Queria arrancá-la daquela impassibilidade, pior e mais inquietante que o maior dos desesperos. A suspeita do dr. Carlos, bem como de todas as outras pessoas, era de que Malu perdera a razão. D. Lígia aproximou-se da filha. Tinha um ar estranho, dava a ideia de que envelhecera subitamente (d. Lígia era do tipo miúdo de Malu; aos 38 anos, guardava muita coisa de menina; e parecia uma irmã mais velha, e não mãe da própria filha). Não chorava; mas se via que sofrera um golpe duro, talvez violento demais para os seus nervos. Todos os olhos a fixavam quando ela chegou junto da filha. Mãe e filha estavam agora face a face; e d. Lígia repetia a pergunta, numa voz que quase ninguém ouviu:

— Como foi isso?...

— Como foi?

Fez-se um silêncio absoluto. Então, sem olhar ninguém, baixando a vista, deixando cair os braços ao longo do corpo, Malu pôde enfim contar (impressionava o seu ar de sonâmbula; era como se não tivesse a mínima consciência das próprias palavras). Falava sem olhar para ninguém:

— Logo que papai e mamãe saíram, Ricardo fechou a porta, por dentro...

E à medida que ela falava, numa voz igual, monótona, sem excitação e sem brilho, a cena ia se reconstituindo, nítida, viva, em todas as imaginações. Com efeito, logo que o dr. Carlos e d. Lígia se afastaram, Ricardo, que parecia calmo, foi dominado por uma grande excitação. Dirigiu-se à porta, fechou por dentro; e encaminhou-se, então, para Malu. A moça sobressaltou-se. Via que tudo aquilo era esquisito e que o namorado não estava em si. Estranhou:

— Que é que há, Ricardo?...

— Malu, Malu...

Olhou-a profundamente, tomou-lhe as mãos. Depois, tentou abraçá-la. Ela quis se desprender, fiel ao juramento que fizera a si mesma de não se deixar beijar, a não ser exatamente no dia do casamento, depois da cerimônia religiosa. Mas Ricardo insistiu:

— Um beijo, só um.

E pedia com desespero, como se disso dependesse a sua vida, a sua felicidade, todo o seu destino. Malu continuava sem compreender a atitude de Ricardo. Experimentava um sentimento de espanto e de medo. Podia ter se deixado beijar; mas uma espécie de maldade a possuiu, e era mesmo de sua natureza feminina ser intransigente nas pequenas coisas.

— Eu vou pedir sua mão daqui a pouco. Que é que tem de mais? Não seja assim!

— Mas nós não combinamos? Você concordou.

E como ela resistisse ainda, já numa espécie de pirraça, ele disse:

— Sabe por que eu quero beijar você? — baixou a voz. — Porque eu vou morrer, Malu. — E acrescentou, com uns olhos de alucinação: — Vou morrer na sua frente, você vai assistir à minha morte... Será esta a minha vingança.

Naquele momento, Malu poderia ter gritado, e, se o fizesse, quem sabe se não teria evitado tudo? Mas envergonhou-se, por antecipação do escândalo. Viu, imóvel, sem uma palavra, Ricardo recuar e tirar o revólver. Quis pensar que era brincadeira; talvez estivesse representando uma comédia para conseguir o beijo. Ainda pensou: "Pois sim. Só se eu fosse boba". Ricardo levou o revólver à frente. E ela, parada, só olhando.

Mas, mesmo que quisesse, não conseguiria articular uma palavra. Era como se estivesse possessa. Ricardo apertou então o gatilho, no mesmo instante em que ela fechava os olhos. Sentiu o cheiro da pólvora; ouviu o baque do corpo. Abriu a medo os olhos, levando a mão ao peito; e por algum tempo — não soube quanto — olhou o noivo, percebendo que a morte deveria ter sido instantânea. Nem aí pôde gritar ou se mexer de onde estava. Havia dentro de si uma sensação persistente de sonho ou de loucura. "É impossível que isso tenha acontecido", era o que pensava, sem desviar a vista de Ricardo, ao mesmo tempo que a porta estremecia e era, afinal, arrombada. "Eu devia estar beijando Ricardo; e chorando..." Dizia isso a si mesma e, entretanto, permanecia ali, rígida, sem uma lágrima.

Em torno de Malu, estavam todos; por um momento se esqueciam do corpo de Ricardo, atentos à palavra da moça. Tudo o que ela dizia era estranho. Solange, de sarongue, pingando o chão, pensava no absurdo, raciocinava: "Mas isso não é possível. Ninguém se suicida por causa de um beijo". Glorinha, que não perdia uma palavra, excitadíssima, pensou: "Ela mente; está escondendo alguma coisa". Então, deram passagem, porque Malu, em passos lentos, vinha na direção do divã, sem que o ar de sonâmbula a tivesse abandonado de todo; o dr. Carlos ainda perguntou:

— Aonde vai, Malu?

Ela não respondeu, nem ele insistiu. O que todos sentiam era que Malu estava fora de si; e havia uma curiosidade viva; aguda, pela atitude que ela teria diante do cadáver. Viram quando Malu caiu de joelhos, diante de Ricardo. Seus olhos continuavam enxutos; e causava um mal-estar intolerável ver aquela dor tranquila, fechada e severa, sem lágrima, de espécie alguma. Tereza, que desatara num pranto imenso ao saber que Ricardo se matara, parou de chorar, interessando-se pela cena; e desejando saber como se portaria Malu, agora que seu amado estava morto.

— Mas está morto mesmo?

Voltaram-se para ver d. Lígia. Passado o primeiro choque, ela queria se agarrar a uma esperança, por mínima que fosse. Houve um zum-zum; apoiaram; repetiu-se à meia-voz, cochichou-se a pergunta: "Quem sabe não vive ainda?". O novo garçom, Orlando, ergueu um pouco a voz, para dizer:

— Está morto, sim. Basta olhar.

E a crise que se esperava veio, afinal; Malu tomara às suas uma das mãos de Ricardo; e rompia num pranto, num desses prantos incontroláveis e selvagens, que não admitem consolo e podem levar à loucura. Quiseram arrastá-la; ela se debateu nos braços do pai:

— Não faça isso, Malu! Que é isso, minha filha?

D. Lígia ficou de lado, sem um gesto e sem uma palavra. Já não olhava mais para ninguém, nem para o próprio morto, a atenção concentrada na filha. "Eu queria chorar", pensava d. Lígia; mas não se via lágrima nenhuma nos seus olhos; e estavam tão enxutos que só mesmo uma dor física é que a faria mergulhar no pranto desejado. Tereza e Solange deixaram a sala, com o sentimento de que não estava direito que ficassem, de roupa de banho, ao lado de um morto. A morte enchia suas almas de angústia e de interrogação. Tinham um medo brusco e violento de que ela também viesse ao encontro delas e as arrastasse. Jovens, bonitas, amando a vida, através de cada segundo e de cada minuto, não podiam aceitar a ideia de que também morreriam, como todo o mundo morre. Solange sussurrou, temerosa das próprias palavras:

— Não sei, Tereza, não sei, mas alguma coisa me diz... — baixou mais a voz, o queixo batendo de excitação. — Você acreditou?

A mesma suspeita as invadia; entendiam-se quase sem necessidade de palavras; e Solange insistiu:

— Você acha que foi suicídio?

— Não me pergunte! Não sei, não quero saber!...

Calaram-se, mas a obsessão continuava; e de noite, com certeza, veriam Ricardo em sonho. "É uma coisa tão horrorosa um cadáver!", pensava Solange, empalidecendo. Entraram no quarto e despiram-se ao mesmo tempo, como se tivessem combinado de sincronizar seus movimentos. Na sala, Malu ainda estava segura; e pedia, aos soluços, que a deixassem. Prometia comportar-se.

— Venha para fora um pouco!

— Conforme-se, minha filha!

Então, ela fez uma cena violenta e inesperada. Acusou-se a si mesma; na sua dor sem limites, encontrava nas palavras um gosto de expiação e de martírio:

— Ele queria me beijar e eu não deixei!...

Era esse o seu dilaceramento interior, ter se guardado, querendo se valorizar aos olhos dele, tornar-se cada vez mais desejada. Abria-se em confidência, e era em vão que o dr. Carlos, desconcertado, procurava contê-la:

— Mas, minha filha, que é isso? Não fique assim, minha filha!...

Ela sentia-se bem, parecia-se aliviar, atenuar a própria tensão naquele escândalo. Foi mais além:

— Ah, se eu soubesse!... Se eu pudesse adivinhar!... Não teria sido um só beijo, não!...

— Malu!

A mão do pai tapou-lhe a boca. D. Lígia, que assistia e ouvia apenas, segurou a filha pelo braço:

— Vamos subir! — Sua voz não traía nenhuma ternura; era um tom de ordem. — Vamos!

A filha voltou-se para ela, espantada. Viu a figura de d. Lígia, pequena e frágil como a sua, moça, muito moça ainda, soluçando (mas já sem lágrimas). Mostrou o noivo:

— Mas eu preciso ficar aqui... Quero ficar junto dele... Oh, meu Deus do céu!...

— Depois você vem. — D. Lígia continuava fria, impassível. — Agora precisa descansar...

O dr. Carlos reforçou:

— Vá, minha filha, vá.

— Não quero! — chorou.

— É preciso.

Glorinha achava que d. Lígia podia ter sido mais afetuosa, ter usado outro tom.

As duas saíram, sem que d. Lígia, como seria natural, tivesse passado o braço em torno de Malu ou amparado a filha. Malu chorando sempre, mas não com o mesmo desespero. O garçom Orlando fez uma observação (tinha um ar de suficiência, quase de comando, que acabou chamando atenção):

— Não deviam ter mexido no corpo.

— Quem foi que mexeu? — estranhou o dr. Carlos, virando-se e dando de cara com Glorinha.

Orlando coçou a ponta do queixo; e declarou, cruzando os braços, com uma certa insolência:

— Eu não fui!

Houve espanto em torno, porque, na verdade, ele ajudara a carregar o corpo. A atitude do garçom preocupou os outros empregados. O dr. Carlos, como se só então notasse a sua presença, olhou o rapaz. Era ainda um moço e não se podia dizer que fosse feio; tinha na fisionomia, porém, qualquer coisa de duro e de sinistro. De qualquer maneira, sua aparência não era de subalterno; e sustentou o exame do patrão com desassombro, ou, antes, com cinismo. Glorinha sussurrou ao ouvido do dr. Carlos:

— Cuidado com esse aí!

Espanto do dr. Carlos:

— Cuidado por quê, ora essa?

Falavam entre si, baixo, de modo que ninguém ouvisse:

— Tem cara de bandido.

— O quê?

Disfarçaram, porque Orlando se aproximava, passava por eles e saía, não sem ter olhado antes para trás, com um jeito sardônico na boca. "Estão falando de mim", adivinhou, absolutamente certo de que não se enganava. O mais estranho é que o dr. Carlos, quando seus olhos se encontraram, foi quem baixou a vista. Isso o exasperou e, então, voltou sua irritação contra Glorinha:

— E você, o que é que veio fazer aqui?

— Eu?

— Você, sim. Pensa que isso aqui é o quê?

— Veja esse tom!

— Vir à minha casa, à casa de minha família!...

— Não aconteceria isso se você não tivesse deixado de aparecer.

— Você vai sair daqui, já, já. Não é digna de entrar nesta casa!

Quis puxá-la pelo braço, procurando não chamar atenção. Ela se desprendeu, agressiva:

— Não brinque comigo, Carlos. Eu tenho umas fotografias de sua filha, tiradas nos Estados Unidos. E que fotografias!...

O dr. Carlos tonteou:

— Fotografias?

— Fotografias e cartas. Você está pensando que sua filha é uma coisa...

— Cale-se ou...

A polícia vinha chegando. O dr. Carlos fez um esforço para recobrar a serenidade. Disse entre dentes:

— Espere aí.

No quarto, Malu chorava. Precisava repetir para si mesma: "Ele morreu, Ricardo morreu". Parecia não estar de todo convencida.

— Mas não é possível, mamãe!

E repetia, na sua ideia fixa:

— Não é possível, não se pode morrer assim. A pessoa está viva e de repente!... — Apertava a cabeça entre as duas mãos.

E chorou mais alto, lembrando-se de que ele ia ser enterrado e se decompor debaixo da terra. Crispou-se toda. Voltava-lhe a pena de ter deixado o bem-amado morrer sem a ter beijado nunca.

— Como eu fui boba, meu Deus! Se eu tivesse aproveitado todo esse tempo, ainda teria um consolo. Mas assim!...

D. Lígia veio andando, lentamente, na direção da filha. Tinha um ar estranho, uma luz selvagem nos olhos. Perguntou:

— Você nunca beijou Ricardo, jura?

— Juro — balbuciou.

Então, d. Lígia chorou pela primeira vez, caiu de joelhos em pleno quarto, ante o espanto da filha; e disse, na sua alegria desesperada:

— Então, eu sou mais feliz. Porque a mim ele beijou e a você não!...

2

O ódio nasceu do amor

A POLÍCIA TEVE pouco trabalho. Era evidente o suicídio. Orlando, assistindo impassível ao breve e convencional interrogatório do comissário (tinha apenas um sorriso sardônico na boca), pensava: "Se isso fosse novela policial, o suicídio não seria suicídio, e sim crime". A própria reflexão o divertiu. O médico da polícia mal olhou. Logo ao entrar foi positivo:

— Está morto.

Mais por hábito profissional do que por outra coisa, examinou a pupila de Ricardo, pousou a mão no seu coração e levantou-se, pigarreando, perguntando ao comissário, que estava junto:

— Suicídio?

— Suicídio.

O revólver já não estava mais no chão. O comissário o apanhara, sem cuidar de impressões digitais. Soube das circunstâncias e nem ao menos se admirou, embora o dr. Carlos se confessasse impotente para explicar uma coisa assim, tão inesperada.

— Imagine o senhor...

E contou o caso; o suicídio de Ricardo aos olhos da noiva. Certo espanto do comissário:

— Tinham brigado?

— Não. Aí é que está.

— Interessante!

O comissário aprendera a não se espantar de coisa nenhuma. Já vira casos mais estranhos e mais inverossímeis. Não acreditava em mistério; achava que mistério só em novela policial. Na vida cotidiana, o suspeito é mesmo o criminoso, e os motivos sempre aparecem na fase preliminar das investigações. E, naquele momento, o que mais o impressionava, e o fazia ficar meditativo, era o ambiente da casa, o chão brilhante, os tapetes e um jarro chinês, enorme, quase do tamanho de uma pessoa. Era possível achar estranho aquele suicídio; e talvez recomendável iniciar um inquérito severo e minucioso. Mas a autoridade não achou necessário. Abominava as novelas policiais e por princípio rejeitava o mistério. Assim sendo, tomou várias providências práticas; e estremeceu quando Orlando se aproximou (o dr. Carlos estava afastado no momento) e insinuou, baixo:

— O senhor acha mesmo que foi suicídio?

— Como?

— Pergunto se acha que foi suicídio.

— E você não acha? — admirou-se o comissário.

— Acho.

— Então por que fez a insinuação?

— Bobagem minha.

E afastou-se, enquanto o comissário, intrigado, ficava com aquilo na cabeça: "Que terá querido insinuar este patife?". Pensou em ir atrás e interpelá-lo. Mas desistiu; naquela noite, ele teria visitas em casa, uns tios da mulher. Gostava de sossego; só em último caso, abandonava o seu cômodo amor à rotina. Mas, a contragosto, continuava a pensar no que lhe dissera o garçom, na perfídia insinuada. "Não é possível", raciocinava, "foi suicídio." E reafirmou para si mesmo: "Foi suicídio, sim".

Durante alguns momentos se olharam apenas, Malu e d. Lígia. Malu como se tivesse recebido uma pancada em pleno peito. Era pouco a pouco, com um lento e penoso esforço da compreensão, que a moça ia se apossando do sentido da revelação. E via a mãe como se, subitamente, a deixasse de reconhecer. D. Lígia parecia-lhe naquele instante uma estranha, uma desconhecida, e não a própria mãe.

O silêncio era absoluto; e, entretanto, o quarto parecia ressoante, ainda, das palavras reveladoras:

"A mim ele beijou e a você não!"

Malu balbuciou, querendo duvidar até o último momento:

— Mamãe!...

D. Lígia não se desdisse. Estava num desses estados de desespero que não admitem covardia. Há certas ocasiões em que a mulher tem todas as coragens. Seus nervos trepidavam. (E que mulher diante do bem-amado morto mede as próprias palavras?) Aproximou-se mais de Malu. Era como se não fossem mais filha e mãe, mas simplesmente duas mulheres que haviam amado o mesmo homem.

— Ele me beijou, sim — d. Lígia falava num tom de violência contida. — Foi uma vez só, mas me beijou!...

— Mentira!

— Me beijou, e se você quiser, eu digo até o dia. Quer?

— Mentirosa! Sua mentirosa!

Os laços que as uniam estavam despedaçados. Uma e outra sentiram que nunca mais seriam as mesmas. Até o fim dos seus dias, a sombra do mesmo homem se projetaria nas duas vidas; estavam para sempre separadas, elas que eram tão amigas ou aparentavam ser.

— Eu vou dizer a papai!

Malu refugiava-se numa ameaça. Contava que a outra tivesse medo.

— Pode dizer.

— Digo mesmo!

— Não faz mal!

Mas a moça não tomara ainda nenhuma resolução. Procurava pôr em ordem as ideias e os sentimentos. Era como se tivesse, dentro de si, uma voz obsessionante, num estribilho único: "Mamãe e Ricardo... Mamãe e Ricardo...". Via d. Lígia com um novo sentimento. Sim, não era mais uma filha que envolve a mãe em amor; mas uma mulher que examina e critica outra mulher. Raciocinava rapidamente: "Ela ainda é bonita; não parece ter a idade que tem". Mas, no seu desespero, quis negar que d. Lígia pudesse perturbar e interessar um homem:

— Ricardo não daria confiança!

— Pois sim!

— Entre mim e a senhora, a senhora pensa que algum homem vai hesitar, preferir talvez a senhora?

— Por que não?

— Ora, por quê? A senhora não se enxerga?

— Você está assim porque eu lhe disse aquilo.

Maquinalmente, d. Lígia aproximou-se do espelho. Olhava a si mesma, com uma profunda e minuciosa atenção. Talvez nunca tivesse reparado tanto na própria imagem. E se achava bonita, fina, delicada. Seus olhos se adoçavam. "Ninguém me dará a idade que tenho", foi a íntima observação que lhe deu uma secreta alegria. Ela e a filha pareciam esquecidas do morto, voltadas agora para si mesmas. Malu olhava espantada. Teve um lamento:

— Uma mãe fazer isso!

— Eu também tenho direito ao amor. Não é só você!

Malu replicou, rápida e agressiva:

— Não tem!

— Tenho! — teimou d. Lígia. — Eu sou uma mulher abandonada.

— Desculpa!

— Seu pai não me liga!

E sua cólera se dissolveu de repente numa tristeza absoluta.

— Quantas vezes eu disse a Carlos, quantas: "Um marido não deve abandonar nunca a esposa!". Mas não adiantou!

— E por isso a senhora foi dar em cima do único homem que eu amei? Do único?

Protestou com violência:

— Não fui eu quem deu em cima! Juro!

— Foi ele talvez?

— Eu não fui! — Chorou; sua resistência estava no fim. — Nem eu, nem ele. Aconteceu. Essas coisas acontecem. Foi uma fatalidade.

Malu hesitou. Experimentava subitamente uma curiosidade doentia de saber de tudo, de conhecer a verdade integral, nos mínimos detalhes. Era uma fascinação que a possuía. "Ou será que ela está mentindo?", interrogou-se a si mesma. E uma esperança sem motivo nasceu no seu coração, a esperança de que a mãe, por maldade gratuita, por despeito ou sei lá, tivesse fantasiado. Queria que ela contasse e, ao mesmo tempo, tinha vergonha, um sentimento de pudor. "Não será melhor fingir que não acredito?" D. Lígia sentara-se diante do espelho: "Ele morreu, ele morreu", era a sua obsessão. "Ele me beijou e a ela não." Ergueu o rosto para Malu, que, a medo, perguntava:

— Como foi?

— O quê?

— O beijo.

D. Lígia levantou-se. Começou então, entre lágrimas:

— Eu o conheci antes de você, muito antes de você!...

— Antes de mim?

D. Lígia reafirmou, começando a exaltar-se:

— Antes de você, sim, senhora — e prosseguiu, sentindo que odiava a filha: — Foi você quem tirou Ricardo de mim...

— Ainda me acusa?

— Acuso! Por que não? Ele só conheceu você depois...

— Mas foi de mim que ele gostou.

— Mentira! Gostou antes e sempre de mim. Você pensa que ele deixou de gostar de mim algum dia?

— Penso!

— Está muito enganada! Mas muito enganada!

Eram golpes sobre golpes que apanhavam Malu, atormentada e indefesa. Queria reagir, gritar mais alto que a mãe (em risco de serem ouvidas), mas as réplicas de d. Lígia eram imprecisas, prontas, implacáveis. Ela se desorientava; e pensava, na sua angústia e no seu ódio: "Eu acabo me atracando com ela!". Era como se aquele choque entre filha e mãe não pudesse ficar limitado a puras e simples palavras e mais cedo ou mais tarde redundasse numa abjeta briga corporal.

— Então você pensa — era o desespero de d. Lígia — que por ser minha filha eu vou perdoar? Pensa mesmo?

— Meu Deus, meu Deus!...

— Você quer saber mesmo como foi?

E contou. Há uns três anos, d. Lígia tivera esgotamento nervoso muito acentuado. Malu estava, então, em Nova York, em casa de uma tia, irmã do dr. Carlos. O médico da casa foi terminante: "Dois ou três meses fora do Rio". O dr. Carlos interessou-se logo em que a esposa partisse; e houve discussões em torno de possíveis estações de repouso. Finalmente lá foi para uma cidadezinha de interior, tranquila, quieta e tão sem importância que os mapas não a mencionavam. D. Lígia partiu, sem que ninguém soubesse que o motivo real de seu estado era o abandono em que o marido a deixava, a falta de carinho, a indiferença e, por vezes, até grosseria. Ela guardara, através dos anos, uma verdadeira alma de menina, extremamente delicada, sensível até o martírio. E o pior era que sofria as coisas em silêncio, sem reclamar e sem se revoltar. Trancava-se no seu sofrimento, não deixava que ninguém percebesse. Às vezes, pensava no seu destino falhado: "Eu precisava de um amor. Eu precisava tanto ser amada!". Mesmo que o amor não se realizasse, ficasse só em sentimento, não chegasse à ação nunca. "Seria tão bom!" Mas aquela solidão é que a apavorava, era o vazio de sua vida. Tantas vezes na rua, à sua passagem, diziam "Bonitinha", mal sabendo que ela completara os 35 anos e tinha uma filha moça. D. Lígia mesma, se olhando ao espelho, usava expressões meigas em relação a si mesma: "Eu sou bonitinha, eu sou bonitinha...". No interior, ela viu logo — foi no dia seguinte ao de sua chegada — o homem que seria o seu segundo e grande amor: Ricardo. Interessante é que, ao primeiro olhar, os dois sentiram que os seus destinos tinham alguma coisa em comum. O sentimento de d. Lígia foi tão vivo, tão profundo como um pecado. Esta, justamente, a sua impressão: de que pecara ao olhar da maneira que o fizera para Ricardo e de aceitar e sustentar o olhar que ele lhe dirigiu e a comoveu como uma carícia carnal. Não houve nada até a véspera da partida; tudo se limitou a um romance de olhares. Mas eles diziam tudo pelos olhos, era como se trocassem palavras mudas. Na véspera, finalmente, da partida, ele se aproximou. Disse tudo com absoluta simplicidade, sem altear a voz, olhando-a muito. D. Lígia experimentou a mais doce sensação do mundo. Era como se uma luz a atravessasse. Estavam sós; sentiam-se fora do mundo, do universo:

— Amo-a, ouviu? Amo-a.

Um grande encanto a envolvia. Ela pensava: "Eu sou casada, eu sou casada. Não tenho direito". Mas quando ele a puxou para si não resistiu, fez-se passiva, toda a sua vontade se desfez em abandono; foi beijada e beijou. Depois se desprendeu e fugiu. Sua alma estava cheia de espanto. "Como vai ser agora?" Desorientou-se por completo. "Estou perdida." E baixava os olhos diante de qualquer pessoa, tomada de vergonha, como se tivesse uma marca exterior, visível, fulgurante, do pecado. Não dormiu aquela noite; ficou de olhos abertos, no escuro, repetindo, em voz baixa, para si mesma: "Eu pequei. Eu sou uma pecadora". Não quis mais vê-lo. Saiu bem de manhãzinha: ficou na estação, numa espécie de febre, até que o trem partisse. Na viagem de volta, conjecturava: "Como é que posso ver Carlos depois do que fiz?". A sua impressão era de que ficaria vermelha, gaguejaria e que ele iria perceber, finalmente. Com grande surpresa sua, enfrentou Carlos com a maior naturalidade; conservou-se absolutamente calma. Ela mesma pensava: "Isto é cinismo, meu Deus!". Não lhe ocorria que o pecado desenvolve na mulher uma faculdade incrível de simulação e um perfeito autocontrole. E, desde então, não dormiu mais direito. Sonhava com Ricardo; ele a beijava em sonho; e perseguia. Um dia foi à igreja, orou, jurando que jamais se deixaria tocar pelo bem-amado. "Nunca, nunca", repetia para se fortalecer. E quando a filha chegou dos Estados Unidos — viera de avião — julgou que Malu, a simples presença de Malu, significaria uma defesa. Fez da própria virtude um capricho, em que se empenhava de corpo e alma; a pureza era sua obsessão. Parecia-lhe que assim se redimiria. Foi mais longe: não deixaria que nem o próprio marido a beijasse. Mas um dia, justamente na festa de Malu, dada em honra de sua chegada, Ricardo apareceu. Viu Lígia e cortejou Malu, Malu deixou-se prender na primeira noite. Fizeram ela e o rapaz par constante. D. Lígia, sofrendo em silêncio, disfarçou. Houve um momento (Malu fora lá dentro) em que Ricardo se aproximou:

— Então ela é sua filha?

Confirmou, com a maior naturalidade possível:

— É.

— Bonitinha.

— Também acho.

E ele, num brusco transporte:[1]

— Penso em você, dia e noite. Amo-a mais do que nunca.

— Não adianta, Ricardo. — Estava pálida, as mãos frias, frias. — Jurei.

Malu vinha chegando; e continuou o flerte com Ricardo. Depois da festa, e nos dias seguintes, d. Lígia aconselhava Malu: "Se você quer manter o interesse de Ricardo, não se deixe beijar, minha filha. Não faz mal que ele peça. Às vezes, num beijo, ou depois de um beijo…". Metia medo a Malu, insistindo na tecla de que, se não se guardasse, Ricardo acabaria se enjoando. E tanto falou que Malu se deixou impressionar e resistiu ao namorado, chegou até a exagerar, não admitindo que ele a visse de maiô. Naturalmente, isso exasperava Ricardo. D. Lígia, é claro, exultava, sabendo que a filha se mantinha irredutível.

Malu interrompeu, controlando-se para que sua voz não se desfizesse em soluços:

— Quer dizer que tudo o que a senhora disse, os conselhos que me deu, para eu não me deixar beijar, era por isso?…

— Era — e repetiu, ferozmente: — Era. Eu não queria que você fosse beijada por ele, não queria!

— Devia ter vergonha!

— E quer saber? — D. Lígia estava triunfante. — Quer saber por que ele namorou você? Por que ia casar com você? E por que se matou, quer?…

D. Lígia não parava mais. Agora seu único consolo era saber que tinha sido amada, muito mais amada que Malu. Há tanto tempo guardava aquele segredo! Não resistia a si mesma, era feliz (ou, pelo menos, experimentava uma amarga felicidade ao abrir a alma de par em par). Malu pareceu crescer para ela:

— Deve ser outra mentira. Mas diga, diga assim mesmo. Por que é que ele ia casar comigo? E por que se matou?...

Estava doente de curiosidade. Naquele momento, chegava a desconhecer-se a si mesma e a desconhecer a própria mãe: "Não é possível que seja ela; não é mamãe quem está dizendo isso, não pode ser". E não se lembravam de chorar o morto adorado, apaixonando-se pela discussão, numa luta de vaidades, cada qual querendo ter sido mais amada que a outra. Faziam-se inimigas, esquecidas de que disputavam um homem morto.

— Quer então saber? Não se incomode que eu digo... Ele a namorou e ia se casar porque você era minha filha. Pronto!

— O quê?

Malu não entendeu direito. Que relação podia haver — era o que pensava — entre uma coisa e outra? D. Lígia repetiu, sem tirar a vista da filha:

— Porque você era minha filha. Achava você parecida comigo. E já que não me podia amar, consolava-se com você, que afinal...

— Afinal o quê?...

D. Lígia abaixou a voz; teve uma certa doçura:

— Você afinal era minha filha, tinha alguma coisa de mim, de minha carne, do meu sangue...

— Pensa que eu acredito? Que eu sou boba?

Queria desprezar a mãe e não conseguia. D. Lígia não estava ouvindo Malu. Parecia concentrar-se nas próprias recordações. Lembrava-se de tudo, direitinho. Continuava falando, revivendo coisas, sem se importar ou sem sentir a cólera de Malu e sem ver as suas lágrimas de humilhação. "Isso não é verdade", refletia Malu. Mas não podia deixar de ouvir as palavras maternais, embora sua tentação fosse tapar os ouvidos ou interrompê-la brutalmente. D. Lígia parecia momentaneamente feliz, sabendo que, quando passasse aquele momento de recordação, a dor voltaria mais aguda.

— Durante o namoro com você, ele uma vez me disse: "Às vezes, quando estou perto de Malu, parece que é você e não ela. Tenho direitinho a ilusão". Ele não reparava que a nossa semelhança era só de tamanho, a nossa altura é a mesma, ou quase. No mais!... Ah, ele também me dizia: "E só vou casar com ela porque vou ficar perto de você, sempre perto de você; poderei ter com você mais intimidade, como genro".

Malu quase deixara de respirar. Queria ouvir tudo, até o fim, palavra por palavra, sem perder nenhuma. Tinha medo agora de interromper d. Lígia e de estancar aquela fonte de confidências. Percebia que a mãe, tomada de saudade, não mediria as próprias palavras, não esconderia nenhum sentimento. "Também quando ela acabar!...", prometia Malu, sem saber direito o que faria.

D. Lígia estava se lembrando de certa vez em que Ricardo chegara inesperadamente. A filha não estava; e Ricardo quis tirar partido da oportunidade. Nunca como naquele momento d. Lígia tivera de lutar tanto consigo mesma, controlar os próprios sentimentos. Por fora, estava impassível, serena, quase fria, não revelando o seu estado de angústia. Era como se estivesse ouvindo a voz de Ricardo dizendo:

— Quando eu casar com Malu, você pensa o quê? Que eu quero ser apenas genro? Nada mais do que isso?

— Ricardo! Pelo amor de Deus!...

Mas ele não se deteve; quis tomar entre as suas as mãos de d. Lígia; ela retraiu-se alarmada. Quis, até, sair da sala, mas ele barrou-lhe a passagem:

— Pois fique sabendo: eu serei seu genro até o momento... até o momento em que...

— Não seja louco! Veja a minha situação!

— Que importa a sua situação? — No seu egoísmo, ele apenas via o próprio amor e nada mais. — O que eu quero, só, é que você seja minha. — E repetiu, muito pálido: — Minha!

— Nunca! Não posso...

Ele continuou, sem lhe prestar atenção:

— Como seu genro, terei um milhão de oportunidades. Você resistirá um dia, dois, quatro, mas sempre, não! Duvido!

— É o que você pensa!

— Você me ama, eu sei que me ama!

Ela chorava. E Ricardo, num crescendo, aproximando-se mais, falando quase ao seu ouvido:

— A mulher que gosta acaba cedendo!

— Eu, não! — Chorou.

— Você, sim! Você!

E as lágrimas de d. Lígia, as suas mãos postas, deram ao rapaz a certeza de que, mais dia menos dia, ela seria vencida. Não foi ele só quem percebeu a fraqueza de d. Lígia. Ela também teve um sentimento de derrota próxima. Ele:

— Eu já beijei você! Por mais que você faça, não conseguirá nunca destruir um fato! Você gostava, que eu sei!...

Vangloriava-se. Ela se desesperava, sabendo que o rapaz dizia a verdade, que era aquilo mesmo.

Apoiara-se então na filha, na juventude e na beleza da filha:

— Malu é tão mais moça do que eu, mais bonita!

— Mais moça, pode ser. Mais bonita, duvido! E que fosse mais bonita! Se é a você que eu amo, se é a você que eu quero!...

E sempre que se encontravam — e Malu não estava presente — ele procurava envolvê-la no seu amor, certo de que tudo se resumia a uma questão de paciência. O amor dava-lhe uma tenacidade quase desumana. Era repelido e voltava, na sua obstinação, sem se desesperar nunca. Ameaçara:

— No dia em que eu achar que fracassei com isso, meterei uma bala na cabeça.

Acrescentou, enquanto ela se retransia, sem saber se ele falava sério ou não, ou se apenas procurava amedrontá-la:

— E será aqui. Nesta sala.

Glorinha não teve medo. Sabia, por experiência própria, que diante de uma mulher nada é mais precário do que a cólera dos homens. Quantos homens já a haviam ameaçado, até de morte, e ela os dominara em seguida, vencera-os um a um. Tão fácil mistificar um homem, enganá-lo, envolvê-lo numa trama de intrigas, de enganos! Afinal eles são uns bobos, coitados! O dr. Carlos estendia a mão:

— Dê-me isso!

Ela abria a bolsa, demorando de propósito, com um sorriso bem irritante. Percebia que o dr. Carlos estava em brasas. Que desprezo tinha por ele. Por ele só, não: por todos os homens. Não encontrara, ainda, um só que valesse a pena. E ainda falam das mulheres!... Tirou um pequeno envelope; e não o perdia de vista. "Ele é capaz de querer agarrar à força!" Recuou um pouco.

— Está aqui!

— Mostre!

— Calma!

Ele fechou os olhos; o coração descompassava-se. "Eu ainda mato essa mulher." Naquele momento seria capaz realmente de um crime. "Ter o desplante de falar de Malu. Ordinária." Glorinha atormentou-o mais um pouco:

— Você no mínimo — aposto — pensa que sua filha é um anjo de pureza. — Mudou de tom para dizer: — Pois sim!

— Cale-se!

Vinha para ela ameaçadoramente:

— Não fale assim de minha filha, senão...

Mas ela não se intimidava. Sentia-se forte. Exibia:

— Olhe aqui, veja! Fotografia tirada nos Estados Unidos... Não é truque, não!

Com uma expressão de assombro — a cólera desaparecera, só havia espanto na sua alma —, ia vendo as pequenas fotografias que a outra entregava, uma a uma. Glorinha exultava:

— Eu conheço certas moças. Cheias de coisas e, no fim, são as piores! As piores!...

O dr. Carlos olhava as gravuras e não compreendia; aquilo era absurdo, era inverossímil demais; mas lá estava a filha, em seis fotografias, uma das quais de maiô. E pior era que, nesta, não estava numa praia, mas numa sala... Via, ainda, uma mesa, garrafas de cerveja ou coisa parecida; e um ambiente abjeto. Balbuciou, olhando para Glorinha:

— Não pode ser! Essa não é minha filha... O que ela está fazendo, aqui, de maiô?...

Era isso que o impressionava, que o deixava fora de si. É que ela aparecesse, de roupa de banho, ao lado de um homem, um homem de braços nus, camisa e boné de marítimo (evidentemente ébrio). Prestou mais atenção à estampa, fixando certas minúcias. Por exemplo: notava agora a expressão de Malu: um ricto na boca, de mulher embriagada ("Mas não é possível! Não é, não acredito!"). Do lado, prestando absoluta atenção aos reflexos fisionômicos do dr. Carlos, Glorinha observava, sem pena nenhuma, o coração frio, frio, e experimentando uma certa voluptuosidade ao ver aquele pai assim, desamparado, quase cômico no seu espanto e na sua dor.

— Ainda por cima embriagada! Meu Deus do céu!

E teve um impulso inesperado: rasgou os retratos — os seis de uma vez —, picou em pedacinhos sem que ela nada fizesse. No fundo, Glorinha divertia-se com o gesto do dr. Carlos. Deixou que ele destruísse tudo e fosse à varanda, atirar os pedacinhos no jardim; pôde então dizer:

— Você está pensando o quê? Que eu não tenho negativos? Está pensando mesmo? Ora, não seja bobo!

Riu-se dele: ia e vinha no hall, e falando sempre, feliz enquanto ele, acompanhando-a, compreendia, afinal, a futilidade do próprio gesto. Glorinha parou: e falou, enquanto o dr. Carlos, num abatimento absoluto, parecia tomado de um medo quase infantil:

— Os negativos, seu bobo, estão muito bem guardados, não se incomode! Você pode fazer o que bem entender. Mas se acontecer alguma coisa a mim — percebeu? — essas fotografias, com o nome de sua filha nas costas, serão feitas aos milhares: e distribuídas para todo o mundo. Antes de vir para cá, tomei minhas providências.

Ela quase não ouviu quando ele disse:

— Quanto você quer?

— Dinheiro?
— Dinheiro, sim! Diga o preço! Eu pago!

Não reparou que ela empalidecia; e que sua boca se abria e fechava. Era como se não pudesse articular uma palavra. O dr. Carlos insistiu, achando que a solução do dinheiro liquidava tudo:

— Então?

— Você... — sua voz parecia de outra pessoa — me oferece dinheiro? — E repetiu, como se não se conformasse, achasse aquilo absurdo: — Está direito isso?

E explodiu, afinal; cerrou os punhos, bateu no peito do dr. Carlos. Ele recebeu os primeiros golpes, mas a dominou, segurando-lhe os pulsos. Com medo de escândalo — antes que alguém notasse —, arrastou-a para um canto, Glorinha teve uma crise de nervos.

— Ordinária! Ordinária! — repetia ele, entre dentes, sentindo que o ódio o cegava; por um momento foi tentado pela ideia do crime.

— Eu quero é amor — ouviu? Amor! Estou fazendo chantagem, sei que estou fazendo... — parou para respirar — ...mas não é para arranjar dinheiro, é para conseguir amor... Amor que você não me quer dar...

Ele não sentiu piedade nenhuma:

— Você não merece amor de ninguém. Nenhum homem digno pode gostar de você!

— Não?

Enfureceu-se, de novo:

— Ah, não? Pois fique sabendo! Se você não voltar a ser como era antes, não me tratar como antigamente, vai ver o escândalo, vai ver sua filha arrastada na lama!

— Mato-a!

— Mate! — Erguia-se, num desafio. — Mate, ande! Está com medo! E tem mais: vou morar aqui, nessa casa. Você vai dizer que sou sua prima, vai inventar uma desculpa!...

Calou-se de repente, sentindo passos. Virou-se, quase sem tempo de compor a atitude. O dr. Carlos disfarçou também. Era o velho médico da família, o dr. Meira, que chegava. Haviam telefonado para ele. Não estranhou a palidez, o ar de alucinação do dr. Carlos. Pensou que, com certeza, era por causa do suicídio; abraçou o dr. Carlos, comovidamente:

— E dona Lígia? E Malu? Imagino como devem estar!

— Uma coisa horrível!

— E assim, de repente! Que coisa estranha!... Enfim...

— Vá falar com Lígia e Malu... Estão lá em cima, suba lá!

O dr. Meira subiu; hesitou, antes de bater na porta. Percebeu que choravam no quarto.

Quem abriu foi Malu. Estava com os olhos brilhantes, desfeita a pintura dos lábios, apertando o lencinho na mão. O dr. Meira abriu os braços; apertou-a de encontro a si, espantando-se de que não chorasse. Beijou a moça na testa, disse:

— Você precisa ser forte!

Ela continuava fria, e o médico cada vez mais espantado. "Interessante, muito interessante", admirava-se ele, pensando que, afinal, podia ser inibição nervosa. Dirigiu-se, então, para d. Lígia; e nova surpresa, porque a dor que esperava encontrar na filha via explodir em d. Lígia. Ela chorava, com efeito: escondia o rosto no peito do médico. Era uma dor sem medida e que foi num crescendo. O médico desconcertou-se. "Ora essa, Malu é quem devia estar chorando..." Achava que o sofrimento de d. Lígia devia ser mais moderado.

— Que é isso? Não fique assim!

Malu estava imóvel, junto da porta; não tinha uma lágrima; e havia na boca um jeito cruel. Desprezava d. Lígia; era uma raiva fria e lúcida que sentia. "Eu gostava, adorava mamãe..." Mas não encontrava agora nenhum vestígio da antiga ternura, nada. Aproximou-se lentamente (o dr. Meira estava cada vez mais espantado do pranto de d. Lígia e da impassibilidade de Malu).

— Deixe ela chorar, doutor Meira, deixe...

O médico olhou-a com espanto. D. Lígia tirou as duas mãos do rosto; balbuciou:

— Não tenho direito de chorar?... Nem isso?...

— Mas o que é que houve? — perguntou o dr. Meira.

Resposta de Malu:

— Faça uma ideia, doutor Meira!...

D. Lígia estendeu as duas mãos para a filha, num apelo:

— Não diga, Malu! Pelo amor que você tem...

— Está com medo?

— Ninguém precisa saber, ninguém...

A hostilidade era cada vez mais evidente. E o dr. Meira, que acreditava cegamente na hierarquia familiar, estremeceu: "Mãe e filha, meu Deus!". Qualquer briga o horrorizava, mas uma discussão de mãe e filha era pior que tudo, mais abominável. Percebia que só podia ser um motivo muito sério; teve uma intuição de tragédia... "Que coisa! Brigam, em vez de chorar o morto!" E era isso que o impressionava: o esquecimento de um homem que acabava de morrer, cujo corpo ainda não esfriara de todo. Malu dizia:

— Fique descansada, não precisa implorar, não me interessa a sua humilhação! Não conto nada.

E virou-se para o dr. Meira:

— Mas uma coisa eu digo: nunca serei fiel a homem nenhum. Posso namorar, ficar noiva, me casar, mas não serei fiel, garanto!

3

Escândalo de amor diante da morte

D. Lígia ouviu a filha dizer aquilo — "Não serei fiel a homem nenhum!" —, mas não fez comentário, não se perturbou, nada. Continuou como estava, sem se mexer do lugar, de olhos fixos na filha e o pensamento bem longe. Pouco lhe importava o que Malu dissesse ou fizesse. Pensava apenas, cerrando os lábios: "Ela morreu para mim!". Nunca mais seria a mesma para a filha. E se concentrava na própria dor. Fez uma outra reflexão: "Se minha filha morreu para mim, eu morri para o mundo!".

— Acalme-se, minha filha!

Era o dr. Meira que falava. Pousara as duas mãos nos ombros de Malu; procurava aparentar calma, mas no fundo sofria. Ver uma mulher falar assim ou, antes, uma menina, uma verdadeira menina, uma criança! "Ela está desesperada; não mede as próprias palavras!" Mas a moça levantou para ele os olhos incrivelmente límpidos. Parecia senhora de si mesma e de todos os seus nervos. Disse, lentamente, olhando bem para o médico:

— Eu estou calma, doutor Meira.

E teve um gesto inesperado: estendeu as duas mãos, como para mostrar que não tremia, que não estava tremendo. O dr. Meira olhava, ora Malu, ora d. Lígia; e pressentia que alguma coisa as separava, um sentimento se interpunha entre elas, talvez um ódio. D. Lígia não chorava mais. Malu repetiu, percebendo que cada uma de suas palavras fazia sofrer aquele velho crédulo e bom:

— Nenhum homem merece fidelidade, nenhum!

Ele protestou, com doçura:

— Nenhum? Não exagere, Malu!

— O senhor acha? Ora, doutor Meira! O senhor está pensando que eu sou boba? Então eu não vejo? Por exemplo...

Ele insistia:

— Também não é assim!

Malu não o ouvia mais; parecia-se dirigir exclusivamente à mãe; olhou-a, primeiro, de alto a baixo; e depois, sem desfitá-la, continuou:

— Por exemplo: Ricardo...

D. Lígia cortou:

— Não fale de Ricardo!

Foi quase um grito. Ergueu-se; mãe e filha estavam novamente face a face. Atônito, o dr. Meira teve medo, até, que as duas se fossem atracar ali. "São inimigas", foi o sentimento vivo do médico. Já vira muita coisa na sua vida profissional, mas um fato como aquele era a primeira vez. E, malgrado a angústia, olhava as duas mulheres com uma expressão de fascinação, sem poder tirar os olhos da cena. D. Lígia pareceu fraquejar. Disse, num tom de súplica, os olhos outra vez cheios de lágrimas:

— Ele está lá embaixo... morto.

— Que é que importa?! Sim, que tenho eu com isso?

— Malu! — implorou o médico.

— E o senhor também! Quero que me diga: um homem que morre fica melhor por causa disso?

— A um morto se perdoa!

— E por quê, ora essa?

— Mas que fez ele?

— O quê?

Ela, então, encaminhou-se na direção de d. Lígia. Parou diante da mãe, que, sem sentir, sem noção do próprio movimento, sentou-se numa banqueta. Malu, falando para o dr. Meira, de olhos fixos em d. Lígia, disse com amargura:

— Pergunte a essa aí! Ela dirá o que Ricardo fez!

E como d. Lígia, com uma expressão de medo no rosto, lívida, nada dissesse, Malu virou-se outra vez para o médico:

— Acho graça em certas mulheres, doutor! Fazem o que não devem e, depois, se acovardam, não têm coragem de dizer: "Eu pequei" ou "Fiz isso, fiz aquilo!".

"De quem estará ela falando?", conjeturou o dr. Meira. Tinha uma suspeita, que, entretanto, combatia com todas as forças. "Não pode ser quem eu estou pensando", era o que dizia a si mesmo. E repetia para consolo próprio: "Não pode ser, não pode ser!". E ia dizer alguma coisa, quando sentiu que abriam a porta.

— Ah, Carlos! — foi sua exclamação.

Estava satisfeito de que o chefe da família tivesse chegado. "Pelo menos, vamos mudar de assunto." Mas estremeceu, vendo Malu, transfigurada por um sentimento (não sabia se de ódio), correr para o pai:

— Foi bom o senhor ter chegado, papai!

— Que é que há?

Também o dr. Carlos se surpreendeu, e de uma maneira bem desagradável, vendo o ar da filha. Contava, estava certo, certinho, de encontrá-la em pranto, entregue à dor, e em vez disso... Não teve tempo de pôr em ordem os próprios sentimentos e ideias, porque Malu, tomada de febre, quase gritando, anunciava:

— Imagine o que eu soube, papai! Faça uma ideia!

— O que foi? — O dr. Carlos estava confuso; assustava-o os modos da filha.

— Diga.

— Ricardo, papai...

A voz de d. Lígia veio do fundo do quarto:

— Malu!

Mas agora o dr. Carlos queria saber. Havia qualquer coisa na atmosfera que o inquietou. "Que será?" — foi a sua pergunta interior. Não tirava os olhos da filha.

— Que é que tem Ricardo?

— Pois é — Malu falava num tom frívolo, bem impróprio para as circunstâncias. — Imagine o senhor...

D. Lígia ergueu-se. Encaminhou-se para a janela: e ficou, lá, olhando para fora; cedo percebeu que chorava. Malu prosseguia, dando o braço ao dr. Carlos:

— Eu pensando que ele era uma coisa extraordinária e acabo de saber que tinha uma mulher — veja o senhor!

— Mas, minha filha!...

— E ele, em todo o caso, era homem, ainda se compreende! O pior é o papel da mulher...

— Que mulher?

"Como é que ela soube?", admirava-se o dr. Carlos. E estremecia, como o dr. Meira, vendo a filha dizer aquilo de um noivo que acabava de morrer; que estava lá embaixo, com uma bala na cabeça. Essa frieza de sentimento, essa cólera fria, que não tinha nem ao menos a desculpa do desespero, parecia-lhe arrepiante. "Malu sempre foi tão meiga! Como é isso?" Ele tornou a perguntar, desconcertado:

— Mas quem é? Você a conhece?

— Não, não conheço!

— Então, minha filha?
— Quer dizer, conheço...
— Quem é?
— O senhor também conhece.
— Eu?
— Conhece até muito. Demais!
— Não tenho a mínima ideia!

O dr. Meira concentrava toda a sua atenção no diálogo. Sentia que Malu estava caminhando para a loucura. Desejaria intervir, amordaçar, se possível, a boca da menina, emudecê-la, nem que fosse preciso usar a violência física. Via que uma maldade quase inumana a possuía. "Neste momento ela é capaz de tudo."

— O nome, diga o nome!

D. Lígia deixava a janela. Malu voltou-se quando sentiu os passos maternos. E perguntou, sardônica:

— Então, mamãe?

Ainda com vestígio de lágrimas no rosto, mas procurando ser calma, d. Lígia perguntou:

— O quê?
— Digo? O nome da fulana?

Ouviu-se a voz do dr. Meira:

— Malu!

Era um apelo. O dr. Carlos olhou o médico com espanto:

— Que mistério é esse?
— Nada, Carlos, nada!

D. Lígia chegou-se para a filha. Estava absolutamente serena; seus olhos tinham uma expressão de desafio que o marido não compreendeu:

— Diga, Malu!

E repetiu:

— Pode dizer. Eu acho que você deve dizer!

Por um momento, uma fração talvez de segundo, Malu hesitou. "Devo dizer ou..." Encarou o pai:

— Não digo, papai. Não adianta. Para quê?

O dr. Meira aproveitou a oportunidade:

— É melhor mesmo. Essas coisas a gente deve esquecer!
— A mulher não esquece — foi o comentário melancólico de d. Lígia. — Pode fingir, mas esquecer, nunca.

Malu fechava os olhos: "Que vontade, meu Deus, de explodir!". Fez um esforço sobre si mesma. Segurou o pai pelo braço:

— O senhor não acha, papai? Que só uma mulher que não presta pode fazer uma coisa dessas?

— Claro!

— Sabendo que ele era meu noivo! Se não soubesse, mas sabia! Não teve vergonha! E a senhora, mamãe? Não acha também que é isso mesmo, que eu tenho razão? Essa mulher pode prestar, mamãe, pode? Diga!

E d. Lígia, com muita doçura:

— Não, minha filha, não presta!

— Ainda bem que a senhora reconhece!

D. Lígia repetiu:

— Claro que não pode prestar!

Pouco depois, chegou a família de Ricardo, em diversos automóveis. E logo a casa se encheu de novo de choro e de gritos. Ouviam-se as exclamações maternas: "Meu filho, meu filhinho!". O pai, querendo ser firme, conservar na sua dor a sobriedade possível; mas não resistiu, afinal. Chorou como os outros. Era velho e não se envergonhava mais de chorar alto. Abraçaram-se, ele e a esposa, uniram-se no sofrimento comum. Há muito tempo que mantinham uma união apenas convencional; mas a morte do filho ligava-os de novo. Naquele momento, pelo menos, eram amigos. Ele se arrependia de seus erros de marido; e ela de suas intransigências de esposa. Os filhos — Dalmo e Isabel — chegaram depois dos pais. Isabel, muito sensível (era, aliás, extremamente nervosa), teve um ataque quando viu o morto e foi um custo contê-la. Orlando foi quem a segurou, e de uma maneira brutal, magoando-a nos pulsos. Ela não sentiu a violência do garçom, porque não tinha alma naquele momento para a dor física. Dalmo foi o mais discreto. Observou-se que os seus olhos brilhavam; e trancava os lábios, como quem prende soluços. Manteve-se assim todo o tempo. Mas a cena pior, que pisou mais o coração de quantos a assistiram, foi o encontro de Malu com os pais de Ricardo. As duas se abraçaram — a velha senhora e Malu —, a velha, entre soluços:

— Ricardo morreu, Malu! Ricardo morreu!

Malu não pensou mais em nada; esqueceu-se de tudo, dos seus ciúmes, de sua vaidade ferida, do atrito com d. Lígia e da revelação que esta fizera. Descera, acompanhada pelo pai, com medo, até, de não chorar na hora. Tinha no pensamento aquilo que d. Lígia dissera: "Ele me beijou e a você não!". Mas quando viu a mãe de Ricardo teve de novo aquela sensação de dilaceramento; e chorou como jamais o fizera. O dr. Carlos, diante da explosão de Malu, respirou com certo alívio. Preferia vê-la assim, desfigurada pelo desespero, a ponto de enlouquecer, do que naquela apavorante impossibilidade de pouco antes. "Ainda bem que ela chora. Graças a Deus!" Chegara a pensar que a filha fosse um monstro.

No quarto, d. Lígia e o dr. Meira estavam sós. E o médico, embora a contragosto, censurando-se, observava d. Lígia, pela primeira vez, como mulher. Conhecia-a há tanto tempo, e estava tão acostumado a vê-la, que deixara de notar o que ela era na realidade: jovem e bonita. Ninguém daria a d. Lígia os 38 anos. Que esperança! E se distraiu tanto na contemplação que fez em voz alta uma observação imprudente:

— Não sei quem é mais bonita, se você ou Malu!

Arrependeu-se, tarde demais. D. Lígia, que chorava agora em silêncio, ergueu o rosto:

— Doutor Meira!

Ele não soube o que dizer; pigarreou, perturbadíssimo. D. Lígia encarava-o, numa súbita curiosidade de mulher:

— O senhor acha mesmo? Não está brincando?

Balbuciou:

— Acho.

Por um momento, ela se transfigurou na felicidade de se sentir bonita ainda. Mas recaiu logo na tristeza. Veio ao encontro do velho médico, chorando:

— Eu não dizia ao senhor? Quantas vezes, não foi? Que uma mulher não deve ser abandonada pelo marido?

— Disse — confirmou o médico com melancolia —, disse muitas vezes.

— Está vendo o resultado? Agora diga: quem é o culpado? Eu, talvez. Quer saber de uma coisa? Eu não sinto remorso nenhum. Se eu fosse bem tratada, como uma esposa deve ser, não teria acontecido nada disso. Garanto!

— Mas, minha filha — ele fez a observação com certa timidez —, nem tudo na vida é só amor.

Ela replicou logo:

— Para a mulher é.

— E Malu, minha filha?

D. Lígia estremeceu; só então se lembrava da filha.

— É mesmo — balbuciou. — Malu estava no meio.

— A gente tem que se consolar. Senão...

— O pior não é isso — desesperava-se de novo. — O pior é que eu já sabia, já tinha sido avisada!

— Não compreendo!

— É que eu nunca lhe disse. Mas, antes de Malu nascer, eu fui uma vez a um homem que sabia prever o destino. Nunca acreditei nessas coisas. Mas por curiosidade fui assim mesmo.

O dr. Meira ouviu tudo calado. Em plena lua de mel, d. Lígia fora consultar um estrangeiro que estava de passagem pela cidade. Diziam-se dele as coisas mais incríveis: uns que era uma maravilha, outros que era um charlatão. Adivinhava o passado, o presente e o futuro das pessoas. D. Lígia gastara não sei quanto e o homem se dispôs a ler sua mão. Era realmente um tipo impressionante; e o que perturbava mais na sua figura eram os olhos, dentro dos quais ardia uma luz inextinguível. Não foi um profeta amável. Pelo contrário. Começara assim:

— A senhora vai ter uma filha.

— Ah, eu queria um menino!

— Mas vai ser menina.

— Que mais? — Estava curiosíssima.

— Vejo aqui — o homem falava em francês e revirava a mão da cliente —, vejo aqui que uma pessoa...

— Homem ou mulher?

— Mulher. — E continuou absorvido: — Uma mulher que vai ter uma influência fatal na sua vida. Será uma parente, e muito próxima. Talvez irmã...

— Não tenho.

— Então, será a sua própria filha. Haverá entre ela e a senhora um ódio... um ódio que só a morte extinguirá. Nada que a senhora faça poderá modificar o seu destino, nem o destino de sua filha.

Agora, diante do dr. Meira, d. Lígia sentia como se estivesse, ainda, ouvindo o francês incorreto do adivinho e vendo os seus olhos de fogo. Chorava, dizendo:

— Eu pensei que fosse mentira, mas não é! Agora é que vejo!...

Calou-se, porque a porta se abria. O dr. Carlos apareceu:

— Vão levar Ricardo, Lígia!

Amparada pelo dr. Meira, que aconselhava em voz baixa calma e resignação, ela desceu as escadas. Ia de olhos muito abertos, a boca trancada, o coração batendo em pancadas mais rápidas: "Vou chorar, vou gritar, não aguento, meu Deus!". A primeira coisa que viu foi o olhar de Malu. Não sabia, não podia prever que Malu estava justamente à sua espera. "Ela vai ver", pensava Malu, na ideia fixa de vingança. E dizia a si mesma: "Ele não teve culpa, coitadinho! Ela é quem tem". Sua raiva excluía Ricardo, voltava-se exclusivamente para d. Lígia.

Estava fora de si, uma loucura a possuía. E, quando a mãe entrou na sala, Malu gritou para todos:

— Sabem quem matou Ricardo? Sabem quem é a assassina?

Antes de dizer o nome, avançou na direção de d. Lígia.

D. Lígia parou imediatamente. Sentiu que todos os olhos a fixavam. Houve quem deixasse de chorar para prestar atenção. E fez-se um grande silêncio. Era evidente que se esperava uma revelação. Malu não dissera que ia dizer o nome da assassina? Em silêncio, cada um dos presentes pensava: "Mas terá sido crime? E, nesse caso, quem é o assassino ou assassina?". Malu olhou em torno antes de falar; parecia examinar aquelas fisionomias, uma por uma; e era como se tivesse um prazer cruel em prolongar a expectativa. D. Lígia não fez um gesto, não disse uma palavra; estava passiva, absolutamente passiva. Esperava, apenas; e não sentia medo nenhum. Talvez tivesse apenas uma consciência muito vaga do que estava acontecendo. O dr. Carlos aproximou-se de Malu:

— Minha filha...

Malu virou-lhe as costas; e começou a dizer:

— A culpada, a verdadeira assassina...

Não pôde completar. O dr. Meira, rápido, tapava-lhe a boca, explicando ao mesmo tempo para os outros:

— Ela não sabe o que diz. Está fora de si.

Essa explicação satisfez. Imediatamente, a mãe de Ricardo, que parara de chorar para olhar a cena, continuou o pranto interrompido (e desta vez mais alto, com um desespero maior). Várias pessoas concordavam em que Malu estivesse irresponsável. Também um golpe daqueles!... Evidentemente, a hipótese do crime, que chegara a impressionar por momento, caía por terra diante da evidência. Estava claro, mais do que claro, que fora suicídio, só podia ser suicídio. E compreendiam, estavam dispostos a explicar qualquer alucinação de Malu:

— Imaginem o que ela não está sofrendo!

— Que coisa, hein? Iam ficar noivos hoje!

— Pois é!

O dr. Meira tirava Malu da sala, balbuciava palavras de conforto:

— Não fique assim, Malu!

— Por que é que o senhor não me deixou dizer?

Era esse o seu lamento. Pensara em fazer um escândalo, apontar a própria mãe a todo o mundo. Dizer, gritando, para que todos ouvissem:

— Foi ela! Foi ela a verdadeira assassina!

E teria sido, para Malu, um consolo, um desesperado consolo, desabafar-se assim, cobrindo a mãe de vergonha na presença de todos. O dr. Meira procurava, à meia-voz, aquietá-la:

— Acalme-se, minha filha! Acalme-se!...

Mas ela se obstinava:

— Nunca a perdoarei, nunca, nem que viva cem anos!

O médico não entendeu:

— Mas quem?

— O senhor não sabe, talvez?

— Você não falou em nomes.

— Ora, doutor Meira! Então quer dizer a mim que não percebeu ainda que estou me referindo a mamãe...

— Tenha juízo, Malu!

— Juízo coisa nenhuma!

Ele percebeu que a moça tinha uma ideia fixa, uma coisa qualquer que se gravara no seu pensamento de uma maneira mais profunda e definitiva que a própria morte do noivo. Malu erguia para o velho amigo da família uns olhos sem lágrimas:

— Mas eu me vingo, doutor! Isso é que não tenho a mínima dúvida! O senhor não me deixou fazer ainda agora o que eu queria: um escândalo. Mas tem tempo! O senhor vai ver!...

O médico estremeceu: sentia a determinação de Malu. Calculou que uma mulher naquelas condições iria a todos os extremos. Admirou-se de que aquela menina, tão miúda, tão frágil, pudesse ter um sentimento tão profundo. "Mãe e filha se odiando", pensou, acariciando os cabelos da moça. Tudo aquilo o deixava numa tristeza sem limites. "Que coisa feia são as paixões humanas", foi sua reflexão meio ingênua. Mas teve que alterar o rumo do seu pensamento. Tereza e Solange acabavam de entrar. Vinham fazer companhia a Malu, tanto mais que na sala estavam fazendo os últimos preparativos para levar o corpo; e elas calculavam que aquele era o momento de prestar todo o conforto à prima. O dr. Meira, ainda intranquilo, deixou as três moças: "Tomara que Malu não faça nenhuma loucura!". Malu estava agora muito serena, o que admirou um pouco as primas. Mais espantadas ficaram quando ela perguntou:

— Solange, quando é mesmo a festa de Eugênia?

Surpresa das duas; e, finalmente, a resposta:

— Acho que domingo.

— Vai ser mesmo na ilha?

— Vai.

Tereza e Solange se entreolharam. Solange perguntou:
— Por quê?
— Por quê? — Malu enfrentou o olhar das outras. — Porque eu vou.

Glorinha aproveitou o momento em que o dr. Carlos ia passando. O corpo de Ricardo estava sendo transportado com muita dificuldade. Aquela era a hora pior, dos grandes desesperos. O próprio dr. Carlos, apesar de se dominar bastante, estava abalado, e já com lágrimas nos olhos. Sentiu-se seguro pelo braço e voltou-se, espantado. Glorinha disse-lhe, entre dentes:
— Quero falar com você.
Foi lacônico e ríspido:
— Depois.
Ela teimou:
— Agora.
— Você não está vendo?
Indicava com o olhar as cenas, todo o mundo chorando — Malu descendo lentamente a escada, o dr. Meira abraçando d. Lígia, a mãe de Ricardo numa crise tremenda e o morto sendo carregado para fora. Mas Glorinha foi intransigente:
— Não faz mal.
Por um segundo, ele teve uma tentação quase incontrolável: de levantar o braço e derrubar aquela mulher com um golpe único e definitivo. Mas fez um esforço, reconhecendo: "Eu não posso fazer escândalo". Teve, porém, um olhar tão carregado de ódio que Glorinha recuou.
— Está bem — disse ele. — Você quer o quê?
— Vou dormir aqui desde hoje.
— Está maluca?
— Eu posso impor, meu filho. — Não fez segredo de suas intenções. — Tenho todos os elementos na minha mão.
Quis convencê-la, usando um novo tom:
— Mas você não vê que não pode ser? Não compreende? Você acha que eu posso fazer isso, Glorinha?
No íntimo, dizia: "Ah, mulher miserável!". Porém ela, com uma falsa doçura na voz, replicou:
— Pode, sim, pode, Carlos! — E ajuntou, com uma secreta cólera: — Você, quando me fez fugir de casa, não aceitou os meus argumentos. Eu também disse: "Não pode ser, não pode ser". Você não quis saber de nada. Pôs seu capricho acima de tudo! Não foi? Pois é, meu filho, agora aguente!

Controlou-se:

— Bem, Glorinha... Eu preciso ir até o portão, pelo menos...

— Eu vou com você, meu filho...

E, realmente, o acompanhou: ele, na frente, em largas passadas, e ela, nos seus passos miúdos de mulher, pouco atrás. Anoitecia: na frente da casa, muitos automóveis, alguns de farol aceso. A vizinhança toda aglomerada, assistindo. E no último momento, quando ia partir o carro que levava o morto — os funerais iam ser na casa da família de Ricardo —, todos se voltaram para d. Lígia. Seu desespero chegara ao limite máximo; não se continha mais. Todos os seus escrúpulos, pudores, sendo de conveniências, desapareceram. Ninguém chorava tão forte, nem tão alto; ninguém estava tão desfigurado; e houve até um momento em que blasfemou. Um rapaz malvestido, que vinha passando e que ouviu falar vagamente em "suicídio de noivo", perguntou a uma senhora próxima:

— É a noiva?

A senhora, que carregava um filho ao colo, ia, decerto, responder; mas justamente aí d. Lígia teve um gesto inesperado: com uma mão segurou o pequeno, discreto decote do próprio vestido e rasgou de alto a baixo. O dr. Meira, que estava ao seu lado, não pôde prever, foi apanhado de surpresa. Quando viu, já era tarde, mal pôde balbuciar:

— Lígia!

A combinação aparecia.

O pai do moço deixara de chorar para assistir a uma dor mais desesperada do que a sua. A senhora que carregava a criança pôde, então, informar ao curioso:

— A noiva é aquela ali. Olha.

Malu estava como os outros: atenta à crise de d. Lígia. Mas não chorava, de olhos muito abertos, a mão no seio. O dr. Carlos, sempre seguido de Glorinha, ergueu d. Lígia, que caíra de joelhos no asfalto da estrada:

— Que é isso? Está louca?

Nunca vira a mulher assim. D. Lígia pareceu não reconhecê-lo; disse, apontando para o carro que levava Ricardo:

— Ele morreu!...

— Comporte-se!

— Deixe Lígia, Carlos. Olhe como está!

Era o dr. Meira. O velho médico, ainda rijo apesar da idade, carregou d. Lígia no colo, levou-a. O dr. Carlos experimentava um sentimento de espanto e de angústia. Tinha horror de enterro por causa disso: por causa do choro das mulheres. Jamais admitira que Lígia fosse capaz de um transporte daqueles.

Preocupava-se sem saber por quê. Estranho aquilo! Mal estremeceu, porque Glorinha, pondo-se na ponta dos pés, sussurrava-lhe ao ouvido:

— Você não acha interessante isso?

— O quê?

— Esse histerismo de sua mulher...

O dr. Carlos esperou. Glorinha fazia uma pausa intencional; e continuou:

— ... enquanto sua filha está ali, tão calma? Não acha?

Só então o dr. Carlos observou a filha... Malu não chorava; estava de fato com a fisionomia quase normal. Glorinha continuou, sentindo que cada palavra continha uma gota de veneno:

— Afinal, quem é a noiva? É a filha ou a mãe?

— Que é que você quer insinuar?

— Nada, nada — seu tom era ligeiro, frívolo —, mas a sua filha, ainda por cima, está de prosa com um rapaz. Quem será ele?

O RAPAZ QUE fizera a pergunta sobre a noiva aproximara-se de Malu. Perguntara, à meia-voz:

— Você não chora?

Ela virou-se, assustada. O rapaz chegara tão de manso que Malu não o vira; e falava bem junto e tratando de "você". Malu recuou:

— O quê?

— Você não chora, nem nada!

Virou-lhe as costas e ia saindo. Ele, como se fosse a coisa mais natural do mundo, seguiu-a; e, como andava mais depressa, pôde colocar-se ao seu lado. Ela, então, parou:

— Eu chamo meu pai!

Ele insistiu, aparentemente sem se incomodar com a ameaça:

— Eu não tenho nada com isso. Mas achei esquisito. Você ao menos podia ter fingido, mas não! Por que é que você não fez como a outra?

— Que outra?

Podia ter entrado; mas continuava ali, como se experimentasse uma certa fascinação.

Perguntava a si mesma, com um sentimento de angústia: "Onde foi que eu o vi?". A fisionomia dele lhe era vagamente familiar. Ficaram, digamos, uns trinta segundos sem notar o quanto era estranha a situação. Por fim, com uma expressão de espanto no rosto, ela se afastou. Desta vez ele não procurou acompanhá-la. Ouviu, então, uma voz de homem:

— Quem é o senhor?

Era o dr. Carlos. Glorinha estava pouco atrás. E tanto o dono da casa como ela olhavam com surpresa o desconhecido. O rapaz era, de fato, um desses homens que chamam atenção. Seria pelos olhos brilhantes demais? Ou pelo conjunto? Havia nele qualquer coisa que o fixava na memória de todos. Não era nem bonito, nem feio. O nariz talvez grande demais. "Moreno e com sardas", foi o que observou Glorinha; e fez outra reflexão: "Deve ser muito desaforado". Ela mesma não soube como justificar essa impressão. Seria talvez pela atitude do rapaz, pela maneira de olhar, quase insolente. O desconhecido respondeu logo:

— Procuro emprego.

— Aqui não tem.

— Mas me disseram que o jardineiro tinha saído...

— Você é jardineiro?

Breve hesitação; e a resposta:

— Sou.

Tanto o dr. Carlos como Glorinha tiveram a mesma impressão: "Ele está mentindo". Uma coisa, porém, era verdade: o jardineiro havia deixado a casa no dia anterior. Quem hesitou agora foi o dr. Carlos. Quase, quase, despachou o estranho; mas mudou em tempo de opinião:

— Volte amanhã.

O homem insistiu:

— O emprego é meu?

— Volte amanhã, já disse.

O dr. Carlos e Glorinha entraram. O desconhecido saiu assobiando; pensava em Malu e não sabia por que a lembrança da moça lhe dava uma espécie de embriaguez. Antes de tomar uma direção, na estrada, parou, olhando a noite, as estrelas. Riu, baixinho; e observou, para si mesmo: "As mulheres são incríveis". A frase lhe ocorrera à toa. Disse à meia-voz: "É linda, linda". Sempre gostara de mulheres assim, pequeninas ou, antes, bem menores do que ele, que era alto. E começou a andar, mergulhando afinal na noite.

A PRIMEIRA PESSOA que o dr. Carlos viu quando entrou foi d. Lígia, sentada, o lencinho na mão. Chorando ainda, sem o primitivo desespero, é claro. Não se espantou com a presença de Glorinha. Naquele momento, com o pensamento concentrado em Ricardo (sobretudo estava viva na memória dos seus sentidos a lembrança do único beijo), não se espantaria com coisa alguma. Vendo a esposa, a exasperação do dr. Carlos voltou. "Que papel ela fez", pensou. Quase

disse: "Você fez um bonito", mas recuou a tempo, considerando a presença de Glorinha e do dr. Meira. Aproximou-se da mulher:
— Lígia, essa aqui é Glorinha... Minha prima...
D. Lígia olhou apenas, não estendeu a mão. O dr. Meira é que teve um susto: "É uma das conquistas dele", foi a sua convicção. E não pôde deixar de considerar, com profundo desgosto: "Imagine, trazer para a própria casa uma mulher assim". Glorinha, muito senhora de si, percebeu que d. Lígia não se levantava e que não teria por ela senão sentimentos hostis. "Essas grã-finas!", pensou. E disse, com ironia quase imperceptível:
— Não precisa se levantar!
O dr. Carlos, com o rosto trancado, continuou a apresentação:
— Aqui o doutor Meira!
O médico, perturbado, ajeitou os óculos antes de dar a mão a Glorinha:
— Prazer.
O dr. Carlos tomou a respiração (chegara o grande momento) e anunciou, depois do pigarrear:
— Bem, Lígia — a mulher ergueu os olhos para ele —, Glorinha vai passar uns tempos aqui.
O dr. Meira fechou os olhos: "Minha Nossa Senhora". O dr. Carlos prosseguiu, meio inseguro:
— Você tem que arranjar um quarto para ela.
O dr. Meira foi até a janela, ficou de costas para o grupo. Estava em pânico; e, ao mesmo tempo, indignado. "Isso é uma baixeza!" D. Lígia ergueu-se, tão digna quanto possível. Fingia que não percebia nada. Mas estava tão desgostosa da vida, do marido, da filha, de tudo, que não se incomodava mais com coisa alguma. "O pior que podia acontecer, aconteceu. Agora tanto faz..." Um pensamento a perseguia como uma obsessão: "Como vai ser agora sem Ricardo?". Sem Ricardo, a vida, o mundo, o universo, tudo parecia-lhe vazio, vazio, vazio...

Só QUANDO AS três chegaram ao quarto — Malu, Tereza e Solange — é que Solange, vencendo um escrúpulo, fez a pergunta:
— Mas você vai mesmo à festa de domingo, Malu?
— Vou, sim. Já não disse?
— Apesar do que houve?
Impaciência de Malu (Solange e Tereza não sabiam o que pensar):
— Apesar do que houve! E para vocês não ficarem aí com esse ar, fiquem sabendo: a Malu que vocês conheceram, que não se deixava beijar, toda cheia

de coisas, essa acabou! Agora, minha filha — dirigia-se a Solange —, eu quero é gozar a vida. Quem quiser falar de mim pode, que eu não me incomodo!

As duas não disseram nada: "Se ele me tivesse sido fiel, eu não me casaria nunca. Era capaz até de entrar para um convento". Não fez um gesto quando Solange e Tereza, impressionadíssimas, e certas de que Malu não tinha sentimento, deixaram o quarto. Aproximou-se, então, da cama e notou um papel em cima do travesseiro. Pegou, surpresa. Era um bilhete; dizia assim: "Ricardo não morreu. Foi um sósia dele".

4

Minha filha morreu para mim, eu morri para o mundo

Ficou muito tempo parada com o bilhete na mão; depois releu, palavra por palavra, soletrando à meia-voz: "Ricardo não morreu. Foi um sósia dele". Apesar de tudo, do absurdo, teve um choque; foi como se, por um segundo, uma fração de segundo, seu coração tivesse deixado de bater. "É mentira, é mentira." Ou brincadeira. "Quem terá feito isso, quem, meu Deus?" Olhou, outra vez, o bilhete; e o coração batia em pancadas mais rápidas. Sentou-se na cama. "Não conheço essa letra." Procurou concentrar-se, raciocinar com a maior lucidez e calma. "Quem sabe se a pessoa que pôs isso no quarto ainda não está aqui?" Levantou-se, rápida, com um profundo sentimento de medo. Era quase um pânico infantil. Foi à janela, ver as cortinas. Nada. Correu ao armário e o abriu; ainda nada. E, de momento a momento, o medo crescia. O bilhete continuava, palavra por palavra, na sua memória: "Ricardo não morreu". Olhava debaixo da cama; e não viu ninguém. Parou no meio do quarto, apertou as frontes entre as duas mãos, sem se poder libertar daquela sensação de uma presença estranha. Balbuciou, olhando em torno:

— Tem alguém aqui.

Em vão refletia: "Mas se tem, devia estar em algum lugar. E eu já vi tudo". O seu raciocínio, porém, nada podia contra o terror que a envolvia e parecia se apossar de sua alma, do seu coração, de todo o seu ser. Quis fugir, pensou em fugir. Mas, quando ia se encaminhar para a porta, sentiu-se tolhida. Era a mesma sensação de horas antes; a sensação de que era presa, dominada por invisíveis braços: "Eu acabo enlouquecendo", foi o seu pensamento. Então, viu que a porta se abria. Esperou: uma voz a chamava:

— Malu!

Não teve nem forças para responder. Apareceu na porta o dr. Meira. O médico, com medo de deixá-la sozinha numa situação daquelas (sabia que uma mulher apaixonada é capaz de tudo), vinha, a pretexto de conforto, vigiá-la. A presença do dr. Meira arrancou-a do encanto que a possuía; correu para ele, alucinada. O dr. Meira mal teve tempo de abrir os braços, alarmado:

— Mas que foi, minha filha?

Ela soluçava. Nunca se sentira tão frágil diante da vida, tão desamparada!

— Imagine, doutor, o que é que eu encontrei na minha cama... — parou, entregando o bilhete.

Ele esfregou os olhos para ler (enxergava mal; quando lia muito, ficava com enxaqueca). Malu, na ponta dos pés, procurava ler por cima dos seus ombros:

— Que é que o senhor acha?

O DR. MEIRA não disse nada; lia de novo. E, quando acabou, virou-se para ela, com uma profunda ruga de preocupação. Estava assombrado; e, embora reconhecendo que aquilo não era possível, experimentava uma angústia como nunca sentira na vida. E passou as costas da mão na testa; transpirava de uma maneira bárbara:

— Quem foi que trouxe isso?

— Não sei. Achei em cima da cama.

— Está claro que é brincadeira. E brincadeira de mau gosto. Mas quem terá sido?

— O senhor acha mesmo, que é brincadeira?

— Só pode ser, minha filha. Claro que é.

— E se...?

— Se o quê?

— ... se Ricardo estivesse mesmo vivo?

Entreolharam-se. Houve um momento de silêncio, de espanto, de angústia. Tinham o mesmo pensamento: "Ricardo vivo!". O dr. Meira ia caindo na tentação de acreditar naquela possibilidade incrível; mas o seu bom senso reagiu:

— Mas nós vimos, Malu. Nós vimos. Nenhum engano é possível. O que resta saber...

O dr. Meira falava lentamente.

— O que resta saber é quem foi que escreveu o bilhete. E quem foi que o trouxe? Quem?

Era aquilo que o espantava e amedrontava. Havia alguém, na casa, que tinha interesse em espalhar confusão e pânico, talvez com um desígnio tenebroso. O dr. Meira e Malu sentiam a mesma coisa, isto é, que a tranquilidade acabara-se; a vida da família cobria-se de presságios. Uma suspeita, que em vão o dr. Meira procurava repelir, nascia no seu pensamento, infiltrava-se, acabaria tornando-se uma obsessão: "Teria sido mesmo suicídio? Ou...?". Não completou o raciocínio. Olhou Malu com uma nova atenção. Era como se quisesse chegar ao fundo do seu pensamento. Ela baixou a vista, numa perturbação que nada, nada, justificava. Muito sério, abaixando a voz e segurando a moça pelos braços, começou a dizer:

— Malu.

Malu teve a impressão de que era devassada, vista por dentro. O dr. Meira fez a pergunta:

— Foi mesmo suicídio?

Ela respondeu com outra pergunta:

— O senhor acha que eu...? — Ficou em suspenso, sem coragem de ir ao fim.

O ancião não sabia definir os próprios pensamentos. Achava e, ao mesmo tempo, procurava se libertar da suspeita. Tinha um ar tão grande de sofrimento que parecia envelhecido, subitamente, muitos anos.

— Diga, Malu, pelo amor de Deus, diga!...

D. Lígia ia encaminhar-se com Glorinha para a porta, mas o dr. Carlos as deteve:

— E a sua bagagem, Glorinha? Você trouxe?

— Trouxe, sim. Está lá fora.

D. Lígia pensava, com um vinco de ironia na boca: "Prima!". Estava claro, mais do que claro, que não acreditava naquele parentesco. Sabia bem — não tinha a menor dúvida — que espécie de prima era aquela... Mas não dizia nada. Que lhe importava que o marido enchesse a casa de quantas mulheres quisesse? Chegara a esse estado em que a mulher não acredita mais em nada, em ninguém, não quer saber de coisa alguma. "Que me interessa a minha dignidade, se ele morreu?" Viu, sem que sua fisionomia mudasse, Orlando apanhando, no jardim, a mala da outra. Em voz baixa convidou Glorinha:

— Vamos?

— Vamos.

Glorinha olhava disfarçadamente d. Lígia. "Não é mal-arranjada", foi o seu pensamento. E isso a irritou. Teria preferido, é claro, que d. Lígia fosse uma senhora gorda, pesada, gasta. Não quis, porém, admitir a própria derrota: "Mais bonita do que eu ela não é, isso é que eu garanto". Subindo a escada, ela fez, de repente, uma pergunta que apanhou d. Lígia de surpresa:
— A senhora usa cinta?
Espanto de d. Lígia:
— Como?
— Pergunto se a senhora usa cinta.
Esse breve diálogo pareceu despertar d. Lígia de sua passividade. Pararam as duas no último degrau. D. Lígia com uma irritação que começava a crescer.
— Por quê? — perguntou (seu tom era evidentemente hostil).
Glorinha teve um sorriso ambíguo:
— Não se pode perguntar?
D. Lígia foi muito seca e positiva:
— Não.
Andavam agora, lado a lado, em direção de um dos quartos de hóspedes. Glorinha pensava, lívida: "Me respondeu mal. Pensa que porque é grã-fina...". E lembrou-se de suas armas. Segurou d. Lígia pelo braço:
— Eu lhe perguntei uma coisa sem importância, e a senhora me respondeu mal. Pois bem.
D. Lígia puxou o braço:
— Não me aborreça!
— Ah! — Havia uma ameaça na voz de Glorinha. — A senhora está assim comigo?
— Meu Deus, meu Deus — foi o lamento de d. Lígia.
Mas Glorinha não estava disposta a aturar desaforos. Vinha de uma classe humilde e tinha raiva das que nasciam ricas e moravam em palácios. Tornou-se agressiva:
— A senhora está pensando o quê? Que pode fazer pouco de mim, só porque é grã-fina?
Quis acabar com aquilo:
— O seu quarto é aquele...
— Espere. Não vai embora, não senhora. Agora tem que me ouvir. Tudo, tudinho.
— Adeus.
Mas Glorinha, rápida, barrou-lhe a passagem:
— No mínimo, a senhora pensa que eu sou mesmo prima do seu marido? Aposto que pensa!

— Não, não penso. — D. Lígia conservava-se serena. — Eu sei o que você é.
— Sabe? — desconcertou-se Glorinha.
— Sei, sim, sei. Você é uma das mulheres do meu marido. Agora quer deixar eu passar?
— E me diga uma coisa: sabendo, a senhora não se incomoda, não protesta nem nada?
— Tanto faz.
— E sabe o que é isso?
— Não me interessa.
— Pois olha: se eu fosse você, se estivesse no seu lugar — ouviu? —, não admitia uma coisa dessas. Tinham primeiro de passar por cima do meu cadáver.
— Boa ideia... — começou a dizer d. Lígia.
— O quê?
— Boa ideia. É o que eu vou fazer — falava lentamente. — Vou expulsá-la daqui.
Glorinha desafiou:
— Duvido! Experimente.
— Você vai ver.
D. Lígia dirigiu-se ao marido. Estava dominada pela cólera. Era demais, aquilo era demais. A outra, com suas provocações e baixeza dos seus modos, conseguira acordá-la do seu alheamento. Desceram as duas, d. Lígia na frente e Glorinha pouco atrás. A loura fazia um grande esforço sobre si mesma. A sua vontade era dizer uma porção de desaforos. Não tinha medo de escândalo, até gostava. Mas controlava-se, querendo uma maior humilhação para a outra. O dr. Carlos teve uma surpresa quando as viu. Mal teve tempo de perguntar, com a fisionomia carregada:
— Que foi?
D. Lígia, apontando para Glorinha, exigiu:
— Carlos, essa mulher não me fica aqui nem mais um minuto!
Ironia da loura:
— Geniosa, sua mulher, hein, Carlos?
— Por quê? — gaguejou o dr. Carlos.
— Fiz uma pergunta à toa — Glorinha olhava d. Lígia de alto a baixo —, ela se encrespou toda!
D. Lígia fechava os olhos. Apesar do seu sofrimento, da memória contínua de Ricardo e do seu amor — apesar de tudo crispava-se toda com tudo que aquela mulher dizia. Procurava se dominar, manter toda a dignidade possível; repetiu:
— Carlos, ouça o que eu estou dizendo, Carlos: ponha essa mulher na rua!

Glorinha chegou-se para junto de Carlos (ele olhava ora uma, ora outra, atônito; e parecia maldizer as duas):

— Carlos — Glorinha adoçava a voz, fazia-se lânguida —, você seria capaz disso? De me expulsar?

Ele se dirigiu à esposa:

— Mas o que foi que ela fez, ora essa?!

E d. Lígia, agressiva:

— Ela?... Me insultou.

— Foi, Glória?

— Está louca! Insultei coisa nenhuma. Perguntei se ela usava cinta. Só. É algum insulto? É?

— Lígia, ela não pode sair daqui, a não ser pela própria vontade.

— Então, vou eu.

Glorinha ironizou:

— Por mim pode ir, até agora.

Mas ele estava muito sério. E com uma expressão atormentada. "Elas me põem maluco, completamente doido." Quis ser persuasivo, convencê-la; e, como a mulher se obstinasse, perdeu a paciência:

— Já disse que ela ficava e vai ficar, pronto! Com você não adianta argumentar!...

— Você quer então que eu vá?

— Está bem. Já que você quer, eu vou dizer. Glorinha não é minha prima.

— Eu sabia.

— Mas o que importa não é isso. O que importa é que ela tem umas fotografias de nossa filha.

— Que fotografias? — admirou-se d. Lígia.

— Fotografias incríveis, fotografias horrorosas, tiradas quando Malu esteve nos Estados Unidos. É uma chantagem que ela está fazendo.

— Obrigada — interrompeu Glorinha, cínica.

O dr. Carlos teve que se controlar:

— Posso continuar? Pois bem: ela exigiu, para não publicar essas fotografias...

— Estou compreendendo...

— ... exigiu que eu a deixasse morar conosco.

— Pois é — disse Glorinha, fazendo uma mesura.

— Quer dizer... — começou d. Lígia.

E Glorinha terminou:

— ... que eu vou ficar aqui. Eu sei que a senhora não me traga. Mas não faz mal. Vou ficando assim mesmo.

D. Lígia sentou-se. Glorinha andava de um lado para outro, fazendo acinte. D. Lígia pensou em voz alta:

— Vou ter que aturar essa mulher.

Glorinha parou, subitamente enfurecida:

— A senhora trate-me como eu lhe trato! Pensa que é melhor do que eu só porque tem dinheiro? Olha, minha filha: sou tão mulher quanto você!

O dr. Carlos, sombrio, não queria dizer nada; excluía-se daquele conflito de mulheres. Tinha medo de Glorinha, do escândalo que ela pudesse fazer. "Só há uma coisa que pode amansá-la: amor!"

E era mesmo. Violência, pancada, ofensa, nada conseguia dominá-la, nada que não fosse um beijo, um carinho, uma ternura. Ela não pensava em outra coisa na vida, não desejava nada senão amor. Costumava dizer, com orgulho e melancolia: "Sou uma escrava do amor". E, ao mesmo tempo, acrescentava, com um fogo selvagem nos olhos verdes: "E quem é que não é? Todas são, todas!". Não admitia exceções. Houve um silêncio entre os três, silêncio que Glorinha quebrou, convidando o dr. Carlos:

— Venha me mostrar o quarto.

E se dirigia a ele com uma involuntária doçura.

— Vá — disse d. Lígia, amarga.

Sem uma palavra, ele acompanhou a loura. D. Lígia seguiu-os com o olhar, até que desapareceram lá em cima. Glorinha chegava-se para o dr. Carlos, gostando de senti-lo bem perto, de tocar com o braço no braço do homem amado. Sentia-se outra: mudou como da noite para o dia; e, antes de entrar no quarto, murmurou, com humildade e tristeza:

— Eu sei que não tenho instrução. Mas quando gosto é de verdade.

E entreabria os lábios, querendo fasciná-lo. (Antigamente ele não podia vê-la naquela atitude, mas agora!...)

Malu disse baixinho, sem tirar os olhos do médico:

— Eu sei o que o senhor está pensando agora, neste momento.

— Sabe?

— Sei, doutor, eu...

As palavras vieram, uma a uma:

— Eu sou a assassina. Eu matei Ricardo.

O dr. Meira não disse nada no primeiro momento (aquilo era tão incrível, tão absurdo. Pareceu-lhe que ela brincava, não podia ser, era impossível). Perguntou, olhando-a profundamente, com um sorriso meio esboçado:

— Você... a assassina?... Você?

Não acreditava, não queria acreditar; e, apesar da incredulidade, procurava ler na fisionomia de Malu e sentia um princípio de angústia. Ela estava parada e pálida, como se não pudesse articular uma palavra; ofegava como se tivesse feito um grande esforço. Pôde dizer afinal, com uma voz que a tensão nervosa tornava grossa e irreconhecível:

— Eu, sim, eu!...

E, simultaneamente, viraram-se para a porta. Ouviam passos que se afastavam, passos de alguém, com toda a certeza, de alguém que estivera escutando tudo, até aquele momento. O dr. Meira correu; abriu a porta e olhou. Pareceu-lhe ver um vulto no fundo do corredor ou teria sido ilusão? Quando voltou para o interior do quarto, Malu estava sentada, e com um ar tão grande de cansaço e de sofrimento que o médico se assustou:

— Está sentindo alguma coisa?

— Não. Nada. Apenas, apenas...

— Diga.

— Eu disse aquilo, disse que tinha assassinado Ricardo.

— E então?

— Pois bem: não assassinei coisa nenhuma. Estava brincando.

— Brincando? Mas com um assunto tão sério? Oh, Malu!

Ela se erguia, numa agitação que não podia controlar.

— O pior não é isso; o pior... — estacou, sem coragem de continuar; fez um esforço: — ... o pior é que tinha alguém ouvindo e esse alguém a essa hora pensa que eu matei mesmo, que eu sou assassina!...

— Você foi brincar!...

— Aliás, não foi brincadeira. — Ela torcia e destorcia as mãos.

— Como não foi? Você não acaba de dizer agora mesmo?

Ela olhou-o, insegura. Tinha tal confusão na cabeça. Sentou-se de novo; sentia as pernas fracas, bambas, e um rumor crescendo nos ouvidos.

— Veja se compreende — balbuciou. — Brincadeira é modo de dizer. Não sei o que foi que me deu, não sei. Disse aquilo, mas foi como se outra pessoa falasse por mim. Às vezes — engraçado — não controlo as minhas palavras! Não sei o que é que está sucedendo comigo, é uma coisa, não sei!... Acabo maluca!

— Mas não foi você, então, a assassina?...

Era isso, só isso, que ele queria saber. "Que alívio, meu Deus", pensava. Precisava ter a certeza de que suas mãos estavam puras de sangue. Seria horrível para ele, horrível, saber que Malu havia cometido um crime. Percebia que ela não estava normal; contradizia-se, faltava aos seus pensamentos e mesmo às suas palavras um certo fio de coerência. Procurava consolá-la:

— Não fique assim, minha filha. O que você tem é nervoso, mas isso passa. Precisa só é descansar.

— Doutor Meira...

Ela falou num sopro de voz; ele curvou-se para ouvi-la. Malu repetiu:

— Doutor Meira, o senhor quer saber de uma coisa?...

— Quero.

— Sabe quem é que estava na porta ouvindo?

— Quem?

Sem querer falava em segredo; e o dr. Meira olhou em torno, no medo absurdo de que dentro do quarto estivesse alguém além deles; ou, então, na porta, do lado de fora, escutando. Experimentava uma angústia que se fazia intolerável. Malu disse, então, com os lábios tremendo:

— Quem estava ouvindo, tenho certeza — era mamãe. Ouviu? Mamãe!

— Mas não pode ser!

— Por que não pode ser, ora essa? Depois do que ela fez, pode-se esperar tudo!...

O dr. Meira ia replicar, defender d. Lígia, quando bateram na porta. Ia abrir, mas Malu segurou-o pelo braço. Seus olhos brilhavam.

— E vou lhe dizer outra coisa — sua boca estava quase encostada na orelha do ancião. — Quem está aí — sabe quem é? Outra vez? Mamãe.

— Veremos.

— Veremos, não. É!

O dr. Meira correu para a porta. "Se fosse d. Lígia" — conjecturava —, "tinha entrado logo." Antes de passar a mão no trinco e torcê-lo, hesitou, numa excitação que ele próprio achava sem propósito. "Será mesmo d. Lígia?", foi o seu último pensamento. Escancarou a porta. Era, realmente, d. Lígia. O velho empalideceu. Podia ser coincidência ou não, mas aquilo era inquietante. Malu, com um sorriso de triunfo, aproximou-se:

— Não disse, doutor Meira? O senhor não acreditou, e agora?

— Você acertou — teve que admitir.

D. Lígia, muda, a fisionomia fechada. Não podia saber de que é que estavam falando. Mas calculou: "No mínimo é de mim". Não olhava para a filha; parecia ignorar que ela estava presente, e para fazer o acinte mais claro virou-lhe as costas. Malu percebeu essa atitude, mas não ligou ou fingiu que não ligava. Dirigia-se ao dr. Meira:

— Eu não tinha razão naquilo?

— Em quê?

— Sobre a pessoa que estava escutando.

— Depois nós falamos.
— Por que não agora?
Malu exaltava-se cada vez mais. "Daqui a pouco não vou poder me controlar." Sua vontade era nem sabia direito o quê. Deixava-se levar pela violência de sua paixão. Naquele momento, ou antes, desde que Ricardo morrera, d. Lígia deixara de ser sua mãe. Era simplesmente uma mulher, uma rival, embora uma e outra amassem a um homem morto. O impulso de Malu era esclarecer tudo ali, naquele instante. Alarmado, o médico procurava evitar a crise:
— Sou eu que lhe peço — suplicou.
— Seria tão bom desmascarar logo de uma vez essa... — hesitou; e disse o termo — ... mulher!
Então, d. Lígia perguntou mansamente, quase sem mexer os lábios:
— Essa mulher quem?
Malu não teve tempo de replicar; rápido e positivo, o dr. Meira arrastou-a para o quarto.
— Eu me zango com você, Malu! Estou falando sério!...
— Ela me paga! — disse, ainda, a moça.
Voltou o dr. Meira. D. Lígia o esperava, sem se mexer do lugar e com o cuidado de não olhar para o interior do quarto (com medo de encontrar os olhos de Malu). Estava triste e altiva (o sofrimento lhe dava uma grande dignidade). O médico ficou impressionado:
— Que é, minha filha?
— Eu vou para a casa de Ricardo.
O médico pigarreou:
— E Malu?
— Não sei, nem me interessa. — E com um tom mais doce: — O senhor vai comigo?
— Você vai se emocionar demais, minha filha!
— E o senhor acha que ou não devo? — A sua fisionomia se modificava; cerrou os lábios. — Acha?
— Calma, Lígia!
Naquela hora de angústia, suprimia o "dona", abolia tudo que pudesse implicar cerimônia e dificultar uma aproximação mais íntima, humana e profunda.
— O senhor acha que eu posso ter calma? Eu? — Seus olhos se encheram de lágrimas. — Se esse era tudo para mim, tudo, e morreu?
— Lígia!
Ela continuou; toda a sua serenidade se dissolvia em pranto. Ainda era o grande remédio da mulher, a lágrima. E chorava, abrindo a sua alma, preci-

sando fazer confidências, fazer do seu amor um tema único, não falar em nada senão nele:

— Se eu fosse mais moça, mas não. Tenho 38 anos, estou no fim, ficando mais velha. Não poderei ter outro amor, nunca!... E uma mulher que envelhece, doutor, é terrível, põe tudo em cada sentimento!...

O DR. CARLOS não quis entrar, mas Glorinha insistiu. Estava de uma doçura absoluta; as mãos postas, a expressão dos olhos, a boca entreaberta, tudo na sua atitude era um apelo. Não tinha mais a insolência de pouco antes; e seus olhos verdes se faziam quase azuis.

— Entre um pouco — implorava.

— Entrar para quê?

Olhava a loura sem piedade nenhuma; e até com um sentimento de crueldade absoluta. Compreendia, agora, os homens que batem, que espancam, e certas mulheres que gostam de ser brutalizadas. Se não se controlasse — com o medo persistente do escândalo —, era capaz das violências mais sombrias. Ela disse, transfigurada pela ternura:

— Só para conversar.

— E me interessa conversar com você?

— Nem sobre o assunto das fotografias?

Vacilou, mas ia talvez recusar quando sentiu que subiam as escadas. Perturbou-se, e Glorinha tirou partido da situação. Mais que depressa, puxou-o e fechou a porta à chave. Estavam sós. Ele brigou, em voz baixa:

— Imagine se alguém me vir aqui dentro!

E ela cada vez mais amorosa, sem atender a nenhum raciocínio, nenhuma lógica, num abandono absoluto:

— Não faz mal. Deixa...

Foi ríspido:

— O que é que você quer?

— Um beijo.

— Já não disse que não?

— Não seja assim.

E quis abraçá-lo.

Ele fugiu com o corpo:

— Quieta!

Mas ela estava disposta a tudo. Usou da arma decisiva: as fotografias:

— Eu dou os negativos, quer?

— Todos?

No íntimo, ela pensava: "Até para conseguir um beijo, tenho que fazer chantagem". Mas nem por isso desejava menos a carícia. A hipótese de entrar na posse dos negativos, de destruir, de uma vez para sempre, um documento tão vil e, ao mesmo tempo, tão irrefutável, deslumbrou-o. Quis saber:

— Jura?

E ela, mais enamorada do que nunca:

— Juro.

Desta vez, deixou-se abraçar; e houve o beijo. A princípio, ele sentia como se cumprisse um dever, uma obrigação até desagradável. Mas acabou se tocando da flama que a loura parecia transmitir. Esqueceu tudo, para se concentrar naquele instante. E quando se soltaram, ela abrindo a boca como se procurasse ar, e ele já com a ideia dos negativos, perguntou logo:

— Onde é que estão?

— O quê?

— Os negativos.

A pergunta desapontou-a. Era incrível que ele, depois de uma coisa daquelas, pensasse em fotografias, quer dizer, num assunto tão diferente. "E eu que esperava outro beijo." Teria gostado de vê-lo sob emoção, abalado, com esse ar de sonho que deve vir depois de um momento assim; e isso a irritou, deu-lhe uma exasperação sombria e o desejo de se vingar. Na sua boca apareceu um vinco sardônico:

— Que negativos?

— Ora, Glorinha!

Teve um espanto de perfeita inocência:

— Mas não sei do que se trata, meu filho!

Ele procurou se conter, mas a cólera já fazia seu coração bater mais depressa:

— Glorinha — estava cada vez mais sombrio —, não me faça perder a cabeça. Então você não me prometeu dar os negativos de Malu em troca do beijo?

— Quer dizer que você teve coragem — e repetiu —, a coragem de fazer negócio com um beijo?

Aproximou-se mais dele, falou rosto com rosto:

— Pensou — coitado! — que eu estivesse falando sério?

— Glorinha, não me faça perder a cabeça! — Tinha as feições desfiguradas pelo ódio; ele mesmo se admirava da violência do próprio sentimento.

— Pode sair, Carlos. Saia.

Antes que o dr. Carlos pudesse prever, e segurá-la, foi até a porta, abriu-a; e apontava para o corredor:

— Saia, já, ande!
— Glória!...
— Saia ou faço um escândalo agorinha mesmo! Sai ou não sai?

O dr. Carlos baixou a cabeça e passou, com um sentimento intolerável de derrota. Não podia fazer nada, nada, com uma mulher assim. Ia com raiva de quem foi corrido, ignobilmente expulso. Ouviu que ela fechava a porta com violência; e foi descendo as escadas, com a cabeça em fogo. "Ter que aguentar isso, meu Deus!" Ainda estava no meio da escada quando ouviu vozes em cima; parou um momento, tentando identificá-las e distinguir as palavras. Finalmente, subiu de novo. Viu, na porta do quarto de Malu, a esposa e o dr. Meira. Conversavam com excitação, mas à meia-voz; e estavam tão entretidos que não havia meio de dar com ele no princípio do corredor, indeciso se avançava ou descia outra vez. A coisa que conseguiu perceber, com esforço, foi d. Lígia dizendo mais ou menos isto: "... tudo para mim, tudo...". O resto não percebeu. Recuou um pouco, agora com medo de ser visto; encostou-se mais à parede. Passou-se algum tempo, d. Lígia falando, mas sempre em surdina. Ele só conseguia pegar trechos de frases: ... "tenho 38 anos..." "nunca..." "cada sentimento". Perdeu a paciência; e se aproximou. Pela primeira vez, nasceu no seu espírito uma dúvida sobre a fidelidade da mulher. Pensou: "Será que...?", mas não chegou a concluir o raciocínio. O dr. Meira, que o vira, vinha ao seu encontro:

— Vamos para a casa da família de Ricardo, Carlos?
— Vamos. Mas, primeiro, quero dizer uma coisa a Malu.

Entrou no quarto, enquanto d. Lígia e o dr. Meira esperavam no corredor. D. Lígia perguntando a si mesma: "Que será?". A porta foi fechada e o dr. Carlos demorou-se lá bastante tempo. Por fim, reapareceu e foi logo dando o braço ao dr. Meira:

— Vamos descer, na frente.

Desceram, e d. Lígia incerta se devia acompanhá-los ou esperar a filha. Malu, porém, surgia na porta. Estava de uma serenidade ou de uma naturalidade mais que suspeita. D. Lígia estremeceu; alguma coisa lhe dizia que... Malu continuava na porta, olhando-a:

— Quer vir aqui um instantinho, mamãe?
— Eu?

Com um presságio horrível no coração, ela entrou no quarto. Mais que depressa, Malu deu volta à chave.

— Que é isso? — sobressaltou-se d. Lígia.

Notou uma estranha suavidade na voz de Malu:

— É o que a senhora vai ver agora.

D. Lígia viu a filha avançar. Não podia, nem queria se defender. "Vai me esbofetear", foi seu último pensamento.

5

Um grito de mulher dentro da noite

O DR. CARLOS e o dr. Meira desceram; iam em silêncio e preocupados. O dr. Meira perguntando a si mesmo: "Que terá ele dito a Malu?". Tinha a intuição de que fora alguma coisa de grave; e olhava o amigo, de lado, como se pudesse ler alguma coisa na sua fisionomia. O dr. Carlos ia bem preocupado, os traços endurecidos; acendeu o cigarro no meio da escada. E seu pensamento era este: "Malu deve ter tido um grande abalo". O que ele dissera à filha fora, de fato, uma coisa muito séria, que ela estava longe, muito longe, de supor.

E nenhum dos dois — nem o dr. Meira, nem o dr. Carlos — podia desconfiar do que, no momento, estava acontecendo entre mãe e filha. D. Lígia fora apanhada inteiramente de surpresa. (A filha parecia tão calma, tão senhora de si mesma e dos próprios nervos!) Chegou a pensar que Malu ia esbofeteá-la. E, por um momento, o braço da moça pareceu levantar-se contra a própria mãe. Mas foi só impressão de d. Lígia. Malu fechou os olhos, num esforço para se conter. Estava tonta, tonta, a ponto de desmaiar. "Vou cair." Seu corpo balançou. Abriu os olhos e a imagem da mãe pareceu-lhe trêmula, fria, esgarçada. D. Lígia balbuciou:

— Malu!...

"Ia bater na própria mãe", era o seu horror. "Quase fui esbofeteada pela minha filha." Estava certa de que a intenção de Malu fora esbofeteá-la.

— Você ia me bater — estava com a mão na face. — Ia sim!

Malu podia ter negado ou confirmado. Não fez, porém, nem uma coisa nem outra. Apertava as frontes. Dizia tão somente, perdida de desespero:

— Meu Deus, meu Deus!

D. Lígia estava encostada na porta; os braços caíram ao longo do corpo e não podia recuar mais. Malu podia bater, se quisesse, que ela nada faria, tomada de uma súbita passividade; mostrava-se indefesa. Depois do seu assomo, caíra em si. Um sorriso se desenhava em sua boca; e experimentava um sentimento de triunfo.

— Você podia ter batido, não fazia mal.
— Não? — Sem querer, Malu admirava-se.
— Não. Eu sei — olhou bem nos olhos da filha —, eu sei por que você está assim.
— Por quê? Diga!
— Porque ele gostava de mim muito mais que de você. Muito mais. A mim beijou e a você não! É por isso!
— Ah, é?
— É. Ouviu? É.

As duas se desafiavam; e por um momento pareceu que Malu ia esbofeteá-la de verdade. D. Lígia não pensava mais na sua condição de mãe. Esquecia-se de que a outra era sua filha. Continuava a vê-la como uma simples mulher; e era feliz, lembrando-se de que fora amada, muito mais amada do que a filha. E por mais que Malu fizesse não conseguiria destruir um fato. Para Malu, o pior de tudo era que d. Lígia estava dizendo a verdade. Nunca lhe ocorrera que a mãe estivesse mentindo,[2] exagerando. "Ricardo a beijou, Ricardo a beijou", era a sua obsessão. Olhavam-se ainda, sem uma palavra, com o pensamento trabalhando, trabalhando. "Preciso me vingar, mas não sei como." E teve, então, uma ideia. "Já sei." Disse, sem tirar os olhos de d. Lígia, com uma expressão cruel na boca:

— A senhora não vai.
— O quê?
— Não vai.

Fingiu que não entendia:
— Aonde?
— Ao enterro.
— Vou, sim, vou.
— Não vai. Se for, faço um escândalo, lá na frente de todo o mundo. Experimente.

D. Lígia empalideceu: "Ela não quer que eu vá", foi o seu desespero. "Eu não vou vê-lo mais. Nunca mais. Ele vai ser enterrado e eu não estarei lá." Mudou de atitude; estendeu a mão, num apelo (parecia uma criança que pede):

— Deixe eu ir, Malu.
— Não! — Estava feliz vendo o sofrimento materno. — Não quero que você vá, não deixo!
— Malu!... — balbuciou.
— Não adianta.

Abriu a porta; e d. Lígia ficou, imóvel, com um profundo espanto na alma. "Ela já vai e eu vou ficar." Malu continuou, da porta:

— Os beijos que eu não dei, vou dar agora!

"Eu não vou, não vou", refletia d. Lígia. "Se eu for, ela faz um escândalo." Parecia-lhe agora que Malu era capaz de tudo, na sua maldade sem limites. Enfureceu-se, subitamente:

— Mas você vai beijar um morto. E eu beijei quando ele estava vivo!

Apesar de tudo, de sua angústia, d. Lígia fechou os olhos; e por um instante se concentrou na lembrança do único beijo que recebera de Ricardo. "Ah! É outra coisa beijar uma boca viva." Era essa a sua glória, a sua doçura e a sua vaidade, essa carícia única e mortal. Viu que a filha sofria; e foi má, insistiu:

— Que é que você pode fazer? Pode beijar, mas não na boca. Não se beija um morto na boca. Chamaria a atenção. Iam falar.

— Está certo, mas você não vai. Percebeu? Se for, já sabe. Eu avisei!

Malu desceu. O dr. Meira e o dr. Carlos não tiveram tempo de perguntar por d. Lígia; Malu antecipou-se:

— Não convém que mamãe vá. Não está se sentindo bem.

A casa da família de Ricardo estava cheia àquela hora da madrugada. Era um casarão quase todo feito em pedra, do feitio de um castelo. Sempre que via o corpo, Malu abandonava-se a uma dor sem limites; chorava e de alguma maneira experimentava uma doçura nas próprias lágrimas. "Se eu pudesse chorar sempre!" Ao mesmo tempo, reconhecia que, assim que se realizassem os funerais, recairia no desespero dos ciúmes e do ódio. "Eu não devia estar chorando", pensava, "ele não me foi fiel." Mas como ficar indiferente diante dos círios, das flores e sabendo que aquilo era em intenção dele? Fez uma reflexão infantil: "Ninguém devia morrer". E chorava com o lencinho na mão. "Será que mamãe virá? Terá coragem de aparecer?", era uma de suas preocupações. D. Lígia estaria em casa? A caminho?

D. Lígia estava em casa. Malu descera; ela escutara seus passos na escada; e, por fim, percebera o rumor do automóvel arrancando. Continuava no mesmo lugar, com uma sensação absoluta de derrota e desamparo. Sentou maquinalmente na banqueta. "Se eu for, ela fará o escândalo, tenho certeza!" Resolveu, com melancolia, sentindo a inutilidade de lutar contra o destino: "Não vou, não posso ir". Ficaria ali, toda a vida, esperando que o tempo fosse passando, até amanhecer. Estava de olhos fechados, como que adormecida, mas com o pensamento trabalhando de maneira contínua e torturante. Teve, de repente, a impressão de que havia alguém no quarto. Não ouvira barulho nenhum, nada;

mas a impressão resistia. Abriu os olhos: e viu Glorinha parada na moldura da porta. "Ah, não estão dormindo", foi o seu comentário íntimo. Glorinha aproximou-se, com o seu jeito de sorrir, suspeito e antipático. D. Lígia pedia por tudo neste mundo que a deixassem em paz na sua dor. Ter sossego era a única coisa que ela desejava, nada mais do que isso.

— Então a senhora... — começou Glorinha — tão cheia de coisa e, no fim...
Ergueu o rosto, espantada:
— Eu o quê?
— Pensa que não vi e ouvi?
— Como? Está louca?
— Louca, eu? — estava cada vez mais sardônica. — Vi, com esses olhos, eu! Espiei pelo buraco da fechadura...
— Você?...
— Eu, sim senhora, eu! — mudou de tom para continuar: — E como ela e a senhora... Como é que você deixou que sua filha a esbofeteasse?³ Ah! Se fosse comigo!

D. Lígia sentiu-se mais desesperada do que nunca. Aquele segredo já não lhe pertencia mais; Glorinha participava dele. E, daqui a pouco, todo o mundo ia saber, comentar. Não era a sua reputação — pouco ligava a isso —, mas o fato de arrastarem pelo chão, pela lama, uma coisa que devia permanecer sagrada, intocável: o seu amor. Podia-se zangar porque Glorinha a espionara, mas não. A única coisa que sentia era a consciência da própria fraqueza, o abandono em que estava.

— Quer um conselho? — insinuou, temerosa, Glorinha, com medo de que a outra se exasperasse.
E como d. Lígia nada dissesse, continuou:
— Vá ao enterro.
— Ela me expulsa de lá — chorou d. Lígia.
— Expulsa nada, expulsa coisa nenhuma. Eu me responsabilizo. Pode ir, garanto!
— Mas... sozinha?
Breve hesitação da loura:
— Vou com você.
Num instante, d. Lígia transfigurou-se. A presença e as palavras da outra lhe deram, de repente, um novo ânimo. Glorinha insistia:
— Não deixe que uma menina mande na senhora. A senhora não disse que conheceu o rapaz primeiro? Pois é. Você tem mais direito.
Misturava o tratamento de você e de senhora.
— Mas ela era a noiva — objetou, num último escrúpulo, d. Lígia.

Queria ser convencida de que não era culpada de nada; parecia pedir que a convencessem. Glorinha continuou, empenhando-se a fundo em levá-la. D. Lígia libertou-se da última dúvida: "Tenho direito", pensou. Desceu com Glorinha, ouvindo a loura repetir:

— Ela não terá coragem. Juro, você vai ver. Dizer é uma coisa e fazer é outra, muito diferente.

Desceram as escadas. Houve um problema: a condução. A casa era afastada da cidade — autêntico lugar de campo, com poucas moradias próximas. — Ficaram no meio da estrada, à espera. Glorinha, otimista, animando:

— Daqui a pouco passa um carro.

— Ah, meu Deus!

Agora que vencera o próprio medo, d. Lígia queria chegar o mais depressa possível. "Não vem carro nenhum", foi o seu mudo lamento.

Depois que d. Lígia e Glorinha passaram, começou a abrir-se, bem devagarinho, a porta de uma grande estante embutida, que fora colocada ali, recentemente, ainda vazia de livros e de prateleiras. Havia no seu interior espaço bastante para uma ou mais pessoas. E foi aparecendo um vulto. Primeiro, olhou, e, finalmente, pisando macio, muito macio, saiu totalmente. A sala estava em penumbra, com uma única luz lateral acesa. Era um homem; dirigiu-se à janela que dava para o jardim e, muito ágil, saltou. Procurando se agachar, aqui e ali, correu; e num instante desapareceu no fundo da noite.

Não tiveram que esperar muito tempo. Pouco depois aparecia um carro. As duas correram e gritaram. O chofer parou:

— Graças a Deus — suspirou Glorinha.

O automóvel arrancou quase sem ruído. D. Lígia, impressionada com Glorinha, chegou-se para ela, como se a loura que lhe invadira a casa fosse uma proteção. Sua tendência era achar Glorinha uma boa pequena. Agora estava admitindo que ela, apesar dos seus modos, de uma educação duvidosa e uma origem humilde, tivesse bons sentimentos. E d. Lígia estava sobretudo agradecida, porque, se não fosse a moça, ela não teria tido coragem de ir ver o seu amado pela última vez. A voz de Glorinha sobressaltou-a:

— A senhora não gosta de Carlos, gosta?

— Eu?

— Você, sim. Ou tem vergonha de confessar?

Hesitou:

— Não sei.

Teve um súbito pudor de mostrar a uma estranha, que aparecera em sua casa em circunstâncias tão desagradáveis, os seus sentimentos. E, além disso, aquela pergunta, lançada com tanta simplicidade, era insultante. "Não tenho nem direito de pensar em Ricardo", foi a sua exasperação. O escrúpulo de d. Lígia irritou Glorinha:

— Não sabe o quê! Sabe, sim. Vocês não se dão bem. Só estão juntos por causa da filha.

— Oh, deixe-me em paz.

— Olhe aqui.

Percebeu uma ameaça na voz de Glorinha. Perguntou:

— Que é?

E a outra, rancorosa:

— Não adianta a gente ser camarada de você. Fiz uma pergunta sem importância e você me responde não sei como, com grosseria.

Na sombra, d. Lígia apertava os ouvidos com as duas mãos; perdeu a paciência, gritou:

— Eu é que fui boba, nenhuma faria o que eu fiz: deixar você entrar em casa, ficar lá, na minha casa e na casa de minha filha! Ah, se eu fosse outra!

— Que é que fazia?

— Muito simples: punha você de minha casa para fora!

— Duvido! — Glorinha estava cega de cólera. — E quer saber de uma coisa? Olhe o que eu vou fazer. Chofer! Pare!

O carro diminuiu a marcha e parou. Estavam no meio da estrada; de um lado e de outro, só mata; e a noite negra e ameaçadora. D. Lígia não compreendeu. Voltou-se para Glorinha, embora a sombra não lhe deixasse ver as feições da loura. Glorinha intimava:

— Salte, ande!

— Mas não faça isso!

— Faço, sim, faço!

O chofer virava-se espantado:

— O que é que há?

— Nada. Essa mulher me insultou — e, para acabar com os escrúpulos do chofer, acrescentou: — Eu pago mais por isso.

D. Lígia quis resistir, recuar para o fundo do carro; o terror tomava conta do seu coração. Mas Glorinha era muito mais forte; torceu-lhe o braço:

— Saia!

Conseguiu fazer d. Lígia chegar, curvada, à porta do automóvel, o braço torcido. E, então, empurrou-a. D. Lígia caiu de joelhos no meio da estrada. O carro partiu maciamente. Ela ergueu-se, rápida, frenética de medo:

— Parem! — soluçou. — Parem!

Teve medo da noite, da solidão, de tudo ali; procurou, em torno, a luz de uma casa, de uma janela, mas nada, nada. Correu, sem destino, parando de vez em quando para olhar para trás. Se viesse um automóvel!... Mas o caminho da casa de Ricardo estava fora dos lugares de grande tráfego. Talvez não aparecesse nenhuma condução. Balbuciou, parando, ofegante:

— Meu Deus, meu Deus!

Teria mais calma em outras condições. Mas não assim, com os nervos já superexcitados, o coração batendo como um pássaro louco, a alma atormentada. E talvez não chegasse a tempo de ver o corpo de Ricardo sair, ser levado para o túmulo. Se aparecesse um automóvel, se aparecesse uma casa!... De repente, teve a impressão de ouvir passos, a impressão de que estava sendo seguida. Não podia ser. Ainda pensou: "São os meus nervos". Mesmo assim olhou para trás; e viu, então... Um homem se aproximava, vinha ao seu encontro de braços abertos. Estava muito perto e se aproximava cada vez mais. Teve tempo de lhe ver as feições, a fisionomia dura, a expressão cruel dos lábios, os olhos brilhando. Gritou com todas as forças do seu desespero. Mas ninguém ouviu aquele grito de mulher dentro da noite. Foi segurada, dominada...

Estava sozinha no meio da noite, à mercê de um homem de riso torcido que surgira não sabia de onde. Ninguém para socorrê-la, ninguém; e em torno, ameaçando-a, as trevas. Quis correr, internar-se na mata, mas ele a alcançou; e os olhos do desconhecido (devia ser um bandido, com as intenções mais abomináveis) brilhavam. Ainda gritou, no seu terror, inútil, duas vezes:

— Socorro! Socorro!

Sabia que gritava em vão. Pela sua cabeça, passavam os pensamentos mais inquietantes, lembranças de casos análogos, de mulheres que se haviam extraviado e foram surpreendidas em ermos assim. No seu desespero, esquecia-se, até, de Ricardo, a imagem do bem-amado desaparecera; a única coisa que havia dentro dela, absorvendo tudo o mais, era o medo. Fez ainda um esforço supremo: conseguiu se desprender e correr. Mas o homem veio atrás, numa perseguição tenaz e sem palavras. Ela tropeçou, caiu e, quando se erguia, foi presa, de novo. O fato de ele não falar (d. Lígia apenas ouvia a sua respiração forte) parecia torná-lo mais terrível. Houve uma luta entre os dois, sempre em silêncio (talvez ele fosse mudo); ela era miúda e ágil, queria escapar, escorregar por entre as mãos do bandido, mas ele não a deixava; e chegou um momento em que o homem deu um berro, porque ela o atingira com a unha no rosto. Mas para quê! Ferido, ele se exasperou e resolveu acabar brutalmente aquela resistência. Torceu-lhe o braço, e de tal forma que ela teve a impressão de que o osso ia partir-se. Gritou então, não mais de medo, mas de pura e simples dor física. Chorou, soluçou, desesperada. Naquele momento, teve a noção de que a carne sofre mais do que a alma; e de que nenhuma dor moral se poderia comparar à dor de um pulso torcido assim, lenta e implacavelmente. O desconhecido continuava torcendo, devagarinho, como se quisesse prolongar a tortura; e experimentando um secreto prazer vendo-a contorcer-se toda, chorar, humilhar-se, pedir abjetamente.

— Fica quietinha?
— Fico! — gemeu d. Lígia. — Mas não aperte mais o meu pulso!
— Quem mandou você meter as unhas?
— Eu não faço mais! Largue, largue!

Escutou o riso discreto:
— Vou largar, só quero ver!
— Me machucou!...

Largou-a, ameaçando:
— Se fugir, já sabe. Vou atrás, e aí, minha filha...

Não completou a frase, mas ela teve a certeza de que era capaz de tudo, das coisas mais hediondas. "Meu Deus, meu Deus!" Segurava o próprio pulso, sentia como se não pudesse erguer o braço machucado; e chorava ainda, embora achando que no seu pranto não havia dignidade nenhuma. "Ele quebrou o meu pulso", era o seu grito interior, e se deixava ficar soluçando; estava imóvel, passiva, sem poder ver as feições daquele homem. A sombra envolvia os dois; d. Lígia tinha medo de qualquer gesto seu, qualquer palavra, que pudesse exasperar o desconhecido. "Talvez seja um louco", foi o que pensou, prendendo a respiração. Depois de um certo tempo de silêncio, ele a segurou pelo braço. Ela estremeceu; quis soltar-se, mas ele a puxava:

— Vamos!
— Para onde?
— Você verá.
— Não!
— Ah, não?

Repetiu, no seu desespero:
— Não, não!
— Depois não se queixe!

Ela, então, teve uma ideia:

— Quer quanto para me deixar ir embora?
Queria tentá-lo pelo dinheiro. Ele estava malvestido, parecia um desses vagabundos da estrada, que dormem ao ar livre e vivem andando, incapaz de se fixar em algum lugar. Ele fez a mesma pergunta que Glorinha fizera ao dr. Carlos:
— Dinheiro?
Confirmou numa doida esperança:
— Dinheiro, sim. Diga quanto quer, eu darei. Pode dizer.
— Não interessa!
— O quê?
— Não interessa. Você é grã-fina, pensa que dinheiro compra tudo. Pois comigo você errou!
— Pelo amor de Deus!
— Não.
Súbito, e sem que ela pudesse perceber o seu movimento, riscou um fósforo e ergueu a chama à altura do seu rosto. Apagou rapidamente, com uma exclamação. D. Lígia tinha quase gritado quando viu aquele fogo tão perto do seu rosto, em risco de lhe queimar os cílios.
— Como é o seu nome?
— Meu nome?
Hesitou antes de falar. Não soube o que deu nela. Disse sem refletir:
— Malu!
— O quê?! Chama-se Malu?
Atolou-se, de vez, na mentira:
— Me chamo, sim!
— Ora essa!
D. Lígia, ela mesma, não compreendera por que mistificara, por que dera o nome da filha em vez do seu, que impulso misterioso a fizera mentir. E o que a espantava, agora, era sentir a admiração do estranho. "Por que terá dito 'ora essa'?", perguntava a si mesma.
— Então, você... — ele falava lentamente — você tinha um noivo, não tinha?
D. Lígia, baixo, prolongando a mentira:
— Tinha.
— Que morreu hoje?
Respondeu, abaixando mais ainda a voz:
— Foi.
E ele, rápido e brutal:
— E o que é que estava fazendo, no meio da estrada, a essa hora?

Desesperou-se:

— Não me pergunte nada, pelo amor de Deus!...

Tinha os nervos tão abalados, em tal ponto de tensão, que pensava: "Eu enlouqueço, minha Nossa Senhora!". Suplicou, controlando-se para que a voz não se desfizesse em soluço:

— Deixe eu ir!

— Responda, primeiro!

— Não!

Ele exclamou, triunfante:

— Já sei!

E falava com tanta certeza que ela estremeceu:

— Sabe como? Sabe o quê?

— Você, no mínimo, estava aqui esperando alguém.

— Mentira! Não estava esperando ninguém!

E era como se um vento de insânia soprasse na sua vida. Discutia com um vagabundo, em plena noite. Que desordem de ideias havia na sua cabeça! Ele insistia, julgando pela reação de d. Lígia que acertara em cheio na verdade. Continuou:

— Não tem vergonha! O noivo ainda nem foi enterrado, e você já está de namoro!

— Juro que não!

— Vocês todas são iguais!

Parecia se dirigir não somente a ela, mas à mulher em geral. Envolvia todas no mesmo ódio. D. Lígia não poderia compreender essa raiva: não tinha elementos para saber que há seis meses ele amara uma mulher e que esta mulher o traíra. Desde então, jurara: "Nunca mais gostarei de ninguém. Vou aproveitar, só!". Naquele momento, poderia ter deixado que d. Lígia se fosse; e quase, quase mandou-a embora. Mas se lembrou com tanta nitidez da traição que sofrera, que resolveu atormentá-la mais um pouco.

— Eu moro ali.

Apontava para uma direção qualquer, sem que d. Lígia pudesse ver-lhe o braço. Prosseguiu:

— Durmo numa espécie de caverna — e acabou a explicação sumária —, debaixo de uma pedra grande. Nós vamos para lá.

Recuou, dizendo:

— Não! Para lá não vou!

— Prefere ser arrastada?

Implorou:

— Tenha pena de mim!

Riu:

— Eu lá tenho pena de mulher?

Mas como ela, dominada inteiramente pelo medo, parecia uma criança, uma menina diante de uma ameaça terrível, ele disse:

— Sabe o que eu vou fazer com você, quer saber?

DEPOIS DE TER expulsado d. Lígia do carro, Glorinha não soube de momento o que fazer. Estava incerta se iria para casa ou se... Tinha uma ideia que, a princípio, quis repelir, mas que voltou e se fixou. Era o seguinte: ir à casa de Ricardo. Argumentou consigo mesma, querendo se convencer: "Não tem nada de mais, ora. Em dia de enterro, ninguém é barrado. Entra quem quer". Ela não sabia direito o que é que a levava para lá. Talvez fosse a própria vida, tão cheia de atribulações e sofrimentos, que a fazia experimentar uma amarga compensação com a dor dos outros. Além disso, lembrava-se que Malu estava lá. Veio-lhe uma súbita raiva daquela moça bonita, rica, com tudo na vida para ser feliz. "Tem dinheiro, consideração, tudo. Ao passo que eu... Agora ainda estou assim, assim. Mas até fome passei." Chamou:

— Chofer!

— Eu?

Deu a direção da casa de Ricardo.[4] Quando chegou lá, viu gente saindo. Era tarde da noite; e muitos iam para casa e voltariam, com certeza, de manhã. "Vou falar com essa Malu." Imaginava as coisas que diria. Experimentava prazer por antecipação.

"Ela me paga", dizia, entre dentes. Se lhe perguntassem por que essas disposições, não saberia como justificar-se. Talvez porque através de Malu pudesse ferir o dr. Carlos; ou porque odiava as moças que nunca sofreram nada, que nasceram e vivem em ambientes de luxo, "as grã-finas", como dizia. Entrou na casa de Ricardo abrindo muito os olhos, reparando em cada coisa. Já de fora ouvira um choro, desses que se ouvem, sempre, nas casas em que morreu alguém. "Quem será?", perguntou a si mesma, estremecendo apesar de tudo. Logo que entrou na sala em que se achava o esquife, várias pessoas iam levando os pais de Ricardo. Dois ou três homens que também se achavam lá passaram a uma sala contínua, talvez para acender cigarro. Malu estava sentada num canto. E o choro que Glorinha ouvira era dela, era de Malu. Aproximou-se e sentou-se ao lado, e com tanta suavidade, tanta preocupação de não fazer barulho, que a moça só percebeu quando a loura lhe tocou no braço. Teve um susto (eram os seus nervos superexcitados).

— Sou eu — disse Glorinha.

Malu continuou a chorar. "Como fica feia a mulher quando chora", foi a sua admiração. Então, a loura começou a falar, mas em voz baixa, segredando, não querendo que ninguém ouvisse. A primeira coisa que insinuou foi esta:

— Você é boba, minha filha.

Malu espantou-se, deixando por momentos de chorar. Abanou a cabeça, com a ideia de que ouvira mal:

— O quê?

A outra continuou, mais pérfida:

— Você acha que algum homem merece uma lágrima, uma só que seja?

Primeiro, Malu ficou em suspenso, procurando descobrir o sentido do que a outra dissera; depois, à medida que ia compreendendo, começou a indignar-se, mas à indignação se misturou um sentimento de espanto. Perguntou:

— Mas não merece uma lágrima, como?

Glorinha foi mais clara:

— Onde é que já se viu um homem fiel?

Quis responder, mas calou-se. A pergunta da outra deixava-a indefesa. Seu pensamento trabalhou: "Que posso responder?". Ainda assim quis reagir:

— Ricardo era fiel!

Não esperava o protesto quase feroz da outra:

— Mentira!

Glorinha ergueu-se, excitada:

— Não era coisa nenhuma. E você sabe bem disso. Não adianta fingir, porque eu sei de tudo. Eu, essa que está aqui! Sei!

Ufanava-se de saber. Isso parecia-lhe um título de glória. Sentou-se, outra vez, ao lado de Malu, que a olhou (já sem lágrimas) com uma expressão de medo e de espanto.

— Não sabe nada! — conseguiu articular Malu.

— Ah, não? — ironizou Glorinha; e com um tom mais positivo: — Eu ouvi tudo. A mim é que ninguém engana. Você e sua mãe discutindo...

— Ouviu?

— Ouvi, sim.

— Meu Deus do céu!

Malu recomeçou a chorar, pensando: "E agora, meu Deus, agora, como vai ser?". Ficou, em pranto, deixando que a outra continuasse, e mau grado seu escutava num interesse crescente, apaixonava-se, deixava-se impregnar de todas as insinuações feitas:

— Olha aqui uma coisa: em primeiro lugar, ele não gostava de você; ou, se gostava, tentava conquistar sua mãe. Isso é direito? Diga se é?

— Não — murmurou Malu.

— E com certeza que havia de ter outros casos. Ah, minha filha! Só a mulher é que é fiel, que tem esse negócio de fidelidade. Mas o homem — que esperança! Por isso é que eu digo: nenhum homem vale uma lágrima!

Exagerava, sentindo que Malu sofria, que seu coração estava se despedaçando. E ia continuando para ferir mais ainda a alma da moça. Malu ergueu-se. Sua expressão de sofrimento desaparecera. Parecia subitamente calma. Murmurou, com uma luz de felicidade nos olhos:

— Bem, eu vou.

Glorinha ergueu-se também, assombrada:

— Aonde?

— Ali.

Com o braço, apontava na direção do jardim. Glorinha, cada vez mais espantada:

— Que é que tem lá?

Malu não respondeu. Sorrindo (e era um sorriso doce de mulher enamorada), deixou a sala caminhando para o jardim. Estarrecida, Glorinha permaneceu algum tempo parada. Depois correu em perseguição de Malu. Viu a moça andando para um dos recantos mais sombrios do jardim. Lá um homem a esperava, um vulto que Glorinha não pôde identificar. "Que será isso?", espantou-se Glorinha. Escondida, atrás de uma árvore, espiou a cena. O homem parecia impaciente. Quando Malu chegou, ele apertou-a nos braços e os dois se beijaram na boca.

6

O homem que eu beijei

GLORINHA FICOU NÃO soube quanto tempo parada, sem ânimo de se mexer. "Mas como era possível, meu Deus?" Não tirava os olhos da cena e, ao mesmo tempo, procurava raciocinar, fazia um esforço de compreensão. Sem querer olhou para a casa; e viu, numa das janelas, os círios, as chamas trêmulas dos círios, e as flores, as coroas penduradas nas paredes e nas varandas. Teve um arrepio; exasperou-se, sem poder conciliar aquilo, isto é, a cena de amor e o espetáculo da morte. De um lado, o beijo que Malu dava e recebia; e, do outro, o corpo de Ricardo, sob a iluminação das grandes velas. "Eu não estou vendo isso, é impossível que eu esteja vendo." E o que a angustiava mais, e a petrificava no seu assombro, era que o beijo continuava, não acabava nunca. Dir-se-ia que os dois — Malu e o desconhecido — fundiam suas vidas, suas almas, seus sonhos, naquela carícia. "Se eles me virem aqui", pensava Glorinha. Experimentava um medo talvez pueril, como se os dois, na hipótese de surpreendê-la ali, espreitando, pudessem até assassiná-la. Desejaria fugir, agora que tinha visto tudo ou quase tudo. Mas ia ficando cada vez mais fascinada; como quase toda mulher, não podia ver, sem uma profunda, quase dolorosa emoção, uma cena de amor. Além disso, sua retirada poderia ser percebida; e o medo estava dentro de sua alma, cada vez mais cruel. Viu quando os dois se desprendiam. Estavam perturbados e foi pouco a pouco, gradualmente, que se libertaram do êxtase. Ele tomava as duas mãos de Malu, beijava uma e outra, perdido de ternura; e perguntava:

— Gosta muito de mim?

Ela, muito doce, pondo toda a sua alma na confirmação:

— Gosto, sim.

— Mas de verdade?

— De verdade.

Tornavam-se infantis; e pareciam se consumir, um e outro, por uma sede infinita de amor. Nova pergunta do desconhecido, feita à meia-voz:

— Virá comigo?

— Sim.

— Quando eu quiser?

— Quando você quiser.

Mas ele não estava contente; queria mais, sempre mais; queria saber que os seus sentimentos permaneciam os mesmos. Seu medo, seu grande medo, era que ela mudasse. Fazia perguntas, quase sempre ingênuas, que ela respondia de coração, feliz de confessar o seu sentimento e de ter diante dele uma atitude de adoração. Glorinha ouvia, num crescente espanto: "Então é isso? Eles vão fugir!". Impressionava-se profundamente com o cinismo de Malu (porque aquilo só podia ser cinismo). Parecia-lhe incrível que uma mulher pudesse deixar um noivo entre quatro círios para ter uma entrevista amorosa com um outro homem. Glorinha procurava não perder uma única palavra. Malu estava falando, cada vez mais enamorada:

— Hoje?

— O quê?

— Vamos partir hoje?

Breve hesitação do desconhecido. Respondeu, afinal:

— Hoje, não.
— Por quê?
— Não posso.
— Que pena! — foi sua exclamação, seu lamento de amorosa.
— Mas não faz mal. Não vai demorar muito.
E ela, muito doce:
— Tomara!
Iam se beijar de novo, quando ele, estremecendo, murmurou ao ouvido de Malu:
— Tem gente ali. Não se mexa.
Malu obedeceu, passiva, disposta a fazer tudo que ele quisesse. Nem se virou; continuou de costas para o lugar em que estava Glorinha. Esta nem podia desconfiar que sua presença havia sido percebida. Experimentou assim um grande abalo quando viu o homem, deixando inesperadamente Malu, correr ao seu encontro. "Meu Deus", suspirou Glorinha. Quis correr também, mas sentiu-se segura. Pôde ver, então, o homem. Era moço ainda, teria talvez seus 35 anos. Glorinha quis gritar; abriu a boca, mas não emitiu nenhum som. Estava inteiramente dominada pelo medo. Malu continuava no mesmo lugar, e de costas para a cena. "Ele vai me matar, meu Deus, ele vai me matar", foi o pensamento de Glorinha. O homem a prendia pelos dois pulsos.
— Estava espionando?
O desconhecido era forte, e Glorinha pensou que se ele quisesse poderia parti-la em dois. Estava inteiramente dominada. Parecia irradiar dele, sobretudo dos seus olhos, uma força sobrenatural. Balbuciou, num medo que a impedia de respirar:
— Não me faça mal!
— Que é que estava fazendo aí?
— Nada — respondeu. — Nada.
— Você não viu nem ouviu coisa nenhuma, percebeu?
— Sim.
— Se contar, se disser a alguém, vou buscá-la onde estiver. E sabe para quê?
Ela disse, num cicio:
— Não.
— Para estrangulá-la. Se você tem algum amor à vida, nunca — ouviu? — nunca se lembre de contar absolutamente nada.
Glorinha quis falar; chegou a abrir a boca, mas não pôde dizer nada. Baixou a cabeça e correu. Todos os seus nervos estavam tensos. Entrou na sala em que se erguiam os círios. Não sabia o que fazer, parecia fora de si. Seu único desejo, depois que se acalmou um pouco, foi o de fugir, desaparecer daquele

ambiente. Duas ou três pessoas faziam quarto. Olharam para ela, assustadas. "Eu devo ter um ar de maluca", foi o que pensou, procurando readquirir uma certa dignidade de atitude. Finalmente, resolveu sair. Mas estacou: Malu acabava de aparecer na porta. E vinha tão serena que Glorinha estremeceu. Apesar da ameaça que o desconhecido lhe fizera, e apesar de sentir que ele cumpriria a ameaça, não pôde resistir. Precisava interpelar a moça, tal a sua curiosidade de saber o que diria ela. Aproximou-se de Malu: deu-lhe o braço, sem que a outra se opusesse, e a trouxe para a varanda, onde poderiam conversar sem perigo. Agora que o medo não a tolhia mais, Glorinha assumia a sua atitude habitual, quase agressiva. Estavam, agora, na varanda, face a face; e Glorinha irritou-se vendo que Malu não se perturbava, que sustentava o seu olhar:

— Então você, hein? — foi a primeira coisa que disse Glorinha.

— O que é que tem?

— Com o noivo ali, morto, teve coragem de se encontrar com um homem no jardim! Não esperou nem ao menos que Ricardo fosse enterrado!

— Está doida!

— Sabe de uma coisa?

— O quê?

— O que você é, é muito cínica!

— Até logo!

— Até logo coisa nenhuma. Você pensa que me faz de boba, que eu sou talvez alguma inocente? Pois comigo está muito enganada!

— Nem sei de que você está falando!

— Ah, não? Engraçado! Quer dizer a mim que não se encontrou com um fulano ainda agora ali?

Apontava na direção do recanto do jardim em que Malu tivera a entrevista. Mas a moça continuou impassível. Sua fisionomia estava absolutamente fechada, sem expressão, sem índice nenhum dos seus verdadeiros sentimentos. Parecia dispor de tal capacidade de dissimulação que confundiu Glorinha. Por momentos, a loura ficou em suspenso, sem saber o que dizer ou o que fazer. "Será que eu sonhei?", perguntou a si mesma. "Ou enlouqueci, de repente?" Mas reagiu: "Eu vi, ninguém me diz que não". Malu negou, continuou negando:

— Não me encontrei com ninguém.

— Sua mentirosa!

— Então sou — pronto! — Sou mentirosa!

Glorinha perdeu, então, todas as contemplações. (Queriam fazê-la de boba, não é? Pois iam ver!) Já não gostava nada de Malu, nem tinha razões para gostar; imagine o seu desespero agora, vendo a atitude de Malu. Exasperava-se mais porque via naquilo orgulho; deixou-se levar pela própria raiva:

— Seu noivo ali, morto, e você beijando outro homem. A mim — e batia com a mão no peito — ninguém diz que não, que eu vi! Mas não faz mal. Foi até bom; fiquei sabendo de mais coisas de você. Você poderá ter pose com quem quiser, menos comigo! No dia em que você começar com coisa, eu sei o que fazer! Experimente!

E ia talvez continuar, quando Malu deixou-a sem uma palavra. Foi uma coisa tão inesperada que Glorinha ainda ficou com a mão no ar, em meio de um gesto, e a boca aberta, vendo-a reentrar na sala, encaminhar-se para o interior da casa. Glorinha caiu finalmente em si, sentindo-se ridícula com aquela mão suspensa. Malu é que aparentava maior naturalidade. Três pessoas que estavam na sala, velando, levantaram-se ao vê-la; mas ela passou como uma sonâmbula. E as pessoas espantaram-se, porque a sua fisionomia não traía nenhum sofrimento. Malu perguntou a uma pessoa que, no momento, não identificou:

— Onde é que está dona Amália?

A pessoa respondeu:

— Lá em cima, no quarto.

Malu subiu; e daria a impressão, a quem a visse naquele momento, que estava a mil léguas dali. Entrou no quarto de d. Amália sem bater. A mãe de Ricardo estava lá, com algumas senhoras que se espantaram vendo Malu surgir como uma aparição. Essas senhoras queriam que d. Amália dormisse. Perguntavam:

— Por que a senhora não dorme?

Mas ela se obstinava. Parecia-lhe que não devia dormir com o filho lá embaixo, morto. Levantou-se ao ver Malu, disposta, já, a unir as suas lágrimas às da moça. Mas a atitude estranha de Malu imobilizou-a.

— Dona Amália, eu já vou — disse Malu, sóbria, lacônica.

— Já?

— Já.

— Depois volta? — quis saber d. Amália, com um sentimento nascente de angústia.

— Não.

D. Amália olhou para as outras, desorientada. Insistiu, com medo do que Malu dissesse:

— Não vai acompanhar?

Queria se referir, é claro, ao enterro. Malu respondeu, com naturalidade:

— Não.

— Mas, minha filha!... — gaguejou d. Amália.

Em torno, havia espanto. Não se compreendia nada. "O que é que está dando nela?", pensou uma das senhoras presentes. E o mal-estar aumentou quando Malu disse:

— Adeus.

Tudo aquilo era estranho, estranho demais. D. Amália, totalmente surpresa, esquecia-se da própria dor, deixava de sofrer, para seguir com os olhos a saída de Malu. A moça deixava o quarto, sem que a tivesse abandonado aquele ar de naturalidade. Ia chegando na escada quando ouviu passos atrás de si:

— Malu, espere!

Era d. Amália. Passado o primeiro instante de assombro, de incompreensão, levantara-se e vinha ao encontro de Malu. As duas se defrontaram. D. Amália, procurando se conter (sentia-se na iminência de uma nova crise de nervos), perguntou:

— Onde é que você vai?

— Para casa.

— Mas assim, Malu?

— Assim.

— O que é que houve?

— Nada.

— Você volta?

— Não.

Malu olhava a velha senhora. D. Amália estava de mãos postas, quase se humilhando; e Malu viu a hora em que a outra cairia a seus pés. D. Amália implorou:

— Malu — adoçou a voz, seus lábios tremiam. — Você não vem mesmo, Malu?

— Já não disse?

— Por quê?

— Dona Amália — hesitou, antes de continuar —, dona Amália, eu nunca lhe disse, a verdade é que... — parou outra vez.

— Diga — a voz de d. Amália saiu num sopro.

— Pois bem: a verdade é que eu amo outro homem.

D. Lígia podia ter gritado ainda. Mas seu instinto de defesa, de conservação, parecia anulado. Abriu a boca, sem que saísse som nenhum. Sentia apenas aquela proximidade: um homem, um estranho, um desconhecido, um bárbaro, a segurava. Em torno, só a noite, os mil rumores da mata, e ninguém; não se via a luz de nenhuma janela. "Ele vai fazer comigo o quê?", pensava, com todos os nervos contraídos. O homem não tinha pressa. Sem falar — como se achasse qualquer palavra inútil —, parecia contentar-se em sentir a presença de d. Lígia. Ela não podia saber que ele estava aspirando o perfume doce que se desprendia dela, sobretudo dos cabelos. Esse perfume o envolvia, era como se transmitisse um vago e misterioso encanto. Ele perguntou:

— Sabe o que vou fazer?

— Não me faça mal!

Era uma trepidação que sentia em todo o seu ser, uma tensão de nervos quase a impedia de falar. E ele, baixo, encostando a boca no ouvido de d. Lígia:

— Malu...

— Não sou Malu.

— Então qual é o seu nome?

— Não sei, não sei.

— Mas eu sei.

Espanto de d. Lígia:

— Sabe?

Ele riu mais alto; sem querer, quase sem consciência da própria sensação, d. Lígia achou bonito o som daquele riso. O desconhecido continuou:

— Sei.

Ela tremia da cabeça aos pés, num trio de nervos. Quis saber:

— Como é meu nome, então?

— Lígia. Você é Lígia. — E soletrou: — Lígia.

O espanto de d. Lígia foi quase infantil:

— Sabia o meu nome?

— Sabia. Conheci você pelo perfume. Primeiro, pensei que você fosse mesmo Malu. Depois é que notei que quem usa esse perfume é você e não ela. Ela usa outro.

— E quem é você?

— Eu? Quer saber quem eu sou? Pois então vai saber...

No alto da escada, d. Amália julgou ter ouvido mal. "Foi ilusão minha", pensou. Malu repetiu, olhando-a no fundo dos olhos, como se quisesse desfazer todas as dúvidas:

— Eu amo outro homem.

Então, ouviu-se um grito terrível, uma coisa que parecia grito de pessoa que está sendo assassinada. Todos correram, atropeladamente. A própria Malu gritou. D. Amália caía do alto da escada, rolava pelos degraus e vinha se projetar no meio do hall.

Quando viu aquilo — d. Amália despenhando-se do alto, rolando pelos degraus e vindo projetar-se no meio do hall —, a primeira ideia de Malu foi esta: "Morreu, está morta, tem que estar". E teve então um sentimento de culpa tão vivo, tão agudo e pungente que a sua vontade foi se atirar lá de cima também, condenar-se à mesma sorte. O grito e a queda de d. Amália haviam atraído todo o mundo. Num instante, surgiu gente de todos os lados, inclusive o pai de Ricardo, querendo saber aos gritos o que tinha havido. D. Amália estava sendo carregada, abriam alas e se observou, desde logo, que partira a cabeça. O sangue descia, manchava o vestido na altura dos ombros e a velha senhora estava sem sentidos. "Quem sabe se não fraturou o crânio?", era o receio de muitos e o pânico do marido. Malu desceu as escadas, sem se apoiar no corrimão e tão depressa que poderia cair também como d. Amália. A moça agora era outra; dir-se-ia que o fato, a queda de d. Amália, a despertara do seu estado de alheamento. Forçava a passagem, balbuciando:

— Mas o que foi? Que aconteceu?

E, no entanto, sabia: "Fui eu a causadora". Era isso que ela repetia a si mesma, numa brusca necessidade de expiação. Curvou-se sobre d. Amália, que estava muito pálida. Seu medo, seu terror, era que ela tivesse morrido; percebeu, porém, que respirava, e gritou para todos, num quase histerismo:

— Chamem um médico! Chamem um médico!

O dr. Meira não estava: fora não se sabia aonde. Malu segurava as mãos de d. Amália, que lhe pareceram frias, não tão frias quanto as de um cadáver. Em volta, alguém disse, em voz alta, falando sem dúvida a outra pessoa:

— Tiveram uma discussão!

— Foi?

— Lá no quarto. Ela não queria assistir ao enterro.

— Ah!

— Pois é.

Malu, de joelhos ao lado de d. Amália, fechou os olhos. As palavras que as duas mulheres trocavam à meia-voz — eram realmente duas mulheres — caíam na sua alma, davam uma intensidade maior ao seu remorso. Malu perguntava a si mesma: "Eu estou possessa, meu Deus do Céu, isso não é normal". Era como se uma influência misteriosa e maléfica, uma força demoníaca a envolvesse fazendo com que perdesse o controle dos próprios atos, dos próprios pensamentos e até das palavras. Sentiu que alguém batia-lhe no ombro; voltou-se, mais do que depressa, em sobressalto. Viu o pai. Levantou-se. O dr. Carlos fazia-lhe um sinal. Deram passagem aos dois. Glorinha, que estava de olhos muito abertos, olhando tudo, prestando atenção a cada coisa, aproximou se. O dr. Carlos irritou-se:

— Com licença, Glorinha — procurava disfarçar a própria cólera —, eu preciso falar com Malu.

— Pode falar, ora essa!

Ele se conteve:

— Mas quero falar em particular!

— Ora, Carlos! Vamos deixar de bobagem! Pensa que eu não sei qual é o assunto?

Malu interveio, saturada:

— Papai, será que vou ter que aturar essa mulher toda a vida?

— Engraçado, todo o mundo tem a mania de me chamar de mulher!

— Chega! — ameaçou o dr. Carlos.

Quis segurar a loura pelo pulso, mas ela puxou o braço. Estava dominada pelo seu gênio. Sempre fora assim. Admitia tudo, menos desaforo de outra mulher. Foi preciso que o dr. Carlos, com medo do escândalo iminente, se interpusesse entre as duas. O dr. Carlos já estava arrependido de ter usado certa energia com Glorinha. Malu não teve medo; até desejava uma altercação em que pudesse relaxar a sua tensão de nervos:

— Deixa, papai!

E o dr. Carlos, entre dentes, para Glorinha:

— Não faça escândalo!

O médico acabava de chegar. Felizmente, ninguém notara ainda o que se estava passando entre o dr. Carlos, Malu e Glorinha. Esta procurava se desvencilhar do dr. Carlos, que, disfarçadamente, conseguira prendê-la pelos pulsos:

— Mulher, eu, é boa! E quando acaba, foi ela que se deixou fotografar naquelas condições!

— Está doida!

Glorinha interpelou, então, o dr. Carlos:

— Seja testemunha. É verdade ou não é verdade o negócio das fotografias? Você não viu?

O dr. Carlos olhou para Malu hesitante. Glorinha insistiu:

— Viu ou não viu?

— Vi.

Glorinha exultou:

— E agora?

O dr. Carlos via Malu sem compreender por que a filha fazia aquele ar de espanto. "Será comédia?" — duvidava.

— Mas, papai! — a moça parecia sinceramente assombrada. — Não é possível, não é!

— Eu vi, Malu, eu vi.
— E como eram essas fotografias, pelo amor de Deus, me diga!
— Hipócrita! — foi o comentário de Glorinha.

A mágoa do dr. Carlos, naquele momento, era ver a filha ser insultada na sua frente sem poder defendê-la. A causa de Malu era indefensável. E o que o surpreendia e inquietava, ainda mais, era a atitude da filha, negando, negando, apesar da evidência. "Ou quem sabe se...?" Apesar de tudo, se insinuava no seu espírito uma dúvida, tênue ainda, sobre a autenticidade das fotografias. "Um truque talvez, feito com perfeição?" Malu e Glorinha discutiam, e o mais engraçado é que em voz baixa, quase sem mexer os lábios e sem alteração de fisionomia. Glorinha descrevia um dos retratos, para provar que não era mentira, não:

— Numa delas — referia-se à fotografia — você está — deixa eu me lembrar — está de maiô com um sujeito, não sei se marinheiro; pelo menos, deve ser; com um braço tatuado...

— Papai!

Malu virou as costas à Glorinha, ficando de frente para o pai:

— Tem essa fotografia, papai?

— Tem, minha filha.

— Mas não é possível! O senhor viu mesmo, tem a certeza? Não é possível. Ou uma mulher muito parecida comigo, ou, então, um truque fotográfico.

O dr. Carlos pensou um pouco, já incerto. Procurou lembrar-se das fotografias. Acabou suspirando:

— Não era truque, Malu. Eu bem queria que fosse, examinei direito, mas não era.

— Papai, o senhor acredita em mim?

— Acreditar como? — ele se atrapalhava.

E Glorinha, cruel:

— Ora, minha filha! Confesse!

Ela fingiu que não ouvira. Apertava o braço do pai:

— O senhor quer que eu jure por quê, papai? Diga!

E teve, então, uma lembrança, nascida do desespero. Chamou o pai. E disse para Glorinha, que ria, triunfante:

— Venha você também!

O dr. Carlos e Glorinha seguiram a moça, espantados. Perceberam que Malu estava possuída de um desespero absoluto. O dr. Carlos, com medo que a filha viesse a ter uma crise. Entraram os três na câmara mortuária. Flores por toda parte e a presença dos círios. Glorinha, que não se podia aproximar da morte sem um aperto no coração, fez insensivelmente o sinal da cruz. Malu estava diante do noivo morto; voltava-se para os dois, que, aterrados, não diziam nada.

— Papai, olhe o que eu vou fazer.
— Malu!

E ela, com toda a solenidade:

— Juro, diante do meu noivo, que tudo é mentira, é uma infâmia, que eu não tirei retrato algum nos Estados Unidos.

D. Lígia estava, enfim, livre. Ele dissera, com uma voz que a fez estremecer, passando a mão grossa e pesada pelos seus cabelos:

— Agora pode ir, eu deixo, vá.

Ela sentia-se pequena, frágil, nula diante dele, esmagada por aquela presença viril. Tremia de frio; e o vento que saía da mata a envolvia, fustigava-lhe as pernas, mexia nos seus cabelos. O desconhecido perguntava, com um certo bom humor sinistro:

— Por que não vai? Está esperando o quê?

D. Lígia partiu, então. Levava na alma um sentimento de espanto, quase de medo. O mais estranho é que não pensava mais em Ricardo. Esquecia-se, e mais tarde ela não poderia explicar por quê, do morto, do amor irrealizado que os unira e que a morte cortara bruscamente. Só se lembrava do que acabava de suceder, daquele encontro nas trevas com um bárbaro (de quem ela não conhecia sequer as feições). Estava perturbada, sem consciência de si mesma, a ponto de enlouquecer. Disse: "Meu Deus, meu Deus, meu Deus!". E começou subitamente a correr dentro da noite, incerta no destino a seguir. Aquela corrida nas trevas fazia-lhe bem, diminuía-lhe a tensão de nervos. Espantava-se consigo mesma e com a força do destino. Correndo, procurava se recordar. Tudo acontecera tão de repente! Ela pensava que a vontade da mulher não vale nada diante da fatalidade. As coisas acontecem à revelia de seu desejo, coisas que não queria, não desejava. Estava agora na estrada. "Se passasse um automóvel, um automóvel que me levasse..." E ao mesmo tempo que pedia isso, e o desejava, compreendia que era muito difícil, muito mesmo, que aparecesse um carro desgarrado. Por aqueles lados, poucos automóveis transitavam. Um ou outro. "Será que vou ter que ir a pé?" Experimentava um cansaço tão grande, tão grande. De repente, ouviu aquela voz, bem próxima, quase ao seu ouvido:

— Está cansada?

Teve um susto! Virou-se, pronta para a defesa. E suas mãos caíram ao longo do corpo. Era ele, outra vez, ele, o vagabundo. "Se ao menos", refletiu, "se ao menos eu pudesse ver-lhe as feições!" Se ainda estivessem no claro, perto de algum poste de iluminação, talvez fosse possível. Mas ali era escuro demais. Ela percebia muito vagamente os seus traços, tinha uma noção quase nula do seu rosto. A única coisa que realmente conhecia dele era a voz, acariciante, viril. Respondeu, contra a vontade, achando que não devia falar nunca mais com aquele homem:

— Estou, sim, cansada...

Havia na sua voz um lamento infantil. E ele:

— Deixe que eu levo você!

Quis negar, chegou a dizer:

— Não, não!

E estremeceu, como se qualquer contato com aquele homem a arrepiasse toda. Sem uma palavra ele a carregou ao colo. "Eu não devia deixar", pensava. Não devia, mas se abandonava, fazia-se passiva, encontrava um certo bem-estar na própria docilidade. Começou a pensar e o fazia, sem querer, em voz alta:

— Se alguém me visse agora...

— Que é que tem?

Ela continuou, sem consciência do que dizia, como quem está em delírio:

— ... carregada nos braços, a essa hora, aqui, não sei que ideia ia fazer.

— Não faz mal.

Ele caminhava em silêncio; e, em pouco tempo, d. Lígia notou que o desconhecido respirava forte. Era sem dúvida o cansaço. Não passara ainda um único automóvel; nem haviam encontrado uma única casa. Era como se estivessem no fim do mundo; e, de repente, abrindo os olhos, repetiu a pergunta a que ele não respondera:

— Quem é você?

Ironia dele:

— Está me chamando de você — brincou. — Não tem vergonha?

— Mas diga.

— Não sou ninguém.

— Como é seu nome?

— Não tenho.

Afinal, viram, lá longe, a luz saindo de uma pequena janela. Era uma casa, graças a Deus.

— Agora você vai sozinha — disse ele, descendo-a. — Talvez arranje ali uma condução.

Um pouco insegura nos passos, ela avançou. O desconhecido perguntou, rindo:

— Não se despede?

— Não!

O médico examinou, fez tudo. Ergueu-se, mais calmo:
— Dona Amália teve muita sorte. Podia ser pior.

Transportaram-na para o quarto; e, lá, o doutor (chamava-se Aluísio) fez um curativo rápido, usou esparadrapo e pronto. D. Amália recuperava os sentidos. O primeiro nome, que lhe veio aos lábios, não foi o do filho morto, mas este:

— Malu.

Trataram de informar:

— Está lá embaixo.

D. Amália estava naquela ideia fixa. Queria que a chamassem. Foram depressa buscar a moça. E quando ela entrou muito pálida d. Amália pediu (ainda estava meio tonta):

— Dão licença. Eu queria falar uma coisa com Malu.

As pessoas que estavam lá, inclusive o médico, foram saindo e dizendo:

— Pois não.

Ficaram as duas sozinhas. Malu, a pedido de d. Amália, foi fechar a porta à chave.

D. Amália ergueu meio corpo, apoiando-se com os cotovelos na cama:

— Então, Malu, aquilo que você me disse?

Falava com dificuldade, entrecortando as palavras e segurando a mão de Malu, como se precisasse desse contato com a moça. E Malu, com uma expressão dolorosa na boca, fingindo não saber do que se tratava:

— Aquilo o quê?

— Você ama mesmo outro homem, ama, minha filha?

— Não.

— Então por que disse, Malu, por quê? Isso é o que não entendo. E mesmo que gostasse de outro. Mas não devia dizer num momento como esse, não podia dizer!

— Dona Amália — ciciou Malu.

A velha sentiu um aperto no coração. Malu prosseguia, de lábios cerrados:

— Quer saber de uma coisa? Pois bem: eu estou possessa!

— Está o quê?

— Possessa, ouviu? Possessa! — mergulhou o rosto entre as mãos.

— Mão me desespere, Malu!

Quis segurá-la, mas ela se retraiu:

— Não me toque! — e foi com um tom mais doce e mais triste que ajuntou: — Eu não sei mais o que digo, nem o que faço...

— Você está doente, Malu, é isso!

— A senhora quer dizer louca! Por que não diz? E há outra coisa: eu soube que Ricardo gostava de outra mulher. Mas não faz mal. Eu vou-me embora — havia certa ferocidade nos seus modos —, vou para um lugar de onde não se volta.

D. Amália, aterrada, ainda quis detê-la:

— Malu!

Mas ela descia as escadas correndo. Não encontrou ninguém no caminho. Pôde assim sair sem ser vista, alcançar a estrada. Ela pensava: "Não pode haver no mundo mulher mais desgraçada do que eu!". Começou a correr, parecia uma louca errando pela noite.

D. Lígia caminhou em direção da janelinha acesa. Pelo menos, era um refúgio. Precisava tanto descansar, tanto! E procurava apressar o passo, embora todo o corpo lhe doesse. Mas súbito estacou. Ouvira, bem perto, um grito, mas um grito inumano, não sabia se de dor, de medo, de morte, mas em todo o caso um grito supremo:

— Malu! Malu!

Era o nome da filha, sim, o nome gritado, uma, duas, três vezes, naquele ermo.

7

Uma esposa diante da morte

D. Lígia pensou que tinha ouvido mal, que estava sofrendo uma alucinação. Imagine o nome de minha filha ser gritado assim, no meio do mato! Estava parada, com todos os nervos crispados; e, como os gritos tivessem cessado, disse, à meia-voz: "Foi alucinação, sim. Só pode ser". E dirigiu-se, andando penosamente, para a cabana. Não tinha dado meia dúzia de passos quando parou de novo. A mesma mulher — pois era uma mulher — gritava outra vez. ("Não sei como ela não rebenta as cordas vocais", foi o pensamento de d. Lígia, sentindo uma angústia intolerável.)

— Malu! — e outra vez, com mais desespero: — Malu!

Não era alucinação. O primeiro impulso de d. Lígia foi correr, afastar-se dali. Mas a porta da casa — uma casa pequena, construída sob árvores — foi aberta violentamente. Uma mulher apareceu, com os cabelos soltos, o vestido rasgado em vários lugares e os olhos saltados. D. Lígia jamais vira uma expressão assim, de medo, desespero, nem sei. A mulher pareceu desorientada, sem saber que rumo tomar. De dentro, veio um berro de homem:

— Volte! Volte, mamãe!

Ela, então, viu d. Lígia, que parecia presa a uma fascinação, sem ânimo de sair dali, olhando a desconhecida. A mulher veio na sua direção. E logo em seguida surgiu, na porta, um homem, de manga de camisa, chamando:

— Mamãe!

D. Lígia desequilibrou-se, quase caiu, porque a desconhecida, como uma alucinada, atirou-se sobre ela, abraçou-se ao seu corpo, enlouquecida:

— Não deixe! — soluçou. — Ele quer me bater!

D. Lígia balbuciava:

— Mas que é isso, que foi?

Num instante, o homem chegava a seu lado. E d. Lígia não podia compreender por que a outra estava naquele paroxismo de medo. "É louca", foi o que pôde perceber. O medo desaparecera de sua alma; estava apenas espantada, crispando-se ante a exaltação da mulher e pressentindo, vagamente, ali, naquela solidão, um drama, um verdadeiro drama, entre mãe e filho. Era uma senhora, com sulcos de sofrimento, uns olhos de quem teve a experiência de todos os martírios; e ele um rapaz ainda — talvez de vinte anos —, forte, bonito (era realmente bonito, bonito de chamar atenção, bem másculo), mas o interessante é que tinha nos olhos uma certa expressão quase de menino. Parecia perturbado com a presença de d. Lígia; e não dizia nada, arquejando como se tivesse acabado de fazer um violento esforço físico. D. Lígia calculou, rapidamente, vendo o seu aspecto: "Os dois se atracaram lá dentro".

— Me leve daqui, me leve! — soluçava a mulher.

Fazia de d. Lígia uma barreira contra o filho, se ocultava detrás dela; e sua dor passara a fase dos gritos, desfazia-se em lágrimas. O rapaz permanecia imóvel:

— Vamos, mamãe, vamos — havia um apelo na sua voz.

E a doente (devia ser doente) teimando, entre lágrimas:

— Não vou, não adianta que eu não vou.

D. Lígia, mais serena — graças a Deus o moço não lhe parecia nada alarmante —, perguntou:

— Que é que há?

O rapaz fez um gesto que d. Lígia julgou compreender (ele apontara com o dedo para a testa). Ela raciocinou: "Loucura". Pelo menos, não lhe ocorreu outra interpretação. O rapaz insistiu, e a mãe, falando por cima do ombro de d. Lígia:

— Não deixe ele me levar, não deixe!

Desesperava-se com a perspectiva de voltar, fazendo de d. Lígia um escudo, agarrava-se a ela com a sua força extraordinária de mulher nervosa; e tinha nos olhos um medo animal. D. Lígia sentiu-se invadida, subitamente, de uma pena intolerável. Se pudesse, se tivesse um meio de aquietar a outra, de extinguir a sua ansiedade, de libertá-la de sua angústia! O homem, perturbado — com uma fisionomia de quem foi atormentado até o martírio —, gaguejava:

— Não repare, não leve a mal...

— Ele não lhe fará nada! — dirigia-se à louca, acariciando-a nos cabelos. — Não é? — voltava-se para o rapaz.

Mas a mulher não sossegava, numa inquietação de doente. Enfureceu-se, de repente, com o filho, teve para ele uma atitude de maldição:

— Você há de pagar tudo isso! — E num novo tom, quase com meiguice: — Malu... Malu...

Disse duas vezes o nome; e o fato de pronunciá-lo pareceu transfigurá-la. D. Lígia estremeceu e não se conteve:

— Malu!

O rapaz fez um gesto vago, dizendo:

— Não ligue!

A louca sorriu, e era evidente que experimentava um sentimento muito doce, muito bom. Explicou:

— Eu não vejo Malu há tanto tempo!

— Que Malu?

Podia ser outra Malu (afinal, o apelido não era propriedade de ninguém), mas aquilo, aquela coincidência, tudo, a predispôs mal, fez com que nascesse, na sua alma, uma angústia, talvez o presságio de novos sofrimentos, quem sabe se uma tragédia definitiva? Ouviu o que a outra dizia; e, sem saber por quê (ora, que bobagem!), teve medo:

— Hei de encontrá-la! — era a obsessão da demente. — E nunca mais ela sairá de perto de mim... Nunca mais...

— Engraçado... — começou d. Lígia.

— O quê? — perguntou o rapaz.

Mas ela calou-se, para ver a velha que se afastava, lentamente; voltava agora para a casa, entrava, fechava, tudo isso mansamente, de espontânea vontade. O rapaz, que acompanhara a mãe com o olhar, encarou d. Lígia; e insistiu:

— Ia dizendo... e parou...
— Minha filha chama-se Malu.
Ele se admirou:
— Malu?
— Pois é: Malu.
E era isso que a arrepiava. Ouvir, de repente, em plena solidão, uma mulher gritando o nome da filha. Uma mulher, quer dizer, uma doida. Sim, era uma simples coincidência, só podia ser isso, mas ainda assim... Aquela sensação de frio voltava, e agora mais torturante. Cruzou os braços sobre o peito, como para se defender do vento. O rapaz explicava:
— Mamãe ficou assim. Às vezes está normal; e, lá um belo dia, se excita, grita o nome dessa Malu, tem crises. Muito desagradável.
D. Lígia hesitou; resolveu-se, afinal:
— E Malu, essa Malu?...
— Que é que tem?
— Quem é?
— Não sei. Aí é que está. Ninguém sabe, é um mistério. Quem pode ser?
— Esquisito!
— Muito!
E vendo-a indecisa fez o convite:
— Não quer entrar?
D. Lígia vacilou. Mas reagiu sobre si mesma. "Preciso ir para casa." Apesar de tudo, do seu medo de ir de novo para a estrada e, lá, esperar condução.
— Obrigada. Mas eu tenho que ir. Preciso.
— Onde é? Eu levo-a.
— Não precisa.
— Precisa, sim. A senhora não imagina como esse lugar é. Tem muita gente que não presta, não convém. É perigoso.

"Como ele olha", admirava-se ela, caminhando lado a lado com o rapaz, em direção da estrada. Sim, havia nos seus olhos uma doçura quase de criança. Ela pensou: "Mas por que eu estou assim, arrepiada?". E concluiu: "É nervoso!". De repente perguntou, quase que à revelia da própria vontade:
— Que idade você tem?
— Vinte.
— Desculpe eu tratar de você, mas sou muito mais velha. Outra coisa: o seu nome?
— Cláudio.

Breve hesitação de d. Lígia:
— Vamos ali, naquele poste?
Ela ia na frente, quase correndo; e ele apressando o passo, para não ficar muito atrás. D. Lígia ia numa profunda agitação; e pensava: "Meu Deus, meu Deus!". Quando chegaram no poste, ela pediu, e com uma doçura tão inesperada que, mesmo sem compreender, e sem saber por que obedecia, ele atendeu:
— Feche os olhos, sim?
Ele fechou. E ela, então, pôde vê-lo melhor, demoradamente. Parecia não se cansar de contemplar aquelas feições, muito perfeitas, o desenho fino da boca. Quando, inquieto com o silêncio, ele abriu os olhos, d. Lígia, perturbada:
— Onde foi que eu o vi? Onde foi, meu Deus do céu?
Não se lembrava. Também a sua memória era tão ruim!
— Mas o que é que houve? — não compreendia o ar de espanto e de sofrimento de d. Lígia.
— Não sei, não me pergunte nada.
— E você, como se chama?
— Eu? — hesitou, antes de dizer: — Lígia.
— Lígia... — repetiu, baixo, como se quisesse sentir bem a doçura daquele nome — Lígia...
— Agora, vá!
— Posso chamá-la de você?
— Não!
Foi quase um grito. Recuou um pouco, como se o temesse. E estendeu o braço para ele, como para detê-lo:
— Não se aproxime!
— Mas que foi?
Baixou a cabeça, com súbita vergonha, achando que procedera quase como uma histérica:
— Desculpe. Ando tão nervosa!
Foi ele quem viu primeiro:
— Um automóvel!
Um carro ia parar ali. Cláudio, depressa, colocou-se no meio da estrada, abriu os braços. Ela não olhava para o automóvel, via apenas o rapaz, na obsessão de que já cruzara por ele em alguma parte. Não havia meio de se lembrar onde. O automóvel acendeu os faróis, cegando-o; e parou quase em cima dele. D. Lígia correu; mas estacou, ao olhar para o interior do carro:
— Malu!
Coincidência por cima de coincidência. Encontrar no primeiro carro que aparecia a filha, logo a filha! Cláudio aproximou-se também. D. Lígia por um

momento não soube o que fazer: "Subo ou não subo?". Sentia-se um joguete das circunstâncias. Ah, meu Deus do céu!

Malu não se mexeu do fundo do carro. Viu a mãe, reconhecera-a perfeitamente; e estava tão saturada de d. Lígia que não se admirou de encontrá-la ali, àquela hora, perdida, ao lado de um rapaz. Olhou, sim, para o desconhecido, com uma atenção profunda. "É bonito", pensou, percebendo, à primeira vista, o que d. Lígia observara: a doçura dos seus olhos (doçura passional), um encanto de adolescência. Quase, quase, d. Lígia voltou atrás. Mas ouviu a voz de Malu:

— Suba!

Um tom irritante de ordem. Desorientada, achando que fazia mal, ia realmente subir quando ela e os outros ouviram uma voz de mulher:

— Malu?...

Até o chofer se surpreendeu e se virou no assento da frente. Viram sair, como que por efeito de mágica, de detrás do carro, uma figura de mulher. Cláudio teve uma exclamação:

— Mamãe!

Veio alarmado ao seu encontro. Ela os acompanhara, a ele e à d. Lígia, sem ser pressentida; não saberia explicar por que fizera isso, que impulso misterioso a levara a sair de casa e seguir os dois, à distância. Vira quando Cláudio e d. Lígia se haviam detido debaixo do poste de iluminação. Estranhara a atitude dos dois. Estava absolutamente serena, sem vestígio nenhum da crise recente. Por fim, assistira à chegada do automóvel. Pôde se aproximar por detrás do carro, sem ser vista. Escutara a exclamação de d. Lígia:

— Malu!

Estremeceu e resolveu, finalmente, aparecer, atraída por aquele nome que era, talvez, o mistério de sua loucura. Cláudio não pôde detê-la (está claro que não quis usar a força). Quis dar-lhe o braço, que ela não aceitou. A velha espiou para dentro do carro:

— A senhora é que é Malu?

Fazia-se humilde, mas de uma humildade até incômoda, quase abjeta. O filho sofreu com isso, achou que esse tom era uma humilhação que a mãe se impunha ("E para quê? Para quê?", perguntava ele, experimentando por Malu uma irritação gratuita e profunda).

— Sou eu, sim — estranhou Malu, humanizando-se um pouco, já que não era a mãe que lhe falava; impressionara-se com a desconhecida. — Me conhece?

E a outra, no mesmo tom, adoçando mal a voz:

— Conheço... sim... — parou. — Isto é...

D. Lígia, sem saber o que fazia, talvez inquieta com um diálogo tão assim (esquisito aquilo!), afastou-se alguns passos, dando as costas para o automóvel. Parecia sofrer. Voltava a pensar em Ricardo, nos círios acesos em sua intenção. "Que cor têm os mortos!" Cláudio aproximou-se:

— Lígia...

Falou tão baixo que ela mal o ouviu. Mas não mudou de posição, continuou de costas e, no fundo, estava chocada por ser tratada de "Lígia" por um desconhecido que, afinal de contas, era praticamente uma criança. Conservou-se silenciosa; ele teimou:

— Lígia... onde você mora?

Respondeu:

— Sabe onde é aquela curva grande, perto do morro...

Só quando acabou de dar a informação é que caiu em si: "Mas o que é que eu fiz, meu Deus do céu? Onde estou com a cabeça? Dar o meu endereço, imagine!". Estava espantadíssima consigo mesma. Tremeu quando ele, depois de um silêncio, quis saber:

— E eu... — hesitou — ... posso ir lá?

Junto do carro, a velha senhora perguntava a Malu:

— A senhora, por acaso, não tem, na sua casa, algum lugar?

— Algum lugar como?

— Quer dizer, não precisa de empregada?

— Não, não preciso.

— E se eu for de graça? — A velha estava de dar pena.

— Oh, mas de graça não é possível, não ficaria bem.

— Escute! — A velha tomava entre as suas mãos a de Malu. — Me leve com a senhora. Eu farei o que a senhora quiser, tudo! Não precisa pagar nada, mas deixe!

Malu quis libertar-se daquela situação, já agoniada:

— Depois eu vejo. Depois, sim?

— Depois, não. Agora, não me deixe nessa incerteza.

Malu suspirou:

— Então está bem — sentia-se meio vencida. — Apareça lá em casa... Nós conversaremos.

Deu o endereço. E procurou a mãe com os olhos, enquanto a velha, num gesto inesperado, beijava-lhe, rápida, a mão e fugia. D. Lígia não queria responder a Cláudio. Mas ele era tenaz:

— Posso ir lá, posso?

— Está louco!

Foi aí que um jato de luz os colheu. Viraram-se, meio cegos. Um automóvel acabava de se encostar ao de Malu. Dr. Carlos saltou:

— Que foi isso, minha filha? Você sai assim, sem dizer nada, sem se despedir! Todo o mundo reparou.

Malu não o deixou continuar:

— Papai, quer chegar aqui um instantinho?

Dr. Carlos, surpreso, entrou no carro. Puxou-o bem para junto de si, encostou-se bem nele. Acabava de ter uma ideia, e o interessante era que ela mesma achava que ia proceder muito mal, que estava agindo sob uma inspiração demoníaca. Encostou quase que os lábios na orelha do pai:

— Papai, o que é que o senhor acha que um marido enganado deve fazer?

— Ora essa! — dr. Carlos estava assombrado. — O quê? Matar!

— Ah, é? Pois então, papai, o senhor neste instante, agora mesmo, ouviu? Vai...

MALU PODIA TER prosseguido, podia ter dito: "Pois então mate — mate mamãe. Mate!". Mas não continuou. O pai, ao lado, esperava. "Aonde ela quer chegar?", pensava. Estava inquieto com os modos da filha. E não só da filha: de todo o mundo. Desde que morrera Ricardo, era como se um sopro de insânia envolvesse, transformasse as pessoas e as coisas. Ele próprio sentia-se diferente. D. Lígia continha Cláudio, mas de forma a não atrair atenção. Inclusive queria se indignar, ficar ofendida, sem o conseguir. Disse para o rapaz, entre dentes: "Imagine se alguém ouvisse?". Ele, baixo também, com o melhor número possível de gestos, não desistia:

— Mas que é que tem?

— Tem muita coisa, ora!

— Não seja assim!

E suplicava. D. Lígia, ao mesmo tempo que se mantinha intransigente — "não, não e não!" —, observava: "Como é criança, meu Deus do céu!". Só um menino grande é que pensaria isso, quer dizer, que se pode fazer uma conquista com pedidos, sem outro argumento senão o próprio desejo.

— Mas eu sou uma mulher casada!

No carro, o dr. Carlos contemplava a filha em silêncio; e irritou-se, pensando: "Afinal, não tenho nervos de ferro!". Perguntou:

— Mas que é que há?

— Nada, papai. Nada.

— Por que você perguntou, então?

— Bobagem minha! Mas o senhor acha, mesmo, acha, papai? Que o marido deve matar?

E ele, enervando-se cada vez mais:

— Já disse.

— E o senhor... — sua voz tornou-se quase inaudível — o senhor mataria?

Ele não entendeu:

— Como?

— Se o caso fosse com mamãe...

— Que é que tem?

— O senhor mataria, hein, papai?

A resposta veio, não do dr. Carlos, mas de d. Lígia, que chegara sem ser vista (seguida de Cláudio). Ela intervinha muito firme, ousada, positiva:

— Não!

Cláudio estremeceu. Também ouvira a pergunta de Malu e a resposta de d. Lígia. Calculou: "Deve ser o marido". Odiou-o à primeira vista. Era absoluto nos seus sentimentos; amava ou odiava com a mesma intensidade, com desespero. O dr. Carlos não sabia de nada, não podia sequer imaginar o que havia entre mãe e filha. Mas o tom de d. Lígia, aquele "não" quase insultante (sim, para ele, era quase um insulto, uma coisa tão física como uma bofetada), chocou-o. Virou-se para a mulher. E ela, com a mesma determinação, uma expressão enérgica na boca, repetiu:

— Não!

Malu observou, pronta e pérfida:

— Viu, papai?

Ele, empalidecendo:

— Que é isso, Lígia? Ah, quer dizer, então, que você acha que eu não mataria?

— Não!

— E por quê?

— Você sabe! Sabe, Carlos, sabe perfeitamente!

"Se eu dissesse agora", refletia Malu, "se eu contasse!" Mas, apesar de tudo, sentia uma espécie de dilaceramento interior. "Uma filha atiçando o pai contra a mãe, açulando." Teve a sensação de que estava fazendo uma coisa hedionda e arrepiou-se, fechou mais a gola do casaco, como se um frio a invadisse. Continuou ouvindo o diálogo do dr. Carlos e de d. Lígia, esperando sempre que aquela troca de palavras tivesse um desfecho talvez trágico. "E se papai matasse mamãe, o meu remorso, meu Deus?" O dr. Carlos controlava-se. Precisava segurar a própria cólera, porque senão...

— O que é que eu sei?

O interesse de Cláudio era cada vez maior; esquecia-se de tudo, da moça que estava no fundo do carro, do chofer, da própria mãe. "Se ele quiser fazer alguma coisa, eu..." No fundo, sentia-se feliz: "O marido não presta, não se dá bem com ela".

— Você sabe... — d. Lígia parecia embriagar-se com a própria cólera; estava cansada de ser a esposa passiva; as coisas acumuladas iam saindo, uma a uma, num ritmo inexorável. — Você sabe perfeitamente que nunca me tratou como devia.

— E por isso você acha talvez que pode fazer o que quiser?

Réplica imediata:

— Acho!

— Lígia!

— Acho, sim! Então sou esposa para quê? Para ficar o dia todo trancada em casa... Não me acompanhou a lugar nenhum, nunca! Acha que alguma esposa pode viver a vida inteira assim?

Ele, sardônico:

— Depende da esposa!

Malu olhava ora um, ora outro.

— Depende nada! — estava a ponto de chorar. — Nenhuma esposa pode ficar satisfeita sendo tratada assim, esquecida, desprezada. Duvido!

— Olha aqui, Lígia...

Quis cortar aquela expansão. Via que ela se arrebatava; que iria assim até o fim, esgotando todos os mistérios de sua vida, as suas queixas, as suas revoltas. Um perigo, a mulher recalcada! Ao mesmo tempo, ele não queria dar espetáculo na frente da filha, do chofer e daquele rapaz desconhecido... Só aí o dr. Carlos pareceu notar Cláudio; e sua cólera voltou-se contra ele.

— E você aí?

O rapaz, com o maior desassombro (estava querendo mesmo brigar; desejava: "Tomara que ele me diga alguma coisa!"), aproximou-se, decidido. Usou deliberadamente um tom de acinte:

— O que é que há?

D. Lígia desorientou-se:

— Carlos!

Mas o marido já queria sair do carro:

— Por que é que vai embora?

A própria Malu assustou-se, quis puxar o pai:

— Papai, que é isso?

Tanto ela como a mãe se alarmavam. Era o medo feminino, o horror à briga; e sobretudo naquele lugar, àquela hora. Podiam até se matar. O próprio chofer considerou a situação e rapidamente tomou partido, a favor do freguês, é claro. D. Lígia, agarrando-se ao marido:

— Não, não!

Cláudio, insolente:

— Vem, vem! — provocava; e sentia-se excitado e feliz, porque acreditava que as mulheres gostam dos homens valentes e fortes. O chofer apanhava um ferro debaixo do assento (resolvera definitivamente intervir; era mau e frio; não lhe custava bater, fender com ferro a cabeça de um desconhecido). E veio, com aquilo na mão, um ricto feroz na boca:

— Vai embora ou não vai?

D. Lígia voltou-se para ver a cena. Malu punha a cabeça para fora do carro, fascinada com a luta iminente; e o dr. Carlos berrava para o chofer:

— Fique aí! Deixe isso por minha conta!

A princípio, Cláudio hesitou, vendo-se ameaçado por dois homens, sem saber para quem se voltar. "Ele me dá com o ferro, me abre a cabeça e foge", foi o que raciocinou rapidamente. Escutou os passos do dr. Carlos, que vinha por trás, e não hesitou mais: desferiu um golpe, apenas um, e com tanta justeza e potência que, atingido na mandíbula, o chofer vergou os joelhos, largou o ferro e desabou pesadamente. Cláudio ainda escutou o grito de d. Lígia:

— Cuidado!

Mas não teve tempo de nada. Vindo por trás, o dr. Carlos dava-lhe com toda a força, na cabeça, com a coronha do revólver. Foi também uma pancada só; mas tão violenta que Cláudio não teve tempo de gritar, de sentir a dor. Perdeu instantaneamente os sentidos. Não soube nunca o tempo que ficou assim. Quando reabriu os olhos, num lento e penoso esforço para recobrar a consciência, estava em trevas. Não via nada, absolutamente nada; e a escuridão era tão compacta, tão grande que seu primeiro medo foi este: "Estou cego". Não sabia onde se achava, não tinha a mínima noção de tempo, de espaço, de nada. Parecia mesmo esquecido da própria personalidade. Sentia quase que frio, o vento refrescava o seu rosto e os seus braços. Foi isso que lhe deu a ideia de que estava no ar livre. Pouco a pouco, e de uma maneira incerta e dolorosa, as coisas iam se esclarecendo e a sua memória procurava juntar e coordenar lembranças. "Estou cego, estou cego", era o que pensava. Só então é que viu bem no alto uma estrela, bem pequenina. "Oh, graças a Deus!" Mas não podia se mexer ainda, nem queria, porque a cabeça estalava; gemeu baixo; e em resposta àquele gemido ouviu uma voz:

— Está melhor?

Uma voz de mulher. Por um segundo, dois, três, quis dar uma certa ordem aos seus pensamentos. Refletiu: "Tem uma mulher aqui. Mas quem é ela? Por que estou aqui? Mas desistiu de resolver esses problemas, qualquer esforço de fixação e de compreensão custava-lhe as dores mais atrozes. Era como se lhe enterrassem na cabeça e nos olhos agulhas incandescentes. Sua mão correu pelo chão, tateando numa necessidade absoluta de sentir uma presença física; bateu num joelho. E a mulher — quem seria ela? — repetia a pergunta:

— Está melhor?

Disse, num sopro, percebendo que ela se aproximava e se debruçava para escutar direito:

— Estou.

Mas não estava, que esperança! Ou só se o fato de recobrar os sentidos significava uma melhora. Ele ia perguntar: "Quem é a senhora?". Mas não perguntou, achando um certo encanto em conservar em mistério a identidade da companheira. Estava de costas ao ser agredido e perdera logo a consciência de tudo. Não viu naturalmente o que sucedeu em seguida. Ao prostrar o rapaz, o dr. Carlos, com uma expressão selvagem, alterando suas feições, disse ainda um insulto. D. Lígia, aterrada, balbuciou:

— Você matou, você!

Malu saiu do automóvel, lívida:

— Papai!

O rapaz parecia, de fato, morto. O dr. Carlos veio examinar o inimigo abatido, olhar mais de perto:

— Bem feito, não tenho remorso nenhum!

E não tinha mesmo. O chofer, ainda tonto, com a mão no maxilar, erguia-se penosamente. D. Lígia pôs-se de joelhos, para fixar melhor a fisionomia de Cláudio, num medo horrível de que ele estivesse com a palidez da morte. Por um momento deixou de respirar. Malu, de pé a seu lado, olhava também; o chofer sacudia a cabeça para libertar-se da tonteira.

— Vamos embora! — Era o dr. Carlos chamando.

— Esse miserável... — rosnou o chofer, sem tirar a mão do queixo.

E ninguém pôde adivinhar o que ele ia fazer. Foi uma coisa inteiramente inesperada. Quando d. Lígia, cansada de estar de joelhos, se levantava, ele ergueu o pé e pisou selvagemente o peito do rapaz. A impressão que se teve — Malu deu um grito — foi de que o pé do homem afundava o peito de Cláudio. Mais surpreendente ainda foi a atitude de d. Lígia. Veio sobre o chofer como uma louca (ela mesma se espantou com a rapidez e a violência do próprio impulso), agarrou-o pela gola, sacudiu-o com uma violência máscula. Naquele momento suas forças estavam duplicadas, ou triplicadas, pelo desespero, pelos nervos superexcitados:

— Bandido! Bandido!

O dr. Carlos, desorientado, não se mexeu. Malu chegou a abrir a boca, ia dizer qualquer coisa, mas não emitiu palavra nenhuma. O chofer, assombrado, só conseguia dizer:

— Madame, madame!

— Covarde!

Largou a gola e o esbofeteou duas vezes — sua mão estalou nas faces do homem — sem que ele tentasse ao menos resguardar-se, desviar o rosto, subitamente acovardado. O dr. Carlos agarrou a mulher pela cintura, arrastou-a:

— Tenha compostura!

Malu também veio andando em direção ao carro, impressionada diante daquela mãe frenética que não conhecia (d. Lígia parecia com efeito outra mulher, assim desfigurada pela raiva). E o chofer, com as bofetadas queimando no rosto, seguia os três, justificando-se abjetamente:

— Ele me deu um soco, ora essa!...

O dr. Carlos queria levá-la, fê-la sentar no interior do carro; mas ela saiu pelo outro lado, intransigente.

— Com ele na direção, não vou!

— Então, venha no meu carro!

D. Lígia apontou na direção de Cláudio:

— Abandonando o rapaz?

— Abandonando, sim, e que é que tem? — o dr. Carlos começava a exasperar-se.

E ela:

— Tem muita coisa. Você não vê que ele morre sem socorro? É uma desumanidade!...

Uma suspeita insinuava-se no espírito do dr. Carlos (Malu assistia apenas), que interpelou grosseiramente:

— Mas diz-me uma coisa: que interesse você tem nesse camarada?

D. Lígia perturbou-se e, por um momento, ficou sem ter o que dizer; meio incerta, justificou-se:

— Nenhum — tinha uma expressão de dor. — Mas isso não se faz! Não está direito!

— Olha aqui! — a paciência do dr. Carlos estava esgotada. — Pela última vez: você vem ou não vem?

Fechou os olhos, tomou respiração; finalmente, respondeu, recuando:

— Não!

Furioso, ele entrou no carro; Malu ficou do lado de fora, indecisa. Perguntava a si mesma: "Papai terá coragem de deixar mamãe aqui?". Essa possibilidade a impressionava. Não sabia o que dizer, nem o que fazer; e não compreendia a angústia que a invadia, que se apossava do seu ser. Vencendo-se a si mesma, virou-se para d. Lígia:

— Venha, mamãe!

Apesar de tudo, falara com doçura, com involuntária doçura. D. Lígia estremeceu ouvindo a filha. Mas não mudou de atitude:

— Vocês vão buscar socorro e eu fico aqui. Está bem?

— Está bem coisa nenhuma!

— Então… — fez uma pausa, antes de concluir: — não vou.

Com um sentimento de derrota, Malu abriu a porta do carro e sentou-se no banco traseiro. "Eu acho que agora…" O chofer também estava no volante do seu carro. O dr. Carlos deu ordem para ele seguir na frente (o homem já sabia o endereço). D. Lígia dirigiu-se para onde estava o rapaz. Pôs-se novamente de joelhos, não se cansando de olhá-lo. Invadia-a uma pena doce e imensa. Era como se ele fosse uma criança grande e infeliz. O dr. Carlos ligou o motor e avançou com o carro, parando ao lado da mulher:

— Lígia, eu não falo mais. Só quero lhe dizer uma coisa: se você não vier agora, já, nunca mais entrará na nossa casa, nunca mais. Está ouvindo?

Respondeu com doçura e tristeza, sempre ajoelhada:

— Estou ouvindo.

— Pela última vez: você vem ou fica? Mas lembre que se ficar está tudo acabado, tudo, percebeu? Então?

E ela:

— Fico!

Ele também não disse mais nada. O carro deu um arranco. Partiu a toda velocidade. O destino de d. Lígia estava traçado. Seria agora por diante uma esposa sem marido.

8

O duplo apelo do amor e da morte

D. Lígia viu o automóvel partir; ainda quis gritar, chamar, mas desistiu; e por um momento experimentou uma sensação horrível de solidão e desamparo. "Meu Deus, o que eu fui fazer?" Seus olhos voltaram-se para o rapaz desmaiado que era o causador de tudo. "Se não fosse ele" — raciocinou —, "não teria acontecido nada, nada." Era esta a sua amargura; por um momento — mas só por um momento — teve uma espécie de rancor contra Cláudio. Mas reagiu logo e tomou entre as suas a mão do rapaz. "Tomara que ele não morra", foi o seu desejo mais profundo. Seria horrível ficar ali, ela, uma mulher, com um cadáver, no meio daquela escuridão e daquele ermo. "Os mortos são tão feios", não pôde deixar de refletir, "metem tanto medo à gente!" Sabia que devia fazer alguma coisa, e nunca deixá-lo assim; mas não fazia nada, sem ânimo, sem ação, sem iniciativa, incapaz de qualquer medida de socorro. "É a falta de experiência", desculpou-se; e sua mão pousou na testa de Cláudio, com um medo horrível de encontrá-la fria demais, tão fria como a testa dos mortos. "Por que é que estou tão interessada nele, por quê?" Notou que ele voltara a si por um movimento que fez, com o ombro, e por um suspiro mais longo e mais profundo. "Graças a Deus", foi o seu comentário íntimo. Perguntou, então:

— Está melhor?

E logo compreendeu que ele teria de fazer grande esforço para falar. Ainda repetia a pergunta, ao mesmo tempo que seu pensamento trabalhava: "Mas como é impossível? Então comprometo meu futuro por um rapaz, uma criança que eu acabei de conhecer? Que importava a mim que Carlos o deixasse aqui morrendo? Por que fui me meter?". Tinha a sensação pungente e a humilhação viva de quem foi expulsa, ignominiosa e definitivamente. Nem ao menos sentia revolta contra o marido, e sim desgosto de si mesma. A sua impressão era a mesma que a do dr. Carlos e a de Malu, a impressão de que, depois da morte de Ricardo, um vento de insânia passava pela suas vidas. Renovou a pergunta, sem que a sua voz, involuntariamente doce, traísse a angústia que a invadia:

— Está melhor?

Ele respondeu: "Mais ou menos", ofegando. "Não vai morrer", pensou d. Lígia. "Recobrou os sentidos por si mesmo. Quer dizer que foi inútil eu ter ficado!" Então, a sua cólera contra si mesma tornou-se maior: "Por um capricho, uma criancice, eu desgracei minha vida". Cláudio, com esforço, sentou-se no chão. Ela o via mal na sombra, mas o bastante, porém, para ter uma ideia de suas feições.

Olharam-se; e ele, baixo:

— Você é linda!

D. Lígia ergueu-se, perturbada; e sem querer passava a mão na saia, tirando poeira, fragmentos de coisas, alisando a fazenda. Estava confusa diante dele e de si mesma, confusa diante de um sentimento de ternura que nascia, misterioso e inexplicável. Sim, era um sentimento bom, uma vontade de proteger aquele rapaz tão mais forte do que ela, que poderia carregá-la nos braços. Continuava com aquela impressão persistente — verdadeira obsessão — de que ele não era estranho à sua vida, que já o vira em algum lugar; os olhos, sobretudo os olhos, lhe eram estranhamente familiares, com uma expressão ao mesmo tempo doce e ousada, acariciante e infantil. "Mas não pode ser", reconhecia. "É uma ilusão." O seu coração batia com mais força. Ficou de costas para ele; disse, procurando falar seriamente:

— Por sua causa briguei com o meu marido!

— Brigou? — procurava lembrar-se; e como lhe doía a cabeça! — Mas como?

— Brigando, ora essa!

— Graças a Deus!

— Ah, você acha?

E ele, muito positivo, com uma alegria feroz, uma excitação que lhe aumentou a dor de cabeça:

— Acho, sim. Acho.

D. Lígia estava de perfil para ele; olhava o fundo da noite; e teve um tom de amargura:

— Agora sou uma esposa sem marido. Foi uma briga definitiva.

— Não faz mal!

— Claro! — foi a sua ironia dolorosa. — Não é você quem vai sofrer, sou eu!

— E nem você. Você perdeu seu marido, mas em compensação... — deteve-se, vacilante.

— Em compensação o quê?

— Em compensação ganhou a mim.

— Está louco?

Ele tornou-se veemente, querendo convencê-la:

— Não, não estou! Você não gosta dele, não gostava, pensa que eu não vi, não senti! E de mim... Ah, de mim, você gostará, tenho a certeza! — havia na sua voz uma convicção e um desespero que a arrepiaram.

— Meu filho, reflita! Você para mim é criança! Não vê logo?

Divertia-se e emocionava-se, mau grado seu, vendo a facilidade com que ele resolvia uma situação irreparável. Repetiu:

— Criança grande!

Não compreendia, mal podia perceber, que o estava ferindo cruelmente. Mas não podia deixar de achar graça, e parecia-lhe inverossímil, absurdo, que ele se enamorasse assim de um momento para outro e não quisesse considerar nada senão os próprios sentimentos.

— Não me provoque, Lígia!

— É impossível, impossível! Sabe que idade eu tenho?
— Não interessa!
Ela teve um súbito lamento:
— Você não sabe nada, nada! Você é um menino, eu tenho 38 anos, ouviu? Sou uma velha diante de você!...
Na verdade, jungia-a uma secreta vergonha de ter essa idade, não ser mais moça, mais jovem, mocinha.
— Que é que tem?
— E essas coisas são assim, que esperança! Então você acha que eu conhecendo você há meia hora possa gostar de você, ficar apaixonada?
E como Cláudio nada dissesse continuou:
— Eu fiquei para fazer companhia, tive pena. Mas agora vou, meu filho...

Quando o automóvel arrancou, o dr. Carlos ia com o pé no acelerador. Não teve nem noção da velocidade que imprimia ao carro, em risco de derrapar e capotar na primeira curva. Sentia que o rompimento com a mulher era definitivo, nada poderia repará-lo. "É melhor assim." O que não gostava era das situações duvidosas, que não se definem nunca. Malu, no fundo do carro, refugiava-se no silêncio. Sofria e pensava nos acontecimentos que se sucediam, na série de golpes que recebia desde que Ricardo morrera, golpes um atrás do outro. Sem querer, fez a sua reflexão em voz alta:
— Desde que Ricardo morreu, tudo acontece...
O dr. Carlos, sem se virar:
— O quê?
Repetiu o comentário. O dr. Carlos deu maior velocidade ao carro; e falou por sua vez:
— Lígia não volta mais.
— Por quê, papai? — apesar de tudo ela estremeceu na sombra.
— Porque eu não quero, ora essa!
Fazia uma curva fechadíssima; houve uma derrapagem, mas ele, volante experiente, seguro, retomou o equilíbrio. Malu, com uma cólera nascente, mas sem alterar a voz:
— Acho que o senhor fez mal.
— Ora, Malu!
— Mas o que é que ela fez?
— Você não viu?
— Eu não vi nada, papai! — e frisou, com ênfase: — Nada!
— Me desconsiderou...

Malu não sabia por que falava, por que assumia aquela atitude. Quase à revelia da própria vontade, tomava a defesa da mãe. "Por que, meu Deus do céu, se ela procedeu mal comigo?" Naquelas 24 horas, todos os seus atos, pensamentos, vinham cheios de contradições. "Acabo doida, não tem que ver." Chegou mais para a frente no assento, para que o pai ouvisse melhor:

— O senhor chama aquilo desconsideração?

Malu foi mais veemente:

— Engraçado! O senhor chama aquilo desconsideração! E o que o senhor fez, o que é?...

Instintivamente, ele diminuiu a marcha para ouvir e responder melhor:

— O que é que eu fiz?

— O quê? Ora, papai! E essa mulher?...

— Qual, Glorinha?...

— Glorinha, sim! — tornava-se violenta, colocando-se apaixonadamente ao lado da mãe. — Está direito o que o senhor fez?...

— Não fiz nada!

— Fez, papai, fez e reconheça! O senhor acha que mamãe ficou satisfeita? Outra, no lugar dela, nem sei o que faria!

— Você é ingrata, Malu!

— O senhor me acusa?

— Acuso. Então você não sabe que foi por causa das fotografias, das suas fotografias que eu...

— E eu não lhe disse, não jurei diante do corpo de Ricardo?

— Jurou, mas depois! E, além disso...

— Diga. Pode dizer.

Ele abaixou a voz:

— Além disso, eu não sei, ainda não estou certo se as fotografias são autênticas ou não.

— Papai!

— Pois é, Malu. Eu poderia mentir, dizer que acredito, mas prefiro ser franco.

O automóvel chegava. Malu e o dr. Carlos saltaram. O dr. Carlos com uma profunda amargura. E Malu, trepidante, numa indignação e numa humilhação que faziam seu coração bater como um pássaro louco. Continha-se para não explodir. "Chamou-me de mentirosa, não acreditou no juramento que fiz diante de Ricardo. Diante de um morto, nem a pior das mulheres jura em falso!"

O chofer, que viera na frente, no outro carro, estava mais adiante, de cigarro aceso e pensando: "Eu devia ter pisado na cara". De onde estavam, o dr. Carlos e Malu podiam falar sem que o outro os ouvisse.

— Papai — Malu queria esclarecer a situação —, o senhor vai fazer uma coisa, aliás, duas coisas.
— O quê? — perguntou ele, já se irritando com o tom da filha.
— É o seguinte: o senhor vai buscar mamãe agora mesmo.
— Não!
Ela continuou, sem ouvi-lo:
— ... e depois vai expulsar daqui essa lourinha.
— Não posso.
— Pode, sim, papai, pode. Aliás, quanto à Glorinha não precisa. Eu me encarrego dela. Ponho-a para fora daqui a pontapés. Mas faço questão que o senhor vá buscar mamãe.
— Desista, Malu, desista.
— Ah, não vai? Pois bem, papai: das duas, uma...
Não pôde completar. Um outro automóvel aparecia e encostava atrás do carro do dr. Carlos. O dr. Meira saltou; vinha muito agitado. Só Deus sabe o que estava pensando! Perguntou à distância:
— Mas o que é que houve?
O dr. Carlos respondeu, preparando-se para a discussão:
— Nada!
Malu interveio:
— É papai que brigou com mamãe!
— Foi? — O médico estava em pânico.
Malu confirmou, desabrida:
— Foi, sim, doutor Meira!
O médico olhava em torno:
— Onde está dona Lígia?
O dr. Carlos ficou de costas para os dois, saturado de discussão. Foi Malu ainda quem respondeu:
— Papai largou-a no meio da estrada.
Consternação do dr. Meira; e um princípio de indignação:
— Mas você fez isso, Carlos? Foi capaz?
— Fui, doutor Meira. Pois fui.
O médico ficou um momento em silêncio. Já a atitude de Malu assombrava-o: "Quem havia de dizer, Malu tomando a defesa de d. Lígia! Depois da briga!". Isso, em todo o caso, era o aspecto simpático da questão: fazia-o sentir um imenso alívio. Mas, por outro lado, a atitude do dr. Carlos o revoltava:
— Carlos, eu nunca me meto em briga de marido e mulher.
— Faz bem — observou, irônico, o outro.

— Mas neste caso me meto. Isso não se faz, Carlos! O seu procedimento com dona Lígia é uma coisa inominável, é uma indignidade!

O dr. Carlos virou-se rápido e agressivo:

— O quê?

Mas o velhinho tinha ido muito longe para recuar. Cresceu para o amigo. Pensava: "Eu sou homem, não tenho medo!"; prosseguiu, tão inflamado que ele mesmo receou: "Acabo tendo um derrame cerebral":

— É isso mesmo: indignidade! Então isso é maneira de tratar uma senhora?

— Quem sabe se é, sou eu, o marido! Ou é o senhor?

— Se dona Lígia fosse feia, ainda se podia compreender. Isto é, nem assim, porque a uma esposa sempre se respeita; mas em todo o caso, era menos grave.

Ironia do dr. Carlos:

— O senhor acha?

— Mas dona Lígia é linda, Carlos! Nem parece ter a idade que tem! Uma menina! Conheço muitas, mas muitas, de vinte anos, que não chegam aos pés dela! Nem essa desculpa você tem! Então, como é que tem coragem de tratá-la assim?

— Isso é comigo!

Malu interrompeu:

— Bem, eu vou-me embora, vocês fiquem aí...

— É bom mesmo — concordou o dr. Meira.

— Boa noite, doutor Meira.

Ela saiu sem se despedir do pai. O dr. Carlos ia fazendo um comentário, mas ficou apenas na intenção. Malu caminhava — cansada, tão cansada! — em passos lentos, e cada passo lhe custava um esforço. Percebeu que os dois continuavam — o dr. Carlos e o dr. Meira — com uma veemência cada vez maior. Deixara-os porque já estava farta de tudo aquilo. Mas sua resolução já fora tomada: "Vou dormir; e se, quando acordar, mamãe não estiver aqui, eu que saio de casa". Faria isso não sabia bem por quê; talvez não fosse por ternura, por remorso. Seus sentimentos andavam numa tal confusão! Estava dentro de casa. Queria lembrar-se de Ricardo com ternura, com nostalgia, com desespero. Mas não conseguia sofrer; e estava absolutamente incapaz de qualquer carinho. "Se o homem que eu amasse me beijasse agora, eu não sentiria nada senão enjoo..." Subia a escada apoiando-se no corrimão, penosamente, degrau por degrau. Abriu a porta do quarto. "Vou dormir vestida." Estava com a mão no trinco. Deu volta à chave. "Agora caio na cama de roupa, sapato e tudo." Encaminhou-se, de fato, para a cama.

Mas parou no meio do quarto. De novo, vinha-lhe, obsessionante, a ideia de que não estava só. Virou-se, olhou em torno. Então, do fundo do quarto, viu aquilo se mexer. Era um vulto branco — o quarto estava na penumbra —, mas um vulto sobrenatural (só podia ser uma aparição). Correu para a porta; quis abrir e fugir. Nunca sentira tanto terror. Mas sentiu-se presa, teve a ideia de que ia ser estrangulada e...

Parecia uma aparição... Mas foi aí que Malu ouviu a voz e reconheceu a pessoa:
— Mas que é isso, Malu?
Respirou fundo, libertada do medo. Não era alma (graças a Deus):
— Oh, tia Isabel, a senhora não sabe o que eu pensei!... — Respirava fundo, como se lhe faltasse ar.
E tinha realmente pensado tudo. Andava com os nervos tão abalados que as mínimas coisas bastavam para assustá-la. Na sombra, tia Isabel, com aquele jeito desagradável que era muito seu. Foi ao comutador; a claridade espalhou-se pelo quarto. Malu continuava imóvel no mesmo lugar, com a mão no peito, como se quisesse conter as batidas do coração. Tia Isabel voltava para junto de Malu; e examinava a sobrinha de alto a baixo, numa curiosidade minuciosa, ostensiva, que até incomodava, como se o seu olhar a fosse desnudando. Malu prestava-se ao exame com uma certa irritação: "Parece que nunca me viu". Tia Isabel punha a mão no seu ombro sem abandonar o meio sorriso que lhe arregaçava os lábios:
— Você não está abatida.
Parecia insinuar uma acusação.
— Acha?
— Claro. — E acrescentou, fixando-a profundamente: — No mínimo, você não gostava dele.
— Oh, tia Isabel!
Mas a outra não se perturbara; foi categórica:
— Não sofreu nada. Se sofresse, não estava assim.
— Mas assim como? — A impressão de Malu era a de que a tia Isabel a via por dentro, devassava tudo, de uma maneira implacável.
E experimentava uma raiva impotente, uma revolta que, entretanto, controlava. No fundo, o que sentia era medo de tia Isabel. Mesmo naquele momento, e apesar da claridade do quarto, tia Isabel tinha qualquer coisa de fanado ou, antes, de irreal, como se pertencesse a uma outra vida, a um outro mundo, a um outro tempo. Vestia-se sempre de branco, a sua mania e a sua adoração era o branco; e não ligava a moda. Não se casara nunca; e era talvez isso que lhe dava uma exasperante amargura, uma hostilidade contra a vida e, sobretudo,

contra as outras mulheres. Fora noiva, é verdade; mas quando já estava com todo o enxoval pronto soube que o bem-amado era casado. Nada dissera: meteu tudo na mala, o vestido de noiva, o jogo do dia, tudo, absolutamente tudo que preparara com tanto amor. Nunca mais cuidara de flerte, de namoro, de nada, como se o seu coração e seu sonho estivessem mortos. Chegara aos 45 anos com a melancolia das mulheres que não conheceram o amor; e ria com maldade diante da sobrinha, insistindo.

Malu revoltou-se. Aquilo era demais:

— A senhora não entende disso!

— Eu? — A solteirona empalideceu.

— A senhora, sim!

Erguia-se diante daquela mulher, ossuda e fanada, que envelhecera sem ter casado. Tia Isabel por um momento não soube o que dizer, surpresa e desorientada:

— Já sei — a amargura enchia sua alma —, você diz isso porque eu sou solteirona, não me casei, não é?

Malu poderia ter negado, ao menos por piedade; mas estava tão saturada que confirmou:

— É. É por isso.

Tia Isabel replicou logo, e com uma veemência que espantou Malu:

— Nunca, ouviu? Nunca você amará como eu amei!

Pouco-caso de Malu:

— Coitada!

— Você está muito enganada comigo, Malu, você e todo o mundo! Pensa que porque eu não me casei...

— Que é que tem?

— ... que eu sou uma boba, não sei certas coisas.

— Está bom, titia!

Deu as costas à velha, sabendo que isso era uma maneira de afrontá-la, de exasperá-la, e andou em direção da cama. A velha foi atrás, com todos os nervos em tensão, um rubor vivo nas pobres faces e um fogo vivo no olhar. O contraste entre as duas era de causar impressão: Malu pequena, graciosa, bem-feita, com uma grande irradiação de juventude e de vida; a outra magra, alta, antiquada, vagamente ridícula, sobretudo na excitação.

— Você é que é inocente, Malu! Diante de mim, você não sabe de nada, é criança!

— Melhor ser criança do que velha! Pelo menos... — parou, hesitante com a própria crueldade.

— Continue. Continue.

— Mas ao menos eu posso interessar a um homem, ser amada. Eles andam assim atrás de mim, assim!

— E eu não interesso, não posso ser amada... — Um vinco de amargura tornava mais feia tia Isabel; continuou: — Nenhum homem se interessará por mim, não é o que você quer dizer?

Malu estava cansada de discussão; sua vontade era tapar os ouvidos. Respondeu, suspirando:

— É.

A velha abaixou a voz, com uma mímica de choro. Tornou-se menos violenta e mais triste:

— Eu também já fui moça...

Ironia involuntária de Malu:

— Há moças e moças!

A velha sentiu gosto de fel na boca:

— Já sei o que você quer dizer com isso — estava quase chorando —; é que nunca fui bonita, não é?

— Não sei, não sei!

— Mas não faz mal. Olha, Malu, eu não sei se fui bonita ou não. Mas uma coisa sei, garanto: você nunca foi amada como eu fui!

Malu conteve-se:

— Está bem, titia, está bem!

— E outra coisa.

— O quê? — Malu estava quase explodindo.

— Você nunca fez uma coisa que eu fiz. Duvido!

— E o que foi que a senhora fez?

— Isso é que não digo. Ninguém saberá, não direi a ninguém!

E cerrava os lábios, como temendo que as palavras saíssem à revelia da própria vontade, escapassem; guardava no fundo do coração, bem no fundo, o seu segredo de mulher e de amorosa, em torno do qual gravitavam todos os seus pensamentos e todos os seus sonhos. Era uma lembrança que não confiara a ninguém, nem confiaria, mesmo num instante de exasperação como aquele. Por um instante, um segundo, não mais, Malu olhou para ela, subitamente curiosa, interrogando-se sobre o mistério que poderia haver na vida da solteirona. Tia Isabel fechava os olhos; era como se se concentrasse toda numa evocação muito doce. Uma suspeita atravessou o espírito de Malu: "Será que...?", mas parou, sem coragem de completar o pensamento. Olhou para aquele corpo, imaginando coisas. Tia Isabel era tão antirromântica, tão pouco feminina, que a moça repeliu o próprio pensamento. "Não pode ser, não pode ser, é impossível." Tia Isabel parecia abismar-se num sonho:

— Também já fui noiva — falava docemente.

— Mas não casou — foi a réplica pronta, quase involuntária, de Malu.

A velha estremeceu. Julgou ver nas palavras da sobrinha o triunfo da mulher jovem, bonita, muito olhada, muito solicitada, que faz pouco de uma outra, mais velha e sem atrativo. Tia Isabel novamente se irritou. "Ela está me humilhando." Não gostara nunca da sobrinha, sobretudo depois que ela crescera e adquirira aquela graciosidade de figura e de atitude. Odiou como nunca a juventude de Malu:

— Você está sendo cruel comigo, Malu. Só porque eu estou velha, porque eu estou feia...

Tia Isabel fez a confissão pondo nas próprias palavras toda a sua mágoa de mulher.

Uma espécie de arrependimento nascia no coração de Malu. "Eu não devia tê-la tratado assim." Mas, ao mesmo tempo, desculpava-se: "Tia Isabel é tão desagradável!". A velha era devorada por uma raiva permanente, como se todo o mundo fosse causador de sua desgraça sentimental. "E isso aborrece", pensava Malu.

— Malu... — olhava a sobrinha bem no fundo dos olhos... — sabe para que vim aqui?

Esperou que a sobrinha respondesse:

— Não.

— Pois bem: vim para ver o seu sofrimento. Só para isso.

— Titia!

— Eu não lhe diria isso se você não fosse malcriada como é, se não me tratasse como sempre me tratou, sem a mínima consideração.

— Eu vou-me embora — interrompeu Malu.

A velha parecia cansada:

— Quem vai sou eu, mas deixe acabar: você não merece nenhum carinho, nada. Todo o mundo se ilude com você, menos eu. Quer saber de uma coisa?

Malu abria muito os olhos, impressionada diante daquele rancor que parecia inextinguível, que já era doença. Quis reagir contra a própria angústia:

— Não.

— Malu, isso que aconteceu a você — elevou um pouco mais a voz para concluir — foi muito bem feito, ouviu?

— Bruxa! — gritou Malu.

E a outra, sardônica:

— Pode me chamar de bruxa, pode, que é que tem?

Malu recuava, como se a outra fosse realmente isso, fosse realmente uma bruxa rindo de sua felicidade destruída. Tia Isabel prosseguiu, disposta a atormentá-la até a loucura:

— Vou lhe dizer outra coisa, Malu: você não se casará nunca, tome nota do que lhe digo! Seu enxoval vai ficar dentro da mala como o meu! Inútil! Você nunca vestirá a "camisola do dia".

Malu quis dizer qualquer coisa, indignar-se, revoltar-se, mas a única coisa que existia dentro dela era medo, e medo invencível, o terror de que aquelas predições se cumprissem. Viu a tia Isabel chegar à porta, abrir, sair, no seu eterno vestido branco. Durante muito tempo, Malu ficou imóvel, sem forças para nada. Ouvia as palavras da velha: "Seu enxoval vai ficar dentro de uma mala como o meu, inútil, inútil, você nunca o usará!".

Tia Isabel foi direto ao quarto de d. Lígia: levava uma felicidade desesperada: "Ensinei àquela mocinha". Era esta a sua satisfação feroz, ter levado o terror à alma de Malu. Nenhuma notícia a excitava mais do que a de um noivado desfeito, sobretudo quando o era pela morte. Era uma espécie de consolo, de triste consolo que experimentava.

Abriu a porta do quarto de d. Lígia: "Deve estar dormindo", foi o que pensou, ao encontrar a luz apagada. Apertou o comutador e viu a cama vazia e intacta. "Ora essa!" Desceu, então, depois de apagar o quarto. Escutou vozes fora; e logo reconheceu o dr. Carlos e o dr. Meira, discutindo. Ficou de longe, vendo, num esforço para escutar. Depois de uma troca de palavras, o dr. Carlos, deixando o médico, entrou no automóvel e partiu. Tia Isabel voltou para o quarto de d. Lígia. O dr. Carlos ia ao encontro de d. Lígia, coisa que tia Isabel não podia saber. De comum, ele era prudentíssimo na direção; mas desde a morte de Ricardo que se descontrolava. Ia agora voando, talvez com o secreto desejo de uma derrapagem, um desastre qualquer que o matasse. Estava, na verdade, desesperado. Pensava em d. Lígia e lembrava-se do que lhe dissera o dr. Meira: "Lígia é linda!". A convicção com que o velho afirmara isso o impressionara. E perguntava a si mesmo: "Será tão bonita assim?". Procurava recordar-se de suas feições: o nariz, os olhos, o queixo, a boca. Estava tão acostumado com a esposa que já não notava mais essas coisas. Exasperou-se refletindo: "Mas, se eu não noto, os outros notam!". E, agora, queria que o automóvel chegasse ao lugar em que d. Lígia devia estar. "A não ser que já tenha ido embora." Essa possibilidade fê-lo sofrer e pisar mais fundo no acelerador. Foi então que se lembrou do rapaz. No atrito com d. Lígia se irritara tanto que ele se esquecera do motivo da irritação. Uma porção de coisas passou pela sua cabeça: "Por que se interessou ela tanto, a ponto de brigar comigo, por aquele camarada? Teria sido um interesse gratuito? Ou já o conhecia?".

Pela primeira vez um outro aspecto da questão o preocupou: "É mesmo! Que estaria ela fazendo lá, àquela hora?". Sentia-se incerto e confuso diante de tantas possibilidades. Finalmente, chegou ao trecho da estrada que devia ser o que procurava. "É aqui mesmo", concluiu, desligando o motor e saltando. Não via ninguém, entretanto. Ficou sem saber o que fazer, até o momento em que lhe pareceu ouvir vozes que vinham do interior da mata. Seu coração bateu num ritmo mais apressado. E mais ainda quando percebeu que eram vozes de homem e de mulher. "É ela, sim, é ela, com esse, esse…"

D. Lígia discutia com o rapaz. Cláudio não se convencia, não se conformava com certas coisas. Ela então explicava, demonstrava, argumentava. A paciência de d. Lígia era incrível, uma paciência que espantava a ela própria, que a fazia pensar: "Meu Deus, mas por que é que estou perdendo esse tempo todo?". Não sabia explicar. Só sabia é que experimentava junto de Cláudio uma sensação de paz, de bem-estar, vizinha da felicidade. Deixava-se ficar, como se a voz de Cláudio lhe fizesse bem, lhe desse uma certa embriaguez:

— Vamos — era ele quem pedia —, você descansa lá um instantinho, depois vai embora!

Queria, por tudo, levá-la para casa, pois assim estaria mais tempo com ela. D. Lígia resistia; e sem querer, sem perceber, punha na voz uma doçura que não devia ter:

— Daqui eu vou. Já houve o que houve. Não convém, não precisa.

— Não seja assim — implorava.

O dr. Carlos estava perto, ouvindo tudo. O que o impressionara mais profundamente era o tom da mulher, excepcionalmente doce, quase num tom de namorada. Continuava à escuta, enxergava as duas silhuetas, e percebeu quando Cláudio a puxava pelo braço. O dr. Carlos estava cheio de espanto; era sobretudo espanto que havia na sua alma, mais espanto do que sofrimento. "É ele, sim, é ele" — pensava —, "o rapaz que eu derrubei." Recobrara os sentidos e, com toda a certeza (era o que ele pensava, na sua cólera), continuavam o idílio. Refletia: "Mas eu não devia estar assim. Não podia. Não gosto dela; ela não me interessa". Ainda assim, a raiva o cegava. Cláudio murmurava:

— Se eu pedir uma coisa… — parou.

D. Lígia estremeceu, julgou adivinhar, teve vontade de tapar-lhe a boca com a mão; mas uma espécie de fascinação a imobilizava. O dr. Carlos sentiu como se o seu coração tivesse parado. Aquele era o momento em que devia intervir. Mas continuou onde estava, tenso, doente, numa curiosidade que ele mesmo achava mórbida. Percebia que a mulher atravessava uma prova, um teste de pureza, de virtude. Queria ver se ela resistiria à tentação. Concentrou-se, esperou. Houve uma pausa, grande demais, entre a pergunta do rapaz e a resposta de d. Lígia.

— Não sei o que você vai pedir.

O dr. Carlos teve um choque: "Ela sabe, sabe o que o rapaz vai pedir. E prolonga a situação, provoca. Está gostando. As mulheres são assim". Nova pausa entre os dois. Era como se o dr. Carlos estivesse vendo o pensamento de Cláudio. Percebia que chegara o momento difícil em que ele devia dizer, mais positivamente: "Quero isso ou quero aquilo". Cláudio era inexperiente demais para ser cínico e ousado. Estava diante de d. Lígia, nada mais se interpunha entre os dois. A solidão era absoluta, porque ele não sabia que o marido estava, a poucos passos, espionando, pronto talvez para saltar. Mas ainda assim não tinha coragem. Então, começou:

— Você sabe.

E como ela nada dissesse, arrepiando-se, como se o vento que fazia a gelasse, ele insistiu:

— Já adivinhou.

— Não sei, não sei.

O dr. Carlos agitou-se. Transpirava na testa e nunca como naquele momento sentiu-se tanto à beira da loucura ou do crime. Cláudio dizia lentamente:

— Eu quero...

O dr. Carlos estava com a mão no revólver.

9

Ódio maior que amor

Mas Cláudio não chegou a dizer o que queria. Teve subitamente medo de si mesmo, medo do sentimento que nascia nele e medo da solidão que havia ali. O que ele desejava, afinal, era fazer um pedido desesperado e, ao mesmo tempo, infantil: um beijo. Estavam sós, diante da noite; vinha não se sabia de onde, talvez da própria terra, das árvores, do morro próximo ou de onde fosse, um vento morno (e, no entanto, eles sentiam frio e ela continuava de braços cruzados, como que se defendendo das rajadas contínuas). Cláudio era tão mais forte, sólido, maciço, e ela fina, frágil e miúda. "Se eu quisesse", raciocinava ele, "eu podia pegá-la à força aqui." Olhava em torno, para ver se havia alguém ou não, se a solidão era ou não era absoluta. "Bastava um gesto", continuava pensando, "e eu não precisaria pedir." Imaginava-se apertando d. Lígia nos braços, perseguindo a sua boca. "Talvez ela não grite, talvez deixe." Mal sabiam ele e d. Lígia que pouco adiante, com a mão na coronha do revólver, estava o dr. Carlos. O marido escutava, não perdia nada, queria esperar até o fim. O dr. Carlos adivinhara: "Ele vai pedir um beijo, tenho a certeza". Via que a esposa era submetida a uma tentação, a uma dessas experiências quase fatais, em que a mulher pode condenar-se a si mesma, à própria alma, ao próprio destino, tudo. D. Lígia travava uma luta consigo mesma. "Devo ir-me embora, fugir." E a sua vontade era, realmente, correr, desaparecer, sair de perto dele, daquela criança de voz máscula e corpo de atleta. Mas alguma coisa, uma força que ela não sabia definir qual fosse, a prendia ali. Dizia a si mesma, com uma expressão atormentada que na sombra ele não podia enxergar: "O que é que está acontecendo comigo?". Também o pensamento de Cláudio trabalhava, sempre, sempre: "Beijo ou não beijo?". Hesitava, sem experiência nenhuma daquelas situações, com a consciência pungente, humilhante, de que estava sendo infantil. Jamais namorara, não tivera nunca um sentimento forte, sempre ao lado da mãe enferma, terno e vigilante, disposto a sacrificar-se por ela. Era puro demais para tirar partido da solidão e da fraqueza de d. Lígia. Ela julgou perceber a luta do rapaz; e sem querer refletia: "É criança, criança!". E como ele demorasse muito, não se decidisse a fazer o pedido — ficara nas reticências —, d. Lígia experimentou uma espécie de fascinação pelo perigo, quis aproximar-se mais e mais do abismo. Perguntou, embora achasse que o estava provocando, tentando e sentindo-se culpada por isso:

— Qual é o pedido, diga.

"Eu não devia perguntar isso", arrependeu-se. Esperou nervosíssima a atitude de Cláudio. O dr. Carlos chegava a um estado intolerável de angústia: "É agora". E decidiu: "Se ele a beijar, mato os dois". Concentrou-se para ouvir a resposta de Cláudio. O rapaz falava:

— Eu não quero nada... — hesitou, confirmando: — nada.

Novo silêncio. E, novamente, a voz de Cláudio:

— Fuja, vá embora; eu não presto, não valho nada...

Ela admirou-se, percebendo no rapaz um grande desespero, talvez irremediável:

— Não diga isso.

— Digo, sim — falava com uma amargura absoluta. — É a verdade. Agora, vá.

Ela ia se despedir, tocada, perturbada pelo tom de Cláudio, sofrendo por ele. Mas virou-se, rápida, ouvindo aquela voz próxima e inesperada:

— Lígia.

Viram aquela silhueta. D. Lígia reconheceu: "Carlos!". E Cláudio, atônito: "Ele!". O dr. Carlos aproximava-se, vinha lentamente, sem pressa. D. Lígia teve a sensação de que uma mão de ferro pegava no seu coração, apertava, apertava: "Meu Deus, eles vão se atracar, vão se matar". Conhecia o temperamento do marido, a sua violência sombria; sentia-o capaz de tudo nos momentos de cólera, até de um crime, ou sobretudo de um crime. Recuou, menos por si do que pelo rapaz. Aterrava-a a lembrança de que o marido andava sempre armado. Veio tremendo ao seu encontro, procurando controlar a própria voz:

— Que é que há, Carlos?

— Nada. O que é que podia haver?

Cláudio esperava, pronto para tudo. "Ele vai brigar com ela, vai maltratá-la ou, então, virá em cima de mim." Das duas hipóteses preferia, com todas as suas forças, a segunda. "Eu é quem devo sofrer, e não ela." Já havia dentro dele uma grande vontade de sacrifício. Percebia confusamente a doçura de sacrificar-se assim. Mas o dr. Carlos veio sem agressividade nenhuma. Parecia absolutamente calmo. "Está simulando", foi a certeza de d. Lígia. O dr. Carlos falara realmente com extrema suavidade, uma suavidade suspeita, talvez mais perigosa do que a sua violência habitual. Temia, sobretudo, que ele atacasse Cláudio à traição, talvez o matasse. Na sua angústia, deu-lhe o braço e quis levá-lo. Mas o dr. Carlos resistiu, pareceu divertido com a impaciência da mulher:

— Que pressa é essa?

Não lhe ocorreu outra coisa senão esta justificação:

— É tarde.

Nunca ela podia esperar o que sucedeu em seguida. Nem ela, nem Cláudio. O dr. Carlos, sem uma palavra, tomou-a nos braços. Foi uma coisa tão assim, tão imprevista, um verdadeiro assalto, que d. Lígia não teve tempo de fechar os lábios, de fugir com o rosto ou com o corpo. Aquela boca, ávida, cruel, brutal, unia-se à sua, fundia-se. D. Lígia perdeu a respiração, esperneou, teve a impressão de que ia desmaiar. Quis libertar-se. Mas ele com a mão segurava e imobilizava a cabeça. Cláudio não sabia o que fazer, petrificado. No primeiro momento, sua ideia foi se atirar contra o dr. Carlos, agredi-lo mesmo pelas costas, bater nele, pisá-lo, arrancá-lo dos braços da mulher. Mas ao mesmo tempo raciocinou: "Ele é o marido". E compreendeu que não podia fazer isso, que não podia cortar o beijo entre marido e mulher. "Por que esse beijo na minha frente?" Não percebia direito, ou só mais tarde compreenderia, que aquilo era uma maneira de atormentá-lo, uma espécie de humilhação que o dr. Carlos impunha ao rapaz e à esposa, um acinte. Por fim — d. Lígia já perdera a noção do tempo que aquilo durava — ele a soltou. Ficaram, face a face, respiração forte. Ela sem saber ainda quais os seus verdadeiros sentimentos diante do beijo. Estava, sobretudo, espantada, achando a atitude do marido absolutamente incrível, inverossímil. Só depois de alguns momentos é que percebeu ou julgou perceber o motivo: "Quis se mostrar, pensa que eu tenho alguma coisa com Cláudio". Em pensamento, já chamava o rapaz de Cláudio, como se admitisse uma intimidade que não deveria existir, era cedo para que existisse. O dr. Carlos perguntava, maciamente:

— Gostou?

Respondeu, ainda ofegando (passara tanto tempo sem respirar, com a boca esmagada pelo beijo):

— Não.

— E por quê?

Recuou:

— Porque não.

Ele sorriu e sua ironia foi evidente:

— Já sei.

— O quê?

— Sei por que você não gostou — ele mesmo fez uma pausa; e prosseguiu: — Porque foi beijo de marido. É ou não é?

Quis se defender:

— Não.

Mas ele insistia, na sua maldade:

— É, sim, é: confesse. Que graça tem o beijo de marido? Nenhuma, claro. Pode confessar, que eu não me zango. Eu mesmo não estou reconhecendo? Então?

De lado, Cláudio ouvia aquilo tudo; e vinha-lhe uma repulsa, num sofrimento quase físico, diante daquele marido que se exprimia assim, que fazia aquela ostentação de cinismo. Teve vontade de intervir, mas se controlou, desejando ver até que extremo chegaria ele. O dr. Carlos perguntava a si mesmo, enquanto crivava a mulher de ironias: "Haverá alguma coisa entre os dois?". D. Lígia sofria tudo o que uma mulher pode sofrer, mas não queria por nada deste mundo que o marido percebesse. Queria ser digna, tanto quanto possível digna, sobretudo porque havia uma testemunha. "Não posso perder a cabeça, não posso." Sabia que numa discussão as coisas mais desagradáveis surgem, a pessoa diz coisas horríveis; e não queria dar essa impressão. Quando falou, ela dirigia-se mais a Cláudio que ao marido:

— Você sabe perfeitamente por que eu não gostei, Carlos. Não finja!

— Não sei de nada, minha filha. Só sei de uma coisa.
— O quê?
— Que eu sou seu marido. Só.
Ela se exaltou; estava cansada de ser injustiçada pelo esposo, de ser humilhada, esquecida. Foi quase um grito:
— Não basta! Isso não é tudo!
— Acha pouco?
— Acho, não, é — afirmou dolorosamente, e repetiu desafiante: — No meu caso, é.
— Isso é desculpa.
Ela perguntou logo, sardônica:
— Ora essa! Por que desculpa? Desculpa de quê?
Na sombra, o marido virou a cabeça na direção do rapaz, que permanecia mudo, imóvel, excluído daquela discussão, num papel passivo de testemunha. Parecia indicá-lo. D. Lígia compreendeu e se crispou toda na sua revolta:
— O quê? Você tem coragem?
— Tenho, sim! Tenho!
— Carlos, sabe de uma coisa? — continha-se para não chorar, mas seus nervos não aguentavam mais. — O que você devia era ter vergonha. Engraçado: passou esse tempo todo sem se lembrar que tinha esposa; e quando se lembra é para me insultar!
Cláudio sofria. E sofria mais porque não podia participar, não podia defendê-la, não tinha esse direito. Talvez em caso de sua intervenção ela até o repelisse. O dr. Carlos repetiu o argumento, como se só isso e nada mais o obcecasse:
— Sou seu marido!
— Então por isso, porque é meu marido, você pensa o quê? Que tem todos os direitos e eu não?
— Lígia...
Ela espantou-se; ele mudava subitamente de tom; sua agressividade fundia-se em doçura. E foi uma transformação tão rápida e imprevista que d. Lígia teve um sentimento de espanto, de medo. O próprio Cláudio tornou-se frio. O rapaz preferia vê-lo mau, violento, do que assim, perigosamente terno, aproximando-se da mulher, prendendo entre as suas a mão da esposa. A primeira tendência de d. Lígia foi puxar a mão; mas lembrou-se das palavras do dr. Carlos: "Eu sou o marido". Resignou-se. Sua mão ficou abandonada e a sensação de frio aumentou. Temeu, vendo a atitude do marido, como se dali pudesse advir um novo perigo. Ele continuava, baixando a voz, não tanto que não pudesse ser ouvido por Cláudio:

— Eu sei que você está magoada comigo.

Em vão ela pensava em tirar a mão; mas não via jeito. Sentia o hálito do marido; nunca o vira assim, com aquela ternura, aquela voz, a não ser talvez nos primeiros tempos. E se arranjava, parecia ter medo do contato, perturbava-se, refletindo: "Que dirá Cláudio?". Quis defender-se. Perguntou:

— Estou magoada, sim. Você acha talvez que não devia estar? — tentava ser irônica.

— Lígia, não haverá um meio?

— De quê?

— De tudo voltar a ser como era antes?

Quis ser intransigente. É claro que não podia ceder assim, só porque, depois de tantos anos, ele resolvia ser doce, amável, amoroso. D. Lígia continuava com medo daquela doçura. "Eu sei como são os homens", pensava, resolvida a defender-se com todas as forças, a não se deixar iludir. Mas ele não atendia a nada, empregava-se a fundo, queria convencê-la, era um trabalho de reconquista que estava fazendo. Parecia fazer dessa reconquista uma questão de vida, de morte, não sei de quê. Talvez ele mesmo não soubesse explicar a própria atitude. D. Lígia fez, então, um esforço, conseguiu libertar a mão, reagiu contra uma espécie de feitiço que a envolvia:

— É tarde. Tarde demais.

O marido teimou:

— Nunca é tarde.

— Por que é que você me desprezou?

— Não seja assim, Lígia!

— Foi você o culpado!

— Eu sei que fui. Confesso. Mas não custa!...

Ela não sabia o que fazer. Mas a obsessão continuava: "Tarde demais, tarde demais". Disse, dolorosa:

— Não se ressuscita um sentimento morto.

O dr. Carlos retomou o argumento de sempre:

— Eu sou seu marido, não se esqueça. Posso me impor. Mesmo não gostando, você tem que admitir tudo de mim. Por exemplo: não pode recusar o meu beijo.

Era esse o seu orgulho e a humilhação da mulher. Ela não poderia negar sua boca àquele homem. Mesmo sem amor, a esposa tem que se deixar beijar.

Gritou, torcendo e destorcendo as mãos:

— Não!

Mas o dr. Carlos apanhava novamente uma de suas mãos; debalde ela quis soltar-se. Cláudio recebia golpes sobre golpes. Pensava: "Deve ser muito fácil para um marido reconquistar uma esposa. Com tantas oportunidades, morando na mesma casa!". O dr. Carlos prosseguia:

— Você está à minha mercê, sempre, sempre. Lígia, ouça — suplicava, no desejo de persuadi-la —, é melhor levar as coisas por bem. Seremos felizes de novo, uma lua de mel nos espera.

E d. Lígia, como uma obcecada:

— Tarde, tarde...

— Não, não!

Seus hálitos, suas vozes, se misturavam. Estavam com os rostos tão próximos que ela teve medo: "Ele acaba me beijando!". Desesperava-se, e a um ponto tal que já se esquecia de Cláudio. O rapaz não perdia uma palavra. Embora estivessem todos na sombra, adivinhava os movimentos de d. Lígia, era como se visse os seus reflexos fisionômicos. D. Lígia sentiu que o marido a arrastava. Era levada, não sabia para onde nem para quê. Abandonava-se, como se fosse uma mulher sem vontade, sem alma, sem consciência das coisas, nem de si mesma. O marido parecia um namorado, unia-se a ela, passava o braço em torno da cintura, balbuciava coisas:

— Querida...

Estremeceu. Apesar de tudo, apesar de um passado de solidão e de martírio (marido assim era melhor não ter), uma mulher não ouve sem emoção, sem uma espécie de arrepio, alguém chamá-la "querida". Em inglês é *darling*. A última pessoa que a tratara assim fora Ricardo. Então, seu pensamento voltou-se, subitamente, para o morto. Experimentou um remorso agudo de tê-lo esquecido. Pareceu-lhe que era uma infidelidade ao morto estar assim, de braço dado a Carlos, embora este fosse seu marido. Mas não teve tempo de refletir mais, de continuar pensando, porque o dr. Carlos (parecia um rapaz nas suas expressões) cobria-a de palavras de carinho:

— Minha namorada...

E perguntou:

— Estou perdoado?

Respondeu sem saber o que dizia:

— Está, está...

O marido tirou partido, todo o partido do momento:

— Gosta de mim? Ainda?

Murmurou, derrotada, sem saber o que dizia:

— Gosto.

Ela não soube o que aconteceu. Ele a arremessou longe. Caiu mais adiante, de joelhos. Ergueu-se sem compreender. Ele vinha ao seu encontro, num riso que se transformou em gargalhada:

— Acreditou em mim? Boba, boba! Nunca — ouviu? —, nunca um marido odiou tanto a própria mulher!

MALU DEITOU-SE. ESTAVA vestida e calçada. Mas era tal seu estado de prostração, o seu desprendimento dos hábitos mais normais — sentia-se flutuar —, que nem pensou em tirar o sapato e se despir. "Para que tirar a roupa, para que tirar o sapato?" foi o seu raciocínio. Naquele momento, a única coisa que queria, a única coisa que desejava com todas as forças do seu desespero, de sua alma atormentada, era o sono. Nada mais que isso; um pouco de sono, de esquecimento, de libertação de todas as angústias que a saturavam. Dormir ou então morrer. "Talvez fosse melhor mesmo a morte." Coisas vagas e monstruosas passavam pela sua cabeça. "Se eu dormir vou ter pesadelos." Percebia que não estava normal, que o cansaço absoluto, do corpo e do espírito, a intoxicava. Revirava-se na cama, sem, todavia, conseguir dormir. Pensava em muitas coisas: em Ricardo, nos quatros círios que o velavam, em d. Lígia, na tia Isabel. Ouvia as palavras da velha: "Você não se casará nunca…" "Você não gostava de Ricardo…" "Eu tenho um segredo…". Essas frases, ou pedaços de frases, iam e vinham, exasperando-a, com uma continuidade de obsessão. Estava deitada de modo a ver a janela lateral do quarto. O luar batia nos vidros, atravessava-os, espalhava no quarto uma espécie de vapor luminoso. Malu sentou-se na cama (os sapatos estavam com certeza sujando os lençóis) sentindo que o sono não viria; ou só viria ao amanhecer, quando o sol já estivesse entrando no quarto. Depois de ficar muito tempo assim, naquela posição, as pálpebras pesadas, sem contudo poder dormir, resolveu levantar-se. Foi então que viu — primeiro pensou que era ilusão — uma coisa na janela. Acreditou que seria uma simples sombra — talvez a sombra de uma árvore, ou de um ramo de árvore — projetada na janela. Mas aquilo aumentou sua tensão; e parou, virada para a janela. Não era medo que sentia, mas uma espécie de irritação pueril contra a série de coisas estranhas, sobrenaturais, que vinham acontecendo na sua vida desde o suicídio do noivo. Aquela sombra, que a surpreendia agora, seria mais uma dessas coisas? Deu alguns passos em direção à janela e se deteve a uma curta distância. Viu tudo sem se mexer do lugar, procurando não ter medo, não se deixar levar pelo pânico. A sombra se movia, e o pior não era isso; o pior era que adquiria formas, seus contornos definiam-se. Malu fechou os olhos, resolvida a não fugir em hipótese alguma, a não se acovardar: "Não sou criança", balbuciou para si mesma, "não fujo, não fujo". Era uma espécie de desafio ou de pirraça que fazia com a aparição (já estava admitindo que aquilo fosse realmente uma aparição). Refletia, como procurando se fortalecer: "São os meus nervos". E havia na sua boca um vinco de sofrimento. Não podia, entretanto, esperar que acontecesse aquilo, justamente aquilo: isto é, que aparecesse na vidraça um rosto. Esse rosto era o de... Ricardo. Ainda assim, ela não se mexeu, não correu, não gritou. Pensava em tudo o que ouvira dizer sobre visões, que, afinal, só existem na imaginação das pessoas. "É minha imaginação"; mas apesar disso, de pensar assim, sofria cruelmente, sofria como talvez nunca tivesse sofrido nem mesmo no momento em que Ricardo atirara em si mesmo. Lutando contra o sentimento de medo — estava resolvida a não se deixar dominar pelo pânico —, encaminhou-se para a porta, sem, no entanto, apressar o passo. Chegou lá e abriu. Havia uma meia-luz no corredor, vinda do fundo, de uma lâmpada indireta. Mas não teve tempo de nada. Alguém a tomava nos braços.

D. Lígia estava parada diante do marido. Foi um grito abafado:
— Carlos!
Só pouco a pouco é que ia compreendendo, se apossando gradualmente da realidade. Tarde demais, percebia que sofrera uma mistificação; e a sensação do ludíbrio a exasperou a um ponto tal que se sentia enlouquecer. A indignação nascia, o desespero de ter sido usada para uma comédia indigna. Ele pisara nos seus sentimentos, reduzira-a a uma dessas humilhações que nenhuma mulher consegue esquecer. Mas aquilo era tão incrível, tão absurdo que, por um momento, duvidou de si mesma e ficou silenciosa, diante do marido, recusando-se a acreditar no fato consumado. O marido estava exultante, não fazia segredo de sua alegria feroz, e a cobria de ridículo:
— Você acreditou mesmo? Pensou que eu estivesse falando sério? Mas eh!
Zombava, ridicularizava. Ela se esquecia de tudo, de que seus joelhos se haviam machucado na queda; de que rasgara a meia; de que esfolara a palma das mãos no asfalto. Vinha-lhe uma revolta imensa, não somente contra o marido, mas contra todos os homens. Naquele momento, parecia-lhe que não havia homem diferente, que todos eram iguais, violentos, grosseiros, egoístas, selvagens, incapazes de um sentimento puro, de um sentimento nobre. O marido urgia-lhe como um verdadeiro demônio. Ele ria, ainda, e ela, cansada daquele cinismo ostensivo, gritou-lhe entre lágrimas:
— Você tinha me expulsado, não é?
Ele cortou, lacônico:
— Mudei de opinião.
— Mas agora quem vai embora sou eu. Eu é que não volto mais!
— Se eu quiser.

— Vou, sim, não quero mais nada com você, nada.
— Lígia!
Recuou, como se tivesse medo ou, mais propriamente, nojo daquele contato:
— E não me toque!
— Veja como fala!
Ela não se intimidou; depois da mistificação, nunca mais se deixaria iludir ou vencer pelo marido. Nem que ele tivesse razão. Cerrara os lábios, numa cólera que não era comum no seu temperamento discreto. Via-o como um inimigo; e o consideraria inimigo até o fim dos seus dias. Falou alto, crescendo para ele:
— Falo como quiser. Você não tem nada com isso.
— É o que você pensa!
— E pode ir embora, porque eu não vou com você!
O dr. Carlos tonteou, apesar de tudo, impressionado:
— Vai para onde?
— Para onde eu quiser.
Ia num crescendo de violência, disposta, desta vez, a dizer tudo, as coisas mais duras, mais cruéis, mais ofensivas. Procurava uma maneira de humilhá-lo, de ferir a sua vaidade, sobretudo a sua vaidade. Ele não lhe inspirava nada senão ódio, como nunca pensara que pudesse sentir por uma pessoa. Mas o marido começava a tomar pé. Passado o primeiro momento de surpresa, a agressividade da mulher deixava de coagi-lo. Segurou-a por um braço; mas não contou com o violento puxão (isso o enfureceu):
— Olha aqui, Lígia. Você achou mesmo que eu podia ser sincero depois do que eu vi?
— E o que você viu?
— Vocês dois!
— Está louco!
— Louco o quê? Você então não estava com aquele camarada ali?
E apontava na direção do lugar. Ela confirmou, intrépida:
— Estava, mas o que é que tem?
Ironia do marido:
— Ah, quer dizer que não tem nada? Uma senhora casada, a essa hora?... Nada, não é?
— Sim. E que mais? — Estava desejando que ele fizesse uma acusação formal. — Continue.
— Acha pouco?
— Acho, acho pouco. Você viu alguma coisa? Se viu, diga!

— Ver para quê? O fato por si só é significativo. Para que mais?

— Pois bem. Ouça.

Fez uma pausa, como para tomar respiração. (Que ódio sentia naquele instante, mas que ódio!)

— Eu não sei se o que eu fiz é certo ou errado. Primeiro, você tinha me abandonado aqui. Mas não é só isso; o que eu sinto por esse rapaz... por esse menino...

Observação irônica do outro:

— Menino, daquele tamanho!

— Deixa eu continuar. O que eu sinto por ele é uma coisa de uma tal pureza que você nunca poderia sentir. Compreendeu?

— Pureza! Coitada!

— Eu podia ir com ele ao fim do mundo, e nada sucederia, nada, nada...

Estava sendo sincera ao dizer isso, apaixonadamente sincera. Cláudio inspirava-lhe uma coisa como nunca conhecera na sua vida, um sentimento novo, doce, nobre. Diante dele — e o conhecia há tão pouco tempo! — sua vontade era de acariciá-lo, mas docemente, com um desinteresse de mãe, de irmã, ou como se acaricia uma criança, um menino. Agora mesmo, uma emoção quase dolorosa a invadia, ao se lembrar do desespero do rapaz, da ânsia com que pleiteara uma entrevista. Era tão inexperiente, tão ingênuo, que não sabia fingir, não sabia ocultar seus sentimentos, era infantil, apesar de seu tamanho e de sua força de atleta. O marido nem por um momento acreditou.

— Pensa que eu nasci ontem? — foi o seu comentário.

— Não me interessa!

D. Lígia arrependia-se de ter falado daquele sentimento novo de sua vida. A própria cólera parecia tê-la esgotado. Fez um último esforço para continuar:

— E tem mais, Carlos: eu não sei para onde vou, ainda não pensei. Mas mesmo que seja para ficar na estrada, na rua, eu não fico mais em sua companhia! É só!

— Vamos!

— Não, não vou!

— Vai, sim!

Ela quis afastar-se, mas ele a segurou. Então, houve uma breve luta. Na angústia daqueles momentos, d. Lígia lembrava-se de que, numa mesma noite, a pequenos espaços, vira-se diante de três situações idênticas, ou pelo menos extraordinárias, com homens diferentes. Era como se o destino resolvesse fazer com ela experiências sucessivas, quase fatais. O dr. Carlos perdera todos os escrúpulos: arrastava a mulher. Ela não falava; nenhum som saía dos seus lábios;

acharia uma humilhação qualquer grito, qualquer pedido de socorro. E sua raiva voltava, mais concentrada do que nunca: experimentava um desses sentimentos que cegam e enlouquecem a pessoa, que inspiram as mais sombrias violências. "Se eu não fosse tão fraca", pensava, vendo-se impotente diante do marido. Tinha os pulsos machucados. Entrou no automóvel à força e percebeu, então, que era inútil a resistência. Revoltou-se contra o destino da mulher, que é o de perder sempre. Estava no assento da frente, ao lado do marido. Deixou de resistir, certa de que ele a dominaria. Tinha agora horror de sua casa, do seu lar. O automóvel partiu.

Com toda a maldade despertada, o dr. Carlos continuou a tortura:

— Você não gosta de mim, não é? Que é que tem? Não queira saber o que vai sofrer agora. Eu não perdoo, Lígia, não perdoo!...

MALU QUASE GRITOU; mas não o fez, porque imediatamente reconheceu o dr. Meira. Então chorou; com a cabeça encostada ao peito do médico, deu liberdade às lágrimas, há tantas horas cativas. O dr. Meira pensava: "Fiz bem em vir". E acariciava os cabelos da moça, sentindo agora, mais do que nunca, que a amava como uma filha. Era carinhoso:

— Que é isso, minha filha, não chore!

— Se o senhor soubesse o que eu vi!... — soluçava.

— Mas o que foi, Malu?

E ela, chorando perdidamente:

— O rosto de Ricardo, doutor Meira, o rosto de Ricardo... Apareceu no vidro da janela, eu vi!

— Mas não pode ser, você não vê logo? — ralhou com a moça. — Você parece criança!

Mas ela não atendia argumentos no seu desespero. O que a impressionava, e lhe dava um arrepio de medo, era a série de acontecimentos estranhos, quase inverossímeis, que se desenrolavam na sua vida, uns atrás dos outros, numa sequência apavorante.

— O senhor está vendo, doutor Meira — disse, entre lágrimas —, quanta coisa aconteceu? Ricardo morre; mamãe revela que gostava dele; eu e ela brigamos; papai quer separar-se de mamãe. E há outra coisa...

— Você está nervosa...

— Eu me sinto diferente, doutor Meira. Não sei o que há comigo. Digo o que não devia, faço o que não quero, tenho visões. Acabo doida!

— Bobagem, minha filha! Isso passa, garanto!

— E o bilhete que encontrei em cima de minha cama? Será, meu Deus, que Ricardo está mesmo vivo? Que foi um sósia dele que morreu?

O médico teve medo que ela se iludisse com uma esperança absurda; foi positivo:

— Claro que não, Malu! Reflita!

— Não sei mais de nada. E como se tudo isso não bastasse, vem tia Isabel e me amaldiçoa.

O dr. Meira não fazia comentário, invadido de tristeza, num presságio de novas e terríveis experiências, como se uma maldição pairasse sobre a casa. Malu continuava:

— Eu devia estar lá, fazendo quarto a Ricardo, e não estou! Por quê? Alguma coisa me afasta de lá, não sei. Quando eu estou lá, quero sair.

— Olhe, Malu. Vá dormir; isso não é nada, você está cansada, minha filha. Venha...

Passou o braço na cintura da moça e levou-a para o quarto. Parecia um pai: tirou-lhe os sapatos, obrigou-a a deitar-se, cobriu-a com o lençol. Essa solicitude pareceu confortá-la, dar-lhe um novo ânimo. Ia deixando o médico fazer tudo agora, passiva, experimentando uma certa doçura ao ser tratada assim. Só quando fechou os olhos — cansada, muito cansada — ele se levantou, com cuidado, para não fazer barulho, e saiu. "Graças a Deus, ela dormiu", era o que ia pensando, com um grande alívio. Isso lhe parecia bom, muito bom. Enquanto estivesse dormindo, ela não sofreria. Naquele momento, o automóvel do dr. Carlos encostava no portão. D. Lígia saltou e o dr. Carlos fez o mesmo, depois de desligar o motor. O dr. Meira, que ouviu o barulho, apareceu na porta. O dr. Carlos não desistira de atormentar a mulher, pouco se incomodando com o silêncio em que ela se refugiava:

— Quer dizer, então...

Não completou a frase, porque via o médico descendo a ladeira do jardim. O velho vinha curioso: "Será que estão de bem outra vez? Tomara". Dr. Carlos, então, muito à vontade, como se não tivesse acontecido nada e existisse entre ele e a mulher a máxima cordialidade. O dr. Meira perguntou:

— E então?

— Tudo bem — o dr. Carlos parecia muito satisfeito. — Imagine o senhor...

D. Lígia estava de lado, parada, com um vinco de amargura na boca. (O dr. Carlos[5] ficou impressionado e espantado com a expressão de d. Lígia.) O dr. Carlos prosseguiu, olhando agora para a mulher:

— Pois é: imagine que a minha mulher gosta de mim. Que tal?

O dr. Meira disfarçou a situação; fingiu bom humor:

— Eu sabia, eu sabia...

No fundo, não sabia de nada; e parecia-lhe que a situação estava muito longe de chegar a uma solução feliz. E o dr. Carlos, mau, prolongando o suplício da mulher (d. Lígia sentia-se como uma crucificada):

— Encontrei Lígia com um camarada, às três horas da manhã, num lugar deserto, mas não tem importância, não é, Lígia? Até nos beijamos na frente do outro, não foi?

D. Lígia explodiu:

— Tenha mais dignidade, pelo amor de Deus!

Logo que o dr. Meira fechou a porta, Malu, que fingira dormir, ergueu meio corpo. Ficou ouvindo os passos do médico se afastando. Depois, então, muito rápida, levantou-se, calçou os sapatinhos e disse à meia-voz, com certa ferocidade na expressão:

— Vou fugir! Nunca mais voltarei, nunca mais!

10

Aquele era o meu abismo de mulher

Porque essa era, de fato, a resolução de Malu: fugir dali. E não esperar, não perder tempo. Uma coisa, contudo, a impressionava: a facilidade com que tomara uma decisão tão extrema. "Não estou normal", pensava. Sentia, em primeiro lugar, um tremor de febre e, em segundo, um desespero absoluto, como se estivesse perdida e nada mais lhe restasse na vida que esperar ou desejar. Mas sobretudo, o que a impelia, e a fazia desejar a liberdade, era o sentimento que as separava, a ela e d. Lígia. Embora tivesse deixado de gostar de d. Lígia, sentia que isso não era direito. Discutira com a mãe várias vezes, com violência, uma paixão cega; mas agora, concentrada sobre os próprios sentimentos, tinha uma espécie de medo de si mesma, de vergonha, de angústia. "Eu não posso odiar minha mãe." E ao mesmo tempo reconhecia: "Mas o fato é que odeio". Sim, era isso, era esse ódio que existia contra a sua vontade, que a fazia fugir. Foi até a porta; abriu devagarinho. Pouco a pouco, readquiriu a calma. Uma resolução, por mais desesperada que seja, dá uma certa tranquilidade, um certo ânimo;

não é como a incerteza. Escutou durante um momento, não ouviu barulho nenhum. Então, saiu ao corredor. Olhou de um lado para outro — ninguém. Então, correu em direção da escada. Ia descer, quando estacou. Ouviu um "psiu". Experimentou naquele momento um desespero absoluto; teve a sensação de que estava perdida. Virou-se, com a mão na altura do peito. Viu, no fundo, a figura branca da tia Isabel. Vinha lentamente ao seu encontro. Malu ainda hesitou, numa tentação de correr assim mesmo, pois estava certa de que a outra não a alcançaria. Mas desistiu; e esperou que a velha se aproximasse. Tia Isabel esperara d. Lígia algum tempo, sentada na cama da irmã; depois, resolvera sair e vira, então, a sobrinha. Achou aquilo estranho e misterioso; e ela, que gostava tanto de intriga, de mistério, de acontecimentos excepcionais.

— Aonde vai? — foi a primeira coisa que disse, olhando profundamente a sobrinha.

Malu retribuiu o olhar com um começo de irritação. Pela sua vontade, teria dito um desaforo. Quase, aliás, perguntou: "O que é que a senhora tem com isso?". Ah, estavam bem vivas na sua memória as palavras de tia Isabel: "Você não se casará...". Podia também mentir: "Vou ali embaixo". Enfim, dar uma desculpa. Mas a curiosidade que leu na fisionomia da outra fê-la mudar de opinião. Sustentou a situação com desassombro. Ergueu o busto, como se desafiasse a tia:

— Vou fugir.

Tia Isabel vacilou, sem saber se a sobrinha falava sério ou não. Mas Malu usara um tom tão positivo que não admitia dúvidas.

— Fugir como?

— Fugindo, ora essa!

— Sério? — Tia Isabel estava sobre brasas.

— A senhora vai ver!

— E por quê?

A curiosidade era na velha uma doença permanente. Precisava saber de coisas, investigava a vida de todo o mundo, sua atividade maior era mexericar. Mulher solitária, sem marido, sem filhos, só uma coisa enchia sua vida e a preocupava: os casos dos outros. Pressentia um mistério, alguma coisa de tenebroso, por trás da atitude de Malu. Procurou extrair alguma coisa da sobrinha:

— Mas fugir no dia em que morreu seu noivo?

Malu confirmou, como um eco:

— No dia em que morreu meu noivo.

A velha não aguentou mais: fez uma pergunta formal:

— Que foi que houve?

— Briguei com mamãe.

— Com Lígia?
— Pois é.
— Só por isso vai embora?
— Acha pouco?
— Briga entre mãe e filha não tem importância. Ficam outra vez de bem num instante.
— A senhora acha? — Malu começou a exaltar-se. — Mas está muito enganada. Depois do que houve, nunca mais eu e mamãe poderemos viver debaixo do mesmo teto.
— Então...
Malu interrompeu:
— Uma de nós duas tinha que desaparecer daqui. Ou eu ou ela. Preferi que fosse eu. No mínimo...
— O quê?
— A senhora vai querer me impedir?
Réplica imediata da outra:
— Que o quê, minha filha! Eu não tenho nada com isso! Tanto faz!
Parecia excluir-se de qualquer responsabilidade na fuga da sobrinha. No fundo, experimentava uma satisfação triste, uma satisfação dolorosa. Sofrera tanto na vida que não podia deixar de rejubilar-se com a desgraça alheia. E o que mais a excitava era que pressentia em tudo aquilo uma infelicidade de amor. Malu estendeu a mão, subitamente comovida agora que ia deixar a casa:
— Adeus...
A outra ficou meio indecisa.
Malu repetia, com mais doçura, para aquela velha que carregava na alma um grande sonho morto:
— Adeus, titia.
Tia Isabel arrepiou-se um pouco, teve uma expressão dolorosa nos pobres lábios fanados, como se a emoção da sobrinha se tivesse transmitido à sua alma. Apertou a mão da sobrinha, balbuciou:
— Adeus, Malu.
Ficou vendo a sobrinha descer. Mas houve um imprevisto: quando chegou à sala da frente, Malu ouviu vozes do lado de fora. Assustou-se, sentindo que as vozes se aproximavam. "Papai e mamãe", identificou logo. Escutou também o dr. Meira. Por um momento, concentrando a sua inteligência, procurou desesperadamente uma solução. Não havia outra alternativa: "Sairei pelos fundos". Correu, enquanto tia Isabel, percebendo a perplexidade da moça e tendo escutado também o barulho no jardim, desceu as escadas depressa. Não queria impedir nada; sua intenção, pelo contrário, era cobrir a retirada da fugitiva. Malu

abriu uma outra porta e mergulhava na noite. Tia Isabel foi abrir a porta da frente. O dr. Meira teve um susto, vendo aquela aparição branca. Só depois do primeiro momento é que reconheceu tia Isabel; e suspirou, aliviado. Aliviado e, ao mesmo tempo, contrariado, porque não gostava de tia Isabel (afinal, ninguém gostava dela) e achava até que onde ela aparecia aconteciam logo coisas.

O dr. Carlos ainda fazia acintes para a mulher; cobria-a de vergonha:

— Há tanto tempo, não é, Lígia?

O dr. Meira, perturbadíssimo, ainda quis insinuar uma espécie de censura:

— Carlos!

D. Lígia abriu a boca pela primeira vez:

— Deixe, doutor Meira. Não faz mal.

O dr. Meira abanou a cabeça. Refletiu: "Bom, lavo as minhas mãos". Enquanto venciam os poucos degraus que conduziam à varanda, o dr. Carlos prosseguia:

— Eu até — engraçado — nem me lembrava mais do gosto dos seus beijos.

Ela reagiu:

— Mesmo porque, Carlos, você nunca mais sentirá esse gosto.

— É só eu querer.

— Você verá.

— E não me provoque.

Mas ela não tinha medo nenhum. Chegara a essa situação em que a mulher não recua diante de nada e parece sentir uma fascinação gradativamente maior pelo perigo:

— Provoco, sim.

Pararam no alto da escada. O dr. Carlos sentindo, outra vez, a cólera que o levava a todos os extremos. O dr. Meira fez um apelo:

— Não briguem!

D. Lígia insistia:

— Você não manda em mim!

— Mando, sim.

Tia Isabel abriu muito os olhos, começou a admitir uma relação entre aquela discussão e a fuga de Malu; aproximou-se.

Naquele mesmo momento, Malu estava correndo. Teve que diminuir a marcha, porque havia uma subida. Não ia pela estrada, com medo de ser vista; procurava vencer um pequeno morro, atravessá-lo. Apesar de tudo, sentia-se feliz porque deixara a casa, feliz porque não veria e não brigaria mais com a mãe. Acabaria enlouquecendo se continuasse em casa, dentro daquele ambiente. Não sabia ainda, não tinha a mínima ideia para onde iria. O que a levava sempre para a frente era uma força obscura, cega, a certeza fatalista de que viria a encontrar uma solução, nem que fosse a solução da morte. Ela mesma tinha a consciência plena do absurdo da situação: "Imagine, fugir com a roupa do corpo!". Já muito distante de casa, uns três quilômetros mais ou menos, ocorreu-lhe um pensamento: "Será que eu estou louca?". Parou, no alto. Encontrava-se à beira de um abismo; embaixo, as águas de um rio. Estava indecisa, meio cansada. Perguntou para si mesma, mas em voz alta:

— Para onde é que eu vou, meu Deus, para onde?

— E eu é que sei?

Virou-se em sobressalto ao ouvir aquela voz, um pouco alegre e próxima, próxima, como se a pessoa estivesse junto. Viu, a poucos passos, em manga de camisa — os braços fortes à mostra —, um rapaz. Ele fazia outra pergunta:

— Está perdida?

Malu negou mais do que depressa, ainda com o coração batendo desordenadamente (vinha amanhecendo; sentia os sapatos encharcados, andava há uma hora e meia sobre o capim molhado):

— Não, não!

— Por que mente?

Usava um tom tão claro, franco, quase cínico, para acusá-la de mentirosa, que Malu se chocou.

— Como?

E ele aproximou-se mais:

— É mentira sua. Você não está perdida...[6] — fez uma pausa; e acrescentou, mais a sério, sem desfitá-la: — Você fugiu!

Olharam-se em silêncio. Ela perturbada, confusa, sem saber que atitude tomar; e interrogando-se a si mesma: "Será que ele sabe? Mas não é possível, não é!".

— Quem foi que disse? — perguntou.

O rapaz — era bastante moço, tinha um nariz grande, poucas sardas —, muito cheio de si, gabou-se:

— Adivinhei, hein?

— Adivinhou nada!

E, ao mesmo tempo que dizia isso, refletia: "Será que eu vou discutir com um vagabundo?". Desesperou-se consigo mesma. Virou-lhe as costas e quis se afastar. Mas ele, muito natural, mais que depressa, se colocou ao seu lado:

— Eu vou com você.

Ela parou; quis esmagar o desconhecido com o seu desprezo:

— Dispenso sua companhia!

Ele, rápido:

— Mas é que não dispenso a sua!

— Vai me deixar em paz?

— Que é que eu fiz, minha Nossa Senhora? — simulava um espanto imenso e no fundo achava a zanga da moça engraçadíssima.

Depois, mudando de atitude, afastou-se, fez um gesto exagerado, como se desse passagem:

— Vá. Pode ir.

Ela passou por ele, incerta se o rapaz estava brincando ou falando sério, desconfiada de que nas suas palavras e na sua atitude havia uma abominável ironia. No primeiro momento, julgou tê-lo deixado para trás. "Será?", suspirou. Mas de repente:

— Malu.

Era ele outra vez. A moça bateu o pé encharcado:

— Outra vez?

— Outra vez, sim, Malu.

Dizia "Malu" com ênfase.

— Como sabe o meu nome?

— Você não se lembra?

— Não o conheço.

Estava mentindo. Porque alguma coisa lhe dizia que já vira aquela fisionomia em algum lugar, aquelas sardas (mal perceptíveis na pele morena), aquela maneira insolente de falar. Forçava a memória. Não conseguia detalhar a lembrança. Confundia-se. E ele, de frente para ela, percebendo o esforço mental que a moça fazia, achava graça, tinha no riso uma certa maldade.

— Veja se se lembra — insistia ele.

— Não, não me lembro — reafirmou, embora continuasse achando que já o vira.

E mordida pela curiosidade perguntou, embora achando que isso era dar confiança:

— De onde é que você me conhece?

Ele, então, se animou, seu rosto se iluminou de alegria, enfiou as duas mãos nos bolsos da calça:

— Eu conheço você dos pés à cabeça.

— O quê? — escandalizou-se ela.

O rapaz desculpou-se, depressa:

— Dos pés à cabeça é uma maneira de dizer.

— Ah!

— Mas tenho informações completas sobre sua pessoa.

— Mentira!

— Tenho, sim. Por exemplo: sei que você tem vinte anos.

— Calculou.

— Sabia, sério. Tem vinte anos. É grã-fina. Muito sofisticada.

Assombro de Malu:

— Sofisticada?

O termo "sofisticada" a surpreendeu, ficou na sua cabeça. Um vagabundo falando assim.

— Sim. Só tem pose. É artificial de corpo e alma. Não tem a mínima sinceridade. Só há um jeito de endireitar você.

Malu balançava a cabeça, tonta. Ele falava as coisas rápido, positivo, desconcertante, com a maior calma do mundo, não deixando margem, nem tempo, para nenhum aparte. E, antes que a moça pudesse dizer qualquer coisa, protestar, o rapaz concluiu:

— O jeito era você arranjar um rapaz como eu. De classe diferente, mais baixa, que pegasse você, dominasse, desse uns berros de vez em quando e a sacudisse. Porque grã-fino, como esse que morreu...

— Não fale de meu noivo — foi a única coisa que conseguiu balbuciar.

— Falo, sim, não estou falando? Ou acha que preciso de sua autorização? Chegou? Ou quer mais?

— Chega!

Ele, então, falou com mais calma:

— Agora você vai voltar para casa comigo, direitinha. Porque andam por aí uns sujeitos que eu conheço. Se vissem você, eles que não respeitam ninguém, nem sei o que aconteceria. E das duas uma: ou você vai por bem ou à força.

Rápida, ela correu para a beira do abismo. Olhou para baixo e ficou tonta com a altura. De lá desafiou:

— Olha aqui. Se você tiver a audácia de me pôr a mão, eu me atiro daqui, está ouvindo?

Mas o outro não acreditou na ameaça. Veio andando ao seu encontro:

— Você vai comigo de qualquer maneira.

M<small>ALU ESTAVA DISPOSTA</small> a atirar-se lá de cima. Tinha a plena e desesperada convicção de que a ameaça do rapaz não era vã. Sentia, embora sem ver, o rio, embaixo, distante e temível; chegava lá o rumor pesado das águas. Experimentava uma espécie de vertigem, nascia aos poucos na sua alma o desejo de se lançar no abismo, de acabar aquilo de uma vez. A ideia da morte teve para ela, subitamente, uma grande doçura. Não viver mais, não ter que aturar a mãe, ninguém, não sofrer, descansar apenas. Talvez existisse céu, talvez não existisse. "Existe, sim", pensou, pondo aí toda sua fé. O desconhecido parara a três ou quatro passos, sem abandonar aquele meio sorriso, sem desfitá-la, como se quisesse fasciná-la com o olhar. Falou, em voz baixa e macia, como querendo sugestioná-la:

— Você não vai fazer nada, vai ficar aí onde está, vai ser boazinha, não vai?

Tratava-a como se fosse uma menina indócil, uma menina rebelde e sem juízo, que se precisa vencer com doçura. Malu estava de lábios cerrados. Disse, entre dentes, sustentando o olhar do vagabundo:

— Não venha.

— Vou, sim.

— Eu me atiro!

— Não se atira.

— Experimente.

O rapaz sentiu o desespero da moça. Por um momento, uma fração de segundo, duvidou. Malu parecia estar sendo apaixonadamente sincera, e o fogo selvagem que havia nos seus olhos era bem suspeito. Mas estava acostumado a deixar-se levar pela audácia, e era cético, incuravelmente cético, com as mulheres e a coragem que elas possam ter. Avançou. Malu empalideceu. Deixou que ele chegasse bem perto. Quando ele pensava que vencera, que a dominara psicologicamente, Malu não disse uma palavra. Ficou de frente para o abismo e se projetou. Ele correu, mas era tarde. Ainda estendeu o braço, numa tentativa de segurá-la pela saia. Mas sua mão só encontrou o ar. Do alto, acompanhou a queda. Viu Malu rodar e se projetar no rio, levantando água. Ouviu o barulho surdo. "Está morta", pensou.

F͟o͟i͟ ͟o͟ ͟d͟r͟.͟ Meira quem conseguiu, afinal, acabar com a discussão entre os dois. Tinha muita força moral naquela casa. Também não era de admirar: há mais de vinte anos que tratava da família; e já agora deixara de ser médico; podia ser e era considerado um parente, e bem próximo. Arrastou o dr. Carlos:

— Vá dormir, Carlos. Você precisa descansar. Não vai ao enterro?

O outro, excitado, ainda sacudiu os ombros:

— Sei lá.

— Tem que ir, Carlos, tem que ir.

— Tenho que ir por quê?

— Que é que diriam se a família da noiva não fosse?

O dr. Carlos subiu. O que o preocupava era o pensamento de que d. Lígia podia não ser fiel. Pelo menos, sua atitude em relação àquele rapaz era mais que suspeita. Engraçado — há anos não sabia o que era ter ciúmes, de repente... Ele mesmo achava esquisito. "É amor-próprio", foi a justificativa que deu a si mesmo.

O DR. MEIRA voltou para junto de d. Lígia. Tia Isabel estava também, nervosa, contendo mal a sua excitação, na expectativa de surpreender segredos, de ouvir revelações. O médico tinha a testa banhada em suor. Passava o lenço, enxugando; e lembrava-se do beijo que, segundo o dr. Carlos, d. Lígia recebera. Esse detalhe parecia obcecá-lo. Sem querer — e com um secreto remorso de fazer isso —, prestava atenção à boca de d. Lígia, como se pudesse descobrir nos seus lábios um sinal visível do beijo. "Não dizem que o beijo tira a pintura?" A pintura falhada era um indício. Mas não notou nada e teve uma súbita vergonha de estar assim com aquelas preocupações. "No tempo de minha falecida mulher — não pôde deixar de pensar —, não se usava pintura." Deu o braço a d. Lígia, que estava com a mão no rosto:

— Você também, Lígia.

Ela tirou a mão:

— Eu o quê?

— Precisa descansar.

Ela deixou-se levar, muito dócil, sentindo que é bom ter alguém que cuide da gente, que tenha atenções e procure confortar-nos. Tia Isabel foi atrás, disposta a não abandoná-la enquanto não apurasse alguma coisa. Antes de entrar no quarto, d. Lígia perguntou ao dr. Meira:

— Doutor Meira, o que é que o senhor acha?

— Como?

Tia Isabel apurou os ouvidos, e d. Lígia:

— O que é que o senhor acha de uma senhora casada que está, às três horas da manhã, conversando com um rapaz no meio do mato?

O dr. Meira titubeou:

— Mas como?

Tia Isabel insinuou seu comentário:

— Isso depende.

D. Lígia explicou-se:

— O senhor acha que uma mulher assim...

— O que é que tem?

— É... é séria?

O médico ficou indeciso. Tia Isabel, toda assanhada, perguntou:

— Quem é ele, hein?

D. Lígia não prestou atenção à pergunta. Insistiu com o médico:

— O senhor acha que alguém tem direito de julgar mal essa mulher?

— Bem — avançou cautelosamente o médico —, conforme. Depende de uma série de coisas, mas não deixa de ser esquisito...

D. Lígia prosseguiu, crescendo de excitação:

— E tem mais: o rapaz pediu um beijo à mulher casada; ou ela sabia que ele ia pedir. Ainda assim, não se ofendeu, não se chocou, nada. Pelo contrário. Provocou o rapaz, induzindo-o a formular claramente o pedido. Que é que o senhor acha?

Tia Isabel interrompeu:

— Ah, já sei, Lígia: essa mulher é... você.

D. Lígia baixou a cabeça:

— Essa mulher sou eu.

— Eu calculava — suspirou o dr. Meira.

— Pois bem — continuou d. Lígia, afastando uma mecha de cabelo que correra para a testa. — Eu sei o que é que o senhor está pensando.

— Mas, minha filha...

— Sei, sim, doutor Meira. Mas não faz mal. Agora uma coisa eu quero que o senhor saiba: eu fiz isso, tudo isso. Confesso, não nego. Mas não me sinto culpada de nada.

Nem o dr. Meira (espantado), nem tia Isabel (curiosíssima) disseram nada, com certeza esperando o resto. Tia Isabel pensando, com um jeito mau na boca: "Com esse ar de santa, imagine!". D. Lígia reafirmou:

— Absolutamente nada. O senhor sabe o que é uma mulher sentir-se imaculada? É como eu me sinto neste momento. Quero que o senhor acredite, doutor Meira; e que você também, Isabel...

Tia Isabel reagiu logo:

— Eu, não, minha filha. Tenha paciência. Mas para mim...

— Como?

— Você não procedeu direito.

— Ah, você acha?

— Acho. Sou franca. Quando tenho que dizer as coisas, digo.

D. Lígia deixou cair os braços ao longo do corpo e voltou-se para o dr. Meira:

— Não tem importância o que ninguém ache. Mas eu juro, doutor Meira, juro ao senhor, juro, que o meu sentimento por esse menino — foi aliás o que eu disse a Carlos — é puro. Ah, se todas as mulheres se interessassem dessa maneira pelos homens, que maravilha.

Então, muito grave, o médico perguntou:
— E ele?
— Ele?
— Sim, o rapaz. O interesse dele por você será assim, quer dizer... tão puro?
Baixou a cabeça:
— Não sei.
O médico animou-se:
— Pois é, minha filha. Aí é que está. Cuidado, Lígia. Ouça o que eu estou dizendo. Esse rapaz pode ser uma desgraça na sua vida.
— Não há perigo.
Ele disse somente:
— Deus queira.
Despediu-se, ali, das duas mulheres. D. Lígia viu-o afastar-se, descendo as escadas. Virou-se então para tia Isabel:
— Boa noite.
— Preciso falar com você.
— Amanhã.
A velha teimou:
— Agora.
D. Lígia vacilou, com um ar de inspirar piedade:
— Mas estou cansada, Isabel, tão cansada!
— É coisa rápida.

Enquanto as duas conversavam na porta, a janela era empurrada e alguém — um homem — se introduzia no quarto. Percebeu vozes junto à porta — numa das quais reconheceu d. Lígia — e refletiu, com certa angústia: "Preciso me esconder, já, já". Viera de longe, muito longe. Sentia-se cansado e só Deus sabia o quanto lhe custara chegar até ali. Estava com os músculos dos braços doídos e dizia mentalmente: "Não sei como não distorci um músculo". Correu, escondeu-se detrás das cortinas. Estava impressionado com o luxo, as cortinas, os espelhos. Descobrira que o quarto dela era ali porque subira ao acaso naquela janela e vira d. Lígia, com a porta entreaberta, conversando com o médico e presumivelmente com outra mulher. Pensava: "É hoje ou nunca". Havia um traço de determinação na sua boca. Disposto a tudo, estava já oculto detrás das cortinas quando entraram d. Lígia e tia Isabel. D. Lígia deixou a porta apenas encostada. E foi perguntando:
— O que é?

Tia Isabel chegou a abrir a boca para fazer a revelação. Mas subitamente pareceu mudar de ideia. Disse apenas:
— Nada.
D. Lígia naturalmente admirou-se:
— Você não tinha uma coisa para me dizer?
— Tinha, mas...
— Ora, Isabel.
— Mas desisti. Fica para outra vez.
— Então está bem — conteve-se d. Lígia.
Tia Isabel fez uma mesura irônica:
— Adeus... — e com um tom insultante: — Santinha de pau oco!
D. Lígia ia deixá-la partir sem fazer nada, sem revidar àquele "santinha de pau oco". Estava tão cansada para discutir, para se zangar! O melhor era deixar. Mas quando tia Isabel, pondo a mão no trinco, ia virá-lo, correu para ela:
— Isabel.
Esta voltou-se. Ficou impressionada com o ar da outra, com a expressão de desespero que marcava sua fisionomia, sobretudo a boca. Estranhou:
— O que é que há?
— É o seguinte...
D. Lígia baixou a voz e instintivamente olhou em torno, temendo uma possível testemunha perto. E mal sabia — como podia desconfiar? — que essa testemunha existia realmente, que estava detrás das cortinas, ouvindo tudo, não perdendo uma palavra. "Vale a pena dizer?", refletiu. Mas sentia-se tão solitária e com uma necessidade inesperada e tão aguda de confidência que não resistiu. Pegou tia Isabel por um braço e a trouxe para o quarto. Deu, lacônica, a notícia:
— Vou fugir.
— Também? — foi a pergunta e o assombro de tia Isabel.
D. Lígia reabriu os olhos, surpresa.
— Também como?
Sorriso enigmático da velha:
— Nada. Bobagem minha.
D. Lígia abandonou-se ao desespero. Havia na sua alma uma vontade muito grande de ter alguém, uma pessoa (não importava quem fosse) que recebesse suas confidências e a quem ela pudesse abrir de par em par as portas da alma. Andando no quarto de um lado para outro, torcendo e destorcendo as mãos, ia descrevendo o seu sofrimento:
— Não é possível, assim não é possível. Preciso ir embora, fugir, desaparecer, não sei.

Tia Isabel não dizia nada. Mas o que a impressionava era ver a semelhança de destinos entre a mãe e a filha. Parecia até coisa de romance, de filme. Ter a mesma ideia, quase ao mesmo tempo, com poucas horas de diferença, e cada qual ignorando a resolução da outra. Dir-se-ia que os destinos de mãe e filha estavam sincronizados de tal maneira que o que uma fizesse, a outra faria. Essa coincidência — porque era, sim, uma coincidência — deu à tia Isabel a certeza de que uma e outra estavam sob o signo da mesma fatalidade. D. Lígia sorriu, com tristeza, mas já um pouco aliviada com a confissão.

— Só uma coisa peço a você, Isabel. Vou-me embora, mas tome conta de minha filha. Nós brigamos, mas...

— Diga.

— Mas de qualquer forma ela é minha filha. Agora pode ir.

Quando tia Isabel deixou o quarto, d. Lígia fechou a porta à chave e veio lentamente em direção ao espelho. Olhou sua imagem refletida, interrogando-se: "Serei bonita? E o meu corpo?". Apesar de tudo, da situação, via-se a si mesma com curiosidade: "Será que de maiô?". Imaginou-se de roupa de banho. Então, teve subitamente um capricho. Foi a uma gaveta, apanhou um embrulhinho: tirou de lá uma coisa e abriu no ar. Era um maiô que comprara para tomar banho de sol (exigência do dr. Meira) dois dias antes da morte de Ricardo. "Vou vestir", pensou.

Ao atirar-se do alto do morro, Malu não pensava em fugir apenas do desconhecido. O que a arrastara ao abismo fora um impulso maior e mais trágico; porque ela queria, acima de tudo, morrer. A ideia da morte, ou o chamado da morte, tornara-se de repente de um poder que anulou a sua vontade e o seu instinto de vida. É possível que, já na queda, tivesse perdido os sentidos. Mas jogara-se com o desejo de não lutar para sobreviver. Caiu e foi logo ao fundo. O rio, naquele ponto, era de grande profundidade.

Além do desconhecido com que a moça discutira, outro homem vira a queda. Mas não fez nada, não procurou socorrê-la. Primeiro, esperou um momento, para ver se o corpo voltava à tona. E, como visse que não, saiu correndo.

11

A prisioneira do rio

D. Lígia só teve tempo de colocar o maiô — minúsculo e elástico — em cima da banqueta. Ia abrir o primeiro botão da blusa quando escutou um barulho. Teve instantaneamente a sensação de que havia alguém no quarto. Virou-se, rápida, e o viu. Abafou a exclamação e duvidou dos próprios olhos. Não era possível, não era. Ele resolvera afinal sair das cortinas, aparecer. Esperara que tia Isabel deixasse o quarto; vira quando d. Lígia apanhara o maiô e se deixara ficar, ainda oculto, esperando os seus movimentos. No momento justo em que ela depôs a roupa de banho na banqueta, ele afastou as cortinas. Foi aí que d. Lígia teve aquela sensação de presença.

— Você!
— Eu, sim.

Era realmente Cláudio. De momento, ela não pôde imaginar como o rapaz viera a ter ali. Como, meu Deus? Ignorava que Cláudio os acompanhara, a ela e ao marido, aproveitando-se da sombra da noite. Vira tudo: a discussão do marido e da mulher; e, ligeiro e ousado, tomara a traseira do automóvel quando o dr. Carlos sentou-se na direção. Durante o percurso — o carro vinha em grande velocidade — esteve dez vezes em risco de cair, de ser atirado à distância, morrer talvez. Mas graças a Deus não aconteceu nada. Quando o automóvel encostou no portão da casa, ele mais do que depressa — premeditara tudo no caminho — deitou-se, arrastando-se para debaixo do automóvel, onde ficou, com todos os nervos contraídos, quase sem respirar, à espera que todos entrassem. Depois, fizera a volta da casa, pulara o muro e escolhera a primeira janela. Lá, por acaso, era realmente o quarto de d. Lígia.

Olhavam-se agora em silêncio. D. Lígia, atônita, deixando em silêncio que ele contasse a sua aventura e espantada de sua tenacidade e audácia. Perguntou, abanando a cabeça:

— Mas por que fez isso?
— Não adivinha?

Adivinhava, sim, e com que angústia! Mais do que nunca, ele parecia-lhe uma criança, perigoso como uma criança. Tão sem juízo, meu Deus!

— Imagine...
— O quê?

— ... se meu marido o encontra aqui?

Ele sacudiu os ombros:

— Não faz mal.

Espanto de d. Lígia:

— Ah, não? Mas você não pensa? Não vê a minha situação?

— Se ele viesse, se me encontrasse aqui...

Baixou a voz. E ela:

— O que é que você fazia?

— Matava-o.

— Doido, doido!

Estava arrepiada, sobretudo diante do tom feroz com que ele dissera isso. Sentiu-o realmente capaz de um crime. Lembrou-se da advertência do dr. Meira; e teve medo do sentimento de Cláudio, sentimento profundo, exclusivo, mortal. Cláudio aproximou-se e ela recuou, sem coragem, apesar de tudo, de mandá-lo embora; e sabendo que ele não iria. Olhava-o com uma nova atenção, achando-o mais bonito do que antes. Ele a segurou por um braço, sem que ela, subitamente passiva, pensasse em desprender-se:

— Vamos!

— Para onde? — espantou-se.

— Você não disse que ia fugir?

— Você ouviu?

— Ouvi, claro. Estava ali, escutando.

— Meu Deus!

— Então?

— Não quero, não posso!

— Está com medo?

Ela se libertou, desesperada:

— Você não vê que não é possível, que não pode ser?

Falavam baixo e rápido, dominados pela mesma angústia:

— Mas você disse àquela velha que fugia!

— Disse, mas...

— O quê?

— Vou fugir sozinha.

E o rapaz, enérgico:

— Sozinha, não. Comigo!

— Com você? Não seja criança!

Era isso que mais a apavorava. Ver a simplicidade de Cláudio e do seu raciocínio. Pensar que podia fugir com uma mulher que conhecia há meia hora (ela argumentava, queria demonstrar o absurdo):

— Fugir sozinha é uma coisa, e com um homem é uma coisa completamente diferente. Raciocine.

— Então está bem. Não saio daqui.

Cruzava os braços na frente dela, numa atitude de obstinação que a deixou assombrada. D. Lígia sentiu que não conseguiria demovê-lo senão atendendo aos seus desejos. E é claro que não podia. Desesperou-se. De súbito, os dois tiveram o mesmo choque. Ouviam passos no corredor, passos que se aproximavam. Ficaram imóveis, escutando. Os passos pararam diante da porta. D. Lígia suspirou, sem uma gota de sangue no rosto:

— Meu Deus!

Alguém do lado de fora mexia no trinco. "Ah, se eu não tivesse fechado à chave!", pensou d. Lígia. Virou-se, tomada de cólera. Era Cláudio o culpado de tudo. Chegou-se para ele, quase encostou a boca na sua orelha:

— É o cúmulo!

E ele, sardônico e obstinado, também num sopro de voz:

— Que é que tem?

Procurando controlar a voz, falou com a maior naturalidade possível, perguntando alto:

— Quem é?

Seu coração batia em desespero. Ficou fria quando ouviu:

— Eu.

Olhou, desorientada, para todos os lados. Era o marido. Por que viria ele àquela hora? Ela imaginou, na sua angústia, que o dr. Carlos tivesse desconfiado de alguma coisa. Interrogou-se a si mesma: "Será que fizemos barulho?". Mas tinha certeza que não. Não haviam elevado a voz em nenhum momento. Teve ânimo, apesar de tudo, para responder, sem tremer:

— Que é que há?

E o marido, lacônico:

— Abra.

— Já vou.

Olhou para Cláudio com uma palidez de assustar. Ela não teria medo do dr. Carlos, sobretudo depois de ter sido tão atormentada e humilhada; mas agora a situação era diferente. Que força poderia ter se surpreendessem Cláudio ali? Que diria o marido? E todo o mundo? "Não fui eu que o pus aqui?" Mas ninguém acreditaria ou, pelo menos, custaria a acreditar. Tão difícil provar a inocência em casos assim! Cláudio não se mexia do lugar; seu raciocínio era este: "Agora, ela tem que se decidir!". D. Lígia sentiu-se subitamente exasperada vendo-o assim, calmo, feliz, seguro de si mesmo, enquanto ela sofria todas as angústias do mundo. Perdeu a cabeça. Aproximou-se dele e, deixando-se levar pelo desespero, esbofeteou-o violentamente. Do lado de fora, o dr. Carlos deve ter ouvido o rumor (sem poder calcular naturalmente que era bofetada). Estranhou:

— Lígia!

Cláudio segurava-a por um pulso e o torcia. No seu primeiro impulso de cólera, sentia-se até capaz de quebrar-lhe o braço. Mas a cólera fundiu-se rapidamente; caiu em si; e teve uma atitude desesperada: curvou-se e beijou o pulso machucado, com tanto amor ou, antes, com tanta adoração que d. Lígia comoveu-se. Ah, que menino! Não soube nunca o que foi que deu nela naquele momento. Sem querer — foi uma coisa instintiva —, afagou-o na cabeça, uma, duas, três vezes. Depois, percebeu o que estava fazendo; e veio-lhe uma vergonha, um arrependimento de sua fraqueza. "Esse menino me põe louca!", pensou. Compreendeu que precisava agir rapidamente, antes que fosse tarde demais. Apontou para as cortinas:

— Esconda-se ali — suplicou.

Ele obedeceu; mas ao passar pela banqueta viu o maiô e o apanhou. Não premeditara o gesto; foi coisa de momento. Se lhe perguntassem, naquele momento ou depois, por que fizera isso, não saberia responder. D. Lígia espantou-se ou revoltou-se com aquilo. Quase ia fazendo uma observação, talvez pedir a devolução do maiô, mas lembrou-se de que o marido já esperara muito (até se surpreendia com a paciência do dr. Carlos). Elevou a voz outra vez:

— Já vou, Carlos.

Procurou arranjar, isto é, se desarranjar, para dar uma ideia de que estava deitada. Despenteou um pouco o cabelo; vestiu, nervosa, um penhoar e depois de tomar respiração encaminhou-se para a porta. Abriu o trinco e o marido apareceu:

— Lígia...

Entrou no quarto.

A porta ficou aberta, e ele para a mulher:

— Feche.

Estava tão excitada que não entendeu:

— Como?

— A porta.

Obedeceu e perturbou-se mais ainda, porque o marido a olhava atentamente. "Estará desconfiado?" Ficou gelada, procurou disfarçar. Mas era evidente que ele notava o seu nervosismo. O dr. Carlos olhou em torno, como se pressentisse alguma coisa. D. Lígia, parada e muda, incapaz de um gesto e de uma palavra. "É agora", foi o seu desespero. Ele disse, olhando-a muito, com uma secreta maldade:

— Está calor.

Fez uma pausa; olhou para as cortinas e concluiu:

— Vou abrir aquela janela ali.

Vendo Malu desaparecer nas águas, o vagabundo ficou um momento olhando. Estava espantado. Não acreditara que ela cumprisse a ameaça. Comentara para si mesmo ao ouvir Malu dizer que se atiraria: "É fita". Acreditava muito pouco nas mulheres e, sobretudo, numa filha de família rica, cheia de vontade. O salto de Malu — salto para a morte — apanhara-o de surpresa. Ficou na beira do abismo esperando que ela voltasse à tona. "Ela sabe nadar." Mas passaram-se um, dois, três segundos e nada: Malu não aparecia. "Ora essa." Pela sua memória passavam o rosto de Malu, o corpo, o riso; sobretudo o riso, que, não sabia por quê, lembrava-lhe uma romã fendida. Viu quando um homem, do outro lado do rio, saía correndo. Então, não teve mais dúvidas. Jogou o paletó longe e atirou-se também. Mas não rodou no ar, não caiu de qualquer maneira; foi direto, com absoluto controle do próprio corpo e do próprio movimento, como um saltador profissional. Mergulho técnico. Foi até o fundo, viu a sombra do corpo de Malu, que era puxado pela correnteza. Ainda pôde refletir: "Se eu não salto agora!". Aproximou-se da moça, já com uma dúvida: "Será que está morta?". O ar já lhe faltava: "Daqui a pouco não aguento mais". Segurou-a por debaixo do braço; quis, então, subir à tona. Mas a tentativa fracassou. Admirou-se: "Será que...?". Não compreendeu, de momento, aquilo. Fez uma nova tentativa, que, como a anterior, deu em nada. E seu fôlego estava no fim. "Quem acaba morrendo sou eu." Desistiu, fez esforço para emergir, mas sozinho, é claro. Ficou um momento na superfície e mergulhou, de novo, ainda sem compreender por que não conseguia arrancá-la. "Se demoro muito, ela acaba morrendo, não adianta." Outra vez no fundo descobriu, afinal: Malu estava presa numa espécie de raiz ou raízes. Procurou ser rápido; afastou os ramos e, segurando a moça por um braço, conseguiu, afinal, liberá-la e trazê-la à superfície. Já estava no último limite de sua resistência. "Como ela pesa!" Penosamente sentindo que, a cada momento, o corpo da moça poderia escorrer do seu braço e desaparecer, de novo, nas águas, alcançou a margem. Arrastou Malu e deixou-se cair ao seu lado, exausto, arquejando.

Seu descanso foi rápido e tinha que ser. "Essa menina ainda não está salva. O que vale é que respira, mas deve ter engolido muita água." Levantou-se e empregou tudo o que sabia sobre a técnica usual em casos de quase afogamento. Aliás, por acaso, estava bem informado, sabia o que fazer e aplicou todos os seus conhecimentos. De vez em quando parava um pouco, passava a mão na testa e dizia, entre dentes:

— Idiota.

O que o irritava era estar tendo aquele trabalho todo. E aliviava-se um pouco dizendo desaforos à moça, desaforos que ela não podia ouvir. "Devia era ter morrido. Que falta faz 'isso' ao mundo?" Ele mesmo concluiu, em voz alta:

— Nenhuma.

Já estava outra vez exausto, e Malu nada de dar acordo de si. "Já era tempo de ter recobrado os sentidos." Não acreditava que o seu estado fosse grave. Não passara muito tempo debaixo d'água; ou, antes: passara o tempo apenas razoável, que não dava, em absoluto, para matar ninguém. Ia praguejar, de novo, quando a moça abriu os olhos. Abriu e fechou, para reabrir depois. Mas o seu olhar ainda era incerto, não fixava bem as coisas, Malu parecia antes flutuando entre o sonho e a realidade. Ele, que estava indignado com o esforço feito, dava-lhe tapas no ombro:

— Como é?

Ela tentou fixá-lo. Mas a figura parecia-lhe flutuar, distante, como uma imagem fora de foco. Balançou a cabeça, angustiada porque via tudo sem nitidez, esgarçado. O vagabundo repetia a pergunta:

— Acorda ou não acorda?

"Estou sonhando, estou sonhando", agoniava-se Malu. Procurava se lembrar, mas seu esforço de memória era vão. "O que é que eu estou fazendo aqui? Quem é esse homem?" Então, com muito esforço, respirando forte, sentou-se, sem que ele tentasse ajudá-la. Parecia, inclusive, divertir-se com a situação, achando em tudo aquilo uma graça imensa. Tirou a camisa com muita naturalidade e a estendeu debaixo do sol. Assobiava, subitamente esquecido da existência e da presença de Malu; ela não perdia nenhum dos seus movimentos, cada vez mais espantada.

O vagabundo veio então deitar-se ao lado da moça. Ele deitado e ela sentada. Apanhou um capim e começou a mordê-lo, olhando para o céu. Ela começou, agora mais lúcida:

— Você…

E ele, olhando-a:

— Eu, o que é que tem?

— … foi o culpado.

— De quê, ora essa?

— Se não fosse você, não tinha acontecido nada disso.

— Tenho culpa que você seja irresponsável!

— Você vai ver!

Ergueu-se, sem que ele acompanhasse. Continuou deitado, feliz. As árvores, os pássaros, o rumor próximo da água, a ausência de qualquer presença humana (a não ser deles dois) davam-lhe uma sensação de paraíso. Sim, aquilo parecia-lhe de fato paradisíaco. O rapaz ergueu meio corpo, apoiando os cotovelos no chão:

— Não seja assim, vem cá, vem!

Estava cinicamente suplicante.

— Vou-me embora.

Mas no fundo tinha vergonha de se encontrar com alguém assim, com a roupa colada no corpo, o cabelo escorrendo; e, além disso, sentia-se fraca, as pernas bambas. E tão fraca que resolveu sentar, embora estabelecendo uma distância razoável entre ela e o vagabundo. Ele, sempre mordendo o capim, observou:

— Interessante! Salvo você e é essa a recompensa que recebo!

— Você me salvou? — queria ser irônica.

— E não salvei?

Pouco-caso de Malu:

— Salvou coisa nenhuma!

— Você pensa que está aqui, toda lampeira, por quê? Olha: fui eu quem mergulhou, quem foi buscar você lá no fundo.

— Foi?

— Então!

E ela, por simples e pura pirraça:

— Mentira!

— Ah, é?

— É.

— Não salvei?

Cruzou os braços, olhando para outro lado:

— Não!

Ele se levantou:

— Quer saber de uma coisa?

Malu levantou-se também:

— Não interessa!

Segurou-a pelo pulso e a veio arrastando, apesar de toda a sua frenética resistência:

— Você não disse que eu não salvei você? Não disse, minha filha? Pois agora vai ver uma coisa!

— Ver o quê?

— Isso.

Trouxera a moça para o mesmo lugar em que ela se atirara. Sem uma palavra, carregou-a, embora Malu esperneasse com todas as forças. Suspendeu-a no ar, e Malu foi lançada no espaço com violência. Pedalou o ar, rodou e caiu de costas no rio. Ele, então, foi-se embora, assobiando.

DEU UM GRITO quando o vagabundo a soltou no espaço; e caiu em condições humilhantes para uma mulher: não de cabeça, com a graça elástica dos seus saltos de piscina, mas sentada. Ficou inteiramente tonta da queda; mas desta vez — graças a Deus — não perdeu os sentidos. Além de um gole d'água, que a ia sufocando, e de um certo abalo, não sofreu nada; foi ao fundo e não tardou a reaparecer. "Aquele miserável me paga!" Tinha vontade de chorar e nadou para a margem, desesperada. Estava sem sapatos, sem meias; e, em terra, experimentava arrepios incríveis, tiritava, olhava de um lado para outro, sem saber como se libertar do frio. "Devo estar doente." Pensava em pneumonia. No mínimo, uma gripe era certa. Seus olhos procuravam o desconhecido, mas ele não estava em lugar nenhum. "Preciso tirar isso, enxugar." O sossego do lugar, o seu próprio sentimento de solidão — é que lhe deu coragem. Depois de olhar ainda uma vez, de ver se não tinha mesmo ninguém, tirou o vestido debaixo de uma árvore (sempre vigilante, é claro). Pôs no sol para enxugar e ela mesma, ainda com arrepios, tremendo, escolheu um lugar e se expôs também à luz morna, que a envolvia toda e lhe deu um grande bem-estar. "Isso aqui é tão deserto", pensou, confortada. E ia se deitar quando se pôs à escuta. Seria ilusão? Parecia-lhe ter ouvido um assobio, e bem próximo. Mas não pôde duvidar mais: alguém se aproximava, realmente, do lugar em que estava. Mais do que depressa, em pânico, correu, apanhou o vestido e enfiou a cabeça, os braços, de qualquer maneira; e o pior é que o vestido estava úmido, não tivera tempo de enxugar. Não conseguiu nem se abotoar; o homem do assobio apareceu. Ah, que ódio, meu Deus do céu! Era ele, outra vez ele! Tão natural, tão irresponsável e com tanta alegria nos olhos que ela não soube o que dizer, sentiu-se desarmada, desmoralizada. O que pôde fazer foi virar-lhe as costas. Ele cumprimentava, com as duas mãos nos bolsos:

— Olá!

Não respondeu; teve vergonha dos pés nus, do vestido ao lado, de tudo. E, sobretudo, a raiva a devorava. Todos os desaforos que desejaria dizer ficaram atravessados na garganta. Cruzava os braços sobre o peito, procurando resguardar os ombros quase nus (o vestido estava rasgado em várias partes e, sobretudo, aí). E seu gesto de pudor era tão evidente, tão irreprimível, que ele se aproximou, mas já sem ironia nenhuma, com um aspecto quase feroz:

— Que é isso?

Leu no rosto do vagabundo um desprezo tão grande que se arrepiou, como se o frio tivesse aumentado e atormentasse mais sua carne. Balbuciou, sem desfitá-lo, sempre tapando os ombros:

— Isso o quê?

— Está com vergonha?

— Eu?

— Para que esse luxo?

Ela não compreendeu. Abria a boca e fechava, sem conseguir articular uma palavra. Tinha vontade nem sabia de quê.

— Que luxo? — conseguiu perguntar.

— Você está com coisa! Quantas vezes eu a vi de maiô?

— Me viu de maiô algum dia?

— Quantas vezes, mas quantas!

— Quando?

Ele contou:

— Olha: uma vez foi na praia; outra, na piscina...

— Seu mentiroso!

— Então sou, pronto, sou mentiroso!

De novo com bom humor, ele começou a descrever, minuciosamente, os dois tipos de maiô:

— Aliás, um não era maiô, era sarongue. Agora me lembro. Sarongue, sim. Da outra vez, sim, é que foi de maiô. Quer ver como ele era? Deixa eu ver...

— Não me interessa!

Quis partir, na esperança de que o vagabundo a deixasse em paz. Então, atormentou-a outra vez o problema do seu destino: para onde ir? Não sabia, não imaginava. "Graças a Deus, me livrei desse!" Não conseguiu nem completar o pensamento. O homem estava, outra vez, a seu lado. Trazia os seus sapatos:

— Não quer?

— Quero.

— Deixe que eu ponho.

— Não, não!

— Mas ele se pôs de joelhos e segurou-lhe o tornozelo.

Desesperada, Malu quis puxar a perna; mas estava solidamente presa de tal maneira que ia se desequilibrando:

— Viu? Se ficasse quieta, não acontecia isso!

— Não quero!

O vagabundo foi mais rápido: calçou o sapato, quase à força; e, depois, segurou o outro pé, comentando:

— Pele macia, tão macia!

E, por momentos, acariciou o pezinho livre e nu. Os dois sapatos custaram a entrar, porque estavam encharcados. Ela recomeçou a andar, com dificuldade, quase com sofrimento. Assim, era melhor andar descalça.

— Você agora vai voltar é para casa.

Parecia uma menina teimosa:

— Não vou coisa nenhuma! Não volto!

O DR. CARLOS encaminhou-se para as cortinas. Mas estacou, ouvindo a voz da mulher:

— Carlos!

Voltou-se, d. Lígia veio ao seu encontro — dava-lhe o braço, procurava afastá-lo de lá. Foi uma mudança de atitude tão grande, tão insólita, que ele estranhou. "Por que é que ela está assim?", perguntava a si mesmo. Deixou-se levar, com o pensamento trabalhando. Uma suspeita se insinuava no seu espírito. "Ele é capaz de desconfiar", desesperava-se d. Lígia. Procurava sorrir, esboçar um sorriso, embora tivesse a alma negra. Pararam distante da janela.

— Que é que há?

— Por quê?

— Ora essa! Você não me chamou?

Desorientou-se.

— Chamei.

— Então?

Estava cada vez mais desconfiado e não sabia de quê. "A atitude de Lígia não é normal." Ela segurou-o por um braço, com medo que o marido fosse, outra vez, à janela. De trás das cortinas, Cláudio preparava-se para tudo. Não sentia medo: e parecia-lhe humilhante continuar ali, escondido. "Não tenho medo desse camarada." D. Lígia sentiu que precisava dizer alguma coisa. Não lhe ocorreu nada, senão isso:

— Carlos, não será possível nada?

— Nada como?

— Você não acha que...

Fez uma pausa, percebendo que se afundaria cada vez mais, que o senso lhe fugia e que acabava comprometendo definitivamente a situação.

— Não seria possível a gente ficar bem de novo?

Muito admirado, julgando ter ouvido mal, ele perguntou:
— Você quer?
"E agora?", interrogava-se d. Lígia. Tinha uma tal expressão de angústia que ele notou. "Será que ela gosta de mim?" D. Lígia teve que dizer alguma coisa:
— Conforme.
— Por que conforme?
D. Lígia procurava ganhar tempo; mas a sua angústia crescia; condenava-se a si mesma. Culpava-se de ter criado sem necessidade uma situação sem saída. Começou a dizer coisas vagas, sem sentido claro:
— Quando dois querem, tudo se arranja.
— Lígia... — ele parecia atravessá-la com o seu olhar; e falava agora bem seriamente: — Você quer brincar comigo, me fazer de bobo?
— Eu?
— Você, sim. Fale claramente, deixe de reticências!
O tom do marido pareceu sacudi-la. Evadiu-se de uma resposta fazendo uma pergunta:
— E você, o que é que veio fazer aqui?
Silêncio. Quem se atrapalhava agora era o marido. O dr. Carlos começou, com certa cautela:
— Eu vim dizer uma coisa, imagine...
— Continue.
— Uma coisa muito séria. Mas não sei, Lígia, não sei se vale a pena. Nunca lhe disse, nem você sabe.
— Então diga.
— Talvez seja um golpe para você, mas...
Até o último momento, ele hesitava. Sabia que ia despedaçar-lhe o coração. E tinha medo do seu sentimento de mulher. Foi aí, justamente nesse momento (parecia até destino), que abriram a porta. No seu esconderijo, Cláudio percebeu que havia mais uma pessoa no quarto. O dr. Carlos virou-se para a porta, assustado. E viu Orlando:
— Que negócio é esse? — berrou o dr. Carlos.
D. Lígia, embora achando estranho que o garçom fosse entrando assim, sem bater, sem pedir licença, respirou aliviada. Talvez o aparecimento de Orlando resolvesse a situação.
O garçom pareceu perturbado (evidentemente não esperava encontrar o dr. Carlos ali), mas já não podia voltar atrás. Perfilou-se, tornando-se extremamente sério, quase severo, sem o traço de ironia que vincava comumente os seus lábios finos. O dr. Carlos veio ao encontro de Orlando:
— Você entra assim, sem bater?

— Desculpe, doutor.
— E se tivesse alguém mudando roupa?
Orlando ergueu a cabeça com um certo desafio:
— Trago uma notícia muito importante. Entrei por isso.
— Qual?
O garçom anunciou com uma solenidade involuntária:
— Receio — pausa — que dona Malu esteja morta... Se afogou no rio...
Disse isso assim, de maneira bem positiva, deixando de olhar o dr. Carlos para fixar d. Lígia. Não fez um gesto quando ela, abrindo a boca como se fosse gritar, rodou sobre si mesma e caiu.

G<small>LORINHA, QUANDO SAIU</small> da casa da família de Ricardo, podia ter se dirigido para a residência de Malu. Mas deu ao chofer outra direção. Fez toda a viagem muito pensativa. Via na sua frente uma série de problemas, e pensava, com uma certa amargura: "Ah, se eu não o amasse!". O grande drama de sua vida (aliás, não pensava em outra coisa) era o dr. Carlos. De vez em quando, amaldiçoava o destino que os aproximara. Antes vivia tão bem, sem ambições, satisfeita. Lembrava-se do primeiro encontro. Ela trabalhava, então, num ateliê de costura; e as preocupações eram bem outras, bem diferentes. Por exemplo: uma das coisas que gostava de fazer era pedir retratos, pelo correio, a artistas e *speakers* de rádio. Tinha em cima da cômoda, no seu quarto, o retrato de um deles, que, além de locutor, trabalhava em novelas. Foi aí que apareceu o dr. Carlos. Glorinha não gostava de homem muito moço; uma vez se desinteressara de um rapaz quando soube que ele só tinha 24 anos. Preferia os homens já feitos, no mínimo trinta. E gostou logo do dr. Carlos, apaixonou-se, pôs no seu sentimento uma violência, quase um desespero. Suas amigas comentavam: "Isso já é fanatismo!". E era. Primeiro, beijinhos, coisa sem importância. Foram a um cinema, ele achando graça nos termos de gíria de Glorinha, nos seus modos de menina despachada. No fundo, não a levava a sério, achava aquilo uma aventura passageira. Um dia, brincando, perguntara: "Vamos fugir?". E ela, mais do que depressa, num deslumbramento: "Vamos!". Ele desconversou, vendo que a moça acreditara mesmo nas suas palavras. Um dia ou uma noite, ela lhe apareceu, de mala, numa pequena casa que ele construíra num recanto adorável do campo. (Nem Malu nem d. Lígia sabiam da existência dessa casa.) Abandonara a família, tudo. O dr. Carlos botou a mão na cabeça, gritou com Glorinha, tratou-a mal. E ela, atônita, sem compreender, magoadíssima, com lágrimas aparecendo nos olhos. "Pensou mesmo que eu estivesse falando sério? Mas você não tem juízo, não raciocina!" Deixou-a lá e partiu, resolvido a não tocar num fio do seu cabelo, a não se permitir nem mesmo um beijinho, nada, absolutamente nada: "Você vai ficar aí enquanto não arranja outro lugar. Mas fora disso, não conte comigo". Foi um choque pavoroso para Glorinha, naturalmente. A princípio, não comeu, não dormiu; pensou em tudo, em se matar, chegou a imaginar formas de suicídio. Quase, quase, numa crise maior de desespero, botou fogo no próprio vestido. Mas a sua vitalidade, sua saúde física, acabou triunfando. Raciocinou: "Isso não pode ficar assim". Resolveu lutar para conquistá-lo. E reapareceu ao dr. Carlos pouco antes — momentos — do suicídio de Ricardo. Invadindo a residência dele.

O automóvel só parou quarenta minutos depois, mais ou menos. Ela saltou. Estava diante de uma pesada porta e esperou, com paciência, que ela se abrisse. Pôde, enfim, entrar. Um velho empregado, curvado, uma boca torcida e olhos mortos, acompanhou-a a uma sala imensa, mal iluminada. A luz do sol — já amanhecera — não entrava lá. Espessas cortinas impediam a penetração de qualquer claridade. Um homem parecia esperá-la: estava sentado numa poltrona; com uma mão tapava o rosto, e suas pernas, até a altura dos joelhos, estavam cobertas por um grosso cobertor. Glorinha sabia por que ele escondia o rosto; era por causa de uma cicatriz de meter medo, marcada fundamente numa de suas faces. Estremeceu ao vê-lo. Era sempre assim: o homem lhe metia medo, um medo talvez sem motivo, mas ainda assim mortal. Uma vez sonhara que o paralítico (pois era paralítico) a estrangulava, com suas mãos poderosas e implacáveis. Mas não era só medo que o homem lhe inspirava: mas fascinação também. Pressentia que ele lhe seria fatal, mas não tinha forças de se libertar. Parou a uma certa distância, com o coração batendo mais depressa.

— Venha — disse ele.

Aproximou-se, então, procurando não fazer barulho, como se algum rumor pudesse irritá-lo. Não sabia falar sem que o outro lhe dirigisse a palavra.

— Fiz o que o senhor mandou — murmurou, de cabeça baixa.

— E então?

— Deu resultado.

— Tem certeza?

— Pelo menos, parece.

Era tal seu medo daquele homem que não queria ser afirmativa demais, temerosa de que os fatos mais tarde pudessem desmenti-la.

— Olhe para mim! — ordenou o paralítico. — Assim.

Ela ergueu o rosto. Ele continuou:

— Ainda o ama?

Balbuciou:

— Sim. Sempre.

— Mesmo depois do que ele fez?
— Apesar disso.
— Está certo. Você vai voltar a fazer o que lhe disse. Sabe o que a espera, se fracassar?

Quase não se ouviu quando disse:
— Sei.
— Espere; tenho outra missão para você.

O dr. Carlos ouviu o barulho da queda. Mas nem se virou para socorrer a mulher. Naquele momento, só uma coisa o absorvia: Malu. Teve um choque tremendo, foi como se recebesse uma pancada em pleno peito. Orlando repetiu:

— No rio... Atirou-se...

Ele correu feito louco. Uma coisa estava no seu ouvido: "Malu morreu. Malu matou-se...". Orlando deixou-o passar. Quando o patrão desapareceu, o garçom foi ao corredor e espiou, apurou o ouvido; não ouviu barulho nenhum, não viu ninguém. Voltou ao quarto, fechou a poria, deu volta à chave. D. Lígia estava caída, desmaiada.

Ele, então, teve um jeito mau na boca; a sombra dos seus olhos ficou mais densa. Avançou com os olhos crescidos...

12

Assassina! Assassina!

Foi bom d. Lígia ter desmaiado naquele momento. Num instante perdeu a consciência de tudo. Não viu o dr. Carlos sair como um maluco; e também não viu a atitude mais do que suspeita de Orlando, fechando a porta à chave e se aproximando, transfigurado. Não parecia o mesmo; e quem o visse ficaria impressionado com a sua expressão, o riso parado, os olhos crescidos, as mãos abertas, como se fosse estrangular alguém. Orlando via chegar o momento de realizar os seus desígnios naquela casa. Empregara-se ali com um objetivo único e talvez monstruoso. Ninguém poderia desconfiar, porque ele se sabia dominar, tinha um autodomínio implacável. A fatalidade viera ao seu encontro: ele estava agora só com d. Lígia, absolutamente só, sem ninguém, nenhuma barreira a separá-los. Nem ela mesma, assim desmaiada, poderia se levantar contra ele, resistir ou gritar. Balbuciou, ajoelhando-se ao seu lado, passando a mão no seu rosto:

— Lígia!

E repetiu:

— Lígia!

Queria ver, talvez, se ela estava mesmo desmaiada, se não haveria risco de acordar de repente. Mas ela não respondeu, continuou como estava, os lábios entreabertos, sem cor, pálida, muito pálida, com uma porção de gotinhas na testa (era transpiração). Nunca como naquele momento ela lhe parecera mais bela, de uma beleza que não chamava atenção, que muitos não percebiam à primeira vista. As mãos do rapaz abriram-se de novo. Mas não chegou a completar o gesto. Ouviu um rumor atrás de si — e virou-se, rápido. Um homem saía das cortinas. Orlando empalideceu. "Quem será?" Desconcertou-se, mas foi só por um momento. Logo recobrou o domínio de si mesmo; tornou-se outra vez calmo, resoluto e cruel. O estranho — era Cláudio — interpelava-o, ameaçador:

— O que é que você ia fazer?

Olhavam-se como inimigos, cada qual esperando um gesto suspeito do outro para reagir violentamente. Orlando perguntava a si mesmo: "Onde é que eu já o vi?". O ódio trabalhava o espírito de Cláudio: "Bandido, bandido!". Orlando respondeu maciamente, sem tirar os olhos do rapaz:

— Eu? Não ia fazer nada.

E acrescentou, num tom diferente:

— Ia socorrer dona Lígia.

— Eu sei! — a ameaça era mais nítida na voz de Cláudio.

Orlando perguntou, por sua vez:

— E você?

— Eu o quê?

— Quem é você? E o que está fazendo aqui?

— Tenho que lhe dar satisfações?

Atitude mais positiva, mais enérgica de Orlando:

— Tem, sim. Eu sou empregado da casa e você não é nada — e repetiu, com ênfase: — Nada.

— Miserável!

O outro não deu atenção ao insulto:

— E, ainda por cima, escondido! Você é ladrão ou...

Fez uma pausa, com um vinco de maldade na boca. Cláudio espantou-se:
— O quê?
Orlando olhou para d. Lígia:
— ... ladrão ou coisa pior.
O garçom não teve tempo de nada: recebeu a pancada em plena boca. Foi um golpe só. Cláudio batera-lhe com as costas da mão. Orlando tonteou; outro menos forte teria, talvez, baqueado. Mas ele era duro, rijo, sólido... Sacudiu a cabeça, readquiriu instantaneamente o pleno domínio de si mesmo. Passou a mão nos lábios; e viu sangue. Podia ter se atracado com o inimigo, mas não; fez um supremo esforço de vontade, controlou o próprio ódio. Permaneceu imóvel, deixando que Cláudio o segurasse pela gola do paletó. Mas seus olhos cinzentos e frios não revelavam a menor covardia. Cláudio perguntou:
— Quer apanhar mais?
O outro não disse nada de momento. Mas quando falou sua voz vinha carregada de ódio:
— Eu podia matá-lo agora mesmo...
— Quero ver!
— Mas não adianta. Para quê? Haveria um escândalo, e eu não quero escândalo, não interessa. Mas vou fazer um juramento.
— Canalha!
E Orlando, sem lhe dar atenção:
— Juro que eu matarei você, logo que tiver conseguido o que me trouxe aqui, a esta casa. Você não perde por esperar!
— Sei disso! Agora saia!
Cláudio largara-o afinal. Mas Orlando resistiu, agora com uma nova disposição; fez pé firme.
— Saia ou...
— Saio coisa nenhuma.
— Ponho você daqui para fora!
— Duvido!
Os dois viraram-se ao mesmo tempo. D. Lígia gemia baixinho; ainda sem plena consciência das coisas, procurava sentar-se.
Num movimento simultâneo, os dois a ajudaram, cada um segurando por um lado. Ela pôde assim se levantar, ainda com as pernas fracas, meio tonta. De súbito, lembrou-se:
— Malu!
E a ideia de que a filha morrera deu-lhe um sofrimento como nunca experimentara em toda a sua vida, uma vontade de gritar, de esgotar a sua tensão de nervos com alguma violência, alguma loucura, qualquer coisa, enfim, desespe-

rada. Teve uma crise de nervos, e tão séria que os dois homens se entreolharam aterrados, num medo comum. Sobretudo, o que os alarmava era o barulho, a possibilidade de vir alguém e os encontrar ali. E o pior é que ela queria partir, com a obsessão de ver a filha (já imaginando como estaria). Chorava tanto, e tão alto, com exclamações, diminutivos, numa dor tão selvagem, que Cláudio teve que ser enérgico. Agarrou-a pelos braços, sacudiu-a, enquanto ela dizia, entre soluços:

— Minha filhinha! Minha filhinha!
— Mas calma, sossegue! Lígia! Lígia!
— Ela morreu, Cláudio. Minha filhinha!
— Não adianta chorar!

E d. Lígia, na sua obstinação de mãe:
— Morreu, sim. Meu coração não me engana...

Estava dominada por uma certeza fatal. E teimava! Não tinha dúvida nenhuma; parecia-lhe certo, líquido. Sua memória trabalhava: "Eu briguei com ela, coitadinha!". Os diminutivos continuavam a aflorar a seus lábios.

— Eu quero ir! Quero ir!

Orlando, de lado, impassível, não perdia uma palavra e olhava ora d. Lígia, ora Cláudio. Estava profundamente impressionado com a intimidade que parecia existir entre os dois. Quando vira Cláudio aparecer, quase que magicamente, não pensara tratar-se de um ladrão. Aliás, nem pensara nada, preocupado como estava em explicar a própria atitude fechando a porta à chave e voltando para fazer não se sabia o quê. Dando o alarme, poderia ser acusado também. Mas em nenhum momento supôs que ambos se conhecessem assim. Com profunda atenção, escutava as exclamações de d. Lígia:

— Mas... Oh! Cláudio!
— Não foi nada, nada! — implorava ele, acariciando-lhe as mãos. — Não fique assim!

Orlando interrompeu:
— Eu levo a senhora, dona Lígia!

Ela não compreendeu:
— Aonde?
— Ao rio.

Cláudio quis intervir, Orlando o afastou:
— Você não pode!

D. Lígia, que precisava de uma companhia amiga naquele momento, estranhou:
— Por que não pode?

Orlando pigarreou:

— A senhora compreende. É que...

Cláudio interrompeu:

— Não se meta!

O outro fingiu que não escutara a observação; dirigia-se somente a d. Lígia:

— Que irão dizer se esse moço — fez uma pausa — for visto saindo daqui?

Ela, então, compreendeu. Desorientou-se. Olhou Cláudio. Este, apesar da raiva que sentiu naquele momento, não encontrou uma palavra que dizer. Compreendia, tanto como d. Lígia, que o garçom estava com a razão. Que iriam pensar, que iriam dizer, se alguém o visse? Mas arranjou logo a solução desesperada:

— Eu vou pela janela e me encontro com você lá fora. Sim?

Orlando admirava-se cada vez mais: "Trata-a de você!". Cláudio não hesitou mais, correu para a janela. D. Lígia recomendou-lhe:

— Cuidado!

Ele já estava lá e olhava para fora, através dos vidros, vendo se havia alguém ali. De repente, escutou uma voz dentro do quarto:

— Quem é ele?

Ficou frio; e voltou-se: viu uma mulher de branco, à porta. D. Lígia e Orlando estavam imóveis, sem saber o que dizer. D. Lígia, lívida, a boca entreaberta, numa expressão de espanto e de medo. Tia Isabel, abrindo muito os olhos, repetiu:

— Quem é?

Entrara quando Orlando, indo à frente de d. Lígia, abrira a porta. Quase se esbarraram, ele e ela. Orlando entrou de novo, assombrado. Esperava por tudo, menos uma coisa daquelas. D. Lígia sofreu um choque tão grande que se distraiu um pouco do seu desespero. Tia Isabel, sem tirar os olhos de Cláudio, julgou compreender. E virou-se para d. Lígia, olhando-a de alto a baixo, e com um desprezo tão marcado que ela se sentou:

— Você então, hein?

Tia Isabel fez um gesto, indicando Cláudio. O rapaz perdeu a cabeça; abriu a janela, que estava apenas encostada, e saltou de qualquer maneira, em risco, aliás, de se machucar. A velha correu: foi até a janela, espiar; ainda viu Cláudio desaparecendo. Com todos os nervos trepidando, veio de novo para junto de d. Lígia. Interpelou-a:

— O que é que você tem a dizer?

— Nada.

— Ah, nada? Então, eu encontro aqui dentro um homem...

— Oh, Isabel!

Orlando pigarreou e pediu licença:

— Aquele homem...
Completou sem desfitar d. Lígia:
— ... era um ladrão.
D. Lígia suspirou profundamente. Era ela agora quem olhava Orlando. Abriu a boca para dizer qualquer coisa, mas arrependeu-se. Tia Isabel estava desorientada:
— Ladrão?
Orlando confirmou com o maior cinismo:
— Sim, ladrão.
— Era mesmo? — interrogou d. Isabel.
D. Lígia fez um esforço:
— Era.
— Mas então — tia Isabel procurava compreender — por que não foi preso?
Isso, porém, não parecia impressionar d. Lígia, que não respondeu. Agora que o mistério da presença de Cláudio fora explicado, pelo menos temporariamente, ela recaía no seu desespero; e seu pensamento voltou para a filha:
— Malu morreu! — chorou.
Tia Isabel fez com a cabeça que sabia. Aliás, tinha vindo dar a notícia ou então, se ela já soubesse, fazer-lhe companhia. O incidente a desviara. Saíram os três; Orlando ia à frente, subitamente sério. Estava certo de que Malu morrera. Vira quando a moça se atirara; esperara um pouco, para ver se reaparecia; e partira, afinal. Sentia uma alegria feroz, que, entretanto, tratava de não revelar. Antes, pelo contrário, fazia-se cada vez mais grave.

MALU E O vagabundo caminhavam. Vinham por dentro da mata, porque ela não queria ser vista assim, tão mal-arranjada, em andrajos. E conjecturava: "Iam pensar que eu estou louca". Sentia-se tão cansada, e sobretudo esgotada pelas emoções sucessivas, que já se esquecia da distância que havia entre ela e o vagabundo. "Mas onde foi que eu vi esse homem?" Não se lembrava; havia uma falha grande na sua memória. Conversavam; era como se o episódio do rio extinguisse, pelo menos de momento, as diferenças sociais. De resto, aquele desconhecido era interessante: invadia a intimidade das pessoas — era um verdadeiro assalto — e tratava todo o mundo num pé de igualdade absoluta. Ele costumava dizer: "Ninguém é melhor do que eu". Não estava longe de se julgar melhor do que os outros. Em relação a Malu, tinha um certo ar de superioridade: falava com a moça como se estivesse conversando com uma menina irresponsável:
— Quer dizer então — quis saber — que aquilo foi uma tentativa de suicídio?

— Sei lá!
— Foi, sim. Mas você fez mal.
— Isso é comigo.

Não devia nem responder, mas, a contragosto, ia falando. Era levada a pensar: "Se não fosse ele, eu estaria morta". E isso a irritava, mas, ao mesmo tempo, a deixava numa espécie de dúvida. O vagabundo prosseguiu:

— Fez mal, porque você ainda vai ser muito feliz.
— Pobre de mim!
— Sério!

Malu irritou-se:

— Feliz como? Se o meu noivo morreu?
— Não faz mal.

Ela parou, indignada:

— Você tem coragem!...

O rapaz sacudiu os ombros; e foi de uma filosofia simples e terrível:

— Noivos não faltam. Até vou lhe dizer mais. Já apareceu o seu segundo noivo.

E era tão cínico que Malu não conseguiu nem se irritar. O mais que fez foi perguntar:

— E posso saber quem é... o meu segundo noivo?
— Pois não.
— Quem é?
— Quer saber mesmo?...

D. Lígia veio descendo atrás de Orlando, amparada por tia Isabel. Sentia-se despedaçar. Não lhe saíam da cabeça as discussões que tivera com Malu. E era tomada de um remorso incrível, de uma dessas dores que marcam a criatura para sempre. Mas não conseguiu chegar nem ao hall. A porta abriu-se violentamente e uma mulher apareceu. Não disse nada, veio reta ao encontro de d. Lígia. Segurou-a pelos dois braços, sacudiu-a, sem que ninguém pensasse em intervir, tal a surpresa de todos. E berrou:

— Assassina! Assassina!

No primeiro momento, ninguém fez nada, imobilizados todos pela surpresa. A velha pôde sacudir d. Lígia, passar as unhas através do decote, deixando lanhos na sua pele alva e macia, extensos lanhos. Sobretudo o que impressionava e desorientava era a palavra "assassina" que a desconhecida lançava ali, na frente de todos. A própria d. Lígia teve um tal sentimento de espanto (aquilo parecia realmente incrível) que se abandonou passiva aos insultos e à agressão, sem ânimo de reagir, de se defender:

— Assassina! — gritou, ainda, a velha.

Foi Orlando quem primeiro se mexeu. Agarrou a intrusa pela cintura, arrastou-a, embora ela se debatesse, procurasse se libertar com todas as forças do seu desespero. Mas Orlando era bastante forte; e, além disso, mau. Usou brutalidade, pelo menos a brutalidade necessária; a mulher conseguiu desvencilhar-se uma ou duas vezes, escorregar por entre os seus braços. Os outros criados, ainda espantados, continuavam imóveis, reduzidos a uma situação de meros assistentes. Orlando, já invadido pela cólera (e ficava cego nessas ocasiões), conseguiu, por fim, fazer o que queria: torcer o braço da desconhecida. E o fez sem a mínima contemplação. D. Lígia não tirava a vista da cena, como se aquilo a deslumbrasse. Levava a mão, mecanicamente, aos lugares atingidos pelas unhas da inimiga que lhe invadira a casa, que a agredira sem nenhum motivo aparente. "Devo estar toda arranhada." E se impressionava, mau grado seu, com a violência da mulher, com a potência de seu ódio. Não se lembrava de tê-la visto antes. "Que foi que eu fiz, meu Deus? Mas que foi?" Viu Orlando gritar para a mulher:

— Quieta, já!

D. Lígia percebeu na voz do garçom, na sua atitude, na sua expressão do rosto, uma tal violência contida, uma tal ferocidade controlada, que se arrepiou, seu estômago se contraiu. Sentia-o capaz das maldades mais frias, mais deliberadas. Dominada por Orlando, a velha soluçava, vencida; mas ainda acusava, embora sem a primitiva agressividade:

— Ela matou... matou a própria filha...

— Cale a boca! — ameaçou Orlando. — Cale, senão...

D. Lígia aproximou-se, sem compreender nada; e aterrada. Embora sentindo-se inocente, sabendo que não fizera nada, sofria por inspirar um ódio assim sem limites:

— Mas eu? — perguntou. — Eu matei, eu?

E a outra, entre lágrimas:

— A senhora, sim! A senhora!

E o dizia com uma convicção tão feroz que d. Lígia sentiu a necessidade de se virar para todos e de alguma maneira se justificar:

— Ela está louca! Não matei ninguém...

Orlando dirigiu-se a um dos criados:

— Chame a polícia!

O outro ia obedecer, encaminhava-se para o telefone, quando d. Lígia o deteve:

— Não!

Indecisão do criado; Orlando, sem largar a velha, espantou-se:

— Por que não?

— Não — e acrescentou, baixando a voz, como que envergonhada de si mesma: — Não precisa chamar a polícia. Mande-a embora.

— Não vou, não quero ir! — gritou a outra.

D. Lígia estremeceu. Orlando, triunfante, observou:

— Viu, dona Lígia? Viu como ela é?

A desconhecida libertava-se do garçom num puxão violento e inesperado. Mas não se aproximou de d. Lígia: recuou para a porta, falou de longe:

— Não quero sua generosidade! Mande-me prender, mande! Está com medo? Por que não me prende?

Ninguém respondeu, porque se ouvia um barulho na porta; e logo várias pessoas entravam. D. Lígia gritou:

— Malu!

Era a filha que chegava; e, logo após, o dr. Carlos, um rapaz e Glorinha. Quando Orlando chegou com a notícia de que Malu morrera afogada, o dr. Carlos partira feito um louco. Foi naquele momento que sentiu o quanto gostava da filha. Teve que fazer uma força enorme para não chorar. Porque sua vontade foi esta: dar larga à sua dor, sem o preconceito contra a lágrima que existe em todos os homens; chorar de verdade, como uma verdadeira criança. Tomou o automóvel e arrancou. Foi a toda velocidade, disposto a tudo. E, de repente, viu aquilo: uma moça e um rapaz, ainda distantes. A moça pareceu-lhe... A emoção foi tão intensa que seus olhos se encheram de lágrimas. Usou os freios; o carro quase capotou:

— Malu! Minha filha!

O dr. Carlos apareceu justo no momento em que o vagabundo, provocado pela moça, ia dizer o nome do noivo.

Apertou a filha de encontro ao peito, em desespero, como se fosse triturá-la. E pela primeira vez — ele que pouco exteriorizava seus sentimentos e era contra certas expansões — a beijava no rosto, nas faces, nos cabelos. E precisou fazer um grande esforço sobre si mesmo para se conter, não se entregar de todo:

— Pensei que vinha encontrar você morta, minha filha!

E só então pareceu dar com o rapaz que a acompanhava. O desconhecido apresentou-se com um brilho de ironia nos olhos castanhos:

— Fui eu quem a salvou!

O dr. Carlos olhou-o meio incerto. Estaria o outro falando sério? Mas a ironia do rapaz era tão discreta que o dr. Carlos não teve nada que fazer senão apertar-lhe a mão, um pouco desconcertado. O estranho, subitamente loquaz, e sempre à vontade — parecia estar à vontade em qualquer lugar —, contou tudo e exagerou, enquanto Malu o olhava, primeiro com espanto, depois com irritação.

— Mas nós não nos conhecemos? — quis saber o dr. Carlos, achando que aquele tipo lhe era vagamente familiar.

— Já — confirmou o outro, sustentando o olhar do dr. Carlos.

Espanto de Malu:

— Já se conheciam?

O dr. Carlos puxou em vão pela memória:

— Onde?

— O senhor não se lembra? — a ironia parecia se fazer mais perceptível: — Ontem, na sua casa.

O dr. Carlos continuava em dúvida:

— Ontem?...

Malu, pouco a pouco, ia se lembrando também. O vagabundo concluiu:

— Ah, você então é... Agora me lembro, estou me lembrando.

— Pois é.

A voz do rapaz fez-se macia:

— E o lugar é meu?

Hesitação do dr. Carlos, que olhou, suspenso, para Malu. O outro tornou-se, persuasivo:

— Naturalmente que é. Não gosto de alegar nada, mas depois do que fiz... O senhor não acha?

O dr. Carlos confirmou, olhando fixamente para o rapaz, como se quisesse descobrir as suas intenções. Mas o outro ficou subitamente sério, seu rosto foi impenetrável.

— É — repetiu o dr. Carlos —, o emprego é seu.

E virando-se para Malu:

— Vamos, minha filha.

O dr. Carlos foi à frente. Malu chegou-se para o vagabundo:

— Cínico!

— Não faz mal! E não quer saber o nome do seu noivo?

Malu caminhava com o rapaz ao lado. O dr. Carlos, já na direção do carro, estranhou que o outro estivesse ali. Alguma coisa lhe dizia que não devia empregar aquele camarada. E só não voltava atrás porque, afinal de contas, o homem lhe salvara a filha. Entrou Malu no assento de trás e, logo a seguir, o rapaz. O dr. Carlos, muito espantado: "Que negócio é esse?". O vagabundo anunciou:

— Eu também vou.

Falava tanto ao novo patrão como à filha como a pessoas lhe fossem absolutamente iguais. Irritadíssimo, o dr. Carlos pôs o pé no acelerador e partiu. Chegaram quase ao mesmo tempo: o carro do dr. Carlos e o de Glorinha. Esta vinha ainda impressionada com o homem da cicatriz. "Ele me mata, ele me mata", era a sua obsessão. Mas se animou vendo o homem que amava:

— Carlos!

Veio ao seu encontro, feliz de revê-lo. Mas ele, furioso, deu-lhe as costas e afastou-se em largas passadas. Malu foi de braço com o pai. E, apesar da situação, quer dizer, da própria situação, irritou-se com a lourinha. Cada vez a suportava menos. No meio do jardim, o dr. Carlos teve uma lembrança; dirigiu-se ao vagabundo:

— Ah, uma coisa: como é seu nome?

Breve vacilação do outro (que Malu notou); e a resposta:

— Bob.

— Isso é nome?

— É assim que todos me chamam.

— Está bem.

Já da varanda, ouviam vozes dentro da casa, parecendo discussão. Uma palavra sobretudo os impressionou: "Assassina!". Entraram. Foi um espanto; de momento, fez-se um grande silêncio, até que d. Lígia gritou:

— Malu!

Veio na direção da filha, de braços abertos. Apertou-a de encontro a si, chorando. Aquilo lhe parecia um milagre, uma verdadeira ressurreição. Malu não sabia o que fazer: estava fria; e a atitude de d. Lígia, as lágrimas que caíam, a curiosidade que lia em todos os rostos, tudo isso lhe fez mal. "Olham para mim como se eu fosse um fenômeno." Observou sobretudo que Bob parecia se divertir imenso com a cena. Teve vergonha de si mesma. Como que inspirada por um demônio interior, ciciou ao ouvido de d. Lígia, mas tão baixo que ninguém ouviu:

— Hipócrita!

D. Lígia não respondeu nada, porque a sua atenção e a de todos os outros foram desviadas para uma nova cena. A velha que invadira e acusara d. Lígia mudara totalmente de atitude ao ver a entrada de Malu. Estava tão certa de que a moça morrera, de maneira que sofreu um choque com o seu aparecimento. Chegou a dobrar os joelhos, a balançar o corpo, quase, quase desmaiando. Mas acabou voltando a si. Ninguém a observava e ninguém viu, portanto, os seus reflexos fisionômicos, a alegria desesperada, a mímica de choro, as lágrimas de felicidade, tudo de uma vez só. Seu gesto apanhou todo o mundo de surpresa. Quase derrubou Malu, atirando-se sobre ela, apertando-a nos braços, molhando-a no rosto com as suas lágrimas. Houve um assombro em redor; e a própria Malu esqueceu-se de d. Lígia para fixar aquela estranha.

— Graças a Deus! — balbuciava a velha, passando as costas da mão nos olhos, querendo abafar os próprios soluços.

— Quem é a senhora? — interpelou o dr. Carlos, muito espantado.

— Eu?

Virava-se para todos, como se ela mesma duvidasse da própria personalidade ou não se lembrasse. Parecia incerta, e era como se pedisse perdão ou socorro aos presentes. Murmurava-se: "É louca!". Só agora, com efeito, é que ocorria a hipótese de que, no entanto, deveria ter sido logicamente a primeira. A velha estendeu as mãos para o dr. Carlos, que se retraiu como se o gesto pudesse implicar uma agressão:

— Desculpe, doutor! — repetiu. — Desculpe!

— Mas quem...

Ele ia perguntar outra vez: "Quem é a senhora?". Não chegou a completar a frase. Malu o interrompia:

— Não! Espere!

D. Lígia abriu a boca, ia falar, mas não proferiu uma palavra. Bob teve um choque. O dr. Carlos aproximou-se da filha. Ela, de fato, gritara um "Não!" passional. Fora um verdadeiro grito de desespero. A velha mesmo deixou de chorar. Um meio riso mau desenhou-se na boca de Orlando.

— Mas o que foi, minha filha?

Dr. Carlos estava assustado com a expressão de Malu.

Ela se retraiu, como que envergonhada da própria atitude. Procurou disfarçar, controlar-se. Baixou a cabeça:

— Nada.

Então o dr. Carlos se irritou (estava superexcitado com tantas coisas). Interpelou-a:

— Nada como?

Malu não respondeu; segurou a velha pelos dois braços; e lhe falou com uma doçura absoluta:

— Não precisa se humilhar, não responda nada!

E a outra, como se as palavras da moça a transfigurassem:

— Fiquei tão feliz. Pensei que a senhora tivesse morrido...

— Não morri, não. Mas não me trate de senhora. Senhora o quê! Pode me chamar de Malu...

Em volta, o espanto era enorme. Ninguém entendia nada; todos entreolhavam-se. O dr. Carlos não saíra ainda do seu assombro. D. Lígia experimentou um arrepio. Nada daquilo lhe parecia normal. Orlando refletia: "Estão todos malucos". Houve um silêncio; a velha fechou os olhos, murmurou docemente, enamorada desse nome:
— Malu... Malu...
E teve um novo tom para perguntar:
— E o emprego?
— Que emprego?
— Que a senhora... você prometeu?
— Ah, sim. É seu.
— Começo hoje?
Malu confirmou, doce:
— Hoje, sim.
— Então — tremia de nervoso — vou buscar as minhas coisas.
— Ah, ia me esquecendo: o seu nome? Como é?
— Laura.
Ninguém falou, ninguém se mexeu, senão depois que Laura abandonou a sala, desapareceu. E, mesmo depois, houve um instante — questão de segundos — de silêncio. O que havia em todos os espíritos era a mesma sensação de coisa inverossímil, absurda. Quem primeiro falou foi o dr. Carlos:
— Mas vem cá: você está doida?
— Por quê, ora essa?
— Empregar essa demente?
Tia Isabel fez um sinal e chamou d. Lígia. Sussurrou ao ouvido da outra:
— Sua filha não está regulando, Lígia. Você não vê?...
D. Lígia cobriu o rosto com a mão, saturada de tudo. Malu encarou o dr. Carlos:
— Papai — sua voz revelava uma vontade definitiva —, eu quero que ela venha para aqui — e sublinhou: — Quero, ouviu?
O dr. Carlos calou-se, malgrado impressionado com o tom de Malu. Foi aí que a moça tornou a reparar em Glorinha. Dirigiu-se à loura, e logo a impressão de todos foi de que ia haver qualquer coisa entre as duas. Glorinha adiantou-se:
— Sei o que você vai dizer, mas não precisa. Quer chegar aqui um instantinho?
— Vamos.
Passaram à outra sala. Malu pensando: "Ela não fica aqui nem mais um segundo". Enquanto não visse Glorinha pelas costas, não teria sossego.

Seguiu-a, deixando que ela fechasse a porta, e preparou-se para destruir todos os argumentos que a outra ia, na certa, apresentar. Percebeu que ela estava sem o menor receio, absolutamente segura de si mesma. Malu quebrou o silêncio:

— Você vai sair daqui agora, neste instante!

— Primeiro me ouça: seu noivo Ricardo — ouviu? —, seu noivo está...

13

Entrevista com o monstro

Glorinha podia ter dito logo, mas percebeu a expectativa, a angústia de Malu. Por maldade — uma maldade que não pôde reprimir — calou-se, não completou a frase, sabendo que assim torturava a moça. Quase num sopro de voz, o rosto sem cor, Malu quis saber:

— Mas meu noivo está... o quê?

Um sorriso desenhava-se na boca de Glorinha. "Essa mulher é má", pensou Malu. A loura foi até a janela sem que Malu saísse do lugar. Quando voltou, seu rosto estava muito sério, os lábios cerrados numa expressão de crueldade.

— Então? — perguntou Malu.

— Ainda quer me expulsar daqui? — Encarava-a como inimiga (pois eram realmente inimigas).

Malu quis dar uma resposta violenta. Quase respondeu que sim, por pouco não disse um desaforo; mas controlou-se com esforço; o mais que pôde dizer foi isto:

— Não sei, não sei! — Pausa, e teve um tom de apelo: — Mas diga! O que é que há com meu noivo?

— Bem... — Glorinha parecia medir as palavras: — Eu sei de uma coisa, mas de uma coisa que nem você faz ideia! Vai ser a maior surpresa de sua vida...

"Quem sabe se não é uma mistificação dessa mulher?", refletia Malu, desesperada. "Ela pode estar querendo ganhar tempo." Mas, apesar disso, sentia-se doente de curiosidade. Alguma coisa lhe dizia que a loura sabia realmente, estava na posse de um segredo, quem sabe se trágico? Quis aparentar calma, domínio de si mesma, uma certa dignidade de atitude; mas a sua voz traía bem a sua angústia:

— Diga de uma vez. Por que não diz logo?

E quis duvidar:

— No mínimo, você não sabe de nada e está aí com coisa!

— Olha aqui. O que você tem a fazer é muito simples; ir comigo a um lugar...

— Eu?

— Pois é: você.

Malu vacilou: "Aonde ela quer me levar, meu Deus?". Procurou raciocinar rapidamente, tomar uma resolução tão depressa quanto possível. Meio incerta, interrogou:

— Que lugar?

— Isso é comigo. E se não quiser ir, minha filha, melhor para mim, tanto faz. Não é obrigada.

— E o que é que eu vou ver? O que é que tem lá?

— Você vai ver.

Malu olhou a loura numa desorientação absoluta. Queria ir e ao mesmo tempo não queria. Tinha medo de uma armadilha, embora não percebesse que interesse a outra poderia ter em mentir, ludibriar.

Procurou ler na fisionomia de Glorinha as suas intenções. Mas o rosto, os olhos da outra não revelavam nada, nada. "Meu Deus do céu!" Por fim, decidiu-se:

— Está bem: vou. Onde é?

— Eu mostro o lugar.

— E quando vai ser isso?

— Agora.

Malu aterrorizou-se:

— Mas já?

— Já. Você diga que precisa deitar-se, ficar sozinha, arranje uma desculpa. E se encontra comigo lá fora! Está bem?

Malu teve um lamento:

— Tanta coisa, minha Nossa Senhora. E uma em cima da outra!...

Glorinha marcou um lugar onde Malu deveria se encontrar com ela o mais depressa possível. Ainda disse para a moça, com uma ameaça na voz:

— Veja lá, hein?

* * *

Malu, então, apareceu no hall e sentiu-se, logo, alvo da atenção geral. Falava-se quando ela apareceu, mas fez-se imediatamente — foi até curioso — um grande silêncio. A primeira pessoa que Malu procurou com os olhos: Bob. Ele estava lá, olhando para um quadro; e foi o único que parecia desinteressado de sua volta. D. Lígia olhava a filha sem contudo aproximar-se. Seus ouvidos ainda estavam ressoantes daquela palavra, "hipócrita", que lhe fora atirada ao rosto. Compreendia que entre ela e a filha alguma coisa se despedaçara. "Será que algum dia o que houve pode ser esquecido?" Pensou em Cláudio que, àquela hora, estaria à sua espera. O dr. Carlos veio ao encontro de Malu; trouxe-a para um canto. Estava muito preocupado e teve um olhar carregado de rancor quando Glorinha passou por eles em direção do jardim:

— Malu — falava baixinho e quase não movia os lábios —, o que é que ela queria?

— Aquela fulana? Nada, papai, nada.

Incredulidade do dr. Carlos:

— Ora, minha filha! Ela não ia chamar você à toa. O que foi que ela disse?

Malu estava cansada, cansada; não aguentava mais:

— Não me atormente, papai. Depois eu digo. Agora eu quero descansar!

O dr. Carlos achou que não devia insistir, que naquele momento não interessava. Malu passou, e sua fisionomia exprimia tanto sofrimento que ninguém lhe dirigiu a palavra. Todos percebiam que era inútil, que naquele estado ela não atenderia a nenhuma palavra, e que qualquer intervenção poderia até exasperá-la mais, lançá-la de vez ao desespero. Malu subia, e depressa, em risco de tropeçar num degrau e cair. O dr. Carlos chamou d. Lígia. Ela veio, extremamente pálida; e, como a filha, assustava a sua expressão de martírio. Bob não pôde deixar de pensar: "Essas duas, não sei, não!".

Dr. Carlos continuou, dirigindo-se aos empregados:

— E vocês? Que estão esperando?

Os criados então se retiraram, Orlando à frente. Este ia relutante, olhando de vez em quando para trás. Só Bob não se mexeu de onde estava. Cruzara os braços, erguia o busto: sua atitude tinha qualquer coisa de desafio. Parecia estar dizendo: "Quero ver quem me tira daqui!".

— E você? — interpelou o dr. Carlos.

— Eu o quê?

— Não vai?

D. Lígia não tomava conhecimento de nada, abismada nas suas cismas e evocações. Bob aproximou-se do patrão. O dr. Carlos irritava-se cada vez mais: "Malandro insolente!". Bob pareceu sorrir, mas logo ficou sério (tinha a faculdade de mudar de expressão instantaneamente). Passou pelo dr. Carlos:

— Eu já ia embora.
— E outra coisa. Seu lugar é lá fora, e não aqui...
— Engraçado.
— O quê?
— O senhor trata-me assim e fui eu quem salvou sua filha.

O dr. Carlos não soube o que responder, desarmado por tanto desplante. Não sabia se Bob falava sério ou não. Julgava perceber uma certa ironia por trás da seriedade de feições e de atitude (Bob apresentava a maior gravidade). O rapaz abriu a porta e saiu. O dr. Carlos pôde, enfim, encarar a mulher:

— Por que é que você está com esse ar de mártir?
— Por quê?

E como ele nada dissesse, continuou:

— Porque eu sou mesmo uma mártir. Só por isso.

Ele se exasperou, andando de um lado para outro. Procurava um pretexto para desafogar a sua cólera:

— Mártir sou eu, aturando vocês duas!

Ela teve um sorriso amargo:

— O remédio é muito simples.
— Qual? — virou-se para a mulher, agressivo.

D. Lígia disse:

— A separação.
— Separação?
— Sim — tornou-se veemente. — A separação. Por que viver juntos assim? Por quê?
— Eu sei.
— ... nem você gosta de mim.
— Também sei.

Sua irritação aumentou:

— Mas não faz mal. Seja como for, eu não quero a separação. Não quero, está acabado.

D. Lígia quis protestar:

— Você não tem direito...
— Quem falou em direito? E que me interessa ter direito ou não ter? O que importa é que eu quero assim e você não discuta, Lígia, não discuta! Não me faça perder a cabeça, estou avisando!

Ela, então, fechou os olhos, cerrou os lábios: "Eu não olho, não falo mais com esse homem!". O marido prosseguiu, com uma ameaça maior:

— Quer dizer que você está avisada! Se tentar fugir, já sabe!

D. Lígia continuou como estava, em pé, de olhos fechados, lutando consigo mesma. Percebeu que o marido se afastava, subindo as escadas. Depois, escutou a porta do seu quarto, batida com força. Abriu os olhos e teve um susto: Glorinha estava à sua frente. "Só faltava mais essa", pensou. Outra, que não a loura, teria pena do seu ar. Mas Glorinha estava muito atormentada com os próprios problemas para se preocupar com os problemas alheios.

— Eu queria falar com a senhora.

Silêncio de d. Lígia; e Glorinha, com um começo de irritação:

— Não me responde?

— Fale.

Fez uma pausa, impressionada, apesar de tudo, com a palidez de d. Lígia, que parecia uma mulher sem vida, sem alma, sem vontade.

— Continue — murmurou d. Lígia.

Glorinha, antes de falar, olhou em torno, com medo de que, por perto, andasse alguém; ou que pudesse, de repente, entrar uma pessoa. Mas havia um tal silêncio que ela se animou e, pegando d. Lígia por um braço, segredou:

— Quer vir comigo a um lugar?

Seu ar, seus modos, o tom de mistério, tudo isso pareceu despertar um pouco d. Lígia, tirando-a de sua apatia:

— Que lugar?

Glorinha viu que a interessava, achou isso muito bom e sublinhou o mistério:

— Agora eu não digo, quer dizer, não devo dizer. É uma questão de vida e de morte.

— De vida e de morte?

— Sim. A senhora vai ver uma pessoa... Nem faz ideia!

— E se eu não for? — D. Lígia parecia recair de novo no seu desinteresse.

— Se não for, a senhora vai se arrepender para toda a sua vida. Tome nota.

— Então eu... vou.

A CASA DE Ricardo enchera-se de mais gente. De instante a instante, chegava um automóvel. E, à medida que se aproximava a hora de sair o corpo, o desespero de d. Amália era maior. Pouco antes das sete horas, caiu no primeiro ataque, que deixou todo o mundo impressionado. Aquela dor que não se esgotava, parecia ir num crescendo, tinha crises mais apavorantes que a epilepsia. Era preciso segurá-la, levantá-la do chão e impedir que ela batesse com a cabeça nas paredes ou estraçalhasse o vestido. Já o marido e os filhos não tinham tempo de sofrer, preocupados com aquelas manifestações. A filha sentia-se quase humilhada de não conseguir sofrer tanto e nem de uma maneira tão passional. Foi no intervalo de uma dessas crises que Dalmo chamou a irmã. Foram para um canto, um lugar em que não havia ninguém. A moça vestia um vestido preto que servia provisoriamente de luto. Chorava e soluçava, com intermitências.

— Isabel — começou Dalmo —, você quer saber de uma coisa?

Ela teve que fazer um esforço para ouvi-lo. Ele continuou:

— Sabe em que é que eu estive pensando?

— Que foi?

Depois de uma vacilação, e com uma certa cautela, baixando ainda mais a voz, Dalmo começou:

— É o seguinte: estou achando muito estranho o suicídio de Ricardo. Não sei, mas...

— Você acha?

Isabel abria muito os olhos, como se a imaginação do irmão a fascinasse. Seu raciocínio trabalhava. Fazia a si mesma perguntas sobre perguntas: "Será? Não será?". Ouvia com avidez as palavras de Dalmo.

— Suicídio, assim, sem motivo. Você acha possível? No dia em que ia ficar noivo.

— É mesmo!

— Não é?

Estavam tão impressionados agora com essa ideia ou suspeita que ouviram gritos sucessivos de d. Amália sem se mexer de onde estavam. Ele parecia dominado por uma obsessão:

— Vou lhe dizer uma coisa, mas você não conte nada a ninguém. Nem a mamãe, nem a papai...

— Eu sei.

— Na minha opinião — estive pensando a noite toda no caso — não foi suicídio.

— Dalmo! — Isabel abria os olhos.

— Pois é. Ricardo foi assassinado. E isso não pode ficar assim. Tenho que apurar.

A moça estava ainda mais pálida:

— Você acha, então, que foi Malu...

— ... a assassina?

Silêncio.

— Não sei. Só apurando. Mas se for, eu juro, Isabel, juro que Malu...

Não completou a frase. Isabel fazia-lhe um sinal: ele se virou e viu, na sua frente, Horácio, velho criado, que servia a família há trinta anos. O ancião aproximara-se tão silenciosamente que os dois irmãos estremeceram.

— Que é, Horácio?
— Eu tenho uma coisa para dizer ao senhor.
O criado olhou, incerto, para Isabel:
— É em particular, seu Dalmo.
Isabel afastou-se, ficou de longe. Horácio falou ao ouvido de Dalmo:
— Seu Dalmo, eu vi uma coisa que quero contar ao senhor...

JUSTAMENTE NO MOMENTO em que d. Lígia concordou — "Pois então, eu... vou" —, bateram na porta. Pancadas rápidas, como se a pessoa que batia estivesse com pressa, com angústia, talvez com terror. Glorinha foi à porta e abriu:
— Ah! — exclamou, estarrecida.
D. Lígia olhou também. E sentiu que todos os seus nervos se contraíam. A primeira coisa que viu foi um corte, um talho de sangue vivo, uma imagem de pesadelo...

PORQUE A PRIMEIRA coisa que Glorinha e d. Lígia viram na pessoa que estava do lado de fora foi a cicatriz, um talho vivo, um corte na face que parecia sangrar, uma deformação inesquecível. D. Lígia quase que gritou: teve que tapar a boca com a mão (todos os seus nervos trepidavam). Glorinha empalideceu; o sangue fugia-lhe todo do rosto; respirou fundo e seus lábios se moviam, sem que, entretanto, conseguisse articular nem uma palavra. O homem, que se apoiava numa bengala, olhava-as só, um sorriso sardônico arregaçava-lhe os lábios. Glorinha pensava, com terror: "Ele vem aqui". E repetia para si mesma, com o coração batendo desordenadamente: "Veio aqui!". D. Lígia fazia ainda um esforço penoso de autocontrole para não virar o rosto, não fugir. Houve entre os três — o desconhecido, d. Lígia e Glorinha — um silêncio longo e opressivo.
O homem, então, com uma voz macia, extremamente macia, e sem trair o mínimo constrangimento:
— Eu sei — fez uma pausa —, eu sei que isso não é nada agradável...
E indicou com o dedo a própria deformidade. O ar natural com que se referia a um defeito daquela natureza era apavorante. D. Lígia queria agora desviar os olhos, mas ele parecia fasciná-la; não conseguia afastar a vista daquela coisa hedionda. O homem continuou, sem abandonar o sorriso que o talho entortava.

— ... sei que é repulsivo — e perguntou, suavemente, com um bom humor sinistro: — Não é?

Parecia dirigir-se a d. Lígia.

— Não — respondeu ao acaso d. Lígia, sem saber o que dizia, falando apenas porque não suportava mais o próprio silêncio.

— É, sim, é — reafirmou ele, com uma certa agressividade e fechando o sorriso; acrescentou, já com um outro tom, diferente, quase acariciante: — Mas eu dou um jeito. Olhem!

O "jeito", como ele dizia, era conservar a mão, o tempo todo, sobre a cicatriz. Com aquilo escondido, sua fisionomia ficava realmente outra, porque seus traços não eram feios, tinha até uma certa nobreza de feições. D. Lígia suspirou, aliviada; só Glorinha continuava pálida, os olhos trancados; e mais pálida quando, de repente, com uma hostilidade visível, o desconhecido deu bruscamente a ordem:

— Saia!

D. Lígia estremeceu; mas não disse nada. O interessante é que não estranhou o tom do homem, nem a imediata submissão de Glorinha à ordem quase insultante. A loura saiu, como se a autoridade do recém-chegado, que aparentemente ela não conhecia, fosse a coisa mais natural, mais legítima do mundo. Então, o homem sorriu da mesma maneira desagradável (bestial era o termo) e aproximou-se mais de d. Lígia. Ela podia ter recuado; mas não teve ânimo nem iniciativa para isso. Sentia-se vazia por dentro; admirava-se da própria passividade. Não tirava os olhos do estranho, não perdia nenhum dos seus movimentos. Quando estava bem perto (d. Lígia recebeu no rosto o seu hálito) ele disse, baixando a voz:

— Está me conhecendo?

D. Lígia, no mesmo tom:

— Não.

Ele pegou-lhe a mão:

— Conhece, sim — parecia querer sugestioná-la.

Lamento de d. Lígia:

— Mas não me lembro, não consigo me lembrar.

— Faça um esforço.

Por um momento, calaram-se. A angústia de d. Lígia cresceu: abriu a boca, parecia ter falta do ar. Sentia-se nula diante daquele homem, vencida de antemão. Tinha a ideia de que estava à sua mercê. Procurou reagir contra si mesma: "Não tenho nada com ele, nunca o vi". O homem insistiu, com os olhos extraordinariamente fixos e brilhantes:

— Lembre-se agora.

Uma pausa e, por fim, a resposta:

— Lembro-me.

E, realmente, as imagens iam se formando na sua memória. Lembrava-se agora de tudo. Era ele, sim. Ele: o professor Jacob. Reconhecia os seus traços e, sobretudo, os olhos, aqueles olhos que pareciam cheios de uma luz sobrenatural. E só não o identificara antes por causa da cicatriz. O talho no rosto, aquele traço sanguinolento, impressionara-a tanto que não vira o rosto, como se a fisionomia do homem fosse somente aquilo.

— Acertei? — perguntou ele, muito sério, o rosto severo. — O que eu previ aconteceu?

— Aconteceu. Infelizmente aconteceu.

— Não disse?

Sem querer, o homem traía o seu sentimento de triunfo. Era ele, de fato, o francês que, anos atrás, predissera o conflito entre ela e a filha. Uma grande amargura enchia a alma de d. Lígia. O que ela perguntava a si mesma, com profunda angústia, era isto: "Por que ele apareceu?". A presença daquele homem ali, naquele dia, podia significar uma fatalidade. Talvez ele fosse o anunciador de novas desgraças. Teve medo; experimentou uma sensação de frio. E ele, meu Deus, que não parava de olhá-la, que parecia devassar todos os seus segredos, vê-la por dentro! Então, fez a medo a pergunta:

— Por que veio?

Era isso que queria saber ou, antes, que precisava saber. Ele, sempre tapando o talho com a mão, teve um sorriso mais largo e, por isso mesmo, mais feio (ficava monstruoso quando sorria). Fingiu admiração:

— Por quê? Mas a senhora pensa que eu tive algum motivo particular?

A resposta veio, surda:

— Penso!

A afirmação foi feita com tanto desespero que parecia desafiá-lo. O homem tornou-se severo e também afirmativo:

— Pois está enganada. Eu vim aqui...

D. Lígia não pôde deixar de ironizar:

— Por que parou?

Ele continuou, de novo com aquele bom humor sinistro:

— Não parei. O que me trouxe aqui foi um acaso, um puro acaso. Meu automóvel está ali embaixo.

Indicou um ponto vago. Prosseguiu:

— Vim aqui — baixou a voz — em busca de um abrigo. Juro que fiquei surpreso vendo que a dona da casa era a senhora. Ou presumo que seja, porque a outra — hum! — não tem cara disso.

"Mente, mente", dizia a si mesma d. Lígia, sem coragem para exprimir seu pensamento em voz alta. Não acreditava no acaso. Ele viera de propósito; não fora ali em vão, trazia objetivos definidos. O coração dizia-lhe que o homem da cicatriz faria mal a ela e aos seus, um mal irreparável. Podia ter fechado a porta, podia ter dito: "Saia, não quero o senhor aqui". Mas se encolhia, tolhida por um sentimento misterioso de medo. Perguntou:

— E agora?

— Agora o que é que tem?

— O que é que vai suceder? — tentava debalde ser irônica. — O senhor adivinha o futuro, não adivinha?

— Adivinho!

— Pois, então, diga. Ou tem medo?

— Eu é que pergunto se a senhora não tem medo. Quer mesmo saber seu futuro e o futuro de sua filha?

Ela hesitou. Por um momento, pensou se não era melhor ignorar. Mas experimentou uma espécie de fascinação, maior e mais poderosa do que tudo, do que o medo, do que a angústia. Balbuciou sem desfitá-lo:

— Quero.

— Dê-me a sua mão! — ordenou.

Obedeceu. Uma coisa a preocupava: "Quando eu falei com ele a primeira vez, lembro-me perfeitamente, tinha um sotaque carregadíssimo de estrangeiro. Como é que agora fala português tão bem?". Isso era mais um mistério para atormentá-la. Estendeu a mão; e o homem da cicatriz ia apanhá-la, mas seu gesto parou no meio. Ouviram uma voz próxima:

— Esse homem fez-lhe alguma coisa, dona Lígia?

Era Bob. O francês (e quem sabe se não seria um falso francês, um indivíduo sem nacionalidade?) estremeceu. D. Lígia observou a reação dele: os olhos tornaram-se mais vivos, mais incandescentes, a boca se entortou, repuxada pela cicatriz, numa expressão de ódio, de ódio inumano. Bob aproximou-se lentamente; mas não vinha na sua atitude habitual, alegre, juvenil, petulante. Pelo contrário, estava naquele momento muito sério, um vinco de preocupação na testa, e seus olhos castanhos se faziam mais escuros, quase negros. D. Lígia respondeu então:

— Não há nada.

Mas a verdade é que a presença de Bob lhe trazia um grande, um necessário alívio. De qualquer maneira, era uma companhia, alguém que podia protegê-la de não sei que perigos, ameaças, atentados. O profeta virava-se todo para Bob; e parecia se agachar como se fosse dar um bote. E, ao mesmo tempo, sua mão se retraía num movimento mais que suspeito. "Quem será esse monstro?", perguntava a si mesmo Bob, com o coração pressago. O desconhecido dava-lhe a impressão de um réptil. Isso mesmo; de um réptil ou de qualquer coisa semelhante, vil, asquerosa, mortal. Insistiu:

— Esse homem fez-lhe alguma coisa, dona Lígia?

E, como ela emudecesse, olhando ora um, ora outro, ele foi mais claro e mais positivo:

— Se fez, diga, que eu o ponho lá fora agora mesmo!

O que nem ele nem d. Lígia podiam supor era que o professor Jacob trazia um punhal, de ponta superaguda e envenenada. Sim, um punhal que não precisava nem penetrar na carne para matar; bastava um simples arranhão, um corte superficial. O homem pensava: "Mato-o, se ele se atrever, se fizer um gesto...". E realmente mataria, porque não conhecia sentimento de espécie nenhuma senão o ódio. Bob esperava; d. Lígia compreendeu, de relance, que uma palavra que dissesse, mais imprudente, poderia ser a causa da morte de um dos dois. Se visse morrer mais alguém, depois do que acontecera a Ricardo, aí, então, enlouqueceria. Na certa. Voltou-se para Bob. Foi até grosseira:

— Retire-se!

No primeiro momento, ele se espantou:

— Mas eu estou querendo proteger a senhora!

— Não se meta!

O ar de burla voltou ao rosto de Bob. Seus olhos tornaram-se menos escuros. E abriu mais o sorriso. Cumprimentou, exageradamente, com evidente zombaria, o professor e d. Lígia:

— Queiram desculpar-me se os ofendi.

E afastou-se, com as duas mãos nos bolsos, assobiando uma canção qualquer, alegre e antiga. O adivinho encarou d. Lígia. A expressão de ódio desaparecera de sua fisionomia. Readquiria o bom humor:

— Vou adivinhar o futuro daquele homem.

— De quem? — sobressaltou-se d. Lígia.

— Aquele camarada — mostrava Bob, que descia a ladeira do jardim. — Sabe o que é que vai acontecer a ele?

Silêncio de d. Lígia. O medo voltava a apertar seu coração. O outro continuou:

— Pois bem: ele vai morrer a punhal. E digo mais: isso não vai demorar.

D. Lígia quis duvidar, achar que aquilo era uma mistificação, uma mentira. "É um charlatão esse homem", chegou a pensar. Mas nada disso adiantou. A verdade é que sabia que ele dizia a verdade, nada mais que a pura e irrevogável verdade. Bob estava condenado; mais cedo ou mais tarde, receberia uma punhalada, seu peito seria atravessado...

— E eu, que vai ser de mim? — quis saber d. Lígia. — De mim — hesitou, acrescentando: — e de minha filha?

O PRIMEIRO CUIDADO de Malu, quando subiu, foi o de mudar a roupa. Aquela que trazia no corpo estava definitivamente perdida: "Dou a Míriam", pensou. Míriam era uma mocinha. Empregada da casa. Mas não bastava mudar de roupa. Era preciso tomar banho. Pôs um roupão e passou para o banheiro. Foi uma coisa rápida: num instante estava de volta e, quase sem querer, sem notar, estava escolhendo um vestido quase alegre, sem discrição nenhuma. Mas em tempo observou isso: então, vestiu um preto, sóbrio até onde era possível. Foi maquinalmente também que apanhou um batom. Mas, antes de encostá-lo aos lábios, lembrou-se. Jogou-o fora com violência. Veio-lhe uma irritação contra si mesma e contra a sua involuntária vaidade: "Imagine como a mulher é", foi o seu pensamento. Numa ocasião daquelas, recorre instintivamente à faceirice. Uma coisa a preocupou: "Será que eu sou uma mulher sem sentimento? Será que não tenho coração?". Sentia-se culpada; apesar do que soubera, não tinha o direito de desprezar a memória do quase noivo. Não pôde, porém, prosseguir nos seus pensamentos.

Glorinha aparecia na porta com uma fisionomia esquisita:

— Vamos?

— Vamos.

No caminho, enquanto desciam as escadas, Glorinha ia dizendo:

— Tem que ser pelos fundos. Sua mãe está na frente com um senhor.

Saíram pela porta da copa. Só quando já estavam fora é que Glorinha avisou:

— Sua mãe também vai.

Malu estremeceu:

— Mamãe?

— Sim, é preciso.

— Então eu não vou.

Glorinha repetiu o que já dissera a d. Lígia:

— Ah, não faça isso! Olhe que eu lhe disse: você se arrependerá por toda a vida!

Malu ainda duvidou, mas a sua curiosidade foi mais forte: acabou cedendo, embora a companhia de d. Lígia naquela excursão fosse uma tortura. Glorinha afastou-se, depois de avisar que ia chamar d. Lígia. Já havia feito seus cálculos: "Quando o professor for embora — e isso não pode demorar muito — eu chamo". Malu ficou sozinha; sentia as mãos frias, frias como as de uma morta, e uma tensão nervosa que a fazia andar de um lado para outro, numa inquietação vizinha da loucura. Mas, de repente, seu pensamento se distraiu: acabava de ver Bob. Vinha em sua direção, e Malu pensou exasperada: "Só de ver, esse camarada me irrita". Ficou de costas, olhando não sei para onde. Ele falou quase por cima de seu ombro e tão perto que, assustada, ela puxou o corpo:

— Que é isso?

Em vez de responder, o rapaz fez outra pergunta:

— Onde é que você vai?

— Olhe aqui: de hoje em diante, está proibido de me chamar de você, ouviu?

Ele quase respondeu brincando, mas reprimiu-se em tempo. Assumiu uma falsa seriedade que não chegou a dissimular a ironia dos olhos:

— Onde é que a senhora vai?

— E está pensando que eu vou responder?

Com um vago sorriso ("Ele está se divertindo à minha custa", pensou Malu), o outro explicou-se:

— Não é nada disso. Estou perguntando muito simplesmente porque a senhora corre perigo.

Desta vez o espanto da moça foi sincero:

— Como?

— Daquele lado de lá — apontou na direção — mora um camarada misterioso. Esse camarada tem uma onça. Essa onça fugiu, pronto!

— E que é que eu tenho com isso?

— Tem, porque a onça anda solta por aí. Agora imaginou? — faça uma ideia — se ela apanha a senhora. Já imaginou?

— Não me interessa.

— Bem, então eu lavo as minhas mãos. Já lhe avisei, não foi? Até logo.

Afastou-se com o assobio que já estava mexendo com os nervos de todo o mundo na casa. Malu ficou olhando, vendo-o afastar-se, e preocupada. "Que coisa esquisita!"

D. Lígia e Glorinha apareceram. D. Lígia com um novo ar de martírio. Mas não era Ricardo, não eram os acontecimentos que se haviam seguido à morte do bem-amado que a atormentavam. O motivo agora era outro: as profecias do homem da cicatriz:. "Será possível, meu Deus?", perguntava a si mesma. O que ouvira tinha sido uma coisa tão terrível, tão trágica! Glorinha vinha na frente, excitada:

— Venham. É por aqui!

* * *

Nenhuma das três podia desconfiar que alguém as acompanhava. Era um homem, um homem determinado a segui-las de qualquer maneira, através de todos os perigos e de todas as distâncias. Andaram algum tempo, não muito; o lugar para onde Glorinha as levava não era distante. Por fim, pararam. A loura indicava uma coisa pequena:

— É ali! Cuidado!

Aproximaram-se, procurando não serem vistas. Glorinha à frente. Finalmente, chegaram lá sem que tivesse aparecido ninguém. Glorinha parou diante de uma janela baixa. Olhou pelos vidros e chamou as outras. E com uma expressão cruel na boca mostrava:

— Está vendo? Ricardo, o seu Ricardo?...

14

Com quem se parece este menino

Malu e d. Lígia espiaram por cima do ombro de Glorinha. Houve um momento de silêncio; as três mulheres prestavam uma apaixonada atenção ao que viam no interior do quarto (era realmente um quarto). E ficaram muito tempo assim sem dizer nada. Malu e d. Lígia estavam fazendo um penoso esforço de compreensão. Glorinha dissera, triunfante: "... Ricardo, o seu Ricardo!...". E mãe e filha, depois do primeiro choque, se entreolharam, lívidas. Viam um pequeno berço, com uma criança de seis meses, se tanto. A criança agitava as perninhas, pedalava o ar, numa alegre e desesperada ginástica. Ao lado, sentada, cosendo não se percebeu o quê, estava uma preta, nem muito velha, nem muito moça. Devia ser a ama-seca e, de vez em quando, tirava a vista do trabalho, lançava um olhar para o berço e continuava a sua tarefa. O mais interessante, o mais estranho, é que a preta notou aqueles três rostos de mulher encostados à vidraça, espiando. Podia ter se assustado, podia ter achado aquilo esquisito. Mas não. Olhou só e prosseguiu no seu trabalho. Malu bateu no ombro de Glorinha:

— Onde está?

— Hein?

— Ricardo?

Era essa a desilusão de Malu e de d. Lígia. Quando Glorinha anunciara, com certa solenidade, indicando o berço, "… Ricardo, o seu Ricardo", ambas experimentaram o mesmo abalo. A ideia que tiveram, naquele momento, foi a de que iam ver realmente Ricardo, um Ricardo vivo, magicamente vivo. Podia ser absurda essa expectativa, mas o fato é que uma e outra tiveram o mesmo pensamento, o mesmo desejo, o mesmo sonho. E, no entanto, encontravam aquele berço, com uma criancinha dentro, viva e irresponsável. Malu e d. Lígia sentiram como se Ricardo tivesse morrido outra vez. Como a loura não dissesse nada, absorvida na contemplação da criança (sempre fora louca por crianças), d. Lígia ainda perguntou:

— Você não disse?

Nenhuma resposta da loura. Irritação de Malu:

— Mentirosa!

— Espere, minha filha — a loura olhava com um profundo desprezo. — Você ainda não viu nada. Vamos entrar.

Em silêncio, as três fizeram a volta da casa e entraram pelos fundos. Mal haviam desaparecido quando saiu de trás de uma árvore o homem que as vinha acompanhando à distância. Veio espiar também, pelos vidros, curiosíssimo. "Que negócio é esse?", perguntava a si mesmo, intrigado. Achava tudo aquilo muito suspeito. Viu a mesma coisa que as três mulheres, isto é, o berço, a criança e a preta. Mas teve que se afastar da janela, encostar-se à parede, porque Glorinha, Malu e d. Lígia acabavam de entrar no quarto.

Estavam os dois frente a frente. Dalmo percebeu, pelo ar de Horácio, que este ia lhe dizer uma revelação séria. Até o último momento, Horácio hesitou. "Vale a pena ou não vale?", interrogou-se. Se não fosse a muita amizade que dedicava à família, teria silenciado. Não gostava de "arranjar sarna para se coçar", como costumava dizer. Mas sentira, até onde se pode sentir, a morte de Ricardo. E o que vira fora uma dessas coisas que a gente não esquece.

— O que é que você viu? — perguntou Dalmo.

— O que eu vi foi o seguinte: depois que dona Amália subiu, eu fui descansar um pouco no caramanchão. Cheguei mesmo a cochilar um pouco. De repente, acordei ouvindo vozes. Voz de homem e de mulher.

— De homem e de mulher? — O interesse de Dalmo tornou-se mais agudo.

— De homem e de mulher. Fiquei assim, sem saber se ia embora ou não. Eles falavam em voz baixa; com certeza era algum segredo, não ficava bem que eu estivesse ali, escutando. Mas aí eu reconheci a voz da mulher…

Pausa de Horácio. Dalmo estremeceu. Sem querer, olhou em torno, abaixando a voz:

— E a mulher? Quem era?

— Dona Malu.

— Malu?

— Sim, dona Malu.

Calaram-se. Dalmo ia fazendo uma pergunta, mas se controlou. Seu pensamento trabalhava: Malu, Malu... Tinha uma porção de suspeitas que procurava repelir. E repetia para si mesmo aquele nome como se ele, por si só, exprimisse tudo: "Malu, Malu...". Cerrou os lábios, disse entre dentes:

— Continue.

— Pode ser que eu tivesse feito mal, mas resolvi ficar.

— Fez bem.

— Não ouvi o que eles disseram; falavam baixo demais. Só sei que, daí a pouco, o homem abraçou dona Malu e...

— Diga. Pode dizer.

— Os dois beijaram-se.

— Beijaram-se?!... Mas, Horácio, você viu mesmo? Tem certeza?

— Absoluta, seu Dalmo. Então não vi?

— E onde foi?

— Quê?

— Que eles se beijaram? Em que lugar?

Horácio vacilou, sem saber se dizia ou não. Parecia sofrer. Mas o outro apertava-lhe o braço, querendo saber de qualquer maneira.

O ancião, com lágrimas nos olhos, completou:

— Na boca, seu Dalmo!

O moço não sabia por que perguntara isso, por que fizera questão do detalhe. Talvez para caracterizar de vez a natureza dos laços que ligavam Malu ao desconhecido. Se este fosse um velho e apenas movido por simples e desinteressada amizade, o beijo seria na face, na testa, nos cabelos. Só mesmo um namorado, um noivo ou outra coisa pior é que perseguiria a boca. Sobretudo num momento daqueles. Uma dor, como jamais havia experimentado antes, cegou Dalmo. Sem uma palavra, a cabeça em tumulto, parecia nem ouvir o comentário amargo do velho:

— Imagine, seu Dalmo: o noivo morto, perto, e ela com outro, a vinte passos. Não esperou nem o enterro!...

Era este, com efeito, o detalhe que se gravava no espírito de Dalmo e de Horácio: aquele acinte, aquela espécie de desafio lançado ao cadáver. Dalmo pensava, apertando a cabeça entre as mãos, os cabelos caindo para a testa: "Podia ter, ao menos, esperado o dia seguinte, que Ricardo fosse enterrado. Mas nem isso". Teve subitamente uma raiva contra todas as mulheres. Se o caso fosse com ele, talvez não sentisse tanto, não mergulhasse naquela sombria exasperação. Mas gostava muito do irmão; havia entre eles apenas dois anos de diferença. Era como se fossem gêmeos. "Como as mulheres são!" No seu ódio, não via que Malu era um caso individual e isolado; parecia-lhe que todas as outras mulheres incorriam na mesma responsabilidade. "Na boca, na boca!", era a obsessão que o exasperava, que o punha fora de si. Olhou a própria irmã com outro espírito; e não pôde deixar de refletir: "Será ela como as outras?". Isabel aproximava-se, cansada de esperar; vinha atormentada pela curiosidade:

— Que foi?

Dalmo e Horácio se olharam. Dalmo resolveu-se a contar:

— Quer saber da melhor? O que Horácio me contou?

O criado disse outra vez tudo. Isabel ouviu, atônita, e sentindo o mesmo horror que o seu irmão. À medida que Horácio ia contando, ela se crispava toda, seu estômago se contraía. Olhava ora Horácio, ora o irmão; parecia não compreender ou não aceitar o fato. Ela acreditava, com todo o desespero de sua alma, no amor eterno, no amor que não esgota, não exaure, que possivelmente continuará para além da vida, para além da morte. Segundo seus sentimentos, num caso como o de Malu, a noiva não deve se casar nunca: deve simplesmente viver para a saudade e jamais levantar a vista para outro homem. Dalmo perguntava:

— Viu, Isabel, viu?

Ela fechava os olhos, arrepiada:

— Que coisa, meu Deus!

Horácio reafirmava:

— Se fosse outro, e não eu, juro que não acreditaria. Mas eu vi, com esses olhos...

— Está bem, Horácio, pode ir. Vamos tomar providências.

Mas quando o velho se afastou, irmão e irmã olharam-se, suspensos. Nem ele nem ela sabiam que espécie de providências poderiam tomar. Experimentaram, simultaneamente, um sentimento de desespero como não conheciam. O que lhes doía era a possibilidade de que aquilo ficasse impune. Isabel chorava, resolvendo de certo modo, em lágrimas, a sua raiva impotente. Sentou-se, como se a vencesse o absoluto cansaço do corpo. Dalmo, andando de um lado para outro. Mas seu ódio, à medida que os minutos se passavam, se tornava mais frio, mais lúcido e, por isso mesmo, mais perigoso. Parou diante da irmã:

— Isso não pode ficar assim.

Entre lágrimas, a outra quis saber:

— Mas que é que a gente pode fazer? Me diga.
— Muito simples.
Não havia ninguém por perto. Isabel estremeceu, porque não vira nunca o irmão com uma expressão tão selvagem:
— Matá-la.

QUANDO AS TRÊS entraram, a preta nem se mexeu; continuou como estava, na mesma posição. Levantou a vista quando abriram a porta e baixou outra vez. Essa impassibilidade impressionou Malu e d. Lígia, mas a Glorinha, não. A loura parecia estar à vontade. Tanto d. Lígia como Malu desconfiaram de que ela já estivera ali outras vezes. E a suspeita foi confirmada quando Glorinha perguntou à preta:
— Alguma novidade, Joana?
A outra respondeu, sem erguer os olhos, com uma voz estranhamente doce:
— Não. Nenhuma.
Glorinha virou-se para as outras:
— Então?
— Então o quê?
Só d. Lígia continuava calada. Olhava para a criança; teve uma curiosidade involuntária:
— Menino ou menina?
— Menino — disse a preta.
O estranho é que Malu e d. Lígia se impressionavam como se aquele menino tivesse alguma relação com as suas vidas. Era um instinto que as avisava, uma espécie de pressentimento. Malu, dominada por uma irritação que crescia sem cessar, interpelou a loura:
— Foi para isso que você nos trouxe aqui?
Glorinha não se perturbou. Confirmou, petulante:
— Foi, sim. Por quê?
— Mas só para isso? — Malu estava desesperada.
— Acha pouco? Você não sabe de nada, minha filha.
E sem tirar os olhos de Malu:
— Sabe de quem é essa criança?
— Não interessa.
— Isso você diz agora. Depois é que eu quero ver! Faça uma ideia...
— Não faço ideia nenhuma...
Glorinha, então, sem que a abandonasse um sorriso enigmático, recorreu a d. Lígia:

— E a senhora?

Tratava-a de senhora sem querer. E quando notou isso, isto é, que não usara o tratamento de você, irritou-se consigo mesma. Do lado de fora, o homem se concentrava todo para não perder uma palavra. Mas ouvia mal; era preciso prestar uma atenção absoluta. Parecia-lhe que não seria vã a sua espionagem. Pelo rumo que as coisas iam tomando, previa uma grande revelação que, é claro, não queria perder em hipótese alguma. Só a preta é que não dava acordo de nada. Essa passividade começava a exasperar Malu. D. Lígia respondeu a Glorinha, não sem uma certa e involuntária doçura:

— Eu, o que é que tem?

— Você não imagina por que é que as trouxe aqui?

— Não, não imagino.

Glorinha não tinha pressa, era evidente. Pelo contrário. Dava-lhe um secreto prazer usar e abusar das duas mulheres. Não podia gostar nem de uma nem de outra. Por outro lado, sabia que as irritava não indo diretamente ao assunto. Preferiu atormentá-las, retardando a explicação verdadeira de seu convite para que fossem ali. Ficou no meio do quarto; e, ao falar, olhava de vez em quando para o alto:

— O caso é o seguinte — fez uma pausa e continuou: — Estamos nós três aqui; e aquela criança ali.

— Eu sei, eu sei — disse, surdamente, Malu.

— Quer dizer — prosseguiu Glorinha —, três mulheres; não contando Joana, que não entra. Ora, de nós três nenhuma é muito velha. Há diferenças de idade, mas creio que há de existir quem goste de qualquer uma de nós.

Malu interrompeu:

— Você diz logo de uma vez ou não diz?

— Vou dizer já, não se incomode.

— Então diga. Estou arrependida de ter vindo.

— Mas quando você souber, não se arrependerá... Aposto. Como eu ia dizendo: somos três mulheres, e qualquer uma de nós...

Fez nova pausa. Pela primeira vez, a costura parou na mão de Joana. Parecia agora impressionada pela primeira vez com a conversa. O homem que as escutava prestou, se possível, mais atenção. E Glorinha...

— ... qualquer uma de nós podia ser a mãe, não podia?

Como as outras, de olhos muito abertos, não acertassem dar, de momento, qualquer resposta, a loura insistiu:

— Podia ou não podia? — havia certa agressividade no seu tom.

— Ora, não seja boba! — foi a reação de Malu.

Mas, apesar de tudo, ela estava tensa. Seus nervos trepidavam. D. Lígia não sabia o que dizer, o que pensar. Joana levantava os olhos da costura. E parecia se contagiar da angústia. Não havia uma gota de sangue no rosto de Malu. Glorinha sentia-se feliz vendo que as havia perturbado, que as estava atormentando até o martírio.

— Boba, eu sei! — replicou Glorinha; e num novo tom: — Você, por exemplo!

Aproximou-se de Malu, que, insensivelmente, recuou, como se Glorinha pudesse representar um perigo. Glorinha teve um sorriso sardônico:

— Não precisa ter medo.

— Eu não tenho medo — reagiu Malu, embora o coração lhe batesse num ritmo desesperado.

— Pois bem — era Glorinha quem falava. — Você, por exemplo.

— Eu o quê?

— Você podia ou não podia?

— Está louca!

Mas Glorinha virava-se para d. Lígia:

— E você também!

D. Lígia balbuciou:

— Eu, não!

— Você, sim. Você ou... ela. Qualquer uma das duas.

Réplica desesperada de Malu:

— Nesse caso, você também.

Mas a loura não se perturbou:

— Você sabe que não, minha filha. Mas não se incomode. Eu digo, vou dizer. Mas primeiro quero que vocês vejam uma coisa.

Veio na direção do berço. As outras aproximaram-se também. Glorinha teve um gesto, retirou o véu que defendia o menino das moscas. A criança pedalava o ar; pareceu excitar-se com a presença das três mulheres, os olhos vivos, mostrando as gengivas vazias; cabelos ainda escassos. Comentário doce de d. Lígia:

— Carequinha!

E se envergonhou de si mesma. Glorinha, excitada, aproximou o rosto do bebê:

— Agora me digam: com qual de nós três se parece ele, hein? Comigo, não é, tenho certeza.

Ninguém respondeu. Glorinha, então, perdeu a cabeça:

— Então, eu vou dizer quem é...

* * *

Glorinha continuou:
— Vou dizer, para facilitar — ainda fazia ironia —, o nome do pai.
Nova e exasperante pausa.
— Diga. — Malu cerrava os lábios.
E a loura, sem tirar os olhos de Malu:
— Ricardo.
Não elevou a voz ao dizer isso; e continuou olhando para Malu; espiando, interessadíssima, as reações que lia no seu rosto. A moça fez um ar de espanto: balanceou a cabeça, com os lábios entreabertos, um certo ar de riso, como se achasse aquilo absurdo, impossível, quase ridículo; depois, quando compreendeu bem, virou, rápida, a cabeça na direção do garoto. D. Lígia já se aproximara, como uma sonâmbula, do berço; não fazia nada, toda a sua vida se concentrava nos olhos, brilhantes e fixos. Parecia namorar a criança: esquecia-se de tudo, de si mesma e da vida, para contemplar o guri, os anéis de carne de suas pernas, o dinamismo de sua ginástica. Malu chegava-se também para o berço e, de novo, parecia não compreender, não aceitar o fato:
— Mas é filho de Ricardo?
Glorinha confirmou:
— Sim, é filho de Ricardo.
— Não é possível — balbuciou Malu. — Não pode ser, não acredito!
Glorinha insistiu, subitamente interessada em convencê-la, demonstrando, argumentando. E recorreu a um argumento a que as mulheres e, de uma maneira geral, todo o mundo são mais sensíveis:
— Veja como se parece! O queixo, essa covinha...
A preta abandonou a sua passividade. Abria muito os olhos, deixou esquecida a costura no colo e parecia não querer perder nada, nem um detalhe, nem uma palavra. Inclusive dava a ideia de que tinha medo, como se aquela conversa, à beira de um berço, pudesse conduzir a uma tragédia. Malu debruçou-se sobre a criança: olhou-a com uma atenção dolorosa: investigava nos seus traços, na cor dos seus olhos, na forma da cabeça, na boca, no nariz, uma possível semelhança com o noivo morto. Seu coração começou a bater mais depressa; abriu a boca como se lhe faltasse ar. Virou-se para Glorinha, incerta do que fazer ou dizer. Glorinha animou-a, sem poder dissimular a sua crueldade de mulher:
— Viu? É a cara de Ricardo!
Novamente, Malu debruçou-se sobre a criança; e, num gesto que ninguém pôde prever, que assustou d. Lígia, a própria Glorinha e a preta, carregou o menino, suspendeu-o no ar, segurando-o por debaixo dos braços. D. Lígia, mais que depressa, interpelou-a:

— Que é que você vai fazer?

Malu não escutou. "Os olhos dele!" — admirava-se — "Direitinho os de Ricardo." E à medida que olhava, que pesquisava, mais se convencia: a semelhança ressaltava a cada momento, não podia ter mais dúvidas. Só aí é que notou a atitude de d. Lígia, vigilante, ameaçadora. Compreendeu que a mãe tinha medo de que ela fizesse mal ao garoto. Depôs a criança no berço. E a reação veio. Uma cólera súbita que a desfigurou. Ah, meu Deus! Encarou a mãe e Glorinha. Precisava de alguém para descarregar a sua cólera. Glorinha insinuou, cruel:

— Por que não cria o garoto?

Sugeria isso com o ar mais inocente do mundo. D. Lígia olhou a filha. Malu sentiu que não podia lutar com as duas. Sua raiva voltou-se contra Ricardo, contra a memória de Ricardo. Deixou-se levar pela cólera:

— Imaginem — dirigia-se às duas —, sou tão infeliz que não tenho nem direito de chorar meu noivo!

— Como não? — admirou-se d. Lígia.

— Então a senhora acha que eu vou chorar um homem que fez o que fez com a senhora; e que — apontou para a criança — deixa *isso*!

O que a desesperava, o que a punha fora de si, era aquela prova viva, material, palpável, de traição. Enquanto ele vivesse, o menino, ela se lembraria sempre, sempre. Perguntou, levando mais longe a sua raiva contra os homens:

— Por que é que essa criança não morre de uma vez?

D. Lígia estremecia a cada palavra da filha. Não se pôde conter mais:

— Você devia ter mais consciência!

— Ah, a senhora está contra mim?

D. Lígia correu ao berço, carregou a criança. Parecia defendê-la de um perigo. E, com o filho de Ricardo nos braços, protegendo-o, mudou o tom, tornou-se quase doce, persuasiva, súplice:

— Que é que ele fez? Não tem culpa.

Era este o seu espanto: que alguém ameaçasse ou desejasse mal àquele inocente. E o que a tocava mais era a alegria da criança, o seu dinamismo de pernas, o riso sem dentes. Deu-lhe beijos rápidos e curtos: apertou-o mais contra o seio: e sentia em si, em todo o seu ser, uma felicidade quase dolorosa. Malu respondia:

— Não sei se tem ou não tem! O que eu sei, só, é que não gosto dele! — fez uma pausa. — A senhora não compreende que eu não posso gostar? Não compreende?

— Já sei — interrompeu Glorinha; tinha um riso maldoso nos lábios. — Já sei por que você está assim.

A ama-seca não perdia uma palavra. D. Lígia dizia palavras doces, encostava os lábios na pele macia da criança. Glorinha então concluiu:

— Porque a mãe é outra e não você. É por isso!

— A mãe é o quê? — Malu parecia não ter entendido.

— A mãe não é você. Mas o menino não tem culpa.

Como um eco, Malu repetiu:

— O menino não tem culpa — e tornou-se subitamente agressiva. — Eu sei que não. Quem tem culpa é Ricardo... Ele!

Voltava-se novamente contra o morto. E experimentou uma espécie de felicidade, de desesperada felicidade, em dizer palavras amargas contra o homem que fora o maior e mais doce bem de sua vida. Exasperava-a, enfurecia-a, lembrar-se da ilusão em que se mantivera tanto tempo.

— Até o último momento, não desconfiei de nada, imagine! Como as mulheres são bobas, como são cegas!

Parecia-lhe uma virtude ou um defeito próprio do sexo, um defeito tipicamente feminino, o de ignorar, mas o de ignorar sempre, mesmo diante dos indícios mais claros, das coisas mais evidentes. Gritou com d. Lígia:

— E a senhora aí? Não disse que gostava de Ricardo? Então, como é que se agarra com esse menino que não é seu, é de outra? Porque, se ele foi infiel a mim, foi também à senhora!

— Não faz mal — defendeu-se d. Lígia. — Você não tem nada com isso!

E acrescentou, apertando mais um pouco a criança, não tanto que a magoasse:

— Além disso — fez uma pausa —, é filho dele!

Malu estranhou. Não compreendia aquele desprendimento. Como era possível, meu Deus! Não podia saber que d. Lígia amava o guri como se fosse o próprio Ricardo ou um desdobramento, uma projeção de Ricardo. Embalava: ria, entre lágrimas, de vez em quando passando as costas da mão nos olhos. Malu tinha inveja daquelas lágrimas que corriam sem cessar. Ah, se pudesse chorar! Mas não podia, não conseguia. Glorinha puxou-a pelo braço:

— Mas ainda tem mais.

— Não quero saber de nada!

— Você já conhece o filho. Agora venha ver a mãe. Conhecer. Não quer?

Malu voltou-se, espantada. (Malu e d. Lígia: esta, maquinalmente, depôs a criança no berço.)

— Quem é?

Glorinha não queria dizer assim, logo. Gostava de fazer mistério, de prolongar aquelas situações. Tinha um certo espírito de comediante. Foi à frente, e as outras a acompanharam. Na porta, antes de sair, as duas olharam para trás, procurando o menino: Malu, com vergonha, com humilhação; e d. Lígia, com amor. Glorinha as guiava.

O homem que as espionara da janela ocultou-se outra vez, preocupado. Perguntou para si mesmo, à meia-voz:

— Onde é que vão essas loucas?

Cada vez se convencia mais de que as três (e não excetuava nenhuma delas) eram desequilibradas. Acompanhou-as de longe, muito interessado: interessado e divertido.

Não era longe o lugar para onde Glorinha conduzia Malu e d. Lígia. Ficava, mais ou menos, a uns quinhentos metros da casa. Finalmente, Glorinha parou. Pôs as duas mãos na cintura.

— Onde está? — perguntou Malu.

— Não sabe, não adivinha?

Malu e d. Lígia olharam em torno, espantadas. Não viam nenhuma casa perto. Transpiravam daquela caminhada debaixo do sol. Mas estavam cansadas, menos do esforço físico do que de tantas emoções sucessivas. Com as mãos na cintura, um traço sardónico nos lábios, Glorinha deixava que as duas sofressem. E então, com um gesto brusco, apontou:

— Ali!

E ficou com o braço estendido. Malu e d. Lígia olharam. Continuavam não vendo nada, a não ser o mato, alguns arbustos crescendo à beira da estrada, a própria estrada, o horizonte.

— Como? — era d. Lígia quem perguntava. — Ali onde?

— Ali! A mãe do menino.

"Essa mulher está louca", pensou Malu, "completamente louca." Glorinha explicou:

— Ali, suas bobas, naquela cruz, estão vendo?

E realmente, numa das margens da estrada, avistaram a pequena cruz solitária, perdida, esquecida. Vieram andando então. Glorinha, excitada, gesticulando:

— Ela está ali, debaixo da terra!

D. Lígia repetiu, com uma espécie de terror:

— Debaixo da terra?...

E Glorinha, com uma alegria feliz e ilógica, que nada justificava, nada:

— Sim, debaixo da terra!

Desta vez foi ela quem se exaltou, como se participasse também da tragédia, como se o sofrimento daquelas duas mulheres e da outra, da que repousava no túmulo, lhe dissesse respeito:

— Está vendo o que ele é, o seu Ricardo!

Dirigia-se somente a Malu, embora sabendo que d. Lígia também amara Ricardo. Aproximava-se da moça, era como se a insultasse:

— Todos os homens são a mesma coisa! Vocês podem deixar de chorar, ele não merece. Foi ele o assassino daquela que está ali. Ele, sim, ele... matou!

E teria continuado naquele tom, feliz de vê-las sofrendo, se não ouvisse, de repente, uma buzina de automóvel. Um carro encostava perto. O dr. Carlos desceu, furioso, e logo após, pouco atrás, o dr. Meira. Glorinha emudeceu: toda a sua excitação desaparecia ou se fundia numa atitude inesperada de humildade. O dr. Carlos num instante chegou junto das três mulheres:

— Que é que vocês estão fazendo aí?

Procurara mãe e filha em casa: não as encontrara. Criados informaram que tinham visto uma e outra andando na direção do morro. O dr. Carlos resolvera então sair sem elas, esperá-las na casa de Ricardo. Logo, porém, viu d. Lígia e a filha acompanhadas de Glorinha ("Sempre essa maldita mulher", foi o que pensou). Dr. Meira, apreensivo, temendo uma nova briga:

— Vamos!

D. Lígia curvou a cabeça, se dispôs a acompanhá-lo e se dirigiu para o carro. Mas a filha, não. Foi seca, terminante, definitiva:

— Eu não vou!

O dr. Meira empalideceu. "Pronto!" Era aquilo que ele temia e previu; e percebeu a obstinação de Malu. O dr. Carlos tonteou; a princípio, não compreendeu:

— O quê?

— Não vou!

— Não vai por quê?

— O senhor acha que eu vou ao enterro desse homem?

— Você está louca?

— É isso mesmo, papai! Não vou, não adianta!

— Malu! — o espanto e a tristeza eram de dr. Meira. — Você, Malu!

— Uma filha, imagine! Uma filha!...[7]

Dr. Carlos estava seriamente impressionado: aquela dureza de alma, aquela obstinação fanática, o enchiam de pânico, de medo. Ver uma menina com tamanha capacidade de ódio! Quis ser violento:

— Vamos, Malu!

Mas ela recuou. Dr. Meira segurou dr. Carlos:

— Carlos, deixe! Nós damos uma desculpa: eu digo que ela não estava se sentindo bem. Vamos!

Mais uma vez, a cólera do dr. Carlos voltou-se para Glorinha. Via em Glorinha a culpada, a única e eterna culpada.

— Você me paga, Glorinha!

Ela gaguejou, como se a ameaça a aterrorizasse:

— O que é que eu fiz, meu Deus?!

Dr. Meira e dr. Carlos afastaram-se. Malu e Glorinha ficaram. D. Lígia já estava no carro: parecia ter perdido inteiramente contato com o mundo exterior, tão abismada se achava nas suas cismas. Seu pensamento dividia-se entre Ricardo e o menino. Lembrava-se das perninhas do menino, das gengivas que o riso expunha, dos raros cabelos, de tudo. Dr. Carlos e dr. Meira entraram no carro e ela chegou-se mais para o canto. O automóvel partiu, finalmente.

Perto da cruz, Malu perguntou a Glorinha:

— E ela, como se chamava?

Agora, a sua curiosidade era saber tudo sobre a rival defunta: qual o nome, se era bonita, se era feia, onde morava. Vieram andando, de volta, não sem que Malu lançasse um último olhar, meio espantado, para a cruz. Glorinha deu as informações com loquacidade:

— Só você vendo como era linda!

Malu sofreu com esse "linda", tanto mais que a outra disse a palavra com ênfase. E continuaram andando; a moça ia prestando uma atenção absoluta às palavras da loura: e nem uma nem outra tinham a menor ideia de que eram acompanhadas, passo a passo, por um homem.

— Então, ela era assim?

— Se era! Ora, minha filha! Se você conhecesse como eu a conheci! Chamava-se Maria da Glória, era louca por Ricardo. Os dois se conheceram: ele já namorava você. Preferiu oficialmente você...

— Por quê?

— Por quê? Pelo seu dinheiro! Você é rica... Mas, às escondidas, namorava a outra...

Estavam chegando à pequena casa. Foi aí — Glorinha já estava pondo a mão no trinco — que a loura teve aquele choque: viu uma coisa se mexendo, uma coisa de olhos acesos, pelo sedoso, listado. Tigre, pantera, onça, ela não sabia o quê. Rápida, abriu a porta e entrou, antes que Malu pudesse fazer o mesmo. Malu ficou do lado de fora. Só aí viu a fera. Então, feito louca, começou a bater com os punhos na porta, que não se abriu. A fera encolheu-se para o arremesso. E...

15

Vou ficar um monstro

Perto dali morava o estranho personagem de que falara Bob, numa casa sombria e solitária. Era uma espécie de castelo, feito em pedra, sombrio, quase trágico. Erguia-se num ponto isolado que ninguém frequentava: dizia-se mesmo que era mal-assombrada. Suas janelas não se abriam; suas portas permaneciam, dia e noite, fechadas; e ninguém se lembrava de ter visto aparecer, por lá, um visitante. A impressão que se tinha era de que ninguém a habitava: parecia impossível que um homem ou uma mulher pudesse suportar aquela solidão, aquela atmosfera. Mesmo de noite, não aparecia uma luz, nada: a escuridão era completa; e, como se isso não bastasse, havia uma fileira de ciprestes num dos lados da edificação, longos e espectrais, dando uma sugestão mais triste ao ambiente. Muros altos e de pedras defendiam a lúgubre residência. Pessoas que se aproximavam de lá ouviam rumores esquisitos, coisas que à distância pareciam gritos de homens e mulheres torturados ou esfaqueados. Corria, também, que o dono da casa era um antigo domador e que possuía várias jaulas e respectivas feras. Circulava sobretudo a lenda de uma onça de beleza impressionante e ferocidade incrível, pelo prateado e pelos olhos que pareciam de fogo. Contava-se que a fera tornava-se milagrosamente dócil diante do dono. Este entrava na jaula e a onça se aproximava dele, subitamente passiva, deitava-se aos seus pés, como um bicho doméstico. O homem fazia-lhe festas; às vezes, brincava, rolava no chão, com a onça. Pareciam unidos por uma dessas amizades aparentemente impossíveis; e era nessas ocasiões, segundo se dizia, que a onça parecia quase humana. Evidentemente, exagerava-se muito, havia excesso de imaginação.

De qualquer maneira, porém, ali estava a casa, triste e fantástica, como se dentro dela só existissem almas mortas.

Ninguém sabia — e a esse respeito faziam-se muitas conjecturas — o nome do morador. Ou, antes: raríssimas pessoas sabiam. E entre estas estava Glorinha e, agora, d. Lígia. Era ele o professor Jacob, o homem da cicatriz, o mesmo que se atribuía o dom de adivinhar, de ver no futuro, de prever os acontecimentos. Viviam ali ele e Isaac, o criado velho, de passo lento e olhos mortiços (muita gente, aliás, via Isaac com terror, pensando se não seria ele um fantasma). Além deles, as feras, lindas e terríveis, inquietas e elásticas.

Dentro das jaulas, pareciam enlouquecidas: não paravam um só instante; e davam saltos, tinham grandes arremessos. Às vezes, nos seus momentos de desespero, ele vinha vê-las; e ficava do lado de fora, com um ferro, excitando os bichos. Deslumbrava-se com as reações que ele mesmo provocava. Muitas vezes, levando mais longe a crueldade, feria as feras, via-as sangrando nas mandíbulas ou nas patas; e isso o punha fora de si, parecia embriagá-lo. Então, ria diante das grades; soltava gargalhadas, pulando quase como um símio; e tinha exclamações, às vezes sem nexo. O criado, que de quando em quando o acompanhava, assistia a tudo impassível, sem a menor emoção, como se fosse, de fato, um morto-vivo. Essa insensibilidade irritava uma vez por outra o professor, que procurava, então, exasperar o velho. Gritava-lhe no rosto, com uma nascente cólera:

— Você não ri?

— Não — respondia o ancião.

— Nem chora?

O outro, incomovível:

— Não.

Geralmente, o professor começava essas perguntas com bom humor. Mas acabava por se irritar com a insensibilidade do velho. Uma vez, para experimentá-lo, deu-lhe uma bofetada. Nem assim Isaac modificou a atitude. É possível que tenha ficado um pouco mais pálido, mas só isso. No mais, não mexeu um músculo da face. Dava a ideia de que era pétreo.

No dia em que Ricardo devia ser enterrado, o professor foi fazer uma visita às jaulas; levava consigo uma corrente e chamou Isaac. Era evidente que estava agitado; de vez em quando abria muito a boca, enchia o peito, como se lhe faltasse ar. Isaac não se espantou (aliás, não se espantava com coisa nenhuma), não deu mostras de ter notado a excitação do amo. Seguiu-o com seu andar lento, os olhos sem vida, sem nenhuma chama que se animasse. Desta vez, o professor não parou de jaula em jaula, como era de hábito. Sabia o que queria e procurou Mag, a onça de que tanto se falava e que já adquirira alguma coisa de lendária. Muitos desconfiavam de que esse maravilhoso animal nem existisse. Mag viu o dono; logo saltou. Corria circularmente dentro da jaula; de vez em quando, parava e se projetava sobre as grades, dava com toda a violência nos forros; caía, para se reerguer, elástica e dinâmica. O professor não vacilou nem um momento: abriu o cadeado e entrou. A fera, então, se aquietou, e de maneira imediata. Era impressionante ver o poder daquele homem sobre Mag. Poder que parecia sobrenatural. Ele ajoelhou-se, porque o bicho pousara as patas no chão, se acomodara, subitamente tranquilo e imóvel: dir-se-ia petrificado. Acariciou-o: passou a mão pelo seu dorso, e só então ele se eriçou um pouco.

Também foi só. O professor começou a falar; era alucinante aquilo, aquela conversa de um homem com um irracional. Do lado de fora, o criado permanecia imóvel. Não manifestava o mínimo espanto.

— Hoje eu tenho uma missão para você, Mag. Você vai fazer uma coisa para mim. Um serviço.

Falava em voz baixa e acariciante. Sim, tinha uma certa doçura ao se dirigir ao animal. Parecia querer convencê-lo, sugestioná-lo, atingir o seu entendimento. E depois de acariciá-lo, ainda uma vez, disse, erguendo-se:

— Vamos!

— Vai levar Mag — o espanto de Isaac foi discreto.

— Vou. — E para a fera: — Ela hoje vai ter sangue, não vai, Mag?

Parecia um louco; e a cicatriz repuxava seus lábios, entortava o seu riso.

Os olhos de Isaac apertaram-se mais:

— Sangue de quem?

Não costumava fazer perguntas. O professor estava colocando a corrente em Mag e virou-se para Isaac, um pouco surpreso e divertido:

— De quem? De uma mulher.

Isaac recaía na sua indiferença habitual, e o professor ainda fez ironia:

— Não quer saber mais nada?

— Não.

Pouco depois, Isaac voltava para a casa, sem apressar o passo. E o professor saía.

No dia anterior, ele mandara espalhar — e encarregara Isaac do serviço — pelas redondezas que Mag fugira. Isaac falou com duas ou três mulheres que moravam perto; e pôde voltar certo de que a notícia, evidentemente falsa, circularia vastamente. Houve pânico: homens se reuniram, armados, e exploraram, com certa timidez, as matas próximas. Não se descobriu rasto algum, nem era possível. E não tardou que o medo se apoderasse das almas; que mulheres e crianças se trancassem em casa; e que mesmo os homens, uma vez por outra, julgassem ouvir coisas, corressem. O pior era que aquela onça não era animal comum. Já o fato de ter um nome de mulher, uma abreviação quase amorosa, parecia torná-la diferente; e além disso estava associada à lenda do professor Jacob. O medo era maior.

O professor não perdeu tempo: guiou Mag; levava-a para um destino prefixado. A fera, extraordinariamente dócil na mão do dono, não procurava se libertar. Não fosse o tamanho, os olhos em fogo, as patas, o pelo, poderia passar por um animal doméstico. Ele conhecia bem o terreno; procurou o caminho em que, segundo 99% das possibilidades, não encontraria ninguém. Pôde, assim, aproximar-se da casa a que Glorinha levara Malu e d. Lígia. Um pouco distante, ele viu as duas: Glorinha e Malu. D. Lígia não estava. Segurou Mag até o momento em que sentiu que a loura percebera a sua presença e da fera. Acariciou a onça uma última vez, tirou a corrente e apontou na direção de Malu.

Justamente nesse momento Glorinha entrava e fechava a porta, à chave. Todo o sangue lhe fugira do rosto; seu coração batia num ritmo de angústia. Viu que Malu batia na porta, dava pancadas com os punhos cerrados; pedia, tomada de terror:

— Abra, abra!

Glorinha não se mexeu; encostada na porta, torcendo e destorcendo as mãos, horrorizada consigo mesma, escutava apenas. Tinha tal pena, tal remorso de fazer aquilo! Seu estômago contraía-se, seus nervos, tudo. "Eu não posso fazer nada, nada", era o que dizia a si mesma. O professor combinara tudo e dissera-lhe, com o riso que a cicatriz tornava hediondo:

— Se não fizer como eu estou dizendo, já sabe. Ou não sabe?

— Sei — respondera Glorinha, aterrorizada.

Mas assim mesmo ele repetiu, para que a outra não tivesse dúvidas:

— Mato-a, ouviu? Mato-a.

Agora, encostada à porta, ouvindo o apelo, Glorinha não tinha coragem de abrir. Ah, se não fosse o medo que lhe inspirava o homem da cicatriz!

Lá fora, a onça deu uma pequena corrida, os olhos acesos; e ia se projetar. Todos os seus músculos estavam mobilizados para o arremesso. Tão certo estava o professor de que nada salvaria Malu que não esperou mais; afastou-se depressa, correu, para não ser surpreendido ali. E ia rindo (se aquilo era riso). Pela sua imaginação, passava a cena que devia estar se desenrolando lá: Malu estraçalhada. E se afastava cada vez mais depressa. Levava uma echarpe que usava mesmo de dia, fizesse o sol que fizesse. E com a ponta da echarpe tapava o rosto. Queria ser irreconhecível; e, como se isso não bastasse, puxou a aba do chapéu.

Mag deu o salto. Malu teve a noção do movimento da fera; desesperou-se, correu. A fera passou; uma pata raspou pelo ombro da moça; levou um pedaço do vestido, rasgou-lhe o ombro. Ela não sentiu dor nenhuma, nem teve tempo de sentir. Com as forças duplicadas pelo terror, correu mais, sem direção, alucinada. "Vou enlouquecer", era a sua sensação, a sua certeza. Seus nervos não resistiram, parecia atingir o máximo de tensão. E desejava mesmo a loucura, ficar louca, perder a noção da dor e do perigo. Mas não estava livre. A fera voltava. Sempre correndo com todas as forças, Malu foi olhar para trás — tropeçou e caiu. Numa fração de segundo, com todos os nervos contraídos, esperou sentir nas costas o peso de Mag, as suas garras e os seus dentes. Era a morte e, pior do que isso, a deformação: naquele segundo, ou naquele décimo de segundo, passou pelo seu pensamento uma porção de coisas; viu-se a si mesma mutilada, estraçalhada, arrastada no chão. Novamente a onça pulou. Malu não teve tempo nem raciocínio para compreender o que estava acontecendo. Sabia apenas que a fera não caíra sobre ela. Esperou um segundo, dois; e olhou novamente. Viu, então, a cena: um homem atracado com Mag. O homem caído e a fera, exasperada, dando com a pata, mordendo, o homem arrastado.

Malu levantou-se. Seu primeiro e louco impulso — estava quase irresponsável — foi o de correr. Correr com todas as forças de suas pernas, ir para longe, bem longe, para um lugar em que não existissem onças, nem tigres, nem feras, de patas sanguinolentas e mandíbulas abertas. Mas não se mexeu: alguma coisa a prendia ali, uma fascinação. Não podia tirar os olhos da cena, como se aquilo, aquela luta desigual e abjeta, entre homem e fera, a deslumbrasse. E, no entanto, raciocinava: "Depois de matar esse homem, a onça virá sobre mim, virá me estraçalhar". Não era o medo da morte, não; a morte talvez fosse até descanso. Era o medo, o pânico de ficar desfigurada e sobreviver, de errar pelo mundo não como uma mulher, mas como um fantasma de mulher. Viu, com os olhos crescidos, areia e sangue misturados. Teve um breve delírio; foi como se, de repente, tudo se tingisse daquele sangue, houvesse um clarão rubro, iluminando fantasticamente as coisas... De repente, teve um choque maior: foi como se toda a sua vida tivesse acabado. Porque o que via era o que aparecia diante dos seus olhos...

DALMO ESTAVA à porta quando chegou o automóvel do dr. Carlos. Postara-se ali de propósito, para esperar Malu. Não queria fazer nada, apenas vê-la, olhar para ela, verificar, por si mesmo, até que ponto ia o cinismo dela. E a palavra que martelava sem cessar nos seus ouvidos era esta: "Cínica, cínica!". O seu desespero de ter perdido o irmão fora substituído pela raiva. Era o que existia dentro dele; raiva, nada mais do que isso. Vinha-lhe uma porção de desejos, de impulsos que se desfaziam e voltavam. Por exemplo: esbofetear Malu. Ou, então, denunciá-la na frente de todos, diante do caixão. Ouvia, de fora, os gritos intermitentes de d. Amália, mas não tinha reação de espécie alguma; não se comovia, todo concentrado na obsessão de Malu e na cena que Horácio surpreendera. Foi então que viu chegar o automóvel do dr. Carlos. Apesar de estar ali, justamente esperando, experimentou um choque. Sem querer, como se fosse empurrado por uma força estranha à sua vontade, adiantou-se, aproximando-se do automóvel. O dr. Carlos desceu, o dr. Meira, d. Lígia. E Malu? Era o que ele perguntava a si mesmo, como se a ausência da moça no momento implicasse um logro. Sua impressão foi tal que não se conteve: interpelou o dr. Carlos:

— E Malu?

Foi o dr. Meira quem, mais do que depressa, respondeu:

— Não veio.

— E por quê?

Disse "por quê?" com violência. O próprio dr. Carlos, que ia na frente, estacou, surpreendido. Só d. Lígia continuou; já via, de onde estava, a chama dos círios, as coroas. A aragem fresca e leve que fazia atirou-lhe o perfume de muitas flores. Dalmo insistia, alterado a ponto de chorar (não já pelo irmão, mas por Malu):

— Por que ela não vem?

O dr. Meira engoliu qualquer coisa antes de explicar ou tentar explicar:

— Ela não estava se sentindo bem. Ficou em casa, descansando!

— Não estava se sentindo bem?

— Não, meu filho. Foi um abalo muito grande para ela!

Então, Dalmo explodiu. E seus nervos, como estavam, precisavam mesmo deste desabafo. Cerrando os dentes — sua voz estava grossa, irreconhecível —, cresceu para o médico:

— Eu sei, essa hipócrita!

— Dalmo! — horrorizou-se o dr. Meira.

— Que é isso? — perguntou o dr. Carlos.

E o outro:

— É isso mesmo! O senhor pensa que eu não sei?

O médico estava cheio de dedos.

— Não sabe o quê?

— Horácio me disse, me contou!...

O dr. Carlos estava do lado, assombrado. Esperava, na expectativa de ouvir uma revelação séria. "Que será, meu Deus?" Mas Dalmo, no último momento, voltou atrás. Esteve quase, quase contando. Mas seu raciocínio trabalhou rápido: "Se eu disser, eles vão ficar prevenidos". Era isso que não queria. Fez um esforço de vontade tão grande que, por momentos, pensou que sua cabeça estourava.

— Não foi nada — disse aos dois homens.

O dr. Meira suspirou:

— Ah!

O dr. Carlos afastava-se rapidamente. O médico quis levar Dalmo. Mas o rapaz resistiu:

— Vou ficar aqui um pouco.

Viu o velho se afastando. Deixou-o ir. Sua resolução estava formada. "Ela me paga!" Desde sua conversa com Horácio, engendrara um plano de vingança de uma crueldade demoníaca.

MALU, ATERRORIZADA, NÃO podia identificar o homem que lutava com a fera. Ele estava com a fisionomia transformada numa pasta sangrenta, mas ainda vivia, porque lutava. Então, viu quando surgia uma coisa na mão dele, uma coisa que brilhava, uma lâmina talvez... "Meu Deus, meu Deus", suspirou, vendo que era tarde demais: e a pata de Mag ia, de novo, pisar a cara do infeliz.

MALU GRITOU COM todas as forças, em risco de partir as cordas vocais. Podia virar o rosto, não ver, fugir; mas a fascinação continuava: fascinação e náusea. Era como se estivesse condenada a ver tudo, até o fim, aquela cena de horror. Seus gritos corriam na planície, retransmitidos pelo eco, sem que aparecesse ninguém, meu Deus. Pensou em como ficaria ele, o infeliz, depois daquilo, não mais um homem e sim um monstro. E teve horror; não piedade, nem tristeza, mas horror. Fechou os olhos, tapou o rosto com a mão; e foi então que ouviu seis disparos. Atingida várias vezes, a onça revolvia-se no chão, tinha os últimos arrancos. Era o fim da bela, elástica e feroz Mag. Malu abriu os olhos; ainda experimentava um sentimento de medo, uma contração de náusea no estômago, imaginava o que ia ver, o corpo do homem, sem vida, estraçalhado. "Ele me salvou", e repetia como se não aceitasse aquela realidade — "ele me salvou". Veio se aproximando, procurando, no entanto, não fixar o corpo ensanguentado. Ao lado da onça, com um revólver na mão (Malu sentiu o cheiro de pólvora), estava um estranho, contemplando, imóvel, a fera e sua vítima. Só aí pareceu notar a aproximação de Malu. Os dois olharam-se, Malu lívida, parecendo uma defunta, e o outro com uma expressão de sofrimento, ou de nojo. Aquilo era, realmente, horrível de ver! Os dois fizeram, simultaneamente, a mesma reflexão: parecia impossível que um homem tivesse tanto sangue. Malu perguntou somente, numa voz que quase não se ouvia:

— Você...

— Eu.

Ela reconhecera Cláudio. E não pôde deixar de refletir que, num espaço de horas, o rapaz passara a participar da sua vida e de d. Lígia; aliás, da vida de toda a família. Ah, se não tivesse chegado naquele momento, ela nem queria imaginar o que teria acontecido, com Mag alucinada pelo gosto e pelo cheiro de sangue. Agora Malu olhava o corpo estendido no chão. Seu desejo, intenso, único, desesperado, foi de que o desconhecido (pois até aquele momento não pudera identificá-lo) não estivesse morto. Interrogou Cláudio, mas com um medo invencível, como se a pergunta pudesse antecipar a morte do homem:

— Está morto?

Cláudio ajoelhou-se, embora tanto sangue lhe fizesse mal e o enchesse de uma espécie de terror. Reagiu sobre si mesmo, sobre a repugnância que sentia, e fixou a carne dilacerada do desconhecido, a roupa, o rosto que ninguém poderia identificar.

Malu repetiu a pergunta:

— Está?...

— Parece.

— Será?

Cláudio foi quase afirmativo:

— Deve estar.

O tremor de Malu aumentou. Eram estremecimentos contínuos que lhe percorriam o corpo e faziam bater o seu queixo. Tanto à moça como a Cláudio, parecia impossível que alguém pudesse estar vivo naquelas condições. "Está morto, tem que estar", pensou Malu. E continuou: "Morreu por mim, morto por minha causa". Era isso que a horrorizava e lhe dava aquela angústia mortal. Saber que, se não fosse ela, o homem estaria vivo. Experimentou um cruciante sentimento de culpa; e teve uma crise de choro, os ombros sacudidos pelos soluços. Cláudio não soube o que fazer, impressionado com aquela violência. Quis acalmá-la:

— Sossegue, não fique assim! Que é isso?

Ao mesmo tempo, percebia que estava sendo ridículo, que as suas tentativas de conforto eram inteiramente inúteis ou, antes, só faziam aumentar o desespero de Malu. Ela se acusava; parecia procurar uma expiação. Não queria compreender que tudo fora obra da fatalidade, da mesma fatalidade que a perseguia como uma maldição. Disse, sem se dirigir a ninguém, momentaneamente esquecida da presença de Cláudio:

— Estou maldita! Sou uma mulher maldita!

E repetia isso como uma obsessão. Ele não pôde prever o gesto de Malu; e se tivesse previsto, decerto não teria deixado, teria procurado impedir. Mas, quando viu, Malu havia caído, de joelhos, junto do corpo, e desde logo manchava o vestido e as mãos de sangue. Fez um esforço, sentou-se no chão, colocou a cabeça do pobre-diabo no colo. Cláudio ainda gritou com uma náusea violenta:

— Não faça isso!

Ela não ouvia; só aí é que reconhecia o morto ou o quase morto: era Bob. E isso, essa descoberta, deixou-a de momento suspensa. Pouco a pouco é que compreendeu; e a desgraça pareceu-lhe ainda maior. (Por quê?) Dir-se-ia que se se tratasse de um desconhecido seria menos de lamentar. A impressão que teve foi de um despedaçamento absoluto. Disse três vezes, com um ar de alucinação:

— Meu Deus, meu Deus, meu Deus!

Então, foi chegando gente. Primeiro, homens; depois, mulheres e crianças. Vinham de todos os lugares; os gritos de Malu os tinham atraído. E apareciam, a medo, espiando, com a obsessão de Mag. Muitos deles podiam ter corrido, talvez em tempo de salvar Bob, de liquidar logo a onça. Mas a covardia supersticiosa (pois era superstição) retardara seus passos. E espiavam, temerosos de que Mag ainda vivesse, pudesse ainda saltar. As mulheres conservavam-se à distância, indagadoras, agarradas aos filhos; e só quando se convenceram foi que se aproximaram mais. Homens carregavam o corpo de Bob. Alguém fez a descoberta:

— Não está morto!

E Malu, incerta e trêmula, como não acreditando:

— Tem certeza?

— O coração bate.

Era uma gente bronca, mas boa de coração. Agora que já não se tinha medo de Mag — as mulheres olhavam fascinadas a onça abatida —, todos procuravam ajudar, fazer alguma coisa, lutar pela vida de Bob. Ele foi levado para a casa mais próxima, que era justamente a da criança (e onde Glorinha se fechara). Bateram: Glorinha, que assistira a tudo, olhando através dos vidros, não teve remédio senão abrir. "E como vai ser agora?", perguntava a si mesma. Tinha medo de Malu, e vergonha de si mesma. Todo o mundo entrou, inclusive Cláudio. Um rapaz, a mando de Cláudio, partira em busca de médico. Malu passou por Glorinha sem se lembrar de nada. Ainda soluçava, embora seus olhos estivessem enxutos. Suas lágrimas pareciam esgotadas. Estenderam Bob num leito; e pouco a pouco é que se tinha uma noção do dilaceramento da carne. Tiraram o paletó de Bob, os farrapos de paletó. Seu peito apareceu, peito largo e forte, dando ideia de coisa sólida, de coisa maciça. As garras da onça haviam deixado marcas vivas, sulcos profundos. Mas não só no peito; nos braços, e nas pernas. Mas onde os estragos pareciam maiores era no rosto. A impressão de todos que se aglomeravam em torno do leito, uma pequena multidão, era a de que as feições de Bob deviam estar irreconhecíveis. De vez em quando, Malu pousava a mão no seu peito e sentia as batidas do coração. E tinha, então, uma certeza de vida que parecia iluminá-la. Estava numa impaciência doida:

— E esse médico que não chega!
— Vem já.
— Como demora.
Lamentavam que ali não tivesse assistência:
— Na cidade tem.
Malu estava experimentando sentimentos intraduzíveis. Esquecia-se de tudo naquele momento: de d. Lígia, do pai, do próprio Ricardo, para se concentrar, somente, no ferido. Tudo o que existia dentro dela de puro, de sensível, de bom, se agitava. Era um estremecimento de todo o seu ser. Sobretudo, experimentava uma piedade imensa. Dizia a si mesma: "Foi por mim, foi por mim". A consciência disso a penetrava de doçura, de uma doçura esquisita, quase dolorosa. Segurava uma de suas mãos, que estavam feridas. "Tão feridas, meu Deus!" De repente, ocorreu-lhe uma coisa que a fez estremecer: "E se ele está cego?". A sua pena cresceu; não foi propriamente pena, mas horror. Sim, horror, porque não podia compreender que se vivesse sempre mergulhado em trevas, numa noite incessante e sem estrelas. Curvou-se para que Bob a ouvisse:
— Bob.
Primeiro baixo; depois, elevando um pouco mais a voz:
— Bob.
E como ele nada respondesse, parecendo inconsciente, desesperou-se:
— Bob! — quase gritava agora.
Uma senhora gorda, ao lado, explicou:
— Está desmaiado.
O que mais impressionava as mulheres presentes, e já inspirava vários cochichos, era a solicitude de Malu. Houve quem perguntasse, à meia-voz, sem que Malu ouvisse:
— É namorado dela?
Resposta de outra pessoa:
— Pelo menos...
E reticências. Malu ouviu aquilo; e fechou os olhos, estremeceu, como se experimentasse um arrepio. Olhou de lado, disfarçadamente, para a mulher (fora uma mulher) que dissera aquilo. Seus olhos encontraram-se. Teve um sentimento inexplicável de vergonha, desviou a vista. Estava perturbada e não sabia por quê. "Pareço doida", recriminou-se. O médico acabava de chegar. Malu ergueu-se e deu lugar. Era velhinho, desses doutores de roça, dinâmico apesar da idade, gostando de brincar, de fazer graças, algumas das quais apimentadas. Olhou Bob e resmungou:
— Ahn!

Malu sofreu com a cara feia do velho. Perguntou, depois de uma indecisão, baixando a voz:

— Ele se salva?

Mas o médico não respondeu, embora a olhasse de alto a baixo. Berrou, enérgico:

— Saiam. Vão saindo!

— Eu também? — perguntou Malu.

Estranheza do médico, que a olhou criticamente:

— O que é que a senhora é do homem?

Hesitou; fez a confissão:

— Nada.

— Então não fica. Não pode ficar.

Saiu com os outros. Ficou um camarada que o médico conhecia para ajudá-lo. Malu viu, então, Glorinha, e se lembrou de tudo. Glorinha recuou, acovardada. Viu Malu aproximar-se, e lia-se na sua fisionomia o medo infantil de apanhar, de ser esbofeteada.

— O que é que você merece, hein?

Glorinha tornou-se mais pálida do que estava. Fez-se de desentendida:

— O que é que eu fiz?

— Quis matar-me. O que você fez sabe o que é? Quer saber?

Glorinha procurou adquirir uma certa dignidade de atitude:

— Quero.

— Tentativa de assassínio. Caso de polícia.

— Você queria talvez que eu deixasse a porta aberta?

— Não, não queria! — Malu fazia esforço para se conter: — Mas devia deixar eu entrar primeiro!

— Que nada!

Pouco a pouco, Glorinha readquiriu o domínio de si mesma. O que havia nela de maldade despertava. Não era, nunca fora covarde. Gabava-se de não ter medo de homem, e muito menos de mulher. Fez-se surda à própria consciência, que a acusava de ter cometido, quase, quase, um homicídio. Malu reagiu:

— Ah, você ainda tem coragem de usar esse tom comigo?

— Tenho!

Eram, de novo, face a face, duas inimigas. Malu fervia por dentro. Mas procurava disfarçar, porque havia gente perto, não queria chamar atenção. Falavam em voz baixa:

— Denuncio você à polícia! — ameaçou, entre dentes, Malu.

— Duvido!

— Quer ver?

Glorinha teimou. Estava chegando àquele estado de exaltação que a tornava quase irresponsável. O sangue subia-lhe à cabeça:

— Quero ver, sim. Quero.

— Pois bem...

Malu virou-se para todo o mundo. Glorinha não podia calcular o desespero de Malu, ou fazia pouco desse desespero. Não acreditava em grã-finas, em mocinhas ricas. Duvidou, até riu; mas mudou de opinião quando viu o ar da outra. Seus olhos iluminavam-se de um fogo tão selvagem que Glorinha se transiu. Pela primeira vez teve medo, ela cujo gênio facilmente se inflamava, às vezes com uma coisa boba. Antes que Malu abrisse a boca, pudesse falar (a moça estava realmente disposta a fazer um escândalo), segurou-a pelo braço:

— Não fale.

E apertava o braço de Malu. Esta vacilou; e Glorinha teve tempo de fazer a ameaça:

— Olhe que eu conto tudo.

Surpresa de Malu:

— Tudo o quê?

— Então pensa que eu não sei? Que eu estou dormindo?

E, à medida que Malu perturbava-se, confundia-se, Glorinha tornava-se mais violenta, mais agressiva. Falava ainda baixo, entre dentes; mas as palavras caíam, eram golpes quase físicos desferidos contra Malu. Esta balbuciou:

— Que é que você sabe?

— O que há entre você e seu jardineiro! Imagine! Um jardineiro...

E o triunfo de Glorinha era o fato de Bob ser jardineiro. Isso parecia-lhe a suprema humilhação de uma grã-fina.

— E com o noivo num caixão, nem foi enterrado! Você não tem sentimento?

Desorientada, Malu procurava justificar-se, embora sabendo que estava se humilhando e que, a rigor, não precisava justificar-se de coisa alguma.

— Você está louca! — balbuciou; e com mais decisão: — Então, o homem salva-me e você quer o quê? Que eu o maltrate?...

— Salvou nada. Você pensa que eu nasci ontem! Você precisava segurar a mão dele, ficar acariciando, e assim...

Fez uma imitação; e continuou:

— Se isso é gratidão, quero que Deus me cegue agora, me tire a vida...

— Está bem, está bem. Ter que aturar você é uma coisa horrível! — Cobriu o rosto com a mão.

Mas o que a impressionava mais e a deixava cheia de dúvida, incerta do próprio sentimento, era a convicção de Glorinha. "Ela pensa mesmo que eu tenho alguma coisa com Bob!" Isso a deixava inquieta, alterava o ritmo do seu coração. Desejaria estar sozinha para refletir melhor, examinar os próprios sentimentos. "Será que eu estou louca, que não regulo bem?" Já não se entendia mais. Tinha a cabeça confusa. Irritava-se consigo mesma por não tomar uma atitude contra Glorinha. "Que direito tem ela de me falar assim, ela que me quis assassinar, ela que eu podia denunciar agora mesmo?" Apesar de saber disso, experimentava um sentimento de inferioridade diante da loura, como se o que ela dizia tivesse fundamento.

— Vou-me embora — disse Glorinha. — Lá em casa falarei com você.

E foi cínica ao despedir-se mais uma vez, mexendo com os dedos:

— Bye, bye.

Malu sentiu que alguém lhe tocava no braço. Teve até um susto. Virou-se espantada. Era a preta, a ama-seca do menino.

— Que é? — perguntou Malu.

— Tem um moço chamando a senhora no telefone.

— A mim?

— É. Diz que é seu Ricardo...

16

Eu amaria um monstro

No primeiro momento, Malu abanou a cabeça, sem compreender; e, pouco a pouco, com a suspeita de uma brincadeira hedionda. Olhou bem para a preta, na dúvida se ela seria ou não cúmplice da mistificação (porque tinha que ser, só podia ser mistificação). Joana sustentou o olhar. "É inocente", pensou Malu, "não sabe de nada." E perguntou, insistiu:

— Mas quem? Como é o nome?

Quis admitir que fosse uma ilusão auditiva, que a outra não tivesse dito o nome de Ricardo. A preta, porém, repetiu:

— Ricardo.

— Tem certeza?

— Foi o que disseram. Ricardo.

Malu ainda hesitou, numa última dúvida. "Ricardo, Ricardo." Viu logo que aquilo significava uma nova experiência para ela, um novo sofrimento. "Meu

Deus, meu Deus." Nunca vivera tão intensamente, nunca a sua vida fora tão cheia de pequenas e grandes coisas, de surpresas, perigos, ameaças, acontecimentos quase sobrenaturais. Seguiu a preta, que lhe ia indicar o lugar do telefone, e cerrava os lábios, perguntando: "Quem será o infame?". Porque era esse o termo. E disse várias vezes, para si mesma, como se a expressão alimentasse a sua cólera: "Infame, infame!". Apanhou o fone com violência, mas na hora de falar vacilou outra vez. Era um sentimento misterioso de medo, talvez o pressentimento de que ia receber mais um golpe, quem sabe se mais profundo, quem sabe se mortal? O coração descompassou-se. A preta fora embora. Ninguém ao seu lado, pois o telefone estava colocado debaixo de uma escada. Respirou profundamente antes de falar:

— Alô!

Então, ouviu aquela voz. Parecia vir de longe, muito longe. Seu raciocínio foi imediato: "Está com a boca distante do fone". E pareceu-lhe que isso era um recurso, evidente, um estratagema para disfarçar a voz, torná-la irreconhecível. Mas ainda assim — essa verificação — produziu em todo o seu ser um abalo brutal. Houve, então, uma pausa. Mas a pessoa que estava do outro lado da linha não se perturbou; esperou, segura e pacientemente, que ela falasse de novo, que repetisse:

— Alô!

E a voz, distante, distante:

— Quem fala?

Resposta:

— Malu!

Ela falava com a boca dentro do fone. Tinha um tal tremor que, se não se controlasse, ou não tentasse fazê-lo, não conseguiria articular uma palavra. E era isso que queria esconder, era a sensibilidade excessiva. Empalideceu ainda mais ao ouvir:

— Sou eu.

— Eu quem?

Julgava ter reconhecido a voz. Mas não podia ser, não podia ser. Veio, então, a resposta:

— Ricardo.

— Ricardo?

"Desligo ou não desligo?", pensava Malu. Mas não tinha forças para abandonar o telefone, queria ir até o fim daquela experiência. "É brincadeira, só pode ser brincadeira." Mas, mesmo assim, aquilo a fascinava, achava aquele diálogo uma coisa perturbadora e sinistra. Nova pausa; e depois de um momento ela tornou:

— Que Ricardo?

Silêncio. E tão demorado que Malu ficou na incerteza se ele teria ou não desligado. Gritou:

— Alô!

E ele:

— Você ainda me ama? Malu, Malu!...

Mudara subitamente de tom. A voz, que a princípio fora velada, macia, uma voz que não parecia de pessoa viva, tornou-se subitamente mais audível, e parecia exprimir um desespero que Ricardo (falso Ricardo) estaria sentindo, desespero de quem vai morrer, de quem foi supliciado e não espera senão a morte.

— Não me esqueça, Malu... Nunca...

E foi isso que ficou nos ouvidos da moça: "Não me esqueça, Malu... Nunca...". Então, ela perdeu a cabeça, alucinou-se, perdeu todo o senso comum:

— Alô! Alô... Ricardo, Ricardo!...

Ouviu o rumor do telefone desligado. E insistiu, possuída de um desespero mortal:

— Ricardo, Ricardo! Telefonista, telefonista!

Bateu no telefone: quase quebrou o aparelho. Tinha tal tumulto na cabeça que julgou enlouquecer. Fez um esforço para pôr em ordem seus sentimentos e ideias e, sobretudo, para se compreender a si mesma. Exclamou:

— Não pode ser, não pode ser...

Calou-se, com uma súbita vergonha. Acabava de entrar e a surpreendera falando sozinha — quem, meu Deus do céu? — o médico. O velhinho entrara lá justamente à sua procura: olhou em torno, espantado, procurando a pessoa com quem ela estaria falando.

E, não vendo ninguém, observou, com a sua mania de ser franco:

— Falando sozinha?

Ela baixou a cabeça:

— Não foi nada.

Ele ainda a olhou com atenção. Devia estar meio duvidoso do juízo de Malu. A moça não parecia normal assim como estava, muito pálida e com o lábio superior tremendo.

— Você é que é a Malu?

— Sou. — Ergueu os olhos para o médico.

— Ele está chamando você.

A princípio não entendeu. (Também, estava com a cabeça tão cheia de Ricardo!)

— Ele quem?

— Ora essa! O rapaz!

Compreendeu, então. Bob, Bob. Aproveitou a oportunidade para fugir da atenção aguda do velhinho. Bob estava no quarto, sozinho, todo enfaixado, todo enrolado em gaze. Só os olhos é que deviam estar descobertos. Malu aproximou-se com medo. Não pensava mais em Ricardo: pensava agora em Bob e em como ele estaria, debaixo de tanta gaze. Chegou-se, mansamente, com a ideia de que qualquer barulho poderia fazer-lhe mal. Pensou que ele talvez estivesse adormecido, ou sem sentidos. Mas quando chegou junto do leito estremeceu, ouvindo-o:

— Malu?

— Eu.

Falava sem se mexer. Malu não poderia imaginar as dores que o estavam atravessando. A impressão de Bob é que não havia um ponto do seu corpo que não estivesse sangrando e sofrendo. Sua voz perdera aquela sistemática e exasperante expressão de ironia.

— Você viu? — falava baixo e sem se mexer.

— Não fale — pediu.

— Preciso... preciso falar... Você já imaginou como eu vou ficar?

— Mas ficar como?

— Bonito?...

Apesar do seu estado, ainda tentava brincar. Por trás da ironia, ela percebeu a amargura. Arrepiou-se. Admirava-se de que ele tivesse ânimo para zombar de si mesmo, do próprio martírio. E, como não tivesse coragem de continuar, Bob acabou a frase:

— ... bonito para não dizer o contrário.

Malu quis dizer alguma coisa, confortá-lo:

— Não diga isso.

Teimou, com certa veemência:

— Digo, sim. — E com um novo tom: — Você sabe que é assim.

— Não sei de nada. Você vai ficar bom.

— Nunca!

Disse isso com uma entonação feroz, como se experimentasse uma desesperada alegria em se condenar:

— Não fique assim! — Uma doçura a invadia.

— Malu...

Ela se curvou sobre ele. O rapaz:

— ... imagine que eu, agora, andava atrás de uma pequena...

Fez uma pausa, parecia extremamente fatigado: cada palavra vinha com esforço. Ela desejaria interrompê-lo. Aquilo a punha doente. Tentou detê-lo:

— Descanse, descanse um pouco.
— ... como vai ser agora? Nenhuma pequena pode gostar de mim. Quem vai querer um monstro como eu?...
Ela mentiu:
— Vai, sim.
E animou-se, numa súbita necessidade de iludi-lo, de levar-lhe algum conforto:
— Você pensa que mulher faz questão disso? De físico? Não faz. Que esperança! Então, os homens feios não se casariam nunca. E há tantos homens feios, tantos!
— Feio é uma coisa. Mas eu não vou ficar feio: vou ficar monstruoso.
— Não exagere!
— Você acha mesmo?...
— O quê?
Vacilação de Bob. Decidiu-se, por fim:
— Acha que alguma mulher — parou, cansado; e continuou: — pode gostar de um homem assim? Como eu vou ficar?
Pôs uma convicção desesperada na resposta:
— Acho!
— Jura?
— Claro!
— Por exemplo: você... — fez uma pausa.
— O que é que tem eu?
— Você gostaria de um homem deformado?
Ela foi apanhada inteiramente de surpresa. A resposta demorou. Por um momento emudeceu, atônita. "Ele veio para cima de mim, meu Deus do céu!" Bob insistiu, cruel, sentindo que nascia dentro de si uma cólera, uma surda cólera:
— Diga. Pode dizer. Você seria capaz? Sim ou não?
— Sim.

V<small>OLTAVAM AGORA DE</small> automóvel. Ricardo estava enterrado, e d. Lígia trazia na memória o cheiro de todas as flores: e de vez em quando julgava ver, nos vidros, projetada, a chama dos círios. Balançava a cabeça, pensando: "É alucinação". Mas uma porção de imagens estava na sua lembrança; em torno delas, seu pensamento gravitava sem cessar. Uma dessas coisas era a descida do ataúde. Ainda estremecia ao se lembrar, com a imagem profunda e definitivamente gravada no pensamento. As alças do caixão. Tudo isso era uma lembrança permanente, aguda. Ela estava no banco de trás, com o dr. Carlos. O dr. Meira ia no volante, a pedido do dr. Carlos. D. Lígia tinha no rosto uma expressão de espanto, de angústia. Perguntava a si mesma: "Ele não está morto, ele não está morto, não pode ser". Era a sua eterna revolta contra a morte. Desde menina que não se conformava, não admitia que a vida pudesse acabar assim. Por mais que o seu senso, seu raciocínio lhe dissesse "Ele morreu", havia dentro dela um sentimento de incredulidade. Fechou os olhos, cansados de tanto chorar. Mas o dr. Carlos cortou o fio dos seus pensamentos:

— Quero que você me diga uma coisa.

Ela virou o rosto para o marido. O que a impressionara fora o tom quase agressivo. "Que será, meu Deus?"

— Que é? — perguntou, com um certo medo.

— Você era o que de Ricardo?

— Mas era como?

— Chorou tanto!

— O que é que tem isso?

— O quê? — ele não se queria trair: fazia um grande esforço para não estourar. — Você ainda pergunta?

— Eu não fiz nada de mais.

— Olha aqui, Lígia! Quando o corpo saiu lá de casa, você fez escândalo. E agora no enterro piorou.

— Você queria o quê? Que eu risse?

— Não seja tola. Podia chorar, mas não daquela maneira, tendo ataque, uma vergonha!

Fora realmente uma cena horrível; agora mesmo, d. Lígia experimentava uma certa vergonha lembrando-se. Procurara controlar-se, mas no último momento, quando já iam fechar a tampa, não se conteve mais. Ela que, até então, dera demonstrações apenas discretas, perdera o controle de si mesma. "Eu não vou vê-lo mais." E a crise veio, violenta, irreprimível. Um desespero maior que o de d. Amália. Foi isso que chamou a atenção, que deu o que falar: que, aparentemente, d. Lígia sentisse mais, de uma maneira mais absoluta, mais total, do que a própria mãe, pai e irmãos do morto. O dr. Carlos falara em ataque, e o termo era, talvez, o mais justo. Porque chegara a cair em verdadeiras convulsões. O dr. Carlos ficou abaladíssimo, sobretudo pela reincidência. Assistira ao desespero da mulher quando Ricardo se matara e fora transportado para a casa dos pais. Perdoara ou relevara isso, admitindo que fosse um choque nervoso produzido pelo inesperado e brutal do fato. Mas agora, não. Agora ela devia estar senhora de si mesma. Acusou a mulher, em voz baixa para que o dr. Meira não ouvisse:

— Você devia ter tido mais compostura!
— Ora, Carlos, ora!
— E me diga uma coisa.
— Pois não — fechava os lábios, desesperada.
— Se fosse eu...
— Você como?
— Se o morto fosse eu, você faria o que fez?
— Não sei, não sei.
Ele teimou, cruel:
— Teria aquele ataque?
— Não respondo. Isso não é coisa que se pergunte.
— Quero lhe dizer uma coisa.
— Meu Deus, meu Deus!
— Você não pense — ouça o que eu lhe estou dizendo — que eu sou bobo. Eu vejo as coisas, Lígia.
— Vê o quê, minha Nossa Senhora?
E ele, sombrio, olhando-a bem nos olhos, com uma expressão tão carregada que a mulher se refugiou no canto:
— Você não perde por esperar.

MALU CHEGOU NA frente dos pais. Vinha com uma enxaqueca horrível. Sua impressão era a de que a cabeça ia estalar. Subiu depressa. Queria estar sozinha — precisava mais do que nunca de solidão — para pensar. Sua vida fora tão perturbada, tão revolvida, que ela não sabia o que fazer, que solução dar. Entrou no quarto e fechou a porta. Com todas as janelas fechadas, o quarto estava numa meia obscuridade. Pensava em Ricardo e Bob. Por piedade, dissera ao jardineiro que poderia gostar de um homem deformado. Mas não era verdade. "Logo eu que faço tanta questão de homem bonito." De repente, duas mãos, de homem — fortes e pesadas —, pousaram nos seus olhos. A voz mais doce e musical que jamais ouvira...

IA GRITAR, MAS, em seguida, a pessoa que a assaltara pôs a outra mão na sua boca. Quis espernear, soltar-se, mas viu logo que era inútil, estava presa, imobilizada; e não podia nem virar a cabeça para identificar a pessoa. Já o ar lhe faltava. Queria respirar e não podia; teve a angústia mortal do afogado; e pensou se não era um assassino que estava ali, quem sabe um estrangulador? A prisão afrouxou um pouco. O agressor desconhecido dizia-lhe, encostando a boca bem na sua orelha, num tom que implicava uma ameaça de morte:

— Fique quieta, não tente fugir; eu a mato, aqui, agora mesmo!

Compreendeu que ele não ameaçava em vão, que realmente era capaz de fazer aquilo; e teve medo de morrer, de ser estrangulada, de sofrer ali, sem poder gritar ou se defender, alguma coisa sombria, abominável, trágica. Deixou-se dominar tanto pela covardia, pelo pânico, que quando o indivíduo a soltou foi incapaz de correr, de pedir socorro. Espantou-se quando se sentiu livre. Tinha a boca machucada e ia se virar devagar, bem devagarinho. Mas o outro falou de novo, num tom de ordem que a acovardou:

— Não se vire. Fique de costas para mim. Assim.

Não precisou dizer mais nada, porque ela sentiu e compreendeu que tinha que obedecê-lo. Experimentava sentimentos contraditórios; sabia ou calculava, por exemplo, que o homem fosse forte, mas de uma força implacável, que poderia esmagá-la. Sentia-o bem superior a si; parecia irradiar dele — era a sua obscura sensação — um poder misterioso. "Eu podia correr para a porta" — calculava Malu — "ou, então, gritar; mas não faço nem uma coisa, nem outra." O pior, o que a perturbava e desconcertava mais, era que ignorava por que se fazia assim tão passiva, de uma docilidade de menina irresponsável. "Quem é ele? Quem será?" Para identificá-lo, bastaria que se virasse, que ficasse de frente para ele. Seria um movimento, apenas um movimento. E, no entanto, não se sentia com capacidade de realizá-lo. Não soube nunca quanto tempo ficaram assim, silenciosos. Que estaria fazendo ele, por que não falava, por que não dizia uma coisa, qualquer coisa? Aquele silêncio é que era intolerável, uma coisa que aos poucos a alucinava, a punha fora de si. Suspirou, numa tensão nervosa que ele deve ter percebido.

— Sabe quem eu sou? — perguntou o homem.

Respondeu, espantada:

— Não.

E espantada porque ele fizera a pergunta num tom completamente novo, uma voz quente, musical, ao mesmo tempo doce e máscula, uma voz que não se assemelhava em nada à de há pouco, que parecia outra, de uma pessoa diferente. Estremeceu, foi como se experimentasse um frio. Sentiu que ele se aproximava mais, que se encostava, talvez para falar mais perto do seu ouvido ou para que ela tivesse uma sensação maior, mais viva de sua presença.

— Eu estava há muito tempo para vir — a sua voz acariciava; sim, era uma verdadeira carícia —, mas só hoje é que foi possível.

Perguntou, num sopro de voz:

— E o senhor? — respirava forte. — Quem é o senhor?

Seu raciocínio trabalhava; mas não havia meio, não se lembrava de ninguém que pudesse ter aquela voz, que pudesse ser aquele homem. E o que a deixava mais espantada consigo mesma é que estivesse, assim, ouvindo e conversando com um desconhecido. "Entrou no meu quarto, é um bandido, um bandido." Mas não sentia nenhuma raiva; sua alma estava vazia, completamente vazia. Ele respondia:

— Um dia você saberá quem sou eu, mas agora não. Tem tempo. Quando você estiver gostando do mim...

— Gostando de quem? — Parecia estar sonhando.

— De mim.

— Acha que eu posso gostar de quem não conheço, de quem nunca vi?

— Acho.

— Mas como?

Ela mesma achava esse diálogo absurdo. Contando, ninguém acreditaria. Como é possível, meu Deus, que uma moça esteja no próprio quarto falando com um indivíduo que não conhecera, não conhecia, e que estava com certeza animado das piores intenções? "É mentira, eu estou sonhando."

— Como? — continuou o intruso. — Você verá... — sua voz era macia, tão macia; e, apesar disso, deixava entrever uma personalidade forte. — Agora, neste momento...

Assustou-se um pouco:

— Agora, o que é que tem?

E ele:

— Eu poderia ter tudo o que quisesses, fazer você gostar de mim, mas gostar com loucura.

Malu crispou-se toda. Teve ideia de que ele não mentia, que dizia a verdade, de que sua vida e sua alma estavam talvez nas mãos daquele homem.

— Está com frio?

— Não.

— Ah, já sei! Isso é nervoso?

Confirmou, passiva:

— É.

— Boba, boba!

Havia bom humor na voz dele, um bom humor carinhoso, que a confortou e lhe deu uma sensação de bem-estar. Então ele disse:

— Vire-se para mim.

Teve medo; perguntou, hesitante:

— Posso?

— Pode.

Malu foi se virando; mas devagarinho, com medo, um medo absurdo, pueril, de ver, de identificá-lo. Fechou os olhos ao mesmo tempo que rodava com o corpo. Quando os reabriu, estava de frente para ele. Mas abalou uma exclamação. Não via sua fisionomia; ele recobrira o rosto com um lenço, um pano qualquer, talvez uma máscara de seda, ela não sabia direito. Uma coisa, enfim, que velava suas feições (e a obscuridade do quarto já era tanta!). Em todo o caso, preferiu que fosse assim. Tinha medo de olhar a fisionomia dele, de vê-lo, traço a traço. Percebeu apenas que seu corpo era sólido, dava ideia de força, de vitalidade. Ele ria por detrás do pano, ria sem barulho; ela só sentiu isso quando o homem falou:

— Pensou que ia me mostrar assim? Não, minha filha...

Sem querer, Malu achou graça que o desconhecido usasse a expressão "minha filha". Não resistiu à própria curiosidade.

— E seu nome, como é?

Silêncio.

— Não quer dizer?

— Já, não posso. Mais tarde.

Tudo era "mais tarde" — ele adiava sempre as coisas, meu Deus do céu! Quase, quase, Malu ia fazendo uma coisa: passar a mão no rosto dele, arrancar a máscara e, assim, identificá-lo, guardar na memória a sua fisionomia. Mas, quando já erguia a mão para fazer isso, parou antes de começar. O homem recuava, e não tinha agora a doçura habitual:

— Não se atreva!

— Mas o quê?

— Isso que você pensou em fazer.

Insistiu na sua atitude de inocência:

— Mas eu não ia fazer nada!

— Ia, sim. Não minta. Ia ou não ia?

Esteve para mentir, mas resistiu em tempo. Confirmou, com uma involuntária humildade:

— Ia.

— Agora fique, de novo, de costas para mim. Assim. Não se mexa. Dê o tempo necessário para eu sair. Não se vire antes, ouviu?

— Ouvi.

Não sentiu rumor nenhum atrás de si. Foi como se o homem continuasse ali; ou pisasse macio, muito macio, pisasse com pés imateriais. Com uma obediência que espantou a si mesma, deixou passar muito tempo, o tempo necessário para que ele saísse, desaparecesse. Só quando sentiu nas costas uma aragem que provinha naturalmente da janela aberta é que se voltou. Não havia mais ninguém no quarto. Então abandonou a passividade; correu à janela e espiou para fora. Ninguém; ou, antes, via calmamente atravessando o pátio a figura de Orlando. Ficou indecisa. "Terá sido sonho ou delírio?" Voltou para o interior do quarto depois de ter fechado a janela. E o medo voltou: "Imagine: eu estive com um homem que poderia ter feito nem sei o quê, que entrou aqui sem ninguém ver e que deverá voltar outra vez". Isso lhe deu uma ideia de insegurança absoluta. Estava exposta a qualquer ameaça, a qualquer perigo. Aquele homem poderia, se quisesse, tê-la estrangulado. Não suportou mais o próprio medo; abriu a porta e desceu, ainda impressionadíssima. Foi o tempo de chegar ao hall e ver a porta se abrir. O dr. Carlos, d. Lígia e o persistente dr. Meira entraram. Correu para o pai:

— Foi bom o senhor ter chegado, papai.

D. Lígia já subia a escada. O dr. Meira, cansado, sentava-se na primeira poltrona, passando o lenço no rosto; e no íntimo assustara-se vendo Malu: "Será que vão brigar outra vez?". O dr. Carlos encarou a filha, e era evidente que suas disposições não podiam ser sombrias.

— O que é que há? — interrogou a moça.

— Há muita pouca coisa — respondeu. — Só que seu noivo foi enterrado. Só. E chega isso?

Ela estremeceu ante esse humor apavorante. Experimentou uma sensação de culpa como nunca em sua vida. De momento, empalideceu, não sabendo o que dizer. Mas, ao mesmo tempo, por uma espécie de pirraça consigo mesma, com os próprios sentimentos, sufocou qualquer palavra de arrependimento ou de explicação. Amargo, o pai continuou:

— A sua ausência foi notada. Isso não se faz — ele não se conformava com a atitude da filha. — O homem morreu, você devia ter tido mais sentimento.

— Papai — o ritmo do seu coração se alterou —, o senhor sabe perfeitamente por que eu não fui.

— Não tem desculpa.

Então o dr. Meira levantou-se:

— Tem, Carlos.

— E qual?

— Esta: Malu não gostava de Ricardo. Pensava gostar, mas era ilusão. Se o amasse, teria perdoado todas as infidelidades. Mas como não gostava se doeu; a mulher que não ama é incapaz de perdoar o namorado ou o noivo ou o marido infiel. Eis tudo.

Tanto Malu como o dr. Carlos ouviam espantadíssimos o dr. Meira. "Ele dizendo aquilo?", perguntava a si mesmo o dr. Carlos. A própria Malu se surpreendia e se perturbava, já agora incerta dos seus verdadeiros sentimentos. Procurou reagir; e refugiou-se em outro assunto:

— Papai, o senhor sabe que quase eu ia morrendo?

— Como?

Descreveu o perigo por que passara; afastou o vestido do ombro, mostrando o arranhão, bem visível e feio (felizmente, Mag roçara apenas); o sacrifício de Bob e a intervenção de Cláudio.

— Quase o senhor vinha encontrar sua filha morta ou estraçalhada.

— Mas Bob? — o dr. Carlos procurava recordar-se. — Que Bob? O jardineiro?

— É. Salvou-me duas vezes no mesmo dia. E eu quero, papai...

Fez uma pausa. O dr. Carlos e o dr. Meira estavam pálidos. Pensavam nos acontecimentos que se sucediam, num ciclo inexorável. Tinham medo do que estava para vir; e perguntavam a si mesmos se tudo aquilo não teria o sentido de uma maldição pesando sobre o destino da família. Quando Malu disse: "Eu quero, papai...", o dr. Carlos amarrou logo a cara:

— ... quero que Bob venha para cá.

Silêncio; e, em seguida, explosão do dr. Carlos:

— Para cá? Você está louca?

— Faço questão!

— Tenha juízo, Malu!

— Mas juízo por quê, ora essa? Então, ele me salva duas vezes e o senhor acha que ele não tem direito?

— Um jardineiro!

— Que tem isso? E jardineiro por acaso não é homem? Como o senhor, como o doutor Meira?

— Você não sabe o que diz.

— Posso mandar trazê-lo para cá ou não?

— Faça o que quiser. Eu não quero me aborrecer mais. Acho que já chega.

Pouco depois — já vestida direito —, Malu tomava todas as providências para que Bob viesse para casa. Mandou arrumar um quarto, um que ficava num canto isolado da casa e dava para um pé de eucaliptos. Míriam mudou o lençol, arranjou fronha, pôs água no jarro, mandou substituir a lâmpada queimada no abajur da cabeceira, uma série de pequenas medidas indispensáveis. Também mandou Orlando à cidade arranjar uma ambulância para levar Bob. Os criados em casa estavam impressionadíssimos. Achavam bonito o gesto da moça, mandando trazer para sua própria casa o seu salvador, sobretudo por se tratar de um homem de condição humilde. Orlando é que se encarregou de confundir os demais empregados com um comentário maldoso:

— Isso é alguma paixão que ela arranjou por esse camarada!

E como Míriam duvidasse — achava impossível que Malu desse confiança a qualquer um, principalmente a uma pessoa de classe inferior —, Orlando insistiu, reafirmou, com uma convicção que a fez estremecer:

— E você vai atrás disso? Pensa que tem importância?

Contou casos análogos: até duquesas que se casavam com professores de dança, atletas e ex-gângsteres.

— Essa Malu é tão mulher como você. Entre vocês duas, não sei qual preferia.

Míriam era, realmente, bonitinha, nada mais do que isso. Ficou vermelha:

— Lá vem você com bobagem!

E o outro, cínico:

— Sério!

Enquanto Malu providenciava a remoção de Bob, o dr. Carlos foi ao quarto de d. Lígia. Ela se levantou, rápida, como se tivesse vergonha do marido, pudor de ser vista assim na intimidade. Seu rosto estava marcado de lágrimas, nenhuma pintura. Sentou-se na cama.

Primeiro, ele observou a mulher sem dizer palavra. D. Lígia desviou a vista; ficou de perfil, olhando não sei para onde. Irritação do dr. Carlos:

— Você ainda está chorando? Por aquele camarada?

Ela ergueu-se, chocada:

— Por que é que você diz "esse camarada"? — Era a expressão que a magoava, que a fazia sofrer.

— Não posso, talvez? — tinha um riso mau na boca; e suavizou a voz: — Olha aqui, Lígia. Eu estive pensando melhor. Afinal, você sofreu um grande golpe, eu compreendo isso. Você precisa se distrair, senão fica doente.

D. Lígia abriu muito os olhos, e sentiu que o seu coração se apertava: "Onde é que ele quer chegar?". Julgava perceber, por detrás daquilo tudo, uma intenção qualquer que não podia ser boa. Preparou-se. Viu que o marido ficava muito sério, que o sorriso sardônico desaparecia de sua boca. Curvou-se para a mulher, olhando-a profundamente. Disse:

— Olhe o que eu vou fazer, preste atenção!

Foi rápido ao guarda-vestidos e o abriu. D. Lígia o acompanhou. E teve a ideia de que o marido perdera a razão. Ele vinha agora ao seu encontro e trazia na mão…

17

Eu não queria ser beijada

O DR. CARLOS fora ao guarda-roupa da esposa e o abrira. Viu os vestidos — eram muitos — e, durante um momento, duvidou na escolha. Porque era isso que ele estava fazendo: escolher um vestido. D. Lígia olhava-o espantada. Não compreendia e achou seu ar e sua atitude tão estranhos, tão fora de propósito, que desconfiou até de sua razão. "Quem sabe se ele?..." Não completou o pensamento. O dr. Carlos mexia nos vestidos. Via ora um, ora outro. Vestidos de todas as cores e feitios. E deles se desprendia um perfume, muito suave, um perfume bom. O dr. Carlos sentia nas mãos tecidos leves, finos. Finalmente, achou o que queria. E veio, de novo, ao encontro da mulher. Trazia um vestido dos melhores, se não o melhor, de d. Lígia. Era um que só usara uma vez. "Vestido de grande gala", como dizia antes Malu, brincando. Ficava bem em d. Lígia, bem demais talvez, realçando, valorizando seu tipo, suas linhas, modelando-a com certa audácia. Uma dessas toaletes de noite que perturbam os homens e deixam na própria mulher uma certa angústia de nudez ou de parcial nudez. Era esse vestido que o dr. Carlos carregava como um troféu; e sua fisionomia se modificara. Havia nos seus olhos e no seu sorriso — em toda a sua atitude, enfim — uma satisfação, uma alegria que encheu d. Lígia de um duplo sentimento, de espanto e de angústia. Perguntou a si mesma: "Mas que é isso, que é isso?". O dr. Carlos exibia o vestido. Parecia triunfante.

— Está vendo isso?
— Estou. O que é que tem?

E ele, encarando-a:

— Não percebeu ainda?
— Não.

E acrescentou, já com uma irritação nascente:

— Nem posso adivinhar.
— Você vai vestir isso.
— O quê?

Abanou a cabeça, como se duvidasse de si mesma, dos próprios ouvidos. E fazia um penoso esforço de compreensão, procurando uma explicação racional para a atitude do dr. Carlos. Durante dois, três, quatro segundos, ficaram defronte um do outro, sem uma palavra, espiando-se apenas. O dr. Carlos prosseguiu:

— Você sofreu um grande abalo, Lígia — velava a própria ironia. — Eu compreendo como são essas coisas.

— Sim. E que mais? — ela cerrava os lábios.

— É muito simples — não tirava os olhos da esposa, observando os seus mínimos reflexos fisionômicos. — Você precisa distrair-se.

D. Lígia julgava compreender, julgava perceber a intenção secreta do marido, a sua perfídia, a vontade de exasperá-la. E o que fazia bater seu coração mais depressa era a aparente inocência do dr. Carlos. Parecia estar desejando o bem da mulher, preocupando-se com a sua saúde espiritual. E quando ele disse, simulando extrema seriedade — "Você precisa distrair-se" —, ela fez um esforço sobre si mesma. Procurou ser positiva, mas serena:

— Não adianta, Carlos.

Sem elevar a voz, ele insistiu:

— Adianta, sim. Até já escolhi um lugar para nós irmos hoje à noite.

— Aonde?

— Ao cassino.

Então, d. Lígia não pôde mais. Deixou de se controlar:

— Você está louco?

— Por quê? — e a ironia tornou-se mais ostensiva: — Só por que desejo ir a um cassino com você, ora essa?

— Então você acha direito? Não vê logo? Ricardo foi enterrado hoje!

— E que é que tem? Ele era alguma coisa seu? Não. Logo...

— Ia ser meu genro.

— Ia! — Um vinco sardônico apareceu na boca do dr. Carlos. — E genro é parente? Ainda por cima futuro genro? Não me consta.

— Mas eu não vou, não adianta.

Teimava. Tinha uma atitude de menina rebelde. Só de pensar naquilo enchia-se de medo, de terror, de uma revolta de todo o seu ser. "Imagine eu num cassino, hoje!" Recuou, espantada, porque o dr. Carlos deixara de simular; sua fisionomia estava marcada por um ódio tão grande que ela teve medo. A voz do dr. Carlos veio sem brilho, velada, uma voz que não parecia dele:

— Você vai — carregava, acentuava o "vai". — E com este vestido aqui... Com este.

— Mas... — ela hesitava, olhando ora para o marido, ora para o vestido. — Você não vê que não é possível, que não pode ser? Que dirão os outros?

— Não faz mal — estava rosto a rosto com a mulher. — Que me importa, a mim, o que digam ou o que deixem de dizer?

Deu-lhe o vestido; d. Lígia, maquinalmente, apanhou-o. Sentiu, pelo tato, a delicadeza do tecido tão fino, tão caro, uma verdadeira maravilha. O marido ainda disse:

— Esteja pronta às nove horas em ponto.

Ela baixou a cabeça, numa submissão aparente:

— Está bem.

O dr. Carlos teve para a esposa um último olhar. Desconfiava de qualquer logro possível ou provável, vendo-a submeter-se muito depressa, depressa demais.

— Virei buscar você.

Ela não respondeu nada. E só levantou a vista muito tempo depois de o marido ter saído. Perguntava a si mesma: "Como vai ser, meu Deus, como vai ser?". Com a fisionomia fechada, estendeu o vestido na cama e ficou olhando. Poderia sair com aquilo? Não, meu Deus, nunca! Disse para si mesma, e à meia-voz:

— Ele pode fazer o que fizer, não adianta. Não irei!

Teve, então, uma ideia, que primeiro repeliu, mas que acabou vencendo sua resistência, fascinando-a. Tirou o vestido, trocando-o pelo escolhido. Fez a mudança com uma excitação que crescia, e pronta, afinal, correu ao espelho para se ver. Olhou-se, surpresa e agradada.

Aquele vestido era, sim, ousado demais, lindo, uma beleza. Como ficava bem no seu corpo! Por um momento, pareceu enamorada de si mesma. Gostou da própria imagem, achou-se bonita; e, sobretudo, moça. Teve pena de sua vida, tão solitária, tão sem amor. Refletiu: "Eu merecia ser amada, bem-amada!". Outra reflexão lhe ocorreu: "Mas eu não posso ir com isso. E não vou a cassino coisa nenhuma!". Teve vergonha de si mesma, do encantamento com que se olhava. E, com pressa, um nascente desespero, tirou o vestido: "Ricardo foi enterrado hoje!". A faceirice no dia mesmo em que o bem-amado descera à terra encheu-a de pânico. Disse em voz alta, diante do espelho, cruzando os braços sobre o peito:

— Não presto!

E repetiu, olhando a sua figura refletida, como se estivesse falando a um inimigo:

— Não presto!

Escolheu então um outro, bem simples, mas severo, o mais simples de todo o seu guarda-roupa. Depois desceu, porque evitava ficar sozinha — a solidão a amedrontava —, queria conversar sobre assuntos diferentes que a distraíssem de suas angústias. Na escada, lembrou-se de Cláudio. Assaltou-a um remorso. Mas Míriam vinha ao seu encontro cheia de novidades. E só então foi que soube, em todos os detalhes, do caso de Malu, do perigo que correra, do sacrifício de Bob para salvá-la e da intervenção final de Cláudio. Ficou espantada. Aquilo a atordoava; e fez a reflexão que todos vinham fazendo: quanta coisa estava acontecendo! Num espaço de horas, a vida da família, que decorria tranquila, mudava por completo. E era de esperar que acontecessem ainda muitas coisas mais, talvez novas e irreparáveis desgraças. Ficou indecisa: iria ver Malu? Ou Cláudio? Ou Bob? Ela mesma reconhecia: "Eu devia procurar Malu". Mas seu coração pedia outra coisa; seu coração pedia que ela fosse procurar Cláudio. Sem querer, pensava: "Aquele menino...". Repreendeu-se de ficar assim pensando tanto no rapaz. Estava no hall, indecisa sobre o que fazer. Míriam, que acabava a narrativa, acrescentava ainda:

— Nós só sabemos que ele se chama Cláudio. Mas desapareceu logo, foi-se embora. Quando o procuraram, não estava mais. A senhora não acha esquisito?

— Acho, acho — comentou d. Lígia para dizer alguma coisa.

O dr. Meira vinha naquele momento descendo a escada. Surpresa de d. Lígia, que não o esperava ver:

— O senhor está aí, doutor Meira?

O médico tentou fazer humor:

— Parece.

Em vez de se retirar, depois de chegar do enterro de Ricardo, ficara descansando num dos quartos de hóspedes. Míriam saiu; e, então, d. Lígia aproveitou a oportunidade para contar ao médico a exigência do marido:

— Quer que eu vá ao cassino, imagine, doutor Meira!

— Carlos não tem juízo.

— Pois é. E agora? Mas eu não vou — e reafirmava, com um traço de determinação na boca: — Não vou.

O dr. Meira pensou um pouco; e disse, afinal, com certa indecisão:

— Talvez seja melhor ir. Não sei, quem sabe?

— Oh, doutor Meira!

Mas, ao mesmo tempo que dizia isso, ela pensava em Cláudio. E teve uma necessidade brusca de se confessar ao médico:

— Aliás, doutor Meira, talvez o senhor tenha razão. Porque eu não presto, doutor Meira, não presto!

E continuou, numa ânsia de acusar-se a si mesma, de expiar assim a culpa que se atribuía:

— Aquele menino não sai de minha cabeça. O dia inteiro... Eu só o conheço há algumas horas, veja o senhor. Agora me diga: isso é possível, é? — E concluiu: — Que vergonha, que vergonha, meu Deus do céu!

O médico ia fazer uma observação, mas desistiu, abanando a cabeça; e limitou-se a fazer um comentário que parecia não traduzir o seu verdadeiro pensamento:

— Nisso não me quero meter.

Calaram-se. Acabava de chegar a ambulância que trazia Bob. Malu apareceu; d. Lígia ia lhe dirigir a palavra, mas a filha passou sem a olhar. Passou Orlando, também; e, em seguida, mais gente, criados, o próprio dr. Carlos, todos pálidos. O dr. Meira afastou-se; d. Lígia é que permaneceu imóvel, como uma vida petrificada. "Estou perdida", era seu comentário interior. Sentia-se arrastada, e era este o seu medo. O destino cumpria-se, e sua impressão era de que ela, com sua vontade, sua inteligência, seu caráter, sua alma, não influía nada, mas absolutamente nada nos acontecimentos. E tinha outra obsessão: o cassino. "Ele quer isso, que eu vá; quer me pisar, quer me humilhar, para mostrar que eu não me governo." E vinha-lhe uma revolta contra o que julgava ser o destino de quase todas as mulheres: ser vencida, humilhada, negada e, como ela, arrastada por uma força implacável. A porta foi aberta de par em par para a passagem da maca. D. Lígia viu quando apareceram os enfermeiros. Malu pôs-se à frente numa espécie de comando. Neste momento, d. Lígia abstraiu-se de tudo, esqueceu-se do sofrimento de Bob, de suas possíveis deformações, do seu corpo quase todo enrolado em panos. Subitamente nada mais parecia ter importância. Acima de tudo fascinava-a a imagem da filha. Começou a observá-la friamente como mulher, formulando sobre a moça um julgamento, não de mãe, mas de rival. Ela mesma se condenava por isso, achando que era incrível uma preocupação dessas em tal momento. Mas não pôde afastar o pensamento que gravitava somente em torno da filha. "Será mais bonita do que eu? Algum homem duvidaria entre nós duas ou a preferiria de olhos fechados?" Essas conjecturas a perturbaram tanto que tocou no braço do dr. Meira. Ele se virou para ouvi-la:

— Doutor Meira, o senhor quer ver como anda minha cabeça? Pois bem: em vez de me preocupar com a minha filha ou com esse infeliz, sabe em que eu estou pensando? Se sou mais bonita ou mais feia do que Malu. Imagine!...

— Lígia...

O médico falava baixo; e sentia um prazer quase infantil em chamá-la de Lígia e não de d. Lígia. Continuou:

— Lígia, eu não devia dizer isso, mas vou. Se eu tivesse quinze anos menos — não digo mais —, quinze bastavam...

D. Lígia teve um ar de incompreensão. O velhinho pareceu duvidar se continuaria ou não; e prosseguiu num arranco:

— Se eu tivesse quinze anos menos, Lígia, você me desculpe eu falar, mas eu tentaria sua conquista. Estou falando muito seriamente. Não é brincadeira, não.

D. Lígia balbuciou:

— Doutor Meira!

O velhinho, porém, se afastava; ia como se acabasse de fazer um grande esforço físico. D. Lígia não teve tempo de pensar mais no assunto, porque alguém a chamava:

— Lígia.

Que susto, meu Deus! Cláudio surgira a seu lado quase que magicamente. Seu coração começou a bater mais depressa. Ficou perturbada, nervosa, como se a simples presença do rapaz ali implicasse uma ameaça, um perigo. Ele entrara aproveitando a chegada da ambulância e foi positivo quando ela quis afastá-lo dali:

— Vamos conversar aqui mesmo!

— Mas você não pensa?

Ao mesmo tempo que perguntava, observava-lhe a fisionomia, que tinha um ar pungente de cansaço, de sofrimento. "Com certeza não dormiu", calculou. Nem sequer suspeitava que, depois de ter abatido a onça, com toda a carga do revólver, Cláudio ficara rondando a casa, à espera de uma oportunidade de revê-la. Tinha uma queixa muito grande a fazer. E como era sensível demais, sensível até o martírio, não sossegaria enquanto não desabafasse dizendo umas verdades. (Ele mesmo é quem dizia, mentalmente, "umas verdades".) Diante dela, agora, acusou-a:

— Foi o cúmulo o que você fez!

D. Lígia não entendeu. Desconcertou-se, sem reparar que o rapaz não tinha o menor direito de interpelá-la:

— Mas o que foi que eu fiz?

— Aquilo.

— O quê? — cada vez entendia menos.

— Então você não deu um beijo no seu marido?

— Oh, é só isso?

— E você queria mais ainda?

— Oh, que criança, meu Deus do céu; que criança!

Malu estava compenetradíssima nos seus novos deveres. Subia e descia as escadas numa excitação sempre crescente. E não se cansava de dizer, como que numa obsessão:

— Ele me salvou. Se não fosse ele, nem sei agora onde eu estaria...

Seu pai, dr. Meira e tia Isabel (que apareceu depois) já estavam saturados daquela gratidão que tanto se repetia. E quando apareceu d. Chiquita (vizinha e amiga da família, avó de uma poeta célebre), Malu, mais do que depressa, tratou de contar, outra vez, de princípio a fim, a história sabidíssima, com detalhes que, na sua excitação, ela corrigia, retocava, inventava. D. Chiquita, que era louca por histórias assim, ouvia tudo, insaciável. Malu parecia anormal (ou estava realmente transtornada); e virando-se para o médico repetiu, pela vigésima vez, a pergunta:

— Será que ele sara, doutor Meira? O que é que o senhor acha? Seja franco.

O médico refugiava-se num vago e prudente:

— Talvez, minha filha!

E Malu, subitamente triste:

— Ah, se ele morrer, o meu remorso!...

E d. Chiquita, admirativa:

— Que coisa!

Lá embaixo, d. Lígia e Cláudio continuaram sozinhos. Ela ficou meio apreensiva quando notou que, depois de a última pessoa subir, Cláudio olhava em torno, com ares suspeitíssimos, como quem quer se certificar de que está realmente só. E ouviu-o explodir:

— Você pensa que eu sou criança, não é?

Confirmou, com doçura:

— Se não é, parece.

— Só porque eu não quero ver ninguém beijando você? — Não tinha lógica nenhuma, raciocínio, senso comum no seu despeito. Em vão, d. Lígia objetou:

— Mas ele é meu marido.

Que, ao menos, ele se compenetrasse disso; mas não havia meio. Empalideceu, porque ele continuava:

— Pois bem: para você não me chamar mais de criança, eu agora vou beijar você, e aqui mesmo...

D. Lígia recuou:

— Você está louco!

Mas percebeu imediatamente que ele não se deteria e que ela estava mais ou menos condenada. "Esse menino não pensa!" Imagine, ali, em risco de um empregado ou de qualquer pessoa aparecer de repente, ver tudo. Recuava sempre, pensando: "Não deixo, não deixo!". Contornou uma cadeira e viu, desesperada, olhando para todos os lados, que diminuía cada vez mais o espaço para a fuga.

O que sentia agora, detrás de si, era a parede. Cerrou os lábios, pôs uma das mãos em cima da boca, selando ou querendo indicar que ela era intangível. Cláudio vinha ao seu encontro; e agora que não havia mais cadeiras nem mesinhas que a escudassem, ele se enchia de certeza. Viu o rosto do rapaz crescer à medida que se aproximava dos seus olhos. Compreendeu então, pela primeira vez, a força do sentimento que inspirara. Sentiu-o capaz de tudo, de todas as violências. "Ama-me", foi a sua angústia. "E eu que não posso fugir!"

— Ele beijou você, eu também posso beijar.

Era um menino grande e terrível, uma criança de corpo de atleta; e, por isso mesmo, uma ameaça, um perigo para qualquer mulher. Estavam agora face a face; ela, de olhos abertos, com a mão na boca, numa desesperada defesa dos seus lábios. O rosto dele cresceu ainda mais, e então...

— Mamãe!

Os dois viraram-se ao mesmo tempo. Malu estava no meio da escada, apoiada no corrimão, vendo a cena com ar de espanto. Cláudio afastou-se para d. Lígia passar. Nunca odiara tanto a alguém como, naquele momento, a Malu. D. Lígia estava em seu poder, ia ser fatalmente beijada se ela, Malu, não aparecesse. D. Lígia quase correu em direção da escada. Ia numa perturbação doida. Mesmo uma pessoa não prevenida veria, ao primeiro olhar, que algo de bem sério acontecera. Malu esperou que a mãe se aproximasse:

— Foi ele quem matou.

— Como? — D. Lígia não ouvira bem.

— Mag.

Maior incompreensão de d. Lígia, que não sabia que a onça se chamava Mag. Subitamente, Malu deixou de dar atenção à mãe. Estava de olhos fixos em Cláudio e desceu as escadas lentamente; d. Lígia desceu também. "Que é que ela vai fazer ou dizer?" A filha apresentava um ar absolutamente normal. Mas desde a morte de Ricardo que d. Lígia se surpreendia tanto com Malu que duvidava agora: "Quem sabe se ela não quer me fazer uma desfeita?". Malu estava em frente a Cláudio; olhava-o com tão absoluto desassombro que o próprio Cláudio achou aquilo impudor.

— Ainda não lhe agradeci como devia — começou Malu.

— Não precisa.

— Você me salvou a vida.

D. Lígia, pouco atrás, ouvia tudo, e achava a voz de Malu extremamente doce e musical. Parecia uma carícia. Procurou ver a reação de Cláudio através de sua fisionomia. Mas o rapaz, frio, frio, duro e frio, negou que a tivesse salvado:

— Quem a salvou — esse, sim — foi o outro...

— Bob?

D. Lígia interveio, como não querendo que Cláudio passasse por salvador:

— Foi Bob, sim.

E, imediatamente depois de ter falado, arrependeu-se. Percebia que a sua intervenção fora infeliz, desagradável e suspeita. O próprio Cláudio surpreendeu-se; olhou-a, interrogativo. Malu fingiu que não notara, embora começasse a ferver por dentro. Teimou, com secreta irritação:

— Mas, se você não aparecesse, a onça me teria atacado.

Neste momento, Míriam vinha descendo a escada. Cláudio já não dissimulava a irritação que lhe produziam os agradecimentos de Malu. Interrompeu, grosseiramente:

— Eu queria ver Bob. Pode ser?

D. Lígia adiantou-se:

— Eu levo!

— Não! — opôs-se Malu. — Míriam leva.

E para a empregada:

— Míriam, leve esse senhor ao quarto de Bob.

D. Lígia baixou a cabeça, fechou os olhos, crucificada de vergonha. O que a fazia desesperar-se era que Cláudio assistira à brutalidade da filha. Deixou que Cláudio e Míriam passassem. Ficou de costas para Malu. Só se virou quando a filha lhe disse:

— Gostou?

Respondeu com doçura:

— De quê?

— Do que eu fiz.

— Mas o que foi que você fez? Alguma coisa?

— Isso.

E com um movimento de cabeça indicava a escada por onde Cláudio e Míriam tinham acabado de passar. D. Lígia, sempre com suavidade:

— Não faz mal.

— Sei dessa!

E como d. Lígia, com um ar de mártir, nada replicasse, Malu não pôde conter mais a própria irritação.

— Então, pensa que eu não ouvi? Ou acha que eu sou surda?

— Minha filha — fez-se mais doce —, o que é que você ouviu?

Malu exasperava-se era com o tom de d. Lígia, com a doçura e a humildade de sua atitude. Teria preferido mil vezes que a mãe se irritasse, alterasse, replicasse a tudo violentamente. Mas d. Lígia, não. A cada palavra de Malu, parecia ficar mais triste e mais doce.

— O que é que eu ouvi? — era Malu que perguntava. — Ele pedindo um beijo. Só isso!

— E então?

— Acha pouco?

— Eu tenho culpa? — procurava ser persuasiva, cuidando de não irritar a filha, de não exasperá-la. — Tenho, diga? Posso impedir que um homem chegue junto de mim e me peça um beijo?

— Ah, não! Se a senhora soubesse se impor, não desse confiança, ele não teria se atrevido! Duvido!

D. Lígia baixou a cabeça. (Sentia-se tão cansada, tão cansada.) Apenas não pôde deixar de dizer, num desses lamentos que uma mulher não contém:

— Só acho que você não devia — sublinhou o "devia" — fazer tão mau juízo de sua mãe.

Para que d. Lígia foi dizer isso? Malu replicou, imediatamente, sem dar-lhe tempo de respirar:

— E quem foi que me disse "a mim ele beijou e a você não?". Quem foi? Eu ou a senhora? A senhora acha que depois disso eu podia fazer outro juízo da senhora?

D. Lígia desorientou-se. Cobriu o rosto com a mão:

— Não seja cruel, Malu! Eu sei que não devia ter dito aquilo...

Observação imediata da filha:

— Nem devia ter dito, nem, sobretudo, feito!

— Você tem razão, minha filha, toda a razão, toda!

— Espere, eu quero dizer à senhora uma coisa: a senhora fez aquilo. Mas eu vou me vingar. Tenho direito, não tenho?

D. Lígia não entendeu direito.

— Como?

— Muito simples: Cláudio será meu.

— Seu?

— Meu, sim senhora. Aliás — sua ironia foi evidente —, é a coisa mais justa do mundo! Ele me salvou. Gratidão.

— Para mim, tanto faz — dava de ombros, embora por dentro começasse a nascer a revolta de ser tratada assim, humilhada, desafiada.

— Tanto faz, eu sei! Só quero ver a quem é que ele vai preferir, se a mim ou à senhora!

— Mas eu não quero nada com ele! O que eu sinto é um sentimento maternal... Juro!

* * *

Cláudio subiu, levado por Míriam. Entrara na casa a pretexto de ver o ferido. Mas, em verdade, queria apenas estar junto de d. Lígia. Entrou no quarto de Bob e ficou lá, a um canto, sem coragem, ou, antes, sem jeito de se aproximar do leito. Estava perturbadíssimo, as faces em fogo. Passara tantos anos na companhia exclusiva da mãe que não sabia se conduzir com estranhos; confundia-se logo e era incapaz de dizer uma palavra, de sustentar uma palestra, de criar um assunto. A primeira pessoa que viu ao entrar no quarto — parece mentira — foi o dr. Carlos. Estava de costas para a porta, não notou quando Cláudio entrou. Este pôde olhar o marido de d. Lígia, observá-lo. Invejava-o profundamente. "Ele já a beijou, e eu nunca!" Esse raciocínio fê-lo sofrer de uma maneira intolerável. Teve ódio do dr. Carlos; e perguntou a si mesmo, com uma expressão de sofrimento no rosto: "O que é que ela viu nesse homem para se casar com ele?".

Foi então que o dr. Carlos se virou e deu com o rapaz. Reconheceu-o logo, é claro. E estremeceu, empalidecendo. Primeiro, pareceu não compreender por que Cláudio estava ali. Depois, veio ao seu encontro:

— O que é que você está fazendo aqui?

Cláudio inflamava-se facilmente; era passional nas suas reações. Mas não teve tempo de responder. O dr. Meira, que, de relance, vira o perigo de um atrito, interveio mais do que depressa. Pôs as mãos nos ombros de Cláudio:

— Esse é o rapaz que salvou Malu e Bob.

O dr. Carlos tonteou:

— Foi?

O dr. Meira reafirmou:

— Ah, se não fosse ele, Carlos! Sua filha, a essa hora...

Parou. Cláudio e o dr. Carlos se olharam, ambos hostis. O dr. Carlos não sentia a mínima gratidão, por mais que quisesse. E Cláudio, profundamente instintivo, não sabia disfarçar os próprios sentimentos. Não podia esquecer — nem esqueceria nunca — que o dr. Carlos beijara d. Lígia na sua frente, sem que ele pudesse fazer nada. O dr. Carlos fez um esforço para dizer:

— Obrigado.

E virou as costas, indo, de novo, para a cabeceira de Bob. Não conseguiu pensar no ferido. Seu pensamento se voltava — era já uma obsessão — para Cláudio. De vez em quando, olhava disfarçadamente o rapaz; mas logo desviava a vista. Bob, quase todo enrolado em ataduras, tinha apenas uma noção muito vaga do que estava se passando. Sofria barbaramente; fechava os olhos para não gritar, para não gemer — tinha uma sensação de fogo em toda a carne.

Era como se mil chamas, mil pequenas chamas, o atravessassem. Mas o raciocínio estava vivo. "Ela que não vem", pensava. Mas não demorou muito e ouviu aquela voz:

— Papai!

"Ela está no quarto." E, apesar do seu sofrimento, isso lhe deu um certo bem-estar. De olhos fechados, procurava ouvir, ouvir tudo o que ela dissesse, como se cada palavra de Malu, mesmo a mais trivial, lhe fizesse bem, um grande bem.

— Que tal, papai, o meu salvador? — continuava Malu. Bob pensou que fosse com ele. E seu coração bateu mais apressado. Sentia sua emoção quase dolorosa. Continuou à escuta:

— Venha cá, Cláudio!

Só então Bob percebeu que não era com ele. E sofreu com isso; a atitude de Malu chocou-o como uma ingratidão, como um esquecimento que ele não merecia. Revoltou-se contra a moça e contra as mulheres em geral: "Elas não merecem nada!" — ele não estava vendo a atitude de Malu, não vira a moça chegar e, muito faceira, num gesto que até poderia ser mal interpretado (e só não o foi porque, afinal, tratava-se do seu salvador), dar o braço a Cláudio e chamar o dr. Carlos:

— Papai!

Veio o dr. Carlos, naturalmente sombrio, fervendo por dentro. Ele só não se irritou mais ou não tornou mais claro o seu descontentamento para não dar na vista, não criar uma situação delicadíssima com um homem a quem devia, por força, reconhecimento. Malu, fingindo nada perceber, e no mesmo tom amável e frívolo:

— Que tal o meu salvador?

E ainda:

— Não é, Cláudio?

Irritação do dr. Carlos:

— Afinal, você tem dois salvadores? E o outro?

— O outro me salvou. E este — indicava Cláudio, sorrindo — salvou a mim e a Bob.

Cláudio estava desesperado:

— Eu não salvei nada!

Nunca se vira em tal situação. Queria estar longe dali, a mil léguas. Malu continuava de braço com ele; e o rapaz sentia o seu perfume, muito discreto e muito bom, sobretudo nos cabelos, perfume que devia ser caríssimo e trazia em si mesmo uma sugestão de amor. Esse aroma que se desprendia dela, que se desprendia do seu corpo moço, comovia-o também, extremamente. Malu insistia, como se estivesse empenhada em atormentá-lo:

— Ele precisa aparecer, não é, papai?

Foi o dr. Meira quem respondeu:

— Claro!

Novamente, o dr. Carlos se afastou, encaminhando-se para o corredor. Malu, então, desprendeu-se de Cláudio e acompanhou o pai:

— Papai.

E ele, bruto:

— Que é que há?

— Papai — falava com suavidade e, ainda assim, com decisão —, papai, eu me interesso por este rapaz.

Sabia que o dr. Carlos estava assim com Cláudio por causa de d. Lígia. E o seu empenho era o de convencer o pai que havia entre ela, Malu, e o rapaz um interesse. Despistá-lo em suma. O dr. Carlos vacilou. E Malu, mentindo:

— Ele está aqui por minha causa.

— Por sua causa?

— Então? O senhor viu aquela vez em que ele estava com mamãe? Era a meu respeito que falava. Queria que mamãe intercedesse junto a mim.

— É?

— Foi, papai.

O dr. Carlos desceu, então, pensativo. Seria isso? E, então, por que a mulher não lhe dissera, por que não se defendera? "Interessante", ia pensando, "muito interessante." Cruzou-se com ela, que ia subindo, dirigindo-se ao próprio quarto. Deixou-a passar sem uma palavra. Mas d. Lígia, mudando repentinamente de ideia, entrou no quarto em que se achava Bob. Sua intenção era de falar com Cláudio. Teve sorte de encontrá-lo logo. Aproveitou o momento em que Malu estava virada para o doente e perguntou, baixo e rápido:

— O meu maiô? Onde está?

— Está comigo.

— Então me dê.

— Não.

Levantou involuntariamente a voz:

— Por quê?

— Vai ficar comigo. É uma lembrança sua.

— Você está doido!

* * *

O professor Jacob e o criado aproximaram-se do grupo. O homem da cicatriz já sabia que Mag morrera. E sofria com isso como jamais pensara que um homem pudesse sofrer. Amava a fera como se esta fosse uma pessoa. E, por cima do ombro de um desconhecido, olhava o corpo de Mag. Puxou Isaac pelo braço, afastou-se com ele.

— Isaac, o homem que matou Mag vai morrer...

18

Uma mulher diante do crime

O professor Jacob repetiu:
— Vai morrer... hoje mesmo... o homem que fez isso...

Então, uma das pessoas que estavam reunidas em torno do corpo de Mag notou a presença do homem da cicatriz. Imediatamente — foi até interessante — todos se viraram. E houve um estremecimento, muitos não esperaram mais; afastaram-se lentamente, com o coração apertado pelo medo. Não havia ninguém ali que não temesse o professor, que não o achasse demoníaco. Sobretudo, as mulheres não o viam sem angústia; muitas corriam, com o coração pressago, à sua aproximação. O professor não fez um gesto. Percebia que fugiam dele; e isso, ao mesmo tempo que lhe arregaçava os lábios num sorriso cruel, dava-lhe uma consciência maior de sua força. Pouco depois, só restavam ali, ele e o criado, e mais o corpo da bela Mag. Ninguém mais. Naquele momento, pela primeira vez, a solidão em que vivia fez-lhe mal, deu-lhe um desejo brusco e rápido do contato humano. Mas a crise passou. De novo, dominou-o a maldade de sempre, a maldade que pertencia à sua própria natureza. Apertou o braço de Isaac:

— Isaac — era esta a sua obsessão —, o assassino de Mag vai ser morto...
— Eu sei.
— ... e quem vai matá-lo é...

Fez uma pausa. Olharam-se um momento em silêncio. Os olhos do professor fizeram-se mais cruéis. Isaac perguntou impassível:
— Quem?
— Você.

— Eu?

— Você, sim, Isaac.

— Mas a mim ele não fez nada!

— Fez à Mag. É a mesma coisa, não é?

— Não posso, professor, não posso.

— E por quê? — a voz do professor era macia, perigosamente macia.

— Há muito tempo que eu não derramo sangue. Jurei que não mataria mais ninguém.

— Ah, jurou?

A ironia do professor arrepiou Isaac. Mas por fora ele se manteve impassível. Obstinou-se, quis ser irredutível, embora temendo, de antemão, a cólera do chefe:

— Peça tudo de mim, menos isso, professor. Isso, não.

— Isaac — o professor quis liquidar logo a questão: não elevou a voz, mas a sua calma tinha qualquer coisa de violência contida. — Não estou pedindo: estou mandando; das duas uma: ou você mata esse rapaz hoje, ou...

— O quê?

— ... ou entrego você à polícia. Já. Escolha.

Isaac encarou o patrão. Por um momento, coisa talvez de um segundo, teve vontade de se atirar contra ele, aproveitando a solidão, de estrangulá-lo ou esfaqueá-lo. O ódio que naquele momento o invadiu, que lhe fez o sangue subir à cabeça, não se parecia com nenhum sentimento humano. Moveu o braço, de maneira imperceptível, procurando com os dedos qualquer coisa na cinta, deslizando-se. Era a ideia do punhal que o fascinava naqueles rápidos momentos. Pálido como um morto, o professor Jacob pousou-lhe as duas mãos nos ombros.

— Isaac, vou lhe dizer em que você está pensando; no punhal, não é? Você me quer matar, Isaac, mas não adianta. Eu adivinho seu pensamento, conheço suas intenções. Desista, Isaac!

O braço do criado escorregou ao longo do corpo. Assim como veio, desapareceu a raiva. Mais do que nunca, sentiu o poder daquele homem. Balbuciou, dominado já pelo medo, abjeto na sua covardia:

— Desculpe.

E o professor, com extrema suavidade:

— Está disposto a obedecer?

— Estou.

— Está bem. Então vá. E não me apareça sem ter cumprido a sua missão.

Isaac partiu. Ia num passo incerto de bêbado; e via tudo turvo na sua frente.

Sabia que estava mais do que nunca à mercê do seu algoz. O chefe conhecia os seus crimes passados: Isaac fora, na mocidade, uma dessas vidas que parecem arrastadas por uma força demoníaca: tinha a experiência de todos os crimes, de todos os pecados. Um dia, perseguido de perto, e ainda com as mãos e as roupas tintas de sangue de sua vítima mais recente, refugiara-se na casa do professor. Este dera-lhe abrigo, depois empregara-o, exigindo, porém, uma confissão assinada. Isaac, numa situação em que a pessoa não tem outra alternativa, assinou o papel que o próprio chefe datilografou. Mas seu último crime o deixara estranhamente abalado, dera-lhe um horror doentio de si mesmo, das coisas todas, da própria vida. Tratava-se de uma mulher que fora o primeiro e único amor de sua vida. Matara-a por ciúmes, num dos incontroláveis impulsos de sua natureza passional. Soube depois que ela era totalmente inocente. E o remorso que teve, que o atravessou, foi fulminante, desses que envelhecem um homem instantaneamente. Quase enlouqueceu. E talvez tivesse sido melhor. Ele mesmo desejou a loucura ou a morte, como uma doce e desejada libertadora. Jurou que nunca mais mataria ninguém; e foi mais além: nem mesmo em defesa própria. E o pior de tudo é que fizera o juramento diante do túmulo da bem-amada — um túmulo obscuro e solitário. Agora, afastando-se pela estrada, seus ouvidos estavam ressoantes de um nome doce e único: "Sônia, Sônia..." (era assim que ela se chamava). Ao ódio que lhe inspirava o professor, misturava-se o medo. Talvez o medo fosse maior que o ódio. Pensava: "Eu não posso matar, eu não devo matar...". Estas palavras iam e vinham, num ritmo de obsessão. E continuava avançando, sem ter nenhum plano formado. Mais tarde pensaria como executar a missão. Mas depois, e não agora. Agora não podia pensar em mais nada; tudo, tudo lhe recordava o último crime, assaltava-o mais do que nunca a saudade do seu perdido amor. "Sônia, Sônia..."

MALU VEIO PARA o jardim. Desejava pensar sobre os novos acontecimentos que enchiam sua vida e poderiam modificá-la, dando-lhe um rumo totalmente novo. Mergulhada nas suas reflexões, aproximou-se da piscina. Pensava em Cláudio, nos seus olhos, na doçura ardente dos seus olhos; e concluiu: "Um homem que qualquer mulher pode amar". Estava tão ensimesmada que não viu uma pessoa se aproximar:
— Malu, dona Malu...
Teve um choque e virou-se. Era Laura, que inicialmente a chamara simplesmente Malu e emendara logo o tratamento. A moça sorriu. Era inesperado, mas sentiu que a presença, a simples presença da velha, lhe dava uma sensação

confortadora de segurança e bem-estar. "Por que será, meu Deus do céu, por quê?". Interrogou com brandura:
— Veio para ficar?
— Vim — murmurou a velha. E apontando para a varanda: — As minhas coisas estão ali.
Falava — sempre que se dirigia a Malu era assim — com extrema humildade. Uma humildade que, se se tratasse de outra pessoa, acabaria saturando, desgostando a moça. Mas, sem que soubesse explicar por quê, as atitudes, às vezes insólitas, da anciã pareciam não perturbar Malu, que nem sequer reparava o que elas tinham de anormal e desagradável.
— Afinal, o que é que você quer ser?
Haviam combinado tudo tão no ar que se viam as duas, inesperadamente, diante de um problema. A rigor não havia lugar, emprego; tudo estava preenchido. Laura, com medo de ser afastada, rejeitada, sugeriu logo:
— Qualquer lugar serve.
— Então vamos — disse Malu; e acrescentou, vagamente: — Você vai ficando. Depois a gente vê.
Começaram a subir, em direção da varanda, no momento justo em que Cláudio ia saindo. Só então Malu lembrou-se que a velha era mãe do rapaz. Esta circunstância a impediu naturalmente de lhe dar uma situação muito humilde. Cláudio viu a mãe; e dirigiu-se na direção das duas mulheres, com a fisionomia transformada:
— Mamãe...
A velha teve um gesto de medo quase infantil. Ocultou-se mais do que depressa detrás de Malu, como que fazendo do corpo da moça uma proteção.
— Não adianta, Cláudio, não adianta — falava para o filho, presa de intensa agitação.
— Vamos embora, mamãe.
— Deixe-a, Cláudio — interveio então Malu.
O rapaz parou, incerto se devia ou não insistir. Mas não se decidiu partir como pretendia. Entraram os três. Malu chamou Míriam e apresentou a velha:
— Ela vai ficar naquele quarto.
— O dos fundos?
— É.
Laura e Míriam afastaram-se. Cláudio protestou:
— Mamãe não pode ficar aqui.
— Deixe. Não faz mal. Que é que tem?
— Mas ela é doente!
— Eu tomo conta.

— E eu não me quero separar dela.

Malu hesitou. Seu pensamento trabalhou rapidamente. Nasceu-lhe uma ideia, talvez ousada, talvez maluca, que, de momento, não quis rejeitar. Mais tarde pensaria naquilo. Disse apenas:

— Pode deixar. Eu dou um jeito.

E fixava-o, olhava-o muito e com tanto mais insistência quanto sabia que ele se perturbava todo, ficava nervoso, parecia uma criança. Chegou-se mais para ele, embora sabendo que o estava provocando, que aquilo era quase impudor. Neste momento, o dr. Meira apareceu na porta; ia sair, estava colocando o chapéu. Cláudio, então, aproveitou a oportunidade:

— Já vou.

— Espere um pouquinho...

E ele, perturbadíssimo com a proximidade do dr. Meira, que vinha para cá:

— Volto logo mais.

Ela acenou com os dedos:

— Eu espero. Depois a gente combina tudo.

O dr. Meira aproximou-se. Estava cansado, não dormira nada e sentia-se extremamente nervoso. Aliás, há 48 horas que ninguém naquela casa dormia, a não ser os criados. Nem Malu, nem d. Lígia, nem o dr. Carlos. Todos estavam esgotados e intoxicados pela vigília. O velho observara a cena e não gostara nada, absolutamente nada, da atitude de Malu. A moça percebeu imediatamente que ele estava zangado. Fingiu que não notava coisa nenhuma e sorriu para ele, faceira:

— Já sei que o senhor vai ralhar comigo, dr. Meira.

— Malu, não estou nada, mas nada contente com você. Você está me desgostando, Malu.

Ela simulou uma perfeita inocência:

— Que foi que eu fiz, mas que foi?

— Você pensa que eu não vi seus modos com esse rapaz? Isso é feio, Malu, muito feio!

O médico falava num tom realmente triste, tristíssimo. Não compreendia, não admitia, em primeiro lugar, a insensibilidade da moça. Vendo-a, ninguém diria que, naquele dia, seu noivo fora enterrado. Mas isso ainda não era tudo. Descontente de não chorar Ricardo, ainda flertava, e sem o menor escrúpulo, sem o menor pudor, com Bob e Cláudio. "Será que ela não tem consciência, não tem sentimento?", era o que perguntava o velho a si mesmo. E, em voz alta, para a moça:

— Você acha isso justo? Responda: acha?

— Mas isso o quê?

— Esse flerte?

— Mas que tem um flerte, um simples flerte?

E brincou com o médico:

— O senhor é muito atrasado, doutor Meira!

Ele confirmou, muito sério e triste:

— Sou. Você tem razão. No meu tempo, uma moça cujo noivo morresse não faria isso, que esperança. Mas agora está tudo mudado. E eu não posso fazer nada.

Foi a vez de Malu ficar séria:

— O senhor acha que eu não devo flertar?

— Acho, naturalmente.

— Mesmo sabendo que Ricardo não me foi fiel?

— Mesmo assim.

— Pois eu não, doutor Meira. Eu não acho. Para mim, a mulher só tem obrigação moral quando o homem é fiel.

— Mas ele morreu, Malu! Ele morreu, compreenda isso!

A moça fez pé firme, irredutível no seu rancor:

— Eu sei que ele morreu. Mas isso não destrói um fato. Deixei de ser boba, doutor Meira. Agora sou outra mulher, completamente diferente. Nunca mais acontecerá comigo a mesma coisa. Juro!

— Tenha juízo!

Mas ela, pouco a pouco se exaltando, repeliu um a um os conselhos que o médico continuava dando. Sabia que alguma coisa morrera dentro de si, que nunca mais voltaria a ser o que fora. A Malu de outros tempos — ingênua, sempre sensível ao sonho, apaixonadamente fiel — morrera. Ela mesma não dissera "Nunca mais serei fiel, nunca"? Repetiu para o dr. Meira, com o mesmo ar de determinação:

— Eu sofri por um homem. E farei muitos homens sofrerem por minha causa.

O dr. Meira ainda quis dizer qualquer coisa, condenar Malu de uma maneira mais violenta. Mas a única coisa que conseguiu dizer foi isto:

— Deus a proteja!

E saiu sem cumprimentar a moça, desesperado. Malu ficou parada vendo o médico chegar ao portão e, pouco depois, tomar o automóvel. Não se mexeu durante talvez um minuto. O vento dava-lhe nas saias. Pouco depois de ter partido o automóvel, ia-se virando para subir quando viu alguém entrando. Ficou um segundo indecisa, mas finalmente reconheceu o recém-chegado. E seu coração começou a bater num ritmo de angústia. Deixou que ele viesse ao seu encontro. Disse, à meia-voz:

— Dalmo.
Fechou os olhos, e quando os reabriu ele estava ao seu lado. Olharam-se. A atitude do rapaz era de desespero absoluto. Seus olhos brilhavam intensamente e seus lábios tremiam.
— Não esperava por mim — começou ele.
— Não. Por que havia de esperar?
— Preciso falar com você.
— Fale.
Ele quis segurá-la pelo pulso, mas a moça, rápida, puxou o braço. E só então reparou o quanto Dalmo a odiava. Arrepiou-se um pouco, foi como se tivesse frio, mas logo reagiu sobre o medo que principiava a dominá-la. Continuaram a olhar-se em silêncio, se espreitando, até que ele, exasperado, a insultou:
— Cínica, cínica!
A moça fingiu uma atitude de incompreensão:
— Mas que é isso?
— Sabe o que é que eu vim fazer?
Ela esperou, muito pálida. E ele:
— Vim matá-la.

Dalmo viera de automóvel até as proximidades da casa de Malu. Quando faltava cerca de meio quilômetro, saltou e fez o resto do caminho a pé. Saíra de casa com uma resolução definitiva; a ideia do crime dominara-o por completo, entranhava-se na sua carne e na sua alma; em torno dela é que, desde a revelação de Horácio, gravitava a sua vida. À medida que se aproximava da casa, a obsessão se fazia maior e mais exasperante. E uma só palavra estava no seu espírito, enchia seus ouvidos; ele próprio a repetia, em voz alta: "Cínica, cínica". Pensava que só uma mulher destituída de qualquer sentimento, de qualquer dignidade, de qualquer vestígio de alma, poderia ter feito aquilo: sair do velório do noivo, com a máxima naturalidade, para cair nos braços de outro homem. Ao entrar no jardim, a primeira coisa que viu: a própria Malu. Foi subindo a pequena ladeira, com o pensamento trabalhando, trabalhando: "Ela vai morrer e não sabe". Imaginava o espanto que a moça faria quando ele revelasse as suas verdadeiras intenções. Achou-a pálida, extremamente pálida, os olhos brilhantes. Com certeza, não dormira ainda. Houve, entre eles, uma breve troca de palavras. Ele quis agarrar-lhe o braço, com medo que Malu pudesse fugir-lhe. Mas ela se desprendeu. Quando Dalmo disse-lhe, transfigurado (parecia atormentado de febre ou de loucura):

— Vim para matá-la!

Ela não se surpreendeu. Alguma coisa lhe disse, ao vê-lo, sobretudo pela expressão dos olhos, que Dalmo trazia justamente essa vontade desesperada, essa disposição fanática. "Vai matar-me." E ainda assim não teve medo. Ergueu o busto, sustentou-lhe o olhar. Podia ter corrido ou gritado: e nada lhe seria mais fácil. Mas guardou silêncio. Seus olhos não refletiam nada, nenhum temor. Estavam estranhamente límpidos, estranhamente serenos. Murmurou apenas, sem desfitá-lo:

— Eu, eu, eu sabia.

Aparentava estar tão incrivelmente calma, ou fria, que o rapaz não soube o que dizer. Procurou ler na sua fisionomia qualquer traço de sofrimento.

— Sabia? — duvidou.

E a resposta veio, severa:

— Sabia.

Ele julgou compreender:

— Sabia porque não estava com a consciência tranquila! Porque não teve vergonha!

E continuou violento, fazendo a acusação que Glorinha já fizera:

— Com o noivo morto, a dois passos...

— O quê?

— Quer negar, então, que não se foi encerrar com um homem no jardim?

— Eu? — a moça estava sendo apaixonadamente sincera.

— Você, sim. E que não beijou esse homem na boca?

O coração de Malu bateu descompassadamente. Abanou a cabeça, sem dizer nada. Sabia que Dalmo não mentia, não inventava, que estava sendo honesto, fanaticamente honesto, no que afirmava. E era justamente por isso o seu assombro.

— Eu beijei, eu?

— Por que não confessa, por que não diz logo? Ao menos tenha a coragem moral ou imoral de confessar, ao menos essa coragem!

Apesar de toda a sua calma, Malu ficou abalada. Desesperou-se, mesmo. Agora abria muito os olhos, mexia a boca; e não conseguia articular uma palavra. Ao mesmo tempo, sentia falta de ar, como se uma invisível mão a estrangulasse. Dalmo pensou que, enfim, ela se envergonhava de si mesma, fora tomada pelo remorso ou pelo medo. E foi isso que lhe deu mais coragem, fez renascer a vontade, o impulso do crime. Malu estava realmente em seu poder. E forçou uma resposta, bruto, encorajado com a expressão de espanto e de súplica que tomava os olhos da moça ao fitá-lo:

— Beijou ou não?

Silêncio de Malu. Ele insistiu. A moça, finalmente, respondeu, reagindo, já com petulância:
— Sim. Beijei. E que é que tem?
Voltava, de novo, à primeira atitude de desafio. E perguntou ainda:
— Por que não me mata?
Ele se aproximou mais e mais. "Mato agora mesmo", pensou. A mão já estava apanhando a coronha do revólver. Talvez, naquele momento, o desejo de morte, que intermitentemente nascia na alma de Malu, tivesse voltado, e com mais intensidade. Viu quando a coronha apareceu. Conservou-se imóvel e fechou os olhos, certa de que estava perdida, de que ninguém, de que nada a salvaria.

Naquele momento, uma pessoa entrava no quarto de Malu. Entrava e fechava a porta. Parecia assustada, e o primeiro cuidado, quando se viu dentro do quarto, foi o de torcer a chave. Então ficou mais tranquila, veio para o meio do quarto. Durante alguns segundos, pareceu indecisa: olhou em torno. E então, lentamente, aproximou-se de um armário, grande e bonito.
Era tia Isabel. Há muito tempo nutria um desejo estranho que, todavia, hesitava em realizar. Mas agora a vontade fora maior que qualquer sentimento de prudência. A única coisa que ainda a impressionava, a fazia mudar o ritmo do seu coração, era o aparecimento imprevisto da sobrinha. Mas contava com a sorte. Torcia: "Tomara que ela não apareça antes de eu fazer aquilo que quero". Tinha ido ali com um objetivo definido.
A chave do armário estava na fechadura. Abriu a porta, de par em par. E não pôde conter uma exclamação de assombro, de encantamento:
— Oh!
O que aparecia, diante dos seus olhos, era todo o enxoval, ou, antes, grande parte do enxoval de Malu. Tudo ali era do melhor, do mais fino, do mais caro; uma profusão de coisas preciosas e deslumbrantes, de roupas variadíssimas, peças quase inverossímeis, rendas, tecidos ideais, combinações diáfanas. Toda a angústia de tia Isabel se fundiu num único sentimento de admiração, de encanto. Enamorava-se de cada coisa, pegava em tudo. Era como se aquilo pertencesse a ela, e não à sobrinha. Perdia a noção de tudo, do presente, do passado; perdia, sobretudo, a noção da própria idade, da própria velhice.
E foi de repente que se lembrou, que caiu em si. Sofreu então. Sua alma desesperou-se. Por um momento, teve vontade de fugir, de correr, de ir para longe, para um lugar em que pudesse esconder seu grande sonho frustrado. Todas as mulheres namoram, ficam noivas e se casam. Ela, não. Depois do

seu amor não realizado, nunca mais tivera um flerte, nunca mais olhara um homem como mulher, passara a vida chorando a ilusão abatida. Mas, de súbito, teve uma ideia diferente e experimentou certa compensação; disse, então, à meia-voz:

— Ela não chegou a usar isso, nunca há de usar!

Era essa a sua vaidade, o seu triunfo, a sua alegria triste e cruel; que Malu, sendo bonita e jovem, tivesse fracassado também. Que tivesse aquele enxoval lindo e inútil, mas sobretudo inútil. Sem querer, e sem sentir, falava sozinha:

— Como é diferente tudo agora, tão diferente daquele tempo...

Queria se referir ao tempo em que fora noiva; havia peças que ela nem sabia que uso tinham. E veio-lhe uma reflexão melancólica:

— Também naquele tempo havia mais pudor.

Como Dalmo, desorientado, demorasse a falar ou agir, Malu teve tempo de pensar, e seu instinto de conservação, lentamente embora, começava a reagir. "Basta que ele aperte o gatilho, faça só esse movimento, para que eu morra." E, então, o medo despertou, um medo que crescia de maneira incessante e inexorável, que apertava seu coração e a sufocava. Moça que era, bonita, não amara ainda, podia vir a amar, uma vez, duas, três, quatro. "Não posso morrer assim." Não podia e, sobretudo, não queria, tomava-a um brusco desejo de vida, de sobrevivência. Naquele momento, ou naqueles segundos, foi que aprendeu a dar valor à existência.

Deu um passo e chegou-se para junto de Dalmo. E o fez sem querer e sem premeditar, por um secreto instinto de mulher. Ele a fixava, como se, antes de atirar, quisesse gravar bem na memória a sua imagem e reter para sempre a expressão de sua fisionomia.

— Não se arrepende? — perguntou, finalmente, com ódio na voz.

— Mas arrepender-me de quê? — balbuciou a moça, tomando conta de todos os movimentos do rapaz e pronta a atracar-se com ele ao primeiro gesto suspeito (ele apertava a coronha do revólver, sem contudo empunhá-lo).

Que batidas loucas dava seu coração! Se ele pudesse imaginar, se pudesse ter uma ideia do medo que a dominava, medo abjeto, de criança, medo que quase a enlouquecia...

E teve um lamento:

— Eu não beijei ninguém.

— Beijou, sim!

Pareciam crianças, um negando, outro afirmando. E a ideia da morte estava presente entre eles, parecia uni-los, apesar de tudo.

— Porque se eu quisesse beijar... — fez uma pausa; uma ideia começava a nascer no seu espírito...

Ele esperou. E ela continuou:

— Se eu quisesse beijar alguém, esse alguém seria... você!

Houve em seguida um silêncio, um absoluto silêncio. Um e outro — tanto ele como ela — tiveram a mesma sensação: isto é, a sensação de que tudo havia parado, de que parara o universo inteiro, de que cessara a vida. Ele empalideceu e teve uma expressão de sofrimento, como quem recebe uma pancada em pleno peito. Ela tornou-se lívida também. Espantava-se consigo mesma. E havia dentro dela, obsessionante, o sentimento de que era impossível, absolutamente impossível, que aquelas palavras tivessem saído de sua boca. "Mas fui eu quem disse isso, eu, parece mentira!"

Dalmo caía em si, mas de uma maneira muito lenta. Nos seus ouvidos ressoava, toda, inteira, a frase: "Se eu quisesse beijar alguém, esse alguém seria... você". Seu queixo tremia. Mau grado seu, a ideia do crime desaparecia, fundia-se num sentimento de espanto. E, pouco a pouco, o nome, o rosto, a vida de Ricardo saíram do seu pensamento. Malu afirmava, curvando a cabeça, o coração em tumulto:

— É verdade, sim, o que eu estou dizendo.

Ele balbuciou, inteiramente desorientado:

— Malu!

Ao mesmo tempo, com uma espécie de sofrimento, pensava: "Será verdade? Ela me ama, ela gosta de mim?". E repetia mentalmente, forçando-se a acreditar naquilo que supunha uma loucura: "Gosta de mim, gosta de mim...".

— Desde quando? — indagou.

Ela repetiu, meio desconcertada:

— Desde quando?...

Fechou os olhos, sem ter de momento o que dizer. Seu pensamento trabalhou com a máxima rapidez possível. Procurava uma solução. "Devo dizer o quê?" Respondeu, ao acaso:

— Desde aquele dia...

Mas isso era bastante vago, não significava nada. Ele precisava saber de minúcias, conhecer detalhes. Era uma necessidade, que sentia, súbita e invencível, de estar a par de onde, como e quando nascera aquele sentimento.

— Que dia?

— Você não se lembra?

Mas ele acenou a cabeça com uma expressão quase alvar:[8]

— Não.

Desesperada, Malu teve que improvisar. E fê-lo com íntima irritação e uma aparente doçura.

— Foi naquele baile. Você estava olhando muito para mim. — E concluiu, vendo que ele continuava incerto, sem se lembrar direito: — Aquela festa de Solange?

Fez-se, então, uma luz na memória de Dalmo, que gritou, quase:

— Ah, já sei.

E tudo lhe apareceu, de novo, na sua mente. Teve uma visão da moça, tal como estava naquele dia: os ombros e os braços nus, o decote até um pouco ousado, e essa aura, essa irradiação das mulheres felizes. Ricardo começava a namorá-la, apenas. E Dalmo sentira um certo remorso em admirar a pele branca, os ombros, a boca e os olhos. Malu retribuíra um ou outro olhar do rapaz, mas sem interesse, embora sentisse um relativo prazer em ser assim olhada. Não chegara a haver nem mesmo um flerte, porém. Agora ela contava, fantasiava, afirmava:

— Foi desde aí.

E o acusou, com certo coquetismo:

— Mas você não se quis aproximar, não ligou, não quis.

— Por causa de Ricardo — replicou o rapaz.

E o nome do irmão morto, lançado ali, pareceu impressioná-lo. Por um momento — coisa rápida — ficou perturbado. Mas ela estava junto dele, pequena, frágil, os lábios entreabertos, os olhos cheios de ternura. Nunca lhe parecera tão linda e perturbadora. Teve medo de si mesmo. Precisava conter-se:

— Malu, fuja, fuja, Malu!

Ela se negou:

— Não. Fugir por quê?

Pouco a pouco, aquilo a divertia e fascinava, como um jogo perigoso e mortal. E um sentimento de perversidade, de malícia feminina, um instinto de comédia e simulação, nascia na sua alma. Já sofrera por um homem; e experimentava um prazer intraduzível em mistificar o irmão desse mesmo homem. Era uma espécie de vingança que tirava de Ricardo ou da sua memória. Dalmo reagia contra o encanto que o estava envolvendo:

— Você não vê que não é possível?

— O que é que não é possível?

— Qualquer coisa entre nós?

"Vim aqui para matá-la", era o seu raciocínio. "E em vez disso..."

Mas ela lutou para convencê-lo, sugestioná-lo:

— É possível, sim.

Houve uma pausa. Olharam-se, apenas. Dalmo fez, então, a pergunta:

— E Ricardo?

Desta vez o nome do morto não teve o efeito que ele esperava. Pelo contrário. Parecia até que a associação da ideia da morte ao amor criava, entre eles, um estímulo perverso, vital e poderoso. Ela se lembrou de d. Lígia, da traição de Ricardo, do garoto que ele deixava; e tudo isso para alimentar a própria cólera, para dar-lhe ânimo naquela comédia tenebrosa. Acreditava, e cada vez mais, que fazendo aquilo estava de alguma maneira se compensando da desilusão. Argumentou com Dalmo:

— A gente é culpada por gostar de alguém?

Teve que reconhecer:

— Não.

— E eu de gostar de você, por exemplo?

— Também não. — Ele estava perturbadíssimo.

— Então?...

Novamente calaram-se. Ela sentindo que se afundava cada vez mais na representação. E, recordando-se do que sofrera, da humilhação, do engano, encarou Dalmo. Teve uma atitude que era uma espécie de desafio à memória de Ricardo:

— Você acha que eu mereço um beijo?...

19

Meu sangue cairá sobre tua cabeça

MALU TEVE, AINDA, uma vacilação que seria a última. Mas destruiu o derradeiro escrúpulo, lembrando-se de que Ricardo lhe fora infiel. "Beijar sem amor pode ser uma indignidade, mas não faz mal." Aproximou seu rosto mais e mais de Dalmo. Ele viu, diante de seus olhos, os lábios entreabertos. Perdeu a cabeça. Ia beijá-la, porém teve a sensação de que havia um abismo aos seus pés, de que ia cair, perder-se. Então ouviu um grito e em seguida outro, gritos sucessivos, logo no momento em que ia ceder à tentação envolvente.

Viraram-se, assombrados. O seu sentimento comum era de que acontecera alguma coisa de trágico na casa, mais uma daquelas desgraças que vinham acontecendo uma após outra, num ritmo inexorável. "Meu Deus, meu Deus", balbuciou Malu, com o coração batendo doidamente. Dalmo ficou mais pálido ainda do que estava. E viram então, na janela do quarto de Malu, uma mulher que gritava, agitando os braços.

— Malu! Malu! — Era o apelo da mulher.

E logo, pela janela aberta, saíram rolos de fumaça, raiados de fogo. Havia labaredas dentro do quarto. Malu reconheceu tia Isabel. E ficou sem saber o que fazer, inteiramente imobilizada pelo espanto. Mas os gritos da solteirona já haviam mobilizado a casa toda. Corriam d. Lígia, dr. Carlos e Orlando. Orlando foi o primeiro a galgar os degraus. Já a fumaça saía por debaixo da porta. Rápido, Orlando mexeu no trinco. Pouco depois, chegava o dr. Carlos sem compreender:

— Que foi?

Míriam, num acesso de pânico, corria para o jardim. Sempre tivera medo de incêndio, de morrer queimada. Julgou que era a casa toda que pegava fogo; sentia-se no limiar de um verdadeiro ataque. Em cima, Orlando torcia, queria forçar o trinco. Mas estava fechado por dentro:

— Arrombe! — recomendou o dr. Carlos.

D. Lígia, no princípio do corredor, hesitava se devia correr ou não. E o seu sentimento, como o de todos ali, era de que a casa ou, antes, a família estava maldita. Só uma maldição poderia justificar, com efeito, uma sequência assim de casos. Tudo que era ruim acontecia. A porta era sólida. Foi preciso que os dois, o dr. Carlos e Orlando, se atirassem com todo o peso e toda a força dos seus corpos, para que, afinal, pudessem entrar de roldão. A fumaça invadiu o corredor. E eles, cegos, tossindo, os olhos ardendo, lutaram contra o fogo pisando os pequenos focos, usando cobertores para abafar as labaredas. Felizmente, havia mais fumaça do que fogo, propriamente; as chamas não tinham assumido ainda grandes proporções. Depois de uma luta, breve, mas intensa, os dois homens haviam liquidado o perigo. Tia Isabel continuava na janela, assistindo, os olhos muitos abertos — olhos de quem vira a morte perto, muito perto. E esperava agora, com o coração mais livre. A expressão de medo, porém, não desaparecera de todo da sua fisionomia. Então, outras pessoas entraram no quarto, inclusive Malu (Dalmo a acompanhava). D. Lígia chegou-se para a velha:

— Que foi que aconteceu?

Todos ali, sem exceção, achavam a mesma coisa: isto é, que havia naquele incêndio um mistério. Faziam perguntas inúteis: por que tia Isabel, quando vira o fogo, não fugira? Ela, com uma expressão de cansaço e de dor na fisionomia, deu explicações:

— Perdi a cabeça, não sei. Em último caso, me atirava da janela.

O andar era relativamente baixo.

— Podia quebrar o braço ou a perna.

— Que é que tem?

Só aí foi que se notou uma coisa; o que se havia queimado era precisamente o enxoval de Malu. O vestido de noiva, já feito, com uma cauda e um véu que eram um sonho; e uma centena de pequenas peças, sobretudo a roupa de baixo, numerosa, rica, ideal. Tudo estava no chão, carbonizado. E era uma tristeza, ou quem sabe um presságio, um triste presságio? Malu estremeceu, impressionada, pressentindo no que havia acontecido um novo sinal da fatalidade. Encarou-se com tia Isabel:

— E o que é que a senhora estava fazendo aqui?

A outra murmurou, lívida:

— Nada.

Fizera-se um grupo em torno da solteirona, como se existisse a intenção de coagi-la, de sugestioná-la. Ela parecia realmente encurralada; e olhava em torno, como quem procura uma brecha para escapar. Malu insistiu:

— Nada como? E como é que o enxoval saiu do armário? Sozinho, talvez?

— Eu estava vendo.

— E o fogo?

Por um momento, tia Isabel hesitou. Parecia desesperada. Explicou, afinal, com uma fisionomia de dar pena:

— Eu acendi um fósforo...

— Para quê? — interveio o dr. Carlos.

— Para... fumar.

— Mas você não fuma.

— Agora fumo de vez em quando.

Ninguém estava convencido. Tia Isabel perdia o jeito, cada vez mais. Que tortura aqueles olhos — eram tantos — que a fixavam implacavelmente, que a perseguiam e suplicavam. "Não me olhem, parem de olhar assim!", era o grito que lhe vinha da alma, a súplica angustiada que ela desejaria fazer. Finalmente não aguentou mais:

— Não me atormentem! — Olhou em torno aquelas fisionomias, em que não lia a menor piedade; e repetiu soluçando: — Não me atormentem!

— Deixem ela — era o dr. Carlos que falava.

Malu mais do que ninguém desconfiava da verdade. Não via naquilo uma simples obra da fatalidade, não. Sua ideia era outra. Acompanhou tia Isabel quando esta, ainda enxugando os olhos com as costas da mão, deixava o quarto. Vendo-se seguida, a velha voltou-se para a sobrinha:

— Que é?

— Pensa que eu não sei?

Mas tia Isabel estava agora sozinha com a moça. Não tinha mais uma porção de gente em torno para oprimi-la. Recuperava-se rapidamente. Respondeu, pois, não sem uma certa insolência:

— Não sabe o quê?

— Que a senhora fez isso de propósito?

— Eu?

— A senhora, sim!

— Pois sim. Foi de propósito!

— Ainda confessa?

— A você, confesso! — E reafirmou, com segurança: — Fiz porque quis!!

Malu desorientou-se. Esperava que a outra se obstinasse na negativa. Chocou-se um tanto ao ouvir a verdade dita com tão soberano impudor. Sentiu na tia um ódio intenso que aparentemente nada justificava. E instantaneamente toda a raiva de que se achava possuída fundiu-se num sentimento de espanto, de angústia, de medo.

— Mas o que foi que eu lhe fiz?

Fazia a pergunta, perplexa, não podendo compreender por que era odiada assim, sem nada ter feito contra outra pessoa. Horrorizava-a um sentimento desses, espontâneo, fanático e terrível. Tornou a perguntar:

— Diga, que foi que eu fiz?

— Nada.

— Então?

Olharam-se ainda uma vez, como duas inimigas, até que tia Isabel quebrou de vez todas as suas reservas:

— Eu não gosto, não posso gostar de você — falava baixo, mas com excitação. — Você é moça e é bonita!

— Só por isso? — Malu não queria acreditar.

— Só por isso.

— Mas eu tenho culpa de ser moça, de ser bonita?!

— Não sei se tem ou se não tem. O que sei é que odeio sua beleza. Qualquer homem poderá gostar de você, amar você, e a mim, não. Ninguém gostou de mim!

Essa, de fato, era a revolta de todos os instantes, a sua constante amargura. Os dias passavam, os meses, os anos, e a velhice acentuando-se cada vez mais. Essa obsessão: "Morrerei sem ter amado". E prosseguiu, numa excitação violenta:

— E por quê? Por que tantas mulheres podem gostar, podem casar, e eu não pude? Por quê?

Fitava a moça, como se esta fosse diretamente responsável pela sua solidão, a culpada, a grande culpada de sua sorte adversa. Malu balançava a cabeça, aterrorizada. E, sem ter o que dizer, balbuciou finalmente:

— Sabe o que a senhora é? — E ante a expectativa da outra continuou, feroz: — Pois bem: é louca. Não regula direito. O que a senhora fez é de doida varrida.

Tia Isabel irritou-se ainda mais:

— Olha, menina. — Disse "menina" para sublinhar seu desprezo. — Posso ser louca, mas o caso é que toquei fogo no seu enxoval. Não sobrou nada. Está tudo reduzido a cinza. A cinza!

— Eu faço outro.

— Não tem importância. Mas *esse*, pelo menos, eu queimei.

— E ainda por cima, se a senhora começar com coisa, eu a denuncio agora mesmo!

— Pois denuncie! — tia Isabel desafiava. — Eu também tenho uma coisa para contar: vi perfeitamente quando você andava aos beijinhos com Dalmo!

Malu murchou. Não dera beijo — ou, como dizia tia Isabel, não dera "beijinhos nenhuns", mas a sua intenção fora bem esta; e por isso não respondeu nada. Ficou olhando a solteirona que se afastava. Oprimia-a uma dor violenta no peito, sentia-se como dilacerada interiormente, sem ânimo para uma reação. Alguém então tocou-lhe o braço: era Dalmo. Olhou-o com uma expressão neutra, parecendo não reconhecê-lo. Era como se fosse um estranho. O rapaz não pôde compreender aquela transformação, não percebeu que já se desvanecera em Malu a tentação perversa de mentir, de provocar. A moça estava absorta, dominada por um intenso sentimento de amargura, como jamais experimentara na sua vida.

— Que é? — perguntou para Dalmo.

Ele pareceu hesitar. Disse, perturbado:

— Quer encontrar-se comigo?

A resposta foi pronta, lacônica, positiva:

— Não.

Dalmo tonteou. Não entendeu imediatamente. Chegou a pensar, até, que ela estivesse brincando. Perguntou, com uma vaga sensação de ridículo:

— Como?

— Eu disse que não.

— Mas que é que houve?

— Nada. Apenas eu não quero me encontrar com você. Só isso.

— Ainda agora você... — parou, incerto se devia continuar.

Ela, fria, cruel, irônica, animou-o:

— Continue.
— Por que é que você está assim?
— Estou como sempre estive.
— Ainda agora queria me beijar!
— Eu?
— Então não foi?
— Não me lembro.

Silêncio entre os dois. Ele sentia um desespero nascer dentro de si e uma vontade de violência. Mas queria certificar-se, ter uma certeza definitiva:

— Malu, você não me pediu um beijo? Ou vai dizer-me que não?
— Não pedi coisa nenhuma.
— Você tem coragem?
— Tenho.

E, à medida que ela teimava na sua negativa, "não, não, não", Dalmo experimentava uma necessidade maior, mais torturante e mortal de beijo. Contemplava os lábios de Malu, falava, olhando-lhe a boca. Atraído até a obsessão, sofria agora, como se do beijo dependesse tudo, sua vida e sua morte. Era mais que desejo: era ânsia desesperada. E raciocinava: "Estou ficando louco". Ela se mantinha na mesma negativa. E tanta impassibilidade ou cinismo sugeriu ao rapaz uma ideia nascida do desespero. Olhou em torno. No corredor, não havia ninguém. Então, brusco, tomou-a nos braços. Malu foi surpreendida. Quando menos esperava, sentiu-se presa, e aquela boca, ávida e quente, procurando a sua. Desesperada, fugiu com a cabeça. Mas ele foi tenaz e implacável. Pôde, afinal, tocar em seus lábios. Mas como Malu não cedesse, se conservasse de lábios cerrados, não houve a fusão de bocas. Ele encontrou, apenas, lábios frios, frios como os de uma morta. E, quando a soltou, a impressão que teve foi de que falhara, de que não soubera transmitir aquela chama misteriosa que um beijo deve despertar na mulher. Livre, afinal, ela o insultava:

— Seu miserável!

Tentando embora conservar a mesma atitude, Dalmo atrapalhou-se. Não soube o que dizer, sentindo aumentar nas faces o fogo da vergonha. E num medo crucial de escândalo pretendeu conter a moça:

— Malu, Malu!

E não sabia senão repetir esse nome, num pânico como jamais sentira. Então, subitamente, apareceu o dr. Carlos, que, abrindo uma das portas, aparecia, justo em tempo de escutar Malu gritando:

— Saia já! Ande!

O dr. Carlos, assombrado, aproximou-se:

— Que aconteceu? Que foi isso?

Malu não teve a mínima contemplação, o mínimo sentimento de piedade. Apontava Dalmo:

— Esse indivíduo aí me beijou à força!

D. Lígia também surgia, atraída pelo barulho. O dr. Carlos fez um esforço de compreensão, antes que a luz se fizesse totalmente no seu espírito. Dalmo, com a cabeça em confusão, lívido, virou-se para o dr. Carlos:

— Eu não fiz nada! Não fiz nada!...

Parecia uma criança, refugiando-se numa mentira infantil. O dr. Carlos vinha sobre ele:

— Você?

— Ele, papai! Me deu um beijo à força!

A cena que se seguiu foi dessas que não se esquecem. O dr. Carlos segurou-o, com as duas mãos, pela gola do paletó e o veio arrastando. Dalmo não fez um gesto para reagir ou se defender. Limitava-se a um esforço de equilíbrio. Esteve várias vezes para cair. E desceram assim, ele e o dr. Carlos. Malu e d. Lígia vieram atrás, fascinadas com a cena de violência e de humilhação.

— Nunca mais me pise aqui! — berrava o dr. Carlos.

D. Lígia quis interceder:

— Carlos, não faça isso, Carlos!

E ele, violento:

— Não se meta!

Já no jardim, deu um empurrão no rapaz, que tropeçou e caiu. Dalmo levantou-se sujo de terra, as mãos esfoladas. Virou-se, então, para Malu, teve uma atitude de maldição:

— Vou morrer e meu sangue cairá sobre tua cabeça!

DEPOIS QUE DALMO desapareceu, todos reentraram em silêncio. Iam sombrios, com um profundo sentimento de desespero. A cozinheira, Ana (preta, imensa, gorda, retinta), esperava d. Lígia no hall. Usava turbante, tinha uma imensa papada, e aproximou-se logo da patroa, muito despachada. D. Lígia vinha à frente, e Malu e o dr. Carlos um pouco atrás. Os três traziam no pensamento as palavras de Dalmo: "... meu sangue cairá sobre tua cabeça". D. Lígia era a mais impressionada. Pensava: "Será que ele vai mesmo se matar? Mas dois suicídios na mesma família, e quase ao mesmo tempo, não pode ser". Transia-se, no seu medo. O dr. Carlos, por mais que quisesse reagir contra a própria impressão, não conseguia. Apesar de ser brusco, violento, muitas vezes selvagem, era sensível a umas tantas coisas. Só Malu é que se mantinha mais dona de si mesma: pensava no que já tinha sofrido e no que ia sofrer. Não se sentia disposta a ter pena dos outros, a chorar pelas mágoas alheias. Experimentava uma impiedade absoluta, como se todos os seus sentimentos bons estivessem mortos. "Preciso dormir", ia pensando.

A preta vinha ao encontro de d. Lígia. Foi muito positiva:

— Dona Lígia, venho pedir as minhas contas.

Era assim, direta, franca, categórica. Às vezes tornava-se até grosseira. D. Lígia, que já ia pondo o pé no primeiro degrau, voltou-se para ela admirada:

— Por quê? O que é que houve?

O dr. Carlos e Malu pararam também, achando aquilo esquisito. Ana foi dando suas explicações:

— Estão acontecendo aqui umas coisas que até me dão medo. Anteontem, suicidou-se seu Ricardo. Dona Malu por duas vezes quase morre...

— Então é por isso?

— É, sim senhora. Hoje houve um incêndio. Não gosto disso, não, dona Lígia. Meu coração palpita que nem sei. Outras coisas ainda estão para acontecer.

O dr. Carlos interveio, ríspido:

— Ora, não seja boba!

— Não posso ficar, doutor Carlos! Nunca me esqueço do barulho do tiro... O melhor, mesmo, é eu ir embora. O senhor vai desculpar-me.

— Está bem, está bem. Vamos acabar com isso.

Subiram, todos angustiados. Podia ser uma bobagem da preta, supersticiosa e ignorante. Mas o fato, fosse por causa da atmosfera criada dentro de casa ou por outro motivo qualquer, é que aquelas palavras os deprimiam mais. Era como se sentissem, em torno, ameaças sobrenaturais. No alto da escada, o dr. Carlos parou (dirigiu-se a Malu):

— Você dorme com sua mãe hoje.

A moça não conteve uma exclamação:

— Oh, papai!

— Tem que dormir, sim. No seu quarto, não pode. Vai para lá, fica com sua mãe, que é uma companhia. — D. Lígia abaixou a cabeça, perturbadíssima. A relutância da filha era patente. "Ela me odeia." E uma noite inteira, passada com a filha naquelas condições, parecia-lhe uma prova amarga demais. Quem sabe o que se diriam, as duas? Entraram. Malu à frente. O dr. Carlos encaminhou-se para um quarto de hóspedes. Embaixo, a criadagem conferenciava, em torno da saída de Ana. Muitos tinham vontade de fazer o mesmo, de fugir daquela casa que lhes parecia maldita. Só Orlando se mantinha calmo, sereno; e com aquele riso ou meio riso sardônico, tão desagradável, quase insultante:

— Qual o quê! Vocês ainda acreditam nessa história de maldição?...

Vacilação dos outros. Entreolharam-se. Foi Míriam quem respondeu:

— Não sei. Há tanta coisa... tanta coisa esquisita...

E parou. O garçom voltou-se para olhá-la. Achou-a tão graciosa, tão delicada, tão elegante na sua cintura fina e frágil, que se desinteressou subitamente da conversa; e se aproximou dela, inopinadamente dengoso:

— Sabe que eu gosto de você?

— Ora, não me amole.

— Por que você é assim?

Ele insistia, nessa tenacidade comum aos seus escrúpulos, acostumados a tudo. E sentiu-se imediatamente disposto a tudo até conseguir conquistá-la.

— Por que não deixa de resistir?

— Já disse que não me amole!

D. Lígia, em cima, fechava a porta à chave. Lembrava-se com sofrimento que estava obrigada a ir ao cassino. O marido viria buscá-la, na certa, e ela precisava estar prevenida para enfrentá-lo. "Até lá eu posso dormir", pensava, achando doce, muito doce, a perspectiva de um descanso, depois de um período de 48 horas de vigília. Conservava-se, entretanto, no meio do quarto, em pé, meio incerta do que ia fazer. Malu sentara-se na cama. Não se olhavam, pareciam ignorar-se. Era uma situação horrível. Malu levantou-se, finalmente, e foi ao espelho. Queria mudar a roupa, mas a presença de d. Lígia a constrangia. Interessante: uma experimentava, em face da outra, um sentimento de pudor, de pudor físico, que não era lógico. Malu foi desabotoando os colchetes, na altura dos quadris. "Que importância tem que ela me veja?", foi o seu íntimo comentário. "Importância nenhuma!" E, ao mesmo tempo, pensava — era uma ideia que nascia nela — em fazer uma espécie de ostentação de sua graça, tão jovem e harmoniosa, para a mãe ver e se ressentir com isso.

D. Lígia percebeu que a filha começava a despir-se. Então, por sua vez, foi sentar-se na cama. Procurou não olhar para Malu, num medo que ela lhe dirigisse a palavra, um medo pueril, sem razão de ser. Continuavam não se olhando e com a mesma sensação, quase intolerável, de constrangimento, de mal-estar. Finalmente, Malu virou-se para a mãe (não se resolvera ainda a tirar o vestido):

— A senhora não vai mudar a roupa?

— Não.

Tão simples isso, tão natural, sem nada mais, que d. Lígia quisesse ficar assim! Mas Malu se irritava — eram seus nervos — como se fosse uma coisa por demais. Interrogou, sem que ela mesma soubesse por que estava naquela tensão de cólera contida:

— Por quê?

D. Lígia deu a explicação, e com uma humildade que não podia corrigir, como se tivesse consciência de uma culpa:

— Vou deitar-me assim mesmo.

— Engraçado.

— Engraçado por quê?

— Por nada.

Malu pensou um pouco: por fim, desistiu também de tirar a roupa. Parecia até implicância sua, aquilo de fazer o mesmo que d. Lígia. Deitou-se, d. Lígia com a cabeça numa extremidade e ela noutra. Só aí foi que reparou no vestido estendido com que sua mãe iria ao cassino (se o dr. Carlos conseguisse arrastá-la):

— E isso aqui? — Segurava o vestido, amarfanhava-o.

D. Lígia ergueu meio corpo para olhar.

— Esse vestido?

— É.

— É meu.

— Eu sei, mas por que está aqui, por que não está lá dentro?

D. Lígia ia explicar, mas se deteve. Temia tanto nova discussão com a filha! Pensou e disse:

— Eu me esqueci de guardá-lo.

— Eu acho esse vestido horrível. Não sei como a senhora gosta disso; não sei o que foi que viu nele.

— Também não gosto muito — mentiu d. Lígia.

O azedume de Malu era evidente.

— Isso é mais para mocinha e não para...

D. Lígia não pôde conter a própria ironia:

— Para uma velha como eu. Não é isso que você quer dizer?

— Bem...

— Fale, pode falar. — Havia uma secreta amargura em d. Lígia. — Eu não me incomodo.

Malu fincou os dois cotovelos na cama:

— A senhora não é propriamente menina. Ou pensa que é?

D. Lígia não queria discutir. Mas pouco a pouco ia-se moendo, com o tom e a insinuação da filha. Seu amor-próprio reagia, mesmo sem ela querer. Respondeu, num esforço para que a outra não lhe percebesse a suscetibilidade:

— Não sou menina, nem quero. Prefiro ser mulher.

— Mulher ou...

— ... ou velha? Você quer saber de uma coisa? Para encerrar o assunto! A sua opinião para mim não vale nada, mas nada!

— Coitada!

— Você pode me achar velha — exaltou-se apesar de tudo —, mas outros não acharão.

— Quem, por exemplo?

— Você não pode negar que eu seja bem conservada.

— Isso é consolo, é? A senhora acha? Pois eu ainda lhe mostro que uma mulher, por mais bem conservada que seja, não chega nem aos pés daquela que é moça de verdade. A senhora vai ver. Não perde por esperar.

Bob acordou sem noção do tempo. Que horas seriam? Olhou em torno; o quarto estava na penumbra. Havia apenas a luz da cabeceira, que o quebra-luz concentrava. Já recebera injeções, nem sabia de quê. Mas continuava com o sofrimento da carne, uma sensação de fogo no corpo. Muito devagarinho, penosamente, conseguiu sentar-se na cama. Olhou pelas janelas. A casa toda em silêncio e trevas lá fora. Devia ser noite alta. Ele não tinha noção nenhuma das horas que já dormira. Disse, à meia-voz, com a sensação de que estava no limiar do delírio:

— Malu, Malu...

Lembrou-se, então, de que estava falando sozinho. "Onde estará ela a essa hora? Que estará fazendo?" Eram as perguntas que fazia a si mesmo, sem lhes achar resposta. Depois ocorreu-lhe outra reflexão: "Só pode estar dormindo, é claro". Pôs os pés no chão sem saber se conseguiria andar, se teria forças para isso. Não sabia o que fazer, para onde ir. Mas levantou-se assim mesmo, porque não era homem de passar muito tempo numa cama. Arrastando os pés, e sentindo que o sofrimento crescia, veio se aproximando da janela. Era uma necessidade de ver a noite, de receber no rosto e no peito o ar livre. Abriu a janela. A aragem entrou, trazendo um perfume da noite e das muitas flores do jardim. E isso lhe fez bem. Ficou um momento ali, recebendo a frescura noturna. As ataduras deixavam-lhe apenas os olhos de fora. Foi então que viu uma coisa lá embaixo, no jardim, que lhe chamou a atenção. Primeiro, não percebeu direito o que era. Depois, fixando melhor, distinguiu um homem. Sim, era realmente um homem que vinha andando cautelosamente, colocando-se na parede, parando de vez em quando para investigar, olhar para trás. "É estranho isso", pensou Bob, "muito estranho." Procurou colocar-se de maneira a não ser visto de fora e não tirou mais a vista do homem.

A primeira hipótese que lhe ocorria é a de que era um ladrão. Só podia ser isso. "Que é que vou fazer?" Daria ou não o alarme? Ou era melhor esperar? Em condições normais, ele mesmo teria descido. Mas como estava naquele estado, com a vontade entorpecida, o raciocínio tardo (com certeza era a febre), deixou-se ficar, espiando apenas, querendo ver o que faria o desconhecido. E, de qualquer forma, daria o alarme, mas em condições tais que o ladrão não pudesse fugir. De repente, Bob fez uma outra descoberta, mais ou tão interessante. Acabava de ver numa árvore, espiando, um outro homem. E essa descoberta é que o espantou e o impressionou.

— São dois — disse à meia-voz.

Percebia que o primeiro homem não percebera ainda o segundo, não sabia que estava sendo espionado. Quem seriam? Só uma coisa era evidente: não estavam ali com boas intenções; seus desígnios deviam ser os piores possíveis. Finalmente, o primeiro homem parou debaixo da janela de um quarto: o de d. Lígia. (Mas Bob ignorava esse detalhe.) E começou a subir, com uma agilidade surpreendente, apoiando-se nas saliências da parede, em risco, a todo momento, de resvalar o pé e cair. Bob estava cada vez mais surpreendido e mais interessado. Podia, então, ter se precipitado. Mas não. Achou que era preferível esperar mais um pouco, numa vaga suspeita, mal definida, mas que bastou para imobilizá-lo. Pouco a pouco, surgia-lhe no espírito uma dúvida:

— Será mesmo ladrão? Ou...

Viu quando, alcançando, afinal, a janela, o homem pulava a varanda, sempre com a mesma agilidade. Continuou a observá-lo. O vulto agora empurrava a janela. Bob viu que esta devia achar-se apenas encostada, talvez propositadamente, pois cedia.

— Entrou. — Foi o espanto de Bob.

A curiosidade do rapaz se voltava agora para o outro, o que estava espionando por detrás da árvore e avançava agora. Avançava, mas recuou, de súbito, precipitadamente. Esse recuo surpreendeu Bob, que não compreendeu no momento. Mas logo percebeu o porquê. Acabava justamente de chegar um automóvel. D. Lígia e o dr. Carlos, de volta, subiam lentamente a ladeira do jardim.

D. Lígia voltava com efeito, do cassino. Mais ou menos às nove horas da noite, o dr. Carlos fora acordá-la, implacável. Encontrou-a estranhamente dócil. D. Lígia levantou-se, sem tentar mesmo discutir. Um pensamento, sobretudo, a confortava: "Vou à força, para não brigar, e não por gosto. Ricardo compreenderá isso e me perdoará". Preparou-se rapidamente. Enfiou o vestido que o dr. Carlos escolhera; e ao se olhar no espelho, antes de partir, teve um breve sentimento de orgulho diante da própria imagem, da sua mocidade aparente; e, sobretudo, do corpo bem modelado. A pintura era apenas discreta. Dirigiu-se com o dr. Carlos para o automóvel. Mal podia calcular que o marido recebera um choque ao vê-la assim, tão moça e linda, os olhos tristes e doces. Mas percebeu, isso sim, que, à sua entrada no cassino, todos os olhos se fixaram nela. Com certeza, admiravam-se com a presença de um e de outro precisamente no dia do enterramento de Ricardo. A atmosfera que os rodeou era de pesadelo. Sentaram-se; o dr. Carlos foi logo dizendo:

— Nada de tristezas.

— Mas eu estou triste mesmo.

— Pois disfarce.

Ele tinha uma ideia que só revelou depois de algum tempo: pediu conhaque, encheu um copo:

— Beba.

— Não quero.

— Beba!

Ela deixou de lutar. Também estava desgostosa da vida. Começou aos pouquinhos e acabou bebendo muito. A sua melancolia foi gradualmente se fundindo, até que se transformou numa alegria ruidosa, quase histérica. Ria, dançou com o marido. E ele, que molhava os lábios de vez em quando, sentia uma espécie de fascinação, vendo-a entreabrir os lábios, rir, falar e dançar com ele. Na volta, o dr. Carlos, que vinha guiando o automóvel, parou-o no meio da estrada e exigiu:

— Agora um beijo. Na boca.

Ela não sabia o que fazia: estava irresponsável, inteiramente irresponsável. Acedeu, alegremente. E beijava-o, repetindo cada vez mais exaltada:

— Meu amor, meu amor!

O HOMEM INTRODUZIRA-SE no quarto de d. Lígia, aproximando-se, agora, do leito em que Malu dormia, inconsciente da ameaça, inconsciente do perigo mortal. Veio se aproximando, se aproximando...

20

Ergueu o punhal e...

O HOMEM VINHA aproximando-se do leito. Andava com extremo cuidado, procurando não fazer o mínimo barulho. E seus pés, realmente, não produziam rumor de espécie nenhuma, como se fossem imateriais. Mas de repente recuou, rapidamente. Malu mexia-se na cama, revirava-se, inquieta. Aliás, seu sono não era nada sereno; ela sonhava e tinha pesadelos. E naquele momento, sobretudo, parecia presa de uma angústia mortal. Teria sido um sonho mau? Ouviu-se um débil gemido. O intruso refugiara-se nas cortinas e, de lá, acompanhava o movimento inconsciente de Malu. Perguntava a si mesmo se ela iria despertar ou se continuaria adormecida. Foi só aí, parece incrível, que ele mal pôde reprimir uma exclamação:

— Malu!

Entrara no quarto certo, absolutamente certo, de que iria encontrar d. Lígia, e não Malu. A penumbra do quarto — a luz do quebra-luz de cabeceira era muito restrita, suave — impedira a identificação imediata. E agora, espantado, culpava-se a si mesmo de não ter visto logo: "Como é que me fui iludir?". E uma outra preocupação o assaltava: "E Lígia, onde é que está?". Em outras condições, poderia ter imediatamente admitido a hipótese de um passeio, de uma visita, ou mesmo de uma última sessão de cinema. Mas não nas circunstâncias presentes. Olhou novamente, perplexo, para o leito. Reparou quando Malu, afinal, sossegou. O sono pareceu readquirir um ritmo mais doce. O desconhecido ficou, vacilante, entre as cortinas. E ainda hesitava quando ouviu passos no corredor, e passos de várias pessoas. Estremeceu, assustado. Percebeu que paravam diante da porta. Prestou atenção, surpreendido porque ninguém abria. Não entendia nada. Quem seria? Depois, apurando o ouvido, escutou vozes, muito baixo, palavras ditas em atropelo, segredadas. Começou a experimentar uma certa angústia. Afligia-o aquela demora, não podia imaginar o que estaria retendo as pessoas paradas à porta.

Eram d. Lígia e o dr. Carlos. Depois do beijo no automóvel, d. Lígia arrefecera seu entusiasmo. O álcool a punha assim excitada, primeiro, depois numa doce tristeza, e mais lânguida do que nunca. Era fraca, muito fraca, para qualquer bebida. Às vezes, meio copo — não mais — a deixava incerta de si mesma, quase inconsciente e com uma sede de ternura absoluta. Não se lembrava de nada; os fatos tristes e dramáticos de sua vida mergulhavam em sombra; queria apenas ser acariciada, muito, muito. O dr. Carlos fez o resto da viagem em silêncio, estranhamente perturbado. Obrigando d. Lígia a beber, quisera, justamente, dissolver-lhe o rancor, tornando-a indefesa. Mas ele mesmo não sabia explicar o que agora sentia. E quando os dois desceram, à porta da casa, deu insensivelmente o braço à mulher. Viera falando à meia-voz. Ele, provocativo, querendo experimentar a mulher:

— Gosta de mim?
— Não sei.
— Diga. Pode dizer. Quero saber.
— Para quê?
— Porque quero, ora essa!

Mas d. Lígia se libertava, pouco a pouco, daquele torpor de vontade e de inteligência. Não estava de todo anormal, e tinha uma vaga intuição do falso e do ridículo da situação. Ele não insistiu, não quis insistir, dominado por um sentimento enorme de tristeza. Ainda assim, continuou dando o braço à esposa; e ela tampouco não se procurou desprender, como que agradada daquele contato. Subiram as escadas em silêncio, e foi diante da porta que o dr. Carlos, sem consciência do que fazia, tomou entre as suas as mãos da mulher. Não se viam direito, porque a luz indireta do corredor tornava tudo muito cru. Ela teve um choque doloroso. Há tanto tempo que ele não fazia isso, que não pegava assim na sua mão. Nenhum dos dois soube quanto tempo ficaram de mãos dadas, como namorados. D. Lígia ainda teve vontade de recolher a mão, mas não o fez, nem ela mesma soube por quê. Era possível que, apesar de tudo, experimentasse alguma emoção. Ele, então, quebrou o silêncio (nem era possível que ficassem assim, tanto tempo calados):

— Você sabe?...
— O quê?
— Que me deu um beijo?
— Eu?
— Você.

"Por que ele me diz isso?", pensou d. Lígia, com certa angústia. E repetiu para si mesma: "Por quê?". A verdade é que não se lembrava de nada. Ou, antes: tinha uma lembrança muito remota. Ainda estava tonta, meio fora de si. Começava a sofrer. Ele quis ir mais além, experimentando uma brusca necessidade de fazer nova tentativa. E perguntou:

— E agora... você...

Ela esperou, adivinhando o que vinha. O dr. Carlos apertava-lhe a mão. E continuou perguntando:

— ... você me beijaria agora?

— Agora?

— Sim, agora.

Ela disse, baixo, tão baixo que o marido quase não pôde ouvir:

— Não. — E acrescentou, firme: — Nem agora, nem nunca.

O dr. Carlos admirou-se. Não esperava aquela reação repentina.

— Que é isso?

Não sabia que a mulher, apesar do álcool ou justamente devido a ele, lembrava-se agora, com extraordinária nitidez, dos enganos, das mistificações que já sofrera, de tudo, enfim. Todas as mágoas lhe vinham agora de roldão, afogando o último vestígio de excitação, enchendo-a de uma amargura intensa, de uma amargura como até então ainda não sofrera:

— Eu só beijei você — a cólera a dominava — porque bebi demais, você me fez beber. Só por isso. Ou você pensa que foi amor? Agora o efeito da bebida já passou. Experimente beijar-me, experimente só!

O dr. Carlos não disse mais nada. Viu-a torcer o trinco, não fez um gesto para detê-la. A porta fechou-se, e ela nada. Seu rosto endurecia-se na sombra. Afastou-se, afinal, com um grande sentimento de angústia, de raiva.

A primeira coisa que d. Lígia fez foi dar volta à chave; e sentiu-se então mais forte e mais protegida. Esperou, encostada à porta, até que sentiu os passos do marido se afastando. Então voltou os olhos para Malu. Aproximou-se do leito, a moça dormia agora mais serenamente; a luz do pequeno quebra-luz caía sobre o seu rosto. D. Lígia, sentando-se na cama, vestida como estava, ainda de casaco de pele, pôde contemplar a filha em sono, ver-lhe os traços, o desenho da boca, as mãos tão bem-feitas. E se abstraía nessa contemplação, quando se virou assustada. Ouvira passos ou julgara ouvir. Quase gritou: colocou a mão na própria boca. Ele, sempre ele, meu Deus do céu! Aproximava-se dela, com os olhos brilhando...

Depois que d. Lígia e o dr. Carlos passaram, e entraram em casa, o homem que se escondia atrás da árvore não teve mais dúvidas. Correu meio agachado. Ia disposto a fazer o que o outro fizera: subir até a janela do quarto de d. Lígia. Seu pensamento era este: "Desta vez, ele não me escapa". Há muito tempo que o seguia, com uma paciência, uma tenacidade que nada alterava. Aquela vida era sua; julgava-se dono dela; e não se apressava, com medo de que uma precipitação pusesse tudo a perder. Era frio, cruel, lúcido; sobretudo naquele caso, em que, fracassando, morreria infalivelmente.

Escalou o muro com a mesma agilidade que o outro, embora sendo mais velho. Rapidamente, estava lá em cima; e sem que, nessa ascensão, tivesse feito o mínimo rumor. Deixou-se cair na varanda, numa queda extremamente macia. E, mais do que depressa, se encostou à parede, e assim ficou talvez uns três ou quatro minutos, com todos os nervos tensos, ouvido alerta. Alguma coisa brilhava na sua mão — era um punhal. Aquilo na carne de uma pessoa penetraria até o cabo, num golpe único e mortal. Conservava-se atento ao possível rumor que viesse do quarto; e, de fato, ouviu vozes e fez um esforço para compreender o que se dizia. Pareceu-lhe ter escutado coisa assim: "… louco"… "Não devia ter vindo." "Você é a culpada"… "Ela acorda"… Palavras de homem e de mulher sussurradas. O intruso, na varanda, sorriu cruelmente: "Bem que eu desconfiava: entrevista amorosa". Sabia perfeitamente que o primeiro a entrar não era um ladrão; ou, antes, calculava. E, desde que o vira entrar na casa, sua conclusão foi uma só e definitiva: "Vai se encontrar com uma mulher, aposto". E viu que não se enganara na sua previsão.

Bob viu tudo até o instante em que o dr. Carlos e d. Lígia apareceram no portão. Pareceu-lhe, então, que aquele era o momento de intervir. Era preciso que os dois — dr. Carlos e d. Lígia — soubessem o que estava acontecendo, para que se tomassem as necessárias providências. Afastou-se da janela e veio andando na direção da porta. Mas, ao colocar a mão no trinco, uma suspeita o atravessou: "Quem sabe se o homem não é ladrão? Se veio se encontrar com alguém? Se isso é um encontro amoroso?".
Sentou-se na cama, dominado pelo cansaço e a vista meio turva. Estava fazendo um esforço que superava as suas forças. "Eu devia estar mais era deitado, dormindo, descansando." Mas a suspeita que tivera fixava-se no seu espírito, tornava-se uma ideia fixa. Pensou: "Com certeza é Malu, só pode ser Malu". E isso lhe parecia certo, parecia um fato consumado. Não se conteve; disse, à meia-voz, com uma súbita cólera:
— Fingida! Fingida!
Com aquele ar de sonsa, flertava, namorava todo o mundo. E sem saber direito o que dizia, continuou fazendo a ameaça:
— Ela me paga, ela vai ver!
Parecia-lhe certíssimo que aquele fosse o quarto de Malu. Não podia saber, naturalmente, que, por causa do princípio de incêndio, a moça tivesse passado a dormir no quarto da mãe. Também não queria admitir que o encontro fosse com d. Lígia. "Se fosse", raciocinava, "ela não teria saído." Levantou-se da cama e foi até a porta escutar. Ouviu passos no corredor. "São eles." A primitiva ideia

de denunciar o intruso a dr. Carlos e d. Lígia desaparecera do seu espírito. Sua ideia agora era outra: era aparecer no quarto de Malu, surpreendê-la. Já via, em imaginação, a surpresa da moça, o espanto que faria, a atrapalhação. "Vou dizer-lhe umas verdades." Esperou até o momento em que o silêncio se fez absoluto no corredor. Espiou: não viu ninguém; então, encostou a porta e saiu. Mas não chegou a dar dois passos; estava cansado, mortalmente cansado e enfraquecido; e, sobretudo, com a vista turva. Teve uma tonteira, tentou se apoiar na parede, mas escorregou; e foi caindo. Estendeu-se no chão, completamente sem sentidos. Ninguém ouviu o rumor da queda.

D. LÍGIA, QUANDO viu aquele vulto, teve o maior susto da sua vida. Pensou, nem ela mesma soube por quê, que era um assassino, talvez estrangulador, que estivesse ali para matar ou a ela ou à filha ou, ainda, às duas. Em seguida, reconheceu Cláudio; o susto continuou, mas agora de outro gênero. Instintivamente, olhou para a porta, com medo de que o marido tivesse voltado e se achasse ali, escutando. Condenou a audácia do rapaz:

— Mas que loucura!
— Por quê? O que é que eu fiz?
— Por quê? O que é que eu fiz? — Era tão criança que dizia "o que é que eu fiz?", como se invadir o aposento de uma mulher fosse a coisa mais natural do mundo. D. Lígia desesperou-se com tanta inconsciência. Ainda teria muitos sustos por causa daquele menino grande!
— Eu precisava falar com você! — se justificava ele.
— E por isso veio aqui? A esta hora?
— Então?
— Mas você não vê que não pode, que não está direito?

Falavam em surdina, com a sensação incômoda da presença de Malu, olhando a contentamento, espreitando-lhe o sono, com medo que, de repente, ela acordasse e desse com eles. Era isso que d. Lígia temia mais do que tudo. Ah, se Malu acordasse e visse Cláudio ali! O que não diria, meu Deus do céu!

— Agora vá! Vá-se embora!
— Já, não!
— Pelo amor de Deus!
— Não adianta! Não vou!

Ele era assim, irredutível, teimoso como uma criança. Ainda não amara; aquela era a primeira vez; e queria prolongar, ao máximo, os instantes de contato com o objeto do seu amor. E insistia:

— Primeiro, me ouça.

— Então fale, mas ande depressa com isso!

D. Lígia fazia-se grosseira, embora tivesse por dentro a emoção de sempre, a misteriosa, doce e culpada emoção. Mais uma vez, interrogou-se a si mesma: "Por que é que esse menino me comove assim?". Não sabia, não encontrava explicação; e tinha medo de endoidecer. Súbito, teve uma lembrança. Olhou para a filha, experimentou um sentimento de rancor que em vão procurou amortecer ou destruir. Virou-se para Cláudio. (Já não estava mais na impaciência de que ele se fosse o mais depressa possível; primeiro, precisava convencê-lo de uma coisa.) Pegou-lhe na mão:

— Olhe aqui, Cláudio.

— Que é?

Olhando sempre para Malu, que naquele momento se revirava na cama, os dois afastaram-se mais, aproximando-se da janela.

O homem que estava na varanda apertou mais o cabo do punhal. Sentia se aproximar o momento em que deveria intervir. Cláudio estava próximo, de costas para a janela. O homem refletiu, com um vinco de maldade na boca: "Eu vou atacar pelas costas". Não tinha evidentemente nenhum escrúpulo de cavalheirismo. Queria dar o golpe na certa. E só uma coisa temia: era o fracasso. "Se eu errar o primeiro golpe, estou liquidado." Pensara em tudo, inclusive no lugar exato em que deveria feri-lo. Tinha que ser num desses pontos vitais que, visados, matam o indivíduo imediatamente. E a sua imaginação trabalhava. Sentia que a ocasião não podia ser mais propícia: porque ele daria o golpe, deixaria a vítima no quarto de uma mulher e fugiria pela varanda. Aqueles grã-finos teriam o maior interesse em abafar o escândalo.

D. Lígia dizia a Cláudio:

— Eu tive uma briga com minha filha.

— Sei.

— Sabe? — admirou-se d. Lígia.

— Quer dizer, calculo.

— Pois é.

E, pouco a pouco, o rancor a dominava. Olhou, ainda uma vez, Malu. E suas últimas vacilações se desvaneceram:

— Minha filha, então, resolveu se vingar de mim. E sabe como?

— Não.

Quem estava agora impressionado com o rumo da conversa era Cláudio. Pensava no sentido de tudo aquilo. Percebia que d. Lígia ia lhe fazer uma revelação talvez dolorosa. E a escutava com toda a sua alma, enquanto ela, sempre em surdina, ia dizendo as coisas:

— Ela quer se vingar de mim, conquistando você.

— A mim?

— A você, sim.

— Não é possível!

— Estou lhe dizendo.

— Mas então...

— O que você tem a fazer é o seguinte: não dar confiança de espécie alguma. Percebeu?

— Claro.

— Promete me ouvir?

Ele não teve tempo de responder. Uma voz fazia por ele:

— Eu estou ouvindo.

Viraram-se os dois, aterrados. Malu estava sentada na cama. Olhava para eles; parecia sentir um desprezo absoluto:

— Continuem. Por que estão calados?

D. Lígia respirava fundo, balançava a cabeça. A única coisa que acertou dizer foi isto:

— Você estava acordada?

— Estava.

— Esse tempo todo?

— Esse tempo todo.

Pausa. Cláudio não dizia nada, sentindo que não lhe cabia, ali, uma única palavra. Malu levantou-se, aproximando-se deles. Parou, a uns três passos de d. Lígia; e a acusou violentamente:

— Diga, agora, diga que tem por ele um sentimento apenas maternal! Por que não diz? Ou está com medo?

— Não digo! — A mãe cerrava os lábios. — Não digo nada.

Então bateram na porta. Entreolharam-se os três. O homem da varanda aproximou-se, rápido. Achou que era chegado o momento. Ergueu o punhal e desferiu o golpe único e mortal nas costas de Cláudio...

Era Bob quem estava batendo. Perdera os sentidos e, ao voltar a si, viera se arrastando, apoiando-se na parede, até chegar à porta do quarto. Sofria como nunca: o esforço que fazia dava-lhe as sensações mais incríveis e dilacerantes. Sentia como se o seu corpo ardesse em mil pequenas chamas: ou como se numerosas agulhas incandescentes atravessassem sua carne. Mas ainda assim, apesar do sofrimento, queria vir ao encontro de Malu, na necessidade de saber o que estava ela fazendo e quem era o homem que lhe invadira o quarto.

Erguera-se diante da porta. Bateu, uma, duas, três vezes. E foi então que se ouviu um grito, logo abafado:

— Olha aí!

Reconheceu a voz de Malu. E sentiu a angústia da moça; uma angústia mortal. Não podia ter uma ideia do que estava acontecendo. Ao ouvir que alguém batia na porta, a reação de Malu foi igual à de d. Lígia e de Cláudio: transiu-se toda; foi como se, por um momento, seu coração tivesse deixado de bater. Mas não teve tempo de fazer mais nada. Viu, surgindo por detrás de Cláudio, um vulto, uma sombra vinda de fora. Durante uma fração de segundo, teve a ideia de que delirava, de que seus olhos não lhe davam uma imagem perfeita da realidade. E foi preciso que visse uma coisa brilhar (uma coisa logo identificada como punhal) para que então gritasse:

— Olha aí!

Isaac — pois era Isaac — erguia o braço. E desferiu o golpe, um golpe único e violento, que era para matar instantaneamente Cláudio. Ele percebia que todas as suas possibilidades de fuga e de impunidade se fixavam na maior ou menor rapidez com que se desincumbisse da sinistra missão. Matar e fugir, eis a sua vontade desesperada. Não contava com o grito de Malu. Esperava surpreender todo o mundo (a surpresa seria outro fator decisivo).

As coisas sucederam-se de maneira vertiginosa. Houve o grito de Malu: e o punhal, que ia se cravar até o cabo, enterrou-se, de fato, na carne de Cláudio. Mas não como Isaac queria, não num lugar definitivo, mas no braço e de uma maneira apenas superficial. Ouvindo o grito de Malu, Cláudio virara-se instantaneamente: foi esse movimento que, surpreendendo Isaac, o salvou. D. Lígia e Malu estavam inteiramente imobilizadas pelo espanto, pelo medo. Ferido no braço, Cláudio não perdeu a cabeça, não se deixou vencer pela surpresa: atracou-se com o desconhecido. Vendo o golpe falhar, o impulso de Isaac foi para a fuga. "Estou perdido", desesperou-se. Mas não pôde se desprender de Cláudio, que o agarrava com a mão livre. Os dois caíram. O punhal foi jogado longe: e houve uma luta para apanhá-lo. Isaac era mais velho que Cláudio: não lhe faltava, porém, força, agilidade e, sobretudo, uma crueldade absoluta. Arquejavam os dois: cada qual querendo apanhar a arma e sabendo um e outro que aquele que o conseguisse sairia vitorioso. Houve uma vez em que, num esforço supremo, Isaac ia pondo a mão em cima do punhal. Cláudio segurava-o pelo pulso, mas o outro se libertou por um segundo.

D. Lígia gritou:

— Não deixe!

Não se mexia, inteiramente dominada pelo espetáculo daquela luta de vida e de morte. Uma luta surda, com poucas palavras, a não ser uma ou outra ofensa, dita à meia-voz, entre arquejos. Malu, então, não teve mais dúvidas. Pisou, com o salto, na mão de Isaac. Calcou mesmo, numa súbita ferocidade, como se quisesse esmagar a mão homicida. Isaac teve um gemido. D. Lígia quebrou, então, sua passividade: com o pé, empurrou para longe o punhal. Malu correu para a porta, abriu-a como uma louca: e quase deu um esbarrão em Bob:

— Salve Cláudio! — foi seu apelo.

Bob veio andando na direção dos dois. Até aquele momento ninguém aparecera. É que se passava com pouco barulho. Lutavam Cláudio e Isaac sobre o tapete grosso que abafava todos os ruídos, amortecia as quedas. O dr. Carlos dormia àquela hora, e num sono pesado. Não ouvira nada, cheio de fadiga, num estado tal de esgotamento que precisaria rumor muito mais forte para despertá-lo.

— Bandido, bandido! — dizia Cláudio, entre dentes.

Bob vinha aproximando-se: não estava em estado de correr: e de participar da luta. "Se me empurrarem, eu caio." E era essa, de fato, a sua situação física. Malu estava ao seu lado, o coração em tumulto, dizendo, mandando, desesperada:

— Eles se matam, não deixem!

— Eu não posso fazer nada — Bob falava com esforço; e repetiu, ofegando: — Estou assim...

Malu insultou-o:

— Covarde! Isso é covardia!...

A palavra saiu sem que ela pudesse reter: não sabia o que dizia, privada, momentaneamente, do senso comum, vendo na atitude de Bob o medo, nada mais que o medo, sem se lembrar que era um sacrifício para ele conservar-se em pé. Isaac conseguira, afinal, colocar-se sobre Cláudio: com uma mão apertava-lhe a garganta. Cláudio revirava-se, sentindo que o ar lhe faltava, que daqui a pouco não respirava mais. Sua fisionomia se arroxeava, a cara do assassino dançava aos seus olhos. Nunca ele se sentira tão perto da morte. Ouviu Isaac dizer:

— Morre, desgraçado! Morre!

As duas mulheres podiam ter gritado por socorro. Mas alguma coisa as emudecia e deixava sem voz, sem ação, meras assistentes daquela luta mortal.

Bob caiu de joelhos, quis empurrar Isaac, tirá-lo de cima de Cláudio. Mas o homem empurrou-o, rápida e violentamente: Bob caiu para o lado. Esse simples e desesperado esforço bastou para extenuá-lo. Sentia-se novamente fraco, extremamente fraco, com um rumor alucinante no ouvido e as coisas dançando na sua frente. Sentia uma angústia absoluta ante a impossibilidade de fazer qualquer coisa. Lentamente, Cláudio ia sendo dominado. Isaac continuava apertando a sua garganta, apertando, agora certo de que o rapaz estava perdido, de que nada o salvaria. Dizia, com os dentes cerrados:

— Morre, morre!

— Não deixe — soluçou d. Lígia, falando para Bob.

Mas ele mal ouviu o apelo. Os sons chegavam até ele, mas como se viessem de longe, muito longe. Em vão, sacudia a cabeça, como para se libertar da tonteira. Então, Malu perdeu todo o controle. Viu o punhal, distante talvez uns três metros dos dois; olhou-o fascinada: e virou-se, de novo, para assistir à luta. Como sentisse que Cláudio estaria perdido se não arrancassem imediatamente Isaac de cima dele, não teve mais dúvidas. Apanhou o punhal e veio, como uma doida, para cima de Isaac. Ela mesma não teve uma consciência absoluta do seu próprio ato. Foi um instinto que a arrastou, uma força brutal e cega. Só deu acordo de si quando cravou o punhal nas costas de Isaac. E ficou, olhando só, com a mão na boca, os olhos muito abertos, o coração batendo desordenadamente. D. Lígia também se crispava toda. Assistira a tudo, sem um movimento: parecia se recusar a dar crédito ao que os seus olhos viam. Com o punhal nas costas, Isaac largou o pescoço de Cláudio, a cara inteiramente irreconhecível, num esgar de dor. Respirou forte, seu busto se ergueu, abria a boca como se procurasse ar. Fez, ainda, quase que uma mímica de choro: seu jeito de boca era de quem, realmente, ia chorar. Ao mesmo tempo, se contraiu numa náusea, e logo veio aos lábios uma espuma sanguinolenta. Debaixo dele, ofegante, Cláudio tinha a intuição do que estava acontecendo. E não procurou se afastar ou libertar-se: parecia acompanhar cada reflexo fisionômico de Isaac, como se aqueles espasmos de dor tivessem alguma fascinação para ele. Veio o arranco final: e, de olhos abertos, Isaac desabou sobre Cláudio. Só então este fez um movimento, deixou que o outro caísse de lado. Levantou-se tonto. E, de pé, ficou vendo aquele corpo deitado, com o cabo do punhal emergindo das costas.

— Morreu, está morto.

Era d. Lígia quem falava à meia-voz, com um profundo espanto. Houve, depois, um grande silêncio. Os quatro — d. Lígia, Malu, Bob e Cláudio — olhavam-se, apenas. Estavam aterrados. Aquilo sucedera de uma maneira tão brusca, tão brutal, e os colhera de um momento para outro, que agora resistiam a acreditar no que estavam vendo. Bob, o único entre eles que estava doente, era o que tinha maior sensação de sonho, de inverossimilhança. Perguntava a si mesmo: "Não será um sonho meu? Não estarei delirando?". D. Lígia dissera, com uma voz que não parecia dela: "Morreu, está morto". Era isso que todos sabiam, o que todos estavam vendo. Mas, ainda assim, pensavam, desesperadamente, na possibilidade de que não passasse de um sonho, não fosse mais do que isso.

Então veio a crise de Malu. Seus nervos contraídos precisavam relaxar. Com a mão no rosto, chorou, tão alto e tão forte — com os ombros sacudidos pelos soluços — que só então d. Lígia se lembrou da porta aberta. Foi lá e fechou o trinco (podia tê-la fechado com a chave, mas estava tão confusa, tão perturbada); e voltou, de novo. Por mais que não quisesse, seus olhos se voltavam para o morto, irresistivelmente atraídos.

— Você viu? — falava para Cláudio. — Viu em que deu?

O rapaz fez um ar de incompreensão:

— Mas o que é que eu fiz?

— Ainda pergunta?

Entre soluços, Malu interveio:

— Não fale assim com ele. Não quero!

— Falo, sim. Se não fosse ele...

Também d. Lígia se exaltava, vítima dos nervos superexcitados. Precisava desabafar, tomar uma atitude, fazer algo em que pudesse esgotar a sua tensão. Aproximou-se de Cláudio, acusava-o formalmente:

— Você foi o culpado!

— Eu?

— Se não tivesse vindo, se não tivesse entrado aqui...

Não queria chorar, mas as lágrimas vinham, desciam pelos cílios. Calou-se e soluçou perdidamente. Então, Cláudio se queixou, pondo nas próprias palavras toda a sua paixão e toda a sua amargura:

— Você nem pensa em mim. Pouco se incomoda que eu me tenha salvo ou, antes, que sua filha me tenha salvo. A única coisa que a preocupa é que isso tenha acontecido aqui, no seu quarto.

E disse tudo, na sua exaltação:

— É porque você não gosta de mim. Se gostasse, devia estar muito satisfeita porque eu não morri, estou vivo...

— Oh, cale-se!

— Por que me calar, se é isso mesmo?

D. Lígia desesperava-se:

— E agora como vai ser, meu Deus do céu? — Virava-se para os três. — Como vai ser?

Via tudo perdido. Foi Bob quem primeiro falou:

— Dá-se uma solução, arranja-se.

Mas ele mesmo não sabia que solução dar. Via a situação desesperadora: o que se pode fazer com um cadáver num quarto? Era preciso, em primeiro lugar, explicar quem era o criminoso. E isso valeria a pena? Poderia se falar em defesa própria? E que tal dizer que o morto era um ladrão, um ladrão que penetra em casa com esse objetivo de roubar?

— Malu — era Bob quem falava. — Ninguém pode saber que foi você.

Malu voltou-se para ele. E só então é que se capacitou de que era assassina, de que matara um homem. Disse, com uma voz irreconhecível:

— Eu matei, eu matei.

Dir-se-ia que precisava repetir para si mesma — "eu matei, eu matei" — para se convencer, para se integrar bem naquela verdade. Espantava-se a si mesma: estendia as próprias mãos, revirava-as, como se elas pudessem estar manchadas de sangue. E olhava o cadáver com uma sensação de que, longe de diminuir, parecia crescer, aumentar. Repetiu:

— Sou uma assassina!

Pela primeira vez, sabia o que era aquilo, sabia o que era para uma pessoa ser assassina. Tudo o que havia dentro dela, desde criança, contra o homicídio, surgia à tona da consciência.

— Você matou para salvar — argumentou d. Lígia.

— Se não fosse você, eu estaria morto — disse Cláudio.

Malu andava de um lado para outro, torcendo e destorcendo as mãos. Chorava, até na boca sentia gosto de lágrimas. E vinha-lhe um medo de si mesma, medo do remorso que ia sentir. Bob tornou, como se só isso o impressionasse (e agora falava para d. Lígia e Cláudio):

— Ninguém pode saber que foi Malu. Ninguém.

E o próprio Bob, com uma voz diferente, continuou:

— Mas é preciso apontar um culpado. Senão vão dizer o quê?

Silêncio. D. Lígia começou:

— Então...

Todos os olhos a fixaram. E ela:

— ... direi que que fui eu.

— Não! — protestou Malu.

— Não por quê?

— A senhora, eu não quero. Não preciso do seu sacrifício.

— E eu? — perguntou Bob.

— Você o que é que tem?

— Posso me acusar.

— Nesse caso, eu — interveio Cláudio, sentindo a necessidade de oferecer--se, antes de qualquer outro.

D. Lígia não se pôde conter:

— Você não pode!

Imediatamente depois de ter falado, ela se arrependeu. Mas fora um impulso tão espontâneo, uma coisa tão natural, tão irreprimível! E o pior de tudo é que as palavras de d. Lígia calaram profundamente no coração do rapaz. Malu aproximou-se de d. Lígia, com um ar tão vivo de acusação que ela recuou como que acovardada:

— A senhora acha que ele não pode? Que eu é que devo ser presa, arrastada na lama, sentar-me num banco de réu? Eu, sim, e ele, não!

— Eu não disse isso.

— Disse, sim! Disse e agora está com coisa!

Bob apanhou o punhal. Sua intenção era clara: queria misturar as marcas digitais. Viram quando ele fazia isso e perceberam por quê. Houve um certo espanto e uma certa angústia. Bob olhou Cláudio interrogativamente:

— Você está disposto?

— Como?

— A sacrificar-se? Diremos que o morto era ladrão, que assaltava a casa quando foi surpreendido...

A atitude de Cláudio foi inesperada:

— Não! — E acrescentou, baixando a voz: — Não posso... E por que não você?

O que Cláudio temia não era propriamente a prisão, o perigo de uma pena grande, aliás pouco provável. Era, antes, ficar longe de d. Lígia, ser esquecido (pois já se julgava amado ou quase isso). Sempre ouvira dizer: "O homem ausente não é amado". Era bastante ingênuo para não acreditar que d. Lígia pudesse gostar dele sem a sua presença. Bob riu, apesar do seu sofrimento; e disse:

— Está bem. Então serei eu.

Mas neste momento a porta começou a se abrir. Não estava fechada à chave. Houve uma angústia maior. Até Bob, que, malgrado o seu estado, era o mais calmo, o mais senhor de si, estremeceu. Uma mulher, que a princípio ninguém identificou, aparecia na porta:

— A assassina sou eu.

Malu correu ao seu encontro...

21

O monstro da cicatriz

Era Laura. E o interessante é que, no primeiro momento, ninguém a reconheceu. A primeira impressão foi de que se tratava de uma desconhecida. Malu pensou até que fosse uma aparição. (E, de fato, surgira de uma maneira tão inesperada, quase mágica!) D. Lígia não se lembrava mais se a porta estava fechada à chave ou não. Parecia-lhe que sim; e o seu espanto ou medo foi maior. Malu exclamou, afinal:

— Laura!

Houve a exclamação simultânea de Cláudio:

— Mamãe!

Só Bob não disse nada. Uma vez que se tratava de uma pessoa inofensiva — Laura parecia-lhe isso —, continuou a pensar na solução do problema. Cada minuto que passava era um precioso tempo perdido. Ninguém se mexeu, ou, antes: Laura é que veio ao encontro de todos. Cláudio não sabia como explicar a presença da mãe, naquele momento, ali:

— A senhora estava escutando?

Confirmou, com doçura e tristeza:

— Estava.

Mas parecia dirigir-se a Malu, como se ninguém mais existisse dentro do quarto. Veio ao encontro da moça; e tinha no rosto a característica expressão de humildade. Não fazia nenhum ar de espanto; parecia não se horrorizar com o morto. E todo o seu impulso, de fato, era para protegê-la, para proteger a jovem que tocara de uma maneira tão misteriosa e profunda o seu coração. O próprio Bob, que, de lado, observava a cena, ficou impressionado. Não teve dúvida de que a velha adorava Malu, de que faria tudo por Malu. "E como é possível", foi seu raciocínio, "se as duas se conhecem não faz dois dias?" E isso o espantava.

— Você matou?

E, como ninguém respondesse nada, Laura repetiu:

— Matou, não foi?

Perguntava docemente; e ninguém diria, ouvindo-a falar assim, que a interrogava sobre um crime. Malu olhou-a como se nunca a tivesse visto antes. A pergunta pareceu espantá-la, ao mesmo tempo que a fazia sofrer. A velha não sabia, mas estava calcando, revolvendo na alma da moça ou alargando uma lesão viva. Malu fechou os olhos; quase sem voz, respondeu:

— Matei. Matei.

Laura virou-se para os outros. Tinha um ar súplice.

— Então, não precisa ninguém se sacrificar. Digam que fui eu. Eu levo toda a culpa, não faz mal. Podem dizer.

— A senhora não vê que não pode ser, mamãe? — Era Cláudio. — Que bobagem! Eu é que devo sofrer as consequências. — Olhou para Malu e prosseguiu: — Ela matou por minha causa.

Laura obstinava-se, porém. Parecia implorar como um favor o direito de sacrificar-se por Malu, dar até, se preciso fosse, a vida, tudo por Malu. Era estranho, insólito, que aquela mulher se empenhasse assim, de corpo e alma, em benefício de uma quase desconhecida. Cláudio balançava a cabeça. Sofria e acusava-se a si mesmo de ter abandonado a mãe, o que tornara possível a situação presente. Aproveitando o momento em que Laura olhava para outro lado, fez, para os outros, um sinal, sugerindo que a mãe agia inteiramente dominada pela demência. Os outros compreenderam ou julgaram compreender. Cláudio tentou fazer com que a mãe se fosse embora:

— Vá, mamãe, vá! — Procurava ser doce, persuasivo. — A senhora precisa descansar.

— Não, não vou!

Rápida, escondeu-se detrás de Malu. Era como se temesse e odiasse o filho. Fazia do corpo da moça um escudo, novamente. Malu interveio:

— Vá, sim, vá.

— Mas eu quero ser presa em seu lugar. Deixe!

— Não precisa seu sacrifício.

— Não?

— Não.

— Então eu vou.

— Boa noite.

— Boa noite.

Sim, Malu era, com efeito — e isso tornava-se evidente —, a única pessoa que tinha influência sobre a demente. Bastava uma palavra sua, simples palavra, ou um gesto, para que a outra se transfigurasse, para que a sua obstinação se fundisse em obediência e doçura. Que estranho poder era esse, que força irresistível? Deixaram que a velha se fosse: Malu levou-a até a porta. Torceu, então, a chave. Cláudio apertava a cabeça entre as duas mãos:

— A vinda de mamãe, para cá, foi um desastre! Mas você quis! — dirigia-se a Malu.

— Não faz mal — observou a moça. — Eu sei o que faço.

Mas realmente não sabia; ela mesma se espantara do aquiescer, e de maneira tão pronta, ao desejo de uma demente. "Por que fiz isso? Por quê?" Nunca encontraria resposta para essa pergunta. E, de novo, chegava a obsessão. Seus olhos voltavam-se para o corpo. Seu estômago se contraía, seu queixo batia de medo. Bob sentou-se na cadeira (seu esforço de permanecer ali, em vez de estar deitado, era cada vez mais penoso):

— Ninguém vai se sacrificar. — Havia um certo tom de comando na sua voz, um tom de ordem irrevogável.

— E o que é que vamos fazer? Me diga! O quê? — perguntava d. Lígia.

— É simples.

Malu ironizou, dolorosa:

— Muito.

— Deixe-o falar — pediu d. Lígia.

Mas, antes que Bob começasse a falar, a própria d. Lígia continuou:

— Já sei!

— O quê?

— Descobri uma solução. Não pode haver melhor.

— Qual?

Todo o mundo estava espantado, sobretudo pelo tom de d. Lígia. Tivera uma exclamação dramática; e parecia possuída de uma grande agitação.

— Eu me acuso. Digo que estava dormindo e o ladrão entrou...

Malu foi cortante:

— Ridículo!

— Por que ridículo, ora essa?

Cláudio interveio:

— Você não vê logo, não percebe?

— Que é que tinha de mais? — perguntava d. Lígia, com desespero.

— Tinha muito. — A cólera voltava a nascer no coração da Malu. — Por vários motivos, inclusive porque eu não quero seu sacrifício.

— Não? — D. Lígia custava a conter-se.

— Não. Aceito de qualquer um, menos da senhora.

Bob deixou que elas falassem; mas aproveitou a primeira pausa:

— Mas não precisa nada disso! Ninguém vai se sacrificar. Para quê? Se se pode resolver o caso de outra maneira? Vamos fazer o seguinte.

Explicou; e os outros o escutavam com profunda atenção, sem interrompê-lo:

— É inteiramente inútil chamar a polícia. Não se chama coisa nenhuma. Nós sabemos que o que aconteceu não foi culpa de ninguém, senão dele mesmo — referia-se ao morto. — Ele é que entrou aqui de punhal, para matar. Pois bem. Aceitemos o fato e tratemos de agir calmamente. Vamos, eu e Cláudio, levar o corpo. É de noite, o lugar é deserto; se formos felizes, ninguém verá. Abandonaremos o morto no meio da estrada e pronto.

— Você não pode — era Malu.

— Por quê? — estranhou Bob.

— Assim como está?

— Farei um sacrifício.

— Eu levo sozinho — propôs Cláudio.

Mas ele dizia isso da boca para fora. A verdade é que não lhe agradava arrastar um cadáver sozinho, sobretudo de um homem que fora morto por sua causa. Seus nervos contraíam-se à ideia de fazer uma coisa dessas. Mas precisava ser duro (sentia, fixos nele, os olhos de d. Lígia). Não queria que o julgassem covarde. Bob olhou-o:

— Então leve.

— Agora?

Perguntava "agora" à toa, como se isso, essas perguntinhas, de algum modo retardasse o instante em que deixaria o quarto com a carga macabra. Bob percebeu, não sem ironia, a angústia do outro: insistiu, cruelmente:

— Agora.

— Pela janela, não pode ser. Tem que ser por dentro de casa.

— E por onde?

— Meu Deus do céu! — suspirou Malu.

D. Lígia até aquele momento não dissera nada. Mais sagaz do que a filha, e tão sagaz como Bob, adivinhara o sofrimento de Cláudio, sofrimento que provinha de sua inexperiência e de sua sensibilidade de criança grande. Isso lhe deu uma grande piedade do rapaz. Desejaria dizer: "Deixe. Não leve nada. Depois se arranja". Mas calava-se, sabendo que alguém tinha que levar o corpo; e o mais indicado era mesmo o rapaz. Por fim, não pôde aguentar:

— Eu ajudo você, Cláudio. Vou com você.

— Eu também vou — disse Malu.

Era a rivalidade entre as duas que parecia amortecida e, de repente, explodia. Bob começou a irritar-se: "Essas duas acabam estragando tudo". Mas percebeu ao mesmo tempo — era bastante inteligente para isso — que não adiantaria nada discutir, que seria até contraproducente:

— Vamos todos, pronto. Não é isso que vocês querem?

— É o melhor — admitiu d. Lígia.

— Também acho — observou Malu.

Já não podiam esperar mais. Era preciso agir antes que amanhecesse, que começasse o movimento lá fora, do pessoal das fazendas próximas. Todos sentiam a necessidade de aproveitar cada momento, de não perder um minuto. Cláudio ainda quis protestar, dizer que não precisava, mas a verdade — e todos percebiam — é que precisava de alguém, de uma companhia. Não era medo — ele não conhecia medo —, mas o horror que lhe inspirava a morte. E, sobretudo, era grato a d. Lígia, de uma gratidão que o comovia até agora, por ter dito "Vou com você". Nunca ela lhe parecera tão boa, tão doce, tão amiga! Amou-a mais por isso; e teve vontade de lhe dizer qualquer coisa, uma palavra, ou fazer um gesto, como, por exemplo, acariciá-la. Ao mesmo tempo, ocorreu-lhe uma reflexão que poderia parecer inoportuna: "Ah, no dia em que eu beijá-la".

— Segure aí. Assim.

Bob dava ordens, assumia a direção de tudo; e, na verdade, sabia mandar, irradiava dele uma autoridade a que os outros se submetiam sem pensar em reagir. Apesar de ferido, e do mal que lhe fazia qualquer movimento, ajudou. D. Lígia ensaiou um gesto. Bob disse apenas, definitivo:

— Não!

E Malu reforçou:

— Não se meta!

Tudo aquilo horrorizava as duas mulheres, causava-lhes um mal-estar absoluto: o estômago de uma e de outra se contraía numa náusea profunda. "Meu Deus, meu Deus", era o que Malu dizia a si mesma; e nem outro nome lhe subia aos lábios. Foi ela que seguiu à frente, para ver se não havia ninguém, se aparecia alguém. O corredor estava naturalmente vazio. Ela fez um sinal; e vieram os dois, com d. Lígia atrás: "Tomara que não apareça ninguém", pedia Malu. Parecia-lhe que aquilo não estava direito, que de alguma forma fazendo aquilo incidiam num crime. Seu pensamento trabalhava: "Se aparece alguém, se a polícia descobre?". Desceram as escadas com extremo cuidado. Procuravam não fazer o mínimo barulho. Era essa a preocupação máxima. Quando chegaram ao hall, respiraram um pouco. Até ali tudo bem. Mas seria sempre assim? Não estavam livres do perigo, que esperança! Podia surgir ainda alguma coisa. De repente, pararam, no meio do hall. Foi como se o coração de cada um tivesse parado. Olharam em torno. O sofrimento de Bob era cada vez maior. Mas ele se obstinava no seu esforço. Sempre fora teimoso. "Agora vou até o fim."

Haviam parado por causa de um rumor. Um som que não podiam dizer qual fosse. Ou teriam ouvido mal? Durante algum tempo, se concentraram, querendo ver se o rumor se reproduzia ou não. Não houve mais nada.

Malu já estava na porta da frente. Com muito cuidado, torceu primeiro a chave. Houve um barulhinho, mas coisa insignificante. "Ninguém ouviu, com certeza", procurou se confortar. Depois, então, virou o trinco, rumor ainda menor. A porta foi aberta e os outros foram saindo. Súbito, todos se imobilizaram outra vez. É que...

O professor Jacob estava diante de Glorinha. Na sua cadeira de rodas, com o cobertor cobrindo as pernas até a altura dos joelhos. "Ele não é paralítico", pensava a loura. Sempre julgara que fosse, até o momento em que o vira na porta de d. Lígia, apoiado na bengala. E não sabia, não conseguia entender por que a simulação do homem da cicatriz. Ele a convocara, de noite. Chamara-a pelo telefone, na casa do dr. Carlos. Ela ainda quis alegar condução, falta de condução. Ele, então, repetiu: "Venha". Seu tom era cortante, não admitia dúvida. E desligou. Glorinha foi, é claro. E tremendo: arrepios percorriam seu corpo, faziam-na sofrer na carne e na alma. Era sempre assim quando ele a chamava. Tinha horror daquele homem, horror, nada mais, nada menos. Ele a dominava, parecia ver seus pensamentos. Quando Glorinha apareceu, foi logo dizendo:
— O golpe falhou.
A loura disse, num sopro de voz:
— Eu sei.
— Você foi a culpada.
Quase gritou:
— Não!
O homem riu, um riso silencioso que lhe sacudia os ombros. "Se ele me julga culpada, estou perdida." Mas o homem mudou de tom.
— Eu sei que não foi você, porque se fosse...
Balbuciou, com um medo horrível no coração:
— O que quer que eu faça?
— Eu tenho outro plano. E, se falhar outra vez, sabe quem é que morre?
Ela, que estava sentada, levantou-se, recuando.
— Eu?...
— Ele.
— Quem?
— Você sabe.
Ela tremeu mais ainda. Estendeu as mãos para o homem da cicatriz:
— Ele, não!
Reafirmou, lento e sinistro:
— Ele, sim.

* * *

Logo que Malu abriu a porta, e Bob e Cláudio puseram o pé na varanda, ouviu-se aquela voz:
— Quer que eu ajude?

Ninguém disse nada, ninguém se mexeu. Viraram-se, atônitos, para identificar a pessoa que falava. A varanda estava em sombra, e viram, numa das extremidades, um vulto. Haviam reconhecido a voz, mas, até o último momento, duvidaram. Era Orlando. Parecia estar lá de propósito, à espera, sabendo que, mais cedo ou mais tarde, passariam por ali. Repetia, aproximando-se em passo lento:
— Quer que eu ajude?
— Orlando? — perguntou d. Lígia.
— Eu, sim senhora.

Bob julgou sentir na sua voz uma ironia que o garçom não conseguira dissimular. "Diverte-se à nossa custa", pensou Bob. Naquele momento odiou Orlando. Daria tudo para poder responder com um desaforo, uma violência. Mas calou-se, considerando a situação. A impressão de todos, no primeiro momento, foi de que estavam perdidos. Mais um para participar do segredo. E logo Orlando, um homem que não sugeria nenhum sentimento de confiança. Durante alguns segundos, todos se entreolharam sem saber o que dizer ou fazer. Orlando tinha um ar permanente de espião; e, com toda a certeza (era mais do que certo), sabia de tudo, ou desconfiara, e viera para ali, cercá-los. Apenas o que se ignorava era como viera a tomar conhecimento daquilo. Bob teve a iniciativa de dizer:
— Venha!

Então, a calma de Orlando — calma meio cínica — desapareceu. Tornou-se, como os outros, diligente, dinâmico, e foi como se, instantaneamente, adquirisse plena consciência da realidade da situação. Bob continuou mandando:
— Tome o meu lugar!

Orlando não discutiu. Em outras condições, teria reagido contra aquele tom. Não gostava que lhe falassem assim, e muito menos um indivíduo a quem se julgava igual ou superior. "Esse jardineiro", foi o seu desprezo interior. Mas dominava-se muito, sabia controlar os próprios impulsos. Não disse nada, não deu mostras de se ressentir. Substituiu realmente Bob. Este explicou, sumariamente:
— Eu não aguentava mais!

Compreenderam que não mentia, mesmo porque tudo nele, a sua voz, o seu cansaço evidente, as suas condições, indicavam a prostração. Ele continuava de pé — só Deus o sabia — por um esforço de vontade quase sobre-humano. Ainda assim, quis acompanhá-los e foi atrás, caminhando penosamente, e com o medo secreto de perder os sentidos a qualquer momento. Orlando quis saber:

— Para onde?

D. Lígia respondeu:

— Para qualquer lugar.

Bob indicou:

— Tem que ser longe daqui.

Continuaram a marcha. Tomaram a estrada: e procuravam andar depressa, antes que amanhecesse. A ideia era simples: deixar o morto em algum lugar, tão distante quanto possível. Aquela caminhada, dentro da noite, em pleno mato — pois se haviam desviado da estrada — e com aquela carga, era alguma coisa de inesquecível. Faziam uma experiência como não haviam conhecido nunca, uma experiência que lhes marcaria a alma. D. Lígia pensava: "E se isso fosse sonho, se isso não estivesse acontecendo?". Malu vinha naquela obsessão: "Eu matei, eu sou assassina". E isso lhe parecia uma coisa absurda. Orlando estava numa satisfação feroz, uma satisfação que Bob percebia, embora o garçom procurasse ser o mais discreto, o mais fechado possível. Finalmente, chegaram a uma espécie de clareira. Não era talvez bastante longe da casa. Mas estavam cansados, exaustos; e, mais do que o próprio esgotamento físico, o que os saturava era aquela missão macabra. Tinham vontade de não sei o quê; de largar aquilo, de fugir, de se desobrigar de uma vez para sempre. Cláudio e Orlando vinham banhados em suor; arquejavam, como se o coração, a qualquer momento, pudesse estourar no peito. O próprio Bob, que não carregava nada, que se limitava a fazer companhia, sentia que as suas forças o abandonavam. "Vou cair", pensava.

— Vamos deixar aqui — pediu d. Lígia.

— Aqui, sim. Aqui — suplicou Malu.

Bob arquejava:

— Ainda está muito perto.

— Não faz mal — teimou d. Lígia.

Haviam pousado o morto no chão com extremo cuidado, como se tivessem medo de machucá-lo. E se olhavam agora. Aquelas cinco vidas se viam subitamente unidas, talvez definitivamente ligadas, por um crime. As duas mulheres, sobretudo, queriam partir. Sentiam-se no limiar do desespero ou da loucura.

— Vamos! — d. Lígia puxava Cláudio e fazia sinal para os outros, chamando.

Malu reforçou:

— Depressa.

E a volta foi tão angustiada quanto a ida ou mais. Caminharam algum tempo, em silêncio. Mas acabaram sentindo a necessidade de falar, de falar sempre, de não deixar pausas. Queriam se aturdir com palavras e atenuar assim a tensão de que estavam possuídos.

Foi Bob quem começou (Cláudio era o mais silencioso):
— Olha aqui, Orlando.
— Pronto.
— Isso que você viu...
Orlando interrompeu:
— Sei.
— O quê?
— Sei de tudo.
— Mas sabe o quê?

Houve espanto. E o tom seguro com que falava Orlando — percebia-se mesmo uma certa insolência — aumentou a angústia geral. "Seria possível?", interrogou-se Malu. Olhava, como se estivesse à mercê do garçom. Tanto ela como Cláudio e d. Lígia pararam.

O próprio Bob estava surpreendido. Insistiu:
— Diga, o que é que você sabe?
— Por exemplo... — O garçom estava relutante.
— Continue.
— Sei que foi dona Malu... — parou.
— Sabe?
— Sei.

Malu interrompeu, com os nervos trepidantes:
— Mas sabe como?
— Eu conto.

E contou para o grupo, sem abandonar o ar vagamente irônico que era inseparável do seu tipo humano. Estava na janela do seu quarto, espiando a noite — sofria muito de insônia —, quando viu um vulto entrar no jardim e, logo após, outro. Ocultara-se para que os dois não percebessem, não se sentissem espionados. Viu logo que o primeiro não tomara conhecimento da existência do segundo, e isso o divertira mais. Quando Cláudio subira, a ideia de Orlando foi dar alarme; mas então o segundo homem correra, para seguir o mesmo caminho. Orlando prosseguiu:
— Deixei que um e outro desaparecessem. Esperei um pouco; e, por minha vez, subi. Cheguei lá em cima... — fez uma pausa, incerto se devia dizer o resto.
— Que mais? — era Bob quem perguntava.

— Bom. Lutavam, o morto e esse rapaz. E foi aí — até eu intervir — que dona Malu... Compreende, não é? Então desci, achando que não adiantava mais fazer nada. Vim para fora: fiquei na varanda, pensando.
— Pensando? — perguntou, maciamente, Bob.
— Pois é — concordou o outro, insolente.
Estavam agora os dois face a face, Bob e Orlando. Olharam-se durante alguns momentos; Orlando sustentou o olhar. "Será que vão se atracar?", receou d. Lígia. Bob começou:
— Você há de calcular, com certeza, que ninguém pode saber disso?
— Calculo.
— Portanto, vamos fazer o seguinte: um juramento.
— Para quê?
— Muito simples; o juramento de que nunca, em hipótese alguma, ninguém — ouviu? —, ninguém dirá nada, aconteça o que acontecer.
Breve silêncio. E a voz de Orlando:
— Perfeitamente.
— Jure.
— Juro.
Então os três homens juraram. Bob e Cláudio, com mais solenidade; e Orlando, de uma certa maneira ambígua e suspeita. As duas mulheres olhavam apenas, achando aquilo uma coisa terrível, quase fúnebre. Recomeçaram a andar. Havia agora um novo sentimento de confiança que o juramento havia infundido. Malu parecia libertar-se, pouco a pouco, do medo. Vinha com d. Lígia à frente; e, de repente, sentiu que a puxavam pelo braço. Virou-se sobressaltada. Era Bob. Afastaram-se um pouco do grupo.
Bob estava cansado, muito cansado. E, sem querer, disse:
— Estou que não me aguento em pé.
Ela viu que o estado dele, de fadiga, era realmente deplorável. Aliás, o próprio Bob não sabia por que milagre estava de pé. Malu não se conteve:
— Encoste-se em mim. Apoie-se.
— Não.
— Por quê?
— Para quê? Não preciso. Ainda aguento.
Foi carinhosa sem querer, sem sentir que o estava sendo:
— Não teime. Quer fazer-se de forte...
Ele se apoiou nela. E era interessante para quem visse aquilo, à distância. Bob, tão alto e grande, apoiando-se em Malu, tão miudinha e frágil. Ela perguntou: um sentimento de doçura a penetrava:
— Está sofrendo muito?

Ele brincou:
— Não. Nada. Bobagem.
E mudando, subitamente, de assunto:
— Eu queria lhe dizer uma coisa.
Apesar de tudo, de suas atribulações, ela se sentia curiosa, aliás, curiosíssima. Bob era desses tipos — Malu reconhecia isso — que sempre impressionam uma mulher. Não tinha nada de trivial nas suas atitudes e nas suas expressões. Fazia ou dizia quase sempre o contrário do que se esperava. Mas agora o que tocava Malu era o cansaço, era o sofrimento de Bob. Via que ele sofria muito, mas não queria dar o braço a torcer. Teve vontade de ralhar com ele, brigar, invadida de um sentimento que talvez não tivesse conhecido ainda. Era piedade aquilo que sentia ou o quê?... Gostava de ajudá-lo a caminhar, embora ele pesasse muito, pesasse demais para a sua capacidade de resistência.
O grupo se aproximava rapidamente de casa. Malu e Bob é que vinham pouco atrás. A moça perguntou:
— O que ia dizendo e não terminou? Que é?
— É simples — ofegava.
— Mas diga.
Tiveram que parar para que ele, arquejante, pudesse falar.
— Eu quero avisar uma coisa a você — começou.
— A mim?
— Quando eu gosto de uma mulher...
— Sim?
— ... a mulher tem que ser minha de qualquer maneira.
Admiração de Malu:
— Tem?
Repetiu, com certo humor, mas respirando forte:
— Tem.
— E se ela não quiser?
— Mas quer.
— Está bem. Mas vamos supor que não queira.
— Então, minha filha, eu uso outros processos.
— Por exemplo...? — interrogou Malu, cada vez mais curiosa.
— Por exemplo: beijo à força. Coisas nesse gênero.
— Ah, é? — Malu pensava na relação que poderia ter sua pessoa com as palavras de Bob.
— É.
— Engraçado!

— Espere. — Ele tinha mais coisas que dizer: — Há outra coisa: a minha mulher, ou, antes, a mulher de quem eu gosto é minha, exclusivamente minha. Ninguém se aproxima, que eu não deixo. Percebeu?
— Percebi.
— É só.
Ele arquejava muito, mas a moça não estava satisfeita. Havia ali umas coisas que achava obscuras.
— Tudo isso está muito certo. Mas que é que eu tenho com isso? Tenho alguma coisa?
— Você?
— Eu, sim. Tenho?

D. Lígia e Cláudio foram os primeiros a chegar ao portão. Pouco atrás, vinha Orlando. D. Lígia, antes de abrir, virou-se para Cláudio:
— Agora vá.
— Por quê?
— Será que você quer entrar comigo? Ora, Cláudio!
Só então ele pareceu compreender que não podia acompanhá-la mais. Que devia ir embora. Mas doía-lhe tanto a ideia de partir, de deixá-la, que quis prolongar mais a situação.
— Eu levo você até a varanda.
— Não. — Desesperava-se com a persistência do rapaz. — Veja se compreende.
— Mas por quê?
— Adeus.
— Por que "adeus" e não "até logo"?
— Você é uma verdadeira criança! Está bem: até logo.
— Me ama?
— Não sei, não sei.
— Está bem. — Cruzou os braços. — Então não saio.
— Tenha juízo.
— Me ama? Sim ou não?
— Quer que eu minta?
— Diga.
— Amo. — Mas ajuntou logo, espantada de si mesma: — É mentira, não acredite.
Ele partiu, e d. Lígia entrou. Logo atrás, Orlando. Bob e Malu estavam mais adiante. Malu perguntara: "Tenho alguma coisa com isso?". E ele:

— Não!

Já na varanda, Malu passou primeiro; e Bob, cego de dor, tomou, sem saber, a frente de d. Lígia.

Esta ia entrando, também, quando Orlando segurou-lhe o braço, perguntando:

— E eu, não mereço seu amor?

22

Tragédias entre mulheres

O QUE D. Lígia fez foi uma coisa inesperada que surpreendeu inclusive a ela mesma. Em vez de protestar, de dizer alguma coisa, de assumir enfim qualquer atitude, tomou-se de tal nervosismo que correu para a escada, subiu e entrou como uma doida no quarto. Ainda viu, antes de entrar, a figura de Bob, no fundo do corredor. Malu já estava no quarto; acabava de chegar naquele momento e encaminhava-se para o espelho. D. Lígia ficou encostada à porta, com o coração batendo num desespero doido. Perguntou a si mesma: "Mas por que eu estou assim, meu Deus, por quê?". Era o que não entendia. Um incidente apenas desagradável a punha fora de si e a abalava mais do que o crime de Malu? Arrependia-se amargamente de não ter feito qualquer coisa, de não ter repelido de maneira violenta e definitiva o garçom. Fugira como uma menina inexperiente e irresponsável. "Meu Deus, meu Deus!" Que ideia estaria fazendo Orlando? No mínimo, que ela se acovardara. "Mas isso não fica assim, ah, não." Por um momento, vacilou, incerta se deveria descer imediatamente ou não, se devia ir ao criado e despedi-lo de maneira sumária: "Esse homem gosta, então, de mim!". Esse fato a arrepiava. Sentia tudo, as emoções mais contraditórias, inclusive um verdadeiro mal-estar físico. "Pensa, talvez, que eu vou dar confiança a ele." A cólera crescia no seu peito; pensava em outras coisas que devia ter feito, como, por exemplo, esbofetear o canalha. "Digo a Carlos."

A voz de Malu veio arrancá-la dos seus pensamentos:

— Que foi?

Estremeceu.

— Nada.

Observação da outra:

— Está com um ar!

D. Lígia imaginou que, para chamar a atenção da filha, é porque a sua fisionomia estaria exprimindo bem a sua angústia. Quis disfarçar, assumir uma atitude mais serena; mas não conseguia, tremia como se estivesse possuída de frio, de um frio mortal. Quis contar à filha o que sucedera:

— Quer saber o que me aconteceu? Imagine.

Malu assustou-se, claro. Calculou que o que d. Lígia tinha para contar se referisse, de algum modo, à morte do desconhecido. Perguntou, empalidecendo:

— Que foi?

— É esse miserável... — Parou, incerta se devia continuar.

— Quem?

— Orlando.

— O que foi que ele fez?

— Faltou-me com o respeito.

Malu não compreendeu, de momento:

— Como?

D. Lígia hesitou. Diria ou não diria? A verdade é que tinha medo de Malu, medo do que ela pudesse dizer ou pensar. "Não é minha amiga, não gosta de mim. É capaz de pensar não sei o quê." Mas a filha ouvira demais; e agora queria saber. Aproximara-se, estava junto de d. Lígia e a interpelava; d. Lígia sentiu-se desesperada. "Quando é que eu vou ter um minuto de sossego, quando, meu Deus do céu?"

— Calcule: quando eu ia entrando — você vinha à frente —, me segurou pelo braço e me fez uma insinuação.

Pausa. As duas olhavam-se. Malu, procurando ler a fisionomia materna, perguntou, sem desfitá-la:

— Só insinuação?

— Quer dizer...

— Ah, bom! — impacientou-se Malu.

— Perguntou-me se não tinha direito... a meu amor.

— Foi assim, foi? — O espanto de Malu era sincero.

— Pois foi.

Malu não pôde reprimir uma palavra:

— Miserável!

— Não é? Incrível, meu Deus, incrível!

— E a senhora o que é que disse?

— Nada.

— Ah, não disse nada? Não protestou? Não achou ruim?

— Não sei o que é, meu Deus. Perdi a cabeça, não sei. Podia ter despedido, mandado embora, mas fiquei tão assim. Também uma coisa tão inesperada! Mas amanhã vou tomar uma providência, isso não pode ficar assim.

O pensamento de Malu trabalhava, trabalhava:

— O que é que a senhora vai fazer?

— Despedi-lo, ora.

— Não!

Durante um momento, d. Lígia ficou suspensa. Julgou não ter entendido direito. Ainda perguntou:

— Como não?

A filha, muito categórica, reafirmou:

— Orlando não pode ser despedido.

— Ah, não?

— Claro!

— Mesmo depois do que ele fez?

— Sim. A senhora, aliás, já devia ter percebido.

— Então ele me insulta e...

— Não tem importância. — Malu usava um tom enérgico, definitivo; parecia estar dizendo coisas irrevogáveis. — Orlando sabe o que aconteceu aqui, não sabe?

— Sabe.

— Ajudou a carregar o homem, não ajudou?

D. Lígia fazia um ar de incompreensão.

— Ajudou.

— Pois é. Suponhamos que a senhora o despeça. E se ele cismar de ir à polícia, denunciar a gente? Compreende agora?

D. Lígia compreendia. Mas aos poucos, e de uma maneira penosa. Viu aonde a filha queria chegar. Houve entre elas um minuto de silêncio. D. Lígia pareceu indecisa; mas foi só por um instante. Logo lhe veio uma decisão nascida justamente do desespero. Encarou a filha, com desassombro:

— Já sei. — Procurava controlar-se para que a voz não se desfizesse num soluço. — Você quer é que eu me sacrifique, não é?

— Como?

— Quer que eu aceite a corte desse indivíduo. Que aguente tudo calada, não diga nada, não é?

— Não faça drama!

— Mas não é isso? — D. Lígia fazia violência. — É ou não é?

Breve hesitação de Malu:

— É.

Resposta imediata e agressiva de d. Lígia:
— Vá esperando.
— A senhora prefere, então, que eu seja presa, denunciada. É isso?
D. Lígia obstinou-se:
— O que não posso é ficar à mercê desse homem.
— Já sei. Não sei como não descobri há mais tempo. Agora é que eu estou vendo; a senhora quer eliminar-me, quer ficar livre. À vontade — fez ironia.
— É natural!
— Compreenda a minha situação — implorou d. Lígia.
Mas a moça não atendia nada. Vinha-lhe subitamente um medo, um pânico, um sentimento que não experimentara nunca. Era o pavor, quase infantil, de ser presa, sofrer interrogatório, responder a processo; de ver seu nome envolvido num escândalo tenebroso, a sua vida truncada. Revoltou-se contra d. Lígia; era uma revolta em que não entrava o raciocínio, não entrava o senso comum, mas somente o terror. Quase gritou, embora em risco de acordar alguém, de chamar a atenção, de ser ouvida:
— A senhora devia sacrificar-se por mim. Se fosse outra, faria tudo para que esse homem não saísse por aí...
— Malu, Malu. — Cobria o rosto com a mão, chorava; queria que a filha visse, compreendesse a situação, mas era inútil.
— A senhora pensa o quê? Que se não tratar Orlando bem, ele não vai dizer? Pensa mesmo? Pois sim!
D. Lígia ia replicar, mas não chegou a articular uma palavra. Batiam na porta; e de uma maneira tão suave que tanto ela como Malu duvidaram se tinham escutado ou não alguma coisa. Ficaram dois, três segundos na expectativa. E veio, de novo, a batida. Agora já não havia mais dúvida. Alguém estava na porta. Quem seria, meu Deus do céu? D. Lígia não teve coragem de abrir. Malu foi quem, depois de se concentrar um pouco e tomar coragem, resolveu-se, afinal, foi até a porta. Ainda teve uma última hesitação, antes de virar a chave e torcer o trinco. Surgiu a figura de Orlando. Cruzou os braços, numa atitude de acinte, quando viu Malu. A moça abafou uma exclamação; e quase ia fechando a porta. Mas Orlando, muito rápido e ousado, punha um pé entre a porta e a parede. E perguntava, sem tirar os olhos da moça:
— Estavam falando mal de mim?
A insolência era evidente. Malu não soube o que fazer. No primeiro instante, seu ímpeto foi dizer um desaforo, mas se conteve. Lembrava-se de que ele sabia de tudo; e a sensação de medo voltou, com uma intensidade intolerável. Respondeu, num sopro de voz:
— Não.

E ele teimou, mais ousado e mais insolente:
— Era, sim.
— O que é que você quer?
Orlando parecia estar lendo os pensamentos de Malu, parecia estar sentindo o seu medo. Tinha uma segurança absoluta, a certeza de que nada perderia. Baixou a voz:
— O que é que eu quero? Entrar aí. Só isso.
— Entrar aqui?
— Sim, aí.
Mais do que nunca, Malu sentia que dependia daquele homem. Que estava nas suas mãos. Desesperou-se por isso.
Afastou-se para que ele entrasse. No fundo do quarto, d. Lígia perguntou à filha, ao vê-lo entrar:
— Você deixou?...
— Ele quis, eu não podia fazer nada.
E as duas estremeceram, vendo Orlando, sempre seguro de si, fechar a porta, torcer a chave. Malu procurou chegar-se para d. Lígia. Era como se, naquele momento, diante do perigo comum, experimentassem a necessidade de se unirem, de estarem juntas. Recuavam as duas, querendo criar a maior separação possível entre elas e o garçom. Mas Orlando vinha ao seu encontro, sem se apressar, sabendo que uma e outra encontravam-se inteiramente à sua mercê, vencidas, acovardadas. Parou diante delas ou, antes, parou diante de d. Lígia:
— Falavam de mim. Eu estava de fora, ouvindo.
— Espionando.
Confirmou, cínico:
— Sim.
— Que deseja de mim? — era d. Lígia.
— Já disse.
— Como?
E ele, com um novo tom, falando com mais seriedade, fechando a fisionomia:
— Eu sou homem como outro qualquer. Só não tenho posição social, mas isso não tem importância. No mais, valho tanto como qualquer um. Ou acha que não?
Tiritando — a impressão de frio aumentou —, d. Lígia pediu:
— Não me faça perguntas.
Ele teimou, aproximando-se mais dela, falando quase rosto com rosto:
— Faço, sim. Posso fazer perguntas. E você tem que responder.
Silêncio de d. Lígia. Pergunta de Orlando:

— Sou um homem como os outros ou não?

Silêncio.

— Sou ou não sou? Responda!

— Acho que é. Deve ser.

Malu, de lado, não se mexia. Abriu muito os olhos, não tirava a vista de cima de Orlando. Era como se o cinismo de Orlando, apesar de sua infâmia, a impressionasse de uma maneira profunda. Aquilo lhe fazia um mal terrível e, ao mesmo tempo, a deixava numa espécie de fascinação. Toda a ironia desaparecera de Orlando. As suas palavras vinham carregadas de paixão:

— Há muito tempo que eu a amo — confessava isso brutamente; e experimentava uma espécie de prazer vendo a angústia de d. Lígia. — Desde que entrei aqui, talvez no primeiro dia em que a vi.

E prosseguiu, sem altear a voz. As duas sentiram nele a violência contida, a paixão que uma vez livre iria até o fim. Naquele homem, a ideia do amor devia associar-se à do crime. D. Lígia não fazia um gesto, aturdindo-se com as palavras do homem e sofrendo, sobretudo sofrendo. Ele dizia tudo, numa necessidade de desvendar aquele sentimento que trouxera tanto tempo guardado:

— Quantas vezes eu estive para dizer e, à última hora, desistia. Houve uma vez, então, em que eu, quase, quase, ia beijando você. Cheguei a curvar-me... Você estava olhando para outro lado. Tinha me dado uma ordem, ficou de perfil para mim. Nunca uma mulher esteve tão próxima de um beijo, nunca. Mas eu não quis, naquele momento não quis...

— Quando foi isso?

A pergunta saiu sem que ela a pudesse reter. Arrependeu-se logo, é claro. Pareceu-lhe que o interesse era quase dar confiança e que a única atitude digna que podia assumir era escutar em silêncio. O próprio garçom surpreendeu-se com a pergunta. Respondeu logo:

— Quando foi? Num dia de recepção. A senhora estava mandando colocar flores num jarro. Os convidados não haviam chegado ainda. Estávamos sozinhos; eu podia ter feito a tentativa. Era um só movimento; a senhora estava tão próxima! Sentia seu perfume, o perfume que a senhora usa. Eu não a beijei porque ia ser um escândalo, um escândalo monstruoso. Eu seria despedido, é lógico. Preferi esperar, ter paciência, era melhor. Foi o que eu fiz; tive sorte, porque agora a senhora fará o que eu quiser, não poderá resistir.

— Eu? Acha que não?

— Ora.

— Está louco, completamente louco.

Ele baixou a voz; e havia na sua atitude uma secreta ameaça:

— Quer dizer, então, que a senhora acha que pode resistir?

— Acho.
— Mamãe... — era Malu.
D. Lígia voltava-se para o garçom, numa crise de cólera que apanhou o outro de surpresa:
— Saia daqui, ande, miserável!
— Pois então ouça...
Ele se virava para as duas. Dizia, transfigurado:
— Das duas uma: ou a senhora faz o que eu quero ou...
As duas mulheres estavam geladas. Ele se aproximou mais e...

Que queria ele? As duas pensaram ao mesmo tempo: um beijo. Só podia ser isso. Continuaram imóveis, passivas no seu terror. Orlando aproximou-se um pouco de d. Lígia. Esta pensou, com uma contração no estômago: "É agora!". E se preparou para tudo. "Se ele ousar", seu pensamento continuava trabalhando, "eu devo fazer o quê?" Admitir não podia, é claro, seria um absurdo, um fim de mundo. E se reagisse, se o esbofeteasse, ele usaria, sem o menor escrúpulo, o segredo, faria o escândalo. Por um momento — coisa de quatro ou cinco segundos — olharam-se apenas. Estavam face a face. A expressão de d. Lígia era tal que Orlando se ressentiu. Sem tirar os olhos de d. Lígia, perguntou:
— Tem nojo de mim?
Ela respondeu, num fio de voz:
— Tenho.
Porque era esse, de fato, o seu sentimento maior, ou, antes, o sentimento exclusivo. Só de se lembrar que ele levantara os olhos para ela, dava uma revolta de todo o ser, uma crispação de repulsa que não podia dissimular. O garçom, ao ouvir a confirmação de d. Lígia, estremeceu, teve um ar de espanto e de sofrimento; mas logo essa primeira reação se modificou, transformou-se num sentimento de raiva, de ódio inumano. Sua vontade foi de fazer uma violência, de bater, de dominá-la brutamente.
— Orgulho, só orgulho! — foi o que disse.
— Não se aproxime!
Mas ele avançava implacável. D. Lígia ia recuando, recuando, até que sentiu nas costas a parede fria. Não podia mais fugir; e, subitamente, tornou-se passiva, como se aquele homem a fascinasse. Malu não perdia nada, não tirava os olhos da cena e dizia a si mesma, como quem luta para se libertar de um pesadelo: "Não é possível, não pode ser!". Orlando parou diante de d. Lígia, que abria muito os olhos e parecia ter deixado de respirar. Segurou-a pelo queixo sem que ela reagisse:

— Que adianta seu nojo?
— Solte-me!
— Não vê que está nas minhas mãos?
Fez um esforço sobre si mesma para dizer:
— Covarde!
— Por que não faz alguma coisa? Por que deixa?
Fazia uma ostentação de cinismo:
— Está vendo como eu posso segurar o seu queixo?
E mudou de tom, tornou-se subitamente grave para dizer:
— E fique sabendo: se começar com coisa, paga a sua filha, a senhora, todo mundo. Depois nós conversaremos.
Deixou as duas, paradas e aterrorizadas, e encaminhou-se para a porta. Antes de sair, ainda as olhou, com um vinco de crueldade na boca. Ele se sentia absolutamente seguro e achava inútil qualquer precipitação. "Para que me apressar, se tenho todos os trunfos na mão?", ia pensando, ao descer a escada. No quarto, d. Lígia e Malu entreolharam-se:
— Viu o que você foi arranjar? — acusava a filha.
— Eu?
— Você.
Malu estava saturada, saturada:
— Ah, é? Vamos explicar isso direitinho. Em primeiro lugar: por que é que eu matei, por que é que me tornei assassina?
Virava-se, patética, para d. Lígia. Esta não entendeu direito.
— Por quê?
— Sim, por quê? — Ela mesma concluiu: — Porque a culpada é a senhora.
— Mas eu?
— Sim. Cláudio veio aqui por sua causa, ouviu? Ou vai dizer que não foi? Se não tivesse vindo, não teria acontecido nada, eu não teria feito o que fiz!
— Eu sou culpada?
— É. Se não tivesse dado confiança, não aconteceria nada do que aconteceu, mas nada. E outra coisa: o que é que a senhora preferia? Que eu tivesse deixado Cláudio morrer?
— Não sei, não sei.
D. Lígia tapava os ouvidos; as palavras da filha lhe faziam um mal horrível. Malu prosseguiu, cada vez mais violenta:
— E me admira muito que eu, sim, eu, que não tenho nada com isso, é que tivesse feito. Porque a senhora foi incapaz! — E repetiu, carregando na ênfase:
— Incapaz!

— Pare, pelo amor de Deus!
— Agora aguente! A senhora não me provocou?

Nos dias que se seguiram, a impressão de todos era de que o ciclo de tragédia, que se iniciara com a morte de Ricardo, havia chegado a seu termo. Não aconteceu nada de mais, nenhum daqueles imprevistos brutais que, durante cerca de 48 horas, sobressaltaram e ameaçaram destruir para sempre a vida da família. D. Lígia e Malu sofreram angústias incríveis, com medo que descobrissem a sua participação na morte de Isaac. Mas, felizmente, não houve nada de mais; o corpo foi encontrado. Houve investigações. Mas os dias escoavam-se sem que ninguém se lembrasse sequer de ir à casa do dr. Carlos ouvir os seus moradores. Salvo algum imprevisto, d. Lígia e Malu não viriam a sofrer nada. A única coisa de notável foi o estado de Bob, que, durante três ou quatro dias, inspirou sérios cuidados. Ele sofrera uma piora súbita; houve inflamação, perigo de uma infecção que poderia ser, talvez, irremediável. O médico que o tratava inicialmente chegou a desanimar, a dizer mesmo ao dr. Carlos:
— Não sei, mas estou mesmo desanimado. O camarada piorou.
E, depois de uma pausa, o velho interrogou o dr. Carlos:
— Seu parente?
— Não. Meu jardineiro.
— Ah!
Bob delirou durante várias noites. Dizia as coisas mais incríveis. Uma vez ou outra vinham-lhe aos lábios as duas sílabas: Ma-lu. Mas quase sempre falava sem dizer o nome. Referia-se a uma mulher e tinha em relação a essa personagem misteriosa duas atitudes distintas: ou de cólera ou de amor. O dr. Carlos, certa noite, entrou lá por acaso; Malu estava presente (Malu e uma enfermeira que fora chamada à última hora). Bob dizia, revirando-se na cama, enquanto a enfermeira — uma alemã gorda — procurava aquietá-lo, impedir que saísse da cama:
— Essa maldita... Ela me paga... Vai ver...
Falava em febre. O dr. Carlos ficou impressionado. Sempre o espantavam, e lhe causavam um certo mal-estar, as coisas ditas em delírio. Pareciam-lhe as mais sinceras, as mais autênticas. Interrogou, dirigindo-se a Malu:
— Quem será?
A moça também estava perplexa:
— Não sei. Não faço a menor ideia.
— Engraçado!

A coisa ficou por aí. Mas o dr. Carlos saiu preocupado com aquilo, embora o assunto nada lhe dissesse respeito. Ainda conjecturava: "Com certeza, foi alguma mulher que o traiu. No mínimo. Só pode ser isso". Nessas ocasiões de delírio, Malu gostava de ficar ali. Era uma curiosidade que sentia, quase mórbida, de penetrar nos segredos de um homem, de surpreender os seus sentimentos, através das palavras balbuciadas na febre. Às vezes, para ficar mais à vontade, Malu mandava a enfermeira embora. Mandava, não, sugeria:

— A senhora por que não descansa um pouco? Vá que eu fico.

A alemã gorda relutava um pouco; por fim, cedia. Malu ficava sozinha com o doente, prestando absoluta atenção às suas palavras. Não se cansava de ouvir. Não raro procurava incitá-lo, fazia perguntas, para ver se ele respondia:

— Quem é, hein?

Queria por força saber o nome da mulher que ele ora exaltava, ora amaldiçoava. Mas o delirante não escutava as perguntas; parecia muito longe dali, a mil léguas de distância. Outra preocupação de Malu era saber se ele ficaria ou não desfigurado. De vez em quando perguntava:

— Como é, doutor? O senhor acha que ele vai ficar deformado?

O velhinho era prudente, esquivo, não gostava de fazer afirmações. Tinha medo de que, mais tarde, os fatos viessem a desmenti-lo. Evadia-se, dizendo:

— Só vendo.

Mas, um dia, o homem foi mais explícito:

— Receio que sim.

— Vai, é?

— Pelo menos...

— Mas muito?

— Isso, não sei.

A moça, porém, que adquiria certa intimidade com o médico, forçou um pouco:

— Sabe, sim senhor. O senhor está escondendo. Diga.

— Muito. Vai ficar muito deformado.

Malu arrepiou-se toda. Aquilo fez-lhe mal: saber que Bob, que era tão simpático, tinha feições tão boas, ia perder a aparência, talvez ficar um monstro. Ela procurou imaginar como ficaria ele; desfilavam pela sua imaginação caras horríveis, caras horripilantes. E se contraía, porque, de alguma maneira, estava um pouco ligada à sorte do infeliz. "Ele vai ficar assim por minha causa." Tinha pena, uma pena quase intolerável; às vezes, fugia do quarto, sem poder ver Bob. (Ele, aliás, estava todo enfaixado.) O pior não era isso; o pior eram os curativos. Nem sempre Bob podia aguentar o sofrimento. Mordia o lençol, mergulhava a cabeça nos travesseiros, cerrava os dentes. Mas o suplício muitas vezes ultrapassava a sua capacidade humana de resistência. De fora, ouviam-se, então, os gritos. Malu pensava logo: "Se ele, que é tão disposto, grita, é porque a dor deve ser uma coisa pavorosa". Mas não era só ela quem se comovia; d. Lígia, também — d. Lígia pouco aparecia, mas não deixava de ir de vez em quando. Mas empalidecia sempre que o médico aparecia para os curativos. Tinha ideia de que Bob sofria um verdadeiro massacre. Perguntava a si mesma: "Será que não se poderia fazer isso com um anestésico?".

O caso de Orlando continuava sem solução. Depois de ter se declarado, o garçom adotara uma atitude de absoluta impassibilidade. Era como se não tivesse nada. Apresentou-se no dia seguinte, numa atitude urbana, friamente cortês, não procurou os olhos de d. Lígia, não a encarando, nada. D. Lígia ficou desconcertada. Esperava que ele dissesse alguma coisa, voltasse à carga, para, então, tomar uma atitude definitiva. Ficou até sem jeito — foi curioso — quando o viu assim. Mas, ao mesmo tempo, suspirou com um alívio imenso. Pelo menos, a crise seria adiada, e isso já era alguma coisa.

MAIS OU MENOS uns quinze dias depois da morte de Ricardo — Bob ainda estava de cama, mas já fora de perigo, andando pelo quarto —, Solange apareceu na casa de Malu. Deram os beijos de sempre. Solange notou, logo à primeira vista:

— Você não está nada abatida.
— Por que havia de estar?
Solange ficou meio sem jeito:
— Bem...
Malu interrompeu:
— Olha, minha filha — queria ser logo muito clara —, eu quero é gozar a vida. O resto não interessa.

Solange mudou de assunto, um pouco impressionada. Sobretudo, achava que Malu tinha ficado diferente, sem que ela soubesse exatamente se era uma diferença física ou se uma coisa interior, mais profunda. Parecia certo, por exemplo, que Malu perdera um pouco aquele ar meio de menina. Estava mais mulher; a doçura dos olhos e do sorriso fora um pouco atenuada. Solange fez essas observações; mas não disse nada, preferindo calar. Conversaram algum tempo, e, já na saída, Solange disse:

— Hoje vou a uma festa.
— Qual?
— Na casa de Didi.
— Tem festa lá hoje, é?

— Tem.
— Espera.
— O quê?
— Também vou.
Desta vez, Solange não pôde conter uma observação:
— Você não acha que ainda é cedo, Malu? Não tem nem quinze dias!
— Não faz mal.
Não houve quem a dissuadisse. D. Lígia não disse nada. Ela mesma não fora ao cassino, no dia do enterro de Ricardo? Obrigada, mas não fora? O dr. Carlos é que não gostou. Chegou justamente no momento em que Malu, já pronta, ia sair. Estava de vestido de baile, pintada, os ombros nus, linda, linda. O dr. Carlos teve uma surpresa. Ainda perguntou:
— Que é isso?
— Vou a uma festa!
— Que festa?
Quis impedir. Levara a mulher ao cassino, mas, é claro, não desejaria que a filha fizesse a mesma coisa. Previa o escândalo, a maledicência, o disse me disse. E não queria que Malu se expusesse assim. Primeiro, quis ser enérgico:
— Você não pode ir, minha filha.
Mas sentiu logo a resolução de Malu. A moça falou com doçura, mas com energia:
— Eu vou, papai.
— Mas você não vê que não fica bem?
— Não importa. Eu não me incomodo.
— Malu!
— Não adianta, papai. Não adianta, já disse.
E foi mesmo. Em vão o dr. Carlos lutou para que ela desistisse. Malu não se dobrou. "Vou, porque vou e pronto." Ela mesma guiou o automóvel e dando toda a velocidade. Sempre fora uma volante ousada, quase irresponsável; mas naquele dia excedeu-se a si mesma. Várias vezes, o automóvel derrapou, esteve em risco de capotar. Dir-se-ia que Malu procurava forçar um desastre. A velocidade produzia-lhe uma espécie de embriaguez, de felicidade intensa. Chegou à festa sã e salva. E sentiu, logo à sua entrada, o murmúrio. "Falam de mim", pensou. Mas isso, em vez de constrangê-la ou de amedrontá-la, deu-lhe uma alegria, vaidade, um prazer agudo. Cumprimentou aqui e ali; e se dirigiu à dona da casa:
— Você por aqui, Malu?
Ela respondeu, muito à vontade, petulante, ao mesmo tempo que olhava em torno, para reconhecer as pessoas:

— Preciso distrair-me, dona Olívia.
— Claro — balbuciou a pobre senhora, disfarçando o próprio espanto.
Didi apareceu logo. Riram as duas:
— Então, Malu?
— Estou aqui.
Segundo as pessoas que estavam na festa — a maioria absoluta —, Malu parecia uma doida. Flertou com vários, dançou muito, riu, recebeu declarações. Aos homens, aquela atitude de moça, quinze dias depois da morte do noivo, tinha qualquer coisa de sacrílega e, ainda assim, de provocante. Deu telefone a um e a outro. E voltou, alta madrugada, com todos os nervos trepidantes. Havia muito tempo que não sentia assim a delícia de viver. Sobretudo, tinha o desejo de uma grande aventura. Entrou em casa, estava tudo escuro. Subiu as escadas lentamente, sem pressa, numa grande lassidão. Em cima, porém, parou. E teve, então, um choque brutal. Acabava de ver, caminhando na sua direção...

23

Entre a morte e o pecado

Na penumbra do corredor, aquele vulto teve qualquer coisa de sobrenatural. Mas o susto passou logo, porque, num instante, ela reconheceu Bob. Ele se levantara; e estava ali há várias horas, esperando que ela aparecesse, atento ao menor rumor, devorado pela impaciência. Engraçado é que foi por acaso que ele soube da saída de Malu. Geralmente dormia cedo; mas, naquela noite, veio--lhe uma necessidade súbita de estar um pouco com a moça — mesmo que fosse uns minutos. Ele até achou isso engraçado. Já estava deitado quando o seu pensamento se fixou em Malu. Ergueu-se, sem saber como fazer para chamá--la. "Vou bater no quarto dela." Mas, ao mesmo tempo, achou que talvez não fosse conveniente. "Ou, quem sabe, se ela está lá embaixo?" De qualquer forma, o melhor era mandar chamá-la. Se fosse no tempo da enfermeira (com as suas melhoras, a alemã gorda saíra), não haveria dificuldade nenhuma. Mas agora, não; teria de chamar outra pessoa. E, ao mesmo tempo que estava incerto sobre o que devia fazer, pensava, simultaneamente, em outra coisa: "Ficarei muito desfigurado?". Mas logo desviou o pensamento. Não gostava de se lembrar disso, para não se obcecar, não ser dominado por uma ideia fixa. Apertou, finalmente, o botão da campainha. Enquanto esperava que viesse alguém, disse, como se o fizesse pela primeira vez: "Malu, Malu...". Achou o nome gracioso, sintético, sensual, gostoso de pronunciar: "Malu, Malu, Malu...".

Quem veio atender foi Míriam. Ela temia Bob; depois que ele se enfaixara todo, ficara com o rosto coberto, parecendo, não raro, um personagem fantasmagórico. Ficava sem jeito, desviava a vista, procurava não encarar com ele em hipótese nenhuma. Bob não percebera isso: ou só o percebera muito por alto, sem se fixar. Aliás, pouco se importava com Míriam, que lhe parecia uma menina muito sem sal, aguadíssima, desinteressante. Mas, desta vez, ela despertou-lhe a atenção. Notou que Míriam virava o rosto. Aquilo — ele mesmo não soube por quê — produziu-lhe uma certa irritação. Resolveu logo acabar com a situação, esclarecer:

— Vem cá, Míriam.

E pôs-se na frente dela. Com certa relutância, Míriam encarou-o. Mas foi só por um momento. Logo, como quem não pode dominar-se, olhou para o lado: era visível que estava constrangida. ("Mas por quê?", era o que perguntava Bob, sem entender ou sem querer entender.)

— Eu acho você engraçada — começou Bob. — Por que não olha para mim?

Maior perturbação de Míriam. Ela baixou os olhos, parecia envergonhadíssima. Respondeu, com evidente esforço:

— Por nada.

E olhava para outro lado. Ele insistiu, sentindo que a irritação ia aumentando:

— O que é que eu tenho de mais? Diga, ora essa!

— Não tem nada. É que... — calou-se, vermelhíssima.

— Continue.

Quase gritou, subitamente desesperada:

— Tenho medo. Fico nervosa!...

Ele não soube o que dizer. Compreendia, afinal. Percebia confusamente que sua figura perturbava a moça, talvez a horrorizasse, lhe inspirasse repulsa. Mas por que tudo isso, como, se ele estava todo enrolado, se não se via sua fisionomia? Ou quem sabe se era a sugestão das próprias gazes? De qualquer maneira, aquilo lhe doeu, produziu-lhe um sofrimento vivo, mas a irritação desapareceu; veio em seu lugar uma tristeza absoluta, uma tristeza que ele mesmo não sabia explicar. Mudou de assunto logo, antes que a situação se tornasse mais angustiosa ainda:

— Quer chamar dona Malu?

— Dona Malu? — Ela estava tão confusa e nervosa que não entendera direito.
— É.
— Não está.
— Aonde foi?

Não tinha nada com isso; era até impertinente que perguntasse assim: "Aonde foi?". Mas a verdade é que experimentara um choque, como se a ausência de Malu o contrariasse profundamente. Míriam explicou:

— Foi ao baile.

Admiração de Bob:

— Não é possível!

— Foi, sim. Saiu ainda agora.

— Está bem.

Míriam afastou-se. Bob veio sentar-se na cama. Aquilo estava na sua cabeça, martelando como uma obsessão: "Ela saiu, ela foi ao baile". Sofria com isso; ou, antes, nascia dentro dele um desespero que se fazia maior porque era impotente. "Ah se ela estivesse aqui, agora!..." Imaginava-se interpelando Malu, dizendo verdades duras. E não lhe ocorria pensar que não tinha nenhum direito de se irritar assim, de ficar indignado, como se o fato de a moça ir a uma festa implicasse uma ofensa pessoal, feita a ele. Não era namorado, não era noivo, não era marido, não era nada. Falando sozinho, ameaçou:

— Mas ela vai ver!

E veio para o corredor esperar, disposto a não sair dali senão depois de ter falado com a moça. As horas passaram-se. Por fim, ele já pensava: "Acaba amanhecendo".

Mais ou menos às quatro e pouco da manhã, ouviu o barulho do automóvel. Estremeceu: "Pronto, chegou". Ficou no fundo do corredor, quando seu vulto apareceu. Veio então, lentamente, ao seu encontro, esperando. Escutou quando Malu abriu a porta e subiu as escadas, e viu Malu parar, no princípio do corredor. Ele pensou: "Assustou-se". E isso lhe deu uma secreta alegria, uma alegria quase infantil. A própria Malu confessou:

— Que susto você me deu, Bob!

Parecia bem-disposta. Ele fez uma observação: "Está feliz!". Num segundo, foi tocado por uma porção de suspeitas: "No mínimo, flertou, dançou com todo o mundo, bebeu!". Malu quase não estranhou que Bob estivesse, àquela hora, de pé. Calculou: "Não teve sono". Foi amável, perguntou:

— Está melhor?

Ele respondeu com outra pergunta:

— Divertiu-se muito?

A moça julgou notar uma certa irritação no tom do rapaz. Mas não ligou. Confirmou, com efusão, uma certa lassitude de mulher feliz:

— Muito!
— Com certeza, dançou. Aposto.
— Claro!
— Por que claro?
— Então não é?
— Você acha?

Ele procurava se controlar. Queria primeiro saber de coisas, de muitas coisas. O que o fazia sofrer era a ignorância do que teria ela feito no baile. Imaginava que uma mulher, durante a dança, tem ocasião de ouvir galanteios e, às vezes, verdadeiras declarações. Só a proximidade em que fica do cavalheiro é em si mesma quase um pecado. O homem sente o perfume dos seus cabelos, o seu hálito, vê pertíssimo a boca do seu par. E essas coisas triviais, que já não surpreendem nem perturbam ninguém, davam a Bob uma grande tristeza. Tristeza e, mais do que isso, revolta. Quando ele perguntou — "você acha?" — a moça respondeu, mais do que depressa:

— Ora, Bob!

Ele, então, mudou de atitude:

— Malu... — adoçou sem querer a voz; ela até estranhou o tom. — Malu, você quer saber de uma coisa?

— O que é que há?

Percebia — e com um obscuro sofrimento — que ele agora estava sério, e que o que ia dizer era grave. E Bob, brusco, veemente:

— Você devia ter vergonha, ouviu? Vergonha!

Aquilo foi uma coisa tão inesperada que, de momento, ela não compreendeu, ou compreendeu mal:

— O quê?

Empalideceu na sombra. E viu que Bob se aproximava mais, crescia para ela:

— É isso mesmo! Que você não sentisse a morte do seu noivo, está bem. Ele não merecia mesmo que você sentisse. Mas, ao menos, devia manter as aparências por uma questão de compostura. E não ir para um baile, dar exibição, fazer escândalo, namorar todo o mundo!

— Mas me diga uma coisa... — Caía em si; e se exaltava também: — O que é que você tem com isso?

— Eu?

— Sim, você. Tem alguma coisa?

— Estou dando minha opinião.

— E eu lhe pedi alguma coisa?
Bob, desconcertado por momento, não soube o que dizer. Malu cresceu em veemência:
— É meu namorado?
— Não.
— Meu noivo?
— Não.
— Ou meu marido ou qualquer coisa meu?
— Graças a Deus, não.
— Então não tenho que lhe dar satisfações, nenhuma. Tem graça!
E ia virar as costas, quando Bob a segurou por um braço:
— Eu não sou nada seu, nem quero. Você é uma grã-fina muito idiota. Nunca na sua vida teve sentimento, nem soube o que era compostura.
Ela balbuciou, mortalmente pálida:
— Bob!
— Pois é. Ainda digo mais; nenhum homem que se preze, que tenha um pouco de dignidade, pode gostar de você. Nenhum. Duvido!
Largou-a no princípio do corredor, veio andando para o quarto. Malu voltou a si, correu atrás:
— Você é um jardineiro, meu jardineiro; e se começar com coisa, despeço você! Está ouvindo?
— Não aborreça!
— E outra coisa: você agora só me chame de senhora. Eu fui dar confiança, é isso!
E ele:
— Olha aqui, menina. O meu mal foi o seguinte: foi ter salvo você. Se eu tivesse deixado você no fundo do rio, não sucederia isso agora!
Malu ainda ficou algum tempo no mesmo lugar, chorando lágrimas de raiva. "Ah, que ódio, meu Deus! Se eu fosse homem..." Chorava mais sentindo que era fraca, que não podia bater, dar pancada. Voltou para o quarto, bateu com a porta, sem se lembrar que aquilo não era hora de fazer barulho. Só quando ia tirando o vestido é que lhe ocorreu uma coisa: "Já sei!". Julgava ter descoberto a causa de tudo. Então, a raiva desapareceu por encanto. Saiu do quarto e foi bater na porta de Bob. A resposta veio, num berro malcriado:
— Entre!
Não se deitara ainda, dominado pela irritação. Falara da janela. E era tal a sua fúria que não se espantou que viesse alguém àquela hora bater no quarto. Malu abriu e sua cabeça apareceu. Bob teve um choque quando a viu:
— É você?

E repetiu, para mostrar que não aceitava esse negócio de "senhora":
— Você?
— Sou eu, sim!
— Que é que há?
E ela, sem sair da porta:
— Já sei por que você está assim.
Pouco-caso de Bob:
— Por quê?
— Ciúmes, meu filho.
— Coitada!
— Mas você não se enxerga, não? Veja a sua posição e a minha!
— Vá dormir, que é o melhor que você faz, sim?

Mas quando Malu fechou a porta, ele sentou-se, impressionado. "Não é que ela pensa mesmo?..." Só então caiu em si e se acusou: "Que papel eu fui fazer!". Para que se metera? Que necessidade tinha de esperá-la? "Se ela quer ir a bailes, que vá, eu não tenho nada com isso." Lembrando-se das palavras e da atitude da moça, sofria como que uma humilhação viva. "Mas bem feito!" Vinha-lhe um sentimento de rancor contra Malu: "Uma doida, que não merece a mínima consideração. Se tivesse mais compostura, não faria aquilo, ir para um baile depois de matar um homem". "Eu ensino: ela vai ver." Ao mesmo tempo, perguntava a si mesmo: "O que é que eu posso fazer? O quê?". Não sabia, não lhe ocorria ideia nenhuma, ótimo seria se pudesse humilhá-la: "Mas como?". Aí é que estava: "Como?". Deitou-se, com a ideia fixa de que precisava vingar-se.

No dia seguinte, logo de manhã, Bob desceu. Era a primeira vez que o fazia desde o episódio de Mag. Veio descendo devagar — ainda não se sentia muito firme — e apoiando-se no corrimão. Mas parou no meio da escada. Ouviu vozes, de homem e de mulher, e o que o impressionou muito foi o tom de discussão. Mas de discussão em voz baixa. As duas pessoas, que altercavam, pareciam dizer coisas que ninguém deveria ouvir. Era evidente que não haviam percebido Bob (este usava sapatos esporte, de sola de borracha). "Que será?", perguntou o rapaz a si mesmo, achando aquilo esquisito. Procurou distinguir as palavras. E teve um choque, reconhecendo a voz de d. Lígia. Ela dizia:
— Mas eu não posso?
— Não.
— O que é que você vai fazer?
— Isso é comigo.
— Mas diga. O que é?

Bob reconheceu, então, a voz de Orlando; e ficou estupefato. Seria possível que o garçom tratasse assim d. Lígia, com aquela insolência, aquela soberana falta de respeito? Que coisa estranha! E os dois continuaram. Estavam bem do lado da escada, sem desconfiar, é claro, que havia alguém escutando tudo. Orlando dizia:

— Estou disposto a tudo, tudo — ouviu? — para conseguir seu amor.

— Tenha pena de mim!

Suplicava. Todo senso das distâncias sociais deixara de existir entre os dois. Orlando insistia:

— Quando eu cismo com uma coisa, sempre consigo. Quando eu desistir, sabe o que eu faço, quer saber?

Silêncio de d. Lígia. E ele, com uma voz quase inaudível:

— Pois bem: mato-a. Fique certa, não estou brincando.

E acrescentou:

— Não quero que nenhum homem toque em si. Só não aconteceu a seu marido porque ele não se interessa por si, pouco está ligando. Senão...

Foi aí que Bob desceu. Mas procurando não fazer barulho, não pressentido. Queria surpreender, aparecer de repente. Foi d. Lígia quem primeiro o viu: quase gritou. Orlando virou-se, então, e deu com Bob. Compreendeu instantaneamente a situação; e não perdeu a cabeça. Um punhal apareceu na sua mão. Disse, transfigurado pelo ódio:

— Se fizer um gesto...

O ÓDIO QUE invadiu Bob quase o cegou. Viu o punhal na mão de Orlando, e a resolução desesperada do garçom. "Se eu fizer um gesto, ele mata d. Lígia." Apesar disso, de saber que o bandido estava disposto a tudo, a cumprir a ameaça, quase investiu contra ele. A ponta do punhal — era uma arma linda, com desenhos de prata no cabo — encostava em d. Lígia. Esta não se mexia; parecia não respirar; e não tirava a vista do garçom. Naquele momento, d. Lígia não pensava na distância de classe que havia entre os dois, distância que Orlando queria transpor; pensava somente em si mesma, com todo o seu instinto de conservação despertado. Era uma pungente saudade da vida que sentia por antecipação, o medo de morrer sem ter conhecido toda a doçura da existência. Ela mesma disse, com uma voz que quase não se ouvia, sem mexer os lábios:

— Deixe, Bob, deixe...

Orlando reforçou:

— Vá embora!

— Eu vou — Bob não tirava os olhos de Orlando —, mas você fique certo de uma coisa.
Sorriso sardônico de Orlando:
— De quê?
E Bob:
— Um dia, não sei quando — tome nota —, um dia você paga.
— Vá esperando.
Bob voltou. Subiu, de novo, a escada; veio, lentamente, com a cabeça em fogo. Tinha no pensamento a imagem de Orlando, o punhal, o terror de d. Lígia; e experimentava uma dessas raivas frias, lúcidas, que levam perfeitamente ao crime. No corredor, viu Malu, que, justamente, saía do quarto. Ia passar pela moça, sem parar, mas mudou de ideia:
— Quer saber de uma coisa? — Estava de frente para Malu.
— Que foi?
Contou tudo; a humilhação imposta a d. Lígia, a audácia do garçom e a revolta que isso lhe causara. Malu ouvia tudo, sem fazer comentário. Não queria dizer nada antes de saber o que Bob sabia. Quando Bob acabou, e procurava ler na fisionomia da moça a sua reação, Malu limitou-se a dizer:
— Eu sabia.
— Ah, sabia?
— De tudo.
Bob olhou-a, surpreso.
— E está tão calma?
— Você queria o quê?
— Esse camarada tem que ser expulso daqui.
— Está louco?
— Como?
— Se a gente fizer alguma coisa, você sabe o que sucede? Quer saber? Pois bem, me denunciará.
Estavam de novo em face do eterno problema: como tomar qualquer medida contra Orlando, se ele dispunha de uma arma terrível, se podia perdê-la. Bob teimou:
— Mas assim não pode continuar.
— Eu também não devo ser sacrificada.
— Você só pensa em si.
— E você só pensa em mamãe.
Bob refletia: "Essa menina não presta". Horrorizava-o a lógica de Malu, a simplicidade de seu raciocínio, o seu egoísmo. "Será que ela não tem coração?" Uma ideia ocorreu-lhe:

— Há ainda um recurso.
— Qual?
Naquele momento, d. Lígia vinha subindo. Parou, no princípio do corredor, quando os viu. Por um instante, pareceu querer voltar atrás. Estava numa angústia absoluta, num desespero total contra a vida e, sobretudo, contra o destino. Não via como sair daquela situação. Não queria falar com ninguém, não queria que Bob ou Malu a interrogassem. Precisava estar só para pensar, para chorar. Mas não podia fugir. Veio a contragosto ao encontro dos dois. Bob virou-se para ela (sentiu imensa piedade da nobre senhora, tão linda e tão desventurada, que parecia destinada a ter a experiência de todas as lágrimas e de todos os desesperos). Malu insistiu:
— Qual é o recurso? Diga.
Bob dirigiu-se a d. Lígia:
— Eu estava pensando justamente num meio para resolver a situação com aquele bandido.
— Qual?
Pausa do Bob; e a resposta:
— Matá-lo.
— Não!
Era d. Lígia (a própria Malu se crispava, sentindo até repulsa física contra aquela ideia. Quase gritara o "Não!"). Continuou:
— Não quero. Basta de morte!
— Sim, basta! — repetiu Malu.
As duas uniam-se no mesmo sentimento de horror. Estavam saturadas de morte. D. Lígia tornou:
— Tudo, tudo, menos matar!
— Mas é o único meio.
— Então não serve. Isso não quero.
E teve uma reflexão trivial, que, no entanto, correspondia ao seu sentimento mais profundo:
— Ninguém tem o direito de tirar a vida de outra pessoa.
Réplica imediata de Bob:
— Às vezes tem!
D. Lígia teimou:
— Nunca!
Malu abria os olhos, com um duplo sentimento de espanto e de terror. As palavras maternas estavam gravadas no seu pensamento, com a sua banalidade terrível: "Ninguém tem o direito de tirar a vida de outra pessoa". Malu pensava em si mesma, no que fizera; e, ainda uma vez, espantava-se com o impulso que

a fizera matar um homem: "Eu matei, eu matei". Precisava repetir isso muitas vezes para se convencer, para se libertar da impressão de sonho que a morte de Isaac lhe deixara. Ouviu as palavras de d. Lígia e de Bob, olhando ora um, ora outro; e, pouco a pouco, formava no seu espírito uma revolta, não contra Bob, mas contra d. Lígia. Seu lábio superior começou a tremer. Sua vontade naquele momento era nem sei de quê:

— Mamãe. — Controlava-se para não chorar. — A senhora não devia dizer isso.

— Eu?

— A senhora mesma! Eu sei por que a senhora diz. É por minha causa. A senhora não tem coragem de dizer as coisas diretamente a mim. Fica com insinuações.

— Ora, Malu!

— É isso mesmo! A senhora quer saber o que é que eu acabo fazendo?

D. Lígia estava incrivelmente pálida:

— Que é?

Então Malu disse:

— Acabo indo à polícia, eu mesma, e me denunciando. Não é isso que a senhora quer?

Nem d. Lígia, nem Bob tiveram tempo de dizer nada. No princípio do corredor, aparecia Laura. Ficou meio atrapalhada quando viu os três. Fez o que pouco antes fizera d. Lígia: pareceu indecisa se voltaria ou não. Mas acabou avançando. Malu, com lágrimas nos olhos, a voz alterada, perguntou:

— Que é?

— Telefone — balbuciou a outra, com um rubor de vergonha que nada justificava.

— Eu atendo aqui.

No fundo do corredor, havia um ramal. Laura desceu apressadamente. Malu dirigiu-se ao telefone. Bob e d. Lígia, sem querer, ouviam a conversa, pelo menos através do que Malu ia dizendo. A moça atendeu:

— Alô!

E, do outro lado da linha, uma voz masculina:

— Malu?

— Eu. Quem é?

O que Bob e d. Lígia logo notaram, com surpresa, foi a transformação que se operou em Malu. Foi assim uma coisa como da noite para o dia. Malu transfigurou-se, parecia subitamente outra, a voz doce, quase amorosa, uma expressão de felicidade. A pessoa que falava acabava de identificar-se:

— Otávio.

— Ah, Otávio. Como vai você?

Encostava muito a boca no fone. Parecia querer dar ao telefonema um ambiente de mistério, de intimidade. Uma ruga de preocupação apareceu na testa de Bob: "Parece conversa de namorado". E deixou instantaneamente de pensar em d. Lígia e Orlando, para se concentrar na conversa de Malu. D. Lígia também estava achando aquilo muito estranho. Dizia para si mesma: "Engraçado". Não compreendia o que se passava com a filha, que transformação psicológica fora aquela. Sobretudo, uma coisa a interessava: "Quem será esse Otávio?". Devia ser muito importante para modificar assim a filha.

Otávio respondia:

— Eu? Assim, assim.

— Acordou agora?

— Há muito tempo. E você?

— Também.

Conversa banalíssima, mas que parecia envolver Malu num verdadeiro encanto. Otávio queria um encontro. Malu, por um instinto de faceirice, fazia-se rogada. Ele insistia:

— Tenho uma coisa para dizer a você!

— Ah, é?

— Mas só digo pessoalmente.

— Coisa importante?

— Muito.

— Pensa que eu acredito?

Bob e d. Lígia não puderam continuar ouvindo. O dr. Carlos vinha subindo a escada. Logo ao vê-lo, o coração de d. Lígia começou a bater mais depressa: "Vamos ter coisa!". O dr. Carlos vinha com a fisionomia carregada. Foi chegando e interpelando a esposa:

— Que negócio é esse que vieram me contar?

LAURA VIRA, ANTES de Bob, a situação de d. Lígia com Orlando. Ficara espantadíssima. Um garçom tendo aquela intimidade com a patroa! Não entendia, custou a perceber. Primeiro, pensou num caso de amor. Mas logo descobriu, através de uma conversa entre os dois, a verdadeira natureza das relações. Orlando conhecia um segredo, e este segredo lhe dava um estranho poder sobre d. Lígia. Então, Laura se indignou. Se d. Lígia fosse outra, não teria se metido. Mas era a mãe de Malu e participava um pouco do carinho que a velha dedicava à moça. Sua vontade foi interpelar Orlando; e chegou mesmo a tocar no assunto, embora sem saber por que temia o garçom. Começou meio vaga:

— Você tratou mal dona Lígia!
— Ah! Você viu?
— Vi. Aquilo não se faz.
Orlando foi muito positivo:
— Vou lhe dar um conselho.
Ela percebeu nos olhos do garçom um brilho tal de crueldade que recuou, amedrontada. E ele, sem desfitá-la:
— Não se meta com a minha vida, porque senão...
Não completou, nem precisava. Laura saiu, com um sentimento de medo mortal. Sua impressão foi de que Orlando não recuaria ante nada. Mas, apesar de todo o terror que sentia, estava resolvida a fazer alguma coisa por d. Lígia. Não tinha nenhuma ideia, não sabia o que fazer. Mas viu o dr. Carlos chegar e dirigiu-se a ele. O dr. Carlos parou. Ela foi dizendo:
— Doutor Carlos, eu queria que o senhor soubesse de uma coisa que está se passando aqui.
Ele, naturalmente, se espantou. Quis logo saber:
— Aqui?
— É, doutor Carlos.
— Que foi? — Ele estava cada vez mais inquieto e curioso.
Ela baixou a voz:
— Orlando faltou com respeito à dona Lígia.
— O garçom?
— O garçom.
— Quando?
Mas o dr. Carlos não quis ouvir o resto. Largou a criada e subiu depressa. D. Lígia assustou-se ao ver a alteração de sua fisionomia.
— Que negócio é esse que essa velha me contou?
— Quem?
— Laura. Veio me dizer que Orlando faltou com respeito a você?
D. Lígia perturbou-se toda:
— Ela disse isso?
— Disse. É verdade?
Malu acabava de deixar o telefone, aproximava-se. Viu pelo ar dos três que havia acontecido alguma coisa. O pai, sobretudo, parecia fora de si. Num instante, soube do que acontecera (o próprio dr. Carlos disse-lhe tudo); então, uma cólera surda invadiu Malu.
— Essa maluca — disse, entre dentes.
Bob não se metia, limitando-se a ouvir e desconfiando que o caso caminhava agora para o pior desfecho possível. "O dr. Carlos agora saberá." Parecia-lhe

cada vez mais difícil conservar aquele segredo. D. Lígia torcia as mãos, numa angústia de dar pena. O dr. Carlos interrogava:

— É verdade?

— Não.

— Não como? Então a criada ia mentir!

— Inventou.

— Eu vou falar com esse sujeito.

D. Lígia, mais do que depressa, colocou-se na frente do marido:

— Não, Carlos. Pelo amor de Deus! Estou lhe dizendo que não houve nada!

Ele estranhou o tom da mulher, o desespero que lia na sua fisionomia, as mãos estendidas num apelo. Uma suspeita roçou seu espírito.

Encarou a mulher:

— Você não quer?

— Mas não houve nada!

Malu interveio:

— Deixe, papai. Eu vou falar com Laura. Eu já volto.

Malu desceu. A cólera crescia. Culpava-se a si mesma: "Fui eu a culpada. Fui eu quem pôs essa mulher aqui". Laura estava na copa. Levantou-se assim que viu Malu transfigurada. Tinha um pano nas mãos; torceu o pano. Seus olhos se encheram de doçura. Mas, quando Malu falou, ela se desconcertou toda. A moça perguntou:

— O que é que você foi dizer a papai?

Balbuciou:

— Eu? Nada.

— Disse, sim. Não minta, Laura, não minta!

A velha respondeu, com os olhos cheios d'água:

— O que eu disse foi que...

— Continue.

Baixou mais a voz:

— ... foi que Orlando faltou com respeito à dona Lígia.

— Quem mandou você dizer isso?

— Achei que...

— Você não tinha que achar nada. Perca a mania de se meter na vida dos outros. Você merecia... nem sei o quê!

— Mas, dona Malu!

Abanava a cabeça, desconcertada. A exaltação de Malu não passou:

— Sabe o que é que eu devia fazer? Esbofeteá-la!

— Não, isso não! Não pode fazer isso!

— E por quê?
Pausa. E fez a revelação:
— Porque eu sou sua mãe, Malu.

24

Eu vou ficar um monstro

Laura disse aquilo sem tirar a vista de Malu. Parecia esperar ou temer a reação da moça. Malu vacilou: foi como se recebesse um golpe, uma pancada em pleno peito. E, durante segundos, olharam-se apenas, cada uma querendo penetrar no pensamento da outra. Extremamente pálida, Malu ainda perguntou:
— O quê?
Não queria acreditar, lutava com todas as suas forças para repelir aquela ideia, que, entretanto, gradualmente se apossava dela e a fazia sofrer de uma maneira intolerável. A outra repetiu, os olhos brilhantes, como se as lágrimas estivessem prestes a aparecer; uma humildade ainda maior:
— Sou sua mãe.
— Minha mãe?
— Sim.
— Mas como é isso? Que negócio é esse?
E Laura, penetrada de tristeza e doçura:
— É uma história tão comprida...
Pouco a pouco, Malu entrava na posse de si mesma. Passado o choque do primeiro instante, passada a surpresa, via uma porção de coisas. Em primeiro lugar, o absurdo, o inverossímil de tudo aquilo. Não podia ser. "Minha mãe como? Eu fui boba, muito boba, de me impressionar, como se fosse possível, meu Deus. Claro que não é!" E a explicação que lhe ocorreu, a única possível, era a da loucura. "Eu nem me lembrava que Laura é..." Não disse mais nada; afastou-se, subiu. A governanta deixou-a partir. Chegou a abrir a boca para dizer alguma coisa, talvez para chamá-la; mas desistiu. A palavra não chegou a ser dita. Os outros ainda estavam no corredor. Malu foi ao encontro do dr. Carlos.

— Quer ver que coisa interessante, papai? — Estava preocupada, apesar de tudo. — Laura disse que — imagine — era minha mãe.

Malu, que não tirava a vista do pai, viu como ele empalidecia:

— Sua o quê?

— Minha mãe.

D. Lígia e Bob estremeciam também. Bob, muito espantado. D. Lígia, aterrada. Por um momento, coisa de segundos, ninguém se moveu, ninguém disse nada. Estavam desorientados. Só depois é que descobriram o absurdo. Foi d. Lígia quem primeiro quebrou o silêncio:

— Essa mulher está maluca!

— Vou falar com ela — disse, refeito, o dr. Carlos. — Isso é o cúmulo, mas a culpa é de você, Malu. Quis que ela viesse para cá, uma mulher que não regula! Espere aí, já volto.

Malu, porém, foi atrás, nervosa:

— O que é que o senhor vai fazer, papai?

Seu coração batia num novo ritmo. Não sabia por quê, mas o fato é que sentia nascer dentro de si uma inquietação, uma coisa, ela não sabia o quê. O dr. Carlos foi enérgico:

— Não se meta!

Malu ficou parada, vendo-o afastar-se. A ideia do dr. Carlos era simples: dirigir-se a Laura, mandá-la embora sumariamente. Desde o início, fora contra a entrada da velha; só não se opôs de maneira categórica para não discutir com Malu, não se aborrecer. Mas agora, não. Agora o caso era outro, era diferente. Ele tinha que tomar uma providência, cortar o mal pela raiz. Mas, ao chegar ao hall, viu Orlando. E, imediatamente, esqueceu-se de Laura; ou deixou para depois a conversa com ela. Não gostava do garçom; achara-o sempre esquisito, meio sinistro, e, ao vê-lo agora, a antipatia antiga se acentuou. Compreendeu que não podia suportar mais a presença daquele homem.

— Venha cá, Orlando.

O garçom ia na direção da sala de visitas. Parou ao ouvir o chamado, e o dr. Carlos teve a impressão de que ele empalidecia, de que estava talvez assustado, desconfiado de alguma coisa. Aproximou-se, procurando controlar-se o mais possível, não trair a perturbação que o invadia.

— Pronto, doutor.

Coube ao dr. Carlos a vez de perturbar-se. Afinal, não tinha nenhuma ideia, não premeditara nada. Pareceu vacilar; deixou-se, afinal, levar pela irritação:

— Olha aqui, Orlando, eu não estou nada satisfeito com você. Mais nada.

O garçom pareceu surpreendido:

— Mas o que foi que eu fiz?

Nova hesitação do dr. Carlos. "O que é que eu vou dizer?" Não sabia, mas, como já tinha ido longe demais, precisava dizer qualquer coisa:

— Eu não gosto dos seus modos. Você não trata as pessoas direito.

— Cumpro a minha obrigação, senhor. Não dou motivos de queixa.

— Aliás, não adianta discutir, não interessa.

Orlando esperou, sentindo-se perdido. O dr. Carlos, impulsivo, irritadíssimo, deixou-se levar pelo temperamento (mesmo naquele momento não estava gostando nada do tom de Orlando e o achava mais desagradável do que nunca):

— Por isso, o melhor é você sair daqui, Orlando. Não combinamos e não vale a pena insistir.

— O senhor acha? — O garçom cerrou os lábios.

— Acho.

O garçom não disse nada. O dr. Carlos ficou um momento pensativo. Observava que Orlando estava lívido, que tremia, parecendo presa de uma grande agitação. "Talvez eu tenha sido precipitado", pensou. O interessante é que não ia fazer aquilo e se deixara levar por uma inspiração de momento. "Talvez tenha sido melhor assim", concluiu. Lembrou-se então de Laura. E encaminhou-se para o quarto da velha. "Bato lá, e..." Bateu na porta. Esperou pouco; Laura veio logo abrir. Pareceu espantada. Balbuciou:

— Pensei que fosse Malu. — E sorria, envergonhada.

— Que história é essa de chamar minha filha de Malu?

Ela procurou justificar-se: e agora com uma certa altivez:

— Eu posso.

— Ah, é? E por quê, posso saber? Fique sabendo que não admito isso. Você precisa colocar-se na sua posição.

Laura baixou a cabeça. Lutava consigo mesma:

— Está bem.

— E outra coisa; eu estive pensando no seu caso. Não convém que você continue aqui. Não vale a pena. Eu lhe darei dinheiro, você vai embora.

Repetiu o que já dissera a Orlando:

— Creio que assim é melhor.

— Manda-me embora?

— Mando.

— Nesse caso, Malu vai comigo.

— Está louca?

Toda a humildade de Laura desapareceu. Erguia-se diante do dr. Carlos, crescia para ele, e com uma tal dignidade que o impressionou. Ela continuou, procurando falar baixo, apesar de excitada:

— O senhor sabe perfeitamente que eu não estou louca.
— Não adianta discutir. Faça suas contas que é melhor.
— Mas antes eu vou falar com minha filha.
— Sua o quê?
— Filha.

O dr. Carlos fez ironia:
— E eu sou o quê?
— Como?
— Eu sou o que de Malu? A senhora é mãe e eu?
— O senhor é...

Apesar de tudo, o dr. Carlos empalideceu. Viu a velha fazer uma pausa; esperou que ela dissesse o resto.

D. Lígia esperou um pouco. Mas, como o marido estava demorando, desceu. Ia inquieta. "Meu Deus do céu, quando é que param de acontecer coisas?" Ia na expectativa de novos acontecimentos, desgostos, tristezas. Chegou no hall e hesitou: encaminhou-se para a varanda. Mal sentara-se — desejava pensar — quando ouviu seu nome:
— Dona Lígia.

Virou-se, sem se levantar. Reconhecera Orlando; e seu coração começou a bater doidamente. Estava saturada, não podia nem ver aquele homem. E, no entanto, era obrigada a suportá-lo, até nem sabia quando. Deixou que ele se aproximasse. Nunca o vira com a fisionomia tão carregada. "Que será agora?", perguntou. Mas não disse nada; esperou que o outro falasse primeiro. Ele entrou direto no assunto:
— Seu marido acaba de me despedir. — Estava transfigurado pelo ódio.
— Foi?
— Não se faça de inocente!

Maltratava-a, sentindo um prazer agudo em usar aquele tom, deixando-a surpresa e desorientada de dar pena, mas incapaz de reagir. Ela se humilhou, na necessidade de se justificar:
— Juro que não sabia.
— Mente.

Respondeu, com altivez:
— Nunca menti.

A acusação de mentira pareceu despertá-la de sua passividade e de sua covardia. Foi uma ofensa que a fez sofrer mais do que tudo. Experimentou um breve sentimento de cólera, que, no entanto, ele destruiu logo:

— Eu vou falar com ele. Vou contar tudo.
— Não faça isso. Eu mesma falo. Deixe.
Orlando procurou ler, nos seus olhos, se falava a verdade ou se queria apenas ganhar tempo.
— Acho bom.
E ela, recuando de frente para ele:
— Agora mesmo.
— Senão já sabe.

Quando d. Lígia desceu, Malu quis também sair. Mas Bob não deixou.
Tinha uma pergunta para fazer:
— Quem é esse camarada?
Ela estranhou:
— Quem?
— Esse que telefonou.
— Ah! Conheci ontem.
— No baile?
Ela percebeu que ele estava sombrio, que sofria. Gostou que Bob se preocupasse. Como toda mulher — adorava ver um homem sofrer. Por sua vez, Bob sentiu o prazer coquete de Malu. E isso o irritou profundamente. O diálogo continuou, ambos procurando dissimular as suas verdadeiras reações. Quando ele soube que ela o conhecera no baile, fez espanto:
— E o trata assim?
— Ora essa. Que é que tem?
— Eu acho que você devia se valorizar mais!
— Não entendo.
E ele, com uma secreta exasperação:
— Conhece um sujeito num dia e no dia seguinte está assim toda derretida! É o cúmulo!
— Pelo que vejo, não posso simpatizar com um rapaz?
— Pode, minha filha. Só acho que você, enfim, devia ter um pouco de compostura.
— Ora, fui apenas amável. Só!
— Foi amável o quê! Saliente!
— Então fui, então fui saliente.
Quase, quase, ele disse uma coisa violenta. Mas se conteve; fez um grande esforço sobre si mesmo. Tentou falar com calma:
— Estou dizendo essas coisas para seu bem.

— Para meu bem, eu sei!
— Olhe aqui!
Ela virou-se para ele, espantada. Bob mudara subitamente de tom. Sua voz tornava-se baixa e cariciosa. Malu achou aquilo estranho, uma mudança rápida assim. Como ele guardasse silêncio por momentos, ela perguntou:
— Que é?
— Daqui a pouco o médico vem aí.
— Sim.
— E vai me tirar esses panos todos, esses esparadrapos, tudo, enfim.
Em vão, Bob tentava ser o mais sombrio, o mais natural possível. Mas seus modos e sua voz traziam uma tensão que ele desejaria não revelar. Uma tristeza o invadia; e isso era tanto mais extraordinário quanto ele, de comum, tinha muito aprumo, muita energia; e se dirigia aos outros quase com insolência. Sem querer, ela se emocionava também. Perguntou:
— Que mais?
— Eu acho — fez uma pausa e emendou: — Acho, não, tenho a certeza de que vou ficar muito desfigurado. Quanto a isso, não posso ter, nem devo, a mínima dúvida.
— Às vezes, quem sabe...
— Que nada! Não me iludo. Agora eu quero que você me diga uma coisa. Mas com toda a sinceridade. Diz?
Malu começava a ter medo, a ficar nervosa com aquele interrogatório. Desconfiava vagamente aonde ele queria chegar. Mas se fechava, não querendo se antecipar. Prometeu apenas, depois de uma breve hesitação:
— Digo.
— Pois bem, é o seguinte: você acha que eu, assim como vou ficar, isto é, deformado...
— Continue.
— Acha que eu posso, por exemplo, interessar a alguma mulher? Acha que posso?
— Bem.
— Sim ou não?
— Pode.
Mas disse um "pode" tão incerto, tão inexpressivo, que Bob insistiu, já começando a irritar-se:
— Você acha mesmo ou...
— Naturalmente, depende da mulher.
Ele aproveitou imediatamente o ensejo.

— E você? Se o caso fosse com você?
— Comigo?

D. Lígia entrou logo. Prometera a Orlando que faria o marido mudar de opinião. E, desesperada, ia ao encontro do marido. Ele estava no hall: acabava de deixar Laura e caminhava para a escada. Viu d. Lígia e parou. Ela não teve tempo de completar a frase:
— Carlos, eu...
Ele deu-lhe a notícia brutalmente:
— Lígia, você não é mãe de Malu...

O dr. Carlos falou sem querer. Não queria dar a notícia assim à queima-roupa. Deixara Laura disposto a meditar sobre aquilo, estudar a questão, com muita calma, e só aí fazer a revelação. Mas ia tão impressionado que, ao se encontrar com d. Lígia, não se conteve. As palavras vieram espontânea e irresistivelmente aos seus lábios. Depois que falou, caiu em si e pôde medir a própria imprudência. Sentiu-se tomado de arrependimento e condenou a própria precipitação. "Mas agora é tarde." Ocorreu-lhe um pensamento banalíssimo, nascido do seu desgosto de si mesmo: "O que não tem remédio, remediado está". Viu que a notícia deixara d. Lígia de boca aberta, como se lhe faltasse ar; uma expressão nos olhos de incompreensão e de dúvida; e uma palidez de defunta. Houve entre marido e mulher um longo silêncio. Pareciam ter deixado de respirar; sobretudo d. Lígia estava suspensa, com o pensamento trabalhando, trabalhando. Procurava entender; e repetia para si mesma: "Não sou mãe de Malu, não sou mãe de Malu...". Só depois de algum tempo é que teve voz; e pôde perguntar:
— Não sou — gaguejava — mãe de Malu?
Ele hesitou. Precisava responder, logo, logo; concentrou-se todo, sentindo que sua resposta poderia acarretar consequências sérias. Ia confirmar, dizer: "Malu não é sua filha, acabei de descobrir isso", mas mudou de opinião. Disse:
— Vocês andam brigando. Nem parecem mãe e filha. Você precisa dar um jeito nisso. É feio!
Falava depressa, as palavras atropelavam umas às outras, simulava agitação, mau humor, tudo, enfim, para disfarçar a mentira, para encobrir a mistificação, confundir d. Lígia. Ela também não entendeu de momento a transição do marido (estava com a cabeça tão confusa):

— Mas eu? Eu?
— Você, sim. O que é que houve que vocês não estão agora como antigamente? Alguma coisa houve!
— De importância, nada. Bobagem, coisa à toa.
— Isso é preciso acabar. Assim não pode continuar.
E deixou a mulher, encaminhando-se para a varanda. Queria estar só para pensar. Uma ideia acabava de ocorrer, e queria ver se valia a pena ou não pô-la em prática. O dr. Meira vinha chegando naquele momento. D. Lígia havia subido, de maneira que o dr. Carlos podia conversar, calmamente, com o médico; e resolver com ele qual a melhor medida a tomar. O dr. Meira viu logo a preocupação do amigo.
— Foi bom o senhor ter chegado, doutor Meira.
O velho sentou-se numa cadeira de vime; e preparou-se para receber a novidade, calculando de antemão que não seria boa coisa. "Que será agora?" foi a sua pergunta. Ergueu os olhos para o dr. Carlos, que puxava uma cadeira e sentava-se também. Perguntou:
— Alguma novidade?
— Sim.
E chegou-se para o dr. Meira, depois de olhar para o lado; disse, em voz baixa, sem tirar os olhos do médico:
— Quer saber da última? Imagine, faça uma ideia. O senhor vai ficar assombrado.
O dr. Meira mexeu-se, inquieto, na cadeira:
— Diga.
— Malu não é filha de Lígia.
— Malu não é filha... Você está louco?
— É o que eu estou lhe dizendo!
O médico ergueu-se lentamente e sentou-se de novo:
— Não é filha de Lígia. Mas, Carlos... — o dr. Meira estava aterrado.
— A mãe de Malu é Laura.
— Laura? Essa...
— Essa governanta que a própria Malu arranjou. Imagine!
Mas a curiosidade atormentava o dr. Meira. Fez a pergunta:
— E o pai?
— Que é que tem?
— É você?
— Não.
— Não é você? Então quem é?
— Não sei.

O dr. Meira suspirou. Custava a acreditar ou, antes, não estava ainda acreditando. Mas aquilo não era possível, meu Deus! Olhava para o dr. Carlos, incerto se estaria ou não sendo vítima de uma mistificação.

O dr. Carlos confirmou, como se ele mesmo duvidasse e precisasse repetir aquilo muitas vezes, para se convencer:

— Parece absurdo, eu sei. Mas é a pura verdade. Primeiro pensei que fosse loucura de Laura. Depois vi que não.

— Lígia sabe?

— Eu ia dizendo, quase disse. Depois desisti. Vou estudar a situação.

— Calma, Carlos, calma. Essas coisas são muito sérias. E sabe de uma coisa?

— Que é?

— Vou conversar com a mãe de Malu.

— Com Laura?

— É. Tenho um plano que talvez dê resultado. Depois aviso a você. Deixe por minha conta.

D<small>URANTE AQUELES DIAS</small>, Glorinha não se metera na vida da família. Continuava lá, é claro, mas só aparecia na hora das refeições. Sentava-se à mesa; e sua atitude era inalterável: não se envolvia nas conversas, raramente falava, não ia além de um "sim", um "não". Quer dizer, o mínimo de palavras. Mas continuava atenta, vigilante, não perdia nada, não perdia um gesto. Tomava mentalmente nota de tudo. Seu cérebro não parava nunca; estava sempre trabalhando, em torno de um tema único, ou seja: como realizar a missão que o professor Jacob lhe confiara. Procurava, também, não se aproximar do dr. Carlos. Cumprimentava-o, apenas, dava "bom dia", "boa tarde" ou "boa noite". Apenas. Controlava-se tanto que nem o olhava. Mas naquele dia sucedeu que, ao sair do quarto, deu com Bob e Malu conversando no corredor. Observou, logo, que os dois se perturbavam com o seu aparecimento. Glorinha era experiente e perspicaz. Bastou um relance para adquirir a certeza de que os dois estavam numa situação sentimental. Dominou-se, não deu a perceber nada, passou por eles, muito séria, baixou a cabeça, cumprimentando:

— Bom dia.

E os dois responderam, quase ao mesmo tempo:

— Bom dia.

Quebrara-se, porém, o encanto que parecia envolver Bob e Malu. O rapaz, sobretudo, readquiriu a sua atitude habitual, a ironia que era tanto de sua natureza. Fechou-se, assobiou. Malu ainda perguntou, curiosa:

— O que é que você ia dizendo?

E Bob:
— Nada.
— Então está bem.

Ele ficou imóvel, vendo-a afastar-se, entrar no quarto. Não teve tempo de nada, porque, logo que a porta se fechou atrás de Malu, apareceu Glorinha no alto da escada. Fez um sinal para Bob, chamando-o. O rapaz veio, intrigado com o ar misterioso de Glorinha. Ela falava baixo e parecia nervosa. Conversaram no princípio do corredor, à meia-voz.

— Vou contar-lhe uma coisa que vi — começou Glorinha, olhando por cima do ombro de Bob, temerosa de que viesse alguém.
— O quê?
— Olha: no dia do velório de Ricardo, Malu estava lá, e eu também. De repente, eu vi Malu ir para o jardim, sozinha. Então fui atrás...

Bob ouvia com um profundo interesse: previa que Glorinha ia fazer uma revelação qualquer muito importante. Os seus modos davam a entender isso. O rapaz fechava a cara: e Glorinha se animou com o interesse que lia na sua fisionomia. Contou tudo: procurando ser o mais sucinta possível, mais direta, mais categórica:

— O homem estava esperando no fundo do jardim.
— Quem?
— Isso não sei. Nunca o tinha visto. Quando ele falou comigo, estava com a fisionomia na sombra. E se o visse outra vez não o reconheceria.
— Mas finalmente o que é que houve?
— O que houve, meu filho, foi isto: Malu chegou lá e o homem a abraçou.
— O quê?
— Pois é. Mas não foi só isso.
— Não? — Bob estava desorientado.
— O mais importante foi o seguinte: os dois se beijaram. Ouviu? Se beijaram. Na boca, meu filho!

E insistiu, repisou o detalhe, como se só isso e mais nada importasse:
— Na boca!
— Não é possível!
— Não é? Ah, meu Deus do céu! Como os homens são bobos! Eu disse, contei. Se você não quiser acreditar, melhor!

E saiu, certa de que tocara profundamente o rapaz. Deu-se por satisfeita; voltou ao quarto, pensando: "Só quero ver o que ele vai fazer agora!". Bob estava parado, inteiramente tonto. Aquilo não saía da cabeça. Era uma verdadeira obsessão: "... os dois beijaram-se na boca...". Era como se a voz de Glorinha estivesse dentro dele, repetindo, de maneira infatigável e exasperante: "... Na boca, na boca, na boca...". Veio andando e parou no meio do corredor. Ou seria mentira de Glorinha? Mentira, não acreditava que fosse. Ela não teria cinismo para tanto. Nem ela, nem ninguém. "Isso não pode ficar assim." Não quis refletir mais. Tomou uma resolução nascida do desespero: "Vou interpelá-la". Encaminhou-se para o quarto de Malu. "Ela tem que me explicar isso direitinho..."

O dr. Carlos quis saber do médico:
— O que é que o senhor vai fazer, doutor?
— Não se incomode. Vou ter uma conversa com Laura.
A mãe de Cláudio ouviu bater na porta. Estava chorando, num canto do quarto; chorando e rezando. Sempre acreditara em Deus, sempre fora religiosa; agora, então, mais do que nunca. Levantou-se rápida quando o dr. Meira apareceu. Pensava que fosse outra pessoa, espantou-se, passando nos olhos as costas das mãos:
— O senhor?
— Eu. Vim conversar com você um pouco.
E foi direto ao assunto:
— Que negócio é esse que o doutor Carlos veio me contar?
— Ele contou?
— Contou, sim. Isso é verdade? Você é mesmo mãe de Malu?
— Sou.
— Então, vamos fazer o seguinte: você me contará tudo, direitinho, porque nós precisamos resolver a situação.
— Eu conto, doutor...

Começou, então, a história longa, estranha, quase fantástica, que deixou o dr. Meira tonto, surpreso, do princípio ao fim. O caso, em resumo, era o seguinte: o pai de Malu, Humberto Vieira, era inimigo do dr. Carlos. Odiavam-se os dois, desejavam-se reciprocamente todos os males. E o motivo de tudo era d. Lígia. Humberto e o dr. Carlos haviam tentado namorá-la ao mesmo tempo. Mas, logo de início, o dr. Carlos afastara o rival, convencendo d. Lígia de que Humberto amava outra mulher. Em vão, este quis se reabilitar; o dr. Carlos soubera fazer tudo com tanta habilidade e com tanta aparência de verdade que d. Lígia permaneceu irredutível. Humberto ficou alucinado; durante meses, pensou nas resoluções mais desesperadas: matar-se, matar o dr. Carlos, matar d. Lígia. Apareceu, então, Laura. Era moça, bonita, doce, com uma infinita capacidade de amor. Só tinha um defeito, que, afinal, não era defeito, claro:

pertencia a uma família humilde, pobre, paupérrima. Não houve propriamente amor entre Humberto e Laura; ou, antes, só havia amor da parte de Laura. Humberto não sentia nada mais senão uma ternura relativa. Casaram-se, ele e Laura, dois dias antes do dr. Carlos e d. Lígia. Dir-se-ia que havia um certo sincronismo no destino de um e outro casal. Segunda coincidência: Humberto e Laura foram morar no interior nortista, perto de um garimpo. Em seguida, o dr. Carlos e d. Lígia apareciam nesse lugar. O dr. Carlos queria comprar, lá, terras para exploração. Terceira coincidência: exatamente dois dias antes do nascimento de Malu nascia a criança de Laura. O dr. Carlos se achava fora, regressara à cidade; e d. Lígia sentiu-se mal, inesperadamente. Tão inesperadamente que não houve tempo de chamar médico: quem atendeu foi uma parteira, vizinha de Laura e Humberto. Era uma mulher que bebia, embriagava-se muito. Por essa época, as condições de vida de Laura e Humberto eram de extrema miséria. Desgostoso da vida, sem estímulo nenhum, Humberto perdera tudo, desempregara-se; vivia com uma ideia fixa: "Meu filho nasceu para passar fome". Ele estava tão deprimido que não acreditava mais em si mesmo, nem na possibilidade de qualquer melhoria de vida. Quando soube que d. Lígia estava passando mal e a parteira fora chamada, não perdeu tempo. Percebeu que a parteira estava ébria; teve uma ideia. Deixou que passasse o tempo; e, de noite, carregou o próprio filho e, sem que ninguém percebesse, entrou na casa de d. Lígia, procurou e achou o quarto da criança, que não era o da parturiente. D. Lígia estava mal, muito mal, fora de si, entre a vida e a morte, sem consciência. Também naquele lugarejo não havia recurso nenhum. Não sabia se o filho era menino ou menina, nada. Viera um médico, logo depois da parteira, porque o caso se complicara; já o bebê estava em outro quarto, para não incomodar a mãe. O doutor não se preocupou com a criança, empenhando-se a fundo em salvar d. Lígia. A parteira também se esquecia do bebê, ajudando o médico. Humberto, entrando pela janela, fez, rápido, a troca. E fugiu com a criança de d. Lígia, deixando o filho no lugar da outra. Só depois de afastado momentaneamente é que o médico e a parteira, por simples curiosidade, foram ver o recém-nascido. Pergunta do médico:
— Menino ou menina?
— Menino.
— Ah!
No meio da madrugada, d. Lígia quis saber num minuto de lucidez:
— Menino?
— Menino.
O médico olhava com evidente antipatia para a parteira, percebendo o hálito de álcool. No dia seguinte, todo o mundo caiu das nuvens quando verificou

que era menina. A parteira ficou desorientada. E o doutor acusou-a violentamente:

— É isso. Vai beber! A senhora, nesse estado, é até um crime atender alguém! Devia ter vergonha!

A mulherzinha reconheceu a culpa, embora aquilo a deixasse numa confusão doida, a dizer: "Mas ora essa!". Não entendia aquilo; inclinava-se, porém, ante a evidência.

D. Lígia aceitou a menina, claro: não tinha elemento nenhum para duvidar. Teve até pena da parteira. Tão feio aquele vício em mulher! Mas quem não se deixou iludir foi Laura. Tivera uma menina, e quando acaba aparece, de repente, um menino. Correu ao marido. Este não mentiu, foi franco:

— Olha aqui, Laura. O que eu fiz foi o seguinte.

Disse tudo, não escondeu nada, enquanto a mulher o ouvia, num esforço penoso de compreensão. As razões do marido eram as seguintes:

— Estou cansado de fome, de miséria; não quis que minha filha passasse a mesma vida. Agora ela viverá numa família rica, terá dinheiro, bom nome, tudo. E este menino aqui é que vai passar mal.

Laura perdeu a cabeça e...

Q<small>UANDO</small> B<small>OB</small> <small>IA</small> bater no quarto de Malu, o médico (chamava-se dr. Sabino) chegou. Ele deixou para outra ocasião a conversa com a moça e encaminhou-se com o velhinho para o quarto. Ia tirar todas as gazes, esparadrapos; estava nervoso, era natural. "Como estará meu rosto?", pensava. Desde o episódio de Mag que não vira mais a própria fisionomia. O médico agiu rapidamente e em silêncio. Foi tirando uma gaze, outra; descolando esparadrapo: às vezes esfregava a pele com éter; e usava a tesoura. Bob, calado, num estado de grande tensão. Finalmente, sentiu que o rosto estava livre; sentiu na face uma sensação de frescor. Foi aí que bateram; ele disse, antes de se dirigir ao espelho:

— Pode entrar.

E ficou olhando para ver quem era. A porta foi abrindo e apareceu Malu. A moça ia dizendo qualquer coisa quando deu com Bob. Então empalideceu, abanou a cabeça e deu um grito terrível. Bob não teve tempo de nada, porque a moça saiu correndo...

25

Eu vi a face do monstro

Bob não entendeu, tomado inteiramente de surpresa. Tanto que não se mexeu, ficou onde estava, com o pensamento trabalhando. Olhou para o médico, como se o interrogasse. O dr. Sabino baixou a cabeça; e a impressão de Bob foi de que o velhinho estava constrangido, sem jeito. O rapaz ia falar, chegou a abrir a boca, mas parou. A palavra não chegou a sair. Então, sem dizer nada, correu ao espelho. Chegou lá e ficou uma porção de tempo, imóvel, espantado, olhando-se. Chegou-se mais para perto, como se quisesse ver, examinar detalhes de fisionomia. O dr. Sabino estava atrás, de cabeça baixa. Lentamente, aproximou-se da mesinha e apanhou o chapéu. Permaneceu, de chapéu na mão, em pé. Parecia indeciso; tinha uma certa tristeza nos olhos míopes. Esperava talvez um gesto, uma palavra de Bob. O silêncio que se fizera no quarto era enorme, opressivo, desses silêncios absolutos que precedem as grandes explosões.

A primeira impressão de Bob, diante do espelho, foi de espanto. Via refletida uma imagem que não parecia ser a sua. Pelo menos o rosto. Durante alguns segundos, se recusou a acreditar nos próprios olhos, julgou-se vítima de um delírio, desejou que esse delírio existisse. "Mas sou eu mesmo?" Talvez jamais alguém tenha feito essa pergunta. Aproximou-se do espelho para não ter dúvida, para adquirir uma certeza definitiva. Viu os próprios traços, passou os dedos, de leve, no rosto, no queixo, na boca. E dizia, repetia a si mesmo: "Não é possível, não pode ser". Só depois de algum tempo — mas ainda com a impressão obsessionante de sonho — é que se virou para o médico. O velhinho ergueu o rosto para o rapaz, ao passo que rodava o chapéu num dos dedos. Estava sério e triste. Bob pousou-lhe as duas mãos nos ombros. Perguntou, transtornado:

— É possível, doutor?

O dr. Sabino fez-se de desentendido:

— O quê?

— Isso?

Indicava a própria fisionomia. Ainda não começara a sofrer, pois não se integrara de todo na situação. Todo o seu ser reagia. Puxou o médico por um braço, trouxe-o para o espelho. O velhinho, de natureza sensível (nem a prática da medicina lhe matara a capacidade de comover-se), sentia um nó na garganta. Bob apontava para a própria figura refletida.

— Este que está aí...

Apontava para o espelho. E continuou com a voz rouca, a voz irreconhecível:

— Sou eu?

— É.

E ele:

— Mas eu, eu fiquei assim?

— É uma pena, eu sei. — O dr. Sabino estava realmente comovido: — Mas seja forte, procure ser forte.

— Foi, então, por isso — Bob prosseguia na sua obsessão —, por isso que ela gritou e fugiu. Agora é que eu estou vendo. Agora que compreendo.

— A onça feriu muito, enterrou as garras, dilacerou. Eu fiz tudo, tudo, mais não foi possível!

Subitamente, Bob deu largas ao seu desespero. A imagem que o espelho lhe retransmitia era de um monstro ou quase isso. Ele mesmo não se reconhecia, quer dizer, só reconhecia os olhos. Sim, os olhos eram talvez a única coisa, na fisionomia, que lhe restava intacta. Tudo o mais conservava as marcas de Mag. E a obsessão atormentava Bob, perseguia-o e exasperava. Tinha vontade não sabia de quê, de fazer uma violência, de bater, de fugir. De repente, virou-se para o dr. Sabino, que permanecia ali, assistindo àquele desespero, no fundo impressionado com o arrebatamento do rapaz.

— Eu já vou. Volto logo mais — balbuciou o médico.

Rápido, Bob segurou-o pela gola do paletó. Insultou-o sem considerar que aquele homem, de cabelos brancos, podia ser seu pai ou, quem sabe, seu avô. Sacudiu-o; os óculos do médico caíram.

— O culpado é o senhor! — gritou-lhe Bob. — Por que não me deixou morrer, por quê? Acha que eu posso viver assim, acha mesmo?

— Eu não fiz nada, cumpri meu dever, me chamaram... — balbuciou o velho.

Mas Bob compreendia, afinal, que não devia fazer aquilo. Largou o outro, subitamente arrependido e enjoado de si mesmo e do médico. Apesar de tudo, dava-lhe uma espécie de náusea ver a passividade com que o ancião sofrera a violência, sem um gesto, sem um protesto, com um terror animal nos olhos e na boca torcida.

— Saia, desapareça, antes que eu perca a cabeça!

O velhinho deixou o quarto precipitadamente. Talvez nunca na sua vida tivesse experimentado um medo assim, um pânico tão grande. Nem se lembrou de apanhar os óculos no tapete. Queria afastar-se daquele quarto; lembrava-se dos olhos de Bob, vira neles uma expressão de assassínio. Desceu as escadas correndo, o chapéu enterrado de qualquer maneira na cabeça, um fulgor de loucura nos olhos. Quase esbarrou com Orlando na saída. E só então readquiriu um pouco o domínio de si mesmo. Parou um pouco distante de Orlando, que o olhava espantado; e disse, ainda trêmulo, numa tentativa para reconquistar a própria dignidade:

— Eu não volto mais aqui, nunca mais!

Em cima, no quarto, Bob sentava-se numa pequena cadeira. Arquejava, como se tivesse feito um grande esforço físico. Aquilo estava na cabeça: "Sou um monstro". E uma voz interior continuava repetindo, sem cessar: "... monstro, monstro". E novamente duvidou da realidade. "Não será isso um pesadelo?" Ah, se fosse, que alívio... Ergueu-se e veio, em passo lento, a caminho da porta. As ideias atropelavam-se no seu cérebro. Precisava fixar o pensamento. "Que mulher vai interessar-se por mim agora?" E ele mesmo respondeu: "Nenhuma". Nascia-lhe uma cólera contra tudo e contra todos, uma raiva sem razão, sem objetivo. Lembrou-se de Malu, do seu assombro, do seu terror e do grito que dera. Nesse momento, odiou-a com todas as forças; mas desta vez com um ódio frio, lúcido, implacável. Então, disse em voz alta:

— Eu sei o que vou fazer.

Passou a mão no trinco.

O DR. MEIRA, com a fisionomia fechada, procurando não exteriorizar o que sentia, ouvia a história de Laura. Fervia por dentro, achando que aquilo era uma coisa alucinante. E Laura continuava, apaixonando-se por essa volta ao passado.

Quando soubera da troca que Humberto fizera, teve o maior abalo de sua vida. Estava fraca, muito fraca; e desde o nascimento da menina — dera-lhe o nome de Margarida — que só se recuperava aos poucos, reconquistando a vida gradualmente. Irritou-se, desesperou-se tanto com a atitude do marido e teve tal choque que, em plena discussão, sentiu uma coisa, uma névoa nos olhos, uma zoeira nos ouvidos, estendeu os músculos e cairia redondamente se o marido não a amparasse. Humberto perdeu a cabeça, supondo que a mulher lhe morreria nos braços. Durante quinze dias, Laura balançou entre a vida e a morte, devorada pela febre, passando de um a outro delírio. Ficou que só pele e ossos. E parecia impossível que aquela jovem mãe, subitamente envelhecida, continuasse vivendo, depois de uma crise tão violenta. O menino era amamentado por uma vizinha, que tivera há pouco o primeiro filho. Só depois desses quinze dias é que recobrou a consciência. Sua primeira pergunta foi:

— Onde está a minha filha?

Aconteceu que, nessas duas semanas, o dr. Carlos regressou, precipitadamente; vinha buscar a mulher e a criança. E as levou, não se soube para onde. Laura tomou-se de paixão. A maternidade fora um sonho longamente sonhado, uma aspiração violenta de todo o seu ser. Passou a odiar o marido; e não só o marido: o filho também, aquele filho não era seu. Não o podia ver. Andou perguntando aqui e ali, sabendo coisas, recolhendo detalhes. Não tardou a saber que a falsa mãe dera à menina o nome de Maria Luiza; e a chamava de Malu, abreviando o Maria Luiza. E a mágoa tornou-se uma ideia fixa, uma obsessão que parecia consumi-la e acabou, como muitos previam, por resultar num desequilíbrio mental. O marido vivia caindo nas ruas, ébrio. Seu estado normal era aquele. Depois, os três, Humberto, Laura e Cláudio (o pai escolhera este nome), saíram do lugarejo, rolaram de lugar em lugar, vivendo sempre em miseráveis choupanas. Um dia, Humberto foi atropelado, morreu quase instantaneamente. Foi assim, ao lado daquela mãe louca ou semilouca, que Cláudio foi crescendo. Graças a Deus, era forte, suportava bem as privações; no fim de certo tempo, começou a trabalhar. O trabalho duro tornava-o forte, rijo, sem embrutecê-lo. Os anos passaram-se, até que, um dia, Laura encontrou Malu na estrada. Depois de tantos anos, imagine!

Reconheceu-a logo. Foi um instinto, um sentimento, não sei. Ah, nessas ocasiões um coração de mãe não se engana! Podia ter dito logo, mas não. Preferiu calar-se. Depois, com o tempo, veria o que fazer. Mas o encontro com a filha foi para ela uma verdadeira ressurreição. Seu espírito emergia das trevas para a luz. O grande despertar!

— Desde então, doutor, o meu interesse — o senhor compreende — foi viver perto dela, junto, vê-la sempre, morar debaixo do mesmo teto. É um consolo, não é?

Assim inquirido, o médico atrapalhou-se (não queria comprometer-se, achava a situação muito confusa, obscura). Limitou-se a pigarrear e emitir um som qualquer:

— Hum!

Laura erguia-se. Os olhos brilhavam, e ela mesma sentia as mãos geladas. O dr. Meira levantou-se também. Tirou um cigarro e o acendeu, com a mão trêmula. Embora não quisesse deixar perceber, estava comovido. Perguntou:

— E agora?

— Que é que tem?

— Vai fazer o quê?

— O senhor ainda pergunta?

— Claro.
— Eu vou dizer a Malu que sou mãe dela.

Malu, ao bater na porta de Bob, esperava por tudo, menos por aquilo. Queria conversar com o rapaz. Achava-o esquisito, interessante apesar dos seus modos; às vezes, ficava intrigada, sem saber que juízo formar. Perguntava a si mesma: "Mas que pretenderá ele?". Não sabia, nunca, quando Bob falava sério ou brincando. Tinha um medo horrível de que ele estivesse se divertindo à sua custa. Era agora, por exemplo, a sua situação psicológica, de absoluta incerteza. E queria conversar com Bob, justamente para ver se puxava por ele[9] e se o compreendia mais. Bateu na porta e ouviu, logo depois, a resposta:
— Entre!
Ficou meio sem jeito de entrar assim. Mas venceu o escrúpulo e torceu o trinco. Foi então que viu Bob, mas sem as ataduras, o rosto livre, as feições tal como haviam ficado depois do episódio de Mag. Quis conter-se, fingir, esconder a própria reação. Mas não foi possível. O grito veio, irreprimível; veio e ela o cortou logo, graças a um desesperado esforço de vontade. A outra reação foi a fuga. Não resistiu à vista daquelas feições, daquela fisionomia de pesadelo, quase uma máscara de horror.
Fugiu e, com o coração batendo doidamente, entrou no quarto, trancou a porta. Estava lívida como se tivesse visto a própria face da morte. E dizia, à meia-voz:
— Como ele ficou feio, como ficou horrível, meu Deus do céu!
Estava toda crispada, experimentava arrepios num frio nervoso que a fazia tiritar. E só pouco a pouco o coração voltava ao ritmo normal. Então encheu os pulmões e respirou: "E agora, como vai ser?". Teria de ver Bob, se encontrar com ele, conversar talvez. Mas era demais, demais. Não aguentaria. Por mais que quisesse, por mais que desejasse. Seria uma coisa superior às suas forças. E estava, assim, emocionada, aflita, quando sentiu que mexiam no trinco. A pessoa não batera; se a porta não estivesse fechada à chave, quem quer que fosse teria entrado. Assustada, ou intrigada, perguntou:
— Quem é?
E a resposta veio:
— Eu.
Bob, meu Deus, Bob! Seu primeiro impulso foi deixá-lo chamar e não abrir em hipótese nenhuma. Interrogou, sem se mexer do lugar, procurando parecer calma:
— Que é que há?

— Abra!
Disse, fazendo força para que a voz não tremesse:
— Já vou.
Estava sem um pingo de sangue no rosto quando abriu. Bob apareceu. Ela fez uma força imensa para não trair a própria emoção. Mas tremia; era evidente a sua agitação. Durante alguns momentos, olharam-se, apenas. Ela fazendo tudo para não desviar a vista.
— Não gostou? — era ele quem perguntava, com a voz extremamente macia.
Fez que não ouvira direito:
— Como?
— Está gostando da minha nova cara?
Brincava ainda! Ela teve tal horror de vê-lo fazer blague com a própria desgraça que não se conteve:
— Não brinque!
Foi um apelo desesperado. Todos os seus nervos trepidavam. Ele riu.
— Que é que tem?
— Tem muita coisa.
Torcia e destorcia as mãos, numa angústia intolerável. Pedia a Deus que aquilo acabasse depressa, que ele se fosse embora. Mas o rapaz continuava, obstinava-se em atormentá-la, insistia cruelmente:
— Finalmente, o que é que você está achando?
E, como ela permanecesse em silêncio, teimou:
— Mais bonito?
— Não sei, não sei.
— Mas diga!
— Não!
— Sou eu quem estou perguntando, ora essa!
Ela olhou para os lados, como quem procura uma brecha para fugir. Via, horrorizada, as cicatrizes horríveis deixadas pelas garras de Mag. E tudo isso perto do seu rosto. Não pôde mais:
— Não adianta, eu não digo!
Sorriso sardônico do rapaz:
— Tem medo? E aquele grito?
— Que grito?
— Que você deu!
— Não me atormente! — E repetiu, chorando: — Pelo amor de Deus, não me atormente!
Segurou-a pelos braços sem que ela, passiva, fizesse qualquer movimento:

— Quer saber de uma coisa? Sabe por que eu estou assim? Quer saber? Por sua causa! Fui salvá-la e o resultado é este!
— Oh, meu Deus!
Ele se tornava cada vez mais veemente:
— E quando acaba você tem horror de mim!
— Não diga isso!
— Pensa que eu não ouvi seu grito? Pensa?
Disse-lhe palavras duras e más. Queria evidentemente desesperá-la. Ela ficou fora de si. Desprendeu-se.
— Pois tenho, pronto; tenho horror de você. Horror!
— Ah, é?
— É.
Não teve mais tempo de nada, nem de se defender, porque...

Ela nunca poderia desconfiar das intenções de Bob. Via a exaltação progressiva do rapaz, mas pensou que tudo ficasse limitado àquela explosão. De repente, sem que Malu pudesse esboçar qualquer gesto de defesa, ele a tomou nos braços. Foi uma coisa inesquecível para a moça, uma lembrança que ficaria para o resto da vida. Durante alguns momentos, não teve noção direito do que estava acontecendo. Tudo se sucedia com tanta rapidez, de maneira tão inesperada e brutal! Sua expressão era de que uma rajada de loucura varria a sua vida. Sentiu-se arrebatada, suspensa. Depois veio a sensação de quem é lentamente triturado. Estava nos braços de Bob, solidamente segura; desde o primeiro momento, viu que não se libertaria. Bob era forte, forte demais, e ela frágil, extremamente frágil. Tonta, fora de si, e, antes que pudesse articular qualquer palavra, sentiu a boca do rapaz procurando a sua, depois de a ter beijado no pescoço, no queixo, nas faces. Então fez tudo para que seus lábios não se fundissem. Fugiu com o rosto, virou a cabeça. Ainda pôde balbuciar:
— Não, não!
Mas sentia que estava apenas retardando o momento, adiando, mas que, mais cedo ou mais tarde, seria vencida, dominada, e ele conseguiria o beijo. Ela poderia ter gritado, pedido socorro, mas não o fez. Empenhava-se em resistir por si mesma. Foi uma luta rápida e sem palavras. Malu viu-se perdida; e o ar já lhe faltava. Ele, então, se aproveitou. Sua boca se uniu à da moça. Ela cerrou os lábios para que o outro visse, sentisse que não retribuía. Conseguiu manter-se assim, de lábios cerrados, a respiração suspensa, por dez ou quinze segundos. Mas, afinal, não aguentou mais. Teve que abrir a boca; e aí o beijo se realizou

melhor. Quanto tempo durou aquilo? Ela não soube nunca, não tinha noção de nada, parecia mergulhada numa atmosfera de pesadelo. Só depois é que Bob a deixou. Malu correu para o fundo do quarto; e ficou lá, ofegante, com uma mecha de cabelo na testa, num sentimento misto de raiva e de medo, tonta ainda da violência. Ele ainda permaneceu algum tempo parado, respirando forte também; e olhando sombriamente a moça.

Por fim, Malu estendeu o braço:

— Saia!

Queria ser enérgica, mas viu que ele não se afastava de onde estava, que continuava no mesmo lugar. Parecia inclusive não ter escutado ou não ter compreendido. Cerrava os lábios, numa expressão de vontade. Ela perguntava a si mesma: "Ele me beijou mesmo, esse homem me beijou?". Passava as costas da mão na boca, como se estivesse limpando os lábios. Bob percebeu o gesto; e sofreu com isso, sofreu mais do que nunca. Pensou: "Teve nojo de meu beijo, teve horror". E, sem querer, exprimiu em voz alta o seu pensamento:

— Teve nojo de meu beijo!

Havia um certo espanto, uma certa amargura na sua maneira de dizer isso. Parecia admirar-se e ao mesmo tempo doer-se com a atitude da moça. Malu repetia, como uma insana:

— Saia, saia, ande!

Ele veio ao seu encontro. Malu não se mexeu. Continuou onde estava sem tirar os olhos de Bob. Todos os seus nervos se crispavam naquele momento. Ele parou diante dela; e os dois, durante alguns momentos, se espreitaram, apenas como dois inimigos que se estudam antes do ataque. Foi Malu quem quebrou o silêncio. Não alterou a voz, procurando conter a própria cólera:

— Você queria o quê? Que eu não tivesse nojo... nojo do seu beijo?

O rapaz não respondeu. Prestava uma atenção absoluta às palavras da moça. Ela prosseguiu no mesmo tom:

— Pensa que é agradável, com certeza, ser beijada por um homem... assim?

— Não?

Pouco a pouco, ela se libertara do medo, a sua amargura transbordava. Disse tudo, numa necessidade de desabafar:

— Não quero nada com você, saia da minha presença, saia, ande!

Estendia o braço, apontava para a porta. Sentia que ele, subitamente, perdia o ímpeto do primeiro momento; que a fúria, que o empolgara, se fundia num desgosto sem nome e sem limites. Disse, repetiu, cobrindo o rosto com a mão:

— Você tem razão, tem razão.

A impressão de Malu foi de que ele chorava. Mas, quando Bob retirou a mão do rosto, não se viam lágrimas nenhumas; tinha os olhos enxutos. Sofria muito, sofria demais, tinha vontade de cometer algum desatino, de destruir a própria vida. Fez menção de sair, mas parou, como se uma ideia nova lhe ocorresse. Encarou com a moça:

— Agora mais do que nunca, eu preciso que você me ame!

Ela balbuciou, recuando, crispando-se mais:

— Está louco!

— Não, não estou!

Punha nessas palavras uma certeza desesperada. Precisava convencer-se de que era o mesmo Bob, que a sua personalidade estava intacta e que ele podia ainda interessar uma mulher, ser amado como qualquer homem. Pareceu ter uma necessidade de se confessar, de dizer uma porção de coisas que guardava consigo, não contava a ninguém:

— Eu amei você desde que a vi. Naquela noite — você se lembra? —, iam transportar o corpo de seu noivo. Você estava na estrada e eu passei. Mas já a conhecia. Uma vez a vi na porta; outra vez, na piscina. Nunca mais pude esquecer. Achei você um tipo interessante, assim pequenina, miúda, tão mais baixa do que eu...

Sem querer, adoçava a voz, esquecia-se de suas condições atuais, para voltar ao passado. Era para ele uma espécie de amarga felicidade evocar o tempo em que era homem igual aos outros e não tinha aquele rosto todo marcado, que nenhuma mulher podia ver sem estremecimento. O que ele experimentava, naquele momento, era um sentimento intraduzível, alguma coisa que, a um só tempo, lhe fazia bem e lhe despedaçava o coração. Ela se arrepiou toda ao vê-lo mudar de tom, tornar-se quase amoroso. E sua repulsa foi tão visível que ele caiu em si. A irritação voltou, uma cólera surda que o rapaz procurou reprimir. Disse, num tom de tristeza e dignidade:

— Desculpe, eu me esqueci. Não me lembrei que estou assim...

E indicava as próprias feições, com um ricto de amargura na boca. Continuou:

— Calculo que o meu galanteio deve lhe fazer tanto mal quanto o meu beijo.

Ela suplicou:

— Eu queria ficar sozinha.

Era um apelo. Ele sentiu que a única coisa que a interessava, naquele momento, era ver-se livre dele, de sua presença.

— Não se incomode, eu me vou embora. Mas antes quero dizer-lhe uma coisa.

— Então diga depressa. — Malu não se continha mais.

E ele, muito sereno:

— É o seguinte: eu sou um homem que, quando quer uma coisa, consegue. Aliás, já lhe disse isso. Se você não me tratasse como tratou, eu iria embora calmamente. Talvez até metesse uma bala na cabeça. Mas a sua atitude me fez mudar de ideia. Eu resolvi que você será minha de qualquer maneira. Agora, sou eu quem quero. O que me interessa é ser amado, ouviu? Amado. Você pode ficar certa de uma coisa: um dia, não se sei se está próximo ou não, você me amará. Tome nota.

E saiu, sem apressar o passo. Ela ficou com aquelas palavras nos seus ouvidos: "... o que me interessa é ser amado...", "Você me amará...". Depois que Bob saiu, esperou que passassem alguns momentos. Então, por sua vez, foi à porta, abriu, olhou no corredor. Não viu ninguém: dirigiu-se ao telefone e discou, com ansiedade. Do outro lado, atenderam. Ela reconheceu logo a voz e...

A IDEIA DE Laura era procurar imediatamente Malu e dizer tudo, de uma só vez, sem parar, sem tomar fôlego e, sobretudo, sem deixar a moça intercalar um comentário, uma palavra que fosse. Mas, antes que pudesse chegar à porta, o dr. Meira, mais rápido, colocou-se na sua frente. Ela até se assustou, pois não esperava aquela atitude. Empalideceu, já prevendo alguma coisa desagradável:

— Que é isso?

O médico jogou fora o cigarro, um cigarro quase inteiro. Não dera nem duas tragadas. Foi seco e positivo:

— Você não sai daqui!

— Por quê?

— Porque sim. Venha cá. Sente aí. Temos que conversar.

Ela fechou a fisionomia, lívida. Mas não quis, de momento, resistir. Ia ouvir o médico; e, apesar de sua revolta, experimentava uma certa curiosidade. "Que dirá ele?", era o que perguntava a si mesma. Mas calava-se, deixando ao outro toda a iniciativa de falar. O dr. Meira tomou respiração, puxou outro cigarro e começou:

— O caso é muito simples. Laura: eu acredito que você seja mãe de Malu. Eu e o doutor Carlos.

— Eu sei.

— Mas acontece que...

Fez uma pausa. Muito pálida, Laura disse:

— Continue.

— ... acontece que nunca, nem hoje, nem em dia nenhum, Malu poderá saber disso. Só.

Laura ergueu-se imediatamente. O dr. Meira, que não esperava por uma reação tão imediata, ergueu-se também. Estavam, os dois, face a face. O coração de Laura batendo loucamente. Ele teve medo, até, de ter uma coisa ali, um colapso, sei lá.

— O senhor está louco!

O dr. Meira teve um choque. Acostumara-se tanto a ver Laura sempre doce, passiva, sempre humilde, passando por uma sombra, incapaz de olhar de frente outra pessoa — que se desconcertou todo. Via crescer ante os seus olhos uma Laura agressiva. Perguntou, depois de engolir em seco:

— Louco por quê?

— Isso é coisa que se diga a uma mãe? O senhor pensa que mãe é o quê?

— Espere, Laura. Eu ainda não acabei. Depois fale.

— Olhe aqui, doutor Meira. Se o senhor vai voltar a esse assunto, acho melhor desistir.

— Você tem que me ouvir, Laura, tem que me ouvir.

Falava agora lentamente, procurando ser enérgico:

— Isso não é assim, Laura.

— Não é assim como?

— Veja a situação: há dezoito anos que dona Lígia pensa que Malu é filha dela,[10] há dezoito anos que Malu pensa que a mãe dela é dona Lígia.

— Sim. E o que é que tem?

— Tem o seguinte: não é possível que, de um momento para outro, você vá a dona Lígia e diga: "A senhora não é mãe de Malu". E diga para Malu: "Você não é filha de dona Lígia". Compreenda que não é possível.

Ela se obstinou, cansada já de passar por uma empregada da filha. Teimou:

— É possível, sim. E o senhor vai ver como é. Eu lhe mostrarei.

— Reflita, olhe o que eu estou dizendo. E, além disso, há outra coisa...

— Não há nada, doutor Meira, não há nada que me faça mudar de opinião.

— Primeiro, escute o que eu estou dizendo.

— Pode falar.

O dr. Meira fez uma pausa; e aproveitou a ocasião para acender o cigarro que estava esquecido entre os dedos. Laura esperava, em silêncio; mas tinha na boca um traço de determinação feroz. Parecia decidida a defender, nem que fosse com a própria vida, seus direitos de mãe. O dr. Meira prosseguiu:

— Sabe o que é que acontece se você reclamar os seus direitos, já imaginou?

— Nem me interessa.

O médico exaltou-se:

— Pois devia interessá-la. Sucederia o seguinte: você levaria Malu. Malu iria com você. Muito bem. Agora me diga: que espécie de conforto, de posição social, você poderia oferecer à sua filha?

— Como?

— Você poderia dar a Malu a situação que ela tem hoje, o conforto, fortuna, posição social — tudo, enfim, a que ela está acostumada?

Laura hesitou. Respondeu, afinal:

— Não.

E o médico, triunfante:

— Pois é.

Ela compreendia; e uma revolta nascia do seu peito. Viu o médico como um inimigo que queria arrebatar-lhe a coisa mais doce, o bem mais querido de sua vida.

— Então é isso que o senhor quer?

— Isso como?

— Que eu renuncie à minha filha?

O dr. Meira foi franco, positivo; e pôs nas suas palavras mais veemência:

— Quero. Não seja egoísta, Laura! Compreenda a situação. Você não tem direito, depois de tanto tempo, de sacrificar assim sua filha! Não tem!

— Tenho! — exclamou Laura; e prosseguiu, sentindo que o desespero se apossava do seu ser: — Uma mãe tem todos os direitos!

Era uma exclamação banal, que, entretanto, adquiria na sua boca uma força terrível.

O dr. Meira obstinou-se:

— Menos esse, de tirar a sua filha daqui para fazê-la infeliz: esse não!

Ela chorava; toda a sua angústia, toda a sua cólera se dissolvia subitamente em lágrimas, lágrimas livres e fartas. Há tantos anos que vivia na expectativa daquele momento, que o esperava com todas as forças de sua alma; e quando ia aproximar-se de Malu, dizer "Sou sua mãe, você é minha filha", aparecia o dr. Meira e exigia dela: "Não diga nada. Não pode dizer. Malu tem que ignorar, sempre, sempre". O dr. Meira, sem jeito (não podia ver uma mulher chorando), balbuciou:

— Mas que é isso, que é isso?

E ela:

— O senhor queria o quê? Que estivesse rindo, satisfeita! Acha que posso?

— Mas conforme-se. Infelizmente, o caso é esse, Laura. Que é que você quer?

Ela ergueu o rosto para ele. Novamente se exaltou:

— O senhor diz "conforme-se". É muito bom de dizer. Mas qual a mãe que, na minha situação, se conformaria? Qual?

— A verdadeira mãe sacrifica-se.

— Nunca! — E, como o médico não replicasse nada, ela cresceu para ele: — E outra coisa: o senhor pensa que eu vou me sacrificar, está pensando? Pois sim! Vou é dizer a Malu, já, já, o que é que eu sou dela! Vou provar! Já disse, ela não acreditou, mas eu a convenço!

— Não vai!

— O senhor vai ver!

— Porque, se for, sabe o que é que eu faço? Ponho você numa casa de saúde, como louca. Agora escolha.

Foi aí que bateram na porta. O dr. Meira e Laura ouviram a voz de Malu...

26

Eu não tenho o direito de ser mãe

Malu bateu. E, como não abrissem logo, gritou:

— Laura, Laura!

O dr. Meira vacilou, sem saber se abria ou não. Olharam-se, ele e Laura, interrogando-se. Malu insistiu, sabia que Laura estava lá, tinha certeza:

— Laura!

O médico pigarreou e fez um sinal:

— Abra!

O estado de espírito do ancião era o pior possível. Estava quase, quase, convencendo Laura; mais um pouco e ela se submeteria. A vinda de Malu (pelo menos, o dr. Meira interpretava assim o fato) viera estragar tudo, deitar a perder o trabalho de persuasão do médico. Laura tomou respiração, limpou, rapidamente, os olhos e disse, alto, num esforço para que a voz não tremesse:

— Já vou.

Encaminhou-se para a porta e abriu. Malu apareceu; tinha um certo ar de espanto; e mais surpresa ficou vendo o dr. Meira ali. Percebeu também, pela expressão de Laura e pela gravidade do dr. Meira, que tinha havido alguma coisa. Interrogou, entrando:

— Que é que há?
Laura respondeu (era evidente que havia chorado):
— Nada.
— O doutor Meira está tão sério! — admirou-se a moça.
O médico procurou ser natural, fazer humor:
— Eu e Laura estávamos conversando, não é, Laura?
E Laura, muito séria, sem olhar para o velho:
— É.
Houve um silêncio. Malu já não se lembrava mais do motivo que a levara ali. Sentia no quarto uma atmosfera pesada. O dr. Meira refletia: "Será que Laura vai dizer?". E Malu, olhando ora o dr. Meira, ora Laura: "Estão me escondendo alguma coisa". E Laura: "Malu tem que se convencer". Venceu ainda uma última vacilação; e começou:
— Malu, você quer saber de uma coisa?
E tinha um ar tão especial ao dizer isso, uma tal expressão nos olhos, e ficara subitamente tão pálida, que Malu estremeceu:
— Que é que há?
— Laura! — implorou o dr. Meira.
— Deixe ela falar, doutor Meira. Fale, Laura.
— Depois, depois — sugeriu o médico, perturbadíssimo.
Laura olhou muito firme o velho:
— Agora.
— Bem. Então...
Malu insistiu:
— Diga, Laura, pode dizer.
A moça estava curiosíssima. A lembrança do beijo de Bob, que era, no momento, a sua preocupação mais íntima e exasperante, diluiu-se um pouco ou, antes, diluiu-se de todo. Ela percebia que Laura tinha uma revelação a fazer; e devia ser uma coisa muito séria. Laura resolveu-se:
— Malu...
Foi aí, só, que o dr. Meira teve uma ideia. Rápido, se colocou detrás de Laura, de maneira que a outra não percebesse o movimento. E, então, fez um gesto explicativo, apontando para a própria testa e rodando o dedo no ar, como quem diz: "É louca". Malu viu o sinal, compreendeu. Laura chegou-se para a moça. E disse, numa voz que quase não se ouviu:
— Sou sua mãe, Malu. Você não acredita, mas eu provo.
A moça empalideceu.
— Como?
— Sou sua mãe.

— Minha mãe?
— Sim.
Malu lembrou-se do sinal do dr. Meira. Não fez um gesto, não disse uma palavra, quando a velha, começando a chorar, abraçou-se a ela, disse, entre lágrimas:
— Minha filha, minha filhinha!
O dr. Meira, um pouco atrás, permanecia mudo. Fez mais uma vez o sinal. Malu se deixava acariciar, passiva, silenciosa, torturada, por dentro; por fora, não deixava perceber nada, conservava-se impassível. Será que ela viria sempre com aquela história? Era de exasperar a ternura de Laura, as suas expressões de um carinho que não encontrava correspondência. Mas a velha parecia não perceber isso, parecia ignorar a frieza de Malu.
— Há tanto tempo — continuava, entre lágrimas —, há tanto tempo que eu esperava por isso!
O abraço desfez-se, Malu desprendeu-se. Olhou para aquela mulher que se dizia sua mãe. O único sentimento que existia dentro dela era uma espécie de medo. Ficou tão nervosa que não pôde continuar por mais tempo ali.
— Eu tenho uma coisa que fazer lá dentro, sim?
E saiu mais do que depressa, antes que Laura a chamasse, quisesse detê-la. A velha ficou, desorientada. Ainda teve um gesto, fez menção de acompanhá-la, mas pareceu mudar de ideia. Conservou-se imóvel, muda, com uma expressão de espanto, vendo Malu abrir a porta, sair e a porta fechar-se. Então veio caminhando lentamente em direção ao dr. Meira:
— Viu? — perguntou o médico.
— Viu o quê?
— A atitude de Malu?
Laura respondeu, ainda espantada:
— Vi.
E ele:
— Eu não disse?
— Mas o que é que prova isso?
— Prova apenas o seguinte: que ela não acreditou, nem acredita.
Laura desesperou-se; e o único recurso que lhe ocorreu foi uma teima desesperada e inútil:
— Vai acreditar, sim.
— Não, não acreditou, e você sabe disso. Pensa que é fácil acreditar numa coisa dessas, pensa mesmo? A pessoa, antes de se convencer, precisa ter provas definitivas, provas que você não tem, não poderá ter. Muito mais fácil — ouviu? —, muito mais, é todo o mundo achar que isso é loucura, loucura

pura e simples. A própria Malu deve estar pensando assim. Aposto o que você quiser.

Ela não quis acreditar. Seria o cúmulo, meu Deus do céu, que, depois de tanto tempo e no momento em que reencontrava a filha, visse Malu fugir-lhe dos braços. Balbuciou, sentindo, no entanto, que havia muita verdade nas palavras do dr. Meira:

— Não, não!

— E outra coisa...

O médico tinha uma pergunta para fazer e hesitava. Era uma curiosidade que o vinha atormentando. Finalmente, tomou coragem:

— E Cláudio?

— Que é que tem Cláudio?

— É seu filho?

Estremeceu quando Laura respondeu:

— Não.

Novamente, o dr. Meira pareceu tomar fôlego. Baixou a voz:

— Ele é filho de... quem, hein?

— Cláudio é...

P<small>OUCO ANTES</small>, D. Lígia descera. Veio pelos fundos da casa. O terreno era grande, imenso, cheio de árvores, com muita sombra. Havia na casa uma pequena cascata artificial, muito bonita; a água jorrava sem cessar. Dali vinha um grande frescor e era um bom lugar de se estar nos dias muitos quentes. Foi para a fonte que ela se dirigiu. Procurava não apressar o passo, não trair nenhuma preocupação, nenhum nervosismo. Queria dar ideia de que apenas passeava e nada mais. Por dentro, no entanto, estava numa angústia doida. Vinha encontrar-se com Cláudio, e seu medo era que alguém a visse e interpretasse mal. "Ele acaba me comprometendo", era o que pensava. Apesar disso, apesar do perigo, não conseguia se irritar. Dizia a si mesma: "Ele é assim mesmo, não adianta". Sentia que era inútil, completamente inútil, tentar corrigi-lo, modificar seu temperamento, sua natureza sensível e apaixonada. Tinha inclusive medo do que ele pudesse fazer, de sua reação, se ela o deixasse de ver, se brigasse com ele. Podia matar-se ou matá-la. E, como se não bastasse tudo isso, havia ainda para d. Lígia um outro perigo; era Malu. A filha já não dissera que ia tentar a conquista do rapaz? "Isso não, isso não deixo", teimava d. Lígia, a caminho da fonte. "Se ela pensa que me faz de boba, está muito enganada." E ao mesmo tempo ocorria-lhe outra reflexão: "Malu tem direito de fazer isso; é livre, não tem responsabilidade nenhuma. Mas eu, não; eu tenho uma situação que não

me permite". Estava já próxima de seu destino. Viu, então, Cláudio; estava lá, olhando não se sabia para onde. Dava a ideia de que se desprendera da realidade, de que não tinha noção nenhuma do que acontecia em torno. Era evidente o seu sofrimento. Só deu com d. Lígia quando esta chegou a dois passos dele. Olharam-se alguns momentos. Ele quebrou o silêncio (parecia amargurado):
— Pensei que não viesse.
— Era o que devia ter feito.
— Por quê, ora essa?! O que é que tem de mais? Tem alguma coisa?
— Claro que tem!
— Ah, você acha, é?
Reafirmou, com desespero e comovida, apesar de tudo:
— Acho, acho, sim. Você já sabe a opinião a esse respeito.
— Está bem. Não faz mal.
Cruzou os braços diante dela. Era bonito (foi o que ela observou de uma maneira obscura e quase dolorosa), assim, nessa atitude, de uma beleza mais viril. Sem querer, quase a contragosto, ela ia fazendo uma série de observações, de pequenas observações femininas. Reparava, por exemplo, no antebraço do rapaz, forte, sólido, poderoso; no peito largo, nos ombros. Todo ele dava impressão de energia, de vitalidade. Teve remorso, vergonha, não sei, de estar observando essas coisas, de estar sentindo uma espécie de magnetismo, que provinha daquela juventude cheia de força e de beleza. Os olhos de Cláudio eram de uma cor que ela não sabia exatamente qual fosse, talvez verde, ou de um azul-claro. Baixou os olhos, perturbada; o sangue afluía-lhe ao rosto, o coração começava a bater mais depressa. Pouco a pouco, uma angústia a invadia. Ele percebeu o sofrimento de d. Lígia; e isso fê-lo de algum modo feliz e deu-lhe, ao mesmo tempo, o desejo pueril da aumentar o sofrimento da bem-amada:
— Pois bem. Já que você não gosta de mim...
Dizia isso sem desfitá-la. E parou, como se experimentasse uma alegria cruel em atormentá-la:
— ... eu vou fazer uma coisa.
— O quê?
— Vou ver se sou mais feliz com a sua filha. Quem sabe?
— Com Malu?
— Sim. Com Malu. Ela parece que se simpatiza mais comigo do que você.
Ironia de d. Lígia:
— Ah, você acha, é? Pensa que ela gosta de você?
Ele percebeu a irritação de d. Lígia. Disfarçou a própria alegria ou vaidade. Confirmou, maciamente:
— Se gosta, não sei. Pelo menos...

— Você é criança, Cláudio! — explodiu d. Lígia. — Então não vê?
— Não vejo coisa nenhuma.
— O que ela quer é me fazer pirraça. Pensa que eu me incomodo? — E tornava-se veemente, embora com a consciência de que se traía aos olhos do rapaz.
— Pirraça ou não, o certo é que me trata bem.
— Você vai ver. Depois, veremos quem é que tem razão.
E ouviram, então, aquela voz próxima:
— O que é que há?
Era Malu. Depois que abandonara precipitadamente o quarto de Laura, a primeira ideia de Malu foi subir. Mas Orlando estava no hall. E a moça procurou controlar-se, esconder a própria angústia. Experimentara um verdadeiro choque, vendo a atitude de Laura. Não tinha nenhuma dúvida: "É louca, completamente louca". Convencia-se pela primeira vez disso; e experimentava uma espécie de medo. Sempre se impressionara com doentes mentais. E agora mais do que nunca, agora que o caso era com ela. Quis passar por Orlando com o ar mais natural do mundo. Mas o garçom chamou-a:
— Dona Malu!
Ela percebeu a burla na voz de Orlando. Não quis reagir, nem podia. Parou. E ele, com um cinismo controlado:
— Dona Lígia foi encontrar-se na fonte com aquele rapaz.
— Que rapaz?
— Cláudio, não é?
— Sim.
— Pois é. Os dois estão lá.
Malu ficou indecisa. Mas logo tomou uma resolução. "Preciso ir lá." Encaminhou-se para a fonte. Logo que Orlando a viu afastar-se, mudou totalmente de expressão. Transfigurou-se, com a fisionomia desfigurada pelo ódio. Considerava aquele encontro de Cláudio com d. Lígia até onde um homem pode sofrer. "Ela me paga, ela me paga", era o que dizia a si mesmo, como numa obsessão. Enquanto isso, Malu aproximava-se da fonte, procurando não ser vista. Queria ver se surpreendia alguma coisa. E, de fato, pôde pegar algumas palavras: descobriu que o seu nome era falado. Irritou-se. Surgiu, dizendo, num sorrisinho:
— O que é que há?
E teve uma secreta satisfação, vendo como os dois se perturbavam. "Com toda a certeza, era de mim que estavam falando." Cláudio recuperou-se rapidamente. Esboçou um sorriso:
— Foi bom você ter chegado.

* * *

MAS LAURA NÃO completou a frase. Quis saber primeiro uma coisa:
— Por que é que o senhor está tão interessado?
— Por causa de um negócio. Esse rapaz anda assediando dona Lígia. Não que eu tenha dúvidas sobre ela. Ela é uma senhora muito direita. Mas porque seria muito desagradável se, como parece que é, ele for...
— O senhor quer saber se ele é filho de dona Lígia?

O DR. MEIRA tornou-se ainda mais pálido; esqueceu-se, outra vez, do cigarro, que ficou queimando entre os dedos. Laura não disse nada. Pressentia que o médico estava doente de curiosidade, e por uma maldade quase inconsciente não respondeu logo, olhando-o apenas. O dr. Meira repetiu a pergunta:
— Cláudio é...?
Ela podia ter dito logo. Mas fez:
— Hein?
E ele, mais explícito, já com a testa banhada em suor:
— É filho de Lígia?
Laura ia negar ou confirmar. Mas mudou de ideia; virou as costas ao médico e encaminhou-se para a porta. O dr. Meira, desconcertado, foi atrás. Segurou-a pelo braço, quando ela já ia pondo a mão no trinco. Interpelou-a, com certa cólera:
— E então?
— Então o quê?
— Você não respondeu!
Silêncio. Ele insistiu:
— É ou não é?
Percebia a obstinação da outra; teve medo de perder a cabeça, fazer uma brutalidade, coisa que não queria. Não compreendia, nem podia compreender, que o silêncio de Laura era deliberado. Ela se fechava numa espécie de vingança, sabendo que o velho se atormentava com a dúvida. "Ele não me fez sofrer? Agora aguente!" Encarou-o com desassombro. Ele apertou mais e mais o braço de Laura. Então a velha reagiu:
— O senhor está pensando mesmo que eu vou dizer alguma coisa?
— Não vai?
— Claro que não. Engraçado! O senhor ameaça-me, nega-me um direito que ninguém pode negar a uma mãe e espera que eu responda. Respondo o quê, respondo coisa nenhuma!
— Laura, você precisa compreender. Não vê que essa situação não pode continuar, não está percebendo?

— Não percebo nada!
— Pela última vez, Laura. Diz ou não diz?
— Não! Vocês que descubram isso. Eu não digo nada. Por mim ninguém saberá!
— Mas só você é que pode dar uma informação definitiva. Mais ninguém.
— Não faz mal!
— Eu sei o que é. Você, quando me contou a história, disse, deu a entender que era. Apenas eu queria que confirmasse.

Não pôde continuar. Ela teve um movimento inesperado com o braço, desprendeu-se dele. Desorientado, o médico deixou que ela saísse e ficou, ainda, uma porção de tempo na mesma posição, mergulhado em cismas. E pensava: "Seria horrível...". Procurava recordar-se da história longa e estranha contada por Laura. Era tal a sua tensão que sofria de um lapso de memória. Não se lembrava mais se a velha dissera ou não o nome de Cláudio. Não conseguia recordar esse detalhe, por mais que se concentrasse, que pesquisasse entre suas lembranças. Mas havia dentro dele uma convicção terrível. Disse, à meia-voz:

— É, só pode ser.

E, por sua vez, deixou o quarto. Ia disposto a falar com d. Lígia, dizer-lhe tudo, acabar de uma vez com aquela situação que não podia continuar. Subiu as escadas, justamente no momento em que Bob ia descendo. Não pôde conter uma exclamação:

— Bob!

E parou, apoiando-se no corrimão, sem tirar os olhos do rapaz. Tarde demais, arrependia-se de ter manifestado a sua admiração ou, antes, o seu horror. Porque era realmente o que sentia, horror. Não pensara que um moço como Bob, simpático, quase bonito, pudesse ficar assim irreconhecível. Se não soubesse, se fosse na rua e não o reconhecesse pela roupa, teria passado adiante. Bob veio ao seu encontro; trazia na boca um traço sardônico:

— Está achando-me muito bonito?

O médico ainda esboçou um sorriso, fez uma tentativa de sorriso; mas fracassou lamentavelmente. Percebia que Bob tentava esconder sua amargura debaixo de um bom humor aparente. Mas o tom pilhérico mal disfarçava o sofrimento. O dr. Meira quis disfarçar, balbuciou:

— Ah, doutor Sabino já tirou tudo?
— Parece.

E sorria ao dizer isso, um sorriso feio e amargo, quase mau. Bob baixou a voz para dizer (era esta a sua ideia fixa):

— Imagine que Malu gritou quando me viu.
— Foi?

O dr. Meira tentou dar às próprias palavras um tom de admiração. Mas intimamente compreendia Malu. Ele mesmo, que era médico e estava acostumado com uma série de coisas, ele mesmo olhava o rapaz com uma secreta repulsa. Só por delicadeza não desviava a vista, não olhava para outro lado. Sentia até mal-estar. Bob não se iludia; estava sentindo a angústia do médico; teve até vontade de dizer: "Não olhe para mim, doutor; não precisa olhar". Calou-se para não constranger mais o outro. Subitamente, teve um impulso que não pôde reprimir. Precisava abrir-se com alguém; e o médico, já velho, cheio de experiência humana, pareceu-lhe, de momento, a pessoa mais indicada. Fê-lo descer e sentaram-se os dois no hall. O dr. Meira, evidentemente constrangido, previa que a conversa entre eles devia ser, por força, desagradável e dolorosa. Bob quebrou o silêncio:

— O que é que o senhor acha que eu devo fazer?

— Como?

Era a primeira vez, em toda a sua vida, que ele pedia conselho. Sempre agia por sua própria conta: era um desses homens que se bastam, a si mesmos, que não recorrem a ninguém e preferem ficar solitários em qualquer situação. Mas naquele momento tinha a impressão de esmagamento; sentia-se o último dos párias; seu sentimento era o de quem estava irremediavelmente perdido. Explicou ao médico:

— Eu quero saber o seguinte: se um homem como eu, nessas condições, deve continuar vivendo ou não?

Espanto do médico, que tardou a dizer, agitando-se na cadeira:

— Claro que deve!

— O senhor acha? — A ironia de Bob era evidente. — Mas acha mesmo? Ou está querendo ser piedoso? Quero uma resposta franca.

— Acho, já não disse?

— O senhor não está sendo sincero.

— Estou, sim. Juro!

Bob levantou-se. Perdeu a calma:

— Não jure, porque é mentira!

O médico levantou-se também, empalidecendo:

— Bob!

Queria ser repressivo, impor-se; mas ao mesmo tempo percebia que não podia ter nenhuma autoridade sobre o desespero do rapaz. Compreendia que Bob estivesse assim, era natural; e não sabia o que dizer diante da exaltação do rapaz. Bob continuou:

— É mentira, sim. A vida acabou para mim, doutor Meira! Sou um trapo humano. O que é que eu posso fazer, diga!

— Muita coisa!

— Não posso fazer nada. E o senhor sabe, sabe perfeitamente!

— Bob. — O médico pousava as mãos sobre os ombros do rapaz. — Não se desespere...

Ele interrompeu o outro brutalmente:

— Dispenso suas palavras de consolo, doutor Meira. Não me interessam. Eu já sei o que vou fazer.

— O que é?

Ele se afastava, em direção da porta, sem que o velho saísse de onde estava. Chegando lá, Bob voltou-se:

— O senhor verá, doutor Meira. Não perde por esperar.

M<small>ALU E</small> C<small>LÁUDIO</small> começaram a conversar. D. Lígia ficou do lado, assistindo apenas. Sentia-se excluída; e isso lhe dava um sentimento vivo de humilhação. "Devo ir embora ou não?" Não sabia o que fazer; hesitava, percebendo que a sua vacilação tinha algo de ridículo. Mas não se decidia a abandonar a fonte, fascinada, apesar de tudo, pelas palavras de Cláudio e de Malu. Os dois pareciam nem tomar conhecimento da presença de d. Lígia. Em outras circunstâncias o rapaz não teria aprumo nenhum, acabaria gaguejando, perturbando-se todo. Mas agora agia sob um estímulo. Queria atormentar d. Lígia; e revelava uma audácia, uma segurança que não eram comuns nele, que tinha pouquíssimo trato com mulher.

— Você não tem vindo — queixava-se Malu.

Era quase um lamento de namorada. Punha nas próprias palavras uma faceirice voluntária; e chegava-se para perto do rapaz, numa espécie de ostentação para d. Lígia ver e sentir. Cláudio desculpou-se com uma mentira:

— Tenho tido muito que fazer.

— Mas, quando se quer, sempre se arranja tempo.

Sorria para ele, mostrava os dentes pequenos e perfeitos. Parecia querer tentá-lo com a proximidade de sua boca e do seu sorriso.

— Mas agora — era Cláudio quem falava — eu virei mais vezes.

— Muito mais vezes.

— Você quer?

— Claro!

— Podemos dar uns passeios.

— Quer saber de um lugar bom para a gente ir?

— Qual?

— Está vendo aquilo ali?

Mostrava o morro. Ele olhou na direção indicada. D. Lígia sem querer olhou também.

Malu prosseguiu:

— Pois é; é ali. Tem uma vista maravilhosa.

E ele:

— Imagino!

Então, d. Lígia não pôde mais. Estava saturada. Via que tudo aquilo era para humilhá-la, fazer-lhe mal. (E o pior é que não podia reagir.) Disse, procurando aparentar calma, naturalidade:

— Eu já vou.

Pergunta irônica de Malu:

— Já?

E Cláudio, forçando um ar de pouco-caso:

— Fique mais um pouco.

Ela virou as costas e foi andando. Parou, ouvindo seu nome:

— Lígia!

Voltou-se. Era Cláudio que a chamava. Observação ríspida de Malu:

— Ah, você chama mamãe de Lígia?

Confirmou, ríspido:

— Chamo!

E deixou a moça, aproximando-se, em passadas largas, de d. Lígia. Ela o esperava, muito séria, com um vinco de determinação na boca. Malu ficou parada e, sobretudo, desconcertada. Notara a mudança do rapaz quando d. Lígia se afastou; e o vira, depois, chamando-a. "Ora essa, me deixa aqui!" Um sentimento de cólera começou a nascer no seu coração. Cláudio interpelava d. Lígia:

— Aonde é que vai? Diga!

— Para quê, ora essa?

— Porque me interessa.

— Não interessa nada! Fique com Malu. Você soube conversar com ela e agora vem com coisa. Não adianta, meu filho.

— Lígia!

— É isso mesmo!

Estava magoada, magoadíssima, disposta, desta vez, a não transigir, a fazer pé firme.

Sem experiência nenhuma de mulher, ele não compreendia aquilo, desesperava-se vendo-a assim, sem a doçura que era tão própria de sua natureza. Na sua confusão, era inábil como uma criança:

— Mas que foi que eu fiz?

D. Lígia afastou-se, quase correndo. Ele ia segui-la, mas veio aquele grito:

— Cláudio!

Era Malu chamando. Hesitou, sem saber se atendia a moça ou se seguia d. Lígia. Esta já ia muito longe. Foi então, lentamente, ao encontro de Malu. A moça estava feito uma fúria,[11] embora procurando controlar-se, manter uma dignidade:

— Isso é coisa que você faça?
— Eu?
— Você, sim, me deixou aqui; e vai embora. Bonito.

Desculpou-se.

— Fui falar com Lígia.
— E por isso me larga assim?
— Desculpe. Não pensei direito. Foi sem querer.

O DR. MEIRA subira para falar com d. Lígia; e não a encontrou lá em cima, naturalmente. Voltara. Perguntara a Míriam:

— Viu dona Lígia?
— Está na fonte.

Ele, então, encaminhou-se para lá. Teve um choque quando viu, à distância, d. Lígia e Cláudio. Quase praguejou; e se deteve, não querendo se aproximar assim. Depois, d. Lígia abandonou precipitadamente Cláudio e correu. Malu surgiu, mais longe, chamando o rapaz. O dr. Meira comentou para si mesmo: "Mas que confusão!". E, por sua vez, chamou d. Lígia, que já ia passando, sem vê-lo também (ela estava tão perturbada!). D. Lígia teve um choque ao ouvir a voz do médico; e veio na sua direção, com os olhos cheios de lágrimas. O médico ficou ainda mais alarmado:

— Que foi?
— Nada, nada.
— Você está chorando.

Negou, enxugando os olhos.

— Bobagem minha. Não tem importância.
— Olha aqui, Lígia.

Chegara o grande momento. Ele teve uma última vacilação, que acabou vencendo. Pigarreou, antes de começar:

— Lígia — novo pigarro —, eu queria que você me dissesse uma coisa.
— Pode perguntar.
— Você gosta desse rapaz? De Cláudio?

* * *

Bob entrou no seu quarto de jardineiro, que ficava nos fundos da casa. Agora não havia mais necessidade de continuar dormindo lá em cima. Seu primeiro cuidado foi fechar a porta à chave. Em seguida, foi a uma mesinha, tirou da pequena gaveta um revólver. Sentou-se, então, na cama. E olhou o revólver com uma nova curiosidade. Sua resolução estava tomada; ia matar-se.

27

O meu coração enlouqueceu

Ele mesmo não soube quanto tempo ficou assim, esquecido, com o revólver na mão. Talvez cinco, dez, quinze segundos. Seu desespero era absoluto; por mais que seu pensamento trabalhasse, procurasse uma solução, não via nenhuma. Ou, antes, só havia uma solução. E esta era a morte, a doce, a desejada libertadora. Morrer para descansar, para dormir, sempre, para não ter vergonha e horror de si mesmo, para não pensar em Malu, em mulher nenhuma. E repetiu, à meia-voz, olhando o revólver, fascinado pela arma: "Preciso morrer, preciso morrer". Mas antes quis ver, ainda uma vez, a própria fisionomia. O espelho ficava num canto do quarto. Olhou-se, então, e estremeceu, tal como da primeira vez. A sensação que o invadiu foi de que aquele era outro, um estranho, um desconhecido, e não ele mesmo. Aquelas feições desfiguradas, aquelas cicatrizes, aquele rosto apavorante, nada daquilo podia ser dele, pertencer à sua figura. Não podia ser. E, no entanto, era obrigado a reconhecer: "Sou eu. Esse que está aí, sou eu". Experimentou um sentimento de ódio contra a própria figura, um ódio que não se baseava em nenhum raciocínio. Apertou mais a coronha do revólver e...

Então, bateram no vidro da janela. O quarto ficava no andar térreo e alguém era testemunha da cena, alguém que olhava através do vidro. Virou-se, sobressaltado; e viu, então, Laura, do lado de fora, olhando para ele. Teve um verdadeiro choque e, de momento, se recusou a acreditar nos próprios olhos. Como não se mexesse do lugar, ela continuou batendo com os nós dos dedos; e só parava para fazer sinais. Mais do que depressa, com uma súbita vergonha, ele guardou o revólver. Dirigiu-se à janela e levantou o vidro. Num instante a vergonha foi substituída pela cólera. Calculou que Laura estivesse ali observando há muito tempo, talvez desde o momento em que ele entrara. Isso lhe deu uma espécie de fúria. Perguntou, procurando controlar a própria agressividade:

— Estava aí há muito tempo?

Perturbou-se ao confirmar:

— Sim, estava.

— Quem mandou você espiar?

Nova hesitação de Laura e, por fim, a resposta:

— Eu vinha passando e olhei por acaso.

— Vá-se embora.

Suplicou:

— Eu preciso falar consigo. É só um instante. Sim?

Teve medo de que ele negasse, de que a mandasse embora. E, por um instante, pareceu que era realmente essa a intenção de Bob. Mas ele viu tanta súplica nos olhos de Laura, na mão estendida, que finalmente, depois de forçar a própria vontade, disse:

— Faça a volta e entre pela porta.

Daí a pouco, ela batia. Bob abriu a porta. Uma coisa o preocupava: Laura fora a única pessoa, de todos que o haviam visto assim, que não revelava nenhum horror. Parecia olhá-lo sem repulsa; e até, talvez, com uma ternura, uma certa ternura. "Quem sabe não é ilusão minha?" Deixou que Laura entrasse; e foi perguntando, com uma rispidez que não desejou atenuar:

— Que é?

Ela baixou a voz, teve uma doçura inesperada que tocou o rapaz:

— Eu ia passando por aí...

— E então?

— Quando vi você. Com o revólver.

Calou-se, atrapalhada. Ele perguntou:

— Que mais?

— Bob, não faça isso, pelo amor de Deus! Você ainda é muito moço. Você...

Quis cortar, de vez, o apelo da velha:

— Não se meta!

Laura estremeceu. Ele prosseguiu, numa exaltação progressiva:

— Foi para isso que você veio aqui?

— Foi, sim, foi. Ninguém tem direito de se matar.

Tornava-se veemente, disposta a arrancá-lo daquela obsessão, a restituir ao rapaz o amor à vida, a vontade de viver. Tomou-lhe as mãos. Bob se impressionou, apesar de tudo, com o interesse que despertava numa quase desconhecida. Perguntou a si mesmo: "Por que estará ela assim?".

— Que lhe importa — perguntou — que me mate ou deixe de me matar?
— Ah, me importa muito, muito, mais do que você pensa!
— Mas por quê, ora essa?
— Por quê?...
Ela mesma fez a pausa, como se tivesse medo de continuar. Bob insistiu:
— Sim, por quê?... — erguia, de novo, a voz.
E ela:
— Porque você gosta de Malu. Por isso.
Durante alguns momentos, ficaram calados, olhando um para o outro. Aquilo apanhou Bob desprevenido, e o surpreendeu tanto que não soube o que dizer. A própria Laura parecia temerosa da reação que suas palavras iriam provocar. Bob notou que ela empalidecia, que seus lábios ficavam brancos. Ele custou a readquirir a serenidade: perguntou, então, baixo, muito baixo:
— Ah, você sabia que eu gosto de Malu?
— Sabia.
Ela explicou, tomando coragem, à medida que falava:
— Vi logo. Você, quando conversa com ela, fica outro. Muda e depois...
— Diga.
— Eu ouvi várias conversas que você teve com Malu.
— Quer dizer que andou espionando?
Defendeu-se, com certo desespero:
— Tudo que diz respeito a Malu me interessa. Eu ouço. Não quero saber se é ou se não é feio.
Novamente Bob se surpreendeu. Via Laura demonstrando por Malu um interesse incrível. "Será que ela pensa mesmo que é mãe de Malu?" Esqueceu-se da própria situação para olhar a velha, para procurar na sua fisionomia, nas suas expressões, nas suas maneiras, um traço, um indício qualquer de insânia. Mas achou que — pelo contrário — os seus olhos revelavam absoluta lucidez. Nada, nada indicava qualquer perturbação de espírito. Então disse lentamente, sem tirar a vista de Laura:
— Mas a situação agora mudou.
— Mudou como?
— Eu não tenho mais direito de amar, nem Malu, nem ninguém.
— Não entendo.
E, realmente, não entendeu, de momento. As palavras do rapaz ficaram no seu cérebro: "Eu não tenho mais direito de amar...". Fez um esforço de compreensão. O rapaz puxou-a por um braço:
— Venha cá.
Trouxe-a para o espelho:

— Olha ali.
Ela viu aquela figura refletida no espelho:
— Estou vendo.
— Compreende agora? — Havia na sua voz uma amargura absoluta.
— Mas compreendo o quê?
Ele se exaltou:
— Diga: um monstro como eu, como fiquei, pode pensar em mulher?
Laura respondeu com veemência:
— Pode!
Foi quase um grito. E a exclamação lhe veio aos lábios tão espontânea, tão irreprimível que o próprio Bob pareceu impressionado:
— Acha que posso?
— Claro!
— Está louca, completamente louca! Que mulher pode olhar para mim? Diga. Qual?
— A própria Malu.
— Malu?
— Malu, sim.
Ele teve um vinco de amargura na boca:
— Malu, imagine! Sabe o que é que ela fez quando me viu assim? Gritou e saiu correndo!
— Foi? — Parecia muito espantada.
— Foi. Teve horror de mim, como se eu fosse um fantasma!
— Mas ela se acostuma. Você vai ver. Espera mais um pouco. Juro que ela se acostuma, aposto.
— Nunca!
Mas Laura se obstinou. Sentia, acima de tudo, a necessidade de convencê-lo, de arrancá-lo de sua depressão. Ele estava abatido, muito abatido; não acreditava mais em nada, nem na vida, nem nas criaturas. Percebia que nele o único sentimento que existia era o da morte. Quase gritou com o rapaz, para despertar o seu espírito de luta:
— Não seja bobo! Onde é que você viu mulher ir atrás de beleza?
Exagerava, sentindo que precisava sugestioná-lo. Queria aturdi-lo com palavras. Fazia afirmações que, talvez, não correspondessem ao seu verdadeiro modo de pensar:
— O que importa à mulher é a personalidade, homem, energia! Isso, sim. Menino bonito não adianta! Eu sou mulher, posso falar.
Ele a ouvia: a princípio, incrédulo; depois, impressionado; e, por fim, experimentando uma nova sensação de força, de poder. Parecia sentir como nunca

o próprio magnetismo. As palavras da velha lhe faziam um bem imenso, pareciam despertá-lo para a vida, para o amor. Quando acabou — ofegante de excitação —, perguntou:
— E agora?
— O que é que tem?
— Ainda quer morrer?
Ele hesitou. E deu a resposta:
— Agora...

O DR. MEIRA achava que devia esclarecer, de vez, a questão. Sentia que chegara o momento de pôr de lado todos os escrúpulos. Repetia para si mesmo: "A situação não pode continuar. Assim não pode continuar". Foi por isso que, adotando um ar de extrema gravidade, fez a pergunta, clara, direta, definitiva:
— Lígia, você gosta desse rapaz?
Ela podia ter dado logo a resposta. Mas não se preparara para uma interpelação dessa natureza. E não há mulher nenhuma que, mesmo em circunstâncias mais normais, não se perturbe ao ser assim interrogada. O dr. Meira percebeu, olhando de lado — vinham andando —, que ela empalidecia. E, logo em seguida, o sangue afluía-lhe ao rosto. Ficou vermelhíssima. "Está abalada", calculou o dr. Meira. E teve a certeza de que a situação era mesmo séria. D. Lígia procurou iludir a pergunta:
— Gosta como?
— Se gosta de Cláudio.
— Mas a que espécie de sentimento o senhor se refere?
Ele se impacientou um pouco:
— Ora, você sabe, Lígia! Gosta?
— Não. Isto é...
— Gosta ou não?
Vacilou; e, erguendo o busto, disse, com dignidade:
— Mas não como o senhor pensa.
O dr. Meira encarou-a:
— E como é que eu penso? — Parecia admirado.
— O senhor pensa o seguinte: que eu gosto dele com um sentimento que não de pura e simples amizade, não é?
Desta vez, quem duvidou foi o médico:
— E se eu pensasse assim?
— Estaria errado, doutor Meira, completamente errado.
— Sério?

— Dou-lhe a minha palavra. Esse menino, doutor, é para mim como um filho.
— Como um filho? — E repetiu, pálido: — Como um filho?
— É.
— Engraçado isso.
— Por quê?
— Por nada. Uma coisa que eu pensei. E ele, Lígia? Esse menino?
— Ele?
— Bem. Você gosta assim, com esse desinteresse. Mas ele? Que é que você acha?

D. Lígia perturbou-se. Seu coração mudou de ritmo:
— Não sei, nem me pergunte — desesperava-se.
— Pois é. — O médico tornava-se severo; e segurou o braço de d. Lígia. — Olha aqui, Lígia. Você tem que deixar de falar com Cláudio.
— Eu?

Ele insistiu, implacável, vendo aí a única solução possível:
— Você, sim. Precisa cortar todo e qualquer contato com ele.
— Não!

Disse o "não" com tanta violência que o dr. Meira estremeceu:
— Não por quê?

Estavam quase chegando. Pararam diante da porta. Ela começou a chorar. Era o grande recurso de todas as mulheres em ocasiões assim: a lágrima. Quis explicar, chorando, os seus sentimentos:
— Deixar de falar, eu não deixo. Isso, não. Não me peça isso, doutor Meira. Tudo, menos isso.

M<small>ALU ESTAVA DIANTE</small> de Cláudio. E sentia que o rapaz não mantinha a mesma atitude. Parecia distraído, o pensamento distante. Dava pouca atenção à moça, respondia vagamente, com palavras curtas. Parecia angustiado. A moça refletia: "É porque mamãe não está aqui!". E isso, essa convicção, lhe deu uma cólera que foi crescendo. Era a sua vaidade de mulher que estava em jogo.
— Está pensando em quê? — quis saber Malu.
— Em nada.
— Confesse. Pode dizer.
— Não estou pensando em nada. Sério.
— Vamos dar o tal passeio?
— Agora?

— Sim.
Ela resolvia precipitar a excursão. Queria, por todos os meios, dominá-lo. E punha em jogo toda a sua faceirice de mulher. Viu-o relutante. Magoou-se mais, por causa disso. Ficaria humilhadíssima se ele não aceitasse o convite. Pensava: "Eu acabo fazendo uma loucura". Vinham andando; chegaram a uma elevação de terreno. Foi daí que Malu viu dr. Meira e d. Lígia. Os dois olhavam justamente na sua direção. Então Malu perdeu a cabeça. Aproximou-se de Cláudio e...

E, COM EFEITO, o dr. Meira e d. Lígia, que já iam entrando em casa, tinham visto aquilo, à distância. Foi d. Lígia quem chamou a atenção do médico. Olhara por acaso e vira os dois. Balbuciou para o dr. Meira:
— Olhe!
O dr. Meira olhou e empalideceu. Via Malu e Cláudio. Estavam tão juntos que quem os encontrasse assim e não os conhecesse diria, imediatamente: "São namorados". Era, de fato, a impressão que dava. D. Lígia ficou mais pálida do que estava; e pareceu esquecer-se de tudo, de suas atribuições, da presença do médico, para se concentrar naquela cena que a distância tornava minúscula. Ela previa confusamente o que ia acontecer. E teve, além disso, a impressão (ou seria ilusão sua?) de que Malu se encostava em Cláudio, que dava o braço ao rapaz. Guardava silêncio, querendo ver até que ponto iria a filha na sua provocação. Pois estava certa, absolutamente certa, de que aquilo era uma provocação de Malu, feita deliberadamente para impressionar e conquistar Cláudio. O interessante é que também o dr. Meira permanecia em silêncio, não se mexia quase, meio espantado. Ele refletia, abanando a cabeça: "Essa Malu". Lá longe, Cláudio e Malu continuavam parados. Nem d. Lígia nem o dr. Meira podiam imaginar uma coisa: e é que Malu sabia perfeitamente que os dois estavam observando e que parara por isso mesmo, para que vissem, assistissem a tudo. Dominada pela cólera, d. Lígia perguntou:
— Está vendo, doutor Meira, está vendo?
Ele respondeu apenas:
— Estou.
— Pois é. Ela está fazendo isso para ver se me faz sofrer.
Enquanto isso, Malu prendia Cláudio no mesmo lugar. Se andassem, não seriam mais vistos, o que Malu não queria em hipótese nenhuma. Seu maior interesse eram aquelas duas testemunhas distantes. Calculava como devia estar d. Lígia. "Deve estar louca." E a certeza de que a outra sofria era um estímulo para ela, uma satisfação cruel, um prazer muito agudo. Naquele momento, à

medida que tentava Cláudio (pois era uma consciente, uma deliberada tentação), uma porção de coisas passava pela sua lembrança: sua desilusão com Ricardo, a confissão de d. Lígia, a promessa que fizera de não ser fiel a homem nenhum e de não levar a sério os próprios sentimentos. Tudo isso passava, rodava na sua cabeça e representava outros tantos estímulos. O que Malu queria era ir além de uma simples comédia. Não bastava mistificar Cláudio; era preciso conduzir a aventura a um extremo perigosíssimo. Ela queria ser beijada. O capricho estava dentro, parecia uma ideia fixa. E, por mais que quisesse, não conseguia se libertar.

Cláudio a via perto de si, perto demais. Reparava em detalhes de sua fisionomia. Mais baixa, muito mais baixa, Malu falava de rosto erguido para ele. Sem querer, ele observava: "É bonita". E refletia que a figura frágil e pequena de Malu ganhava com a convivência. Era uma dessas mulheres que tanto mais se vê, mais se gosta. Por mais que não quisesse, Cláudio gostava de tê-la assim, naquela proximidade, os lábios entreabertos, como se pedissem, como se desejassem o beijo. "Será quê?..." O que ele perguntava a si mesmo era se Malu fazia aquilo de propósito ou involuntariamente. "Se eu a beijasse, ela resistiria, ficaria ofendida?" Depois, se lembrou de que a salvara. Outra reflexão ocorreu-lhe: "Mas ela também me salvou!". E duvidava se aquilo era a pura, simples e desinteressada simpatia que nasce da gratidão ou se correspondia a um sentimento mais íntimo e mais profundo. Os dois se olhavam agora.

De comum, Cláudio não faria aquilo com uma mulher, fitá-la assim, com essa intensidade, esse desassombro. Mas o ambiente criado por Malu entre os dois parecia autorizar, justificar essa confiança. Ele se sentia quase à vontade. Em torno havia a solidão, havia a sugestão que vinha da mata próxima. Ele não notara ainda o dr. Meira e d. Lígia, lá longe. Durante alguns momentos, não se falaram, como se fosse bom aquele silêncio, bom e doce; e como se não houvesse necessidade de nenhuma palavra, para que se entendessem. Malu pareceu se aproximar mais ainda; sua boca continuava entreaberta. Aquela tentação muda era pior do que tudo!

Cláudio quebrou o silêncio:

— Vamos?

Ela sussurrou:

— Não.

Cláudio se espantou. A moça dissera "não" com toda a sua doçura de mulher. Com uma doçura que o tocou e que, na sua inexperiência, causou-lhe uma espécie de sofrimento. Imediatamente, veio-lhe à memória a imagem de d. Lígia. Lembrou-se dela, do seu rosto, dos seus olhos, do seu sorriso. Teve remorso de estar assim com Malu, numa atitude quase amorosa. Tinha a consciência de que Malu agradava-lhe; pelo menos, naquele momento. Sentiu o perigo. "Será possível?" Seu instinto de criança grande parecia adverti-lo.

Mas ela tomou-lhe a frente; opôs-se violentamente:

— Tenho que ir embora.

— Não, não!

Estava agora empenhada, de corpo e alma, em retê-lo. Era um jogo perigoso aquele, quase diabólico, em que punha toda a sua astúcia e toda a sua vaidade de mulher. Disse-lhe, sem desfitá-lo:

— Se eu lhe pedir uma coisa...

Deteve-se. Ela mesma começava a se perturbar.

— Pode pedir.

Malu hesitou, como se um último escrúpulo a detivesse. Começou, prudente:

— É o seguinte...

Lá embaixo, continuavam o dr. Meira e d. Lígia. Não podiam, é claro, ouvir nada, nem ter a mínima noção do que estariam conversando. Mas adivinhavam que o assunto devia ser um único: amor. Malu prosseguiu:

— Você me salvou — baixara a voz. — Se não fosse você, eu estaria morta a esta hora. E eu acho que você tem direito, mais do que qualquer outro homem... — Parou, ofegante.

Cláudio forçou a situação:

— Direito de quê?

Malu empalidecia. Dizia mentalmente: "Eu acho que estou me excedendo". Mas não podia recuar, fora longe demais. Concluiu:

— Eu acho que você tem direito de me beijar.

Houve entre eles um longo silêncio. A princípio Cláudio sorriu, como se não compreendesse direito. Nunca, em toda a sua vida, estivera numa situação parecida. Quando e onde poderia pensar, jamais, que uma mulher lhe diria isso. E de uma maneira assim inesperada, quase, quase brutal. Teve, então, vontade nem sei de quê. O sangue afluía-lhe ao rosto, à cabeça, experimentava uma verdadeira sensação de febre. Ele mesmo tinha a consciência de que estava sendo ingênuo, infantil; e de que um homem experiente agiria, naquelas condições, de outra maneira. E como ele, ainda não restabelecido da surpresa, da confusão, nada fizesse, ela animou-o:

— Pode me beijar.

Parecia aguardar, passiva, que o rapaz se dispusesse, que se curvasse um pouco para colher um beijo nos seus lábios entreabertos. Cláudio sentiu que não havia outra alternativa. (Se fosse d. Lígia, não estaria assim, tão hesitante.) O beijo veio; mas foi uma coisa rápida, instantânea. Malu quase não sentiu o toque de outros lábios nos seus. Esperava até que aquele contato de bocas sacudisse o rapaz, despertasse tudo que ele tivesse de passional.

Mas não. Foi como se Cláudio fizesse aquilo por obrigação, com relutância, uma relutância que não tivesse conseguido vencer. Malu espantou-se; e, no fundo, o que experimentava era um sentimento de despeito, de humilhação. Não pôde conter as palavras que vieram irresistivelmente:

— É esse?
— Como?
— Seu beijo é esse?

Parecia não se conformar com aquilo. Ela se oferecia; entreabria para ele seus lábios; fazia, em suma, o que raríssimas mulheres se atrevem a fazer. E, no fim, ele não tinha coragem, agia como criança. Cláudio não sabia o que dizer:

— Mas...

Repetiu:

— É assim que você beija?

E disse tudo, na necessidade de desabafar, de esgotar sua cólera:

— Você é criança demais. Assim, nenhuma mulher pode gostar de você. Nenhuma.

Ele parecia receber aquelas palavras como se fossem pancadas. Estava sobretudo impressionado pela violência da moça. Não sabia o que dizer ou fazer.

— Mas que foi que eu fiz?
— Devia perguntar o que foi que você não fez.
— Não compreendo.

Intimamente, sentia-se humilhado. Continuava com a sensação de que errara, de que não fizera o que devia ter feito e de que fora ridículo. Sobretudo, era isto que o desorientava: a consciência desse ridículo. Na sua raiva, ela perdia um pouco da compostura:

— Você nem sabe beijar!

Pela primeira vez, ele se irritou. Via o desprezo que cada palavra de Malu exprimia. Era inexperiente, um pouco infantil, mas também impulsivo. Seu sangue fervia com muita facilidade. Foi com um outro tom (a própria Malu percebeu a mudança) que falou:

— Não sei beijar, é?

Confirmou, violenta:

— Não!

Não teve consciência muito clara do que sucedeu depois. Sentiu-se levada, arrebatada, suspensa no ar. Estava dominada, bem dominada. Se quisesse resistir, não teria como. Ele era forte, incrivelmente forte. Tanto como Bob. Naqueles instantes — foi até engraçado —, o que lhe ocorreu foi um paralelo entre o beijo que recebeu de Bob e o que recebia agora de Cláudio. Ambos tiveram, se bem que por motivos diferentes, a mesma violência, a mesma força de ímpeto. Só que Cláudio largou-a mais depressa, como se, subitamente, o mordesse o remorso de fazer aquilo. Não por causa de Malu; mas por causa de d. Lígia. Acusou-se a si mesmo de trair a única mulher que amava, pois aquilo lhe parecia realmente uma traição. Teve vontade de fugir, de abandoná-la ali; e, ao mesmo tempo, não se resolvia, tentado a dizer-lhe umas verdades:

— Foi você que me provocou!

Ela estava muito pálida, na sua frente. Era aos poucos que voltava a si, que punha em ordem seus sentimentos e suas ideias. Ainda perguntou, ajeitando uma mecha de cabelo que caíra sobre a testa:

— Eu?

— Sim, você. Você fez isso de propósito.

Ela sentiu a violência do rapaz; reagiu, por sua vez:

— Quer dizer que você faz isso e, ainda por cima, me acusa?

— Não era isso que você queria?

E ela:

— Não precisava usar essa brutalidade!

— Você me desafiou. Agora o que me espanta é o seguinte: nunca pensei que você fizesse uma coisa dessas! E eu, bobo, fui atrás!

Só então viu aquelas duas figuras, distantes, minúsculas; d. Lígia e dr. Meira. Continuavam parados lá embaixo, olhando presumivelmente na direção deles. Foi aí que teve o choque maior. E um pensamento começou a martelar no seu cérebro: "Lígia com certeza viu". Virou-se para Malu; estava com as feições tão transtornadas que logo ela compreendeu tudo, adivinhou por que ele estava assim: por causa de d. Lígia.

Cláudio disse, entre dentes:

— Viu? Está vendo o que você fez?

— Ora essa. — Ela se fazia de desentendida.

— Obrigou-me a fazer isso com Lígia ali, vendo.

Era essa a mágoa de Cláudio. Malu perguntou, com o ar mais natural do mundo, alisando as pregas do vestido:

— Ah, foi?

Ele percebeu a ironia. Achou aquilo cinismo; e teve, pela primeira vez, a certeza de que ela fizera aquilo de propósito, sabendo que d. Lígia estava vendo tudo e por isso mesmo. Sabia ou, antes, desconfiou que estivesse possuída por essa maldade que o despeito dá, por esse espírito de perversidade que um nada, uma coisa à toa, desperta na alma da mulher. Perdeu a cabeça, disse-lhe as coisas mais duras que uma mulher pode ouvir:

— Pois fique sabendo que você não me interessa. Eu poderia estar com você numa ilha deserta, que nunca olharia para você. Você para mim é a mesma coisa que nada. O beijo que lhe dei não teve amor nenhum. Está percebendo?

— Estou, estou percebendo. E que mais?

— É só.

— Então ouça agora. Eu posso ser para você tudo isso que você está dizendo.

— E é.

— Mas você pensa que para mim é o quê?

— Não interessa!

— Eu digo assim mesmo: você é um bobo, um camarada muito ridículo, que não vale nada. Está pensando talvez que alguém pode gostar de você?

— Há quem goste de mim.

— Isso é o que você pensa! Eu sei de quem você está falando. Mas não se iluda, meu filho; essa pessoa não gosta de você, nem um tiquinho assim.

Cláudio não a quis ouvir mais. Deixou-a e veio andando, em largas passadas. Fez, de lá onde estava, um gesto para que d. Lígia percebesse, um gesto que queria dizer o seguinte: que o esperasse. E alargou as passadas. Ia com a cabeça em tumulto: "Eu vou explicar, ela tem que compreender". Estava disposto a tudo, até a se humilhar. Uma outra reflexão o pungiu: "Talvez ela nem se incomode. Nem esteja ligando". Achava preferível que d. Lígia se enfurecesse. Tudo, menos a indiferença. Foi aí que ouviu aquela voz:

— Cláudio!

Era Malu que vinha ao seu encontro correndo. Nem se virou, tal o seu rancor pela moça. "Nunca mais falo com ela, nunca mais." Era uma promessa que fazia a si mesmo, uma espécie de compromisso. E balbuciava o nome adorado: "Lígia, Lígia…". Poderia dizê-lo uma, três, dez, mil vezes e não se cansaria nunca, acharia em cada vez um gosto, um sabor, um encanto especial. Malu, ainda bastante atrás, pensava uma porção de coisas. "Imagine ficar assim por causa de um beijo. Contando, ninguém acreditaria." Estava ferida na sua vaidade de mulher; e arrependida da experiência feita, arrependida porque fora infeliz, porque saíra humilhada. "Ah, se eu soubesse, se eu pudesse adivinhar…" Mas o mal estava feito; resolvia agora ir às últimas consequências.

D. Lígia e dr. Meira tinham visto tudo e até previsto. Fora, de fato, uma previsão que ocorrera aos dois ao mesmo tempo, sem que nada dissessem. Depois de algumas palavras ficaram silenciosos, vendo a cena se desenrolar. O dr. Meira, sempre com o susto de que tudo acabasse como, de fato, acabou:

num beijo. Idêntico era o terror de d. Lígia. Depois, viram Cláudio se afastar de Malu; notaram o gesto do rapaz, que devia ser dirigido a ela, mandando que esperasse. O dr. Meira, curioso, olhou para d. Lígia. Achou-a lívida. Ainda perguntou, sobressaltado:

— Está sentindo alguma coisa?

E ela, tiritando:

— Nada.

Mas acrescentou, surdamente:

— Ela me paga, ela vai ver. Ela e ele.

Cláudio se aproximava. Então, sucedeu o imprevisto: d. Lígia correu para ele...

28

Eu mesmo vou matá-lo

O DR. MEIRA foi tomado inteiramente de surpresa. Aliás, não podia prever que d. Lígia, geralmente tão calma, tão senhora dos próprios nervos, perdesse assim a cabeça, agisse como uma menina, uma mocinha. O médico viu quando d. Lígia saiu correndo. Percebeu, ao mesmo tempo, o seu desespero. Mas não pôde fazer nada. Pôde apenas chamá-la:

— Lígia, Lígia!

Mas em vão. Ela corria sempre. Talvez não tivesse consciência do que fazia, talvez fosse apenas impelida por um instinto cego e poderoso. Só uma coisa enchia sua cabeça, como uma obsessão: o beijo de Malu e Cláudio. Até aquele momento, duvidara da natureza do próprio sentimento em relação ao rapaz. Às vezes, perguntava a si mesma: "Será apenas um sentimento materno ou o quê?". E, nessas ocasiões de incerteza, preferia não insistir muito, não se aprofundar, com medo de ter uma surpresa ou chegar a uma conclusão terrível. Mas naquele momento foi como se um raio de luz a iluminasse cruamente por dentro. Via-se a si mesma com uma nitidez incrível, e pela primeira vez. Sentia raiva, ódio, despeito, tudo! Partira em direção do rapaz, como uma louca. Queria se vingar, nada mais que isso. Não sabia, nem se interessava em saber, que direito teria a essa vingança e que sentimentos obscuros e fortes a impeliam assim, ao encontro de Cláudio. Não se lembrou nem da presença do dr. Meira, que iria assistir a tudo e tirar, naturalmente, as suas conclusões. "Vou esbofeteá-lo." Era uma resolução que tomara com todas as suas forças. Ainda correndo, pensava uma porção de coisas; que era a segunda vez que iria fazer isso; que já o esbofeteara uma vez. A lembrança de que fizera isso antes deu-lhe uma amarga satisfação. E corria sempre.

Quanto ao dr. Meira, passado o primeiro momento de surpresa, corria também, no encalço de d. Lígia. Queria impedi-la de fazer uma loucura, de se comprometer irremediavelmente. Mas era velho e cardíaco. Um esforço que fizesse poderia causar-lhe um grande mal, quem sabe se irremediável. Por isso, corria mais devagar; ou quase não corria. D. Lígia levava sobre ele uma grande dianteira. "Vou chegar muito atrasado", pensava o dr. Meira, ofegando. Nunca lhe pesou tanto a consciência da velhice.

D. Lígia chegou, finalmente, diante de Cláudio. Sua ideia era dar-lhe a bofetada antes de qualquer palavra. Mas ouviu a voz do dr. Meira, como um verdadeiro apelo:

— Lígia, espere, Lígia!

E foi isso que a conteve no último momento. Caiu subitamente em si. Rapidamente, refletiu: "Que diria o dr. Meira?". Teve medo, uma espécie de covardia, vergonha, sei lá. Hesitou: e Cláudio tomou, entre as suas, as mãos de d. Lígia. Arquejava também:

— Você viu?

Confirmou, querendo soltar-se dele e não o conseguindo:

— Vi. Vi, sim.

— Eu explico.

— Não adianta.

— Não é nada disso que você está pensando.

Fez ironia:

— Ah, não?

Procurou ser firme, categórico:

— Não. Eu conto a você.

— Primeiro, me largue.

Mas ele não a largou. Tinha a impressão, talvez infantil, de que se segurasse as mãos de d. Lígia lhe seria mais fácil convencê-la. De qualquer maneira, impediria que ela saísse, pudesse ir embora. Debalde, d. Lígia procurou soltar-se. Ele era mais forte, muito mais forte. Todos os esforços que ela fizesse seriam inúteis. D. Lígia preparou-se para a defesa. Sabia que ele daria uma explicação ou muitas explicações. E se resolvia, desde logo, a não aceitá-las, a repelir violentamente tudo o que o outro dissesse. Suas primeiras palavras foram estas:

— Pensa que eu acredito?
E isso antes que Cláudio pudesse iniciar a explicação. Ele teimou:
— Acreditará, sim. Foi Malu, a culpada é Malu.
— A mulher é sempre a culpada!
— Nesse caso, é. Ela que me provocou.
O dr. Meira ia chegando. Vinha arquejante; e ficou espantadíssimo com a cena; d. Lígia, segura pelos punhos, forcejando por libertar-se. Escandalizou-se. Perguntou:
— Mas que é isso?
— Ele que não me larga!
A presença do médico veio perturbar Cláudio. Teria discutido, com mais liberdade e confiança em si mesmo, se os dois estivessem sozinhos, sem ninguém ouvindo. Desorientou-se por completo; largou d. Lígia. E ela, novamente perdida de cólera, esqueceu-se da presença do dr. Meira: ergueu a voz contra Cláudio:
— Não fale, nem olhe mais para mim!
— Lígia!...
— É isso mesmo!
O dr. Meira ficou mais pálido do que já estava. Agora todas as dúvidas vinham por terra. Achou que aquilo era uma autêntica briga de namorados. "Uma mulher só fica assim quando gosta." Ouvia tudo impressionadíssimo, olhando ora para um, ora para outro; não sabia o que dizer. Cláudio mais uma vez tentou a explicação, embora a presença de dr. Meira o constrangesse até o martírio.
— Quer saber de uma coisa?...
Tanto Cláudio, d. Lígia, como o dr. Meira se haviam esquecido completamente de Malu. Não se lembraram de que a moça era, em verdade, a causadora de tudo; e, durante todo o tempo da discussão, não se voltaram, nem uma única vez, para ver se ela vinha ou não, ou que fim levara. E era tanto mais natural que fizessem isso quando Malu acompanhara Cláudio à distância; e devia estar, ali, com eles. Entretanto, ninguém a procurou com os olhos.

De fato, a intenção de Malu era acompanhar Cláudio. Sabia, naturalmente, que ele vinha ao encontro de d. Lígia. Isso despertou nela todo o seu orgulho de mulher. Aliás, seus sentimentos eram análogos aos de d. Lígia naquele momento; sentimentos contraditórios e fortes. No seu desespero, não mediu consequência nenhuma do que ia fazer. E mais: não sabia o que ia fazer. Deixava-se levar pelo seu instinto, pelo seu instinto agudo de mulher. Tinha a certeza de que, chegado o momento, encontraria em si mesma, na própria cólera, a inspiração necessária.

Mas aí sucedeu o imprevisto. Estacou, de repente. Alguém que estivesse olhando para ela teria ficado surpreso. Porque a sua fisionomia se modificara por completo. As feições, que estavam alteradas pelo esforço da corrida, se normalizavam. Era, enfim, uma mudança súbita, tão súbita que ninguém poderia explicá-la. Outra coisa: Malu agora sorria, sorria docemente, transfigurava-se por completo, como quem é penetrada por um sentimento de doçura intraduzível.

Perto da moça havia um recanto cercado de árvores. Foi para lá que ela se dirigiu, sem apressar o passo. E não tinha realmente pressa nenhuma. O dr. Meira, d. Lígia e Cláudio, absorvidos com uma outra situação, que os interessava de uma maneira mais imediata, não olhavam para Malu, não viam que ela se afastava do caminho. Num instante, Malu saía inteiramente do campo de visão dos três. Um homem a esperava. Não se mexia, deixando que ela se aproximasse. Cruzara os braços; e seu olhar, sua maneira de olhar, não admitia a mínima dúvida; era, de fato, uma expressão amorosa, profunda, passionalmente amorosa. Ela estava, enfim, diante dele. E tinha uma atitude de humildade, de doçura, de tristeza, uma tristeza de mulher enamorada. Levantava para ele os olhos súplices.

O desconhecido disse, à meia-voz:

— Malu...

E repetiu, com uma voz indefinível:

— Malu...

A moça parecia trazer um remorso, a consciência viva de uma culpa. Era como se implorasse perdão, estendendo para ele os braços.

— Desculpe, desculpe.

Disse a palavra duas vezes. O homem a considerou longamente. Parecia travar uma luta interna. Quando a chamara, o sentimento que havia dentro dele, que o dominava, era de cólera. Sua vontade, naquele momento, foi de torturá-la, atormentá-la até o martírio. Mas agora que ela estava próxima, tão próxima, o primitivo rancor desaparecia, para dar lugar a uma espécie de ternura triste, de desesperada ternura.

— Por que fez aquilo? — perguntou ele.

Ela baixou a cabeça:

— Por quê?...

Era como se duvidasse de si mesma ou como se temesse a reação daquele homem que parecia dominá-la de uma maneira total. Explicou então:

— Porque eu sou louca, completamente louca.

— Já me disse isso uma vez. Já deu essa explicação.
Ela teve um tom de lamento:
— Não sei o que é que há comigo, não sei. É uma coisa, não sei!
Torcia e destorcia as mãos. Ele sentiu que ela realmente duvidava de si mesma, não compreendia os próprios impulsos e os próprios sentimentos. E qual é a mulher que se conhece a si própria? Ele insistiu, subitamente enfurecido:
— Não faça mais isso, nunca mais!
Malu repetiu, como um eco:
— Nunca mais!
Então, mais uma vez, o homem perguntou:
— Você gosta de mim?
— Eu?
— Sim. Você.
Pareceu espantada, como se achasse que ele, entre todos os homens, era o único que não podia perguntar aquilo.
— Não sabe, então? — perguntou.
— Responda.
— Eu... — Fez uma pausa.

Cláudio explicou, querendo convencê-los de qualquer maneira:
— Foi ela quem pediu. Ela.
Afirmava isso com desespero. E, ao mesmo tempo, olhava ora d. Lígia, ora o dr. Meira. O médico fez um ar de espanto:
— Malu?
Ele confirmou, com veemência:
— Sim, Malu. Ela que me pediu um beijo.
Ironia de d. Lígia:
— Ela pediu e você deu?
Ele vacilou: mais do que nunca, se sentiu criança. Jamais a experiência, o conhecimento da mulher e das situações de amor lhe fizeram tanta falta. Não percebeu a ironia evidente de d. Lígia. Comprometeu-se mais, pensando que se redimia:
— Foi.
O dr. Meira levou as mãos à cabeça. Não soube o que dizer. D. Lígia perdeu o controle:
— E você ainda confessa?
— Você não perguntou?
— Deus do céu!

— Aquela Malu…

Ela, então, disse tudo, deu largas à sua raiva. Sentiu outra vez ganas de esbofeteá-lo, de bater.

— Quer dizer que toda mulher que lhe pedir um beijo você dará?

— Não.

Cláudio não sabia aonde ela queria chegar. Estava cada vez mais confuso, mais perturbado. E ela:

— Mas beijou Malu?

— Sim.

— Então?

Ele se atormentava, cada vez mais. Olhou para o dr. Meira, como se esperasse um socorro do médico. O dr. Meira desviou a vista. Estava definitivamente certo de que d. Lígia amava aquele garoto. Sentia-se aterrado. E o que o impressionava era o seguinte: a extrema juventude de Cláudio. Dizia para si mesmo: "Quase uma criança!". Lembrava-se, ao mesmo tempo, de Laura. "Ela não me disse nada. Será que…?" Seu maior desejo, quase uma ideia fixa, era que Cláudio não fosse nada de d. Lígia. Via agora o rapaz, vermelhíssimo, tonto, inseguro, dar explicações que conseguiam apenas irritar mais d. Lígia:

— Fiz mal.

— É o cúmulo!

E ele, suplicante:

— Mas eu reconheço — balbuciava o infeliz.

— Você pensa o quê? Que adianta alguma coisa que você reconheça ou deixe de reconhecer?

— Lígia, não seja assim. Lígia!

— E não olhe mais para mim!

Por sua vez, ele começa a se irritar:

— Ah, é assim?

Elevava a voz. O dr. Meira, mais alarmado, olhou para os lados, temeroso de que viesse alguém, de que aparecesse uma pessoa e assistisse àquilo. Mas os nervos de d. Lígia não aguentavam mais. O que sucedeu era fatal; acabou explodindo em soluços e correndo. Cláudio não teve nem ânimo de acompanhá-la. Virou-se para o dr. Meira, sem uma gota de sangue no rosto:

— O senhor viu?

— Você queria o quê?

— Afinal…

— Você é o culpado! Então, isso se faz? Aliás, tudo nesse caso está errado. Em primeiro lugar, você não devia ter nenhuma pretensão com dona Lígia. Isso para começar.

— Mas o que é que o senhor quer que eu faça?
— O quê? Muito simples: que a deixe em paz. Só.
— Não posso.
— Pode, sim, pode.
— É fácil de dizer. Mas de fazer! Olhe, doutor Meira: o senhor não me conhece. Mas fique certo de uma coisa...

Exaltava-se, apesar de tudo; e disse, com uma determinação que desorientou o velho:

— Não terei sossego enquanto não tiver conquistado Lígia. Haja o que houver, suceda o que suceder...
— Continue.
— ... Lígia será minha.

O DESCONHECIDO TINHA entre as suas as mãos de Malu. Perguntava agora:
— O que é que houve mais?

Baixava a voz, olhava Malu bem nos olhos. Ela parecia sofrer. Respondeu:
— Houve outra coisa.
— Diga.
— Outro homem me beijou. Mas esse beijo foi à força.
— Quem?

Ela pareceu resistir, como se a mordesse um remorso antecipado. Mas ele insistiu, transfigurado pelo ódio:
— Quem? Diga.

Quase não se ouviu, quando murmurou:
— Bob.

O homem afastou-a de si, violentamente. Repetiu várias vezes o nome:
— Bob... Bob...

E fez uma espécie de juramento:
— Vou matá-lo, eu mesmo, pelas minhas próprias mãos...

MALU NÃO RESPONDEU nada. Era como se aceitasse tudo que viesse daquele homem, mesmo as atitudes, os atos mais absurdos. Não manifestou nenhum temor, nenhum desejo de defender Bob, de pedir pela sua vida. Continuou doce e humilde. Ele perguntou:
— E você?
— Eu?
— Sim. Você não se incomoda?

Respondeu apaixonadamente:

— Eu, não! Tudo o que você fizer está bem-feito!

— Tudo?

Confirmou, com a mesma veemência:

— Tudo!

— Posso, então, matá-lo?

— Pode.

— Você não ficará triste?

— Não, não ficarei triste.

E acrescentou, baixando a cabeça, com um tremor no corpo:

— Ele está tão feio!

— Tanto assim? — admirou-se o homem.

— Ficou desfigurado. Não parece um homem, uma criatura humana; parece um monstro. Uma coisa horrível!

E lembrando-se de Bob, de suas feições como estavam, de todos os estragos feitos pela onça, arrepiava-se ainda, experimentava uma contração no estômago. O homem teve uma espécie de riso mau; a notícia de que o outro não podia impressionar mulher nenhuma, inclusive Malu, deu-lhe uma satisfação selvagem. E, de repente, ele quis saber como foi, como tinha sido o episódio do beijo. Foi uma curiosidade doentia, uma verdadeira tortura. E mais: precisava de detalhes. Exigia as minúcias mais insignificantes. Com um ar de sofrimento, um certo pudor, ela obedeceu. Estava inteiramente à mercê daquele homem. Diria e faria tudo o que ele desejasse. Ele prestou às palavras de Malu uma atenção apaixonada. E quando, por acaso, a moça calava, ele exigia novos detalhes, como se achasse certas coisas obscuras.

— Mas por que ele beijou, por quê?

Queria ver, no impulso de Bob, não um desejo brusco e brutal, mas um ato nascido ou sugerido por uma provocação de Malu. A jovem jurou — e pondo uma sinceridade fanática nas próprias palavras. Fê-lo com tanto fervor e sinceridade que o outro teve que se convencer. Disse a si mesmo: "Ela não poderia mentir. Não quis, não desejou o beijo. Tenho certeza". E quis saber outra coisa:

— O que é que você sentiu quando foi beijada?

— Como? — Parecia não ter entendido.

Ele se impacientou:

— Quero saber se gostou!

— Mas eu?...

— Gostou?

Ela se entristeceu. Era como se sofresse com a desconfiança do bem-amado. Respondeu, triste, muito triste:

— Não, não gostei. Nem podia ter gostado.
— Jura?
— E precisa juramento?
O outro se obstinou. Precisava adquirir uma certeza definitiva:
— Precisa, sim.
— Juro. Viu como jurei? E agora?
— Mas você não disse o resto! Não disse o que sentiu! Eu sei que não gostou. Mas o que foi exatamente que sentiu?
— Quer saber?
— Quero.
— Pois bem: eu senti nojo. Só isso: nojo.
— E com o outro? Com esse rapaz?
— Cláudio?

Subitamente, vacilou. Seu rosto teve uma expressão de sofrimento que ele viu, porque não tirava os olhos da moça. Malu fechou os olhos. A impressão do homem foi de que ela pesquisava nas próprias lembranças, para se recordar da reação exata. Implorou:
— Não pergunte isso.
— Responda!

Agora, mais do que nunca, ele precisava saber. E a ideia de que ela podia ter gostado enfureceu-o. Segurou-a pelos pulsos; e teve de se conter, porque o seu impulso era fazer uma brutalidade, magoá-la fisicamente. Ofendeu-a:
— Maldita, maldita!
— Perdão! — Chorava, desesperada.

Gritou, numa exaltação progressiva:
— Responda, ande!

Entre lágrimas, disse:
— Eu mesma não sei. Como quer que responda?
— Sabe o que é que você merecia? Quer saber?

D. Lígia subiu correndo as escadas. Ia numa tal angústia que foi um milagre não ter tropeçado num degrau, caído, rolado talvez da escada. Abriu a porta do quarto, fechou-a e atirou-se na cama, vestida como estava. Nunca se sentira tão infeliz, tão desgraçada. Sua impressão naquele momento era a de uma mulher para quem deixou de existir a mais vaga, mais tênue hipótese de felicidade: "Jamais poderei ser feliz, meu Deus!". Era este o seu pensamento exclusivo. E por mais que quisesse, por mais que procurasse se controlar, não conseguia. Chorava forte e alto, os ombros sacudidos pelos soluços.

Novamente, o que sentia era a vontade de fugir. Esse impulso, que em outra ocasião quase a arrastara, fê-la se erguer e ficar no meio do quarto. Soluçava ainda, mas as lágrimas já não corriam. Estava pensativa, com aquela ideia que se fixava subitamente na sua cabeça. Murmurou:

— Fugir!

E por que não? Parecia-lhe esta a melhor solução, a melhor ou quem sabe se a única? Fugir, para bem longe, para um lugar onde ninguém a conhecesse e onde não a atormentassem aqueles problemas. Já pensara nisso, nessa forma de libertação, para resolver desgostos anteriores. Mas sempre desistia, acovardada diante do mundo. Agora o desejo voltava, com maior intensidade, uma força de obsessão.

— Lígia.

Virou-se, assustada, o coração batendo mais apressado. E tranquilizou-se, vendo a figura, magra e fanada, de tia Isabel. Entrara ali sem ruído. (D. Lígia deixara a porta apenas fechada com o trinco.) Como era seu hábito, procurara não fazer barulho; seus passos davam ideia de coisa imaterial. D. Lígia balbuciou:

— Ah, você, Isabel!

A outra perguntou, estranhando:

— Chorando?

D. Lígia passou as costas das mãos nos olhos, com um súbito pudor das próprias lágrimas (não queria que ninguém a visse chorando):

— Não foi nada. Bobagem.

A outra abanou a cabeça, teve um momento cético:

— Nada, eu sei.

— Isabel...

D. Lígia aproximou-se da velha. Venceu uma última hesitação, antes de perguntar:

— Nós somos muito covardes, não somos, Isabel?

— Nós quem?

— As mulheres.

— Como?

— Nunca temos coragem de fazer as coisas. Recuamos sempre. No amor, então, nem se fala. A nossa covardia é maior. Tudo mete medo à gente. Damos um beijo, e parece que o mundo vem abaixo. Não é?

Falava, dizia as coisas com excitação. Era como se uma febre a consumisse. Tia Isabel a olhava com espanto, procurando descobrir o sentido secreto de tudo aquilo. E, à medida que d. Lígia se explicava melhor, tia Isabel parecia compreender. Animou-se também, confirmou:

— É, nós somos covardes, sim. — E repetiu, com certa amargura: — Muito covardes.

— Não é? Agora, por exemplo. Eu estou aqui, com uma vontade doida de fugir, de ir para bem longe.

— Você?

— Eu, sim. Mas não tenho coragem. E outra coisa.

— O quê?

— Você acha que uma mulher como eu, na minha situação, tem direito de gostar de alguém?

Tia Isabel pareceu interessar-se mais. Via em toda a angústia de d. Lígia a história de um amor, e de um amor com certeza infeliz. E ela gostava de conhecer, apaixonar-se por romances assim, tristes e falhados. Interrogou, numa curiosidade ávida:

— Você está gostando de alguém?

— Não sei, não sei. Primeiro, responda. Eu seria culpada se gostasse de alguém, de alguém que não fosse Carlos?

— Depende.

D. Lígia exaltou-se:

— Depende de quê? Você pensa que alguma mulher gosta porque quer? Eu, veja o meu caso, gosto não querendo. Que me adianta lutar comigo mesma? Quanto mais luto, mais o amor aumenta, o carinho, tudo. Diga-me, o que devo fazer? Pelo amor de Deus, diga!

Cobria o rosto com as mãos, chorando desesperadamente. Tia Isabel contemplou-a em silêncio. Por fim, disse:

— Compreendo, Lígia. Compreendo perfeitamente. E vou dizer o que você deve fazer. Lígia, você deve fazer o que o seu coração mandar.

Bob deixou o quarto. Não ia para lugar nenhum: ou, antes, pretendia passear à toa.

Tinha uma porção de ideias, mas nenhum projeto organizado. Precisava pensar muito. A intervenção de Laura fora decisiva. Estava realmente disposto a encerrar a sua vida; e, se ela não tivesse aparecido naquele momento, ninguém o salvaria mais. Laura lhe restituíra o amor à vida. E lhe fizera um bem imenso, um bem imenso, um bem que nem ela, nem ninguém podiam calcular, ao dizer que Malu não estava perdida para ele. Bastaria isso para despertar tudo o que havia nele de amor-próprio, de altivez, de coragem, de vontade. Andando agora, em direção do jardim, ele dizia, entre dentes:

— Ela será minha.

E, como para se convencer, repetiu:

— De qualquer maneira. Nem que seja preciso...

E não completou o pensamento. O que o preocupava, naquele momento, era uma maneira de vencer o terror, ou a repulsa, que estava inspirando à moça. "É preciso que ela não tenha horror de mim. Que possa me ver, sem estremecer, sem ficar arrepiada." Foi então que lhe ocorreu uma ideia: "Quero ver se qualquer mulher experimenta diante de mim a mesma reação que Malu". Dirigiu-se à copa. Logo ao entrar, viu a pessoa que ia procurar: Míriam. E o fato de encontrá-la facilmente, e ainda por cima sozinha, animou-o ainda mais. (Se estivesse mais alguém, ficaria constrangido.) Míriam estava mexendo na geladeira e, ao virar-se, deu com ele. Bob procurou bem as reações da mocinha. Viu que, realmente, ela experimentava um choque e empalidecia. Ainda balbuciou, como se estivesse incerta:

— Bob?

E ele, sem desfitá-la:

— Eu.

Teve um suspiro:

— Ah!

Ele, que não perdia Míriam de vista, notou que, embora chocada, ela conseguia dominar-se melhor, muito melhor, do que Malu. Uma coisa sobretudo o preocupava: era se a criadinha teria coragem de olhar para ele, de ficar olhando, sem disfarçar e virar o rosto. Experimentou um sentimento quase de felicidade, observando que ela parecia não ter muito escrúpulo de encará-lo. Já era uma grande coisa. Mas isso ainda não bastava; ele quis ir mais longe, tornar o teste (pois era um verdadeiro teste) definitivo. Talvez fosse uma loucura o que pretendia fazer; mas Bob precisava chegar a uma conclusão certa. Começou dizendo:

— Quer saber de uma coisa, Míriam?

— O quê?

— Sabe que eu acho você muito bonitinha? Sempre achei.

Ela vacilou, duvidando se ele estaria falando sério ou não. Quis achar graça:

— Mentira!

Bob reafirmou, desta vez com veemência:

— Sério!

— Desde quando?

— Desde sempre.

Era essa a prova que queria fazer com Míriam. Porque, se ela o achasse um monstro, não poderia suportar que ele insinuasse um galanteio; se crisparia toda. Bob não perdia um só dos seus reflexos fisionômicos. Tinha medo de que ela manifestasse horror à simples sugestão de amor que ele estava fazendo. Míriam protestou, meio sorridente:

— Você mal me conhece!
— Quem foi que disse?
— Eu. Essa aqui. Conheceu-me outro dia.
— Que é que tem? Você não acredita em amor à primeira vista?
— Não nasci ontem, meu filho. Ainda lhe digo mais: você nem olhava para mim.
— Aí é que está o seu engano. Olhava muito.
— Duvido!
— Juro!

Sem querer ele ficava sério, dava às próprias palavras um calor de sinceridade, tanto mais que Míriam não estava reagindo mal, parecia surpresa, mas não horrorizada. Por uma espécie de gratidão, quase inconsciente, tratava bem, bem até demais, a primeira mulher que não o repelia. Mau grado seu, vinha-lhe uma espécie de ternura, a vontade de afagar Míriam, de fazer-lhe bem. Ela não parecia definitivamente convencida. Suplicou:

— Não brinque, Bob!

E ele, tomando entre as suas mãos a da outra:

— Amo-a, ouviu? Amo-a.
— Pois eu...
— Diga.

Ela teve medo. Podia esperar por tudo, menos por aquilo. Houve um instante em que até pensou que aquilo fosse um sonho. Hesitou: "Digo ou não digo?".

Mas não conseguiu articular uma palavra. Porque da porta vinha uma voz:

— Canalha!

29

Eis o meu segredo

Foi uma coisa instantânea. Bob e Míriam viraram-se (esta, lívida). Malu estava na porta. Chegara tão de repente e sem fazer barulho que nenhum dos dois sentiu a sua aproximação. Malu vinha com a cabeça cheia das palavras do desconhecido. O homem lhe perguntara antes de se despedir:

— Sabe o que você merecia? Quer saber?...

Nenhuma resposta de Malu, que esperou o resto, numa atitude de submissão absoluta. Era como se dissesse, como se reconhecesse: "Sou tua. Tudo o que fizeres será bem-feito". Ele concluiu:

— Merecia que eu a estrangulasse!

E, de fato, olhou a moça, sem a primitiva expressão de amor, com um brilho de ódio tão vivo que Malu, apesar da adoração que parecia demonstrar, tremeu de medo. De medo ou, antes, de horror. As mãos do homem se abriram e fecharam. Era evidente que ele fazia um esforço sobre si mesmo para controlar seu impulso. Balbuciou, transformado pela raiva:

— E se eu a matasse?

Silêncio de Malu. E por fim a resposta, muito doce e muito triste:

— Se me matasses, eu só teria pena, porque seria o fim do nosso amor.

Foi aí que se escutou um assobio. Vinha alguém, e o homem não queria ser visto, não podia ser visto. Rapidamente, beijou Malu e afastou-se, em largas passadas. Num instante, desaparecia: e conseguira o que queria, isto é, que ninguém o visse ali. A pessoa que assobiara era um empregado da casa; passou perto de Malu, viu-a perfeitamente, mas não manifestou surpresa (nem tinha de quê). Malu, então, veio andando em direção à casa. Tinha na fisionomia um certo ar de cansaço e de sofrimento. Era como se acabasse de realizar um grande esforço físico. Estava sobretudo muito pálida e sentia as próprias mãos frias, extremamente frias. Cláudio acabara de se despedir do dr. Meira, e partira. Nem ele nem o médico viram Malu. A moça pôde, assim, chegar à copa sem encontrar ninguém no caminho. Já de longe ouvira vozes; teve a curiosidade de ver o que era. Veio pé ante pé. Ela mesma não saberia explicar por que estava tão curiosa. Ouviu as últimas palavras de Bob. Disse — foi uma exclamação irreprimível:

— Canalha!

Míriam não tinha uma gota de sangue no rosto; e tremia como se a invadisse um frio mortal. Seu desejo era fugir, coberta como estava de vergonha. Mas não tinha coragem de sair do lugar. Foi Malu quem decidiu a situação:

— Saia, Míriam! Desapareça da minha frente!

A criadinha, dando graças a Deus, saiu dali, quase correndo. E pensava: "Vou chorar no quarto". Era uma menina sensível demais, séria, não havia namorado nunca. Ser surpreendida por Malu pareceu-lhe uma verdadeira fatalidade. Não estava ainda certa se deveria ou não tomar a iniciativa de se despedir do emprego. "D. Malu é capaz de me mandar embora." Não era tanto o emprego, mas a vergonha, que a fazia sofrer.

Bob não se mexeu. Esboçava um sorriso sardônico. Perguntou, vendo que a moça se aproximava dele:

— Canalha por quê?

E ela, surdamente (estava realmente desfigurada pela cólera):

— Então isso se faz?

— Mas eu não fiz nada! — Era evidente que se divertia à custa de Malu.

— Namorando empregada!

— Claro! Tenho que dar em cima de moças de minha classe. Não se esqueça que sou um jardineiro!

— Cínico!

— Ou acha que eu devia conquistar uma grã-fina como você?

— Eu acho que você devia ter mais compostura!

— Pelo menos Míriam olha para mim, não tem medo de me olhar.

E sem querer, por mais que desejasse manter uma aparência de cinismo, não conseguiu evitar uma certa amargura. Malu deixou-se levar pelo seu gênio:

— Depois de fazer o que fez, você teve coragem!...

— Depois de fazer o quê?...

— Aquilo! Você tem coragem de vir para a copa, imagine, fazer declarações à empregada!

Ele ironizou:

— Está com ciúmes?

— Eu?

— Claro!

— Você precisa se enxergar, se olhar no espelho!

O golpe, de fato, o atingiu; e de uma maneira brusca e profunda. Procurou, porém, esconder o sentimento. Sabia que o tom meio irônico que estava usando exasperava Malu; perseverou nele, disposto a desorientá-la:

— Não se incomode, que eu me olho no espelho. Mas só quero que você diga uma coisa: por que é que você está assim?

— Assim como, ora essa?

— Indignada! Se eu lhe sou tão indiferente como você diz, você não devia se incomodar comigo e com Míriam. Não é?

— É coisa nenhuma!

— Estou até desconfiado que você gostou do meu beijo.

Malu perdeu a cabeça:

— Quer saber de uma coisa?

— Diga.

— Vou despedir Míriam.
Bob empalideceu:
— Por que Míriam e não eu?
— Eu sei por quê, meu filho.
Bob desafiou:
— Por que não me despede, a mim, ora essa?
— Prefiro despedir Míriam.
— Duvido!
— Você vai ver!
— Se fizer isso, Malu...

Perdera todo o ar de brincadeira. Seu rosto ensombrecera; e havia na sua boca uma expressão de vontade quase de maldade. Malu percebeu que passara o momento de ironia; e que agora ele falava muito seriamente. Mas estava tão magoada que não se intimidou. Foi ela mesma quem o animou a completar a ameaça:

— O que é que você faz?
— Eu? — parecia hesitar.
— Vai me bater, talvez?
— E por que não?
— Ah, é? Pois sim!

Rápido ele a segurou pelos dois braços. Foi uma coisa tão inesperada que Malu não teve tempo de recuar; e, quando quis se desprender, viu que não podia; estava solidamente segura. Bob começou, sem alterar a voz, falando entre dentes:

— Olha aqui, Malu; eu não sei que ideia você faz do que seja um homem. Mas deve ser a pior do mundo, porque você só conhece grã-finos. Mas fique sabendo de uma coisa: eu não sou grã-fino, nunca fui, nem quero. Mas você tome cuidado comigo. Você não me conhece, Malu. Está percebendo?

— Estou — balbuciou.

Sem querer, sentia-se um pouco dominada pela força que se irradiava da figura de Bob. Ele nunca lhe falara assim, com aquela seriedade, aquela violência contida. Teve a impressão de que aquele homem devia ser terrível quando enfurecido. Sua cólera devia ser uma coisa monstruosa. Ele prosseguiu sempre no mesmo tom:

— E não vai despedir Míriam coisa nenhuma!

E como ela desviasse a vista diante daquele rosto todo marcado, que se aproximara muito dos seus olhos, Bob segurou com a mão o seu queixo, sem que ela pensasse em reagir:

— Por que não me olha de frente?

Mentiu, num sopro de voz:

— Por nada.

— Não seja mentirosa!

Confessou, tremendo, já com lágrimas nos olhos:

— Tenho medo.

— De mim? Mas será mesmo medo? Por que não diz horror?

— Não sei, não sei, não me atormente.

— Olhe para mim, assim.

Já sem vontade, como que dominada, ergueu a vista para ele. Sustentou o olhar. E não sabia definir os próprios sentimentos. Estava com uma tal confusão na alma! Sobretudo, o que a surpreendeu naquele momento era o seguinte: a repulsa da primeira impressão, o terror, tudo isso desaparecera. Continuava achando que ele estava muito feio. Mas só isso; olhava-o agora de frente e não lhe vinha mais aquela necessidade absoluta de virar o rosto. Depois de algum tempo, ele disse:

— Pode ir. Mas já sabe: Míriam não sairá. Não se esqueça.

À NOITE, QUANDO já iam tirar a mesa para o jantar, aconteceu uma coisa que deixou todo o mundo espantado. O dr. Carlos apareceu, mas em que condições! Logo que entrou, viu-se que estava anormal, sem que, no entanto, se pudesse definir que anormalidade seria essa. Em primeiro lugar, seu passo era incerto. Várias vezes, teve que se apoiar na parede ou no móvel mais próximo. D. Lígia, Malu e o dr. Meira, que se dirigiam para a mesa, pararam, surpresos. Surpresos e assustados. D. Lígia, primeiro que ninguém, com essa sagacidade que as esposas têm, percebeu tudo. E teve uma crispação profunda, dizendo para si mesma com repulsa, com ódio: "Embriaguez". O dr. Meira e Malu perceberam logo também. E o que impressionava era que jamais acontecera aquilo. O dr. Carlos nunca aparecera assim em casa, e muito menos àquela hora. O dr. Meira veio ao encontro do dr. Carlos. Disse, entre dentes:

— Bêbado!

Ele olhou o médico, com os olhos vidrados e incertos. Como lhe faltasse equilíbrio, apoiou-se no velho. Este tinha, naquele momento, vontade de tudo, inclusive de esbofetear o amigo. "É o cúmulo, o cúmulo." O dr. Carlos, como se adivinhasse o pensamento, desprendeu-se dele; e tinha na boca um sorriso mau:

— Não me amole!

E o outro, em voz baixa, ríspida:

— Que é isso, Carlos?

D. Lígia e Malu, distantes, não tiravam os olhos da cena. Malu, espantada e atemorizada. Sempre achara a embriaguez não cômica, não divertida, mas hedionda. Parecia-lhe uma prova amarga demais ver o pai — logo o pai — naquelas condições. D. Lígia comentou, à meia-voz:

— O homem com quem eu me casei!...

O dr. Meira, por bons modos, fazia o dr. Carlos sentar-se. Mas a coisa mais degradante ainda não chegara. De repente, o dr. Carlos se abraçou com o dr. Meira. Tornara-se sentimental, abjetamente sentimental. E desatou a chorar, num pranto horrível de bêbado:

— Ela não gosta de mim, doutor Meira, me detesta, eu sei!

O dr. Meira virou-se instantaneamente para d. Lígia. Queria ver a reação da esposa humilhada (pois ele considerava aquilo sobretudo uma humilhação para d. Lígia). Calculava que se tratasse de uma nova conquista do dr. Carlos, de alguma mulher que não o tratasse bem e que talvez até o tivesse repelido.

D. Lígia não se conteve. Embora não gostasse de fazer confidências à filha (sobretudo depois da morte de Ricardo), precisava desabafar naquele momento:

— Você está vendo o que seu pai faz comigo? Está vendo?

Invocava o testemunho de Malu. Talvez mais do que nunca doesse em d. Lígia a consciência de sua solidão. Fez uma outra reflexão, quase que involuntária:

— Ah, meu Deus, marido assim é melhor não ter.

Malu protestou, rápida:

— Não diga isso!

Mas não acabara ainda a humilhação de d. Lígia. Como se não bastasse a embriaguez do marido, Glorinha entrou. Havia dois ou três dias que não jantava em casa. Reaparecia naquela noite. Vinha muito bonita, bem preparada; uma certa expressão nos olhos, uma expressão de sofrimento na boca. Logo que entrou viu a cena. O dr. Carlos abraçado com o dr. Meira, em pranto, balbuciando palavras sem nexo ou repetindo, numa tenacidade de ébrio:

— Ela não gosta de mim, eu sei que não gosta...

Glorinha não teve a menor dúvida; dirigiu-se para o dr. Meira, depois de um rápido olhar para Malu e d. Lígia:

— Vamos levá-lo para cima?

O dr. Meira empalideceu. Mas objetou logo:

— Eu levo!

D. Lígia aproximou-se também:

— O que é que essa mulher está dizendo?

O dr. Meira quis evitar o atrito:
— Não se meta!
— Por que não? Se a esposa e a filha não fazem nada?
— Você está na minha casa!
— Pelo amor de Deus — interveio o dr. Meira.
E Glorinha para d. Lígia:
— Não mude de assunto! A senhora está toda assim porque seu marido está bêbado, como se isso fosse uma coisa do outro mundo. Interessante é que não sou mulher dele, estou me interessando, tenho pena. A senhora, não! Está toda cheia de luxo, com repugnância!
— Eu sei o que faço!
Glorinha se exaltava, cada vez mais convencida de que tinha razão:
— Isso é direito?
D. Lígia não aguentou mais:
— Bem, doutor Meira; eu vou lá fora.
— Eu chamo você depois — prometeu o médico.
Malu, com a fisionomia fechada, estava sentada à mesa, olhando aquilo tudo, e com uma náusea profunda. "Que coisa horrível é a vida!" O dr. Meira procurava arrastar o dr. Carlos e era obrigado a aceitar, quisesse ou não, o auxílio de Glorinha. Foi um esforço penoso, porque o dr. Carlos queria, a toda hora, voltar ou se pendurar no ombro do médico. Glorinha balbuciava, com um sentimento absoluto de pena:
— Carlos, não seja assim, Carlos!

D. Lígia estava na varanda, olhando a noite escura. Ainda tinha nos ouvidos as palavras de Glorinha: "… a esposa e a filha não fazem nada…". Lembrando-se disso, d. Lígia sentia-se confusa e perturbada. Será que seu dever seria o de assistir o marido, e não ficar de parte, com aquela visível repugnância? Pensou: "Se eu fosse uma esposa normal, sim. Mas não nas condições em que vivemos. É até uma falta de respeito a mim, ele vir para casa bêbado".
— Dona Lígia!
Era Laura que se aproximava. Ela vira a chegada do dr. Carlos, incerto nos seus passos; escutara as palavras do dr. Meira, de d. Lígia e de Glorinha. E agora, com doçura, recriminou d. Lígia:
— A senhora não devia ter feito o que fez!
— O quê?
A outra confirmou, e havia uma certa energia detrás de sua humildade:
— Não devia ter abandonado seu marido assim.

— Ah, também você? Acha que pode censurar?
— Acho.
— E quem é você?
— Eu? — Um sorriso misterioso apareceu nos lábios de Laura.
— Sim. Quem é você para me censurar?
E Laura, sem tirar os olhos de d. Lígia, baixando a voz:
— Eu sou...

Tinha chegado o momento de dizer tudo. D. Lígia não podia imaginar que espécie de revelação a outra iria fazer. Mas a própria expressão de Laura a impressionou. A velha estava muito branca, os lábios sem cor, e havia nos seus olhos uma expressão indefinível. Depois de dizer — "Eu sou"... —, Laura se deteve. Ela mesma não saberia explicar por quê. "Eu devia dizer tudo de uma vez." Mas era como se invisíveis dedos a estrangulassem. Calou-se, não prosseguiu.

Durante trinta segundos, não se falaram. Olharam-se apenas. D. Lígia começava a experimentar uma certa angústia. "Que terá ela para me dizer? Que será, meu Deus?" E, como a outra nada dissesse, ela insistiu:
— Você é o quê?

Uma sombra apareceu então na varanda. D. Lígia e Laura perceberam logo quem era: Orlando. "Ele outra vez, sempre ele", foi o lamento interior de d. Lígia. Esqueceu-se de Laura, esqueceu-se de todo o mundo, para concentrar o pensamento naquele indivíduo que a seguia por toda parte, que espionava todos os seus passos e cujo olhar parecia ir ao fundo do seu pensamento. Ele veio se aproximando (seus pés não faziam rumor). Parecia nem sei o quê na sua atitude. Talvez um réptil (foi esta comparação comum que ocorreu a d. Lígia).
— Boa noite.

Era a voz dele, baixa, macia, acariciante. E não passou. Parou junto delas enquanto d. Lígia, com os braços caídos ao longo do corpo, fechava os olhos, o coração batendo desordenadamente. Sentia uma coisa que não poderia exprimir, uma sensação inesquecível, de náusea, uma repulsa física e de alma. "E não posso fazer nada, nada." Nem ela nem Laura responderam ao cumprimento de Orlando. Laura só pensava: "Graças a Deus, eu não disse nada. Se dissesse, ele teria escutado tudo". Laura podia ter ido embora, mas não; continuou onde estava. Queria ver até onde chegava Orlando, na sua audácia e no seu cinismo. Orlando quebrou o silêncio:
— Pode ir, Laura.

— Não! — protestou Laura, e repetiu, na sua obstinação: — Não!

D. Lígia segurou-a, ao mesmo tempo, pelo braço, como pedindo para que não saísse, para que continuasse ali, fazendo companhia. Orlando tornou, desta vez com mais energia, a voz carregada de ameaça:

— Vai ou não vai?

Laura não respondeu. E Orlando, para d. Lígia:

— Mande-a embora.

Silêncio de d. Lígia. O garçom aproximou-se mais:

— Manda ou não manda?

Quase não se ouvia quando d. Lígia disse:

— Vá, Laura.

— Mas, dona Lígia!...

— Vá.

Laura passou por eles. Ia de cabeça baixa; e com um grande desespero na alma. O que a espantava e, ao mesmo tempo, horrorizava, era a submissão de d. Lígia. "Mas ela não fez nada; não resiste. Está nas mãos desse homem!" Laura conhecia ou julgava conhecer Orlando. O garçom parecia um desses monstros amorais que não recuam diante de nada, capaz de todas as baixezas e de todos os crimes. De vez em quando, notava nos olhos do rapaz uma expressão homicida. Alguma coisa lhe dizia — era uma espécie de pressentimento — que Orlando mataria d. Lígia.

Naquele momento, d. Lígia perguntava a Orlando:

— Que quer de mim?

— Não sabe?

Falavam baixo, quase em segredo. Ela negou:

— Não, não sei.

Dizia não sei, mas a verdade é que lia na expressão do outro todas as suas intenções. Seu raciocínio foi idêntico ao de Laura: "Ele me mata qualquer dia, ele me mata". Orlando não elevou a voz para dizer:

— Sabe, sim, sabe.

Ela então disse, pondo nas suas palavras uma sinceridade apaixonada:

— Antes a morte, mil vezes a morte.

— Já sei por que você diz isso.

— Por quê?

— Porque eu sou garçom. Não é?

— Não é por isso, não. — Fazia um esforço para se conter. — Hão de existir garçons que mereçam o amor de qualquer mulher. Eu abomino você porque...

— Continue.

— ... porque você é um monstro. Só por isso.

— Olha aqui, Lígia. Você fala assim agora. Mas deixe estar. Um dia, você terá outra opinião.

— Eu? Mas eu?

— Você. Já lhe disse, não disse? Um dia você me amará, vai ver. Pode tomar nota.

— Nunca!

— Você verá. — E outra coisa: até lá, até que chegue esse dia, não admito que ninguém levante os olhos para você, nem que você levante os olhos para ninguém.

— Está doido!

Ela tremia, sentindo na voz do garçom, em toda a sua atitude, uma violência contida, uma violência que, uma vez livre, poderia arrastá-lo ao crime. Falava seriamente: abandonara toda a ironia. Seu amor por d. Lígia se transformara em fanatismo. Reafirmou:

— Não estou doido coisa nenhuma. Ninguém pode olhar ou tocar em você. Nem seu marido.

— O quê?

— Nem seu marido!

— Logo meu marido!

— Sobretudo seu marido! De todos os homens que possam se interessar por você, ele é o mais perigoso.

Ela teve uma ironia.

Sem querer, ela começava se interessar pelas palavras de Orlando:

— Como?

— Ele a ama!

Quase riu:

— Carlos me ama? Carlos?

— É doido por você.

— Você não sabe o que diz.

— Sei, não se incomode que sei. Ele finge que não. Trata você mal. Mas a mim não me engana.

D. Lígia não disse nada. No fundo, começava a se perturbar. Dizia a si mesma, desorientada: "Não pode ser, não pode ser". Mas a verdade é que as palavras de Orlando haviam calado no seu espírito: "Imagine, Carlos me amando!". Tinha vontade de rir, dolorosamente, porque tudo que o garçom lhe dizia lhe dava uma consciência maior, quase trágica, de sua situação, de esposa sem marido. Fazia uma porção de reflexões: "Que adianta ser casada assim?". E vinha-lhe o desejo de ser como tia Isabel, isto é, uma mulher sem amor, sem marido, sem nada. A seu lado ouvia a voz de Orlando, mas uma voz que parecia vir de longe, muito longe:

— Eu continuarei aqui, firme. Você não fará nada que eu não saiba. Ouvirei todas as suas palavras, todas! Espiarei cada um dos seus atos. Você está à minha mercê, Lígia, não me escapará.

D. Lígia sentia como se estivesse sonhando, como se flutuasse. Era uma sensação incrível, quase alucinante. Nesse estado, misto de sonho e de realidade, não viu quando Orlando a deixou. Ao cair em si, não tinha mais ninguém ao seu lado. Teve a impressão de que ele sumira magicamente. Suspirou fundo; olhou em torno. Arrepios percorriam o seu corpo. Disse à meia-voz, no seu desespero sem consolo:

— Meu Deus, meu Deus...

Sobressaltou-se, ouvindo alguém dizer ao seu lado:

— Dona Lígia.

Era outra vez Laura. "Ah, se fosse Orlando", pensou ela. A criada perguntou, com uma solicitude que a comoveu:

— Ele fez alguma coisa, dona Lígia?

— Como?

O medo ou a suspeita de Laura é que o Orlando tivesse tido uma ousadia, como, por exemplo, beijar d. Lígia. Essa hipótese, sem que ela mesma soubesse por quê, a fazia sofrer de uma maneira aguda. D. Lígia entendeu ou julgou entender. Respondeu, precipitadamente:

— Não fez nada.

— Por que não despede Orlando, dona Lígia?

Essa ideia, que a outra sugeria, pareceu fascinar, por um momento, d. Lígia. Mas ela caiu logo em si. E teve um lamento:

— Não posso. Tenho medo, Laura!

— Despeça, dona Lígia.

— Mas ele viu Malu matar aquele homem. Se fosse despedido, iria à polícia!...

Laura estremeceu. Talvez lhe ocorresse, pela primeira vez, aquele raciocínio: "Ele viu Malu matar". Então, mudou imediatamente de atitude. De atitude e de sentimento:

— A senhora tem razão, dona Lígia. Orlando não pode ser despedido.

— Será que terei de aturá-lo a vida inteira?

Laura disse baixo:

— Parece. A não ser... — parou, hesitante.

— A não ser que...

Laura baixou a voz:

— A não ser que a senhora, ou eu, alguém, mate esse homem.
— Matar?
— Sim. Matar.

O dr. Meira procurava por todos os meios fazer com que o dr. Carlos se deitasse. Mas ele resistia com todas as forças. Tornava-se agressivo. Em vão, o médico, num esforço excessivo para seu fôlego e sua idade, queria arrastá-lo para a cama. O dr. Carlos dizia, caindo por cima do médico, numa linguagem gaguejante de bêbado:
— Não adianta, não vou, não adianta!
Glorinha, sem dizer nada, procurava conter o ébrio. De vez em quando, escapava-lhe uma expressão carinhosa:
— Não seja assim, querido!
Até o dr. Meira, que não morria de amores pela lourinha, era obrigado a reconhecer a sua solicitude. Percebia que Glorinha gostava mesmo de verdade do dr. Carlos, que tinha por ele uma dessas ternuras que não admitem restrições. Ela chegou a propor:
— Por que é que o senhor não vai embora, doutor Meira? Pode deixar que eu fico com ele!
O médico se escandalizou:
— Oh, minha filha! Você não vê que isso não é possível? Que não seria direito?
— Não?
— Não, claro. Quem deve tomar conta dele é a esposa.
Glorinha saltou:
— Então por que é que ela não está aqui?
O dr. Meira ficou sem ter o que dizer. E repetiu para si mesmo a pergunta: "Por que Lígia não está aqui?". Mas não teve tempo de completar suas reflexões. Malu acabava de entrar no quarto. Vinha perguntando:
— O que é que há?
O dr. Carlos libertara-se do dr. Meira e fez o que ninguém esperava: ergueu a mão e esbofeteou violentamente o velhinho. A bofetada apanhou o dr. Meira em cheio em plena face; e foi tão imprevisto o golpe do ébrio que o médico não pôde nem ao menos atenuar a batida. Desequilibrou-se, ia caindo, completamente tonto. Mais um pouco e teria perdido os sentidos.
— Papai! — balbuciou Malu.
— Carlos! — exclamou Glorinha.

Era ridículo e dramático ver o velhinho procurando no chão os óculos. Extremamente míope, sem as lentes era como que um cego. Não via nada ou via apenas imagens embaçadas, confusas, que não conseguia identificar. Malu o ajudou, apanhando para ele. Depois de colocar os óculos — a sua mão tremia —, ele levou a mão à face atingida. Glorinha o segurava, ralhava como se ele fosse uma criança:

— Olhe o que você foi fazer!

Malu tinha uma pena profunda do médico. Tentou uma desculpa desesperada:

— Ele não sabe o que faz. Não ligue, doutor Meira!...

O dr. Meira não disse nada. Sem cumprimentar ninguém, deixou o quarto. Malu ainda esboçou um gesto para detê-lo; mas desistiu. O dr. Meira parecia mais curvo, mais envelhecido. Sentia-se um pária, um trapo humano, uma coisa assim. E prometia a si mesmo, com uma dessas amarguras que não se esquecem:

— Eu não volto mais aqui, nunca mais.

Três ou quatro horas, o dr. Carlos despertou. Estava deitado, de roupa e tudo; ou, antes, só não estava de sapatos. Alguém o descalçara, não sabia quem, nem fazia ideia. Olhou em torno; uma enxaqueca horrível o atormentava. Sua impressão era de que a cabeça estalava. Sentou-se na cama. No quarto em penumbra, viu uma sombra. Identificou-a logo; e chamou:

— Malu?

— Eu!

— Onde está sua mãe?

Ela estava fria, seca, de propósito:

— Não sei.

Silêncio entre eles. O dr. Carlos tinha uma pergunta a fazer, mas hesitava. Por fim, decidiu-se:

— Malu, diga-me uma coisa, você que é mulher...

— O quê?

E ele, com um sentimento inexprimível, de vergonha:

— É muito difícil, Malu, para um homem, reconquistar a esposa?

Surpresa de Malu:

— Nada.

Além de Malu, Bob tinha uma outra preocupação bem séria: a situação de d. Lígia. Aquilo não podia continuar. A tendência de Orlando era de se tornar cada vez mais audacioso. E Bob pensava, pensava, e não achava uma maneira de afastá-lo. "Enquanto esse homem estiver aqui, ninguém terá sossego." Alta noite, Bob perdeu todos os escrúpulos. Foi bater na porta do garçom. Ele estava acordado e escrevia. Não manifestou surpresa ao ver Bob. Apenas disse, numa mesura caricatural, dando passagem:

— O Fantasma da Ópera!

Bob não perdeu a calma. Fechou a porta, torceu a chave. E disse, entre dentes, sem desfitar o inimigo:

— Sabe o que eu vim fazer, Orlando?

E, como o outro nada dissesse, concluiu:

— Eu vim...

30

Atire, por que não atira?

A<small>NTES DE BATER</small> na porta de Orlando, Bob estivera com d. Lígia. Fora encontrá-la chorando, ainda na varanda. D. Lígia chegara ao máximo do desespero. E o pior de tudo é que não via solução, não achava, por mais que pensasse. Ou, antes: havia uma solução, que seria a morte de Orlando. Mas esta ela rejeitava com todas as suas forças. Estava saturada de morte; e se visse alguém assassinado por sua causa, nem que fosse pelo motivo mais legítimo, ela enlouqueceria, na certa. E chorava, quando Bob apareceu. Passava ali por acaso; e vira d. Lígia. Teria seguido adiante, se não ouvisse soluços. Aproximou-se, então. Ela bem que viu o jardineiro e quis disfarçar, controlar o próprio desespero. Mas nada continha as lágrimas, nem os soluços. Por mais que fizesse. Desistiu de fingir e chorou mais alto e mais forte, perdida na sua dor sem consolo.

Ele perguntou, impressionado:

— Mas que é isso, dona Lígia, que é isso?

Ela teve que tomar respiração para dizer:

— Nada. Coisa à toa.

Viu o rosto desfigurado de Bob. Isso, essa observação, pareceu desviá-la dos seus pensamentos, libertá-la momentaneamente de suas preocupações. Encarou o jardineiro, sentindo não repulsa ou constrangimento, mas uma súbita piedade, uma dessas piedades dilacerantes que se assemelham quase a uma dor física. Bob percebeu o espanto de d. Lígia. Mas não se perturbou. Estava preparado para aquelas reações. E, antes que a outra fizesse qualquer comentário a seu respeito, apressou-se em dizer:

— Foi Orlando, não foi?

Ela baixou outra vez a cabeça, confirmou:

— Foi.

De novo voltou-lhe a consciência da própria situação; e recaiu no desespero. Voltou-se para Bob, sentindo, com sua intuição de mulher, que sua solicitude era sincera. Talvez, se a situação não fosse tão dramática, ela não conversasse sobre aquilo com um homem que, afinal, era seu empregado. Mas não podia, era demais. Olhava para todos os lados e não encontrava uma saída. Perguntou a Bob, entre lágrimas:

— Mas como vai ser? O que é que eu posso fazer?

— Há uma solução.

Era uma esperança, embora insensata, que ele entremostrava. D. Lígia se animou, apesar de tudo. Ela precisava tanto acreditar em alguma coisa, em sonhar com uma possibilidade, por mais tênue que fosse, de salvação! Quis saber:

— Qual?

E ele, com um tom que a fez estremecer:

— Matar esse canalha!

Protestou imediatamente:

— Não, isso não!

— É a única maneira.

— Essa não serve!

— Mas eu carrego com toda a culpa!

— Não, não! Pelo amor de Deus, não faça isso!

E era sincera, apaixonadamente sincera, ao repelir essa ideia. Se Orlando morresse, d. Lígia teria a impressão de que o sangue dele ia recair sobre sua cabeça. E não queria isso, de maneira nenhuma. Tudo, menos isso! E, então, veio a ideia nascida de sua angústia. Tocou no braço de Bob:

— Tenho uma ideia!

Coube a Bob perguntar:

— Qual?

— É a seguinte: a morte de Orlando não convém.

— Eu sei.

— De maneira que fica restando um recurso...

Fez uma pausa, como se tivesse medo de prosseguir. Ele tinha uma desconfiança que procurava combater. Perguntou:

— Diga.

E ela:

— A minha morte.

— Ora, dona Lígia!

Ela se apaixonava pela ideia, vendo na morte uma espécie de libertação:

— Se eu morresse, evitaria tanta coisa! Evitava que algum dia se matasse Orlando. Eu mesma não teria tantos aborrecimentos. Seria ótimo!

Agarrava-se a essa ideia. Enamorava-se dela e continuava descobrindo cada vez novas e maiores vantagens:

— E, depois, eu estou cansada, tão cansada de sofrer!

Em vão, Bob tentava confortá-la, despertar-lhe na alma o sentimento da vida. Mas ela continuava fascinada pela morte. Às vezes, é tão doce morrer! Bob ficou tão alarmado que a segurou:

— Jure, dona Lígia, que não fará nada antes de me ouvir? Eu vou fazer uma coisa e depois falo com a senhora. Está bem?

— É inútil, inútil!

— Faça isso por mim, dona Lígia. Se eu não conseguir nada, depois a senhora pode fazer o que quiser!

"Que fazer, que fazer?", era o que pensava d. Lígia, apertando a cabeça entre as mãos. E teve, de repente, uma depressão tão grande que a sua resistência se diluiu, se desfez, de um momento para outro:

— Está bem.

Mas isso não bastava para ele. Percebia perfeitamente que o desespero de d. Lígia podia levá-la, a qualquer momento, à loucura. Exigiu, usando mesmo uma certa energia:

— Jure. Então, jure.

— Precisa?

— Precisa, sim.

— Juro.

— Fique tranquila, que eu vou agir. E, logo que tiver um resultado, direi à senhora. Pode ficar descansada.

Ela ficou olhando, enquanto ele se afastava. Penetrou-a um sentimento muito doce de gratidão. Mesmo que Bob não conseguisse nada (como achava mais provável), mesmo assim ela tinha que ser grata pelo seu interesse. "Ele é muito bom", foi o que pensou, com uma vaga ternura que fez muito bem ao seu coração. E logo ocorreu-lhe um outro raciocínio: "Mas como ficou feio!".

* * *

Ao ver Orlando aparecer na porta, Bob sentiu que não podia controlar mais o próprio ódio. Tudo na fisionomia, na pessoa do garçom, lhe era repulsivo. Achava-o vil, traiçoeiro, capaz de todas as impiedades. E pensou: "É melhor liquidar isso de uma vez". Foi então que disse:

— Vim aqui para matá-lo.

E, ao mesmo tempo, um revólver surgia na sua mão. Orlando não se intimidou, porém. Podia ter tudo, ter todos os defeitos, mas não o da covardia. Sobretudo num caso como o de d. Lígia, que era para ele de vida ou de morte. O vinco de ironia desapareceu de sua boca, seus olhos se fizeram menores e mais escuros, mas não tremeu, não deu nenhum sinal de covardia. Sua voz estava perfeitamente segura quando perguntou:

— Vai me matar?
— Vou.
— A tiros?
— A tiros.
— E o barulho?
— O que é que tem?
— Muita coisa. Vai chamar atenção. Você será preso.

Sem tirar os olhos do bandido, Bob disse:

— Não faz mal.

E o garçom, com uma ironia quase imperceptível:

— Faz, sim. Faz mal, e você sabe que faz.
— Ah, é? — Bob também fez ironia.
— É. Não se esqueça... — fez pausa, sorrindo superiormente.
— De quê?
— De Malu.

Bob a princípio não entendeu; não pegou logo o sentido das palavras. Com ar incerto perguntou:

— E que é que tem Malu com isso?
— Tem muito. Você não quer conquistá-la?
— Não é de sua conta.
— Deixe eu continuar. Agora me diga: se você me matar, se for preso, você pode dar adeus a Malu. Tem gente assim — juntou os dedos ao dizer isso —, gente assim atrás de sua pequena.

Bob empalideceu, perturbava-se (não queria dar a perceber a sua impressão):

— Ela não é minha pequena.
— Não é *ainda*. Mas poderá ser. Você não terá coragem de perder as últimas possibilidades de conquistar Malu.
— Canalha!

O outro observou, displicente:

— Pode me insultar, não faz mal. Você sabe que eu estou dizendo a verdade, que eu não estou mentindo. Olhe aqui, Bob.

Bob não tirava os olhos de Orlando. E conservava o dedo no gatilho. Pensava, cerrando os lábios: "Eu mato esse bandido. Vai ser já, já". Orlando continuou:

— Você não vai me matar, Bob.

— Não?

— Não.

Então Bob disse, com a voz que o ódio tornava irreconhecível:

— Prepare-se para morrer, Orlando, prepare-se...

O garçom riu; e foi um riso silencioso que teve qualquer coisa de demoníaco:

— Estou preparado. Por que não atira?

Houve um silêncio. Os dois se olhavam. Bob, muito pálido. Orlando levou mais longe o seu triunfo:

— Está com medo?

— Talvez — admitiu Bob.

Baixou o revólver, fora vencido e tinha consciência absoluta de sua derrota. Encaminhou-se até a porta. Lá, antes de sair, falou uma última vez:

— Você venceu hoje, Orlando.

O garçom observou, com uma satisfação feroz:

— Hoje e sempre.

— Mas tome nota: eu ainda hei de matá-lo.

E saiu, desesperado. Estava vendo com uma nitidez terrível os próprios sentimentos. O seu amor por Malu é que o tolhia, que o acovardava. Se ele não tivesse nenhum sentimento, nada, nada o impediria de matar Orlando. "É o que ele merece, aquele canalha, uma bala!" Mas o medo de perder Malu, de perder o amor que era o primeiro de sua vida, desarmava-o, em face do garçom. "Preciso que Malu me ame, preciso..." Estava ao ar livre; e vinha-lhe um desgosto de si mesmo e da vida. Então ouviu um rumor de passos; e virou-se rápido, pensando em Orlando. Mas era Míriam. Ela o estava espreitando; esperara aquele momento para falar com ele. E Bob teve um sorriso triste que, na sombra, ela não poderia notar.

— É você, Míriam?

Havia uma doçura involuntária na sua voz. Percebeu que a criadinha — tão linda, apesar de tudo — estava nervosa, uma verdadeira pilha de nervos. Tiritava, coitada, como se um grande frio atormentasse sua carne. Ela respondeu:

— Sou, eu, sim, Bob...
— Que é que há?
Respondeu, subitamente perturbada:
— Nada.
Ele achou graça; e ia se despedir, quando ela o deteve:
— Precisava falar com você.
— Pois não. Fale.
— Bob, aquilo que você me disse...
Bob quis ter um certo bom humor:
— Aquilo o quê?
— Que você me disse na copa.
— Que é que tem?
Míriam gaguejou:
— Aquilo é... verdade?
Ele começou com certa cautela:
— Bom. Que é bonitinha, é verdade.
— E o resto?
Silêncio de Bob. Lágrimas apareciam nos olhos de Míriam:
— Você não disse que gostava de mim?
Ele estremeceu. Sentia-se perdido. Ainda assim quis contornar a situação:
— Eu disse isso?
— Disse, sim. — Fazia força para não chorar.
— Míriam — baixou a voz. — Eu estava brincando, Míriam. Você levou a sério, foi?
— De brincadeira? — Parecia não acreditar. — Então aquilo foi brincadeira?
Com um misto de vergonha e de piedade, ele confirmou:
— Foi, Míriam, foi brincadeira.
Então ela explodiu. Soluçou como uma desesperada; e foi nessa crise horrível de pranto que gritou com ele:
— Você não presta, Bob! Você é ruim!
Era o insulto máximo, que acertava a dizer, na sua fúria impotente. Ele não se mexia, espantado diante daquela dor que parecia não ter limites nem consolo. Experimentava, sobretudo, surpresa. Como é que uma menina daquelas, tão frágil e mimosa, era capaz de uma tempestade passional como aquela? Não fez um gesto quando a moça o deixou. Ia, como uma alucinada, esconder sua dor; num lugar que não tivesse ninguém, onde suas lágrimas pudessem correr sem testemunhas.

* * *

D. Lígia entrou no quarto. Malu já havia saído. Quem estava, sentado ainda na beira da cama, era o marido. Levantou-se, ao vê-la, para sentar-se em seguida. A primeira ideia do dr. Carlos foi de que ela estaria hostil, muito hostil. Surpreendeu-se, vendo que não. Pelo contrário. Parecia doce, excepcionalmente doce. Perguntou, com tanta solicitude que ele estremeceu:

— Está melhor, Carlos?

— Estou.

Mas ele sentia que a situação era tão difícil, tão penosa que não teve coragem de continuar ali. Levantou-se e passou por ela em direção à porta. D. Lígia não disse nada; deixou-o sair. Depois que o marido desapareceu, ela foi à porta e torceu a chave. Estava sozinha; ninguém viria perturbá-la, ninguém.

Ficou algum tempo no meio do quarto, pensando numa porção de coisas de sua vida. A imagem de Cláudio estava no seu pensamento. Balbuciou: "Cláudio, Cláudio…". E lembrou-se da conversa que tivera com Bob. Jurara que não faria nada antes de ouvi-lo. Mas resolveu trair o próprio juramento. Sentia como que um apelo da morte e…

D. Lígia estava na mesma situação moral que Bob vencera; só via, na sua frente, a solução da morte. Agora mesmo tentava achar uma maneira de se salvar; e não achava. Que poderia fazer uma mulher nas suas condições? Podia fugir. Mas, ao mesmo tempo, surgia outro problema: para onde? Não poderia errar pelos caminhos como uma cigana, sem ninguém a seu lado, sem uma companhia, sem um abrigo possível. Uma hipótese surgiu no pensamento: "Se fosse com Cláudio…". Mas logo repeliu essa ideia. Isso não, não. Que escândalo pavoroso se ela fizesse isso! E, outra vez, renasceu, fascinadora, a tentação da morte. Tentação maior do que nunca, mais doce, mais envolvente. Morrer era, às vezes, um bem. De olhos fechados parecia-lhe ouvir a voz de tia Isabel:

"Faça o que seu coração mandar."

Sorriu amargamente. Qual é a mulher que pode obedecer ao próprio coração, a não ser excepcionalmente? É muito bom de dizer… Porque na maioria das vezes ela renuncia; seu papel na vida é de renunciar a muitas coisas. Então, no amor, nem se fala! Sozinha no quarto, mergulhada nas suas cismas, ela fazia à meia-voz uma reflexão:

— Quantas mulheres conseguiram realizar seu sonho de amor?

Só uma ou outra: a maioria, a grande maioria, carregava na alma uma porção de sonhos. "Eu mesma", o pensamento continuava trabalhando, "que eu consegui da vida?" A resposta veio do fundo de seu ser:

— Nada.
Poderia morrer naquele momento, ou no dia seguinte ou dez anos depois. E não levaria da vida senão a certeza de que não sentira, nunca, o amor. "Eu não amei, eu nunca fui amada." Estava tão mergulhada nas suas reflexões que repetiu, em voz alta, o pensamento:
— Eu nunca fui amada.
— Foi.
Teve um choque, um susto que alterou completamente seu coração. Levantou-se, lívida, com a mão na altura do peito. Cláudio estava diante dela, a dois passos. D. Lígia balbuciou, sem compreender aquilo e duvidando dos próprios olhos:
— Você?
— Eu, sim.
— Entrou como?
Ele apontou para a janela entreaberta. Subira por ali, como já o fizera antes. Precisava falar com d. Lígia, ter uma explicação com ela. "Ela tem que me ouvir, precisa me ouvir." Forte e ágil, escalara a varanda. A porta estava apenas encostada; pôde entrar facilmente. Através do vidro, viu d. Lígia, tão triste, a expressão atormentada. Calculou que ela sofria muito, que devia estar desesperada. Entrou sem rumor, tão sem rumor que d. Lígia nada sentiu, não desconfiou que havia mais alguém no quarto. (Também, estava tão ensimesmada, tão absorvida, tão desprendida do seu ambiente!) Disse aquilo, que nunca fora amada, sem imaginar que Cláudio estava ali e ia ouvir as suas palavras. Ficou tão perturbada que se esqueceu de sua indignação; e olhava para o rapaz como se ele fosse uma aparição, uma coisa assim. Ele repetiu:
— Foi e é amada.
E, como ela nada dissesse, acrescentou:
— Nenhuma mulher foi tão amada, Lígia!
D. Lígia caiu em si. Recuou lentamente para a porta.
— O que é que você veio fazer aqui?
— Conversar com você.
— Não quero conversa nenhuma.
Lembrava-se do beijo que ele e Malu haviam trocado; e isso despertou-lhe a cólera adormecida:
— O que me admira é que você ainda tenha coragem de vir aqui.
— Lígia, ouça-me!
Ela estava com a mão no trinco, pronta para abrir a porta se ele se aproximasse mais. Respondeu, ríspida:
— Não ouço nada. O melhor que você faz é ir embora.

— Primeiro, você tem que me ouvir.
— Olha, Cláudio; você está pensando que eu sou boba? Alguma criança?
Ele replicou, veemente:
— Até um criminoso tem direito de defesa. Ouça-me e depois faça o que quiser. Mas ouça-me, pelo menos isso.
Ela foi intransigente:
— Você não beijou Malu?
Se bem que relutante, confessou:
— Beijei.
— Ainda diz — "beijei"!
— Mas você não perguntou?
— Está bem. Outra coisa: ela beijou você?
— Beijou.
— Então, para que explicações? Você acha que precisa? Acha, meu filho?
Fazia ironia, experimentando um certo prazer em atormentá-lo. E se mostrava tão implacável, tão irredutível, e se obstinava tanto, que ele sentiu, de súbito, a inutilidade de todas as palavras e de todas as explicações. Deixou que ela falasse, que o acusasse e dissesse, por fim:
— Você é uma criança. Criança demais!
Foi talvez isso que mais pisou o seu coração. Ainda quis explicar, chegou mesmo a abrir a boca, mas não emitiu nenhum som. Sentia-se ferido, e ferido de uma maneira profunda. Teria preferido, no seu desespero, que d. Lígia o insultasse, que lhe dissesse as palavras mais duras. Tudo, tudo, menos aquilo. D. Lígia foi mais além (estava realmente possuída de cólera):
— Agora saia!
Ele não se mexeu. Estava agora muito calmo, calmo demais, talvez um pouco pálido. E só dava um sinal exterior de agitação: seu lábio superior tremia. Disse, olhando muito para d. Lígia, sem elevar a voz:
— Eu vou, Lígia. Pode ficar descansada que eu vou.
Silêncio de d. Lígia. Ele continuou:
— Agora, de uma coisa você pode ficar certa. Você me deu a maior desilusão de minha vida. Compreendeu?
Disse, entre dentes:
— Compreendi.
— Eu cheguei a pensar — a sua voz vinha carregada de amargura — que você gostava de mim, imagine. Agora vejo que não. Não faz mal, está certo. É isso mesmo.
Pausa. Olharam-se em silêncio.
— Até logo. Quer dizer, adeus.

— Adeus.

Ele se encaminhou para a janela. Ainda nem havia chegado lá, quando ela correu na sua direção:

— Cláudio!

A falsa serenidade de d. Lígia fundira-se em desespero. Tinha os olhos cheios de lágrimas. Estava outra vez diante dele; e não sabia como começar:

— Que é? — perguntou Cláudio, vendo que ela não se decidia.

— Não vá ainda.

— Você não mandou?

— Mudei de opinião.

Cláudio sentiu que chegara a sua vez de se vingar. Viu — era, aliás, evidente — que a violência dos primeiros momentos a havia abandonado. Ela estava desesperada e triste; e, sobretudo, fraca. Ela começou a chorar. Passava as costas da mão nos olhos, mas as lágrimas se renovavam. Ele mudou inteiramente de atitude. A expressão de amor tão comum aos seus olhos desaparecera. Havia na sua boca um ricto mau:

— Você diz que mudou de opinião. E pensa que isso é bastante. Que basta?

Era agora d. Lígia quem suplicava; e não sabia fazer nada senão dizer e repetir o nome do rapaz:

— Cláudio, Cláudio!...

Ele se sentia cheio de superioridade. Não há nenhum homem que diante de uma mulher em pranto não experimente de uma maneira mais profunda a consciência de sua força. Quis humilhá-la também:

— Ainda me acha criança?

Pediu:

— Não me faça essas perguntas. Para quê?

— Mas, diga? Sou criança?

Não compreendeu por que ele perguntava isso. Respondeu sem malícia, com uma grande sinceridade de coração:

— É criança, sim!

E teve uma nova doçura ao insistir!

— Criança...

Não compreendeu por que Cláudio empalidecia e perguntava, transtornado:

— Quer dizer que você insiste?

— Mas o que é que tem?

— Tem muita coisa.

Só aí ela compreendeu que ele se magoava com aquilo. Comoveu-se. Perdeu todas as dúvidas. Abriu o coração, de par em par, numa necessidade de dizer tudo:

— Mas se é por isso que eu gosto de você, justamente por isso? Será possível que você não compreenda? Mas, oh, Cláudio! Se você não fosse assim, você pensa que eu olharia para você? Pensa mesmo? Ah, como você se engana!
— Acha que é muito agradável para mim ser chamado de criança?
— Bobo.
Sem querer, sem sentir, sem perceber a inflexão quase amorosa que empregava, chegava-se para o rapaz. Houve um momento em que quase erguia o braço e o acariciava nos cabelos. Mas recuou a tempo e pensou: "Estou louca, completamente louca".
Ele perguntava:
— Por que você brinca assim comigo?
No fundo, já estava vencido, conquistado pelo tom de d. Lígia. Pela ternura do seu olhar, ainda cheio de lágrimas; pelo sorriso; por toda a sua atitude. Achava-a mais linda do que nunca, de um encanto mais doce e mais irresistível. Tinha vontade de uma porção de coisas, como, por exemplo, tomá-la nos braços, carregá-la. Ah, se pudesse raptá-la, fugir com ela para algum lugar, onde não tivesse de dar satisfações a ninguém e onde seus encontros não precisassem ser furtivos! Como seria bom, como seria lindo! E deixou-se envolver tanto por esse sonho desesperado e maravilhoso que, sem se dar conta do que fazia, estava falando nele:
— Que tal se a gente fugisse?
— Fugir?
Confirmou, apaixonadamente:
— Sim, fugir. Não seria bom?
Ela estremeceu. E o que a impressionava era a coincidência da proposta de Cláudio com o que ela pensara ainda há pouco. Ficou assustada, vendo naquilo talvez um sinal de fatalidade, Ainda assim, resistiu com todas as suas forças:
— Não, não!
— Vamos, sim!
Insistia, teimava numa obstinação que a assustou. Ela estendeu para ele os braços suplicantes:
— Não seja assim.
Houve um silêncio. Uma ideia nascia no espírito do Cláudio. Foi bruscamente que perguntou:
— Você gosta de mim?
— Eu?
— Você.
Nunca ouvira dos lábios de d. Lígia nenhuma palavra definitiva nesse sentido. E de repente tinha necessidade, uma absoluta necessidade (era uma coisa

quase doentia) de saber, por ela mesma, até que ponto era ou não amado. Ao mesmo tempo que aguardava a palavra da bem-amada, ele experimentava um medo pânico de que ela dissesse um "não".

D. Lígia estava calada. Seu coração batia em pancadas doidas. "O que é que eu digo, meu Deus do céu?" Atormentado, Cláudio teimou:

— Gosta ou não gosta?

Disse, num fio de voz:

— Não.

Foi também quase sem voz que ele perguntou, como se não compreendesse:

— Não?

— Não.

O que Cláudio sentia era como se tudo, as coisas todas, o mundo tivesse parado. Fez-se um silêncio enorme no quarto, um silêncio exasperante, intolerável. Então ele disse, fitando-a bem nos olhos e com uma expressão tal como se uma loucura se tivesse apossado dele:

— Então já sei o que é que eu vou fazer.

Ela assustou-se com o ar do rapaz:

— O quê?

— Nada.

Segurou-o pelo braço:

— Diga.

— É inútil. Adeus.

Agarrou-se a ele desesperada:

— Cláudio! Você vai fazer alguma loucura, Cláudio! Não faça isso!

— Você verá.

D. Lígia ofegava:

— E se eu lhe disser uma coisa? — Seus olhos eram de louca.

— Que é que tem?

— Você não fará nada disso. Jura?

— Depende.

Ela tomou respiração. Parecia uma morta quando começou:

— Cláudio, eu...

O DR. CARLOS levava muito tempo incerto do que devia fazer. Atormentava-o agora a vergonha de ter aparecido em casa em estado de embriaguez. Repetia a si mesmo, com asco da própria vida: "É uma degradação". E ao mesmo tempo sentia que chegara o momento de ter uma explicação com Lígia. "Isso assim não pode continuar."

Estava ele na janela, olhando o jardim pelo vidro, quando viu aquilo, Cláudio subindo à varanda de d. Lígia. Teve aí um dos maiores choques de sua vida. Fez o que, em outras ocasiões, não faria: espionar a própria mulher. Saiu para o corredor e, pé ante pé, encostou-se à porta de d. Lígia. Compreendia que o que estava fazendo era vil; mas na sua dor passava por cima de todos os escrúpulos. Escutou tudo, perdendo só uma palavra ou outra. E ouviu quando, no final, d. Lígia começou, com uma voz diferente, uma voz que ele custou a reconhecer:

— Cláudio, eu... eu gosto de você, Cláudio.

31

Não sei se isso é amor

A PRIMEIRA IDEIA do dr. Carlos foi se atirar contra a porta, com todo o peso do seu corpo, arrombá-la, aparecer ante os dois e fazer qualquer coisa ali mesmo. Chegou a recuar e tomar distância, mas, quando ia se projetar, parou. O pensamento trabalhava. Ele perguntou a si mesmo (não tinha uma gota de sangue no rosto): "Valerá a pena eu...?". Não completou o pensamento. Havia um tumulto horrível na sua cabeça. Estava tão perturbado, tão fora de si que achou preferível esperar, pôr em ordem suas ideias e seus sentimentos. As palavras de d. Lígia, com a inflexão, as pausas, estavam nos seus ouvidos, ressoantes: "Cláudio, eu... eu gosto de você, Cláudio". Era como se isso estivesse gravado no seu pensamento. Apertou a cabeça entre as mãos: "Meu Deus, eu enlouqueço".

Saiu, então, de onde estava e se encaminhou, tonto, cambaleando, para a escada. Desceu, apoiando-se no corrimão e sentindo que a qualquer momento poderia cair. Tinha a vista turva, o sangue parecia ter subido todo para a cabeça. Refletia: "Nunca pensei que se pudesse sofrer tanto". Estava, finalmente, na varanda. E o ar livre, a aragem que soprava lhe fizeram bem. Procurou afrouxar o colarinho, como se lhe faltasse ar. E disse, à meia-voz, duas vezes:

— Meu Deus, meu Deus!

Precisava refletir, concentrar-se, tomar uma resolução definitiva. Sobretudo, o que o aterrava era a impossibilidade de ter qualquer dúvida, de sofismar consigo mesmo, de arranjar qualquer espécie de explicação. "Lígia é culpada,

Lígia é culpada." E disse: "Não pode haver a mínima dúvida". Ia se levantar e reentrar quando viu, entrando, uma figura que logo reconheceu: o dr. Meira. O velhinho vinha subindo a ladeira e não enxergara, ainda, o dr. Carlos. Este desceu ao encontro do médico. O dr. Meira parou quando o enxergou. Praguejou, entre dentes. Achava aquilo o cúmulo do azar: "Imagine, a primeira pessoa que eu vejo é ele, logo ele!". Viera, ali, para cumprir uma missão, um dever que se impusera. Mas contava não ver o dr. Carlos (a lembrança da bofetada torturava cruelmente o velhinho). Parou assim, fechando a fisionomia. O dr. Carlos parecia não sentir na situação nenhum motivo de constrangimento. Estava tão cheio com as próprias atribulações que não se lembrava. Exclamou:

— Oh, doutor Meira!...

Só então notou a atitude do médico, a frieza evidente, ostensiva. Ficou assim, meio confuso; e, de repente, lembrou-se:

— Ah, doutor Meira, Malu me contou! Mas espero que o senhor não tenha guardado ressentimento.

A fisionomia do dr. Meira se ensombreceu ainda mais; não disse uma palavra. O dr. Carlos insistiu:

— O senhor viu o meu estado naquela ocasião. Se estivesse bom, era diferente. Mas, assim, o senhor compreende!...

O velhinho era bom demais. Diziam até, a seu respeito: "Bom como o pão". Vinha disposto a não transigir, a fincar pé, pois considerava uma bofetada uma coisa muito séria. Mas as explicações do dr. Carlos, sobretudo o ar de humildade do amigo, tinham que tocá-lo, por força. Começou a ficar sem jeito, a puxar pigarro da garganta. Afinal, disse:

— Está bem. O que passou, passou.

O dr. Carlos pôde, assim, tratar do assunto que o obcecava. Contou o que vira, isto é, ouvira; carregou nas tintas, teve as palavras mais duras possíveis, as mais ofensivas, para qualificar o procedimento da mulher. O dr. Meira ouvia, aterrado. Já não se lembrava mais da bofetada. Que d. Lígia tivesse feito aquilo, era uma coisa horrível. E, como se não bastasse o fato em si, ainda a circunstância de ter o dr. Carlos escutado tudo!

— O senhor está vendo, doutor Meira? Está vendo a mulher que eu arranjei?

— Mas, calma, Carlos, calma! É preciso examinar tudo direitinho!

— Examinar o quê? Ah, o senhor ainda acha que é preciso examinar? Pois eu, não!

Disse "eu, não" com uma voz tão carregada de ódio e um brilho tão selvagem nos olhos que o dr. Meira, que ia dizer alguma coisa, parou, gaguejando, afinal:

— E você pensa então fazer o quê?

— Olha, doutor Meira; para certas coisas, só há um remédio: a morte.

O dr. Meira ficou mais pálido do que estava:

— Carlos!

E ele confirmou, na sua exasperação sombria:

— Esse Cláudio precisa morrer. E vai morrer! Tome nota das minhas palavras.

— Mas é uma criança!

— O que é que tem isso? Tem alguma coisa de mais? Por que é criança pode conquistar minha mulher, ser amado por minha mulher? Ah, não, doutor Meira, mil vezes não! Bem se vê que o senhor não é o marido!

— Carlos, veja o que você vai fazer, Carlos!

Mas ele não dava ouvidos a nada:

— Eu podia ter intervindo logo, ter arrombado a porta. Mas preferi esperar, doutor Meira. Se eu entrasse assim, de repente, ele talvez fugisse, conseguisse escapar; e, além disso, nós teríamos de lutar. Luta eu não queria, não me interessava. O que me interessava, o que me interessa, é pegá-lo de uma vez para sempre, de jeito que ele não possa escapulir.

E continuou:

— Foi por isso que eu adiei a vingança. — Para que ela seja mais perfeita, mais segura, mais cruel. O senhor vai ver!

O dr. Meira estava muito sério e muito pálido:

— Carlos, você não sabe o que está dizendo.

— Sei, sim, sei.

— Não sabe, Carlos. Você ignora umas tantas circunstâncias.

— Que circunstâncias? — Era evidente o ceticismo do dr. Carlos.

— Não estou autorizado ainda a dizer. Mas uma coisa eu garanto e peço-lhe que me acredite: você é o único, entre todos os homens, que não pode matar Cláudio.

Ironia do dr. Carlos:

— Ah, não? E por quê, posso saber?

— Acredite em mim, Carlos. Não lhe posso dizer por enquanto.

O dr. Carlos tornou-se violento, vendo ali uma tentativa do médico de mistificá-lo e ganhar tempo:

— Eu não sou bobo, doutor Meira. O senhor está muito enganado comigo.

— Ao menos diga: você pensa fazer o quê?

O dr. Carlos fechou-se:

— Não sei ainda. Só vendo.

— Bem, Carlos. Eu vou lhe pedir então uma coisa. Em nome de nossa amizade, em nome de tudo o que há de mais sagrado para você. Fará isso por mim?

— Ainda nem sei o que é!

— É o seguinte: quero que você me jure — tem que me jurar — que não fará nada, não tomará nenhuma providência contra esse rapaz, sem falar antes comigo. Primeiro eu tenho que apurar uma coisa, Carlos. Depois você pode fazer o que quiser. Não lhe peço para desistir da vingança. — Só lhe peço para adiá-la um pouco. Nada mais.

O dr. Carlos estava muito sério, prestando uma atenção concentrada às palavras do velhinho. Quando o dr. Meira acabou, ele teve um ímpeto de negar, de dizer brutalmente: "Não, não!". Mas sentiu, não soube direito o quê; uma emoção nova e inesperada que a ele mesmo surpreendeu. A negativa morreu na garganta. Ficou parado, sem ter de momento o que dizer. E tudo o impressionava no dr. Meira: a atitude dramática (até lágrimas nos olhos), a mão trêmula erguida para ele, a boca aberta. O médico fez o apelo definitivo:

— Para que eu me esqueça da bofetada, Carlos! Por isso!

Ele disse, lentamente, fitando o dr. Meira bem no fundo dos olhos:

— Está bem. Esperarei.

Então o velhinho pareceu adquirir um novo ânimo, um maior dinamismo. Disse:

— Vou, já, já, falar com Lígia, saber o que houve. Depois, então, terei de falar com uma certa pessoa...

Depois que o dr. Carlos deixara de escutar (convencido de que já ouvira tudo), continuara o diálogo entre Cláudio e d. Lígia. Ele experimentou um verdadeiro choque, um estremecimento em todo o seu ser, ao ouvi-la dizer que sim, que gostava dele. Foi um deslumbramento. Por um instante, quase duvidou da realidade da cena: "Não estarei sonhando?". Aquela realidade era tão doce, tão linda! Pouco a pouco, foi entrando na posse de si mesmo.

D. Lígia estava diante dele. Perguntava a si mesma: "Será que eu tive a coragem?". Parecia aterrorizada; mais do que nunca, teve a sensação angustiante da queda, da queda física, foi como se, de repente, sentisse um abismo aos seus pés.

Ele balbuciou:

— Lígia!

Quis segurar nas mãos de d. Lígia. Mas ela já se libertara do desespero que a fizera dizer aquilo, fazer aquela confissão. E o sentimento de doçura que

Cláudio lhe inspirava como que se transformava em ódio, um ódio ardente e puro. Gritou:

— Não me toque!

Ele fitou-a, atônito:

— Que é isso?

Não compreendia aquela transformação instantânea. Não tinha experiência de mulher, de psicologia feminina. Parecia-lhe incrível aquilo. E sofreu mais do que antes, vendo fugir o triunfo quando este parecia assegurado. Estava diante dela, sem uma palavra e sem um gesto. Perguntou, com o coração batendo desesperadamente:

— Você não disse que gostava de mim?

E ela, veemente, sentindo uma necessidade dolorosa de se purificar:

— Disse, mas gosto não como você pensa.

O outro parecia compreender penosamente:

— Não como eu penso?...

— Sim — estava cada vez mais violenta. — Você pensa que eu gosto de você como... como...

Não encontrava a expressão justa.

— Como o quê? Diga?

Desesperou-se:

— Não sei, não sei!...

Recomeçava a chorar. Seus nervos não aguentavam mais. Sentia-se a mais infeliz, a mais desgraçada das mulheres. Tinha vontade não sabia de quê. Mas ele agora queria saber. Exigia, subitamente grosseiro:

— Diz ou não diz?

Explicou, cheia de doçura e tristeza:

— Eu queria dizer o seguinte: o que eu sinto por você, Cláudio...

Abaixava a voz, olhava-o com uma grande meiguice:

— ... o que sinto e o que senti, desde a primeira vez, não é um sentimento de amor. Compreende?

Repetiu, como um eco:

— Não é um sentimento de amor?

— Não, Cláudio. É uma amizade, uma amizade muito grande, como eu nunca senti por ninguém na minha vida. É isso que eu sinto por você.

Ele estava sombrio, com um vinco de sofrimento na boca:

— Só isso? Só isso, então?

— É. E você acha pouco?

Disse, patético:

— Acho. Acho pouquíssimo.

— É o que eu posso dar.
— Isso não quero!
— Cláudio!
— Pensa que eu sou o quê? Está muito enganada comigo!
— Fale baixo!
Mas ele não se continha, possuído de desespero:
— Falo como quiser! E outra coisa: pensa que eu acredito nisso?
— Não? — estranhou.
— Não! Isso é hipocrisia! Você está mascarando os próprios sentimentos. Mas a mim não me engana. Você fique sabendo, você...

Foi a própria Míriam quem veio chamar Bob.
— Tem aí um moço procurando você.
— Já vou.
Fez a volta da casa — estava na porta de trás — e veio para o jardim. E viu, encostado a uma árvore, um homem, um desconhecido. Nunca o vira antes. Ficou mais espantado: "Quem será?". Apresentou-se:
— Quer falar comigo?
Percebeu desde logo que o desconhecido o olhava com uma profunda atenção. E calculou: "Repara nas cicatrizes". Já isso o irritou e o predispôs mal. Conversaram alguns momentos:
— Desculpe eu me apresentar assim — começou o desconhecido. — Mas é que eu soube do que aconteceu com o senhor.
Bob fechou a fisionomia:
— Sim. — Era evidente que não estava gostando do rumo da conversa.
— Eu, então, achei que podia propor-lhe um negócio interessante.
— Quem é o senhor?
— Eu sou médico. Meu nome é José Moreira. Doutor José Moreira.
— E em que posso servi-lo?
— É o seguinte: eu compreendo a sua situação e calculo que ela não seja muito agradável para o senhor.
— Mas isso só a mim diz respeito!
— É que eu sou médico, e cirurgião, e estou em condições de reparar todo o mal causado pelo acidente.
— Como?
— Muito simples: cirurgia plástica.
Houve um silêncio. O pensamento de Bob estava trabalhando; e repetia para si mesmo: "cirurgia plástica, cirurgia plástica...". O dr. José baixou a voz:

— Que acha?
— E o que é que o senhor faria por mim?
— Tudo.
— Garante?
— Sim. O senhor me daria um retrato; eu restauraria as suas feições, tal como eram antes do acontecimento.

Por um momento, a ideia fascinou Bob ou pareceu fasciná-lo:
— Eu ficaria como antes? Tem certeza?
— Ou melhor. Quer?

Bob pensava em Malu. Já imaginava a surpresa de Malu quando o visse com a fisionomia perfeita; e a possibilidade que ele teria de reconquistá-la. O médico insistiu:
— Quer?

Bob já pensara e já decidira. Respondeu:
— Não.

O MÉDICO OLHOU Bob com um espanto que não procurou disfarçar. Aquilo lhe parecia tão absurdo, tão inverossímil! Insistiu, com o medo de não ter escutado bem:
— Não quer?

Bob reafirmou:
— Não.
— Prefere ficar assim, toda a vida?
— Prefiro.
— Sério?
— Sério.

Durante um momento, desconcertado, o dr. José não soube o que fazer, se ia, se ficava, se dizia mais alguma coisa ou se não dizia nada. Nunca encontrara na sua vida ninguém assim. Bob também se conservou calado, com um jeito de determinação na boca. E o silêncio do rapaz parecia desorientar mais ainda o médico, que podia esperar por tudo, menos por aquilo.
— Então, nada feito.

Bob confirmou:
— Nada feito.
— Até logo.

Bob ficou em pé, durante algum tempo, vendo o homem afastar-se. Virou-se, então, e deu de cara com o dr. Meira. O velhinho estava à procura de Laura.

Sua ideia era ouvir primeiro d. Lígia; mas mudara de opinião. "Quanto antes falar com Laura, melhor." Passara por ali, por acaso, e vira Bob:

— Que é que há, Bob?

Notava pelo ar do jardineiro que alguma coisa devia ter acontecido. Seu ar era de preocupação, quase de sofrimento. Bob apontou na direção do dr. José, que chegava naquele momento ao portão:

— Está vendo aquele camarada ali?

— Aquele? Sim, e que é que tem?

— É seu colega, embora de outra especialidade. Faz cirurgia plástica.

— Ah, é? — O interesse do dr. Meira aumentou.

— É, disse que me fazia uma operação e que eu ficava tal como antes.

— E você? Vai fazer?

— A operação?

— Sim.

Bob sorriu:

— Não, doutor Meira. Não vou fazer operação nenhuma.

Grande espanto do dr. Meira (o mesmo espanto que fizera o cirurgião plástico):

— Não vai fazer?

— Não.

— E por quê, Bob?

A fisionomia do rapaz se ensombreceu:

— Não farei já, doutor Meira. Mais tarde, talvez. Primeiro, eu tenho que fazer uma coisa.

E disse isso com um ar tão sombrio que o dr. Meira empalideceu. Perguntou, em voz baixa, sem tirar os olhos do rapaz:

— O que é que você vai fazer, Bob?

Bob hesitou:

— O quê? É o seguinte, doutor Meira: vou tentar a conquista de Malu.

O velhinho pigarreou e insinuou, prudente:

— Mas assim?

E Bob:

— O senhor pergunta se com essa cara, não é?

— Bem... — O velhinho atrapalhou-se.

— Pode ser claro. — Eu não me ofendo, nem teria de quê. Pois é com essa cara mesmo, doutor Meira. Faço disso uma questão de honra.

O médico pigarreou novamente. Olhou para Bob, coçou o queixo. O que sobretudo o perturbava era a atenção irônica com que o rapaz o fitava. Por fim, decidiu-se:

— Bob, quer que eu lhe dê um conselho? Um conselho de amigo? De um homem que tem mais idade do que você e poderia ser seu pai?
— Pode dar.
— É o seguinte: faça a operação, Bob. Procure esse médico ou outro qualquer, não sei. Mas faça a operação. Olha, Bob: você não sabe o que é mulher.
— Sei, doutor, sei. Não se incomode.
— Permita, então, que eu lhe diga: não parece. Bob, a mulher leva muito em consideração essas coisas. Faz questão. E você pode. Eu acredito — a cirurgia plástica faz atualmente milagres — que você volte a ser o que era antes.

Mas o rapaz não se deixou convencer. Queria ser irredutível. Era, como ele mesmo dizia, uma questão de vida ou de morte.
— Não adianta, doutor Meira. Nenhum argumento me convencerá. Malu terá de me aceitar como eu sou agora. Ou então não serve, não interessa. Até logo, doutor Meira.
— Até logo, Bob.

O rapaz se afastou. E o médico ficou algum tempo ali onde estava, imóvel, vendo-o desaparecer. O médico estava impressionado com aquilo e disse, à meia-voz:
— Ora essa! Nunca vi uma coisa assim!

Até se esqueceu do problema mais crucial ainda de Laura e d. Lígia. Parecia-lhe que a causa de Bob junto a Malu era perfeitamente perdida. "Ele não conseguirá nada, absolutamente nada senão aumentar o horror de Malu. Ela, então, que faz tanta questão de aparência!"

Dias antes — foi uma coisa que ninguém podia prever —, se abriram as janelas da casa do professor Jacob. Aquilo era uma coisa sem precedentes; e houve, naturalmente, como era natural, os comentários mais espantados. Durante anos e anos, as janelas da residência permaneceram cerradas; era de causar espécie a mudança. "Teria o professor enlouquecido?"

E mais: começaram a aparecer estranhos. Vinham da cidade, desciam de automóveis, com malas e um ar de quem vai ficar. Soube-se logo: eram criados que o professor havia pedido a uma agência: copeiros, duas arrumadeiras, cozinheira e um cidadão mais imponente, logo identificado como o mordomo. E começou-se a trabalhar dentro daquela casa, onde, durante tanto tempo, não se ouvira uma voz, como se ela fosse desabitada ou se residissem lá apenas fantasmas. Limpavam-se vidros, esfregavam-se, até que eles readquirissem o primitivo brilho. Colocavam-se cortinas caras de veludo. Dois jardineiros restauraram o jardim até então abandonado. Era uma verdadeira ressurreição.

O próprio professor foi visto, apoiado numa bengala, andando no jardim, na companhia do provável mordomo. Dava ordens, dizia: "Façam isso" ou "façam aquilo". Parecia excitado, acometido de febre. Houve até quem o visse dizer:

— Quero serviço direito. Vejam lá!

Enfim, o homem se humanizava, parecia se interessar por pequeninas coisas domésticas como qualquer mortal. Já não inspirava terror, como antes; perdia um pouco o seu aspecto lendário. E maior espanto houve nas redondezas quando se soube que, durante um passeio, acariciara a cabeça de um menino descalço.

A curiosidade do povoado residia no seguinte: "Para que tudo isso, para quê?". Havia ali um mistério que os homens e as mulheres — sobretudo as mulheres — ardiam por decifrar. Mas nada transpirava. Os criados do professor saíam pouco; ou, antes, praticamente não saíam, absorvidos pela tarefa de recolocar o prédio em condições de habitabilidade. Quanto a Isaac, sabia-se do seu fim: morrera e, ao que se dizia, assassinado em circunstâncias misteriosíssimas. Fora encontrado, em pleno mato, com uma profunda ferida nas costas. "Punhalada", conforme se afirmava. Comentavam:

— Parece que, com a morte de Isaac, o negócio melhorou lá por cima...

Finalmente uma mocinha, filha de uns colonos — mais ousada e esperta do que as outras —, abordou um dos criados do professor que saía para fazer umas compras na cidade. Tratava-se justamente de um rapaz — aliás, bem-apessoado — que gostou, sumariamente, do tipo e do ar petulante da moça.

— O que é que há aí? — interrogou a pequena.

— Há como? — O rapaz sorria.

— Isso, assim de repente.

— Não sabe?

— Estou perguntando, não estou?

— Nem imagina?

— Não.

— O homem vai se casar.

— O quê?

— O homem vai se casar.

— Não diga!

— Pois é.

A notícia se espalhou logo, com uma rapidez impressionante. Num instante todo o mundo soube, e foi um assombro geral. Não houve quem não se espantasse com aquilo. Um velho, experiente da vida, levou as mãos à cabeça:

— Mas isso é o fim do mundo!

Outro estranhou:

— Com aquela cara?

Uma senhora levantou a hipótese:

— Será casamento por amor?

O ceticismo em volta foi geral:

— Pois sim!

— Então alguém pode inspirar amor com aquela cara?

— Ainda por cima velho!

Um gaiato sugeriu:

— Casamento de dinheiro!

E foi esta a opinião que prevaleceu; o que estaria movendo a noiva era nada mais, nada menos do que o interesse, nada mais, nada menos do que isso. Durante muito tempo se falaria, se diria com a máxima expressão de espanto:

— O professor Jacob vai casar!

Só não se sabia quem era a noiva. Nem se fazia, a respeito, a mínima ideia.

Depois de se separar de Bob, e de pensar uns dois minutos na resolução do rapaz, o dr. Meira voltou a pensar no drama de Laura e de d. Lígia. Então saiu, de novo, à procura de Laura. Não a encontrava em lugar nenhum. "Onde estará ela, meu Deus do céu?" Míriam, que ia passando na ocasião, foi quem o informou, afinal:

— Ela saiu, doutor.

— Ah, saiu? — A contrariedade do médico era evidente.

Mas, ao mesmo tempo, aliviou-se um pouco. É que até já estava pensando em bobagem, como, por exemplo, que Laura fugira. Graças a Deus, não era nada disso; ou, pelo menos, não parecia. Disse a Míriam:

— Então, quando ela chegar, diga que eu lhe quero falar. Mas não se esqueça.

— Não me esqueço, não.

O dr. Meira refletiu: "Eu tinha mesmo que falar com Lígia em primeiro lugar". Subiu; e bateu no quarto de d. Lígia. Custaram a responder. Ele até já estava pensando que ela não se encontrava lá naquele momento. A voz da própria d. Lígia o deteve:

— Quem é?

— Eu.

O velhinho notou imediatamente que era uma voz de choro. Teve uma secreta irritação: "Como as mulheres têm lágrimas para perder!". A própria d. Lígia veio abrir:

— Entre, doutor Meira!

Ele entrou, perturbado. Vira, de relance, nos olhos de d. Lígia, uma expressão de martírio: "Mas será possível que ela sofra tanto, sofra sempre?". A porta estava de novo fechada, embora com o trinco apenas. Cláudio saíra há coisa de uma meia hora. E saíra desesperado. Ao deixar o quarto, tivera uma atitude meio infantil e ainda assim impressionante, dizendo para d. Lígia:

— Você é uma maldição na minha vida!

Essas palavras, ditas num momento de raiva, haviam calado profundamente no espírito de d. Lígia. Tão profundamente que ela quis chamá-lo, fazê-lo voltar atrás, mas ele não quis.

Agora, diante do dr. Meira, d. Lígia dizia:

— Sabe qual é o meu medo, o meu maior medo?

— Qual?

— Que ele se mate. É isso que eu receio.

Quis animá-la, infundir-lhe novo ânimo; e disse:

— Não acredito.

— Pois eu acredito. O senhor não sabe como é aquele menino.

Continuava a chamá-lo de menino, sem querer, por hábito talvez, ou por força de um sentimento qualquer, mais profundo. O velhinho aproveitou a primeira pausa para dizer:

— Bem, Lígia. O motivo que me trouxe aqui é o seguinte. Imagine você que seu marido estava na porta...

— Como?

Ele repetiu:

— Seu marido estava na porta, ouvindo tudo que você dizia a Cláudio.

— Não é possível! — Ela estava sinceramente assombrada.

— Estou lhe dizendo.

— E o que é que ele ouviu?

— Olha; a última coisa que ele ouviu foi você dizer a Cláudio que gostava dele.

— E não ouviu o resto?

— Que resto?

— Não ouviu quando eu disse que gostava dele, mas não com amor?

— Ah, foi? Você disse isso? Pois olhe: Carlos deixou de escutar justamente no momento em que você disse que *gostava*.

— Que coisa, meu Deus do céu!

— Veja você!

— E agora? — Era para o médico que se voltava, como se ele representasse a última possibilidade de ajuda.

— Agora Carlos está dizendo — até jurou — que vai matar Cláudio.

Isso foi um choque para d. Lígia, um tremendo choque. A princípio não disse nada, como se estivesse pensando sobre o que queriam dizer as palavras do dr. Carlos. E, então, seu coração começou a bater doidamente. Pensou em Cláudio morto, Cláudio deitado entre flores, sob a iluminação dos círios. Cláudio levado para o mistério da terra. Essas imagens todas apareciam no seu espírito com uma nitidez alucinante, como se ela estivesse vendo, e não imaginando aquilo. Ficou pálida, e tão trêmula que o dr. Meira se assustou:

— Que foi, Lígia?

Ela queria falar, mas não saía palavra nenhuma. Abria a boca como se lhe faltasse a respiração. Pôde, afinal, dizer:

— Eu sei que ele mata mesmo, doutor Meira. Mata, sim!

— O pior — continuou o médico — é que, se eu contar a ele o que você disse depois, só agora, que gostava do rapaz como um filho, Carlos não vai me acreditar. Eu sei como é ele!

— Espere. Já sei, doutor Meira. Eu tenho uma maneira de convencê-lo. Eu vou...

32

Meu divino bem

MAS D. LÍGIA parou, no momento em que ia contar o seu plano para o dr. Meira. O velhinho quis que ela continuasse (no fundo estava temeroso de uma loucura).

— O que é que você vai fazer?

Ela disfarçou:

— Nada, doutor Meira, nada.

E o velho, cada vez mais preocupado, tanto mais que agora d. Lígia se fechava sobre si mesma, escondia as suas intenções:

— Não se precipite, Lígia! Cuidado, muito cuidado! Essas coisas são muito sérias, minha filha!

— Não há perigo. Vou só falar com Carlos.

— E o que é que você vai dizer?

Era isso que ele temia. Que d. Lígia, exaltada como estava, com todos os sentimentos exacerbados, se comprometesse ainda mais, provocasse uma cólera maior no marido e antecipasse um desfecho brutal.

Ainda tentou dissuadi-la, convencê-la:

— Olha aqui, Lígia, deixe que eu falo com seu marido.

Mas ela foi irredutível; sua natureza era doce, mas, quando cismava com uma coisa, dificilmente voltava atrás.

— Eu mesma falo, doutor Meira.

— Está bem, Lígia. Mas eu só quero que você se lembre do seguinte: que, do que você disser a seu esposo, depende uma série de coisas.

— Eu sei, eu sei. Não se incomode; eu lhe disse que tinha uma maneira de resolver a situação e é verdade. O senhor vai ver!

O médico duvidou:

— Você não faz ideia de como está Carlos. Uma fera, uma verdadeira fera. A única maneira dele melhorar um pouco — e, ainda assim, não sei, não — é se você conseguir convencê-lo de que não há nada, absolutamente nada, entre você e Cláudio.

— Pois é isso, doutor Meira, é isso justamente o que eu vou fazer. Não se incomode.

O outro abanou a cabeça:

— Como? Duvido muito que você consiga. Duvido muito.

Ela estava misteriosa:

— O senhor verá. Depois falaremos.

— Mas diga: como, Lígia? Como?

Repetiu:

— O senhor verá.

Ele saiu. Ia profundamente cético. Não acreditava que d. Lígia pudesse fazer alguma coisa; e só pedia a Deus que ela, com a sua tentativa, não agravasse, ainda mais, a situação. Suspirou no corredor: "Enfim, veremos. E seja o que Deus quiser!...". Desceu as escadas, com o pensamento em Laura. Será que ela teria chegado? Laura representava outro problema, tão ou mais grave.

Logo que o dr. Meira saiu, a atitude de d. Lígia mudou como da noite para o dia. O ar de desespero, de prostração, desapareceu, instantaneamente. Uma transformação tão repentina que, se tivesse alguém lá, assistindo, ficaria espantado. Em primeiro lugar, ela foi à porta, torceu a chave. Queria evitar que entrasse alguém, que alguém viesse perturbá-la. Aproximou-se, então, do espelho.

Durante cerca de uns dois minutos ficou ali, imóvel, vendo a imagem refletida, fazendo uma espécie de crítica de sua pessoa. Achou-se abatida, muito abatida, como alguém que não dorme há muito tempo ou que sofreu muito. Aproximou-se mais ainda do espelho, para se examinar de perto, ver com maior nitidez e com minúcia a sua fisionomia. Procurava, sobretudo, rugas. O interessante é que, até então, nunca se preocupara em fazer essas pesquisas. Tinha tão poucos motivos para se ocupar de si mesma! Mas agora, não. Agora o caso era outro. Precisava ser bonita, precisava impressionar bem. Olhou para os lábios. E pareceu-lhe que sua boca era bonita, que podia inspirar perfeitamente a ideia do beijo. Pronunciou o próprio nome, baixinho, sentindo na alma uma estranha doçura:

— Lígia, Lígia!

Reparou também nos olhos cansados de tantas lágrimas. "É preciso que ninguém perceba que eu sofro, que eu estou sofrendo." Porque era importantíssimo para o plano de d. Lígia, plano de que dependia a sua própria vida e a de Cláudio. Mas não era a sua, evidentemente, que a preocupava, não. Disse, baixinho, diante da própria imagem:

— Eu não teria medo de morrer.

Sim, morreria sem saudade da vida. Porque a vida tinha sido para ela tão dura, tão vazia, sobretudo isso, vazia. Mas não queria, de maneira nenhuma, que Cláudio morresse. Isso não; tudo, menos isso. E perguntava a si mesma, com certo medo no coração:

— Mas o que é que eu sinto por esse menino?

Ficou algum tempo, ainda, se olhando; depois, foi tomada de uma súbita pressa. Com um dinamismo inesperado, foi ao guarda-roupa, escolheu um vestido. Aliás, um bem bonito, talvez o melhor para andar em casa: "Esse mesmo". Era um desses vestidos que valorizam uma figura de mulher, dão um perturbador realce ao tipo e fazem com que os homens estremeçam e sonhem. Num instante, nervosamente, ela se vestiu, pregou os colchetes. Agora precisava só fazer uma coisa: tirar do seu rosto os vestígios de sofrimento, o sulco das lágrimas.

Puxou uma cadeirinha, sentou-se diante do espelho e começou uma cuidadosa pintura, uma minuciosa maquilagem. Em pouco tempo, sua fisionomia ficou outra, bem diferente. Quem a visse assim — foi a conclusão a que ela mesma chegou — não desconfiaria dos seus sofrimentos. Experimentou várias expressões, de ternura, de amor. Adotou um ar de mulher enamorada. E o que a fez experimentar um sentimento grande de felicidade foi a certeza de que, como estava, era uma linda mulher, uma mulher que qualquer homem veria com prazer e encanto.

— Bem, agora eu posso ir!

Olhou-se ainda uma vez, como se quisesse guardar a lembrança viva de sua figura, e saiu do quarto. Ia com ânimo de luta, disposta a fazer tudo para salvar Cláudio. Ela conhecia bem o marido. Sabia que ele punha em todos os sentimentos, no amor e no ódio, a mesma violência passional.

Enquanto isso, o dr. Meira continuava procurando Laura. E sem encontrar. Isso o pôs num mau humor incrível, sobretudo porque parecia que a ausência da velha tinha alguma coisa de obscura e de pressaga. Interrogou Míriam:

— O que é que Laura foi fazer fora?
— Não sei, doutor Meira.
— Alguém mandou?
— Não. Pelo menos que eu saiba.
— E ela não disse nada?
— Não.
— Estranho, isso. Esquisito.
— Pois é.

O mais curioso de tudo é o seguinte: o dr. Meira podia ver na ausência de Laura uma coisa natural, simples, sem nenhum sentido particular. Porque não há nada de mais que uma pessoa saia de casa. Mas alguma coisa dizia ao dr. Meira que o fato não era nada trivial. Ele começou a fixar as hipóteses mais incríveis: "E se Laura...". Não teve nem coragem de concluir o pensamento. Mas a verdade é que, se ela desaparecesse, como se poderia descobrir o mistério do nascimento de Cláudio? Era isso que mais atormentava o velhinho; saber se o rapaz tinha alguma coisa com d. Lígia.

— Queira Deus que não!

Fazia votos, desejava isso de todo o coração. De repente, viu Malu. Ele estava no jardim, pensando nos acontecimentos que se sucediam, num ritmo de tragédia, dentro daquela casa; e Malu, toda pronta, saía pela porta da frente. O dr. Meira teve um aperto no coração, sem que de momento soubesse por quê. E imediatamente desculpou-se consigo mesmo: "São meus nervos". Encaminhou-se para Malu, momentaneamente distraído de suas preocupações. "Como ela está linda", observou.

Outra coisa que o deixou meio intrigado: Malu ia passar como se não o visse, como se não tivesse consciência de sua presença. Estranhando, chamou:

— Malu!

Só aí ela parou. E não manifestou surpresa nenhuma. Disse apenas:

— Ah, doutor Meira.

Ele, com um cigarro meio gasto entre os dedos, quis gracejar:

— Onde é que vai?
— Passear!

O dr. Meira achou — cada vez mais intrigado — que ela não sorria, não apresentava nenhuma cordialidade na fisionomia. Não pôde deixar de comentar para si mesmo: "Ora essa!". E ia dizer mais alguma coisa quando Malu deixou-o, sem se despedir. Ele ficou imóvel, estupefato. "Será que ela também está zangada comigo?" Correu atrás da moça:

— Malu!

Novamente parou. Ele estava a seu lado, sem dissimular seu espanto. Perguntou:

— Que é que há?

Balbuciou:

— Nada.

E ele, olhando-a muito:

— Estou achando você tão assim!

— Não há nada, doutor Meira. Juro!

Mas ele continuava dominado pela mesma impressão. Tornou:

— Você está zangada comigo?

Respondeu, fria e distante:

— Não.

— Então está bem.

Deixou-a ir, desconcertado. Viu quando Malu entrou no carro, que estava encostado em frente ao portão, e partia. O médico não compreendia aquilo. "Aonde irá ela?", era a sua curiosidade quase doentia. O que sugeria essa pergunta era a elegância de Malu, a toalete minuciosa e perfeita. Tão perfeita, como se ela fosse a um encontro de amor. "Mas isso não, não, não é possível, não acredito."

D. Lígia estava no corredor, diante do quarto do marido. Antes de bater, teve uma última hesitação. "Talvez ele não esteja." Quase desejou isso. Finalmente, tomou respiração e bateu. Uma vez só. Silêncio. "Não está", concluiu. Por desencargo de consciência, insistiu: bateu outra vez. E, quando se convencia da ausência do dr. Carlos, veio a resposta:

— Quem é?

Disse, fazendo um esforço supremo para não trair o seu estado de tensão:

— Eu.

Passaram-se alguns segundos, antes que ele viesse abrir. Apareceu-lhe com uma fisionomia de sofrimento tão vivo que ela se crispou. Não deu passagem

à mulher; parecia esperar que ela dissesse alguma coisa, explicasse a sua presença ali.
— Que é?
E era evidente que se impressionara com a aparência da mulher. Podia esperar por tudo, menos que ela surgisse assim, tão bonita. Aquilo o perturbou. Como a mulher custasse a responder, insistiu:
— Que é que há?
— Eu preciso falar com você, Carlos.
— Então entre.
Ela passou e o marido fechou a porta. Estavam os dois, face a face. Ele com a fisionomia cada vez mais carregada. O dr. Carlos tinha uma palavra íntima que repetia, com exasperação: "Cínica, cínica". Estava certo de que ela ignorava que ele ouvira tudo. Esperava, cruzando os braços, que d. Lígia começasse. "Que pretenderá ela? Se ela veio aqui me procurar, é porque tem alguma coisa de mais ou menos grave para contar. Mas ela vai ver!"
D. Lígia principiou assim:
— Carlos, eu soube que você estava ouvindo uma conversa que eu tive com aquele menino.
Ele estremeceu, virou-se para a esposa, agressivo:
— E quem foi que lhe disse?
— Doutor Meira.
— O doutor Meira está se metendo demais.
— Carlos, eu quero explicar a você uma coisa.
Contendo-se — pois sua vontade era explodir —, disse, entre dentes:
— Não precisa.
— Mas eu quero. Você tem que me ouvir.
Ele foi amargo e sardônico:
— Ah, é? Tenho que ouvir? Você ainda impõe?
Ela percebeu que devia moderar o tom. Fez-se doce, suave, persuasiva:
— É um direito que tenho, Carlos, de me defender. Você faz uma ideia de mim e eu quero tirar essa má impressão.
— Vá esperando!
— Você ouviu tudo até o momento em que eu disse àquele menino...
Ele interrompeu, brusco:
— Menino, eu sei!
Implorou:
— Deixe eu continuar, Carlos... Ouvi até o momento em que eu disse que gostava dele, sim. Mas não ouviu o resto.
— Você acha que eu precisava ouvir mais alguma coisa?

Então ela se tornou veemente. Sentia que era chegado o momento de convencê-lo, de arrancá-lo daquela obsessão. Usou de todo o seu poder persuasivo:

— Precisava, sim. Porque, se tivesse ouvido o resto, escutaria o que eu disse em seguida: que gostava dele, mas não como ele queria ou pensava. Quer dizer, gostava, mas de outra maneira, desinteressadamente.

— Você pensa que eu acredito? Que sou bobo?

— Juro!

— Não adianta!

— Mas nem jurando, oh, Carlos!

— O homem que vai atrás de juramento de mulher está desgraçado!

Ela segurou-o pelo braço:

— Você tem que acreditar! Precisa acreditar!

Mas o marido, desesperado, permaneceu irredutível. Tinha um sorriso mau na boca:

— Acredito o quê? Acredito coisa nenhuma! E você quer saber de uma coisa, que eu vou fazer?

D. Lígia empalideceu:

— O quê?

— Vou matar esse rapaz! Eu, esse que está aqui!

Parecia um doido ao dizer isso. Estava inteiramente desfigurado. Ela perguntou, atônita:

— Vai matar Cláudio?

— Vou.

Ela, então, não pôde mais: caiu de joelhos, abraçou-se às pernas dele:

— Pelo amor de Deus, não faça isso. Carlos, veja o que você vai fazer! Pelo amor de Deus!

— Seu Cláudio é homem morto. E essa sua atitude...

— Não, não! — chorava, meio enlouquecida.

Ele continuou:

— ... essa atitude sua, aí de joelhos, veio confirmar tudo o que eu já sabia. Para fazer o papel que você está fazendo — ouviu? —, a mulher precisa gostar muito. Muito mesmo, de verdade.

Ela ergueu-se depressa:

— Você acha, então, que eu me ajoelhei por causa dele?

Ironia do marido:

— Então não foi?

Afirmou:

— Não!

— Então foi por quem? Diga, pode dizer.

Ela baixou a cabeça, subitamente envergonhada:
— Eu me ajoelhei por você.
— Por mim?
— Sim, por você — exaltava à medida que falava. — Eu não quero que você seja assassino. Não quero, Carlos!
— Ah, está com cuidado, é?
— É.
— E posso saber por que essa solicitude?
— Pode.
— Por quê?
Ela fez uma pausa. E disse, então, deixando as palavras caírem, uma a uma:
— Porque eu amo você. Porque você é o meu único, meu grande amor.

Ele não entendeu logo. Mas estava com aquilo nos ouvidos: "... meu grande, meu único amor". Durante alguns segundos, olharam-se apenas: ela, tenaz, sem tirar a vista do marido, procurando ler na sua fisionomia uma reação qualquer. E pensava, desesperada: "Será que ele acreditou?". O dr. Carlos fazia-se mais pálido; d. Lígia pôde ver que, gradualmente, o marido se transfigurava. Primeiro, uma expressão de espanto e de incompreensão; depois, de incredulidade; e, por fim, de dor.

Porque, realmente, era o que ele estava sentindo; uma nova espécie de sofrimento. Era evidente que as palavras da esposa, e sobretudo a entonação e o gesto com que foram ditas, haviam abalado profundamente o dr. Carlos. Ele ouvira, sim; mas todo o seu ser reagia contra aquilo, não queria acreditar, não podia acreditar. Tinha um ar de louco, a voz subitamente rouca, quando perguntou:
— O quê?

Ela repetiu, e as mesmas palavras, com as mãos caídas ao longo do corpo:
— Você é o meu único, meu grande amor.

Houve novo silêncio entre eles, enquanto mutuamente se examinavam. Ela continuava imóvel, atenta, dolorosamente atenta, aos reflexos fisionômicos do dr. Carlos. A verdade é que tinha medo, um medo grande, enorme, do que o esposo pudesse fazer, de sua reação. Conhecia-o impulsivo, capaz das mais sombrias violências num momento de exaltação. Ele repetia, com o rosto e a voz subitamente inexpressivos:
— Você me ama, você?...
— Eu, sim, Carlos, eu!

Dizia isso com uma expressão patética, pondo nas palavras uma convicção apaixonada. Mas ele queria saber de mais coisas. Achava tudo aquilo muito obscuro, inquietante. Em vão esforçava-se por compreender. Dentro dele, estava latente o medo de uma mistificação, de um novo engano; seu instinto de defesa se mobilizava. Perguntou:

— A pretexto de que você vem me dizer isso agora?

Respondeu, procurando ser carinhosa:

— E precisa pretexto, Carlos?

— Estou achando isso uma coisa muito assim. Muito extemporânea.

Ela se exaltou, sentindo-o meio convencido ou tentado para isso:

— Extemporânea uma prova de amor que eu dou ao meu marido? Oh, Carlos! Qualquer momento é bom para uma coisa dessas!

— Diga-me uma coisa...

Mas parou. Subitamente, lembrava-se da conversa que tivera com o dr. Meira. Raciocinou rapidamente: "Ela tem algum objetivo; eu não sei qual é, mas tem". Sua fisionomia mudou novamente de expressão:

— Já sei.

Coube a d. Lígia se espantar:

— Sabe? — Não compreendia direito.

— Sei — baixou a voz, tinha um vinco de ironia na boca. — Diga-me uma coisa: não foi o doutor Meira que lhe disse, que lhe contou?

— Como? — fez-se de desentendida.

— Foi o doutor Meira ou não? — gritava.

Desesperou-se:

— Mas o que é que tem?

— Foi?

— Foi.

— Agora compreendo.

Ela não disse nada. Experimentava um sentimento de desânimo, vizinho do desespero. Dizia a si mesma, numa obsessão: "Não adiantou, não adiantou". Tinha vontade de chorar, de soluçar, não sei. Era um esforço imenso que se continha. Ele continuava, cada vez mais violento:

— Você sabia e está me armando um laço. Mas pensa o quê? Que eu sou bobo, talvez? Que não enxergo? Que posso ser enganado assim, grosseiramente?

— Não seja assim, Carlos!

Ele se voltava agora contra o médico:

— Vocês dois, você e o doutor Meira, combinaram isso! — E repetiu, desvairado: — Combinaram tudo, pensa que eu não sei?

Ela estava saturada:

— Então é, então é, pronto!

— E se você pensa que o tal sujeito vai escapar, está muito enganada, minha filha, muito enganada!

Então ela gritou:

— Não, não!

Desesperava-se de novo, agora que via a ameaça pairar sobre a vida de Cláudio. Agarrou-se ao marido, abraçou-se a ele:

— Você não acredita que eu o ame?

— Não.

— Pensa que é mentira minha?

— Penso, não. Estou certo.

— Mas eu vou lhe provar que amo — ouviu? —, vou lhe provar!

Nunca que ele podia ter previsto a atitude da esposa. Foi assim apanhado inteiramente de surpresa.

Sem acrescentar nem uma palavra mais, ela se pôs na ponta dos pés e procurou unir sua boca à do marido. No primeiro instante, ele não soube o que fazer. Foi como se não compreendesse o que estava acontecendo, não tivesse a mínima noção. Aliás, tudo aquilo parecia um sonho, uma coisa de loucura. Só depois de alguns segundos — ela premia desesperadamente seus lábios de encontro aos dele — é que o dr. Carlos retribuiu. E por sua vez, quase sem sentir, quase sem saber o que estava fazendo, abraçou a esposa. E, depois, foram como que perdendo a consciência de tudo. Não se lembraram de nada; concentravam-se apaixonadamente naquele estado de febre, de doce e ardente consumação. Naqueles poucos momentos, todo o passado que os separava — passado de mal-entendidos, amarguras e desfeitas recíprocas —, todo o passado se diluiu. Nada existia dentro deles senão aquela emoção quase divina.

Quando se desprenderam, estavam os dois espantados. Era como se não compreendessem a sensação que os havia arrebatado — aquele misto de martírio e deslumbramento. Como que não se reconheciam. Pareciam fazer a mesma interrogação: seria possível que acontecessem entre eles coisas como aquela?

Quem primeiro falou foi d. Lígia (e isso depois de um longo, quase interminável silêncio):

— E agora?

— Agora o quê?

— Acredita?

Eles estavam cansados, muito cansados, como se o beijo lhes tivesse absorvido tudo — as energias, os sentimentos, tudo. Ele ia responder logo, mas se deteve. Olhou para a mulher como se quisesse penetrar-lhe a alma, ver o fundo dos seus sentimentos. Respondeu, sem desfitá-la:

— Não sei, não sei.

E ela, dolorosa:

— Você acha que uma mulher que dá um beijo como eu dei pode não gostar do marido?

— Quem sabe?

— Eu sei, eu! — E mudou de tom, para acrescentar: — Você também sabe, Carlos. Sabe e está com coisa. A palavra pode ser falsa, mentirosa, mas o beijo nunca, duvido! Há carícias que não mentem, que não podem mentir. Qualquer mulher sabe disso, qualquer uma.

Ele continuava duvidando. Seu raciocínio trabalhava incansavelmente: "Será verdade? Mentira? Eu não sei, meu Deus, não sei". O que o assustava, sobretudo, era a transformação brusca da mulher. Aquilo, assim de repente, justificava todas as suspeitas! Se fosse uma modificação gradual de atitude, de sentimentos, ainda bem. Mas de chofre!... Por quê, por quê? Sentia o sangue fervendo na cabeça; e ainda pensou: "Acabo tendo um derrame cerebral". Naquele momento, o que desejaria era não pensar, não pensar em nada, não pensar em coisa nenhuma, repousar o cérebro. — Disse, afinal:

— Acredito em você, acredito!

D. Lígia não teve calma bastante; perguntou, sôfrega:

— E você não fará nada?

— Como?

— Não matará o rapaz?

— Ah, é nisso que você pensa, só? Nesse indivíduo?

— Não é nele que eu penso. É em você, só em você! Já não lhe disse que não quero que você se torne assassino? Pensa que é muito agradável para mim, para uma esposa, ter um marido assassino?

— É verdade isso?

Malu tinha marcado um encontro com um dos seus admiradores mais recentes.

Deviam se entrevistar, num determinado ponto da estrada; ele a esperaria lá, e ela o apanharia no automóvel. O rapaz, antes de desligar (pois haviam combinado tudo num telefonema), advertira:

— Veja lá, hein?

Malu confirmou:

— Vou, sim.

Na hora marcada e no ponto aprazado, lá estava ele; de vez em quando olhava para o relógio de pulso. E parecia-lhe que a conquista de Malu era um caso liquidado. "Foi até fácil demais", refletia. A convicção dessa facilidade lhe deu um grande prazer e a certeza de sua força. Mas o tempo ia passando, e nada de Malu. Ele perguntou a si mesmo: "Será que eu vou levar um bolo?". Seus olhos estavam fixos na direção da casa da moça. — De instante a instante, passava um automóvel; não, porém, o de Malu. Finalmente, ele teve uma exclamação:

— Lá vem!

Reconhecera, à distância, o automóvel. A alegria, o otimismo, a certeza do triunfo voltaram, de novo, ao seu coração. Disse consigo mesmo: "É minha!". O carro se aproximava cada vez mais. Ele pôde distinguir as feições de Malu. Agitou os braços, alegremente. O automóvel diminuía a marcha, quase parou junto dele. Mas quando o rapaz, risonho, se aproximou da portinhola, para abrir e entrar, sucedeu o inesperado: Malu pôs o pé no acelerador e o automóvel arrancou. O moço ficou no meio da estrada, sem compreender, os braços caídos, incapaz de um gesto, de uma palavra, vendo o carro, numa disparada louca, entrar, sem diminuição de marcha, numa curva, quase derrapando. Ele pensou, primeiro, que se tratava de uma brincadeira e que, em seguida, ela voltaria. Mas não. Passou-se o tempo e ele continuou no mesmo lugar, parado, desconcertado, cada vez compreendendo menos, numa confusão mental alucinante.

Disse, em voz alta:

— Mas que negócio é esse?

Mas o fato se consumara: Malu passara, fizera aquilo de propósito e não voltaria mais. Uma cólera surda o invadiu. Se ela estivesse ali, naquele momento, ele faria nem sabia direito o quê. "Malu me paga."

Nem ele, nem ninguém poderia explicar o gesto de Malu. Talvez nem ela mesma: quando marcou o encontro estava, naturalmente, disposta a comparecer. Não que já sentisse pelo Fulano um sentimento mais sério do que um simples interesse inicial. Mas queria, precisava aturdir-se, divertir-se de todas as maneiras, mergulhar numa vida de vertigem. E achava o moço um flerte provavelmente agradável, que a distrairia um pouco, ajudando-a a encher de alguma maneira o vazio de sua vida. Partira para a entrevista, pensando em fazer o que prometera: apanhar o Fulano no caminho e dar umas voltas. Mas ao vê-lo, e quando já estava encostando, teve um impulso que não pôde controlar: arrancou, deixando o outro, tonto, no meio da estrada. E continuara, sabendo agora para onde deveria ir.

Desde manhã cedinho que o professor Jacob andava pela casa, pelo jardim, pelo quintal, como uma pilha de nervos. Procurava não demonstrar, mas era evidente o seu estado de tensão, de angústia. Às vezes, caía em abstração; e não adiantava ninguém interrogá-lo, consultá-lo sobre uma coisa e outra, uma ordem de serviço etc. Ele não respondia, como se estivesse a mil léguas dali; ou só respondia muito depois, como que subitamente acordando. Perguntava, então:

— O que é que há?

Ninguém podia imaginar — é claro — o que teria ele, qual o motivo daquelas abstrações. Os empregados, entre si, confidenciavam. E a um fornecedor, que insistia para receber no momento, advertiram:

— O homem hoje não está bom.

E não estava mesmo. Aquele ar, sombrio, concentrado, inspirava o medo. A copeira, olhando-o de soslaio, observou, com certo estremecimento: "A raiva desse homem deve ser uma coisa doida". O professor Jacob só saiu de seu alheamento para fiscalizar um pouco as obras. Dizia, de vez em quando:

— Olhem! Isso tem que ficar bom!

— E vai ficar, professor.

Ele parecia ter um interesse todo especial em que, naquele dia, a casa estivesse um brinco. Uma vez, passou o dedo num móvel e o dedo ficou sujo de poeira. Ficou indignado. Gritou:

— Não quero pó nos móveis!

E examinou também os vidros; viu a arrumação dos jarros; pediu flores com urgência. Não cessava de advertir, como numa obsessão:

— Tudo o melhor possível!

Finalmente, ele chamou o mordomo. Desejaria não se abrir com ninguém. Mas foi como se sofresse um repentino enfraquecimento de vontade. Precisava dizer a alguém o que sentia, se confessar de alguma forma, fazer uma confidência, ainda que fosse parcial. Levou o mordomo para um canto, onde ninguém pudesse ouvi-los:

— Quer saber de uma coisa, Jack?

O homem inclinou-se, na sua impecável atitude:

— Pois não, professor.

— Sabe por que eu mandei fazer tudo isso?

E pareceu hesitar, como se o detivesse um último escrúpulo. O mordomo, em frente a ele, não dizia nada e procurava não demonstrar a curiosidade que começava a invadi-lo. O professor concluiu:

— Jack, eu estou esperando aqui a única pessoa no mundo que me interessa.

E repetiu, frisando:

— A única!

O mordomo esperou mais um pouco. Sentia que o patrão ia fazer uma violência contra o próprio temperamento (porque ele não era dado a expansões). Já então a curiosidade o mordia. Pigarreou discretamente e avançou:

— Quem é, professor?
— Neste momento — quando o professor ia abrir a boca para falar — entrou um criado. Anunciou:
— Tem uma moça aí, professor.
— Mande entrar, já. Para aqui.
E, quando o criado saiu, o professor disse, pálido:
— Você vai conhecer minha noiva, Jack.

33

Malu

O MORDOMO, APESAR DE ser muito frio, muito controlado, empalideceu um pouco e teve um certo ar de espanto. Fora apanhado totalmente de surpresa. "Noiva?", era a pergunta que fazia a si mesmo enquanto procurava, por todos os meios, disfarçar a sua impressão. O professor Jacob não tirava a vista do mordomo. Percebeu que ele ficara surpreso, e isso de algum modo o lisonjeou. Advertiu, ainda:
— Olha, Jack: minha noiva é absoluta aqui dentro; tem que ser respeitada e obedecida — percebeu?
O mordomo inclinou a cabeça:
— Perfeitamente, senhor.
Então Jack e o professor viraram-se, num mesmo movimento, para a porta, por onde a noiva devia entrar. Jack estava de olhos absolutamente fixos; e o professor também. Ambos esperavam com uma absoluta tensão de nervos; estavam numa espécie de angústia, se bem que por motivos diversos. Em Jack, o que existia, tão somente, era a curiosidade intensa, quase doentia; e no professor um sentimento de amor, a que se misturava um pouco de sofrimento. Um e outro sentiram que os passos se aproximavam. A tensão tornou-se maior. Pareciam contar os passos, pareciam medir a distância que a cada segundo ou fração de segundo separava a visitante da sala. No último momento, Jack teve a curiosidade de ver a fisionomia do professor; e não pôde reter um estremecimento: o homem parecia um morto, tinha a palidez dos mortos. Mas o

mordomo não pôde olhar mais, porque desviava a vista, outra vez, na direção da porta.

A noiva acabava de chegar. O professor teve um sorriso, ou uma expressão parecida com sorriso, porque a cicatriz da face repuxava a boca de uma maneira bastante incômoda para os outros. E balbuciou, numa voz que apenas Jack ouviu:

— Ela!

O mordomo sentiu, nessa exclamação abafada, todos os sentimentos possíveis; e, sobretudo, um desses amores, uma dessas ternuras, quase sobre-humanas. Calculou: "Deve adorá-la". E compreendeu perfeitamente isso; o professor tão feio, com aquela cicatriz, devia ser gratíssimo a uma moça linda que se decidira aceitá-lo.

O mordomo não se mexeu de onde estava; o professor é que, passando o instante de deslumbramento, se encaminhava, precipitadamente, ao encontro da moça. Ela o esperou; estava imóvel como uma visão, como uma imagem de quadro (foi esta a comparação que ocorreu a Jack). O mordomo olhava a cena muito impressionado, não perdendo um detalhe. Viu quando o professor, curvando-se, tomava as duas mãos da moça e beijava, uma após outra. Não já com o amor, mas com fanatismo, com devoção. Era como se estivesse não diante de uma mulher, mas diante de uma santa.

Murmurou:

— Obrigado por ter vindo.

Parecia comovido como que em face de um milagre. Ela respondeu, baixo, tão baixo que Jack, à distância, mais adivinhou do que ouviu:

— Não sabe que eu virei sempre? Sempre que quiser e mandar?

E ele, sempre com as mãos da bem-amada entre as suas:

— Querida!

Ela teve um tom inesperado de lamento, de doce lamento, um tom que surpreendeu Jack:

— E quando será o dia?

O professor teve uma expressão de tristeza:

— Você não sabe que não pode ser já?

— Por que não?

— Só quando você completar sua maioridade.[12]

Foi muito feminina, muito amorosa, no seu comentário:

— Que pena!

Na sua ternura, ele teve uma observação banal:

— O tempo passa depressa.

Ela protestou, com a mesma doçura de sempre:

— Eu não acho. Os dias se arrastam, meu Deus do céu! Enfim...
— Haveria uma outra solução.
A moça se animou, transfigurada:
— Qual?
O professor pensou um pouco. Disse, afinal, meneando a cabeça:
— Mas essa não serve.
Ela não sabia qual seria essa solução. Não podia fazer ideia. Mas se animava tanto e desejava tanto antecipar o casamento que, naquele momento, qualquer ideia nesse sentido lhe parecia boa:
— Serve, sim, serve — balbuciou.
Mas ele foi intransigente:
— Se servisse, você pensa o quê? Que eu hesitaria? Ah, meu amor! Você não me conhece, você não conhece o amor que eu tenho por você...
— Então por que essa demora?
— Por quê?
Foi veemente, parecia acusá-lo:
— Sim, por quê?
— Você sabe, você está farta de saber.
A noiva continuou, no mesmo tom. Sua doçura, sua atitude de mulher enamorada, fundiu-se em desespero. Libertou as mãos:
— Eu não sei nada! O que eu sei é que você, se me ama, devia fazer tudo para acabar com isso de uma vez.
O professor deixava a moça falar. Durante algum tempo, limitou-se a ouvir. Tinha no rosto uma expressão de sofrimento e de cansaço. Parecia odiar a vida; e era como se amasse mais a bem-amada nessa atitude de revolta, de desespero. Ela prosseguia, enquanto Jack, perturbado, confuso, não sabia se devia se retirar ou não.
— Quando se ama, não há obstáculo nenhum. A gente vai ao fim do mundo, passa por cima de todas as barreiras. Eu, que sou mulher, sou tão mais disposta do que você, mais corajosa. Diga o que quer que eu faça e eu farei. Diga!
Lançava ao professor um desafio. Por um momento — foi coisa de um segundo —, ele hesitou. Jack, que não perdia uma palavra, julgou que ele ia ceder. Mas o professor acabou reagindo, vencendo a fraqueza que já o invadia, que lhe amortecia a vontade:
— Eu não quero que você faça nada.
E repetiu, com amargura:
— Nada. Ou antes! Só quero de você uma coisa: que espere. Nada mais do que isso.

Fazia-se doce, persuasivo, como se ela fosse uma menina rebelde que deve ser convencida com boas palavras:
— Espere. Não custa esperar.
Ela levou a mão ao rosto: chorava, e seus ombros eram sacudidos pelos soluços. Para ele, aquilo foi um verdadeiro suplício. Não podia vê-la chorar; sofria com isso até onde um homem pode sofrer. Quis acariciá-la, afagou com a mão os seus cabelos. Ela fugiu com o corpo, como se temesse o contato. O professor empalideceu:
— Que é isso?
A moça cresceu para ele, patética:
— Por que me acaricia, se não gosta de mim?
— Quem foi que disse?
— Eu. Eu que estou dizendo!
O professor ia dizer qualquer coisa; mas a única palavra que lhe ocorreu foi esta:
— Criança!
— Você me ama?
— Se amo?... — Novamente aquele sorriso que a cicatriz repuxava.
Só então o professor Jacob pareceu dar-se conta de que a cena tinha uma testemunha; virou-se na direção de Jack, depois de ter murmurado para a noiva:
— Depois falaremos.
Fez um sinal para Jack; e o mordomo, numa atitude quase marcial, aproximou-se:
— Pronto.
O professor fez a apresentação:
— Este é Jack, o nosso mordomo.
E indicando a moça:
— Esta é minha noiva.
Disse, então, o nome:
— Dona Malu, quer dizer, dona Maria Luiza.
Jack inclinou-se profundamente, enquanto Malu (pois era Malu) pensava: "Ele não gosta de mim, ele não me tem amor".

H‍oras antes Glorinha estivera, a chamado, na residência do professor. Ele a esperava, não mais na cadeira de rodas, mas no seu gabinete, em pé, recostado numa estante. Desta vez, sua atitude era diferente; parecia não ter aquela segurança absoluta, aquele ar de onipotência que tanto impressionava e fascinava a loura. Tanto que, imediatamente (foi só vê-lo), ela teve a intuição de que o professor sofria; e sofria como nunca em sua vida. Ela chegou e ele pareceu não ter notado a sua presença. Estava de perfil para ela, olhava para não sei que ponto; parecia mergulhado em cismas, em longas cismas. Glorinha teve que repetir duas vezes:

— Professor.

Só na segunda vez é que ele despertou das suas abstrações. E, quando falou, tinha na voz uma relativa cordialidade, mas bastante para surpreender a moça. Começou com uma pergunta inesperada:

— Glorinha, o que é que você acha de Bob?
— Bob?
— É assim que ele se chama, não?
— É, sim. Mas acho como?
— É bom rapaz?

Ela respondeu, depois de uma breve hesitação:

— É. Pelo menos parece.

Novo silêncio. O professor pareceu meditar. Quando quebrou o silêncio, sua voz estava macia, expressivamente macia:

— Quer saber de uma coisa?

Ela prendeu a respiração. Murmurou:

— O quê?
— Bob vai morrer, Glorinha.

As horas se passavam, e nada de Laura. O dr. Meira começou a se assustar. Ele mesmo não sabia por quê. Mas o fato é que, à medida que se passava o tempo, suas apreensões cresciam. Debalde dizia a si mesmo: "Não tem nada de mais isso; ela saiu para fazer alguma compra. Nada mais". Seu coração, porém, continuava inquieto, cada vez mais inquieto. Era como se uma voz qualquer, sobrenatural, lhe soprasse ao ouvido coisas inquietantes. Ele, então, começou a formular hipóteses:

— Imagine se ela não aparece mais, nunca mais. Como se poderia saber, adquirir uma certeza, se ela é a única, a única pessoa no mundo que poderia dizer a verdade.

Uma pergunta ocorreu ao dr. Meira: "Eu nunca reparei se Cláudio era ou não parecido com Carlos ou Lígia!". Isso lhe pareceu uma falta de lembrança incrível. Procurou se recordar das feições do rapaz, ver, de memória, se encontrava nelas alguma semelhança. Mas a memória não o ajudou, perturbada pela sua tensão nervosa. E continuava se censurando: "Como é que não me lembrei disso? Parece incrível!".

Ele estava no jardim, à espera de Laura. Mas o caso de uma semelhança possível o impressionou tanto, tanto que entrou em casa. A sua ideia era chamar alguém e...

A primeira pessoa que viu foi Míriam. Ia subindo as escadas, com lençóis no braço. Chamou-a. E, quando a empregada chegou diante dele, fez a pergunta:

— Você conhece bem Cláudio, não conhece, Míriam?

No primeiro momento, ela ficou meio desconcertada. Não atinava com o sentido que pudesse ter a pergunta. "Seria maliciosa?", foi o que suspeitou, perturbada. Na sua confusão, balbuciou:

— Conheço mais ou menos.

— Já falou com ele?

Maior perturbação de Míriam:

— Não. Quer dizer... — calou-se, vermelha.

O dr. Meira impacientou-se:

— Quer dizer o quê? Fale, pode falar.

— Tenho falado coisas sem importância.

— Mas o fato é que você já olhou para ele?

O medo, ou a vergonha de Míriam, era que o dr. Meira a julgasse namorada, ou coisa parecida, de Cláudio. Pelo menos era essa a única explicação que conseguia achar para aquele inquérito. Respondeu, baixando a cabeça (por qualquer coisa ficava vermelha):

— Olhar, olhei.

Chegara o momento de fazer a pergunta. Antes, porém, o velhinho considerou longamente a moça. Achou tanta honestidade, tanta candura, nos olhos, na maneira da criadinha, que abandonou qualquer escrúpulo. E começou:

— Diga-me uma coisa, Míriam?

— Pois não.

— Você acha que esse menino — Cláudio — é parecido com alguém?

— Mas como?

— Pergunto se é parecido com alguém que você conheça.

— Se é parecido?... — Ela parecia interrogar-se a si mesma, estudar as próprias recordações.

— É. Que é que você acha?

E ela, meio vaga:

— Assim que eu me lembre, não.

— Tem certeza?

— Pelo menos, não me lembro.

O dr. Meira meditou um pouco. E resolveu insistir:

— Por exemplo: você acha que Cláudio tem alguma coisa de parecido com o doutor Carlos?

— Com o doutor Carlos? Não, não acho.

— Talvez com dona Lígia?

Era uma verdadeira insinuação que fazia o velhinho para ver se assim, ao menos, acordava em Míriam uma lembrança. Ela pensou, antes de responder. Concentrou-se outra vez. O dr. Meira esperou a resposta, com verdadeira ansiedade.

— Com dona Lígia... — A criadinha estava confusa.

Ele insistiu:

— Sim, com dona Lígia! Você acha que ele possa ter algum traço? Por exemplo: os olhos, feitio do nariz, qualquer coisa assim?

— Está aí, doutor Meira. O senhor agora me faz descobrir uma coisa em que eu nunca tinha pensado. Mas Cláudio tem, sim, qualquer coisa de dona Lígia.

Bob estava no quarto quando bateram na porta. E bateram logo muitas vezes, com certa pressa, certa angústia. Um pouco espantado, ele foi abrir.

— Você?

Podia esperar por tudo, menos que Glorinha viesse bater, àquela hora, na sua porta. Quis sair, para atendê-la no pequeno corredor, mas ela se opôs:

— Não, Bob; eu quero falar aí dentro.

Ele se espantou mais ainda; afastou-se, porém, para dar passagem. Então Glorinha disse:

— Você quer saber o que aconteceu com Malu, quer?

Foi como se Bob tivesse deixado de respirar, ao ouvir o nome de Malu. Viu pelo ar da loura — uma expressão meio de pânico — que devia ser alguma coisa de sério. E Glorinha, depois de lançar a pergunta — "Sabe o que é que aconteceu com Malu?" —, fez uma pausa, como querendo criar, ali, uma atmosfera de mistério. Bob, sem querer, sem sentir, segurou o braço da moça:

— O que foi? O que foi que aconteceu com Malu?

Só então ela pôde ter uma ideia, embora não exata, do interesse que ele sentia por Malu. "É amor, não há dúvida. Talvez até mais do que isso", pensou

Glorinha. E baixou a voz, como se, no quarto, pudesse existir mais alguém ouvindo:
— Malu foi raptada!
— Mentira! — foi a primeira palavra que ocorreu aos lábios de Bob.
— Sério!
Durante alguns segundos olhou a loura, procurando ler na sua fisionomia, ver se ela estava dizendo ou não a verdade. Perguntou, inteiramente desconcertado:
— Raptaram?
Confirmou, já começando a tremer:
— Raptaram.
— Mas quem?
E como ela nada dissesse, assaltada por um sentimento de medo (Bob parecia-lhe agora capaz de uma violência), ele a sacudiu violentamente:
— Diga! Quem a raptou?
— O professor.
— Quem?
Repetiu, recuando diante da expressão de Bob:
— O professor Jacob.
Ele fez um esforço de compreensão. Estava com aquele nome dentro de si como uma ideia fixa: "Professor Jacob, professor Jacob...". Procurava se lembrar, forçar a memória. Mas não se recordava de ninguém que tivesse esse nome:
— Que professor é esse?
Ela queria se libertar dele, fugir das mãos que apertavam, que quase trituravam seus braços. Sentia no rapaz uma violência contida, uma violência que uma vez livre poderia despedaçá-la. "Ele me mata, meu Deus!" Trêmula, apontou numa direção:
— Mora naquela casa. Aquela que parece um castelo.
Ele ainda duvidava, apesar de tudo:
— Mas foi mesmo raptada?
Era no rapto que não queria acreditar. Era tão absurdo isso, tão inverossímil, cheirando a romance policial. Procurava raciocinar depressa. Perguntou:
— E ela está lá? Malu?
— Está.
Uma suspeita atravessou o espírito de Bob:
— Agora me diga uma coisa: como é que você soube?
Balbuciou:
— Eu vi.

— Viu e não fez nada?
— Eu ia passando pela casa do professor...
— E então?
— Olhei para lá: um homem vinha puxando Malu pelo braço.
— Por que você não gritou, não chamou gente?
— Não tive ideia — ela se desesperava. — Fiquei com medo! Vim correndo para cá, dizer a você.
— Não disse a mais ninguém? — Ele continuava apertando os braços da loura.
— Não.
— Nem diga. Eu preciso apurar isso. Outra coisa: que espécie de homem é esse professor?

Ela hesitou, procurando se recordar de um detalhe, um traço qualquer que o identificasse. Lembrou-se, então:

— Tem uma cicatriz.

Bob, então, lembrou-se.

— Já sei, já sei! Eu o conheço, eu já o vi uma vez.

O que aparecia, na sua memória, era a figura do homem da cicatriz, apoiado na bengala, falando com d. Lígia. E o fato de ser esse o homem pareceu enchê-lo de novas e maiores apreensões. Procurava se recordar bem da fisionomia do professor; calculou que ele devia ser um homem sinistro, capaz de todas as crueldades, das mais sombrias infâmias. Estremeceu. Disse, como se estivesse falando para si mesmo:

— Pode não ter sido rapto. Nada indica isso. Malu podia ter ido em visita, por um motivo qualquer. Quem sabe?

— Mas eu a vi sendo empurrada. Era uma violência, tenho certeza!

— Está bem. Fiquei aí. Ah, se ele fizer alguma coisa com ela!...

Glorinha ficou onde estava, vendo-o abrir a porta e desaparecer. Sentou-se, então, numa pequena cadeira, a única, aliás, do quarto. Tinha uma expressão de sofrimento tão marcada que parecia subitamente envelhecida. Nunca sofrera tanto na sua vida. Sentia-se arrastada, arrebatada por uma força maior que a sua vontade. Não era dona de si mesma, agia como um autômato, apenas como autômato. Um homem cruel, inumano, que devia ser uma encarnação do demônio, apossara-se de sua alma. Ela era dócil, passiva nas mãos dele. Faria tudo o que ele quisesse. As coisas mais incríveis. Perguntava a si mesma, patética: "Não será preferível morrer a viver assim? Não será muito melhor?".

E por um instante, realmente, o que a envolveu e dominou foi a ideia da morte, do eterno descanso. Não ter preocupações, não mais sofrer. Levantou-se e veio até a janela. Viu, então, um vulto no jardim. "Quem será?", pensou, não o reconhecendo imediatamente. E teve um choque ao reconhecer o dr. Carlos. Estava fumando e aparentemente muito preocupado. O fato de ver o homem que amava, num momento como aquele, decidiu-a. Apesar da proibição de Bob de que não se afastasse do quarto, saiu, encostou a porta e encaminhou-se para o jardim. Ia com o coração batendo desesperadamente. (Aliás, isso acontecia sempre que avistava o bem-amado.)

Ele não esperava vê-la; fechou a fisionomia à sua aproximação. Há muito tempo que os dois não conversavam, não tinham atritos. Por isso mesmo, ela estava mais nervosa do que nunca e sem querer fazia-se humilde, tinha nos olhos uma expressão suplicante:

— Que é, Glorinha?

Interpelava rispidamente. Ela não se ofendeu. Foi como se a grosseria dele tivesse aumentado a sua doçura. Murmurou:

— Nada.

Ele ia virar-lhe as costas, talvez se afastar, quando teve uma inspiração. Parou, de perfil para Glorinha. Seu pensamento trabalhava. Em suma: o que o estava tentando era interrogar a loura sobre o seu caso com d. Lígia. Poderia nem falar em nome, mas expor a situação, tal como se apresentava. Glorinha era mulher, talvez pudesse dar uma opinião útil, uma opinião reveladora.

Ficou de frente para ela:

— Glorinha...

Ela se transfigurou toda ao ouvir o próprio nome na boca do dr. Carlos. Emocionou-se, como se uma coisa tão à toa, tão sem importância, tivesse algum sentido particular. Olhava para ele com verdadeira adoração.

E o dr. Carlos:

— Quero que você me diga uma coisa, Glorinha.

Sorriu:

— Pois não.

— O caso é o seguinte: você acredita que uma mulher pode dar dois, três, quatro beijos num homem, beijos ferozes, sem sentir nada por esse homem?

Ela prestava uma atenção absoluta às palavras dele. E, pouco a pouco, uma surda inquietação nascia dentro dela. Perguntava a si mesma: "Aonde quer ele chegar?".

Quando o dr. Carlos terminou, ela não soube, de momento, dizer nada senão perguntar:

— Como?

Ele repetiu tudo, meio impaciente. E ela:

— Não sei, meu filho. — Não queria se arriscar. — Como posso saber?

O dr. Carlos irritou-se:

— Você não é mulher? Não conhece a maneira de sentir e de agir das outras mulheres?

— Ah, meu filho! Varia tanto, mas tanto! Em primeiro lugar: é preciso saber que espécie de mulher.

O dr. Carlos hesitou, avançou cautelosamente:

— Suponhamos que seja uma mulher seríssima. Você acha que uma mulher, nessas condições, poderia fazer isso sem amor? Poderia simular amor?

— Se eu acredito? Eu, não!

— Você não?

Ela reafirmou, apaixonadamente:

— Eu, não. Porque eu, meu filho — havia orgulho na sua atitude —, eu posso ser isso, aquilo. Posso não prestar. Mas em amor, não. Só beijo um homem com amor, está ouvindo? — Reafirmou orgulhosa: — Só por amor!

— Quer dizer que você acha que uma mulher só faz isso por amor?

Glorinha protestou violentamente:

— Eu não disse isso. Falei de mim, não tenho nada com as outras. Além disso...

Balançava o dedo na frente do dr. Carlos, que ficou impressionado com essa veemência:

— Você tome cuidado, Carlos! Não banque o bobo! Não caia como um patinho! Eu sei por que você está me dizendo isso, quer dizer, calculo.

Era uma verdadeira ofensiva de palavras que ela desencadeava, desconcertando-o.

O dr. Carlos perguntou, empalidecendo:

— Então diga. Por que eu estou lhe dizendo isso?

— Eu sei. Você fique certo — olhe o que eu lhe digo, com a minha experiência de mulher —, estão fazendo você de bobo.

Ela dizia isso ao acaso, sem se dirigir a ninguém, inspirada por seu instinto feminino. "Se ele me pergunta isso", era a sua percepção, "é porque tem alguma mulher no meio. Claro! Só pode ser isso." E, num crescendo de fúria, procurou incutir no espírito do bem-amado uma série de suspeitas, sabendo, antecipadamente, que nenhuma de suas palavras se perderia, que todas atingiriam seu alvo e destilariam sua gota de veneno.

— Ah, se você der para acreditar em mulher, está tudo perdido. Elas são capazes de usar os artifícios mais incríveis, você não pode nem fazer ideia!

— Chega.

— Chega por quê, meu filho? — Ela estava disposta a continuar, agora que pressentia um caso de amor na vida do dr. Carlos. — Você não me fez uma pergunta? Estou respondendo, ora essa!

Ele percebeu que agora ela não pararia, iria sempre assim, num crescendo. Teve vontade de gritar, fazer uma violência, tapar-lhe a boca de maneira brutal. Mas viu que era perigoso. A loura, quando enfurecida, era capaz de todos os escândalos. Conteve-se. Virou-lhe as costas bruscamente e foi embora. Ia mais desorientado do que nunca. Glorinha não falara em vão. As suas palavras haviam pingado um veneno terrível na alma do dr. Carlos. Sobretudo o que estava dentro dele, como uma obsessão, era aquilo: "Estão fazendo você de bobo". Pensava: "Mas será possível? Será Lígia capaz de uma coisa dessas?". Seu sofrimento, naquele instante, era quase físico. "Ah, se for verdade o que diz Glorinha!..." E pensou, aí, no que faria: "Mato esse rapaz. Ela pode fazer o que quiser, pode cair de joelhos, pode se arrastar aos meus pés, que não adiantará".

De repente, Glorinha, que até então não desconfiara de nada, pensou: "Quem sabe se essa mulher dos beijos não é dona Lígia?". A princípio, quis repelir essa ideia; mas a desconfiança voltou, tenaz. No fim, já era uma ideia fixa. Não havia meio de aquilo sair da cabeça. Porque se fosse uma outra qualquer, uma aventura passageira, a lourinha não sentiria tanto, não ficaria assim. Mas, com a esposa, o caso era diferente: "É mais sério", refletia ela, "muito mais sério". Pouco a pouco, a irritação tomava conta de Glorinha. Era uma cólera que só tendia a crescer, a crescer, que parecia uma mão apertando o seu coração.

Entrou em casa com aquilo na cabeça, aquela obsessão. "Preciso saber", era o que dizia a si mesma. E fazia votos, desejava de todo o coração que, em vez de d. Lígia, fosse outra qualquer. Logo que abriu a porta da frente e entrou no hall estremeceu: d. Lígia — logo quem? — vinha descendo as escadas. Em outras circunstâncias, ela teria passado adiante. Mas, naquele momento, não podia: estava magoada demais, desesperada mesmo, para perder uma ocasião de esclarecer um caso tão atormentador. Chamou a outra:

— Dona Lígia!

A loura fez um esforço penoso sobre si mesma para readquirir a naturalidade. Não queria dar a perceber por nada deste mundo que estava perturbada e que sofria. Era muito orgulhosa, orgulhosa demais, ficaria humilhadíssima se outra mulher, sobretudo d. Lígia, adivinhasse o seu sofrimento.

D. Lígia estava parada, meio surpresa, procurando guardar uma certa altivez na atitude. Glorinha veio ao encontro da outra com um sorriso, um falsíssimo sorriso, desenhado na boca:

— Imagine a senhora, dona Lígia, um caso que me aconteceu.

D. Lígia permaneceu silenciosa. A outra prosseguiu:

— Vieram me perguntar — foi um homem, imagine a senhora — se uma mulher consegue dar três ou quatro beijos num fulano, sem sentir nada por esse fulano.

D. Lígia empalideceu. E Glorinha, que não tirava os olhos dela, não perdia nenhum dos seus reflexos fisionômicos, teve, então, a certeza absoluta. Disse a si mesma: "O caso foi com ela, sim. Não há dúvida, a mínima dúvida". Estava disposta a manter a calma, mas não foi possível. A partir do momento em que descobriu, ou julgou descobrir, que se tratava mesmo de d. Lígia, foi tomada de verdadeiro furor. A raiva subia, crescia, alterava totalmente o ritmo do seu coração. Embora ainda quisesse se controlar, seu tom tornou-se mais insolente:

— E sabe o que é que eu disse a ele, a esse homem?

Sem querer, d. Lígia perguntou:

— O quê?

— Que essa mulher que dava falsos beijos, que dava beijos sem gostar do homem, estava fazendo ele de bobo. Percebeu?

Lívida, d. Lígia balbuciou:

— Que é que eu tenho com isso?

Ironia da loura:

— Quer dizer que nada?

— Quero, sim.

Glorinha cresceu para d. Lígia:

— Olha — apontava com o dedo —, eu não ia dizer uma coisa a você, mas agora vou. Pois fique sabendo que...

B‍OB NÃO PERDEU tempo. Sabia, é claro, onde era a casa do professor. Era para lá que se dirigia, cego de ódio. Pois era o ódio que o arrastava como uma força. Por sorte, passava um táxi. Num instante ele descia perto do castelo. Fez a volta e saltou o muro como um ladrão. Mas não teve tempo de nada: porque...

34

Tão bom estar apaixonada!

Antes que Bob, advertido por Glorinha, viesse à casa do professor, este avisou Malu de tudo, tudo. Primeiro, perguntou:
— Você se lembra, Malu, do que eu disse sobre Bob?
— Aquilo?
— Aquilo, sim.
— Ah, me lembro!
Jack saíra. Os dois estavam sozinhos na grande sala: nenhum rumor de fora chegava até eles. O professor fechara a porta; descera as cortinas. Havia uma certa penumbra, e eles mal se viam na claridade escassa. Mas sentiam a proximidade, estavam de mãos dadas e isso era tudo. Nunca a sua intimidade fora mais doce e mais perfeita. Sentiam-se bem ali, naquela solidão que nada perturbava; deixavam o tempo e experimentavam apenas uma única tristeza; era o sentimento de que, mais cedo ou mais tarde, aquilo acabaria, teriam de se separar. Foi então que o professor lembrou-se de Bob e fez a pergunta a Malu. E prosseguiu:
— Ele vai morrer, Malu.
Ela disse, sem elevar a voz, num tom de segredo:
— Eu sei.
O professor, então, quis ir mais longe. Quis saber de uma coisa:
— Você não se incomoda?
— Eu, meu filho?
— Não?
— Claro que não. Por que eu iria me incomodar? Eu não tenho nada com ele. Mas matar como?
— Você verá. Você vai assistir a tudo, eu faço questão.
Ela teve um lamento:
— Ah, você não sabe como Bob foi estúpido. Merecia nem sei o quê! Beijar daquela maneira!...
Houve um silêncio. O professor pensava no que ela dissera: "Você não sabe como ele foi estúpido". E, pela sua imaginação, passava a cena da violência: Bob tomando Malu nos braços, beijando-a, beijando-a, numa espécie de loucura. E ela passiva nos braços dele, imóvel, como morta. Essa imagem deu ao professor uma raiva maior, mais concentrada. Seria capaz de tudo para se vingar.

Imaginava quando Bob estivesse nas suas mãos. Seu ódio era tanto que não se pôde conter:

— Olha aqui, Malu; eu não vou matar Bob logo.
— Não?
— Não. Primeiro, ele tem que sofrer muito. Ele vai ver.
— E eu?
— Você? — Ele não entendera a pergunta.
— Vou ficar aqui?
— Não, não.

Disse "não, não" com certa precipitação e angústia. Ela estranhou o tom; interrogou, sentida:

— Por quê?
— Você sabe por quê. Já não lhe expliquei tantas vezes?

Estava triste quando observou:

— Ah, você continua com essa bobagem?
— Não é bobagem, você sabe que não. Mas eu só quero que você venha de vez para cá quando puder se casar. Espere mais um pouco, não custa! A sua maioridade está aí!

Ela chorava, mas baixinho, com a mão cobrindo o rosto. Não parecia o pranto de uma mulher, mas de uma menina, uma menina muito infeliz que precisa ser acariciada, nos cabelos, nas faces, talvez beijada. O professor a encarou, sem saber o que fazer. Por um momento — coisa de dois, três segundos —, teve outra vez um impulso de acabar de vez com a situação que tanto atormentava os dois, quer dizer, antecipar os acontecimentos. Foi um enfraquecimento que o assaltou. Esteve, quase, quase, para dizer: "Está bem; seja feita a sua vontade".

Mas aí bateram na porta. E isso, essa interrupção, foi como que um chamado à realidade. Readquiriu instantaneamente o domínio de si mesmo.

— Enxugue suas lágrimas — disse para Malu, curvando-se um momento sobre ela.

Ela tirou o lencinho da bolsa e ficou de costas para a porta. O professor, então, foi abrir. Era Jack: sua fisionomia trazia preocupação.

— Que é que há, Jack?
— O homem está aí.
— Aqui?
— Sim. Saltou o muro e já fizemos o serviço.
— Tudo bem?
— Tudo.

* * *

Quando Bob saltara o muro, podia esperar por tudo, tudo, menos que, na casa, já tivessem assinalado a sua aproximação. Veio, assim, inteiramente desprevenido. Escalou o muro sem maiores dificuldades. Era ágil, forte, resoluto. Ainda olhou para ver se via alguém; nada. Então deixou-se cair. Mas não teve tempo nem de se erguer completamente. Um homem veio por trás, com uma coisa na mão, e desferiu-lhe violentíssimo golpe à traição. Foi uma pancada só. Atingido na cabeça, Bob não teve tempo de nada, nem de sofrer. Caiu sem um gemido.

Até então, d. Lígia não percebera aonde Glorinha queria chegar. Ou, antes: percebera, mas de uma forma muito vaga, muito obscura. A loura não lhe deixava tempo de pensar, de coordenar seus sentimentos e ideias. Era uma verdadeira agressão de palavras que sofria; e mal podia, uma vez por outra, intercalar uma exclamação de protesto.

Inteiramente fora de si, Glorinha não se controlava mais. Sobretudo, o que a interessava no momento — a sua ideia fixa — era humilhar d. Lígia. Humilhá-la de qualquer maneira, nem que fosse preciso não sabia direito o quê. E aí, já sem escrúpulos de espécie alguma, contou tudo:

— Quer saber mesmo quem foi que me contou o caso dos beijos? Imagine!
— Não imagino nada. Não me interessa!
— Ah, não?
— Não.
— Mas eu digo assim mesmo, minha filha.

Novamente, nascia entre elas o ódio. Eram duas mulheres que não se davam, nem podiam se dar, e que aproveitavam a ocasião para dizer da outra as coisas mais ofensivas, mais pungentes. Glorinha, com um ar de triunfo absoluto, fez a revelação:

— Foi seu marido. Ouviu? — Seu marido.
— Duvido!
— Duvida?

Todas as distâncias sociais e convencionais que as separavam deixavam subitamente de existir. Defrontavam-se como duas rivais, lutando, com todas as armas femininas, por um só homem. D. Lígia repetiu, também enfurecida:

— Duvido!
— Pois olhe, minha filha: ele veio perguntar a mim, me fazer confidências, saber o que é que eu achava.
— Ele não lhe daria, nunca, essa confiança!
— Vá atrás, vá atrás. E pensa, no mínimo, que é a primeira vez?

D. Lígia se obstinava na incredulidade (mais aparente do que verdadeira). No fundo, sua tendência era crer no que lhe dizia a outra. Mas não queria, em hipótese nenhuma, dar o braço a torcer:

— Mentirosa!

— Quantas vezes ele me fez confidências, quantas! Até perdi a conta. Conta a mim tudo!

— Eu sei!

— E ainda digo mais: ele me disse que não se dava com você, que não gostava de você. E agora?

Pouco-caso de d. Lígia:

— Ah, é?

— É.

— Pois você está muito enganada!

— Quer me convencer a mim, talvez, que ele gosta de você?

— A mim, pouco importa que você se convença ou não. Contanto que ele goste. Isto é o que interessa.

Glorinha empalideceu. O sangue lhe fugira todo do rosto. Seria verdade, seria a confirmação de sua suspeita? Gostaria Carlos da esposa? Ficou, durante alguns segundos, sem ter o que dizer, muito branca.

Quem exultou foi d. Lígia. Viu que acertara em cheio na rival. E prosseguiu no mesmo tom:

— Você não sabe — vangloriou-se —, não pode fazer ideia, a mínima ideia.

Desorientada, Glorinha perguntou:

— Vocês não estavam brigados?

— Estávamos, sim.

— E então?

— Então o quê? Você acha, talvez, que marido e mulher que brigaram uma vez não poderão nunca mais fazer as pazes?

Espanto de Glorinha:

— Vocês fizeram as pazes?

— Fizemos.

Silêncio. As duas mulheres se espreitavam. Glorinha querendo ver na fisionomia de d. Lígia se aquilo era verdade ou mentira. A loura perguntou:

— Quando?

E subitamente parecia ter a necessidade de saber tudo, de conhecer o fato em todas as minúcias. Quando, onde e como? D. Lígia mentiu:

— Outro dia.

— E por que isso, por quê? — perguntava Glorinha, dolorosamente.

D. Lígia sorriu:

— Você acha — abaixou a voz — que precisa motivos para que essas coisas aconteçam entre marido e mulher?
— Eu não acredito.
D. Lígia continuou, numa representação quase involuntária: parecia extasiada, e a outra nem podia pensar que era fingimento, puro fingimento:
— É tão bom, tão bom!
— O quê?
— Pazes. Então, depois de uma briga prolongada!
E fantasiou, mentiu, sabendo que mentia (e experimentando um prazer maior pela consciência da mentira):
— Pazes, assim, sabe o que significam?
A outra, atônita, balbuciou:
— Não.
— Pois olhe: uma verdadeira lua de mel. E nem queira saber, minha filha!...
Tratava a outra de "minha filha"; era evidente que fazia inveja:
— E lua de mel fora de tempo é uma maravilha, uma verdadeira maravilha.
Glorinha estava sufocada:
— Você, você!...
— Eu, sim, eu!
E continuava criando minuciosos detalhes, forjando situações:
— Se você pudesse imaginar, fazer uma ideia. Mas essas coisas, minha filha, ninguém pode imaginar, ninguém pode fazer ideia. Que esperança!
Desta vez, Glorinha reagiu. A vantagem de d. Lígia provinha da surpresa, da desorientação da loura. Mas Glorinha se recuperava pouco a pouco. Sempre dissera com orgulho: "Não aturo desaforos de mulher". E o que via na atitude de d. Lígia era, justamente, a vontade, a intenção de ofendê-la, de menosprezá-la. Doeu-lhe ver a outra vangloriar-se de um amor que ela, Glorinha, não conseguira. Então a cólera a dominou. Prometeu a si mesma: "Agora tudo que ela disser, eu respondo".
E começou a atacar, dizendo:
— Eu posso fazer ideia dessas coisas!
— Ah, pode?
— Como não? Você está pensando o quê? Que eu nasci ontem?
— Tão bom, tão bom! — dizia d. Lígia, certa de que essa repetição era exasperante.
Glorinha fingiu que concordava:
— Eu calculo. — Sua perfídia fez-se mais sensível. — Eu sei, por experiência própria, como é que Carlos beija!
— Mentira!

Glorinha suspirou, comediante:
— É uma dessas coisas loucas que uma mulher não esquece, nunca! Não é?
D. Lígia não soube o que dizer. Julgara ter triunfado, e eis que a outra reagia e, por sua vez, dava golpes sobre golpes. Glorinha continuou:
— Então, uma vez!...
Parecia fechar-se sobre si mesma, concentrar-se numa evocação muito doce, muito linda. Durante segundos ficou assim, com esse ar de mulher nostálgica, de mulher que se embriaga numa recordação de amor:
— Naquele dia — continuou, semicerrando os olhos —, ele me disse tantas coisas bonitas! Só você vendo!
D. Lígia estava fora de si. Mas não queria entender, procurava não entender. Perguntou, pálida:
— Ele quem?
— Ora, minha filha! Quer dizer que não sabe?
— Ele, então?... — suspendeu-se, atônita.
Glorinha triunfou:
— Claro!

Não foi logo que Bob despertou. Custou um pouco. O golpe que recebera na cabeça — fora o próprio Jack quem batera com a coronha de um revólver —, embora não fosse mortal, machucara-o muito. Durante cerca de vinte minutos, ele não deu acordo de si. Jack e mais dois empregados — todos homens de absoluta confiança do professor Jacob — carregaram-no para dentro. Bob ficou num pequeno quarto, quase um cubículo, sob a guarda de dois empregados, enquanto Jack, readquirindo sua pose habitual, ia avisar ao chefe.

Quando Bob recobrou os sentidos, não compreendeu logo por que estava ali, com aqueles homens. Tampouco compreendeu por que um dos homens dizia-lhe, com uma ameaça na voz e no olhar:
— Quieto!

Só pouco a pouco, com um penoso esforço — a cabeça doía-lhe incrivelmente —, é que foi voltando à posse de si mesmo. Lembrou-se de que subira o muro, saltara e... "Bateram na minha cabeça, eu perdi os sentidos." Fechou os olhos, como se tivesse caído, de novo, em prostração. Mas a verdade é que, apesar das dores, das fulgurações nos olhos, seu raciocínio adquirira toda a agilidade. Ele compreendia perfeitamente que estava em perigo mortal. E a consciência do risco de vida parecia dar-lhe maior lucidez. Reabriu os olhos. Os homens conversavam entre si:
— Jack agiu depressa!

— Só fiquei com medo de que tivesse matado o rapaz.
Observação do outro:
— Jack sabe como bate!
Calaram-se. Bob pensava: "Preciso sair daqui, e o mais depressa possível". Seu pensamento trabalhava intensamente, sem que, entretanto, vislumbrasse uma solução. Ouviram-se passos lá fora. Um dos homens abriu a porta. Entraram, o professor e Malu, na frente; e, em seguida, Jack: Malu de braço com o professor. Bob, então...

Quando o professor e Malu entraram, de braço, numa atitude de namorados, Bob teve um verdadeiro choque. Sua primeira reação foi de não acreditar nos próprios olhos. Pensou, com uma angústia terrível, apertando o coração: "Eu estou sonhando, não é possível, não estou vendo isso!". Refugiava-se na ideia de que era delírio. "Foi a pancada que eu recebi na cabeça." Essa explicação, que dava a si mesmo, em desespero de causa, não o satisfez senão por pouco tempo. "Se eu estivesse delirando" — a reflexão continuava —, "eu não podia perceber, não sabia."

Malu e o professor, sempre de braço, não tiravam os olhos de Bob. Malu, sobretudo, parecia fascinada. Via Bob; e pouco a pouco se desenhava, na sua boca, um sorriso cruel. O professor também não desfitava o rapaz. Com as duas mãos amarradas nas costas, os pés amarrados — impossibilitado de fazer um só movimento —, Bob via, finalmente, que não era sonho, não era delírio. Era a pura, simples e definitiva realidade. "Malu aqui, de braço com esse homem, numa atitude amorosa. Não foi raptada coisa nenhuma. Veio porque quis." Bob olhou, então, para o professor. Percebeu que não podia esperar daquele homem nenhuma contemplação, nenhuma piedade. Havia no rosto do professor uma expressão de crueldade inumana. Na sua maldade fria e lúcida, ele parecia não ter pressa, parecia estar experimentando um prazer agudo com o sofrimento do inimigo. Virou-se para Malu e perguntou:
— É ele?
Ela não entendeu a pergunta:
— Como?
— Foi esse o homem que beijou você à força?
Confirmou, voltando o rosto para o homem da cicatriz numa expressão de mulher enamorada:
— Foi esse, sim. Esse mesmo.
E disse, como que numa queixa:
— Ele é tão mau! Fazer aquilo comigo!

Parecia uma menina no seu lamento. O professor apertou-a mais de encontro a si, como se a quisesse proteger. Balbuciou para Malu:

— Mas ele paga, ele vai pagar tudo direitinho. Você vai ver!

— Tomara.

Bob, atônito, não perdia uma palavra. E a sua tristeza, a sua amargura absoluta, era ter caído assim, como se fosse não um homem experiente, mas um menino, uma verdadeira criança. Imagine que acreditara na história do rapto. Fora para lá, crente, crente, entregar-se, de pés e mãos, a um bandido como era aquele professor! Ali, Glorinha devia ser uma cúmplice. Desesperava-se, não pelo perigo que estava correndo, não pela possibilidade de morrer ou de sofrer, mas pelo erro, pela candura que demonstrara. "Que ideia estará ela fazendo de mim? Imagino!" Naquele momento, seu ódio não se voltava para o professor: parecia se esquecer dele, para se concentrar em Malu, somente em Malu. "O procedimento dela é pior, muito pior. Ela é que deve ser castigada, mas castigada de verdade." Ah, se pudesse! Se pudesse dar largas à raiva que o possuía naquele momento! Imaginou, com o coração em tumulto, o castigo que lhe poderia dar. E se obcecava tanto, no seu ódio, que sem querer ou sem perceber exprimiu-se em voz alta:

— Maldita, maldita!

Lançava a palavra de olhos fitos em Malu, odiando-a como jamais odiara alguém na sua vida. Foi uma coisa tão imprevista que tanto o professor como a própria Malu e mais os três homens tiveram o mesmo sentimento de assombro.

Malu voltou o rosto para o professor:

— Ele me chamou de maldita!

Os três homens pareciam esperar uma ordem do chefe. Este empalidecia, ao passo que seus olhos brilhavam intensamente. Aproximou-se de Bob. Malu ainda perguntou, com um aperto no coração:

— O que é que vai fazer?

— Quero conversar com esse camarada.

O professor apoiou um joelho no chão. Bob viu pela sua expressão que as disposições do inimigo eram as mais sinistras, as mais implacáveis. Apesar de sua bravura, estremeceu. Não era nada tranquilizador estar à mercê de um bandido daqueles, capaz de todas as crueldades.

O professor dizia, entre dentes:

— Repita o que disse! Repita!

Ele não se intimidou:

— Repito, sim. Quer ver?

Olhou para Malu e proferiu a palavra mais duas vezes:

— Maldita, maldita…

Mas não pôde dizer a terceira vez. O punho pesado do professor bateu-lhe violentamente nos lábios. Bob sentiu imediatamente o gosto de sangue. E refletiu: "Partiu-me os lábios".

Logo depois, contraiu-se todo no chão. Era Jack que, sem que ele notasse, aproximara-se e dava-lhe um pontapé nos rins.

Desta vez, o rapaz não pôde abafar um gemido. Que dor horrível sentia! Era como se a pancada tivesse arrebentado qualquer coisa por dentro. O próprio Jack perguntou:

— Gostou?

Ofegante, Bob teve ânimo de responder:

— Gostei!

O professor interveio:

— Basta, Jack.

O mordomo era mau. Insinuou:

— Por que não deixa isso por nossa conta, chefe?

Por um momento, o professor hesitou. Teve a tentação de entregar a sorte de Bob àqueles homens, que não conheciam nem o medo nem o remorso. Seria uma boa maneira de liquidar logo aquilo, de não se aborrecer mais. Virou-se para Malu: foi como se a consultasse com o olhar. Lembrou-se então do beijo, do beijo que Bob dera em Malu. Novamente a cena, tal como devia ter sido, surgiu na sua imaginação. O ódio voltou com uma intensidade mais obsessionante. Disse, surdamente:

— Já, não, Jack. Você não perde por esperar. Primeiro, eu quero ter uma conversa com esse *cidadão*.

Pronunciou "cidadão" com uma ironia sinistra. Malu, do lado, não perdia uma palavra. Conservava-se, porém, em silêncio, deixando ao professor a iniciativa de tudo. De vez em quando, olhava para Bob com uma certa curiosidade e, também, com um sentimento que não sabia direito qual fosse, um desses sentimentos indefiníveis que nos deixam perplexos e incertos sobre o nosso próprio coração.

O professor curvava-se, de novo, sobre Bob:

— E agora? — perguntou.

Resposta de Bob:

— Agora o quê?

— Ainda repete?

Bob pensou, com angústia, no golpe que recebera na boca e no pontapé que quase lhe despedaçara os rins. A perspectiva da dor física, sem possibilidade de qualquer defesa ou ataque de sua parte, deu-lhe rápida hesitação. O professor insistiu, vendo no silêncio do outro pusilanimidade, nada mais do que isso:

— Está com medo?
Ele foi ousado, embora sabendo que iria sofrer:
— Medo, eu? Medo de quê?
Observação de Malu:
— Viu como ele é, meu filho? — dirigia-se ao professor. — Como responde?
— Estou vendo. — O professor começou a rir silenciosamente. — Mas não faz mal. Daqui a pouco, eu quero ver se ele continuará tão valente. Vamos: repete?
Bob tomou respiração e ergueu a voz, bem alto e nítida:
— Malu, você é uma mulher maldita.
Mal teve tempo de acabar a frase. O punho do professor batia-lhe novamente na boca, com a mesma violência. Bob sentiu o sangue correndo pelo queixo, pelos cantos dos lábios.
Sentiu um ódio que era maior pela própria impotência. Ter que sofrer aquilo, sem poder fazer nada, absolutamente nada. Não podia sequer mover-se no chão, porque a dor do lado era uma coisa cruciante, horrível.
O professor perguntou:
— E agora? Ainda repete?
Nova hesitação de Bob. Malu continuava olhando para ele, numa espécie de fascinação. Ela mesma não saberia explicar o que sentia; não tinha a menor noção dos próprios sentimentos. Perguntava a si mesma, com certo espanto, se aquilo que sentia, se aquele tumulto no coração, era prazer ou horror. Confundia-se e tinha vontade não sei de quê! Talvez de intervir, de se opor a que continuasse aquele lento, metódico, massacre.
Como Bob nada dissesse, o professor, exultante, tornou:
— Desistiu?
Se ele não tivesse olhado para Malu, talvez não respondesse à provocação. Mas a atitude de Malu reavivou a raiva que sentia. Perdeu a cabeça outra vez:
— Bandido, bandido!
— O quê? — era a voz do professor, macia, incrivelmente macia.
— O que eu disse — repetiu ele, ousadamente — é que você é um bandido! Vocês dois são dignos um do outro.
Desta vez, o professor deixou que os três homens participassem também. Um dos empregados ergueu Bob e o ficou segurando, para que os outros, subitamente enlouquecidos, o espancassem. Primeiro, foi Jack: sua mão grande e pesada estalou no rosto de Bob. Bateu várias vezes:
— Toma, miserável, toma!
O professor açulava como um possesso:
— Bate-lhe! Assim, aí! Isso mesmo!
Jack desafiava:

— Quem é o bandido? Diz agora! Quem é?

O criado que segurava o rapaz gritava-lhe aos ouvidos:

— Quedê a valentia? Quero ver agora!

Foi uma cena monstruosa. O esforço de Bob era para não gritar. Não queria, em hipótese nenhuma, dar um sinal de fraqueza. Cerrava os lábios, trincava os dentes, para não deixar escapar nenhum gemido. Seu rosto estava banhado em suor e sangue. Mas continuava mudo. Pensava, no seu desespero calado: "Não posso gritar, não posso gritar". Dizia isso para se fortalecer a si mesmo, para não sucumbir às dores que eram cada vez mais atrozes, pareciam atravessar sua carne, seus músculos, tudo.

Em dado momento, gritou:

— Você me paga, Malu!

Era para ela que sua raiva maior continuava voltada. Mas já sofrera demais e sentia que as suas forças o iam abandonando. Uma pancada mais violenta, que recebeu quase na altura da fronte, deu-lhe, afinal, uma sensação absoluta de aniquilamento. Mergulhou docemente na inconsciência.

Foi Jack quem primeiro percebeu:

— O homem desmaiou, professor!

— Já?

O professor estava excitadíssimo, como se a vista do sangue lhe desse uma espécie de loucura. O fato de ter a vítima perdido os sentidos pareceu surpreendê-lo e desgostá-lo. Perguntou:

— Está mesmo?

— Está, sim.

E, para demonstrar melhor, Jack fez um gesto para o homem que segurava Bob, e o homem largou o rapaz. Bob caiu como um morto. Foi uma queda tão impressionante que o professor teve uma suspeita:

— Não estará morto?

Malu repetiu, como um eco:

— Morto?

Jack estremeceu:

— Não, acho que não.

Mas curvou-se e virou Bob, pousando a mão no coração do rapaz. Houve um silêncio, uma longa e penosa expectativa. Jack parecia não estar sentindo nada. O professor, estranhando a demora, interrogou:

— E então?

Malu cerrou os lábios e...

* * *

Glorinha confirmou para d. Lígia:
— Ele, sim. Quer que eu jure?
D. Lígia andava de um lado para outro, desesperada. Parou, em frente de Glorinha:
— Não acredito!
Mas a loura sacudiu os ombros. Descobrira o ponto fraco da outra e olhava d. Lígia com absoluta superioridade:
— Se não acredita, melhor!
D. Lígia afastou-se um pouco. Ah, meu Deus, se aquilo fosse verdade! Mas não era, não podia ser. Carlos e aquela mulher... Tapou o rosto com a mão:
— Aquele miserável!
A loura comentou, irônica:
— Miserável só porque gosta de mim?
D. Lígia pareceu se esquecer da presença de Glorinha. O marido enchia o seu pensamento, atormentava-a como uma obsessão:
— Ele vai ver.
— Ah, você está com ciúmes?
Espanto de d. Lígia:
— Ciúmes, eu?
— Você, sim.
— Está doida, completamente doida!
— Pelo menos...
D. Lígia não media mais as próprias palavras. Esquecia-se de tudo: da lógica, da coerência. As palavras saíam à vontade, sem nenhum controle possível. Na sua exaltação, queria apenas desabafar:
— Em primeiro lugar, para ter ciúmes é preciso uma coisa!
— O quê?
E ela, cada vez mais excitada:
— É preciso gostar, ouviu?
— E você não gosta, talvez?
Riso forçado de d. Lígia:
— Gostar, eu? Tenho mais que fazer!
— Pois não parece. Está tão assim!
Ela se justificou de qualquer maneira, se justificou de um modo inverossímil, ingênuo.
— Estou tão assim por causa do meu orgulho. Mas isso não é amor. Ah, se fosse! Não gosto dele, nem faço a mínima questão que ele goste de mim. Até prefiro que não goste!
— Sei dessa!

— Até digo mais: eu não ia fazer uma coisa, mas agora vou. Ele vai ver. Se pensa que pode fazer comigo o que bem entende, está muito enganado, mas muito enganado.

Glorinha ironizou:

— E o que é que você vai fazer?

Durante um momento, d. Lígia ficou em silêncio, perplexa. Qualquer coisa lhe dizia que não respondesse, que devia guardar para si a resolução desesperada que acabava de tomar. Glorinha insistiu:

— Está com medo? Diga!

Então se ouviu aquela voz:

— Por que não diz, Lígia? Está com medo?

O professor Jacob contemplou Bob, estendido aos seus pés. Do lado, os três homens esperavam ordens. Malu, um pouco afastada, fechava os olhos. Pouco a pouco, o que a invadia, tomava conta do seu ser, era um sentimento de horror. Refletia, com o coração descompassado: "Que coisa horrível é sangue!". Em voz baixa, Jack fez a observação:

— Ele não pode sair daqui vivo. Senão, estamos todos perdidos.

O professor disse:

— É, não pode sair vivo. Temos que matá-lo...

35

O grito de Malu

Só então Malu interveio. Assistira a tudo impassível ou quase impassível. Vira o martírio de Bob. Fora incapaz de dizer uma palavra ou fazer um gesto em favor do homem que lhe salvara a vida duas vezes. Primeiro, assistira a tudo, como se nada daquilo lhe afetasse os nervos; mas, pouco a pouco, a sua frieza começou a se dissolver. Era horrível, horrível, ver um homem ser torturado na nossa frente, atormentado até a loucura, quase assassinado a pancada. E, depois, o sangue, o rosto transformado numa máscara vermelha...

Finalmente, não resistiu. Era demais aquilo. Ouviu o professor dizer, com uma luz de ódio nos olhos: "... vamos matá-lo...". Protestou, disse três vezes:
— Não, não, não!
Foi um verdadeiro grito. Os quatro homens se viraram para ela, espantados. Podia-se esperar por tudo, menos que ela, depois de estar ali tanto tempo como uma testemunha neutra, tomasse subitamente uma posição. Repetiu ainda, para aqueles homens que a olhavam, atônitos:
— Não!
Baixou a cabeça, fechou os olhos, com as faces vermelhíssimas. Era como se o grito a tivesse esgotado e ela recaísse, de novo, no alheamento anterior. O professor veio ao encontro da noiva. Não entendera direito aquilo. Perguntou:
— Que é, minha filha?
Jack e os dois companheiros não tiravam os olhos da cena. Malu se justificou, com um grande ar de sofrimento:
— Eu não quero, meu amor, não quero!
— Você ainda agora... — O professor continuava não entendendo bem.
Ela corrigiu:
— Não quero que façam isso na minha frente. Seria demais. Deixe eu sair primeiro.
Durante alguns momentos, o professor não disse nada, olhando somente para Malu. Ela sentia como se ele a visse por dentro, como se chegasse no fundo de sua alma. "Ele vê tudo, sabe o que eu penso, e o que eu sinto." Essa convicção de que diante do noivo era uma alma devassada fez-lhe um grande mal. O professor perguntou, como se falasse consigo mesmo:
— Será que...?
Mas se detém, sem completar. Uma suspeita começava a nascer no seu espírito. Pensava: "Não é possível, não pode ser". Mas o fato é que a dúvida continuava dentro dele. Então, resolveu esclarecer aquilo de uma vez:
— Venha cá, Malu.
E para os três homens:
— Vocês me esperem aí um instantinho!
Abriu a porta e saiu com Malu. Mal viu o chefe pelas costas, Jack exclamou:
— É isso! Meter mulher no meio!...
Os outros estavam apreensivos. Um deles queixou-se:
— Ela não precisava estar dentro do brinquedo. É capaz de comprometer tudo.
O outro, cético também em relação às mulheres, observou:
— Não sei, não. Mas qualquer dia essa menina dá com a língua nos dentes...

Mas não puderam continuar a conversa. Ouviram passos lá fora, e, instantes depois, voltava o professor. Não sozinho, como os homens esperavam e desejavam. Mas seguido de Malu. Desde logo os três homens viram o seguinte: que Malu parecia outra. Parecia espantada e assustada. Foi entrando e parando na porta. Teve uma exclamação de horror:

— Esse sangue!

O professor não a perdia de vista, tomando conta de cada uma de suas expressões. Tinha uma certa ironia na voz, mas muito leve, quando a interrogou:

— O que é que tem de mais?

Ela disse, sem que a abandonasse a expressão de angústia:

— Mas eu não posso ver isso, não posso, não está em mim.

O professor olhou-a em silêncio alguns instantes. Depois insinuou:

— Você acha que nós devemos fazer o que com esse camarada?

Os três homens se concentraram para ouvir a resposta. Não estavam percebendo bem os desígnios do professor. Sobretudo estranhavam a mudança de atitude de Malu. "Ora essa!" era a exclamação interior de cada um.

Malu não compreendeu:

— Como?

— Você vai decidir a sorte de Bob. Ele deve ou não morrer?

Balbuciou, muito pálida:

— Não.

A voz do professor se fez mais suave, uma suavidade apavorante:

— Quer dizer que você acha que ele não deve morrer?

— Acho.

— E por quê? — era o professor que perguntava, aproximando-se mais de Malu. — Posso saber?

Ela não soube o que responder. Recuou um pouco diante daquele rosto que se aproximava do seu, diante daqueles olhos que pareciam animados por uma luz demoníaca. O professor tornou:

— Por que você defende a vida desse cavalheiro?

Lembrou-se, então, de um motivo:

— Ele me salvou a vida!

— Só por isso?

Aquele interrogatório tenaz, minucioso, implacável, a estava pondo louca:

— Só por isso.

— Ou por causa dos beijos que ele deu?

Explodiu:

— Pelo amor de Deus, não me faça perguntas!

Mas ele foi implacável. Agora queria saber que razão ou razões misteriosas e profundas a faziam desejar a salvação de Bob. Não acreditava que o motivo fosse o reconhecimento. Preferia achar que alguma coisa mais íntima e mais séria unia os dois. Uma porção de suspeitas abomináveis passou pelo seu espírito. Naquele momento, ele sofria tudo o que um homem pode sofrer.

Continuou o interrogatório, procurando exasperá-la, certo de que, num daqueles instantes de exaltação, ela deixaria — quem sabe? — escapar a verdade, toda a verdade.

— Você tem que me responder. Eu exijo, está ouvindo?

Não era mais o amoroso perdido de ternura, mas o homem devorado de ciúmes. Ela estava desesperada, não vendo como se libertar daquela situação:

— Mas responder a quê?

— Às perguntas que eu estou fazendo!

Ela ia negar, dizer "não, não!", mas mudou de opinião. Lia na atitude do professor uma cólera tão grande, quase inumana, que suspirou, vencida:

— Está bem. Eu respondo.

— Primeiro, me diga. Mas não minta — ouviu? — não minta!

Baixou a cabeça em submissão:

— Não mentirei.

— Você tem alguma coisa com esse rapaz?

— Não.

— Nem nunca teve?

Parecia uma mulher fria, sem alma, sem nada por dentro, quando disse:

— Não.

— E ele?

— Ele o que é que tem?

— Gosta de você?

Malu hesitou. Diria que "sim" ou que "não"? Atormentou-se enquanto não tomava uma decisão. Não sabia se o que a detinha era medo de se comprometer a si mesma ou a Bob. O professor quase gritou:

— Então?

— Ele, eu acho... que ele gosta de mim. Não tenho certeza, mas acho.

Tanto Malu como o professor foram surpreendidos pela voz de Bob:

— Quem foi que disse?

Uma voz grossa, quase irreconhecível. Era como se cada uma de suas palavras implicasse um esforço penoso. Embora todo o seu sofrimento, ainda conseguia fazer ironia:

— Sim — tornou. — Quem foi que disse que eu gostava dessa mulher?

Carregou bem quando disse "dessa mulher". Despertara havia alguns minutos, embora não desse a perceber. Ouvira quase todo o diálogo entre Malu e o professor; e interviera no momento oportuno, achando que, de algum modo, estava evitando uma vingança da moça. Repetiu:

— Não gostei nunca de você, nunca! Nem creio que algum homem que se preze possa gostar de você!

Malu estava atônita. Jamais poderia esperar que ele dissesse aquilo. Teve um choque; e custou a cair em si. O professor, espantado, procurava raciocinar. Interrogou:

— Não gosta de Malu?

Reafirmou, com ferocidade:

— Não!

E respirava forte, com uma dor horrível nos pulmões. Sua suspeita era de que tivesse alguma coisa quebrada por dentro. Malu perguntava agora, com uma irritação que crescia e que ela não podia controlar:

— Você não gosta de mim?

Ele virou o rosto para outro lado, sem responder. Os três homens se entreolharam espantados. Parecia-lhes incrível que se estivesse perdendo um tempo precioso com aquelas discussões que não conduziam a nada. O comentário interior de Jack refletia um desprezo absoluto em relação a isso: "O professor parece criança!".

Malu chegou-se para junto de Bob. Sentia-se nesse estado de perigosa excitação que leva às piores loucuras. Mas as palavras a haviam exasperado: "Imagine dizer que não gosta de mim". Esqueceu-se da presença do professor, interpelou o rapaz:

— E aqueles beijos?

Ele se virou de frente para Malu:

— Que é que tem? — a ironia continuava.

— Aquilo quer dizer o quê?

E ele:

— Aquilo quer dizer que eu quis mostrar que esse negócio de grã-finismo para mim não resolve. Ou pensa que eu gosto de toda mulher que beijo?

— Cínico!

— Eu preferia Míriam cem vezes a você. Cem vezes!

Sombrio, prestando uma atenção apaixonada a cada palavra, o professor ia ouvindo. Estava, sobretudo, à espera de uma revelação. Afinal, saturou-se. Segurou Malu pelo braço, num gesto tão inesperado que a moça se imobilizou:

— Que é que você tem que ele goste ou deixe de gostar de você?

Baixou a cabeça, envergonhada:

— Foi bobagem minha.

O professor fazia um esforço sobre-humano para se conter. Pois seu desejo ou seu impulso era torcer, até quebrar, o pulso de Malu. Disse para a moça, num tom de violência contida:

— Olha aqui; você merecia a morte. Mas...

D. Lígia e Glorinha tiveram o mesmo choque quando ouviram a voz do dr. Carlos. Voltaram-se. Suas emoções eram diferentes: em d. Lígia, a raiva, o desespero, o despeito; em Glorinha, o medo de ter se excedido e incorrido na cólera do homem que amava.

O dr. Carlos aproximou-se, com os olhos estranhamente brilhantes. Era evidente seu estado de tensão; mas ele procurava se conter, falar com uma voz tanto quanto possível serena:

— Diga, Lígia, o que é que você vai fazer?

A vontade de Glorinha era de desaparecer. Ao mesmo tempo sentia-se presa, queria assistir àquela conversa de marido e mulher. D. Lígia adiantou-se para o marido. A impressão que dava, ou que deu a Glorinha, foi de que ia esbofeteá-lo. Mas não houve nada. Era como se o impulso que a havia levado fosse bruscamente cortado. Parou diante dele, desorientada. O marido insistiu:

— Diga, pode dizer!

Ela pareceu fazer um esforço sobre si mesma. Deixou cair os braços ao longo do corpo, balbuciando:

— Nada.

Mas ele percebeu que essa resposta era uma fuga, que ela se evadia, por um motivo que, no momento, ele não atinava. Era violento demais para se contentar com tão pouco. Interpelou-a violentamente:

— Nada o quê! Você ia dizendo quando eu cheguei. Agora conte, ande!

O máximo que ela pôde dizer foi isto:

— Não me provoque, Carlos! Se você não quer se aborrecer, não me provoque!

— Eu quero me aborrecer! — ele desafiava.

— Isso você diz agora.

— Direi sempre. Vamos, diga!

Glorinha ouvia cada palavra com angústia. Parecia que os dois iam num crescendo. Era uma dessas brigas em que marido e mulher dizem o que devem e o que não devem dizer, muitas vezes criam mal-entendidos irreparáveis.

— Você não pode me obrigar, Carlos! E se eu dissesse... — parou, subitamente maliciosa.

— O que é que tem?

— Se eu dissesse, perderia toda a graça.

— Quer dizer, então, Lígia, que tudo aquilo, aqueles beijos que você me deu...

Fez uma pausa, como que esgotado. Continuou:

— ... tudo aquilo foi mentira, simulação, comédia, não foi?

Ela fechou os olhos:

— Não sei. Faça o que você quiser.

— Bem, Lígia. Eu também sei o que vou fazer.

Ela perguntou, sem raciocínio para disfarçar a própria ansiedade:

— O que é?

— Não digo, minha filha. Eu também tenho os meus segredos.

— Fique com os seus, que eu fico com os meus.

O dr. Carlos virava-se para Glorinha:

— Ah, Glorinha! — Fazia-se repentinamente amável, quase terno. — Tenho uma coisa para dizer a você.

Glorinha arregalou os olhos de espanto:

— A mim?

Mais do que depressa, d. Lígia exclamou:

— Eu também tenho uma coisa para dizer a uma pessoa.

O dr. Carlos virou-se, rápido, para ela:

— Lígia!

E ela, com desassombro:

— Pois é, meu filho. Você não está me provocando? Agora aguente.

O dr. Carlos encarou-a muito seriamente:

— Lígia, eu vou lhe dizer uma coisa: é muito possível que essa pessoa, de quem você fala, leve umas seis balas no corpo. Percebeu? Até logo!

E saiu com Glorinha. D. Lígia ficou no mesmo lugar, com aquela ameaça na cabeça: "... seis balas no corpo, seis balas...". E já via, em imaginação, Cláudio crivado de tiros, de olhos abertos, o rosto voltado para o céu, morto, morto.

Só ENTÃO o professor pareceu reparar nas três testemunhas. Procurou aí serenar um pouco. Embora tivesse uma confiança absoluta naqueles homens, sobretudo para certas missões, não lhe agradava, nada, nada, que eles conhecessem certas intimidades de sua vida. Dirigiu-se a Jack:

— Jack e vocês dois aí. Esperem lá fora.

Os três homens saíram. O professor fechou a porta à chave. Avançou para Malu:

— Agora nós.
— O que é que vai fazer?
Malu empalideceu.
Bob não tirava os olhos dos dois.
— Tenho que esclarecer umas tantas coisas — disse o professor. — Em primeiro lugar, eu não estou nada satisfeito com você, Malu.
Ela recuou, amedrontada:
— Que foi que eu fiz?
— Não se assuste. Eu amo você demais: não a castigarei. Mas Bob é outra coisa: Bob tem que pagar. Olhe só que eu vou fazer com ele.
Malu não aguentou: deu um grito terrível.

O PROFESSOR TIRAVA do cinto um longo punhal. Foi ao ver a arma que Malu gritou, com todas as forças. Os três homens, do lado de fora, ouviram, é claro; e se entreolharam. Mas Jack foi terminante:
— Ninguém se mexa!
Porque seus companheiros, num impulso instintivo, já se dirigiam para o pequeno quarto. A impressão de um e de outro era de que Malu estava sendo torturada, esfaqueada, uma coisa assim. Mas a palavra de Jack os deteve. O sentimento de disciplina os reduzia a uma condição de quase autômatos.
— Ele está matando a moça — observou um deles.
Resposta lacônica e definitiva de Jack:
— Não faz mal!
Os outros inclinaram a cabeça, em submissão. Jack continuou, com um rosto pétreo:
— Se ele quiser matá-la, nós não temos nada com isso.
— Eu sei — murmurou o que falara, recaindo na sua impassibilidade.
Dentro do quarto, o professor virava-se para Malu:
— Por que gritou? — sua voz era velada, uma voz sem brilho, que fazia em si mesma uma ameaça mortal.
Malu torcia e destorcia as mãos:
— Por nada.
— Não seja mentirosa!
Era a primeira vez que ele lhe falava assim. Sempre fora doce, extremamente doce; jamais elevara a voz para ela; tinha para a noiva um tom de incessante adoração. E a sua presente atitude era tão insólita, tão inesperada que ela se surpreendia e chocava, recuando para a parede como se pudesse advir dele algum mal para a sua vida. O professor insistiu — era esta a sua obsessão:

— Você gosta dele ou não gosta?

Estava inteiramente fora de si. A suspeita que o dominava e o consumia era desses sentimentos que atiram o homem para além de todas as suas normas. Jamais ele se deixava vencer assim pela paixão. Dir-se-ia que naquele momento toda a sua vida estava em jogo. Ele pusera no amor — que aparecia na última fase de sua maturidade — as derradeiras esperanças de ventura. Agora mesmo reconhecia que não poderia viver mais sem ela. Precisava saber — era uma necessidade de todo o seu ser — se Malu gostava ou não gostava de Bob. Teimava:

— Gosta?

Desesperou-se:

— Já não lhe disse, não sei quantas vezes, que não?

Mas como sentisse na fisionomia do professor que ele não acreditava ou, pelo menos, estava incerto, exaltou-se:

— Como é que eu posso gostar de um homem assim?

Apontava para a fisionomia de Bob:

— Um homem que tem um rosto nesse estado? Diga, pelo amor de Deus, acha isso possível?

O professor voltou-se para Bob. Procurava ver até que ponto a vítima estava desfigurada. Experimentava, de alguma maneira, um certo prazer, vendo que, de fato, as feições de Bob haviam sofrido muito, pareciam um desses rostos que surgem nos pesadelos. Refletia: "Não, uma mulher não pode se interessar por um homem nessas condições". E, ao mesmo tempo, não queria se convencer de todo. A dúvida continuava, amortecida embora. Aproximou-se mais de Malu; e parecia querer provocá-la:

— Mas num homem a beleza pouco importa. Há tantos homens feios que são amados!

Ela chorava:

— Quer que eu jure?

Bob nada dizia: olhando ora para um, ora para outro. As palavras dos dois pareciam ter para ele um interesse supremo. Mas a crise surgiu, de repente, quando o professor se lembrou de si mesmo. Sem querer, instintivamente, passou a mão no rosto:

— E eu?

Malu não entendeu logo:

— Como?

Então, coube a Bob a vez de intervir:

— Sim, é isso mesmo! Se você não me pode amar porque eu estou assim, como é que pode amar esse camarada?

Só tarde demais Malu compreendia. Olhou para todos os lados, como se estivesse prisioneira e quisesse achar uma brecha para fugir. Em vão, seu pensamento trabalhava: não lhe ocorria — era realmente difícil — uma solução. O professor não perdia uma só das suas expressões.

Bob exultava:

— Por que não sai dessa?

E incitava:

— Saia, saia!

Malu gritou, transtornada:

— Oh, não me atormente!

O professor a segurou, de novo, pelo pulso:

— Diga, diga!

— Não!

— Responda! Não ouviu o que ele perguntou?

Ela chorava, perdidamente. Depois de tantas emoções, seus nervos estalavam. Tinha vontade de fugir, mas não via como; olhava para a porta fechada, para a janela alta e para aquele homem violento e cruel que tinha tanto poder sobre ela, que a escravizava, parecia fazer dela o que queria.

Bob se encarniçava contra a moça. Esquecia-se de si mesmo, do perigo que corria, do seu sofrimento. Dava-lhe um prazer perverso vê-la naquele desespero, sem encontrar uma possibilidade de fuga, uma possibilidade de libertação. Dizia, rindo como um louco:

— Quer me convencer de que gosta dessa cicatriz, quer?

Ela virou, de repente, na direção do rapaz. Teve um tom de desafio, enquanto o professor a olhava com assombro:

— Pois gosto! Gosto, pronto!

— Hipócrita, hipócrita! — gritava Bob.

— E quer ver como eu gosto?

— Pare com essa comédia! Devia ter mais dignidade, mais pudor!

O professor excluía-se desse diálogo. Cada palavra era um choque para ele, um motivo de angústia.

Bob continuou:

— Ele é tão bonito quanto eu, minha filha! Ou quer dizer a mim que essa cicatriz é simpática?

Teimou, sem saber mais o que dizia:

— É, sim, é.

Então o professor se encaminhou para Malu. Mudara outra vez de tom. A sua voz tornava-se acariciante:

— Não faz mal, não é, minha filha?

Ela estava mortalmente pálida quando balbuciou:
— Não.
— Você gosta de mim assim mesmo, não é?
— Gosto.
O professor passou a mão pelos cabelos de Malu. Espantado, Bob não compreendia. Viu a lenta, mas segura, transformação de Malu. A angústia da moça, o seu desespero, a crise em que se debatia, tudo mudou como por encanto. Tornou-se serena, incrivelmente serena; teve nos olhos, na boca, uma expressão de êxtase tão viva que Bob parou de respirar. Nunca a vira assim, nunca. "Parece uma santa", foi a comparação que fez.

Ela balbuciava, feliz:
— Meu amor, meu amor.

E, por sua vez, passava a mão pelos cabelos do homem da cicatriz. Era como se o amasse acima de tudo e de todos, como se ele fosse, para sempre, o objeto de sua adoração. O professor dizia-lhe, por sua vez, transfigurado e com uma suavidade de voz absoluta:
— Você vai ficar aí quietinha, não vai fazer nada, ouviu?

E ela, num transporte:
— Sim, sim.

Falava como quem diz: "Eu faço tudo que você mandar, tudo. Você é meu amo e meu senhor". Estava quase encostada à parede. Bob acompanhava a cena cada vez mais perturbado; nada daquilo lhe parecia normal. Era como se fosse um delírio. Pensava: "Que coisa estranha!". Agora o professor deixava Malu e vinha na direção de Bob. Ainda trazia o punhal na mão. E tinha no rosto uma expressão de triunfo:
— Está vendo? — disse para Bob.
— Estou — confirmou ele, sem tirar os olhos do outro.

O professor repetiu:
— Viu o meu poder? Eu sou assim.

Passou a mão na testa alagada em suor e continuou:
— Ela é minha. Sou eu que mando nela. Fará tudo o que eu quiser, tudo!
— Mas como?
— Ainda não desconfiou?

Bob não respondeu imediatamente. Procurou se recordar, procurou uma explicação para aquele poder quase mágico. Tinha uma vaga desconfiança do que fosse, mas não certeza. O professor exultava, vendo a perplexidade do moço:
— Se eu quisesse, ela se casaria comigo agora mesmo, ou se mataria, ou mataria alguém. Por exemplo…

— Por exemplo o quê?
— Você quer ver uma prova concreta do meu poder sobre Malu?
Bob hesitou. Mas quis adquirir uma certeza:
— Quero.
— Vou lhe mostrar. Você não pode imaginar o que seja.
O professor não se apressou. Estava gostando de prolongar o sofrimento de Bob. Percebia no rosto do rapaz uma tortura imensa.
— O que é que vai fazer?
Ele sorria ao dizer:
— Vou mandar que ela mate você. Só. Que tal?
Bob não entendeu imediatamente. Fechou os olhos, pensando no que lhe dissera o homem. Aquelas palavras estavam nos seus ouvidos: "Vou mandar que ela mate você...".
Ele se concentrava, num esforço de compreensão: "Vai mandar que Malu me mate". Apesar do seu desespero, ou por isso mesmo, Bob exclamou:
— Bandido!
Só agora compreendia a perversidade do outro. Mas ainda assim se recusava a acreditar que ele conseguisse fazer aquilo. O professor percebeu essa dúvida. Perguntou, maciamente:
— Não acredita?
Bob respondeu:
— Não.
Malu continuava imóvel, encostada à parede. Não se mexia; apenas olhava. Continuava com a mesma expressão doce, um ar de sorriso. Parecia não ter sentimento nenhum da tragédia iminente. Era como se aquela conversa de morte nada lhe dissesse respeito.
— Você vai ver — sorriu o professor.
E se encaminhou para Malu, que abriu mais o sorriso para ele. O professor trouxe-a de volta para junto de Bob. Disse:
— Malu, ele não acredita que você me obedece cegamente.
— Não? Coitado!
— Se eu mandar você fazer uma coisa, você faz?
— Tudo que você quiser.
— Pois bem — baixou a voz. — Eu quero...
Bob gritou:
— Não ouça, Malu! Não ouça!
O professor empalideceu:
— Cale, senão eu mesmo liquido você! Agora, quer ver?

Bob calou-se, com a consciência de que nada poderia fazer. O professor mudou, então, instantaneamente de tom; tornou-se, outra vez, macio:
— Você é capaz de enterrar esse punhal nele?
Apontava para Bob. Malu respondeu imediatamente:
— Sou.
O professor sorriu:
— Viu o que ela disse?
Bob não queria acreditar. Aquilo parecia-lhe cada vez mais absurdo:
— Malu! Você está louca, Malu?
— Mato, sim, mato — reafirmou Malu.
Já então a expressão de doçura desaparecera do seu rosto. Tinha os lábios cerrados, numa expressão de vontade implacável. Pela primeira vez, o terror se apoderou do coração de Bob:
— Não, Malu, não!
Não era o medo do sofrimento e da morte. Era o terror de vê-la fazendo aquilo, de matar friamente para atender o capricho homicida de um louco. "Ela está doida", pensava Bob, "completamente doida." Não acreditava que Malu estivesse regulando bem.
— Tome. — Era o professor que estendia a mão para Malu.
Ela apanhava o punhal, muito longo, agudíssimo. Olhou a arma com fascinação. Parecia enamorar-se do punhal, lindo e terrível. Olhou, em seguida, para Bob. Este gritou outra vez:
— Não faça isso, Malu. Ele quer que você seja assassina. Ele quer que você me mate!
Ela curvava-se para ele. Tinha a voz transformada, uma voz enrouquecida:
— Eu vou matar você. Eu...!

Glorinha saiu com o dr. Carlos. Como sempre que estava ao lado dele — e até o momento em que começavam a brigar —, invadia-a uma ternura quase dolorosa. Era o que estava sentindo naquele momento. Encostava-se a ele, transfigurada.
Mas logo que chegaram ao jardim — e quando não mais podiam ser vistos por d. Lígia — o dr. Carlos fechou a fisionomia. Glorinha, que notou, teve um lamento:
— Quer dizer que tudo era fingimento?
— Ora, Glorinha!
Mas ela insistiu, chocada:
— Você só estava querendo meter raiva à sua mulher, não é?

Ele disse, brutalmente:

— É, sim, é. Está satisfeita?

Então ela se irritou. Veio, de novo, à sua alma o cansaço do desprezo com que ele a tratava. O sangue subiu-lhe à cabeça. Fê-lo parar:

— Olha aqui, Carlos. Você está pensando que eu sou o quê?

— Não me amole!

Ela se embriagou com a própria cólera:

— Você quer saber de uma coisa? Quem vai pagar tudo isso é sua filha! Sabe o que é que está acontecendo a ela neste momento, quer saber...?

36

O amor que não morre

Então, fez-se no quarto um silêncio absoluto. Ouvia-se, apenas, o rumor da respiração de Bob, uma respiração forte, uma respiração quase de agonia. Deitado, de mãos e pés atados, ele não podia fazer nenhum movimento, a não ser para o lado. Via Malu aproximar-se, debruçar-se sobre o seu rosto, apertando o cabo do punhal.

Também o professor não dizia nada, seguindo, com atenção apaixonada, o gesto de Malu. Bob abria muito os olhos, escancarava a boca, com todos os nervos em tensão. Nunca sofrera tanto em tão pouco tempo. Mas, apesar do seu desespero, ainda havia dentro dele um resto de espanto, de incompreensão, de incredulidade. Aquilo não podia ser possível. "Daqui a pouco eu acordo."

Só aí o professor quebrou o silêncio:

— Duvida ainda?

Bob não respondeu nada. Era como se não tivesse ouvido; para ele, naquele momento, só existia ali a moça, com o punhal erguido — o punhal que iria matá-lo. Olhava para o rosto de Malu; e sentia um frio horrível no coração. Porque não havia nenhuma expressão na fisionomia de Malu, a não ser talvez nos olhos, brilhantes demais.

O professor repetiu a pergunta. Silêncio de Bob. E o grito do outro:

— Responda!

Queria tripudiar sobre a vítima. Queria que Bob sentisse o seu domínio absoluto sobre Malu, sobre a entorpecida vontade de Malu. Esta se imobilizara, como se a voz do homem da cicatriz tivesse quebrado o seu impulso homicida. Parecia esperar que ele desse a última ordem.

Bob respondeu, voltando os olhos para o professor:

— Acredito.

E tinha mesmo que acreditar, porque era verdade. Aquele homem empolgara para sempre a alma de Malu. Diante dele a moça era, realmente, de uma dessas docilidades absolutas, que não têm uma restrição. E Bob estremecia, achando aquela dependência, aquela submissão uma coisa desumana. Sobretudo, o horrorizava a certeza de que Malu iria matá-lo com as próprias mãos, de que ia enterrar na sua carne o punhal, até o cabo. Repetia para si mesmo, desesperado: "E eu a salvei duas vezes".

O professor continuou:

— Nada disso aconteceria se você não tivesse feito o que fez...

Bob perguntou:

— O que é que eu fiz?

O professor teve um sorriso cruel:

— O que é que você fez? Ainda pergunta?

— O que foi?

— Em primeiro lugar, seu cínico, você beijou Malu à força.

Bob não disse nada. O professor prosseguiu:

— Em segundo lugar, invadiu a minha casa, pelo muro, como um ladrão.

— Como ladrão, não. Eu vim aqui para tirar Malu de suas mãos. Pensa o quê? Que não é crime raptar uma moça?

Ironia suave do outro:

— Ah, foi? Eu raptei alguém? Diga a esse camarada, Malu, se eu raptei você, pode dizer. Raptei?

Malu ficou de frente para ele. Murmurou, um pouco automaticamente:

— Não.

O professor triunfou:

— Viu?

Ironia amarga de Bob:

— Estou vendo.

E o que dizia a si mesmo, em face da atitude de Malu, era que o que estava sucedendo era muito bem feito. "Por que é que eu fui gostar de Malu, por quê?" O professor continuava rindo com aquele riso sinistro, quase sem rumor:

— Diga-me uma coisa — dirigia-se a Bob. — Já adivinhou por que eu tenho tanto poder sobre Malu?

Era isso que Bob perguntava a si próprio, sem achar resposta:

— Por quê?

— Não faz ideia? Olhe para mim. Ainda não adivinhou? Você é cego?

E como Bob, espantado, nada dissesse, riu outra vez:

— Você vai morrer. Mas antes quero lhe contar uma história, uma história muito interessante. Você vai ver. Depois, então, compreenderá umas certas coisas, compreenderá por que eu sou implacável, por que matarei você ou mandarei que Malu o mate...

Glorinha parou, assustada com o ar do dr. Carlos. Ele empalidecera de repente, tinha os lábios brancos, brancos, e a impressão da loura era a de que o dr. Carlos ia cair ali, com uma coisa. Segurou-o pelo braço:

— Que é que você está sentindo, Carlos? Alguma coisa?

Ele se desprendeu, brutalmente. Tinha a voz completamente mudada:

— Diga, ande, o que é que está acontecendo com Malu?

Mas ela agora estava assustada; nascia no seu coração o medo de causar-lhe um abalo talvez mortal. Quis fugir do assunto, mentiu:

— Não foi nada, Carlos. Brincadeira minha.

Ele insistiu; e havia nos seus olhos e na sua voz uma ameaça tão sombria que Glorinha estremeceu:

— Mentira nada. Mentira coisa nenhuma. Você tem que dizer o que aconteceu com Malu.

— Não foi nada. Juro.

Segurou-a pelo pulso:

— Diz ou não diz?

— Mas, Carlos...!

Ele torceu. Ela se revirou, sentindo que ele era capaz de lhe quebrar o braço:

— Perdão, Carlos, perdão!

— Diz?

Ela hesitou. Talvez dissesse, mas naquele momento veio-lhe à memória a figura do professor. Raciocinou rapidamente: "Se eu disser, ele me mata, eu não escapo". O terror que lhe inspirava o homem da cicatriz travou-lhe a língua. Preferia morrer nas mãos do dr. Carlos, que, afinal, era o seu amado, do que nas mãos do professor.

Reagiu, desesperada:

— Não digo!

E como ele, numa cólera lúcida e terrível, torcesse mais ainda o seu pulso, rompeu em pranto:

— Mas não houve nada, juro que não houve nada!

Ele, então, largou-a. Subitamente vinha-lhe um cansaço, uma saturação daquela mulher. Arrependeu-se do pequeno namoro inicial, que ligara aquela vida à sua. Sentiu que não podia vê-la mais, que a simples presença da moça lhe causaria horror; e disse:

— Vai!

Parecia expulsá-la. Havia tanto desprezo no seu gesto, desprezo tão irredutível, que ela se chocou, balbuciando:

— Carlos!

— Vai!

E era essa a única palavra que lhe vinha aos lábios. Pela primeira vez, Glorinha percebeu que ele tinha em relação a ela um sentimento definitivo. Perguntou, como se não quisesse aceitar a atitude do dr. Carlos:

— Você me expulsa, Carlos?

— Sim, expulso.

E continuou, para que a humilhação de Glorinha fosse maior, mais irreparável:

— E se você não for já, já, se não arrumar logo as suas coisas — ouça o que eu lhe digo —, eu ponho você daqui para fora...

Arquejava, como se estivesse fazendo um violento esforço físico. Glorinha ouvia as palavras, uma a uma, com uma expressão de espanto e de dor. Ele concluiu:

— ... nem que seja de rastos.

— Você faria isso, Carlos? Faria isso comigo?

Ela não se conformava com uma atitude assim definitiva. Sempre acariciara a ideia de que, um dia — não sabia quando —, iria conquistá-lo. Agarrara-se tanto, fanaticamente, a essa esperança! E, de repente, vinha ele e a expulsava, corria-a, como se ela fosse a mais ínfima das ladras.

Quis reagir:

— Eu não vou! Quero ver você me tirar daqui!

— Ah, é?

Agarrou-a novamente. Desta vez com violência, disposto a arrastá-la para a porta da rua. Ela percebeu que ele era capaz disso; gritou, em desespero de causa:

— Eu digo.

— Então diga!

— Vou dizer, embora tenha que pagar isso com a minha vida.

— Não seja boba!

Tinha realmente a tristeza de uma mulher condenada:

— Eu sei o que estou dizendo, Carlos. Sei que vou morrer, mas não faz mal.

Ele parecia subitamente tocado pela sinceridade da loura. Nunca a vira assim, com uma tristeza tão absoluta; e sem querer, sem ter consciência do próprio movimento, tomou entre as suas mãos as da loura:

— Mas diga. Sou eu que estou pedindo. Eu, Glorinha.

— Ah, se pelo menos você me tratasse bem. Eu não queria muito, apenas que me tratasse um pouco melhor. Nada mais. Mas isso é tão difícil, não é, Carlos?

Ele não sabia o que dizer. Apesar de atormentado pela ideia de que Malu estaria correndo um sério perigo, experimentava também uma piedade injustificável por Glorinha. Quis acabar logo com aquilo:

— Eu a tratarei, sim, sim, mas diga o que houve com Malu.

— Mas não é só tratar melhor — estava amarga. — Mulher precisa de amor. E eu não terei isso de você, nunca! Você nunca me dará amor.

O dr. Carlos se enfureceu de novo. Achava que ela estava ganhando tempo, retardando:

— Basta, Glorinha! Eu quero saber onde está minha filha!

E ela, deixando as palavras cair, uma a uma:

— Malu está na casa de um homem que é um verdadeiro demônio.

O dr. Carlos empalideceu, sem compreender:

— Quem?

— Você conhece aquela casa? Aquela que parece um castelo?

— Que parece um castelo? — Fez um esforço de memória. — Ah, já sei! Que é que tem?

— Ela está lá.

— Fazendo o quê? — Não compreendia.

— Foi levada à força. O homem que mora lá — é uma verdadeira fera — apaixonou-se por ela.

Ele estava cada vez mais apavorado:

— Por Malu? E quem é ele?

Ela recomeçou a chorar, já dominada pelo medo do homem da cicatriz:

— Não sei, não sei!

Soluçava agora:

— Já lhe disse tudo! Não me pergunte mais nada!

E, como o dr. Carlos se virasse em direção ao portão, agarrou-se a ele:

— Não vá sozinho!

Ele tinha um jeito mau na boca:

— Vou matar esse canalha!

— Se for sozinho, Carlos, ele mata você, tenho certeza.

Mas o dr. Carlos se obstinava, cego de ódio:

— Mato, mato!

— Chame a polícia! Não vá sozinho!

— Chamar a polícia?

Hesitou ainda. Mas a ideia começou a fasciná-lo; era o que devia fazer, para evitar a possibilidade de uma fuga, de um azar qualquer. Raciocinava: "Se, porventura, me acontecer alguma coisa e a polícia não estiver lá, Malu, então, estará perdida". Disse para Glorinha, que esperava:

— É. Vou chamar a polícia.

Quis subir a ladeira que dava para a varanda. Glorinha foi atrás:

— Carlos — era um tom de súplica.

— Que é? — Ele estava obcecado, mal lhe deu atenção.

E Glorinha, depois de vencer uma última vacilação:

— Você não acha que agora eu mereço... — hesitou — que eu mereço um beijo?

Nunca se mostrara tão humilde diante dele, nem tão enamorada:

— O quê? — admirou-se ele, julgando não ter escutado bem.

— Depois do que eu disse a você, não mereço um beijo?

Ele se irritou, sem contemplação nenhuma para com aquela mulher que levantara para ele os olhos suplicantes:

— Mas será que você não pensa em outra coisa?

Tinham chegado à varanda. Ela confirmou, apaixonadamente:

— Sim. Não penso em outra coisa.

Ele nem respondeu. Encaminhou-se — sempre pálido — para o telefone. Discou para a polícia. E, rapidamente, deu o endereço do professor. Desligou e quis partir. Mas Glorinha barrou-lhe a passagem:

— Você não pode ir, Carlos!

— Está louca!

Quis afastá-la, empurrá-la brutalmente. Mas ela se agarrava a ele, numa tenacidade que nascia do desespero. Em vão ele fez esforço, tentativas para se desprender. Chegou a machucá-la.

— Largue-me! — arquejava.

E ela, a quem a dor de perdê-lo transformava em força a sua fragilidade:

— Primeiro, um beijo!

— Não!

— Eu vou morrer, Carlos, eu vou morrer!

Estava na obsessão de que o professor haveria de matá-la. E não queria morrer, não queria sair da vida sem levar ao menos, para o mistério e o silêncio da terra, a lembrança de um beijo, de um último beijo.

O dr. Carlos ia fazer um último esforço para atirá-la longe — ela estava abraçada a ele, num desespero de náufrago — quando veio, da escada, uma voz:

— Continuem. Bonito, muito bonito!

Viraram-se, em sobressalto. Era d. Lígia que vinha descendo.

Ele se irritou, não querendo aceitar que todas as aparências estavam contra si:

— Ora, Lígia!

Então a ironia da mulher se fundiu em raiva, em despeito. Gritou, do meio da escada:

— Não se incomodem com a minha presença!

O dr. Carlos empalideceu. Achou aquilo de uma injustiça tão grande que perdeu a cabeça. Fez o que não devia ter feito, no impulso cego da indignação:

— Venha cá, Glorinha. Você não queria um beijo?

O dr. Meira vinha entrando também. E viu o dr. Carlos segurar Glorinha pelos braços e...

O DR. MEIRA foi rápido. Logo que entrou viu perfeitamente a gravidade da situação. O dr. Carlos acabava de agarrar Glorinha e...

Num segundo, ou numa fração de segundo — com toda a velocidade do pensamento —, viu o que lhe restava fazer. Percebia que, se o dr. Carlos fizesse o que queria, surgiria, entre ele e d. Lígia, uma situação talvez irreparável. Qual a esposa que, depois de assistir, com os próprios olhos, ao marido beijando outra mulher, poderá perdoá-lo? Sobretudo num caso como aquele, de acinte, de humilhação deliberada.

Então o dr. Meira se atirou entre os dois, isto é, entre Glorinha e o dr. Carlos. Meteu-se no meio e com tanta violência que o dr. Carlos se desequilibrou, ia caindo (esperava por tudo, menos por aquilo). A atitude do médico, assim de momento, parecia uma verdadeira agressão.

D. Lígia, no meio da escada, ainda disse:

— Deixe, doutor Meira, deixe!

Porque ela estava tão desesperada, tão fora de si que desejava — por uma incoerência de coração — que a sua humilhação se consumasse totalmente, que a cena do beijo tivesse lugar na sua frente. Exasperou-se, vendo que a intervenção do dr. Meira impedira o fato. Teve um lamento, ao descer a escada:

— Por que não deixou, doutor Meira? Por que não deixou?

O médico estava entre os dois esposos, que falavam ao mesmo tempo. Não sabia para que lado se virar. O dr. Carlos chamava o seu testemunho:

— O senhor viu que coisa, doutor Meira?
— Calma, Carlos! Que é isso?
E o outro, exaltadíssimo:
— Eu, era eu que estava impedindo que essa mulher me beijasse! Eu, sim!
Ironia de d. Lígia:
— Eu sei!
E o dr. Carlos:
— Parece mentira, brincadeira, um homem resistindo a uma mulher. Mas foi isso que aconteceu, juro!
— Mentiroso! — gritou d. Lígia. — Pensa que eu acredito!
O dr. Carlos virou-lhe as costas:
— Se ela não acredita, doutor Meira, melhor. Eu é que não estou disposto a ouvir desaforos de minha mulher, sem ter culpa nenhuma. Essa é boa!
O dr. Meira implorou:
— Chega, Carlos! Pelo amor de Deus!
— Nunca mais! — jurava d. Lígia, prestes a explodir em soluços.
Só então voltou à memória do dr. Carlos a lembrança da situação em que estaria Malu. Glorinha, ao lado, não dizia nada. Estava mais triste do que nunca, achando que sua vida não tinha mais solução. Era inútil. Bobagem lutar contra o destino. A vida é tão mais forte do que a vontade de uma pobre mulher! Interessante é que ninguém olhava para ela. Marido e mulher odiavam-se entre si, excluíam a loura do sentimento profundo que mais uma vez os separava.
O dr. Carlos exclamou:
— Malu!
E segurando o braço do dr. Meira:
— Imagine que, neste momento, Malu está correndo perigo de morte.
— Quem? — balbuciou d. Lígia.
— Malu? — estranhou o dr. Meira.
— E nós aqui, perdendo tempo com bobagens. Vamos, doutor Meira. Antes que seja tarde.
O médico gaguejou:
— Mas aonde?
O dr. Carlos nem respondeu. Arrastou o médico, que pensou no chapéu, mas desistiu de apanhá-lo. O dr. Carlos ia na frente; e o dr. Meira, atrás, ofegando. "É hoje que meu coração arrebenta", pensava o velhinho.
D. Lígia e Glorinha estavam sós, face a face. D. Lígia, perturbada, o coração em tumulto. Perguntava a si mesma: "Será verdade que Malu...?". Mas viu logo que era verdade, que só podia ser verdade.
Disse baixinho:

— Malu, Malu...

Dizia o nome da filha como se fosse o de uma estranha. Virou-se para Glorinha, interrogou-a:

— É verdade? O que ele disse?

— O quê?

— Que Malu...

— É verdade, sim.

E, como se falasse para si mesma, Glorinha murmurou:

— Ele não me beijou.

Não era um tom de desespero. Mas de tristeza absoluta, sem remédio, sem consolo. Parecia não ter noção da presença de d. Lígia. Mergulhada na melancolia de seu destino falhado. "Tantas mulheres são felizes no amor. Só eu, não." Seu sentimento naquele instante era de que nenhuma mulher fora, nem podia ser, tão infeliz quanto ela. E se ao menos chorasse, se ao menos tivesse lágrimas para chorar.

Mas seus olhos estavam enxutos. E sua impressão era de que jamais voltaria a chorar. Estava esgotada, esgotada!...

D. Lígia a olhava, com espanto. No fundo, impressionada com o ar de martírio da loura. Teve um sentimento estranho, que não sabia direito o que fosse. Talvez piedade. O que a impressionava, sobretudo, era ver o fanatismo de Glorinha pelo dr. Carlos, num fanatismo que resistia a tudo.

Sem querer, à revelia da própria vontade, d. Lígia perguntou:

— Gosta muito dele assim?

Era uma curiosidade que a invadia, de repente. Queria conhecer até que ponto a outra gostava do dr. Carlos. Glorinha não se espantou, não manifestou a mínima surpresa de vê-la interessar-se por uma coisa tão delicada. Nem sequer pensou: "A própria esposa fazendo a pergunta!". Sentia-se num estado tão especial que tudo o que fizessem ou dissessem, pouco lhe importaria.

Respondeu, sem fitá-la, olhando para outro lado:

— Se gosto?

Sorriu, com tristeza:

— Muito.

D. Lígia insistiu, momentaneamente esquecida de Malu:

— Tanto assim?

— Muito mais do que você pensa.

— E por quê? — quis saber d. Lígia. — Por quê?

Glorinha até achou graça:

— Sei lá por quê! Só sei que gosto, que ele é tudo para mim, tudo!

E como d. Lígia, aterrada, não encontrasse uma palavra para dizer, nada, ela encarou a rival:

— Gosto dele como nunca você gostou!

Então d. Lígia reagiu. Pela primeira vez, desde que tinha começado a conversar, ela se doía com as palavras da outra:

— O que é que você sabe dos meus sentimentos?

— Dos seus? Nada. Sei dos meus e basta.

— Então, por que diz que gosta mais dele do que eu?

— Porque gostar assim, como eu gosto, ninguém pode gostar tanto ou mais. Duvido!

Era este o seu orgulho: de experimentar um sentimento que a absorvia por completo, que consumia sua alma e seu destino, que a fazia viver numa espécie de febre.

D. Lígia fez ou quis fazer ironia:

— Você, no mínimo, pensa que é a única mulher no mundo que tem coração? Que as outras não têm?

Glorinha readquiriu, de novo, o seu ar estranho, quase de sonâmbula. Parecia estar longe dali, muito longe. Cerrou os olhos, trancou os lábios. Deixou que a outra falasse, que se embriagasse com a própria exaltação:

— Pois eu também gosto dele assim, ouviu…?

Precisava agora convencê-la e a si mesma de que era capaz de um desses sentimentos grandes, que são tudo para uma pessoa.

— Nós brigamos muito. Mas o meu amor…

Bob sentiu que era chegado o momento de conhecer o mistério da influência do professor sobre Malu.

O homem da cicatriz sorria agora, satisfeito de si mesmo e das faculdades excepcionais que tinham permitido dominar tão profunda e definitivamente a alma da moça. Percebia o espanto, a admiração de Bob, e isso parecia dar-lhe uma embriaguez, uma exaltação que o fazia vibrar. Puxou-se uma cadeira, para ficar melhor. Aparentemente a história era grande, muito grande:

— Eu não devia perder tempo com você, Bob. Mas vou perder assim mesmo. Quero que você, antes de morrer, saiba de muitas coisas. Olha: em primeiro lugar, vou explicar como conheci a família de Malu. Como, onde e quando. Imagine você…

Bob reparou que, ao entrar propriamente na história, a fisionomia do professor se transfigurava. Em vez da ironia habitual, uma tristeza inesperada que deu uma estranha severidade às suas feições.

— ... imagine você que eu tive uma filha. Chamava-se Antonieta, quer dizer, Maria Antonieta. A mãe morreu de parto.

Abriu uma espécie de parênteses para observar:

— A mãe de Maria Antonieta foi um grande amor que eu tive. Sofri um golpe horrível. E só não fiz uma asneira, não meti uma bala na cabeça, porque, em todo o caso, me restava um motivo para viver: minha filha. Desde pequenina, ela foi o retrato da mãe. Sem tirar nem pôr. Forma do rosto, cabelos, expressão de olhos, de boca, o sorriso, tudo igualzinho. Agora, uma pergunta, Bob.

Fez uma pausa. Falara com uma tristeza tão grande, tão concentrada, que o próprio Bob, apesar da situação, impressionava-se. Fez a pergunta:

— Você sabe o que é uma filha? — Sua voz tornava-se mais grossa, quase rouca.

Bob não respondeu logo. O professor continuou, baixando a voz:

— Uma filha é tudo, Bob. Sobretudo como era a minha. Eu tinha a impressão, quantas vezes, de que a vida materna continuava nela. Antonieta era linda, tão linda! E, depois, uma dessas fisionomias expressivas, que a gente vê e não esquece nunca. Quem olhasse para ela, e considerasse a tristeza dos seus olhos, um certo jeito atormentado de sua boca, teria um mau pressentimento, uma certeza profética de que seu destino seria trágico. E como era sensível, vibrante! Dir-se-ia que havia dentro dela uma febre, incessante e devoradora, uma chama interior que iria consumir sua alma e sua vida. Pois bem, Bob; Antonieta cresceu. Aos dezesseis anos parecia uma imagem, uma visão de beleza. Era extremamente frágil e fina. A impressão que deixava era de que um sopro mais forte da vida poderia fazer-lhe mal, talvez arrebatá-la. Uma vez — não sei quem — me disse: "Essa menina quando gostar de alguém vai ser para sempre!".

"Nesse tempo, eu estudava hipnotismo a fundo e, para ganhar a vida, pretendia adivinhar o fundo das pessoas. Claro que minhas previsões não tinham nada de sério. Eu as fazia um pouco ao acaso, com os dados que podia colher de cada consulente; procurando, tanto quanto possível, ser verossímil. Falava francês, ou com sotaque francês, certo de que um estrangeiro seria mais bem-aceito, sugestionaria mais. No fundo, me divertia com os clientes, sobretudo com as mulheres, que gostava de atormentar, por uma maldade gratuita.

"Um dia, eu chego em casa e Antonieta veio falar comigo. Lembro-me como se fosse hoje. Estava linda, até onde uma mulher pode ser linda. Que olhos, que expressão meiga, acariciante e triste.

"'Papai' — foi assim que começou —, 'se eu lhe perguntar uma coisa, o senhor me diz?'

"Achei graça. Acariciei-a nos cabelos:

"'Digo, sim. O que é?'
"E ela, cada vez mais doce, cada vez mais triste:
"'Mas jura?'
"Estranhei:
"'É tão grave assim?'
"Ficou meio hesitante:
"'Não sei. Mas o senhor me responde?'
"'Pode perguntar.'
"Ela ficou assim, olhando para outro ponto, como se tivesse receio dos meus olhos. Afinal, tomou coragem e fez a pergunta:
"'Se eu morresse, o senhor ficaria muito triste?'
"Olhei atônito. Não me ocorreu, porém, que pudesse haver alguma seriedade na atitude da minha filha. Pareceu-me mesmo que havia ali uma certa infantilidade. Sorri:
"'Ora, Antonieta!'
"Ela insistiu, agora mais séria:
"'Ficaria, papai? Ficaria triste?'
"Brinquei:
"'Ia ficar alegre, talvez?'
"Por um momento, ela pareceu ter mais alguma coisa para dizer. Mas, finalmente, desistiu. Saiu sem acrescentar nem uma palavra. Eu fiquei com aquilo na cabeça, embora sem lhe atribuir grande importância. Eu não sabia de nada, nada. Muita gente sabia e só eu ignorava."

O professor fez mais uma pausa. Tinha a testa banhada em suor; e Bob percebeu, pela sua expressão, que estava sofrendo horrivelmente, que jamais sofrera tanto. O rapaz chegava a se esquecer da própria situação, tão fascinado estava pelo resto da história. Como o professor prolongasse a pausa, ele teve a iniciativa de perguntar:

— E que mais?

O homem da cicatriz fez um esforço sobre si mesmo e continuou:

— No dia seguinte, pela manhã, Antonieta não apareceu para o café. Não dei nenhum sentido particular ao fato. Em todo o caso, perguntei:

"'Antonieta já desceu?'
"'Não.'
"Depois do café, subi para acordá-la. Bati na porta uma vez, duas, três. Nada. Chamei:
"'Antonieta!'
"O mesmo silêncio. Pouco a pouco, ia me inquietando, achando aquilo estranho. Torci o trinco; a porta estava fechada por dentro. Acabei perdendo a

cabeça e batendo com toda a força dos meus punhos. Ainda nada. Subiu um criado. E nós dois, já com um sentimento de tragédia na alma, arrombamos. Paramos, porém, logo à entrada.

"No leito, branca como os lençóis, o braço pendendo para fora da cama, estava a minha filha... morta."

O professor não pôde continuar. Alguém batia na janela, repetidas vezes. O professor ergueu-se. Era Jack, fazendo sinais.

— Quem é? — perguntou o professor, abrindo a janela.
— A polícia está aí.
— Aqui?
— A polícia e o pai de dona Malu.

37

O segredo de Malu

Jack estava em pânico. Seu primeiro impulso — quando lhe vieram falar em polícia — foi o da fuga. E só não desapareceu imediatamente, só não correu, porque, apesar de tudo, era fiel ao professor. Fidelidade a que se misturava um sentimento quase supersticioso de medo. Empalideceu.

Os outros dois também haviam empalidecido. Eram homens de passado sombrio; e, se não temiam o perigo, a morte, a dor, guardavam, entretanto, uma secreta covardia da polícia. Eles também pensaram em fugir. Mas Jack soube se impor naquele momento. Segurou um deles, o mais nervoso, com as duas mãos, pela gola do paletó, sacudiu-o violentamente:

— Você não me sai daqui!
— Mas a polícia está aí!
— Não faz mal. Vamos falar com o professor.

O professor teve um choque. Por um momento, ficou sem ter o que fazer, balbuciando:

— A polícia!

Mas era preciso agir, e agir rapidamente. Jack não dizia nada, olhando atentamente para o chefe e procurando se guiar pelos sentimentos que se refletiam no seu rosto. Sabia que o professor não era homem de se perturbar com problemas. Vira-o atuar em situações difíceis, e sempre com a mesma lucidez, serenidade e audácia. "Será que, desta vez, ele vai perder a cabeça?", pensou Jack.

Mas o professor se recuperou logo. Foi à porta, abriu e chamou Jack e os dois homens:

— Vocês ficam aqui tomando conta desse camarada!

Bob, de olhos muito abertos, não perdia um só movimento. Uma esperança — uma louca esperança — começava a nascer no seu coração. Raciocinava: "Quem sabe se eu não serei salvo ainda?". Essa possibilidade podia ser remota, mas, na situação em que se encontrava, bastava para levantar um pouco o seu ânimo e lhe dar uma vontade desesperada de viver. Disse, repetiu para si mesmo: "Eu não quero morrer, eu não quero morrer".

Só Malu permanecia como estava: encostada à parede, sem um gesto, o ar de sonho, esperando, decerto, que o professor a libertasse do seu encanto. Parecia, de fato, dominada por uma influência irresistível e mortal.

O professor tomou-lhe o braço:

— Vamos, filha?

Usava um tom, ao mesmo tempo, acariciante e enérgico. Ela se deixou levar. Ia num passo ritmado, como uma noiva. Jack, que veio ao encontro deles, advertiu:

— Estão na sala!

— Vamos lá. Quer dizer, eu e Malu. Você e os outros fiquem aí com Bob. Mas cuidado!

A polícia, o dr. Carlos e o dr. Meira haviam chegado quase ao mesmo tempo. O dr. Carlos foi o primeiro a saltar e a se dirigir ao inspetor. Este deu ordens rápidas aos seus homens, que eram, ao todo, quatro:

— Cerquem a casa. Não deixem fugir.

E sublinhou:

— Ninguém sai, hein?

Encaminharam-se, então, o dr. Carlos e o dr. Meira, acompanhados do inspetor, para o portão central. O dr. Carlos observou dois jardineiros em trabalho; notou que um deles, notando a aproximação de estranhos, esgueirava-se furtivamente. O outro veio atender.

O inspetor disse, lacônico:

— Polícia!

O jardineiro balbuciou:

— Vou avisar o patrão.

— Primeiro, abra.

Rápida indecisão do jardineiro, que, afinal, abriu. O inspetor veio puxando o homem pelo braço:

— Você vai com a gente. O homem está aí?

— Não sei, não sei — gaguejou o outro.

Entraram na casa. O inspetor olhando para tudo, fazendo observações mentais; e comentou para o dr. Carlos:

— Se estão pensando que vão fugir, estão muito enganados.

E, seco, para o jardineiro:

— Agora vá chamar seu patrão. Já.

Estavam no maior salão da casa. O inspetor virou-se outra vez para o dr. Carlos:

— Então é sua filha?

— É.

— Mas tem certeza de que ela está aqui? Veja lá!

— Senhor. A pessoa que me disse não pode ter se enganado.

— E está aqui contra a vontade?

— Claro!

O inspetor refletia. Achava estranho aquilo; que um homem tão esperto como o professor se comprometesse daquela maneira. Enfim...

O dr. Carlos andava, de um lado para outro, numa excitação que não se atenuava, crescia, alterava o ritmo do seu coração e o fazia respirar com dificuldade. Uma porção de ideias passava pela sua cabeça, sobretudo ideias sombrias de vingança, de represálias. Estava num tal estado de tensão que não pôde se conter.

Parou diante do inspetor:

— Agora há uma coisa, inspetor. Eu sou capaz de matar esse indivíduo, muito capaz. O senhor vai ver!

O inspetor foi positivo:

— Não faça isso, doutor Carlos.

Ele insistiu, na sua exasperação:

— Faço, inspetor. Eu sou homem para isso.

— Porque — o inspetor olhou muito seriamente para o dr. Carlos —, se o senhor insistir...

— O que é que tem?

O dr. Meira aproximou-se, pálido. Via, ali, a possibilidade de um conflito. E estava disposto, como era do seu temperamento, a servir de conciliador. O inspetor concluiu o que estava dizendo:

— ... tem é o seguinte: serei obrigado a prendê-lo.

O dr. Carlos protestou:

— Então não tenho nem o direito de defender a minha filha?

— O senhor defendeu chamando a polícia. A polícia agirá por si.

Mas passos se aproximaram. Os três se imobilizaram, olhando na direção da porta. Entraram — não de braço —, o professor e Malu. O professor, absolutamente sereno, como se fosse ao encontro de convidados seus. Malu, com uma fisionomia neutra. Aparentemente, não experimentava nenhum sentimento de angústia.

Houve, aí, uma dupla exclamação:

— Malu!

— Papai!

Ela correu e se refugiou nos braços paternos. O professor parou, a uma distância regular. O próprio inspetor parecia esperar que passasse aquela expansão. O dr. Meira engolia em seco. Era muito emotivo: estava se comovendo e fazia tudo para prender as lágrimas. Seu comentário interior era este: "Pareço um banana".

O dr. Carlos e Malu se abraçaram. Ele, prendendo a cabeça da filha de encontro ao próprio peito; e acariciando-a nos cabelos, tão perturbado como jamais o estivera na sua vida. Pôde dizer, com a voz um pouco mudada:

— Que susto você me deu, minha filha!

Naquele momento ele via, sentia perfeitamente o quanto gostava de Malu e até que ponto ela lhe era necessária. Quando se desprenderam, finalmente, ele se lembrou do professor. Quis investir para ele, mas o inspetor se adiantou. Pôs a mão no ombro do homem da cicatriz, que, sem uma palavra, numa atitude de absoluta discrição, esperava.

— O senhor está preso.

— Eu? — admirou-se o professor.

— O senhor, sim — confirmou o inspetor, intimamente admirado da serenidade do outro.

O professor pigarreou e fez a pergunta:

— Posso saber de que me acusam?

— De rapto.

O professor abriu os braços, simulando espanto:

— De rapto?

O dr. Carlos interveio:

— Miserável!

— Calma! — O inspetor barrou-lhe a passagem. — Deixe que eu resolvo isso!

Também o dr. Meira aconselhou:

— Não se precipite, Carlos!

Malu estava de parte. Parecia, novamente, desprendida do ambiente, excluída voluntariamente da cena. O professor sorria agora. Fora este o efeito do insulto do dr. Carlos! O feio sorriso que lhe arregaçava os lábios. Parecia invocar o testemunho de todos os presentes:

— Miserável só por isso?

— O senhor acha pouco? — O próprio inspetor começava a se irritar.

— Mas como? O senhor acredita mesmo nessa versão de rapto? Mas a sério?

Ironia do inspetor:

— Quer negar uma evidência?

— Mas eu não raptei ninguém, eu não raptei coisa nenhuma.

— Não? — era o inspetor que perguntava.

O dr. Meira abria a boca, num assombro profundo. O dr. Carlos disse, entre dentes:

— Cínico!

O professor parecia profundamente divertido:

— Essa moça — indicava Malu — veio aqui por sua livre e espontânea vontade.

O inspetor, incrédulo, virou-se, ficou de frente para Malu. O professor continuou, perfeitamente senhor de si:

— Veio se encontrar comigo porque quis.

Durante um momento, todos os olhos se fixaram em Malu. Houve um silêncio. Malu sustentou a atenção geral. Permanecia imperturbável. O dr. Meira começou a achar que aquilo tinha alguma coisa de fantástico. "Como é isso?", admirou-se. Teve vontade de fazer a reflexão em voz alta, mas mudou de opinião.

Em desespero de causa, o inspetor voltou-se novamente para o homem da cicatriz. Tinha a vaga impressão de que o seu papel era o mais ridículo possível; e isso o desesperava. Tinha vontade de nem sei o quê.

— Quer dizer — olhava fixamente para o professor — que tudo isso é mentira?

— É.

— O senhor não raptou ninguém?

— Não.

— Nem trouxe essa moça à força para cá?
— Claro!
O dr. Carlos não pôde mais:
— Não acredite nele, inspetor!
O inspetor começava a transpirar na testa.
— E pensa, talvez, que eu acredito nisso?
O professor encolheu os ombros:
— Se não acredita em mim...
Interrupção ríspida do inspetor:
— E não acredito mesmo!
— ... então interrogue aquela moça. Ela dirá se eu estou mentindo.
— Boa ideia! — exclamou o dr. Meira.

E o espanto do médico era de que não tivesse ocorrido a ninguém essa solução que se devia impor sobre todas. O dr. Carlos segurou o inspetor pelo braço:
— O senhor vai ver como minha filha vai desmascarar esse sujeito!
E se adiantou ao inspetor, perguntando:
— Malu, você...
O inspetor, mais do que depressa, interrompeu:
— Deixe que eu mesmo interrogo, doutor Carlos.
O professor não os acompanhou. Deixava-se ficar à parte; tinha nos lábios um sorriso cruel. E pensava, sardônico: "Imbecis, imbecis!". Apesar de tudo, sentia-se seguro, não o abandonava a certeza do triunfo. E ainda incitou:
— Podem perguntar.
O inspetor dirigiu-se ao dr. Carlos e ao dr. Meira:
— Querem dar licença. Desejo interrogá-la a sós.
O dr. Carlos quase protestou. Mas leu na fisionomia do inspetor que o homem não admitiria réplica. Baixou a cabeça, acompanhado do dr. Meira, que, nessas coisas, era muito mais cordato.
O inspetor afastou-se com Malu. Foram para um lugar bem distante, onde não seriam ouvidos. O detetive começou, depois de se sentar com a moça:
— Minha filha — adotava o tom paternal —, eu vou lhe fazer algumas perguntas.
E ela, de olhos baixos:
— Pois não.
— Quero que você me responda com absoluta sinceridade.
— Responderei.
— Bem. — O inspetor pigarreou, meio confuso diante da aparente docilidade de Malu. — Eu quero saber, em primeiro lugar, o seguinte. — Fez uma pausa. — Você foi raptada ou não?

Malu ergueu os olhos límpidos para o inspetor:

— Não, não e não!

Ele se agitou na cadeira.

— Vim aqui — falava com uma sinceridade apaixonada — por espontânea vontade. Ele não me forçou. Vim porque quis.

— E como é que o seu pai diz outra coisa?

— Ah, isso eu não sei.

O inspetor curvou-se mais sobre Malu; baixou a voz:

— Outra coisa; e o que é que ele é seu?

— Como?

O inspetor atrapalhou-se. O terreno lhe fugia dos pés. Fez uma pausa antes de prosseguir:

— Ele é seu namorado…?

Malu foi rápida:

— Meu noivo.

— Seu noivo? — O espanto do inspetor foi cômico.

Ficou um momento boquiaberto; depois achou que já tinha interrogado bastante. Então a cólera o invadiu. Ele ergueu-se sem dizer palavra, mas não teve tempo nem de se virar. Era Malu que balançava o corpo e…

O INSPETOR só teve tempo de estender os braços e segurar Malu. Houve, então, um pequeno tumulto no salão. Só o professor — coisa que foi muito notada — não se mexeu. Cruzou os braços, ficando apenas um pouco mais pálido; mas não se aproximou, resolvido a se excluir da cena.

O inspetor carregava Malu no colo e, cercado pelo dr. Carlos e pelo dr. Meira, colocava seu corpo frágil e leve num divã. O dr. Carlos empalidecera também; e, sem ter consciência do próprio gesto e das próprias palavras, caiu de joelhos e acariciava a cabeça de Malu, balbuciando:

— Minha filha, minha filhinha!

Não compreendia a queda da filha; e tinha medo, horrível, de que aquilo não fosse simplesmente um desmaio, mas a própria morte que se tivesse apossado de Malu. O dr. Meira — agora que o caso era com ele — afastou, sumariamente, o inspetor:

— Eu sou médico, inspetor. Com licença.

A sua atitude indecisa de antes se modificara como da noite para o dia. Estava enérgico e dinâmico. Virou-se para o professor, que contemplava a cena sombriamente, sem que lhe tremesse um músculo da face:

— O senhor não tem aí alguma coisa? Sais, por exemplo?

— Tenho. Vou buscar.

Mas ele não teve tempo de dar três passos. O próprio dr. Meira deu a contraordem:

— Não precisa mais.

Era Malu que voltava a si. Pergunta sôfrega do dr. Carlos:

— Está melhor, minha filha?

Ela olhava para o pai, com os olhos inexpressivos. Parecia voltar à consciência das coisas, mas de uma forma muito lenta. Via dr. Carlos sem dar, entretanto, nenhum sinal de reconhecimento. Era como se estivesse debruçada sobre ela não uma figura familiar, mas um desconhecido. Virou, depois, o rosto para o dr. Meira. O velhinho, um pouco impressionado, murmurou:

— Que é, minha filha?

Ela olhava agora o inspetor. E só teve a primeira expressão de lucidez quando viu, afastado e solitário, o professor. Então procurou erguer meio corpo, apoiando-se com os cotovelos no divã:

— Jacob!

Seu ar era inteiramente outro. Tornara-se subitamente meiga; e era como se, na sala, só existisse a presença absorvente do homem da cicatriz. O dr. Carlos, o dr. Meira e o inspetor viraram-se, ao mesmo tempo, atônitos, na direção do olhar de Malu. Estavam sem compreender. O inspetor, apertando o próprio queixo, considerava para si mesmo: "Mas que coisa estranha!". Não se conformava com aquilo. Nunca na sua existência profissional encontrara um caso assim.

O dr. Carlos ainda quis ser enérgico, se impor. Teve um tom de repreensão:

— Malu, minha filha!

Ela se erguia, lentamente, em meio ao assombro geral. Continuava não vendo ninguém, nem o pai, nem o dr. Meira, nem o inspetor. Avançava agora, enquanto os outros, sem querer e sem sentir, davam passagem. O professor quis ser impassível; mas foi tal a sensação do triunfo que o invadiu, tão grande que não pôde reprimir um sorriso de orgulho satisfeito. "Venci!" era a sua exclamação interior.

O inspetor, cuja perplexidade se mudava em irritação, observou, baixo, para o dr. Carlos:

— Está vendo que encrenca que o senhor foi arranjar?

Ele olhou o inspetor, sem ter o que dizer. O assombro o impedia não só de falar como de raciocinar. O dr. Meira teve uma exclamação abafada:

— Mas não é possível!

Malu estava diante do professor. Ficaria assim, face a face, durante alguns momentos, sem uma palavra, sem um gesto. O professor abandonou a sua atitude de impassibilidade. Seu olhar refletia um desses amores supremos, que a gente só experimenta uma vez na vida. Balbuciou:

— Malu!

E ela, com uma doçura de mulher enamorada:

— Jacob!

Não se tocavam. Ele quis saber:

— Você me ama?

— Amo.

— Muito?

— Muito.

O professor virou-se para os outros:

— Estão vendo?

O inspetor veio ao encontro dos dois:

— É, eu estou vendo uma coisa. E é que me enganaram!

O dr. Carlos interveio:

— Perdão, inspetor.

O inspetor foi positivo:

— Eu acho que a situação está clara, doutor Carlos!

O dr. Carlos obstinou-se:

— Eu não acho!

Estavam, os dois, face a face. O inspetor, entre espantado e irritado. Não gostava nada do rumo tomado pelos acontecimentos. Viera ali com a ideia de um rapto e, no fim, encontrava uma menina que aparecera espontaneamente na casa do noivo. Ele dizia de si para si: "É o cúmulo!".

— Mas o senhor não ouviu o que disse a sua filha?

— Ouvi. O que é que tem?

— Pois é. Onde é que o senhor viu que isso é rapto? Uma visita, uma simples visita!

— Mas, inspetor, juro-lhe! O senhor não conhece minha filha! Eu não sei o que houve...

Fez uma pausa, olhando para o professor, que se limitou a sorrir. E prosseguiu:

— Mas uma coisa posso garantir: nisso tudo há uma coisa errada. Não sei o quê, mas há.

O professor aproximou-se. Inclinou-se ante o inspetor:

— Está satisfeito, inspetor?

O velho detetive hesitou; mas foi só por um momento. Teve que confessar:

— Estou. Só me resta agora pedir-lhe desculpas.

O professor inclinou-se mais uma vez:

— De nada.
E acrescentou, com uma ironia muito discreta:
— Sempre a seu dispor.
O dr. Carlos ainda quis protestar:
— Mas, inspetor...!
O outro foi muito seco, antes de se retirar:
— Passe bem.
Os três — dr. Carlos, dr. Meira e o professor — ficaram em pé, vendo o inspetor desaparecer. O dr. Meira, com a testa banhada em suor, comentou para o dr. Carlos:
— Que coisa, hein?
Nunca na sua vida lhe sucedera uma coisa assim. "Parece sonho", refletia o velhinho. Só o dr. Carlos estava cada vez mais desesperado. Não aceitava aquilo; seu instinto lhe dizia que não era possível, não era possível. Andava de um lado para outro, cada vez mais excitado, enquanto o professor, sem se mexer do lugar, o observava, com uma ironia cada vez mais ostensiva. O dr. Carlos parou no meio da sala:
— Não pode ser!
E repetiu:
— Não acredito!
Malu, fechando os olhos, disse:
— É, papai.
O professor fechou a fisionomia; teve uma expressão de energia, de vontade:
— Creio que o senhor agora está satisfeito.
— Não!
— O caso é simples. — O professor pareceu tomar respiração; e continuou:
— Eu amo sua filha. E sua filha me ama.
— Mentira! — protestou o dr. Carlos, embora com uma vaga e exasperante sensação de ridículo.
Novo aparte de Malu:
— Amo, sim!
O professor enviou-lhe um olhar de agradecimento:
— Viu, doutor Carlos? Ela mesma declara que ama. Que é que o senhor quer mais?
— Malu! — exclamou o dr. Carlos.
— É a verdade, papai!
Novamente o professor:
— Portanto, doutor Carlos, esta sua vinda aqui só teve, de fato, um resultado: antecipar um pedido que lhe vou fazer aqui.

Fez um parêntese; e havia uma certa solenidade na sua atitude, quando prosseguiu:

— Peço-lhe, formalmente, a mão de sua filha.

Deixava cair as palavras, uma a uma, com uma determinação, uma força concentrada que deixou o dr. Carlos e o dr. Meira atônitos. O dr. Carlos custou a recobrar o domínio de si mesmo. Teve, também, bastante solenidade ao responder:

— Pois eu lhe digo que não lhe darei a mão de minha filha coisa nenhuma! Fique sabendo!

O professor voltou-se para Malu:

— Está ouvindo, Malu?

Ela respondeu com a fisionomia fechada:

— Estou.

— O que é que você diz?

— Eu digo que não adianta.

O professor quis afirmar, mais ainda, o seu domínio:

— Você será minha de qualquer maneira?

— Sim.

— Mesmo que tenha de se levantar contra o mundo?

— Mesmo assim.

O dr. Carlos fechou os olhos. Seu impulso naquele momento foi o de se atirar contra o professor. Tudo lhe dizia que aquele homem era um bandido da pior espécie. Mas o impulso não chegou a se realizar. A atitude de Malu, a sua intransigência, o desassombro com que enfrentava a situação, tudo isso o deprimiu, deu-lhe a certeza de que era inútil lutar contra a vontade da filha. Baixou a cabeça e parecia subitamente humilhado e envelhecido:

— Vamos, doutor Meira!

Nunca sofrera tanto na sua vida. Num instante — coisa de minutos — todas as suas esperanças sofriam um despedaçamento. Sentia-se como um homem que não tem mais futuro. Era como se, de um momento para outro, toda a vida tivesse acabado para ele. "Que fazer, meu Deus?" Não encontrava, por mais que procurasse, um motivo de vida. A ideia da morte, do suicídio, teve, para ele, uma fascinação incrível.

O dr. Meira foi atrás, perguntando:

— Mas que é isso, Carlos?

Ele chamou, enérgico, o velhinho:

— Vamos, doutor Meira!

Estavam chegando à porta. O dr. Meira, desconcertado, insistiu:

— E Malu?

Não lhe entrava na cabeça que o dr. Carlos fosse deixar assim a filha, ali, nas mãos daquele monstro. Não queria admitir. O dr. Carlos parou na porta; e falou dali, olhando para Malu:

— Que Malu?
— Carlos!

E ele:
— Não conheço nenhuma Malu!

O dr. Meira estava aterrado:
— Sua filha, Carlos!

Sem tirar os olhos da filha, o dr. Carlos concluiu:
— Minha filha morreu!

E abandonou a sala, seguido pelo dr. Meira. Porque este, de fato, era o seu sentimento absoluto: de que aquela Malu, tão submissa, tão dócil, à vontade do homem da cicatriz, não era sua filha; era uma outra, uma estranha, uma desconhecida. Ele partiu levando aquela obsessão. "Essa não é minha filha. Minha filha morreu."

Cláudio estava dentro da floresta. Afastara-se de todos os caminhos, de todos os lugares em que pudesse aparecer alguém. Queria pensar muito. E levava consigo uma ideia fixa: "Ela não gosta de mim. Ela me julga uma criança, um garoto". O pensamento de que não era levado a sério pela mulher que amava dava-lhe quase que um sofrimento físico. E o pior é que as suas esperanças estavam mortas. Não acreditava que ela viesse a mudar de atitude. No seu desespero, pensava: "Será sempre assim, sempre". Era isso que o exasperava, a certeza de que não conseguiria nunca fazer-se amar. "É a primeira mulher que amo e, quando acaba, não sou retribuído." Sentia, sobretudo, que não podia viver sem ela. E agora mesmo dizia, pensando sem querer em voz alta:

— Ela é tudo para mim, tudo.

E teria continuado assim, indefinidamente, pensando sempre no mesmo assunto, se não sentisse, de súbito, um rumor atrás de si. Voltou-se, mais do que depressa. Tinha tal sentimento de solidão que o aparecimento, ali, de qualquer pessoa vinha irritá-lo profundamente. Mas abafou uma exclamação:

— Rafael!
— Cláudio!

Reconhecera Rafael, um dos seus amigos, talvez o único amigo seu. Não o via há tanto tempo! E era extraordinário que viessem se encontrar em plena floresta. Rafael também gostava muito da solidão, sobretudo depois que lhe morrera a noiva, no apogeu da graça e da juventude. Ele agora vivia, só e só, para aquela dor que cultivava, dia após dia, hora após hora. A saudade estava dentro dele, era inseparável de sua vida e de sua alma. De todas as pessoas, Cláudio era a única que conseguia impressioná-lo, despertá-lo um pouco de suas abstrações. Aquele encontro, no ermo, devia ter uma influência decisiva na vida de Cláudio.

— Rafael — Cláudio lutava consigo mesmo —, você quer saber de uma coisa?

Invadia-o subitamente uma necessidade de confidência. Precisava desabafar, contar a alguém as angústias. "Senão eu morro", era a sua reflexão, "eu não aguento mais." O outro teve uma curiosidade cheia de simpatia e de compreensão:

— O que é que há?

— Imagine você que...

Contou o caso de d. Lígia, as alternativas, as provocações (ou o que ele julgava que fosse provocação da parte dela), e, por fim, a afirmação de que gostava dele, não com amor, mas com amizade. Rafael ouvia com uma atenção concentrada. Quando Cláudio acabou, ele não pensou muito tempo para saber:

— Quer resolver esse caso?

— Quero.

— Logo?

— Logo.

— Você sabe como são as mulheres; isso é natural. Você tem que fazer é...

Cláudio empalideceu:

— O quê?

— É o seguinte...

Sozinho com Malu, o professor ficou, de novo, de fisionomia carregada. Aproximou-se e, depois de olhá-la, passou-lhe a mão no rosto. E perguntou:

— Você me ama?

Ela apertou a cabeça entre as mãos. Então teve a crise:

— Eu amar você, eu?

E gritou, avançando para ele:

— Bandido, bandido!

38

Eu não sou criança

Ele não fez gesto quando ela lhe atirou no rosto, duas vezes, a mesma palavra: "Bandido, bandido!". Não teve uma expressão de surpresa. Parecia já esperar por isso. Ficou apenas um pouco mais sombrio; e, se houve cólera em seu coração, foi só por um momento. Mas era evidente a sua mágoa; e, quando quebrou o silêncio que se seguiu, sua voz exprimia uma tristeza absoluta:

— Mas acha mesmo que eu sou tão ruim assim?

Ela estava com uma mão tapando o rosto; chorava perdidamente. A tensão daqueles momentos todos se esgotava, agora, em lágrimas. Perguntou, com uma certa ironia:

— Se acho...? — E confirmou, veemente: — Pois claro!

Ele sempre triste, olhando para aquela mulher que lhe fugia das mãos quando parecia definitivamente presa:

— Mas ainda agora você não dizia o mesmo.

— Você sabe muito bem por que é que eu gosto de você em certas ocasiões.

E ele, como se falasse em monólogo, quase esquecido da presença da bem-amada:

— Seria tão bom que você gostasse de mim sempre! Não em certas ocasiões, mas sempre.

Desta vez, Malu não respondeu. Maquinalmente, sentou-se. Ele continuou de pé, sofrendo cada vez mais, achando que há situações na vida que não têm remédio, que são definitivamente insolúveis. Era contra isso, contra esses casos irremediáveis, que ele se voltava, numa cólera sem lógica, sem raciocínio.

Agora ela falava. E, inesperadamente, com um tom diferente, um tom a que não faltava certa doçura. Tirara a mão do rosto; seus olhos ainda estavam brilhantes, via-se ainda o sulco das lágrimas nas faces, mas não chorava mais. Ele estremeceu, notando a mudança de atitude. Sentou-se ao seu lado, com um sentimento misto de espanto e de esperança. Malu foi além; pousou sua mão, tão pequena e frágil, na mão do professor. E fez a pergunta:

— Posso lhe fazer um pedido?

Ele se iluminou todo. Precipitou-se:

— Pode.

Malu insistiu, depois de fixá-lo bem no fundo dos olhos:

— Posso mesmo?
— Claro!

Estava realmente disposto a atendê-la. Malu fez a pausa, ficou por uns momentos indecisa. O professor estimulou:

— O que é?

Ela baixou a voz, deixou de olhá-lo, desviou a vista para outro ponto:

— É o seguinte: você tem muita raiva de Bob, não tem?

Antes de responder, o professor lembrou-se do beijo, ou dos beijos, que ele dera à força em Malu. Exasperou-se, confirmou, sombriamente:

— Tenho.
— E vai mesmo matá-lo?
— Vou.

Novo silêncio. O professor olhando para ela, com uma suspeita ainda indefinida, mas que já começava a atormentá-lo. Malu continuou:

— O pedido que eu queria lhe fazer era este: não mate Bob.
— Ah — ele fechou mais a fisionomia, seus olhos se apertaram —, é isso?
— É.

Levantou-se e cruzou os braços:

— Não pode ser.

Ela ergueu-se também; teve o seu ar mais súplice:

— Sou eu que lhe estou pedindo. Faça isso por mim.
— Não.

Malu se desesperou:

— Quer dizer que nem eu pedindo?
— Nem você pedindo. Ou por outra: justamente porque é você quem pede é que estou negando. Justamente por isso.

Os ciúmes já o estavam consumindo. Interpelou-a, então, brutalmente:

— Por que esse interesse?
— Por quê?
— Sim, por quê?

Ela não soube o que responder. Respondeu com outra pergunta:

— Mas o que é que tem?
— Tem muita coisa! Então um homem beija você à força. Ou, pelo menos, você diz que foi à força. Muito bem. O que é que você faz? Em vez de ficar com raiva, intercede por esse homem?

Malu usou o argumento que lhe pareceu o melhor (foi uma lembrança que achou salvadora):

— Estou fazendo isso por gratidão. Ele me salvou a vida duas vezes!

Sentiu que o golpe atingira o alvo. O professor vacilou, confuso. Seu raciocínio trabalhou ativamente, ele procurava descobrir até que ponto a explicação era aceitável.

Malu quis tirar logo todo o partido da situação:

— Se você o perdoar, nunca mais quero ver Bob na minha frente.

— Jura?

— Juro.

— Vou pensar.

Ela teve um lamento:

— Pensar ainda para quê? Que custa isso?

O professor andava de um lado para outro, agitado. Queria atender, seria uma maneira, talvez, de tocá-la, de comovê-la. E, ao mesmo tempo, temia uma imprudência. O desinteresse de Malu em relação a Bob podia ser simulação, pura simulação, nada mais do que isso. Encarou-a:

— Eu posso saber, já, já, se isso é verdade. Se é mesmo gratidão ou outra coisa.

Ela deixou cair os braços ao longo do corpo:

— Você acha que isso é necessário?

Falava com tanta tristeza, tanto sofrimento que ele se tocou. Pensou, envolvendo-a num olhar de adoração: "Por essa vez, vou confiar nela".

— Bem, Malu; farei o que você pede. Agora há o seguinte.

— O quê? — Ela ficou nervosa, com medo de um novo obstáculo.

— É o seguinte: esse indivíduo…

Disse "indivíduo" com a voz carregada de desprezo; e repetiu o termo, como se fosse uma forma de vingança.

— … esse indivíduo sabe de muitas coisas e pode, perfeitamente, dar com a língua nos dentes; ou tentar voltar aqui outra vez, me incomodar, em suma. Nós temos que dar um jeito de conseguir que ele não faça nada.

— Isso é fácil!

— É o que vamos ver.

— Espere.

Ele ia se encaminhar para a porta, mas a moça o segurou:

— Olhe, façamos o seguinte:

E na ânsia de salvar Bob, de evitar que o rapaz comprometesse a única possibilidade de ser libertado, propôs:

— Deixe que primeiro eu fale com ele. Mas sozinha, sim?

Os olhos do professor apertaram-se mais:

— Por que sozinha?

Queixou-se de novo, encostando-se a ele:

— Você não tem confiança em mim. Nenhuma, nenhuma!
— Está bem — suspirou. — Você irá sozinha.

Cláudio e Rafael se despediram. Cláudio mais feliz, mais confiante, com um sentimento de otimismo na alma. Rafael dissera-lhe:
— Quer uma maneira de liquidar, de vez, a situação?
— Quero.
— Pois faça o seguinte: vá procurar essa fulana; pegue-a à força, beija-a na boca. Mas cuidado para ela não escapulir. Um beijo falhado destrói às vezes, ou quase sempre, todas as possibilidade; é preciso que você a domine; que a imobilize.

Cláudio ouvira fascinado. E perguntou:
— Que mais?
— Bem; o resto é simples. Você a beija. Acontecerá o seguinte: se ela gosta de você, deixará de resistir para o futuro.
— E se não gostar?
— De qualquer forma, é um teste definitivo.

Depois de ouvir tudo isso, Cláudio abandonara a floresta. Sobretudo, estava constantemente se lembrando do que lhe dissera o amigo: "Você está procedendo como uma criança. No mínimo, ela acha você garoto demais". Era isso, justamente, que Cláudio não queria: que d. Lígia tivesse essa opinião a seu respeito, que o achasse um menino. A ideia de uma violência, como a que sugeria Rafael, parecia-lhe ótima. "Agora, Lígia vai ter que se definir." E essa perspectiva de uma solução, para um caso que tanto o atormentava, já era em si mesma um conforto, um estímulo.

Deixou a floresta e veio, andando a pé, em direção da casa do dr. Carlos. Uma porção de projetos nascia e desaparecia na sua cabeça. Já via, em imaginação, d. Lígia nos seus braços, dominada, triturada, as suas bocas em doce e ardente fusão. Seu coração se descompassava, só de pensar nisso. Ah, no momento em que esse beijo, assim longo, profundo, mortal, deixasse de ser um simples sonho, para se transformar em realidade!

Viu, quando apareceu, na distância, a casa de d. Lígia. Sua emoção tornou-se maior, quase tortura. Imaginou o que estaria fazendo naquele momento. Pensou em voz alta:
— Como é linda!

Teve a ideia de que, se fosse visto falando sozinho, iriam dizer que ele era louco. E riu por causa disso. A sua resolução era cada vez mais poderosa. Sem querer, havia na sua boca um jeito quase feroz. Continuava pensando, imaginando como se daria a cena do beijo:

— Logo que ela ficar sozinha comigo não direi nada, uma palavra que seja. Em certas ocasiões, falar não adianta. Seguro-a, de forma que ela não possa fugir; e...

O PROFESSOR FOI na frente. Mandou que os homens se retirassem. Jack ficou meio indeciso, sem compreender direito a ordem. Ainda perguntou:
— O quê?
— Saiam.

Jack passou, logo seguido pelos outros. Malu, que estava do lado de fora, esperando, entrou. Bob continuava na mesma posição, sofrendo dores em todo o corpo. Seu comentário constante era este: "Estou todo quebrado". Viu quando o professor entrou e falou com os homens. Fechou, então, os olhos, para dar a ideia de que estava dormindo ou que perdera os sentidos. A ordem do professor, para que os homens saíssem, deixou-o espantado. Para que aquilo? Fez uma reflexão: "Talvez seja para me liquidar de uma vez". Voltou-lhe, de novo, com uma intensidade terrível, uma saudade antecipada da vida. Saíram o professor e os três homens; a porta ficou encostada. "Quem entrará agora?", foi a pergunta que fez a si mesmo. Esperou, com o coração batendo desesperadamente.

A porta foi se abrindo, mas lentamente, muito lentamente. E ele, sempre de olhos fixos, querendo ver quem entrava. Invadiu-o a certeza de que agora iam matá-lo. Foi então que apareceu na porta... Malu.

Ele abalou uma exclamação:
— Malu!

A moça vinha agitada. A expressão de alheamento de antes desaparecera. Seus olhos estavam bem vivos e lúcidos. Ele disse, com um ricto mau na boca:
— Lá vem a cúmplice!

Ela curvou-se para ele:
— Não diga isso! — Seu tom era suplicante.
— Digo, sim. Por que não? Nunca pensei que você fosse capaz disso!
— Você não sabe de nada, Bob!
— O que sei já é bastante!
— Não condene antes de saber de tudo, Bob! Conheça a verdade toda, não por partes!
— Não interessa!
— Então está bem.

Ela renunciava a convencê-lo, certa de que nada conseguiria, por enquanto. Voltou-lhe a ideia de que, antes de tudo, era preciso salvá-lo. Disse:

— Você vai ser posto em liberdade!
— Eu?
— Você, sim!

Ele a olhou atentamente, querendo ver, através de sua fisionomia, se ela falava sério ou não. O pensamento de liberdade tomou-o de assalto, de novo:

— Mas como?
— Eu pedi e ele resolveu deixá-lo ir embora.
— Ah, é?
— É.

Uma suspeita nascia no espírito de Bob:

— A troco de quê?
— Como a troco de quê?
— Ele não vai exigir nada de mim?
— Nada. Isto é... — Parou, hesitante.
— Diga. — Ele começava a se irritar.
— Apenas você tem que jurar que não dirá a ninguém o que houve, nem voltará mais aqui.
— Só? — A custo continha a própria cólera.
— Só.
— Não quero!

Ela não entendeu a princípio. Achava tão absurdo que um homem recusasse assim a vida. Não compreendia aquele orgulho! Teimou, sentindo que a generosidade do professor não se repetiria:

— Não seja louco, Bob!
— É o que eu estou lhe dizendo!
— Eles matam você, Bob! Não faça isso, não seja assim!

Bob continuava com o sorriso mau na boca:

— E quer saber de uma coisa?
— O quê? — Estendia para ele os braços suplicantes.
— Saia da minha presença. Ande. Já!

F oi o destino que a levou para o pomar. Ela estava cada vez mais desesperada. Antes de sair, avisou a um copeiro:

— Se procurarem por mim, estou no pomar!

E veio andando, sozinha. Foi aí que o viu. Cláudio parecia estar de tocaia; surgiu inesperadamente, de uma árvore.

— Você! — exclamou d. Lígia.

Ele, então, veio ao encontro dela. D. Lígia estremeceu. Parecia um outro Cláudio, aquele. Sem a expressão quase infantil, de olhos e de sorriso, e com um ar de paixão abominável...

D. LÍGIA TEVE um sentimento de terror como jamais experimentara em sua vida. Sempre se habituara a ver, em Cláudio, um menino grande, forte, atlético, mas em todo o caso um menino. E, de repente, o que lhe aparecia, como um encanto, era um verdadeiro homem. Impressionou-a o ar do rapaz: os lábios cerrados, numa expressão de vontade quase inumana; e o fulgor selvagem dos seus olhos. Ele avançou para ela. Naquele momento, ele teve como nunca a consciência de sua superioridade física. "Vou pegá-la à força, sem medo de machucá-la, vou beijá-la uma, duas, três vezes, até cansar." Essas disposições, que não admitiam a possibilidade de um fracasso, endureciam as suas feições, transfiguravam-no. O próprio Cláudio não se reconhecia. Sentia-se outro homem. Dizia a si mesmo: "Será hoje ou nunca".

Ela pôde recuar, até o momento em que a mão forte, pesada, brutal, de Cláudio segurou-a. Ainda quis se libertar, puxar o braço. Mas nada conseguiu; e teve imediatamente a certeza de que estava presa, definitivamente presa.

Balbuciou, lívida:

— Mas que é isso?

Recebeu no rosto o hálito do rapaz; um hálito ardente, que pareceu queimar a sua pele e lhe deu a ideia de que os lábios de Cláudio seriam de fogo. Continuava obcecada de que aquele que apertava o seu braço, implacavelmente, era outro e não Cláudio, era um verdadeiro homem, capaz das mais sombrias violências e das paixões mais trágicas.

— Solte-me!

— Não!

Ela estava parada diante dele. Com a consciência de sua fragilidade diante da força do rapaz, pensou, apavorada: "Ele fará de mim o que quiser". Invadiu-a a sensação de que seria inútil qualquer resistência, de que ele, mais forte, esmagaria toda a oposição que ela pudesse levantar.

Falavam surdamente:

— Você não me provocou? — perguntava ele.

— Eu?

— Você, sim!

— Nunca!

Perdeu a cabeça; e teve a necessidade de insultá-la, de atirar-lhe ao rosto palavras duras:

— Cínica, cínica!

Ela empalideceu, espantada, magoada, sem compreender por que ele a tratava assim, com aquela violência. Gaguejou:

— Cláudio!

Ele insistiu, deixando-se levar pelo desespero:

— Se você não queria nada comigo, não devia assumir as atitudes que assumiu!

— Mas que atitudes?

— Agora quer se fazer de inocente, mas não adianta. Então você não andou me dando demonstrações?

— Eu, Cláudio?

— Ainda por cima, hipócrita! Mas não faz mal. Sabe qual vai ser minha vingança?

Ficou silenciosa, à espera. E ele:

— Vou beijá-la à força E quero ver se você me impedirá.

Debateu-se:

— Não, Cláudio, não!

A impressão que ela teve foi de que, se ele cumprisse a ameaça, se conseguisse beijá-la, tudo estaria perdido, tudo. "Devo impedir, não posso deixar", foi o que ela pensou. Cerrou os lábios, começou a fugir com a cabeça.

Ele riu, silenciosamente. Percebia a angústia de d. Lígia; mas seu coração estava vazio de pena, absolutamente vazio. No íntimo, parecia-lhe bom que ela sofresse, que se torturasse, que chegasse ao limiar da loucura. Pensou: "Eu não sofri tanto?". Não tinha pressa. Julgava-se seguro, dono da situação, podia prolongar aqueles momentos. Sussurrou, com a boca quase encostada à orelha de d. Lígia:

— Não adianta espernear!

— Quer que eu grite?

Cláudio desafiou:

— Pode gritar. Grite à vontade. Antes que apareça alguém, eu terei você não sei quantas vezes.

E como ela, com uma expressão de sofrimento e de espanto, nada dissesse, ele continuou:

— Por que não grita?

— Pelo amor de Deus, Cláudio!

As lágrimas. Ela chorava, sentindo-se a mais desgraçada das mulheres. Ele falou, com um novo tom, um tom de paixão contida:
— Prepare-se para ser beijada...

Malu perguntou pela última vez:
— Prefere morrer, não é?
— Prefiro!
— Raciocine, Bob; reflita! — Estava se humilhando, só faltava implorar de joelhos.
Mas o rapaz se manteve irredutível. O ódio que Malu lhe inspirava era maior que o sentimento da vida. Pensava, com uma amargura absoluta, que era por causa dela que ele estava ali, sofrendo aquilo tudo. Vinha-lhe uma reflexão banal: "Ah, se arrependimento matasse!". Só não compreendia por que Malu estava tão desesperada com a sua morte. Era este um mistério que deixava de lado, com medo de achar um traço simpático na moça e de ver a sua raiva arrefecida.
— Está bem — ela começava a se irritar com aquela obstinação. — Eu fui muito boba de me interessar por você. Devia ter deixado que fizessem em você tudo e não me meter!
— Eu não lhe pedi nada!
— Pois, então, vou dizer a ele que você não quis!
Insolência de Bob:
— Pode dizer!
Ela ficou indecisa. Fechou os olhos, com a cabeça em tumulto: "Que fazer, meu Deus?". Mas perdeu todas as dúvidas quando Bob ironizou:
— Acho melhor você resolver de uma vez. Senão eu sou até capaz de pensar que você gosta de mim.
— Ah, é? — enfureceu-se.
— É.
Largou-o ali, encaminhou-se para a porta, sentindo como se o sangue tivesse subido todo para a cabeça. E pensava: "Ele merece que eu não faça nada por ele". Chegou na porta, pôs a mão no trinco. Ia disposta a chegar ao professor e dizer: "Faça o que quiser. Eu não tenho nada com isso". Mas, ao sentir na mão o frio do trinco, veio-lhe outra dúvida. A sua resolução desapareceu. Tapou o rosto com a mão, ficou assim alguns momentos, pensando. Por fim, virou-se para Bob e veio ao seu encontro:
— Bob, pela última vez, você quer ou não quer?
— Já não disse?

Ela começou a chorar:

— Não seja louco, não faça isso! — implorava de novo.

— Pensa que me interessa dever alguma coisa a você?

Malu perdeu a cabeça:

— Mas você não deverá nada a mim. Olha: façamos o seguinte. Você promete que não fará nada. E, uma vez livre, não cumpra a promessa. Mas, ao menos, minta.

Ele pensou, pensou. Quis, então, saber:

— Quero que você me explique uma coisa.

— O quê?

— Por que esse interesse por mim?

Era quase a mesma pergunta que o professor lhe fizera. Malu ouviu muito bem, mas fingiu que não:

— Como?

— Você gosta de mim?

Procurou evadir-se:

— Gosto como?

— Não seja boba, Malu. Você sabe como. O que eu não compreendo é por que você está tão interessada em mim.

Malu interrompeu, aflita:

— Bom, eu vou dizer a ele que você aceita as condições, não é?

— Diga, se quiser.

Ela correu. Foi encontrar o professor impaciente; impaciente e atormentado pelos ciúmes. "Que estarão conversando lá dentro?" era a sua obsessão. Suspirou quando Malu reapareceu. Mas continuou com a fisionomia fechada:

— Você quase que não vinha!

Malu ficou vermelhíssima:

— Estava combinando.

— E ele?

— Concorda com tudo, claro.

— Vamos lá...

Entraram. Bob não se mexeu. Olhava para o teto e só voltou os olhos para o professor quando este, ríspido, começou a falar:

— Você já sabe como é. Vou deixá-lo sair. Mas vou lhe avisar uma coisa: se bater com a língua nos dentes, se vier aqui outra vez, eu o mato. Ouviu? Mato-o, como um cão!

Disse isso com tanto rancor que nem Bob nem Malu tiveram a mínima dúvida: ele era capaz mesmo de fazer aquilo e pior. Mas, apesar da impressão que produziu no rapaz a palavra do homem da cicatriz, ele não deu a perceber. Pelo contrário. Durante todo o tempo não o abandonou um sorriso escarninho. Parecia estar zombando do professor. Este ainda perguntou:

— Está ouvindo?

— Estou.

Durante alguns segundos, os dois se olharam como inimigos mortais. Foi Bob quem quebrou o silêncio:

— E o resto?

— Que resto? — espantou-se o professor.

— O resto da história que estava contando. Achei muito interessante.

Os olhos do professor tornaram-se mais sombrios:

— Ah, ficou curioso?

Confessou com desplante:

— Fiquei.

Hesitação do professor, que procurou ler no rosto de Bob qualquer traço de ironia. Mas a fisionomia do rapaz permaneceu impenetrável. O professor decidiu-se:

— Está bem. Eu lhe contarei.

Virou-se para Malu:

— Você quer sair um instantinho?

— Está certo.

Ele a levou até a porta.

— Depois eu chamo você.

Voltou até Bob, que estava realmente curioso. Houve um silêncio, porque o professor, sempre que pensava naquele passado, sentia que se reavivavam em si velhas feridas. Agora mesmo via, em imagem, o rosto, os olhos, a imagem toda da filha. Foi Bob quem, afinal, o incitou:

— Ela estava, então, morta, quando abriram a porta?

— Sim, estava — recomeçou o professor. — Eu fiquei louco. Nunca que podia esperar por aquilo.

Fora, de fato, uma cena horrível. Primeiro, o professor não quis acreditar. Segurou na mão da filha; depois pousou a própria mão no coração da morta. Ninguém teria dúvidas; ela estava inteiramente rígida e gelada com a cor de todos os mortos, sem um sinal, por mínimo que fosse, de vida. Mas ele se recusava a acreditar no que via. Gritava, feito um alucinado: "Minha filha não morreu, é impossível que tenha morrido!". Tinha a mão frágil e transparente de Antonieta entre as suas e balbuciava para todos:

— Não morreu, ela não morreu.

Queria que aquilo fosse um desmaio ou sono. Quando se convenceu, afinal, seu desespero nada teve de humano. Foi uma cena aterradora, muito mais de loucura que de dor. Queria as coisas mais pueris e mais absurdas. Primeiro, que a filha não fosse enterrada; que não fechassem o caixão; que o caixão ficasse em casa a vida inteira; ou então pedia, aos gritos, que o enterrassem com a moça. Foi um custo para dominá-lo.

Os dias se passaram; e ele mergulhado, de corpo e alma, na sua dor, fazendo questão de sofrer; sim, com um orgulho feroz do próprio sofrimento.

Um mês depois encontraram, por acaso, umas páginas do diário da jovem e linda morta. Dizia assim:

"Que adianta viver, se Carlos não gosta mais de mim?" A data era do dia do suicídio. Só então se fez luz no espírito do pai desesperado. Ficou com aquele nome na cabeça, repetindo-o até se obcecar: "Carlos... Carlos... Carlos...". Quem seria esse homem, de cuja existência ignorava e que surgia inesperadamente? Viu logo que era um caso de amor o motivo único do suicídio de Antonieta. Passou a ter uma ideia: identificar esse Carlos, encontrá-lo e matá-lo. Acariciou a ideia do crime, apaixonou-se por ela. Veio a saber de tudo, quando menos esperava. Uma pessoa, certa vez, apontou para um homem, na rua:

— Está vendo aquele camarada ali?

— Estou.

— Pois é. Foi aquele camarada ali que eu vi com sua filha na véspera ou talvez no dia mesmo do suicídio.

Ele largara a pessoa e tratara de saber o nome do indivíduo apontado. Soube logo: chamava-se Carlos Maia. "É ele, ele", pensou o professor. Seu primeiro impulso fora liquidar logo a questão, crivar de balas o dr. Carlos. Depois, pensando melhor, mudou de ideia. Raciocinou: "Uma vingança assim, a vítima não sofre. É preciso coisa mais séria. É preciso que o sofrimento dele seja igual ao meu". Tratou de saber de muitas coisas. Apurou, por exemplo, que o dr. Carlos era casado e que tinha uma filha. Foi isso que lhe deu uma ideia: vingar-se do dr. Carlos, através de Malu. Não importava que, então, ela tivesse pouca idade. Ele era paciente, com essa paciência que o ódio dá. Esperaria que Malu crescesse. Veio a descobrir também que, por coincidência, d. Lígia fora uma de suas antigas clientes. O professor tratou de adquirir maior força hipnótica. Aproximou-se de Malu, uma vez, e não teve dificuldades em hipnotizá-la. A partir de então, mesmo à distância, fazia-se obedecer por ele, dominava-a por completo, inspirava-lhe os sentimentos que quisesse. Daí as atitudes contraditórias da moça, as incoerências, os gestos inexplicáveis, que dariam margem, até, para a suspeita de loucura. Deixou que Malu namorasse. E seu plano era este: fazer com que, no dia em que fosse pedida, Malu matasse Ricardo e fosse presa, desmoralizada. Tudo fora arquitetado para esse fim. No dia em que Ricardo fez o pedido, Malu estava sob magnetismo. Ao ficarem os dois a sós, na sala, já estava lá o professor, pois se introduzira na sala pouco antes e se ocultara na estante. E...

Foi aí que d. Lígia e Cláudio ouviram uma exclamação:
— Pare, Cláudio, pare!
Viraram-se, atônitos. A mesma voz disse ainda:
— Pare, porque ela é...

39

Este é o meu último dia

Era Orlando. Viera seguindo d. Lígia, esgueirando-se pelas árvores, procurando não pisar nem as folhas secas do caminho. Desejava abordá-la, mas quando ela chegasse no fim do pomar, num lugar ermo, em que ninguém os perturbasse. Caminhava numa grande tensão de nervos, disposto a aproveitar a oportunidade. Dizia a si mesmo, cerrando os lábios, num jeito de vontade implacável: "Tenho que acabar com isso, logo de uma vez". E, para se fortalecer, completava: "Hoje preciso resolver a situação". Sem saber que era acompanhada, d. Lígia internava-se mais e mais no terreno. Nunca que poderia supor que Orlando vinha atrás, perseguindo-a.

O garçom abafou uma praga quando Cláudio surgiu. Ainda bem que não o vira. "Outra vez esse indivíduo", foi o que pensou. Como nunca, desejou mal a Cláudio, teve vontade de apunhalá-lo, afastando-o assim, e para sempre, do seu caminho e do caminho de d. Lígia. Mas era bastante controlado para não se deixar levar pelo impulso. Raciocinou, procurando ser acima de tudo lúcido: "Aqui não posso fazer nada. Chamaria atenção. Não é negócio". Estava, porém, disposto a assistir à conversa dos dois. Tinha medo de que Cláudio ousasse alguma coisa, porque, então, perderia a cabeça e o mataria, de qualquer maneira, viesse gente ou não, fosse preso ou não fosse.

Por um momento, o ódio referveu no seu coração. Lembrou-se de que Cláudio, aproveitando o ermo, poderia tentar uma violência, querer beijá-la à força. Na sua imaginação, desenhou-se a cena, com uma nitidez e um realismo incríveis; ela nos braços do rapaz, misturadas suas bocas. A simples possibilidade de que isso acontecesse bastou para fazê-lo sofrer profundamente. E teve que fazer novo esforço sobre si mesmo para resistir à tentação de intervir, de aparecer de repente, de travar uma luta com Cláudio. Detrás de uma árvore, ouviu o que os dois diziam. Não perdeu uma palavra; e a sua exasperação ia num crescendo. Vinha-lhe o medo da própria cólera.

Desde logo, uma coisa se tornou evidente para o garçom, que era muito sagaz e procurava não se iludir com coisa nenhuma: Cláudio iria até os últimos limites, não se deteria diante de coisa nenhuma. "Eu tenho mesmo que matá-lo", pensou Orlando. E quando, afinal, Cláudio disse, numa espécie de desafio, que ia beijá-la, não se conteve. Mas apesar de tudo, apesar de sua exaltação — por dentro fervia —, não quis se abandonar de todo. Em primeiro lugar, não deu a perceber as suas disposições. Disse apenas: "Não faça isso…". De antemão, sabia que o seu simples aparecimento cortaria o ímpeto de Cláudio.

Foi o que aconteceu. Cláudio não poderia admitir nunca a possibilidade de uma interrupção. Desorientou-se por completo. No primeiro momento não soube o que dizer. Durante alguns instantes, ninguém fez, ninguém disse nada. D. Lígia ficou mais pálida do que já estava.

Balbuciou, recuando:

— Orlando!

Ele inclinou-se:

— Sou eu, sim, senhora.

Cláudio perguntou, atônito:

— O que é que há?

Ele mesmo sentiu o absurdo da pergunta. Fez nova interrogação:

— O que é que você disse?

O garçom, absolutamente grave, repetiu:

— Você não pode fazer isso, porque ela é…

Fez uma pausa. D. Lígia abriu muito os olhos, pressentindo, de uma maneira obscura e dolorosa, uma revelação séria. Cláudio, que ainda não se recuperara de todo, esperava também, mortalmente pálido. Orlando continuou, sem tirar a vista de d. Lígia:

— … ela é sua parente.

Houve um silêncio. D. Lígia e Cláudio faziam um esforço de compreensão. Tinham ouvido as palavras de Orlando: "Ela é sua parente". Que quereria ele dizer? Cláudio balbuciou:

— Parente minha?

E d. Lígia:

— Eu?

Seus olhos refletiam uma expressão de incredulidade. Pensava: "Mas não pode ser, é impossível". Aquilo parecia tão absurdo!

Orlando insistiu, com tal seriedade, um acento tão grande de verdade que os dois estremeceram:

— A senhora, sim. Parente dele.

— Mas não pode ser! — teimou d. Lígia, olhando para Cláudio.

— Você está mentindo! — Cláudio começava a se irritar.

Orlando cruzou os braços, subitamente enigmático:

— Se não acreditam em mim, melhor. Mas uma coisa eu digo — tomem nota das minhas palavras. Você...

Apontava para Cláudio:

— Você é o único homem que não pode beijar essa senhora.

Cláudio protestou:

— Está louco!

— Acha que estou, acha?

— Acho!

D. Lígia teve uma exclamação (estava cada vez mais confusa e perturbada):

— Meu Deus do céu!

Orlando sorria, sardônico:

— Se não acredita, por que não beija?

Cláudio olhou para d. Lígia, desesperado. Apesar de tudo, estava impressionado. Não sabia, nem podia saber, até que ponto Orlando era sincero ou não, até que ponto eram verdadeiras as suas palavras. Mas, à revelia da própria vontade, nascia em si um novo sentimento, uma angústia que lhe apertava o coração e subitamente o acovardava. Perguntava a si mesmo: "Mas por que é que eu estou assim, por quê?". E o fato é que estava. Havia na sua alma um princípio de terror.

Orlando continuou, certo de que podia desafiá-lo impunemente:

— Beije, ande, beije. Está aí — duvido!

Cláudio vacilou. Teve, então, a ideia de que era mais infantil do que nunca na sua incerteza. "Por que não expulsar esse sujeito daqui?"

Interpelou o garçom:

— E você, o que é que tem com isso?

— Tenho muita coisa.

— Sabe o que é que você merecia?

D. Lígia, atônita, via os dois na iminência de se atracarem ali, na sua frente. Sempre achara a briga uma coisa hedionda; e sobretudo naquelas condições. Sentia-se como uma mulher a quem dois homens disputam: invadia-a um sentimento de vergonha. Seu primeiro impulso foi o de fugir, desaparecer dali, deixar que os dois se matassem. Mas alguma coisa a prendia ao solo. Era uma espécie de fascinação misturada a náusea. Pensou em Cláudio. "Se ele brigasse e morresse?" Essa possibilidade atormentou-a até o martírio. Fora de si, quis separá-los:

— Vocês vão brigar?

Cláudio foi brutal:

— Não se meta!

E ela:

— Não façam isso!

Interpunha-se entre os dois, enquanto Cláudio, na embriaguez do ódio, gritava:

— Esse sujeito está pensando o quê?

Orlando, lívido, com uma cor de defunto, uma expressão de maldade na boca, deslizava a mão na cintura à procura do punhal:[13]

— Eu mato você. Quer ver?

— Cláudio! — d. Lígia agarrava-se a ele. — Não brigue, Cláudio!

Chorou, num crescendo de desespero:

— Pelo amor de Deus!

Estava abraçada a ele, agarrada, e era em vão que o rapaz forcejava para se desprender. Poderia tê-la atirado longe; mas, dentro de sua raiva, tinha medo de fazer uma brutalidade. Orlando, mais calmo agora, observava a cena, sem um gesto. Um sorriso sardônico, bem típico de sua fisionomia, começava a se desenhar nos seus lábios. Tinha uma ideia que ia se tornar fixa: "Preciso matar esse homem". Mas queria fazê-lo em condições que assegurassem a sua impunidade. "Na primeira oportunidade, ele vai ver."

O garçom ouvia os dois falando em voz baixa e rápida, ela ainda lutando para convencê-lo:

— Vá, Cláudio, vá! Depois nós falaremos. Agora não — depois.

Ele quis aproveitar o momento:

— Só se você me disser uma coisa.

— O quê?

Vacilou. Sua angústia aumentou:

— Gosta de mim?

— Não sei, não sei!

— Gosta ou não gosta?

— Não me pergunte isso.

Ele largou-a, cruzou os braços diante dela:

— Então não vou-me embora.

D. Lígia ficou olhando um momento para ele, naquela atitude, tão forte e belo e mais criança do que nunca. Ela não pôde deixar de pensar: "Como é lindo!". Espantou-a, de novo, a possibilidade de que Cláudio morresse. Procurou desviar o pensamento; e cedeu, vencida, vencida. Ergueu para ele o rosto, com um certo desassombro, e disse lentamente:

— Gosto, sim, Cláudio. Gosto.

Cláudio foi cruel. Fazia questão de minúcias, precisava certificar-se:

— Mas gosta de verdade, com amor?

Baixou a cabeça, o coração em tumulto:

— Sim, com amor.

Então Orlando interveio. Estava ouvindo tudo, sem uma palavra, embora sofrendo com o diálogo. Quando d. Lígia sucumbiu, ele não pôde mais:

— A senhora não devia ter dito isso. A senhora não podia ter dito.

— Por quê?

Aparte agressivo de Cláudio:

— Não dê confiança a esse camarada!

D. Lígia impôs-se:

— Cláudio, Cláudio, eu já fiz o que você pediu. Agora vá embora.

— E você vai ficar aí com ele?

Temia que Orlando, aproveitando a sua ausência, quisesse se insinuar. Mas d. Lígia, tranquila e enérgica, foi irredutível:

— Não tenha medo, Cláudio! Eu sei me impor!

Ele curvou-se, rápido, e beijou-lhe a mão. D. Lígia ficou comovida, vendo-o afastar-se, desaparecer. Voltou-se, então, com um suspiro, para Orlando:

— Quero que me explique — estava grave e digna — por que é que eu não devia ter dito aquilo.

— A senhora não faz a mínima ideia?

— Não, não faço!

Orlando vacilou:

— Prefiro não dizer já.

— Por que isso? — ela sentia-se exasperada com o mistério.

Notou que as feições do garçom se endureceram:

— Por quê? Por um motivo muito simples: porque primeiro eu quero tratar dos meus interesses. Você se decide ou não decide?

— A quê?

Ela recuou diante dele, sentindo nos seus olhos, no seu jeito de boca, nas mãos que se abriam, uma ameaça. O garçom avançava, sem pressa, sabendo que ela não lhe fugiria e que, se fugisse, ele poderia a qualquer momento alcançá-la. Disse, entre dentes:

— Você bem sabe o quê!
— Não sei — mentiu.
— Sabe, sim. E das duas uma.
Ela esperou, suspendendo a respiração. Ele disse:
— Ou você aceita o meu amor ou hoje mesmo denuncio sua filha.
— É essa a alternativa?
— É, escolha.

Na volta para casa, o dr. Carlos não disse nada. Nem ele, nem o dr. Meira. Os dois vinham abismados nas suas preocupações. O dr. Carlos imprimia ao carro velocidade louca. Parecia esquecido de que, se houvesse um desastre, o dr. Meira, que era um inocente, seria arrastado. Mas era tal seu desespero que não pensou nisso. Não tirava o pé do acelerador, e era como se experimentasse uma volúpia mortal nessa disparada.

Só na curva — o auto quase derrapou — é que o dr. Meira quebrou o silêncio:
— Cuidado, Carlos!

Mas ele naquele momento não ouvia nada. Na sua cabeça estava aquela ideia fixa: "Malu fez isso". Havia nele espanto. Espanto e angústia. Precisava fazer força, se convencer de que não sonhara, de que não estava sonhando. Só quando o automóvel chegou em casa é que ele pôde raciocinar melhor, coordenar as ideias. Saltou, e o dr. Meira deu-lhe o braço, como sentindo que ele precisava de amparo. Então o dr. Carlos começou a falar. Parecia envelhecido. A impressão do dr. Meira era de que o simples fato de falar custava-lhe um esforço imenso:
— Está tudo acabado, doutor Meira.

Foi uma coisa tão inesperada que o dr. Meira estranhou:
— O quê?
— Está tudo acabado.

E repetiu, como que aniquilado:
— Tudo liquidado.
— Não diga isso, Carlos. Também não é assim.

Ele teimou:
— É assim, sim. Não me resta mais nada na vida. — E tornou: — Nada.

O outro, aterrado, não soube o que dizer. O dr. Carlos continuou, num crescendo:
— Primeiro, a mulher.
— Não exagere, Carlos.

— E agora a filha.
— Você está se precipitando. Vamos ouvir Malu, conversar com ela. Não se pode formar um juízo assim no ar.
— Pois eu formo. Ou o senhor pensa que eu sou idiota a ponto de me iludir? Não, doutor Meira. Não tenho mais ilusão nenhuma, nem é possível.
— Você está deprimido.
O dr. Carlos teve um sorriso amargo:
— É possível que seja. Mas deprimido para sempre. Nunca mais eu me levantarei. O senhor vai ver. Nunca mais.
Haviam chegado à varanda. O dr. Meira podia apresentar outros argumentos, mas sentia, ao mesmo tempo, que nenhuma palavra seria oportuna.
Estremeceu quando o dr. Carlos, olhando-o muito, disse:
— Eu vou morrer, doutor Meira, eu...

O DR. MEIRA podia ter feito um comentário cético, ter duvidado do amigo. Mas o dr. Carlos teve uma expressão de tão grande sinceridade trágica — que o médico estremeceu. O máximo que pôde objetar foi uma frase absolutamente inócua:
— Não diga isso, Carlos!
O outro, porém, estava possuído pela ideia do fim e, naquele momento, não tinha nenhum outro sonho, nenhum outro desejo senão o da morte. E quanto mais cedo ela viesse melhor. Até achava muito digno e altivo que uma pessoa saísse livre e voluntariamente da vida. Diante do dr. Meira, que o olhava num verdadeiro pânico, o dr. Carlos teve um comentário de ironia desesperada:
— Não adianta fazer essa cara para mim, doutor Meira.
— Mas você não pode estar falando sério, Carlos. Eu não acredito.
— Bem, se não acredita, isso é com o senhor. Mas não diga que eu não lhe avisei; vou me matar, a vida acabou-se para mim, nada mais me interessa.
Dizia que ia se matar com uma calma inquietante, uma calma intensa, numa dessas dores sem limites e sem consolo. Parecia ter uma secreta vaidade do seu desapego à vida, da coragem com que encarava a face da morte. Era quase uma ostentação que fazia. E o que impressionava o dr. Meira, e o deixava incapaz de argumentar ou contra-argumentar, era a lucidez do amigo, a serenidade, a vontade tranquila e irredutível.
O médico fez uma tentativa de persuasão, embora com a consciência da própria ingenuidade:
— Você não fará isso, Carlos!
O dr. Carlos sorriu. E o dr. Meira:

— Olhe sua mulher, sua filha...

Uma amargura enorme inundou o coração do dr. Carlos. Pôs as duas mãos nos ombros do amigo:

— Mulher e filha...!

— É isso mesmo — teimou o velhinho. — Quem tem família não pode fazer uma loucura dessas!

— Olha aqui, doutor Meira: não sei se pode ou não pode. Só sei o seguinte: que eu vou fazer. E agora uma coisa; embora nem uma nem outra mereçam nada de mim, eu queria que o senhor tomasse conta delas. É só, doutor Meira.

Virou as costas ao velhinho e afastou-se alguns passos. O dr. Meira foi atrás; agarrou-se ao outro:

— Eu não quero, eu não admito que você faça isso!

O cansaço, a saturação, o desgosto do dr. Carlos eram absolutos.

— Ora, doutor Meira! O senhor acha que vai me impedir de alguma coisa?

— Carlos, olhe o que você vai fazer, Carlos!

Não pôde continuar. O dr. Carlos, que era tão mais forte, empurrou-o violentamente. O dr. Meira se desequilibrou, quase ia caindo. E ficou parado, com uma expressão de espanto no rosto, certo de que nenhuma palavra convencional, nenhuma tentativa de consolo poderia surtir efeito diante de uma dor assim, que parecia ter ultrapassado já todos os limites humanos. "Ele se mata e ninguém impedirá." Parecia-lhe que um homem quando falava daquela maneira — e sobretudo um homem do temperamento passional do dr. Carlos — é porque estava disposto a tudo; e ninguém e nenhum fato o dissuadiriam. Por um instante, os ombros do médico vergaram-se. Era como se ele se tivesse submetido a um fato que ia se consumar, fatalmente. Não acreditara nunca na fatalidade. Dizia sempre, com bom humor: "Esse negócio de fatalidade é bobagem". Mas agora, não. Agora, com o coração pressago, começava a admitir a força do destino — uma força inexorável, diante da qual se anulava tudo.

De súbito, o velhinho teve uma espécie de iluminação interior:

— Lígia!

Foi como se uma voz lhe tivesse soprado o nome. Então, reagiu contra si mesmo, contra o desânimo que parecia chumbá-lo ao solo. Disse à meia-voz:

— Já sei como vou salvá-lo. E tem que ser depressa, senão será tarde demais!

Correu, então. Sentia, sobretudo, uma pressa doida. Teria que aproveitar cada segundo, cada minuto. Um nome continuava no seu pensamento: "Lígia, Lígia".

* * *

O professor se esquecia de tudo naquela evocação. Sombrias imagens, nítidas ou esgarçadas, perfis esquecidos, pequenos incidentes — tudo voltava à sua memória, com a força das coisas atuais, das coisas quase tangíveis. Bob ouvia com tensão apaixonada. Certos fatos que o haviam surpreendido, e que ele não havia conseguido explicar — sobretudo certas atitudes de Malu —, encontravam agora justificação racional. "Então era isso", pensava ele, à medida que o professor, mergulhado na sua história, ia ligando os episódios, esclarecendo-os e dando-lhes continuidade:

— Sim, eu estava no armário vazio. Esperava ali há várias horas, disposto a não sair senão depois que tivesse realizado a minha missão...

O plano do professor era, em síntese, este: matar Ricardo — e a sua pontaria era uma das mais perfeitas que se possa conceber — e, depois, aproveitando-se da passividade de Malu, comprometê-la irremediavelmente. Já havia calculado, até, a maneira de fazer com que, no julgamento, ela perdesse todas as possibilidades de absolvição. Isso não lhe seria difícil, graças à sua força hipnótica.

Malu estava perfeitamente industriada. Deveria fazer o seguinte: em primeiro lugar, fazer com que Ricardo, em determinado momento, ficasse de costas para a estante.[14] Indo mais na sua astúcia e na sua previdência — pois o criminoso não queria falhar em hipótese nenhuma —, recomendou a Malu que, simulando brincadeira, fizesse o seguinte: pedisse a Ricardo que fechasse os olhos e ficasse assim alguns momentos, pois ela queria mostrar-lhe uma surpresa. Quer dizer, Ricardo iria tomar a coisa como uma meiguice de namorada; não desconfiaria de nada, tal a naturalidade do fato.

Foi o que Malu fez. Recebeu Ricardo muito bem. O noivo, quando os dois ficaram a sós, na sala, estava longe, muito longe de sentir a armadilha. Malu levou-o para determinado lugar, conforme instrução do professor; fê-lo ficar de costas para a estante e depois, com a sua atitude mais faceira, mais feminina, disse:

— Tenho uma coisa para mostrar a você!
— O quê?
Ricardo ficou logo curioso. E ela, maliciosa:
— Então feche os olhos.
— Ah, tem isso?
— Senão não mostro.
Está claro que ele fechou os olhos, adquirindo um ar de seriedade cômica. Ela ainda advertiu:

— Já sabe; só abre quando eu disser.
Ele concordou, risonho:
— Eu sei; sou um noivo disciplinado.

O mais doloroso da história era que Ricardo, até o último momento, fez humor, achando uma diversão incrível em tudo aquilo, sem desconfiar de nada, absolutamente de nada. O professor, que estava só esperando por aquele momento, abriu a porta da estante e saiu. Aproximou-se, pé ante pé, sem o mínimo rumor. Enquanto isso, Malu advertindo:

— Não abra, hein?

E o outro, jovial:

— Então ande logo!

— Que menino impaciente!

Ricardo morrera sem ter noção de nada, nada. Ainda sorria quando o professor encostou, ou quase, o revólver num lugar mortal e apertou o gatilho. A morte foi instantânea. Malu gritou, embora sem consciência ou com uma consciência muito tênue do que estava acontecendo. O professor mais do que depressa voltou para seu esconderijo. Arrombaram a porta, entraram. Malu, sempre em estado hipnótico, contara a história que fora forjada pelo próprio assassino. Logo várias pessoas julgaram se lembrar de que, naquele dia, Ricardo estava com um ar estranho. Restava saber se era a tensão natural da situação ou se ele já resolvera se matar.

Houve um silêncio. O professor continuava com o mesmo ar de sofrimento. Bob perguntou:

— Mas se o senhor queria comprometer Malu, por que agiu assim?

— Por quê?

O professor calou-se, como se ele mesmo não pudesse definir os próprios sentimentos. Por fim explicou:

— Simplesmente porque eu descobri — naquele momento, só naquele momento — que a amava. Imagine a minha situação! Preparara tudo com tanto carinho, tanta meticulosidade, tanto senso de minúcia e, à última hora, chego à conclusão de que… amava a minha vítima! Foi por isso que o caso teve a versão de suicídio e não de crime, como era a minha primitiva intenção. Já naquela altura dos acontecimentos, o suicídio poderia parecer um tanto suspeito. Mas não havia mais remédio. Eu poderia, ainda, ter apelado para outra história. Por exemplo: um assassino misterioso que tivesse entrado por uma janela e fugido. Mas, de momento, e eu não podia refletir muito; o que me pareceu melhor, ou menos pior, foi mesmo a solução do suicídio.

"Muitas horas depois, pude sair. Estava inteiramente perturbado, achando estranho, profundamente estranho, o sentimento assim nascido ou, antes, que nascera sem que eu o percebesse. Revoltei-me: 'Mas não é possível. Pareço criança'. Não me conformava com uma coisa que me parecia, e era, uma fragilidade degradante. De noite, estive na casa do morto. A meu chamado, Malu foi ao jardim e nos beijamos. Foi aí que Glorinha apareceu..."

— Ah, é mesmo! — interrompeu Bob. — Glorinha! Quem é Glorinha?

— Glorinha? É outra, como Malu; vítima também de minha força hipnótica. Por último, eu nem precisava recorrer ao hipnotismo. Bastaria dar ordens; e ela se achava tão dominada por mim, tão vencida psicológica e moralmente que não se recusava. Além do mais, amava Carlos Maia e eu lhe prometera, sem nenhum desejo de cumprir a promessa, que ele seria dela. Com uma dessas confianças cegas, obtusas, no meu poder, ela foi meu instrumento absolutamente irresponsável. Usei-a para aumentar a tortura mental do homem que arrastara minha filha ao suicídio. Imagine que consegui uns truques fotográficos, extremamente bem-feitos, quase imperceptíveis. Eram fotografias ou supostas fotografias de Malu que, para todos os efeitos, haviam sido tiradas nos Estados Unidos, durante a viagem que Malu havia feito lá. Gravuras incríveis para destruir a reputação de qualquer moça. Glorinha apresentou esses falsos documentos fotográficos a Carlos, que, como era de esperar, teve um grande choque moral. Chantageando com os negativos, cuja posse pretendia ter, Glorinha conseguiu ficar morando na própria casa do doutor Carlos; outra forma de sofrimento, de humilhação, de martírio, que fazia parte da vingança. Com a presença de Glorinha na casa, todos sofriam: Carlos, a esposa e a filha. A humilhação provinha naturalmente do escândalo. Imagine os comentários que não se faziam, sobretudo porque o caso era com uma família tradicionalíssima.[15]

"Enquanto isso, eu lutava comigo mesmo. Tinha fases: numas gostava de Malu apaixonadamente; em outras, procurava odiá-la. E sempre que me possuía a ilusão de ódio, e que me parecia ter-me libertado do amor, criava situações, as mais difíceis e dramáticas para Malu. Tornava-a incoerente, má, egoísta, grosseira e violenta. Tratei, antes de mais nada, de estremecer as relações entre a filha e os pais. Por sorte, e só posteriormente, eu vim a saber disso: surgiu um choque entre Malu e dona Lígia. As duas amavam o mesmo homem: Ricardo. Pensei em tirar partido da situação: fiz com que Glorinha as levasse a uma casa, em que havia um recém-nascido. Mandei-a dizer que se tratava de um filho de Ricardo. Dona Lígia e Malu acreditaram e sofreram; entre elas, a separação tornou-se mais profunda. Mas eu queria mais, levantar um verdadeiro ódio. Por menos, não me satisfaria. Cheguei até a pensar numa coisa mais séria e mais fatal: que a filha matasse a mãe. Diga-se de passagem que, intimamente, eu não me julgava capaz de tanto; não me acharia com forças bastantes para arrastar Malu a uma prova tão cruel. Mas, no próprio dia em que houve o episódio da criança, eu tive comigo mesmo um conflito seríssimo. Encontrara, por acaso, entre meus papéis, um retrato de minha filha. Então o remorso bateu em mim. Eu pensei: "Eu estou traindo a memória de minha filha". Não pensei mais: quis aproveitar a exaltação de meu ódio, que era falso nos seus fundamentos. Antes que me arrependesse, peguei Mag — a onça que era minha predileta — e levei-a comigo para um passeio. Eu sabia onde estava Malu — recomendara a Glorinha que a prendesse o máximo do tempo possível. E a missão de Mag era esta: estraçalhar o objeto do meu amor maldito. Mas aconteceu que apareceram, primeiro você, e, depois, aquele outro rapaz. Eu só tive tempo de fugir. Sofri vendo a morte de Mag, pois gostava dela com um sentimento humano. Achei que o homem que a matara devia morrer... Você soube o que houve depois. Aconteceram ainda outras coisas, antes e depois disso, criadas por mim e sempre refletindo o meu estado de ânimo, de amor ou de ódio a Malu. Por exemplo: fiz com que Malu, ameaçada de morte por Dalmo, irmão de Ricardo, confessasse ao pobre-diabo um amor inexistente. E mais..."

O DR. MEIRA correu ao encontro de d. Lígia. Primeiro, procurou-a em casa. Não a viu em lugar nenhum. Chamou Míriam:

— Dona Lígia, onde está?

— Não sei, não vi, doutor.

Mas um dos copeiros, que vinha passando na ocasião, ouviu a pergunta e deu a informação:

— Foi para o pomar.

O dr. Meira saiu, então, de casa. Não a encontrava em lugar nenhum do pomar. Já ia desistindo quando ouviu rumor de vozes, de homem e mulher. Achou estranho aquilo; e dirigiu-se para o lugar de onde vinha o barulho. Viu, muito espantado, d. Lígia e Orlando.

O garçom se formalizou todo ao notar o dr. Meira. Procurou despistar:

— Pois é isso, dona Lígia; eu acho que preciso de outro auxiliar.

E ela, seguindo o mesmo tom:

— Depois falaremos.

— Com licença.

O garçom passou, inclinando a cabeça diante do dr. Meira. Este deixou-o afastar-se e, logo que o outro desapareceu, entrou direto no assunto:

— Corra, Lígia, corra!

— Mas o que é que houve, meu Deus do céu?
— Só você pode evitar uma desgraça, uma grande desgraça.
— Desgraça? — Ela estremecia, sem atinar com o que poderia ser.
— Carlos vai matar-se, Lígia. Você precisa impedir. Mas logo, logo.

Durante alguns segundos, ela ficou onde estava, imóvel, com aquilo na cabeça: "Carlos vai matar-se, Carlos vai matar-se...". Era pouco a pouco que entendia, e com esforço, um grande esforço. O dr. Meira olhava para ela; e nascia no seu espírito uma dúvida: "Será que ela não vai se importar? Será que está até gostando?". Era isto que o arrepiava: a possibilidade de que d. Lígia, longe de se angustiar, até desejasse aquele desenlace. Subitamente, ela caiu em si:

— Doutor Meira, ele não pode morrer.
— Então corra e impeça!

Os dois correram. D. Lígia na frente. Fazia-se luz no seu espírito, o nome dele estava no seu pensamento: "Carlos, Carlos, Carlos". E apertava o seu coração o medo de que chegasse tarde, tarde demais. Recorria à fé: "Deus não permitirá isso".

O DR. CARLOS olhou pela última vez, através dos vidros, a paisagem. Viu gente passando lá longe, viu bois e uma árvore solitária no morro. Chegara o grande momento. Foi aí que...

40

O amor e a morte

O DR. CARLOS pensava: "Eu estou nos últimos momentos de vida". Uma porção de lembranças enchia a sua cabeça. Pensava na sua vida falhada; no seu casamento; nas infidelidades que fizera à mulher; nas brigas, discussões que, pouco a pouco, os haviam separado; na distância que se criara entre eles, debaixo do mesmo teto. Pensou, também, na filha. E voltou-lhe o sentimento de amargura que o fazia desejar e procurar a morte, como a única solução possível.

— Lígia não me ama, nunca me amou.

Eis o que disse, à meia-voz, como se estivesse falando com alguém. Talvez não o tivesse amado nem mesmo no namoro, no noivado e na lua de mel. "É verdade que eu fiz uma série de coisas..." Mas achava, ao mesmo tempo, que ela não teria direito de reagir, sobretudo daquela forma, isto é, gostando de outro homem. "Eu tenho certeza" — era essa a sua convicção desesperada — "tenho certeza de que ela gosta daquele menino." Procurou se recordar das feições, de toda a figura de Cláudio. Reconhecia com amargura: "É bonito, forte, parece um atleta". A própria idade, uma certa expressão doce e infantil dos olhos e do sorriso valorizavam mais o tipo humano de Cláudio. O dr. Carlos fez então uma pergunta a si mesmo:

— Por que é que eu penso, em vez de agir sumariamente?

Seu plano estava formado: ia matar-se. E, por mais que procurasse achar uma possibilidade de se salvar a si mesmo, não encontrava. Chegou à janela; a mão já apertava a coronha do revólver. Teve uma expressão abafada:

— Ele!

Era Cláudio, realmente, que passava, à distância, pela frente da casa. Caminhava vagarosamente; parava de vez em quando; houve uma vez em que se virou para olhar, por alguns momentos, uma coisa qualquer. Vendo a figura de Cláudio — naquele momento supremo —, o dr. Carlos teve uma inspiração súbita que mudou totalmente o curso dos seus pensamentos. Disse, olhando o rapaz, que se afastava lentamente:

— Eu me mato, sim. Mas antes liquido esse camarada.

E pareceu-lhe que esta era a melhor maneira. Primeiro, o assassinato do homem, ou do menino, que lhe arruinara a vida; depois, o suicídio. E pensou, dirigindo-se para a porta: "Ela deixou de ser minha, mas não será dele". Abriu a porta e saiu, andando em largas passadas.

D. Lígia adiantara-se muito ao dr. Meira. O desespero dava-lhe uma extraordinária energia nervosa; corria como um homem. E o velhinho, com o complexo de cardíaco, não se sentia nem com forças, nem fôlego, para acompanhá-la. Chegou um momento em que teve que parar, não aguentava mais. Ouviu, então, que o chamavam:

— Doutor Meira, doutor Meira!

Virou-se. Laura vinha ao seu encontro. "Mais esta", refletia o médico, com mau humor. Naquele momento, o que o preocupava e atormentava era a ideia de que Carlos poderia estar morto àquela hora. Mas se lembrou, também — e foi isso que atenuou um pouco a sua irritação —, que Laura poderia desvendar, definitivamente, o mistério de Cláudio.

— Que é que há, Laura? — foi perguntando.

Ela parou, ofegante:

— O senhor se lembra daquilo que me perguntou?

— O quê?

— A respeito de Cláudio?

— Sei, sei. E então?

— Eu resolvi lhe dizer. Estive pensando e...

— Continue.

— Achei que não estava direito esconder uma coisa tão importante. Cláudio é...

Fez uma pausa. Olhou muito para o dr. Meira; e parecia ter medo da própria revelação. O dr. Meira, empalidecendo ainda mais, animou-a:

— É...?

E ela, baixando a voz:

— É.

— Mas é o quê?

— Filho de dona Lígia e de doutor Carlos.

Novo silêncio. O médico estava aterrado. Por mais que esperasse aquilo — todos os indícios justificavam a previsão —, o fato é que sofreu um choque. Balbuciou:

— Filho de Lígia e Carlos?

— Sim.

— Jura ou você quer é se vingar?

A velha afirmou solenemente:

— Juro.

— Meu Deus, meu Deus! — foi o comentário único e desesperado do dr. Meira.

Achava aquilo tudo romanesco, inverossímil, fantástico demais. E, no entanto, não havia no seu coração a menor dúvida. Bastava olhar para Laura. A sinceridade da velha era evidente. Ela não mentia. E o médico andava de um lado para outro, a ponto de enlouquecer:

— Que fazer agora?

— Acho que o senhor deve dizer a ela, logo.

— Vou dizer, mas tenho medo, não sei.

— Não há outro remédio.

— O meu receio é que...

Ele não disse qual era o seu receio. Faltava-lhe tempo, até, para completar o pensamento. Fez a mesma reflexão que d. Lígia fizera antes, só que por motivos diferentes: "Chegarei a tempo?".

E correu, de novo. Desta vez, esqueceu-se de tudo. De que era cardíaco, de que podia ter uma síncope, cair, morrer. Mas a revelação de Laura o impressionara tanto, a certeza que, enfim, adquiria de que Cláudio era filho de d. Lígia e do dr. Carlos, que se descontrolou por completo. Avançava com este pensamento na cabeça: "Tomara que eu chegue a tempo!".

O DR. CARLOS não pôde andar nem dez passos. D. Lígia chamou-o; e ele estava tão longe de esperar aquilo que parou, desconcertado. Ela vinha ofegante do esforço feito, o coração pulando como um pássaro louco. Quando o viu, sentira uma alegria desesperada, uma dessas felicidades dilacerantes que marcam para sempre a vida de uma mulher. Ele teve talvez o pressentimento de que a mulher sabia de tudo. Ou, se não sabia, desconfiava. E isso fez renascer no seu coração a raiva ou, antes, o ódio. Não pôde deixar de se lembrar de que d. Lígia, mais do que Malu, era a culpada de tudo. "Foi ela que me pôs nessa situação. Houve o caso de Malu, a desilusão que Malu me deu, mas se eu tivesse o conforto de uma mulher, de uma esposa realmente boa e sincera — encontraria forças para resistir." Encarou a mulher, e o rancor estava tão marcado na sua fisionomia que d. Lígia, ofegante demais para falar, recuou:

— Que é que há? — perguntou.

Ela não podia ter dúvidas: a voz do marido vinha carregada de ódio. Ou mais do que ódio: de um desprezo absoluto. D. Lígia tomou respiração e respondeu com outra pergunta:

— O que é que você vai fazer, Carlos?

— Você acha que ainda deve me fazer perguntas?

Desesperada, ela insistiu (e se colocava na frente do marido, querendo barrar-lhe a passagem com o próprio corpo):

— Mas diga. Pelo amor de Deus, diga!

Ele riu: um riso mau, que lhe deformou a boca:

— Só acho graça numa coisa: que você ainda tenha coragem de dizer o meu nome.

D. Lígia estendeu para ele os braços suplicantes:

— Eu sei o que você quer fazer, Carlos.

Começava a chorar. Não queria, mas as lágrimas apareciam nos cílios, começavam a descer. Sua voz não era mais firme, dava a ideia de que ia despedaçar-se a cada momento em soluços:

— Mas não adianta — continuou, passando as costas da mão nos olhos; e reafirmou, na sua vontade desesperada e inútil: — Não adianta, porque eu não deixo.

— Lígia, saia da frente!

— Não saio, pronto!

Parecia uma verdadeira criança; e havia uma certa graça patética no seu gesto de se colocar na frente do marido, ela tão miúda e frágil, com o seu corpo de menina, e ele, forte, grande, maciço. Com um gesto só, se quisesse, poderia afastá-la de vez, atirá-la longe. Segurou-a pelos dois braços; ameaçou-a, entre dentes:

— Sai ou não sai? Olhe que eu...

— Carlos, eu amo você, Carlos!

Punha toda a sinceridade nessa confissão. Nunca realmente fora tão sincera, nunca a consciência do seu amor alcançara aquela plenitude. Repetiu, como se todo o seu vocabulário se resumisse a uma palavra única:

— Amo, amo, amo!

Disse três vezes, com uma expressão selvagem de amor.

— Pensa que eu acredito?

O dr. Carlos perdera toda a capacidade de acreditar na mulher. Via em cada palavra de d. Lígia um engano, uma mistificação. Era uma comediante, nada mais do que isso. E acrescentou para si mesmo, olhando aquele desespero que lhe parecia tão falso: "Como todas as mulheres". Generalizava, sem sentir o que havia de ingênuo nesse ódio contra um sexo inteiro.

Ela continuou, na necessidade de convencê-lo, de libertá-lo daquela obsessão de morte que era quase loucura:

— Você pensa, talvez, que eu amo Cláudio?

Interrompeu-a, brutalmente:

— Não fale nesse indivíduo!

Mas ela estava sofrendo demais para ter medo. Desafiou-o:

— Falo, sim, falo. — E mudou de tom, tornou-se meiga, acariciante: — Eu também tive minhas dúvidas, Carlos. Digo isso para você ver como eu sou sincera. Mas agora eu sei, Carlos. — Elevou a voz, foi quase um grito: — Sei, está percebendo? Gosto de Cláudio como se ele fosse — deixa eu ver... Ah, já sei! Um filho.

Apesar de tudo, ele ouvia, momentaneamente esquecido de que jurara a si mesmo matar Cláudio. Cada palavra da mulher despertava dentro dele uma porção de sentimento, de reações. Lutava agora com todas as suas forças para não acreditar. Riu sombriamente quando ela falou em "filho".

— Eu sei, eu sei! Filho! — ironizou.

— Nenhum homem me interessa, Carlos. Quer dizer...

Teve uma dúvida, um escrúpulo, um pudor que acabou afastando:

— Vou fazer mais; vou fazer uma confissão que nenhuma esposa, no meu lugar, faria. É o seguinte: uma vez eu supus amar um homem, está ouvindo? Ou, antes: estava certa de que amava esse homem. Deixei que ele me desse até um beijo.

— "Até"! — foi a ironia tenebrosa do dr. Carlos.

— Ficou só nisso. Mas eu estava louca, louca, louca de despeito. Mas sempre, sempre, era a você que eu amava. Fiz-lhe a confissão; agora fale, diga alguma coisa!

— Sabe o que é que você merece?

Não disse o quê. Sua mão se ergueu. D. Lígia não previu o movimento; ou, antes, teve apenas uma vaga, uma instantânea noção do que ia acontecer. Quando deu acordo de si, tinha sido esbofeteada. Foi uma pancada violenta e, sobretudo, tão inesperada que seus joelhos se vergaram, ela caiu aos pés do marido. Não perdeu de todo os sentidos. Estava tonta, tonta, as coisas rodavam na sua cabeça. Ele, em pé, olhava para aquela mulher abatida. E olhava com espanto, com um nascente sofrimento. Perguntava a si mesmo: "Será *isso* minha mulher?".

Ela se levantou pelo próprio esforço, porque o marido não fez a menor menção de ajudá-la. Ficou na frente dele. Não teve um lamento, um protesto. Disse apenas:

— Não quer me esbofetear outra vez?

Fazia a pergunta sem acinte, sem provocação, como quem está disposto a sofrer novo castigo, a expiar tragicamente uma falta. Poderia ter alegado, como já o fizera, que vivia então abandonada, sem carinho, sem companhia, numa solidão absoluta. Mas era tal a consciência do amor, daquele amor que a envolvia e transfigurava, que não se lembrava de nada, não queria outra coisa senão prostrar-se cada vez mais diante dele, se humilhar, depor simples e docemente a sua dignidade.

Ele respondeu:

— Não!

Ficara rouco, sua voz estava irreconhecível. Ela, então, disse:

— Você me esbofeteou, Carlos. Pois bem; apesar do que você me fez, eu vou fazer isso.

O marido não teve tempo nem de se espantar. Ela se pôs na ponta dos pés. Sua boca alcançou a dele. Seus lábios se uniram; primeiro docemente. Depois, pouco a pouco, chegaram a uma fusão total. Ele, que estava imóvel, os braços caídos ao longo do corpo, foi, afinal, tocado. Mergulharam no êxtase; pareciam ter deixado de viver. Era uma felicidade desesperada, uma doçura quase mortal.

* * *

O professor cortou as cordas que prendiam os pés e os pulsos de Bob. Tinha uma expressão de sofrimento no rosto que o tornava mais hediondo. Novamente, travava-se na sua alma o eterno duelo entre a saudade da filha e o amor de Malu. Uma dúvida nasceu ou renasceu no seu espírito: "Por que não cumprir a minha vingança? Por que não matar Malu de uma vez, acabar logo com isso?". Ao seu lado, Bob parecia acompanhar o drama do homem da cicatriz. O professor refletiu em voz alta:

— Mas eu não posso, não posso!

E virou-se para Bob. Arquejava como se tivesse feito um violento esforço físico:

— Agora vá, desapareça antes que eu...

Bob não se mexeu do lugar:

— Antes eu quero lhe dizer uma coisa.

— O quê?

— Orlando — o garçom de dona Lígia — sabe que foi Malu quem enterrou o punhal em Isaac.

— Eu estava informado.

— O pior é que está ameaçando denunciar à polícia.

Durante alguns segundos, o professor não disse nada. Mas seu sorriso foi mais do que nunca apavorante. Não fez comentário. Quase que Bob não ouviu quando ele disse:

— Pode ir.

Bob saiu; o professor chamou Malu:

— Pode ir também, minha filha. Depois falarei com você.

Malu deixou o quarto. Ia quase correndo, com medo de que ele a chamasse de novo, que a retivesse. Ela queria sair dali o mais depressa possível, daquele ambiente de pesadelo.

Quando d. Lígia se desprendeu do dr. Carlos, não houve palavra entre os dois. Ele não queria, nem podia dizer nada. Estava fora de si; e uma voz dizia dentro dele: "Ela me ama, ela me ama!". Mas precisava estar só, para pensar, para pôr em ordem seus sentimentos, suas ideias. Naquele momento, sentia-se em pleno caos. Voltou para o quarto, sem que ela fizesse um gesto para retê-lo. Mal o dr. Carlos desapareceu, d. Lígia sentia uma mão pesada no seu ombro.

Era Orlando. Mas um Orlando desfigurado pela paixão, com um fulgor de loucura nos olhos. D. Lígia recuou, espantada:

— Que é?

E ele:

— Eu estava ali, escondido. Vi tudo. Vi você beijá-lo. Você tem que fazer agora uma coisa.

Mas ela era agora outra mulher. Não tinha medo de ninguém:

— Não me chame de você, porque meu marido o põe lá fora a pontapés!

— Ah, é? — quis ser irônico.

— Miserável!

Ele, então, avançou para ela. Não acreditava que aquela coragem fosse verdadeira. "Ela quer ver se me intimida, mas comigo está enganada." Renovou a ameaça:

— Denuncio a sua filha, já, já! Só não denunciarei...

Aproximou-se mais o lábio, tremendo:

— ... se você me der um beijo!

E quis agarrá-la. D. Lígia fugiu com o corpo; e, antes que o garçom pudesse esboçar qualquer gesto, ela, que pouco antes fora esbofeteada, deu com a mão aberta, várias vezes, no rosto do bandido.

— Viu? — exclamava ela, na sua coragem desesperada.

Orlando tonteou. Quando se recuperou, disse apenas:

— Está bem, não faz mal. Fique sabendo que quem vai pagar é sua filha.

D. Lígia fez um esforço supremo para dizer:

— Não faz mal.

Ele tornou:

— Vou à polícia, agora mesmo.

Ela correu. Queria estar de novo ao lado do dr. Carlos, ia ao seu encontro. Enquanto isso, Orlando veio andando em direção da porta. Mas uma voz o deteve:

— Você não vai denunciar ninguém. Você vai morrer!

Orlando virou-se rápido. Num instante o punhal surgiu na sua mão. Foi uma luta breve e mortal.

ORLANDO PODIA SER tudo, menos covarde. Não tinha medo de nada e muito menos naquele momento, em que decidia seu destino. Percebeu instantaneamente que estava em perigo de morte. Sua mão foi tão rápida quanto o pensamento. Quando se virou para a pessoa que lhe falara, já o punhal estava na sua mão. "Tenho que atacar logo", foi o seu raciocínio naquela fração de segundo. E agiu de maneira tão fulminante que o professor — pois era o professor — não conseguiu evitar uma profundíssima punhalada. Foi ferido em pleno peito. "Estou morto", pensou. A dor que experimentou foi dessas coisas que não se esquecem, assim como se tivessem enterrado nos seus músculos uma ponta incandescente.

Orlando viu o inimigo se contorcer todo, arquejando; viu-o girar sobre si mesmo, com os olhos extraviados; e viu ainda quando emborcou, com uma espuma sanguinolenta nos lábios.

O garçom parecia fascinado com a cena. Podia ter partido logo, mas não tinha coragem de sair. Queria assistir à queda; e só quando o professor baqueou de bruços é que ele, voltando a si, quis afastar-se. Mas não chegou a dar nem quatro passos. Ouviu dois estampidos; e sentiu como se recebesse duas pancadas nas costas. Não compreendeu logo. Durante talvez um segundo ou dois — tempo que ainda teve para pensar —, não percebeu que era ele mesmo quem tinha sido alvejado. Mas não pôde completar o raciocínio. Porque surgiu uma névoa na sua frente, o chão vacilou aos seus pés e ele caiu, perdida a consciência de si mesmo e das coisas.

Agonizaram ao mesmo tempo, ele e o professor. Este, antes de ficar sem forças, retesara a própria vontade e dera os dois tiros. Seu desejo — seu desesperado desejo — fora descarregar toda a carga do revólver. Mas faltaram-lhe forças para puxar o gatilho até o fim. Morreu pensando em Malu. A última coisa que disse foi o nome da bem-amada:

— Malu...

Logo depois — coisa de uns dois minutos — morria Orlando. Começou a aparecer gente, em pânico. A princípio, ninguém compreendeu por que estariam ali, moribundos ensanguentados, aqueles dois homens. Houve quem se lembrasse de providências práticas, como, por exemplo, chamar a Assistência. Mas não adiantou. Quando esta apareceu, o professor e Orlando estavam mortos.

Ao deixar o professor, o pensamento de Malu era um único: fugir dali o mais depressa possível, escapar daquela casa maldita. Era o medo que a impelia, era o terror que crispava todos os seus nervos. Um jardineiro da residência, que a viu passar assim, ainda se deteve espantado sem compreender. Mas ela não estava se incomodando com o que pensassem ou dissessem a seu respeito, que a chamassem de louca ou não. Queria era se afastar, ir para bem longe, quanto mais longe melhor.

O automóvel estava um pouco distante da casa. Correu: e, só quando se sentiu na direção e colocou a chave, começou a adquirir mais ânimo. Arrancou, disposta a imprimir ao carro uma velocidade absurda. Teve uma sensação de felicidade — de felicidade quase física —, recebendo o vento que entrava pelos lados do automóvel. Lágrimas vinham aos seus olhos. Como era bom não estar ao lado daquele homem que fizera de si uma escrava, nada mais do que isso; pura e simplesmente uma escrava. Ao mesmo tempo, uma lembrança a fez sofrer de novo. Recordava-se de que a distância não constituía um obstáculo para o professor. Onde ela estivesse ele estaria, numa incessante presença. Não haveria esconderijo para um homem como aquele, cuja força demoníaca despedaçaria a vontade de qualquer mulher.

De súbito, escutou:

— Pare aí!

Alguém falava quase no seu ouvido. Podia ter se admirado ou revoltado. Mas não fez nem uma coisa nem outra; e nem ao menos se virou para identificar a pessoa. Que importava saber? O fato é que alguém se ocultara dentro do carro para só se revelar em pleno ermo, num lugar em que ela seria apenas uma frágil, uma indefesa mulher. Estava tão saturada da própria passividade diante do professor, tão quebrada por dentro, tão humilhada — que agora não encontrava em si mesma nenhuma disposição de luta, nenhuma disposição de resistência. Entrou num atalho, parou o auto. Foi preciso que a voz dissesse:

— Sou eu, Bob.

Ela então se virou, espantada:

— É você, Bob, você?

Quase não acreditava nos próprios olhos. E experimentou uma sensação boa ao encontrar ali não um espião do professor, mas uma pessoa desligada de qualquer compromisso com o homem da cicatriz. As lágrimas continuavam; e, afinal, ela soluçou, com o rosto mergulhado nas duas mãos. Bob pulou para o assento da frente. Cruzou os braços, perguntando, num tom que, de momento, Malu não soube definir qual fosse, se de solicitude, se de ironia ou de quê:

— Mas que é isso? Para que este choro?

Ela teve um lamento; parou de soluçar, para dizer:

— Tenho sofrido tanto, Bob, mas tanto!

Do atalho em que estavam, viram quando passou o automóvel do professor, a toda velocidade. Ele ia ao encontro de Orlando: "Vou matar esse indivíduo. Ele vai ver". Lembrava-se de Malu; e uma coisa o desesperava: era pensar que ela só o amava quando estava sob magnetismo; e que, em vigília, odiava-o com todas as forças de sua alma.

Malu reconheceu o carro e viu o homem da cicatriz no volante. Estremeceu, novamente acovardada, balbuciando:

— Ele!

Bob puxou-a para si:

— Que é que tem que seja ele?

— Você não sabe, Bob, você não pode fazer ideia! Mas esse homem é uma coisa horrível. Ah, se você pudesse imaginar como ele me domina!

Ele sorriu, com doçura terrível:

— Vai deixar de dominar.

— Nunca, nunca!

Ela estava realmente certa de que viveria sempre assim, na dependência daquele homem, sob a sua tirania sobrenatural. Bob continuou; e falava maciamente, mas com um tom que tinha algo de sinistro:

— Você vai ver. Aposto o que você quiser.

— Mas como? — era isso que ela queria saber. — Como, diga?

Ele fez um silêncio. Depois, baixando mais a voz:

— Muito simples: vou matá-lo.

— Você? — Arrepiou-se.

— Eu, sim, eu. Não acredita?

E, como ela parecesse incrédula ou temerosa, e se afastasse para o canto, como ele já fosse um assassino, Bob tornou, desta vez com uma vontade mais forte, mais viril, mais dominadora:

— Você nunca viu se matar um cão hidrófobo a tiros? Pois é isso que eu vou fazer com esse indivíduo. — E sublinhou: — Eu, este que está aqui!

Durante alguns momentos, Malu não disse nada. Era como se meditasse sobre as palavras de Bob. A possibilidade de que o professor morresse, e saísse para sempre de sua vida, pareceu ter para ela uma doçura infinita. "Será possível?", perguntou. Não se lembrava de que aquilo era crime, era violência, era assassínio premeditado, uma coisa brutal. Refugiava-se no seu próprio egoísmo, na necessidade, cada vez maior, de se libertar de suas angústias. Deixou-se dominar tanto pela emoção que, sem saber o que dizia, sem controle das próprias palavras, pediu:

— Mate, sim, mate, Bob!

Ele, então, chegou-se mais para ela e soprou-lhe, com a boca quase encostada à sua orelha:

— Um beijo, agora um beijo!

Foi uma coisa tão inesperada, uma mudança tão brusca de assunto que Malu custou a entender:

— O quê?

Ele sorriu, mas sem humor nenhum; era um sorriso feio, cruel, que insinuava qualquer coisa de abominável. Malu balbuciou, fugindo com o corpo:

— Não, não!

Sentiu-se agarrada, puxada. Pensou em esbofeteá-lo, pensou em gritar, ter, enfim, qualquer assomo de resistência. Mas Bob foi implacável. Com uma das mãos, segurando a sua cabeça por trás, foi chegando a boca. Ela quis dizer uma palavra, mas não pôde articular senão a primeira sílaba. Sua boca foi fechada pelo beijo de Bob. Ela cerrou os lábios, procurou não pensar em nada, não pensar, sobretudo, naqueles lábios que se fundiam aos seus, que pareciam sugá-la, sorver o seu hálito, sua vida, tudo. Procurou, até, não respirar.

Quando ele a largou, estava quase sufocada. Mas, ainda assim, fria, fria. Bob arquejava, também. Olharam-se, como se estudassem um a fisionomia do outro. Ele perguntou:

— Teve nojo?

Era a obsessão do rapaz, que ela continuasse com horror de seu rosto. Malu hesitou: procurava se lembrar de suas reações tão exatamente quanto possível. Podia ter respondido que não, porque realmente não sentira nada, nem nojo, nem prazer, nada. Mas quis mentir. Veio-lhe uma crueldade instintiva:

— Tive.

Sentiu-se segura outra vez e ouviu a voz dele. Sentiu nele uma violência que a fez estremecer:

— Não quero — ouviu? —, não quero que você tenha nojo de mim, dos meus beijos!

Parecia uma criança, teimando. Era como se julgasse que o sentimento despertado por um beijo está na vontade de quem o dá. Agarrou-a, puxou-a de encontro a si; e se uniram, de novo, as duas bocas.

Malu não soube nunca o que houve. Se foi a proximidade e a sugestão da floresta, se foi o sopro do estio ou as primeiras estrelas brilhando no céu; ou se foi a ânsia de amor, que existe no fundo de cada coração. Acabou cedendo. Foi um deslumbramento que sentiu, uma coisa inesquecível. Sentia que a vida lhe fugia, que lhe fugiam os sentidos. Ela mesma, na febre daquele instante, não sabia explicar, nem poderia, um abandono assim total. Em plena emoção, ainda pensava: "Mas eu acho ele tão feio!". O êxtase que se produzia nela, o dilaceramento de nervos, o sonho doce e mortal — tudo isso era estranho, era absurdo e, no entanto, verdadeiro, tão verdadeiro!

Bob dizia-lhe ao ouvido:

— E quando ele morrer, quando eu matá-lo — você, então, ficará livre, poderá ser como sempre foi, será outra mulher, completamente outra!

— Interessante, Bob: já estou me sentindo assim, estou me sentindo como se já estivesse livre, como se ele nunca mais pudesse influir em mim. Que coisa, hein, Bob?

Ele a beijava de novo, possuído de uma tensão, de uma inquietude que era um martírio. Beijava no pescoço, no queixo e, por fim, outra vez, na boca, sem que Malu, vencida, pudesse opor qualquer resistência. Bob murmurou, entre um beijo e outro:

— Minha, para sempre minha!

Quando ouviram os dois tiros, d. Lígia e o dr. Carlos podiam ter corrido para ver o que era. Mas não. No mesmo instante em que Bob e Malu se beijavam (e era como se houvesse um sincronismo entre os destinos da mãe e da filha), d. Lígia e o dr. Carlos se acariciavam. Tudo que, antes, se interpunha entre eles, que separava os seus corações e impedia que seus sonhos tivessem um ritmo igual, tudo desaparecera. Não existiam mais obstáculos entre eles. O amor despertava. E alcançava uma plenitude, como se aquela fosse a primeira vez, como se aquele fosse o primeiro beijo. Sentiam-se no limiar de uma lua de mel, mas de uma lua de mel cheia de eternidade. Separaram-se. Ele se espantou, porque ela chorava.

— Chorando? — perguntou ele.

— Eu beijei outro homem. O que é que eu fui fazer, meu Deus do céu!

Sentia uma felicidade desesperada em se acusar assim, em proclamar a falta. Era uma espécie de expiação a que se submetia. Mas, ao mesmo tempo que relembrava a fragilidade de um momento, sabia que nada, nem mesmo a memória de um beijo, seria mais obstáculo. Só existia neles o amor, era o amor o impulso dos seus seres.

— Querido!

Ela passava a mão no seu rosto, como se quisesse conhecer ou reconhecer, pelo tato, as linhas adoradas. Quando a mão da mulher passou pela sua boca, ele a beijou.

Foi aí que d. Lígia se lembrou:

— Que barulho foi aquele?

— Parecia tiro.

— Vamos ver?

Foram de braço. Não pareciam marido e mulher, casados há tanto tempo. Assemelhavam-se antes a dois namorados, com todo o ímpeto e todo o encanto da adolescência, nessa fase em que cada carícia é um descobrimento. Viram os dois mortos. O mesmo arrepio percorreu o dr. Carlos e d. Lígia. Fechados na sua felicidade, eles achavam estranha, absurda, a presença da morte. Como é que se morria, se o tempo era tão pouco para o amor?

D. Lígia balbuciou:

— Orlando e aquele homem — aquele que previa o futuro.

Houve uma certa tristeza nas suas almas. Pensavam na morte, eles que, agora, precisavam tanto da vida. Lembravam-se de que, um dia, a morte viria separá-los. O dr. Carlos fez em voz alta uma reflexão nascida do desespero e do desejo de viver.

— E se, depois de mortos, as nossas cinzas se reunissem na mesma urna?

Ela fechou os olhos, penetrada de uma tristeza linda:

— Seria tão bom... — disse apenas.

Śó ENTÃO MALU compreendeu por que experimentara, ao lado de Bob, aquela sensação de liberdade, aquele sentimento doce e inesquecível de que se redimira. Dias depois, falando a Bob, contou:

— Eu acho — acho, não; tenho certeza — que a sensação que eu tive era, sem que eu soubesse, uma espécie de aviso de que o professor morrera. Você não acha, Bob?

Agora ela se sentia outra. Era uma volta ao que fora antes, à Malu de outro tempo, boa, doce, sensível, com uma grande energia de caráter dentro de sua fragilidade física. Libertara-se do maléfico encanto em que o professor a envolvia. Sentia-se, de novo, profundamente mulher, mulher na plenitude de todos os sonhos, mulher com uma infinita vontade de amar. Olhava para Bob; e não mais com a crispação de antes, com o terror que não podia controlar. Ele perguntava às vezes, não sem uma certa melancolia:

— Sou tão feio assim, sou?

Ela não respondia logo; pensava primeiro, olhando-o muito e sem vontade nenhuma de desviar a vista:

— Não, não o acho. — E pilheriava: — Há outros piores.

E era apaixonadamente sincera. Tinha tanto amor dentro de si, tanta ternura em busca de aplicação que se julgava capaz de amá-lo de qualquer maneira. Não saberia dizer desde quando começara a amá-lo:

— Essas coisas nunca se sabe. Olha: eu gostei de você por causa dos seus modos, de sua maneira de ser, de sua insolência, de sua malcriação, dessa maneira meio cínica que você tem de olhar, pronto!

— Está me chamando de cínico! — brincava Bob.

O ESPANTO DE d. Lígia e do dr. Carlos quando souberam que eram pais de Cláudio! O dr. Carlos ainda quis duvidar:

— Mas não é possível!

O dr. Meira mostrou que era. Laura contou a mesma história uma, duas, uma porção de vezes. Com isso, aconteceu o seguinte: d. Lígia tirou um peso da consciência. Não precisava mais envergonhar-se do sentimento que lhe inspirava Cláudio, nem combatê-lo. Tudo estava explicado: a atração que sentira pelo rapaz, desde a primeira vez em que o vira; o impulso, sempre controlado, de afagá-lo; a ideia que se impunha no seu espírito de que ele era um menino, uma criança, apesar do corpo poderoso de atleta. E também se explicava o sentimento de Cláudio. Como ele ignorava o fato — aliás os dois ignoravam —, não podia atribuir senão um sentido amoroso à sua fascinação por d. Lígia. Quando soube de tudo foi que, de um momento para outro, se fez luz no seu espírito. D. Lígia zombou do dr. Carlos:

— E você com ciúmes, imagine!

Ele se justificou:

— Como é que eu ia adivinhar, ora essa!

Num conselho de família, de que participaram o dr. Meira e Laura, ficou resolvido o seguinte: Malu não precisaria saber que era filha de Laura. Esta ficaria para sempre na casa, como uma espécie de governanta. Quando viajassem, iriam todos juntos. Já o caso de Cláudio foi diferente: não era necessário fazer segredo. Para quê? Criou-se uma história; um filho, que tios do rapaz haviam educado. Uma coisa obscura, mas com que todo o mundo tinha de se conformar. Tanto mais que d. Lígia e o dr. Carlos haviam vivido muito tempo no interior; grande parte da família Maia vivia, ainda, espalhada no Norte. Quanto ao caso de Bob e Malu, surgiu um problema. O dr. Carlos, plenamente feliz, remoçado, possuía ideias bem positivas sobre o casamento:

— Para mim — dizia ele —, o que interessa é o amor, só isso e nada mais. Se o rapaz é pobre, rico, virtuoso ou não, pouco interessa. É preciso, apenas, que a mulher goste dele. E não faz mal que até passem fome, contanto que se amem.

D. Lígia se escandalizava ou fingia se escandalizar:

— Que horror, Carlos! Isso é coisa que se diga?

Mas, no fundo, o dr. Carlos estava preocupado com a circunstância de ser Bob de condição tão humilde. Um dia, não pôde mais; chamou Malu:

— Venha cá, minha filha. Você gosta mesmo de Bob?

— Claro.

— Tanto assim?

— Com loucura!

O dr. Carlos coçou o queixo. Suspirou:

— Então está bem!

* * *

Bob desapareceu de repente. Sem dizer, sem avisar nem à própria Malu. A moça — que estava mais linda, mais doce do que nunca — ficou assustadíssima. Não compreendia aquilo. Passaram-se vários dias; e nada de Bob. Malu, que, no fundo, sentia orgulho de amar um homem feio, desfigurado, que poucas mulheres queriam, começou a emagrecer. Não sorria mais, fechava a fisionomia, não ia a lugar nenhum. D. Lígia, o dr. Carlos e o dr. Meira, impressionadíssimos. Correu, até, a versão de que o rapaz teria se suicidado. Certa vez, Malu estava na varanda. Cada vez mais fina, mais frágil, com uma espécie de febre que a consumia, dia a dia. De repente, viu, à distância, um automóvel encostar no portão. Olhou sem nenhuma curiosidade especial (não se interessava mais por coisa alguma). Estava olhando quando um homem saltou. Custou a reconhecê-lo. D. Lígia, que, naquele momento, surgiu na varanda, viu a filha levantar-se e gritar:

— Bob!

Era realmente Bob. Deixara a casa sem dizer nada a ninguém para fazer uma operação plástica, para voltar ao que fora antes fisicamente. E era, de fato, a mesma fisionomia de outros tempos, como se o episódio de Mag não tivesse passado de um sonho. Mas isso ainda não foi tudo: a maior surpresa de todos foi quando se soube que não era jardineiro, nem jamais o fora. Ele próprio, abraçado a Malu, descreveu, rindo, a sua verdadeira personalidade e condição social: era um milionário do Sul, a quem muita gente considerava "meio maluco". De vez em quando, possuía-o o demônio da aventura; saía, então, pelos caminhos, como um lírico e errante pária, sem dinheiro no bolso, dormindo debaixo das estrelas e comendo o que encontrasse. Isso durava seis, sete meses, um ano, no máximo. Depois, regressava à casa e voltava a ser o grã-fino. Malu ficou extasiada diante dessa nova face de uma personalidade que já a empolgara. Alguém comentou: "Parece romance".

Casaram-se, pouco depois, quer dizer, uns seis a oito meses depois. Malu, vestida de noiva, estava no dia como uma dessas imagens lindas e inesquecíveis. Parecia uma filha do Sol e da Lua, uma coisa assim. Haviam escolhido uma pequena casa, entre árvores, para a lua de mel. Pouco antes de deixar a casa dos pais, Malu avisou a Bob:

— Vou mudar de roupa.

E quis subir. Mas ele não deixou. Ela iria assim mesmo, de branco. Fez questão. Que pena que não pudesse ficar assim a vida toda, como uma noiva eterna. Quase à meia-noite, os dois saíram de automóvel. Quando chegaram à casinha, Malu quis ir a pé, mas Bob, rápido, carregou-a no colo. Ela parecia desmaiada ou morta. A felicidade que sentia, o êxtase, o sonho eram realmente mortais. Entraram na casa: ele beijou-a na boca e disse, depois:

— Lua de mel para sempre!

Notas

[1] Arrebatamento, êxtase.

[2] Não é verdade. No capítulo "O ódio nasceu do amor", lemos, a respeito da confissão de d. Lígia: "'Ou será que ela está mentindo?', interrogou-se a si mesma. E uma esperança sem motivo nasceu no seu coração, a esperança de que a mãe, por maldade gratuita, por despeito ou sei lá, tivesse fantasiado".

[3] Um diálogo entre Malu e d. Lígia ocorrido algumas linhas atrás, na página 68, dá a entender que a filha não chegou a esbofetear a mãe: "Você ia me bater", diz d. Lígia. E pouco depois: "Você podia ter batido, não fazia mal". O narrador ainda reforça: "por um momento pareceu que Malu ia esbofeteá-la de verdade".

[4] Embora o texto não o indique explicitamente, já era para a casa de Ricardo que elas estavam se dirigindo.

[5] O contexto da cena indica que foi dr. Meira, e não dr. Carlos, quem ficou impressionado e espantado.

[6] Erro do original: quando o rapaz lhe perguntou se estava perdida, Malu respondeu precisamente que não.

[7] Não fica claro, no texto original, a quem pertence esta fala, se a Malu ou ao dr. Carlos. Caso pertença à Malu, há um erro, e ela deveria dizer "filho" em vez de "filha". Mas há a possibilidade de pertencer ao dr. Carlos, como um lamento pela filha que tem.

[8] Tolo, ingênuo.

[9] No sentido de "se esforçava por ele".

[10] Antes, ficou implícito que Malu tinha vinte anos, informação que se confirmará adiante.

[11] A palavra mudou para "fera" na primeira edição do livro, mas aqui optou-se por manter "fúria" em razão das interessantes acepções do termo. De acordo com o dicionário Houaiss, "fúria" pode indicar uma pessoa — em especial, mulher — fora de si, desgrenhada e furiosa, além de remeter a cada uma das três divindades infernais da mitologia romana.

[12] Nova pista sobre a idade de Malu, reforçando a hipótese dos vinte anos. Em 1944, ano da publicação do folhetim, a lei exigia que ambos os pais dessem consentimento ao casamento de menores de 21 anos. Como, dado o contexto, d. Lígia e dr. Carlos dificilmente concordariam com o matrimônio, Malu e o professor deveriam esperar ainda entre alguns meses (no caso de vinte anos) e mais de dois anos (no caso de dezoito anos), o que, novamente pelo contexto, não parece ter sido o caso.

[13] No texto publicado no folhetim, era Cláudio, e não Orlando, quem protagonizava a cena. O personagem mudou já na primeira edição do livro, e, de fato, era Orlando, e não Cláudio, quem carregava consigo um punhal.

[14] Pouco antes, o professor refere-se ao móvel como um armário. A partir daqui, vira estante.

[15] É de se estranhar que Glorinha não tenha reconhecido o homem que encontrou no jardim da casa de Ricardo. Vale lembrar que, nessa cena, ela já havia apresentado as fotografias falsas a Carlos e que, logo que sai da casa de Ricardo, dirige-se justamente à casa do professor, que ela até então pensava ser paralítico, dando início a uma cena que não deixa dúvidas de que eles já haviam se visto pessoalmente (p. 157). No jardim, apesar do escuro da noite, ela é capaz de descrevê-lo como "moço ainda, teria talvez seus 35 anos" (p. 82 — idade e aparência que não parecem condizer com as do professor) e de sentir "irradiar dele, sobretudo dos seus olhos, uma força sobrenatural" (p. 82), de modo que seria igualmente capaz de reconhecer sua voz ou, ao menos, a cicatriz que recobria grande parte de seu rosto.

Este livro foi impresso pela Lisgráfica, em 2022, para a HarperCollins Brasil. A fonte do miolo é Minion Pro. O papel do miolo é pólen soft 70g/m² e o da capa é cartão 250g/m².